网络文学
名作典藏丛书

JIANG YE

猫腻◎作品

将夜

精修典藏版

陆

多事之秋

作家出版社

《网络文学名作典藏》丛书

总策划

何 弘 张亚丽

主编

肖惊鸿

统筹

袁艺方

主编的话

《网络文学名作典藏》丛书聚焦网络文学，遴选名家名作，工于精修校订，集于精品丛书，力图成为记载中国网络文学成长的历史见证，和致敬中国网络文学发展的一座里程碑。

网络文学名作的实体出版极为重要。这是扩大网络文学影响力、推动网络文学经典化的重要途径，也是展现网络文学成果、引领大众阅读和传播以及拉动文化产业发展的有力手段。

在中国作协的支持下，网络文学中心领导和作家出版社领导担纲总策划，落实主编责任制，确定经过时间验证和社会公认的名家名作，组织精修团队，在作家本人参与下，与责编共同负责精修工作。

回顾网络文学发展历程，这样的一套丛书是前所未有的。精修，意味着与作家的高度共识，意味着对作品的深度把握，完成去粗取精、去伪存真的过程，以实体出版的"固化"形式，朝着网络文学经典化、精品化的目标迈进。精修团队本着为作家负责、为读者负责的态度，重视作品的文学性、思想性，尊重读者的阅读体验，为新时代网络文学高质量发展贡献出集体智慧。

愿更多的读者阅读它、检验它。愿中国网络文学真正成为新时代文学的一座高峰。

肖惊鸿

2021 年 5 月 18 日

《将夜》精修成员

总负责人
肖惊鸿　袁艺方

修订
菜　籽　清　白　茹八一　当代贝克特　王　烨

校订
田偲堂　李伟元　程天翔　王　颖

1

秋天，一股极神秘的力量出现在世间。那股力量血洗了龙虎山，杀死了张天师，然后又摧毁了数个真武道宗的分坛，紧接着又开始在宋国肆虐，连续灭门，手段极其残忍血腥，事后去查看的人都觉得惨不忍睹。

传闻中，这股神秘的力量由十余名洞玄境高手组成，首领戴着银色的面具，这些人骑着黑色的战马，穿着黑色的道衣，来去如风，行踪诡秘，极为冷酷嗜血。整个南方大陆都被震动了，西陵神殿的骑兵和各国军队连番出击，想要剿杀这些黑骑，然而却连这些人的行踪都捕捉不到。

神殿高层和南晋皇室已经有人把这些黑衣骑士和堕落骑士联系在一起，但他们想不明白，为什么这些修为被废的堕落骑士能够重新恢复实力，甚至比以往更加强大，更令他们感到惘然和恐惧的是，那个戴着银色面具的人究竟是谁？

山野间有一道清澈的小溪，溪水上面漂浮着一片红叶，就如同镜上贴着的装饰，看上去极为美丽，周遭一片清静。忽然间，马蹄踏入溪中，踏碎红叶，扰乱平静的溪面，然后是更多的马蹄踏入溪水，溪畔有鸟发出一声惊恐的鸣叫，疾飞而去。

十余黑骑逾溪而过，顺着山道向西南方去，队伍里没有任何人说话，甚至马上黑衣骑士呼吸的频率和马儿的掀蹄频率都完全一致，而这些频率所追随的对象，正是最前那匹马上沉默的年轻男子。西陵神殿和各国军队正在宋国边境线布防，试图拦截捕杀这些黑衣骑士，谁也想不到，这些黑衣骑士竟是轻描淡写地穿越了数道拦截线，神出鬼没一般来到了南晋西南方的这片青陵山峦之间。

在山腰处一观海泉旁，十余黑骑暂时歇息，堕落骑士们盘膝而坐，进行冥想，重新获得实力与威严的他们，再不想回到过往那种悲痛的逃亡生涯，所以他们不肯浪费任何恢复体力和修行的时间。不知过了多长时间，堕落骑士们纷纷睁开眼睛醒来，看着崖畔树下正在闭目静修的隆庆皇子，眼中流露出狂热的崇拜神情。

在雪崖剧变之前，隆庆皇子本来就是他们的直属上司，在裁决司里得到很多人的绝对忠诚，更何况这些堕落骑士，都是因为他才能继续活着，而且是如此嚣张地活着，再加上坐地丸里的心血，那股忠诚更是无可置疑。

逃离知守观，重新踏足凡世，隆庆皇子只用了很短的时间，便在各国里重新收拢了一批忠诚的下属，主要是那些隐藏在道观和市井里的裁决司暗桩，这些暗桩如今等若是他的眼线，所以西陵神殿骑兵和各国军队的围剿，对他来说没有什么秘密。

当然，这也是因为西陵神殿暂时还不清楚他身份，不够重视，在神殿看来，这些堕落骑士只是在昊天光辉里幸运苟活数日的老鼠，终究不可能一直活下去，如果让西陵神殿知道统领这些骑士的是隆庆，如果知道他曾经在知守观里犯下的那些不可饶恕的罪孽，追杀的力度自然要比现在可怕得多。

西陵神殿这样恐怖的存在，只要真的认真起来，无论隆庆有再多的奇遇，无论这些堕落骑士多么强大，都会被碾轧成齑粉。

想着这种必然的可能性，紫墨的脸上流露出一丝忧色，他向着崖畔走去，对着坐在树下的隆庆行礼，低声说道："司座大人，如今已经惊动了神殿骑兵，明显裁决司知道了这件事情，如果叶神座亲自出手……"

隆庆睁开眼睛，望向远处那座似山却没有山险峻的青陵，说道："你想说什么？"紫墨说道："大人，我建议最好尽快离开神殿的势力范围。"

昊天光辉笼罩世间，西陵神殿的势力范围便是整个中原世界，虽说唐国是个例外，但这些双手沾满了鲜血的堕落骑士，当然不可能愚蠢到进入唐国，所以现在他们只剩下一条道路，那便是离开中原。

隆庆沉默不语，他现在虽然强大，尤其是在吸噬了张天师以及数名真武道宗长老的修为之后，更加强大，然而依然没有战胜那个女人的自信。

因为那个女人已经坐上了墨玉神座，用血一般的事实证明了她，至少在人生的某些时间段，要比上任的裁决大神官更强大。隆庆更没有想过，能够在西陵神殿的势力范围内，长时间地这样逃亡下去，在自己没有绝对强大，比如人间巅峰的时候，在昊天光辉下停留的时间越长，从里到外越危险。

他看着远处那座青色的山陵，神情漠然说道："离开中原是必然的选择，只不过在离开之前，我很想做一件事情。"

前些天，他在南晋一座道观里获得了一份情报，那份情报对他率领这群堕落骑士的大事业，没有任何意义。然而那份情报，却像是石头一样，压在他的心间，让他的呼吸变得急促了起来。

那份情报里说道，宁缺带着他那个擅饮酒的小侍女，随唐国使团一道参加烂柯寺孟兰节会，然而就在过了大泽之后，不知道什么原因，宁缺带着小侍女离开了使团，乘着一辆黑色的马车单独上路。按照情报里的具体数字来推算，此时那辆马车，距离隆庆等人的位置并不遥远，应该正在山峦里行走，将要驶上对面那座青色的山陵。

隆庆微微仰首，深深地吸了一口气。他觉得自己在山风里闻到了那辆马车的味道，闻到了那个小侍女身上好闻的酒香，还闻到了宁缺身上污糟的臭味。

不管是什么味道，都令他感到沉醉，他英俊的面容上微现潮红之色，颊畔那道不起眼的伤疤仿佛都亮了起来，明明没有任何表情，但在黑白分明与灰暗一片里快速转换的眼眸深处，却似乎有火焰生出。

隆庆胸膛微微起伏，眯着眼睛，双手微微颤抖，说道："杀死那个人，我的道心才能真正通明。"他的声音很平静，很淡漠。

紫墨却觉得自己在树下看到了一个传说中被称作饕餮的魔物，下意识里感到了恐惧，那是一种生命对绝对贪婪冷酷的恐惧。

作为最忠诚也是最有用的下属，再如何恐惧，哪怕会令大人感到不喜，紫墨依然要给出自己的意见，低声提醒道："大人您闭关的这段时间里，发生了一些事情……听说宁缺在正面挑战中杀死了夏侯，而且他的那名小侍女据说将会成为光明神座，也不是普通人。"

隆庆没有说什么，缓缓戴上银色的面具，站起身来，向泉畔的坐骑走去。一路行走，他眸子里的灰色渐分清浊，脚下的灰尘却缓缓飘起，像蜜蜂一样追逐着他的靴底，最终变成心甘情愿的垫脚灰。看着这幕画面，紫墨心头敬畏更重，再不敢多说什么，十余黑骑呼啸下山。

站在崖畔树下，可以看到远处山峦间有座大青陵，陵间多生杂草，没有一棵树木，视野极为开阔，山陵顶处有一佛寺。哪怕相隔极遥远，也能感受到那佛寺的破落凋敝气息，自然不可能是烂柯寺，寺庙里隐隐能够看到几抹红，却不知道那是什么。

乘坐大唐战船横渡大泽，在南晋秣陵渡上岸，宁缺提出离开使团，带着桑桑先行一步，顿时引来了一片反对之声。小草舍不得与桑桑分离，红袖招的姑娘们舍不得就此失去和十三先生亲近的机会，至于冼植朗这位帝国王将，考虑问题要直接很多，他只是认为宁缺带着桑桑离开使团，路上不见得会太平，可能会不安全。

当时面对冼植朗的提醒或者说警告，宁缺的回答也很直接："不要忘记我是夫子亲传弟子，抢了王景略的头衔，那些能够打得赢我的人，知道我的身份来历，便不敢来惹我，那些被热血冲昏了头脑敢来惹我的人，都打不赢我。"

冼植朗发现宁缺的说法很正确，正确得根本无法反驳，这世间还能战胜宁缺的，必然是那些知命境的大修行者，而大修行者自有宗派传承，哪里敢冒着书院震怒，直接断了传承的风险来招惹宁缺？

于是在秣陵渡采购了大量烈酒，又安排使团官寻南晋官府，办妥了后面那些州城的入关事宜，宁缺和桑桑便坐着黑色马车离开了使团。

之所以要离开使团单独前行，是因为宁缺担心桑桑的病，桑桑的病虽然看似没有恶化，但明显也没有好转的趋势，夫子既然说烂柯寺能治好桑桑的病，宁缺自然要以最快的速度赶到烂柯寺去。

黑色马车从秣陵渡便离了南晋官道，顺着那些州城之间的道路，直驱东南，在偏僻山野里便驶上简易的山道，一路越山过河跨溪，没有刻意隐藏行踪，也没有与世间打交道，只是专注而沉默地赶路。

时日渐逝，车辘声急，秋意渐浓，山峦上部的秋叶渐红，山道上的秋风渐显肃杀，寒意也渐深，离烂柯寺渐近了。或许是因为离烂柯寺渐近，世间佛意渐盛，路上偶尔能够看到几间寺庙，虽然比不得道观香火兴旺，但那些佛庙也算不失人气。

某日，忽然落了一场秋雨，雨中的浓秋天空显得越发阴沉。那座破庙里的枫树，却显得越发红艳。宁缺放下窗帘，望向伏在自己膝头的桑桑，看着她脸上疲惫的神情，说道："山里有座庙，风景不错。"

2

破落的寺庙，门上挂着一个横匾，上面写着"红莲"二字。宁缺没有想到，如此偏僻的山野小庙，居然还有一个正式的名字，待他扶着桑桑走进寺庙，看见院内那几株殷红似血的秋枫，才明白了其中道理。

雨水滴答，寺庙里弥散着微寒的湿意，宁缺寻着庙中僧人，取出银票，表示自己要在这里借宿一夜，而且自己妻子性喜清静，不愿意听着别的动静。那两名僧人起始不解何意，也不乐意冒雨离庙，不过当他们看清楚银票上的数额后，顿时善解人意起来。两名僧人烧了锅开水，又留下些生活所需的物事，告诉宁缺山下有几亩僧田，他们会住在哪里，便挤在一把破伞下离开了寺庙。

此时天时尚早，但在旅途上也没有正经吃些东西，宁缺有些饿了，去寺庙后厨尝了尝僧人备下的几盘素菜，觉得味道普通，便从行李里摸出一大包肉干，又掐了两把参须，扔进锅里熬了一大锅肉汤。待汤凉后，他小心翼翼喂桑桑喝了一小碗，自己用肉汤泡了饭，然后从锅里捞出那些泛着参香味的肉块，扔到门槛外。

大黑马闻着参香，好奇地凑了过来，低头在肉块上嗅了两口，发现并不是鲜肉，而且用的是参须并不是整参，于是失望地踱步离开，自去枫树下避雨发呆。

宁缺有些恼火地骂道："十一师兄给的人参黄精，都快吃光了，你这憨货如果还学老牛般挑食，当心在路上饿死。"大黑马不理会他，自抬头嗅枫树上的清香。

桑桑的病有些重，病恹恹地看着没有什么精神，而且极容易感到疲惫。宁缺又捞了块肉，用筷子细细戳至细茸状，然后混进饭里，桑桑接过饭碗很努力地吃完，待喝完今天定量的半囊烈酒后，精神顿时显得好了很多。

"再忍忍，大概还有四天，便能到烂柯寺。"

备着夜里生火取暖，宁缺抱来两大根粗柴，坐在门槛上，低着头劈着，心想黑色马车虽然舒服，终究还是免不了有些颠簸，后几日如果路上遇着好些的客栈，还是应该让桑桑多躺会儿。

桑桑躺在僧床上，棉被盖着下半身，她看着忙碌的宁缺，忽然想到了很多年前的那些日子，那时候家里做饭砍柴的不是她，而是他。

感受到她的目光，宁缺回头望向室内，看着她微黑小脸上的疲惫神情，认真地说道："我不知道夫子为什么治不好你的病，但我相信他老人家的说法，烂柯寺里的长老一定可以，所以你不要担心。"桑桑轻轻嗯了一声。

宁缺沉默片刻后，神情凝重地说道："如果在烂柯寺里有什么事情发生，你不要理会，尤其是神术，不能再用，你只要管着自己身体好。"

桑桑低头沉默，过了很长时间也没有发出轻轻的一嗯。

宁缺知道这个要求对她来说没有任何意义，如果自己真遇到什么危险，她哪里还会顾得上自己的身体，不由得摇头无言。如过往十六年来那般，他永远无法战胜自己的小侍女，无论在任何方面。

歇息片刻后，桑桑的精神稍微好了些，透过门看着寺庙院内那几株美丽的枫树，眼中流露出高兴的神情。自她生病之后，宁缺一直很注意她最细微的神情变化，看着她的眼神，心情微松，把她从床上扶起来，走到廊下隔雨看树。

桑桑突然说道:"小草说……长安城里很多姑娘家,婚前都被她男人宠得厉害,可真进了门后,过不得两三年便会觉得腻了。"

宁缺看着她微笑说道:"你得想明白,你一出生就进了我宁家的门,算起来如今已经十六年了,我可曾腻过,你可曾腻过?既然相看了这么多年都没腻,那么自然这辈子也没办法腻了,就算腻,也是腻在一起的腻。"

桑桑小脸微红,说道:"宁缺,你现在说话越来越好听了。"

"为什么不叫少爷?"

"说情话的时候,你可不能是少爷。"

"有道理。"

原本在枫树下避雨兼训练自我修养的大黑马,在宁缺和桑桑开始谈及某些话题时,便清醒了过来,竖着耳朵听着,睁大眼睛盯着,生怕漏过了一句对话。

忽然间,它隐隐嗅到了一抹极淡的味道,在秋雨中传来,不由得疑惑地抬起头。

桑桑看着雨中的寺庙大门,说道:"有人来了。"宁缺静立片刻,忽然说道:"上车。"

重要的行囊都在车厢里,不需要车夫,很快便做好了离开的准备。大黑马的鬃毛被秋雨淋湿,却没有松垮黏结,像剑一般四处刺张着。它这时候的情绪很暴躁。因为它确认了先前在雨中闻到的极淡的味道是血腥味。

秋雨中传来急促的马蹄声,应该还在山陵下方,相隔极为遥远,按道理没有办法听到,只是宁缺桑桑和大黑马能听得非常清楚,黑色马车驶出了红莲寺。

宁缺掀起窗帘,望向山下,青色山陵间没有任何树木,只有野生的长草,时值浓秋,草色霜黄,被雨水秋风折磨得纷纷偃倒,本来就极佳的视野,变得越发清楚。

秋雨凄而不密,也无法遮挡人们的视线,只见十余黑骑,正顺着三条山道高速前行。黝黑的骏马上的人穿着黑色的道袍,通体的黝黑,仿佛是夜色在白昼里提前来到这个世界，充满了肃杀阴沉的味道。这些黑骑的速度快若闪电，马蹄踏碎道上的泥块，道袍撞碎细细的雨丝。

宁缺隔窗而看，沉默不语，确认来不及离去。黑马嘶鸣不安，烦躁地踢着地面上积着的雨水，似想马上就去冲杀一番。

桑桑低着头，轻轻咳着，黝黑的铁弓在她小手中已然成形。宁缺忽然开口问道："什么水准？"

桑桑抬起头来，右手握着大黑伞，隔窗看着那些黑骑，微微蹙眉，似乎有些不敢相信自己的感知，说道："全部是洞玄境……"然后她补充说道，"五个洞玄上境，有一个已至巅峰。"

宁缺面色微沉，眼神依然平静，只是有些疑惑不解。

3

谁会对自己不利？谁敢对自己不利？想到在秣陵渡与冼植朗的对话，宁缺的眉头愈紧，尤其是当桑桑确认这些黑骑的修行境界之后。在书院后山，或知守观、悬空寺这种不可知之地里，洞玄境自然极普通，宁缺接触的修行者更是以知命境居多，但实际上对于普通修行者来说，想要晋入洞玄境是非常艰难的事情，普通宗派里的洞玄境高手，就算不是掌门也必然是极重要的人物。

如今山道上驰来的十余黑骑，竟然全数是洞玄境的修行者，甚至还有洞玄巅峰的大高手，这令宁缺感到极为吃惊，他怎么想也想不出来，在这一带地域里，除了烂柯寺还有谁能够拥有如此多数量的高手。

那些黑骑当然不可能是烂柯寺的僧人，因为他们穿着黑色的道袍，更因为宁缺从他们身上察觉到了有些熟悉的肃杀气息，所以他确认这些黑骑是军人，或者说至少曾经在军营里面生活过，难道是南晋军方的人？

宁缺的目光透过车窗，落在那些高速驰近的黑色骑士身上，忽然间眉头微挑，说道："不是南晋的人，我闻到了一股很恶心的味道。"

桑桑问道："什么味道？"

宁缺说道："西陵神殿特有的腐败的味道，哪怕这些人现在气息里多了很多寂灭，依然没有办法把这股臭味完全掩盖。"

确认了敌人可能的来历，他不再有任何犹豫，从桑桑手中接过铁弓与符箭，推开车厢顶部的天窗，站起身来。秋雨还在持续，微寒的雨水伴着寒冷的秋风扑到他的脸上，却无法让他脸上的神情有丝毫变化。

他神情平静，搭箭上弓，然后缓缓拉动弓弦。铁弓渐弯，弓弦联结处发出吱吱的轻响，弓身和弦线却没有任何颤动。

黝黑的符箭，蕴着强大的力量，平静沉默地搁在弓间，箭镞遥遥对准山道上那些高速奔驰的黑骑，似乎下一刻便会射出。集合书院智慧和大唐帝国资源打造而成的元十三箭，毫无疑问是近百年来，修行界里出现过的最强悍的远程武器，从某种程度上来说，甚至已经超过了知命境大修行者的飞剑。

神兵利器自有魂魄，这把铁弓符箭曾经射杀过隆庆，伤过叶红鱼，还涂留着夏侯的血，此时蓄势待发，便是马车周遭的秋雨似乎都畏惧得缓了几分。

寺庙与山道上的黑骑相隔还有很遥远的一段距离，宁缺提前用符箭锁住了他们的气息，作为洞玄境的高手，那些黑骑应该已经感到了危机，生出极大的恐惧悸意，然而令宁缺感到有寒意的是，那些黑骑似乎根本毫无感觉，依然保持着完整的队形和肃杀的气势，马蹄翻飞，山道上的泥泞被踢得如花般溅起，层层雨丝被不断地撞碎，唯真正冷酷自信的人才能做到这点。

秋雨渐骤，雨帘渐厚化为撒豆之势，一颗颗击打在宁缺的脸上，落在黝黑锋利的箭镞上，却无法撼动他与弓山一般的稳定。天窗被推开之后，秋雨混着寒意渗进车厢里。

宁缺在站起之前，用脚把一床被褥踢散盖到桑桑的身上，然而桑桑看着他迟迟没有射出符箭，知道事情有些问题，掀开被褥站起身来。宁缺眼角余光看着她苍白的小脸，看着她眉眼间的憔悴，微微皱眉说道："躺下去，撑不住的时候再说。"

他没有说此战用不着你的话，因为他隐隐察觉到，今天这场战斗会有很大的危险，而在战斗的时候，任何哪怕是善意的谎言，都会给自己二人带来灭顶之灾。

桑桑没有听他的话，有些艰难地站起身来，轻声咳着，从他身旁挤了进去，站出天窗，然后哗的一声撑开了大黑伞。大黑伞把秋雨遮在了外面，桑桑用袖子把宁缺脸上的雨水擦掉，这不是什么大战前的温情，而是她不会让再小的因素影响宁缺的战斗。

豆般的水珠，不停落在黑伞厚实的伞面上，发着噗噗的声音，宁缺的脸被笼罩在伞影中，显得越发冷峻凝重。已经过了一段时间，那十余黑骑已经驰过了山腰，再过片刻便会抵达寺庙，但宁缺始终没有射出符箭，因为他隐隐觉得有些问题。

对方似乎在等着自己射箭。山道上那些黑骑很强大，但在这种距离上，即便是洞玄境的高手，也不可能避开元十三箭。

宁缺对此拥有绝对的信心，所以先前桑桑确认这些敌人的境界之后，他也丝毫不畏惧，而作为书院入世之人，他再如何自甘菲薄，也知道任何敢来杀自己的人，必然对自己的战斗手段和风格要提前做充分的了解。

换句话说，山道上那些黑骑，很清楚只要自己一旦发箭，他们便会死去，然而他们却似乎无所畏惧，那么这只能说明，这些黑骑是在送死。

修炼到洞玄境，是多么艰难的事情，除了信仰和挚爱，还有什么样的事情值得去送死？宁缺默默思索着，他只知道，这些敌人心甘情愿付出如此可怕的代价，必然是要掩盖更可怕的真正杀着。

桑桑的小手握着大黑伞，忽然眉头微蹙，说道："又有人来了。"

宁缺看着山道上越来越近的黑骑，说道："找到他。"

桑桑握着伞柄的手微微颤动，痛苦地蹙了蹙眉尖，低声说道："确定不了。"

宁缺眼睛微眯，颊畔残留的一滴雨水滑落下去。即便有秋雨遮掩，再高妙的身法也无法避开桑桑的感知，桑桑说确定不了，那么只说明了一件事情。那名潜在暗中的真正敌人，至少是知命境的大修行者！

黑骑已近，如暴雨般的马蹄声，第一次真实地进入宁缺和桑桑的耳中，大黑马不再嘶鸣，只是冷冷地看着那些同类矫健的身姿，乌溜溜的眼眸里爆发出强烈的战意和躁狂的毁灭情绪。

已经能够隐隐看清马上那些人的面容，宁缺却没有像大黑马那般躁动起来，依旧保持着可怕的冷静，铁弓上的符箭依然没有射出去。

那个隐在秋雨中的知命境强者，肯定很希望他能把匣中的铁箭全部射完，即便不是如此，当他把精神投放在射杀那些黑骑时，那名知命境强者，便能找到一击而杀的机会。如果他专心对付那名知命境强者，便无法阻止那些黑骑来到庙前，到那时，元十三箭的强大威力便会大打折扣。

在近身战的情况下，独力对抗十几名洞玄境高手，还有一位知命境强者，宁缺没有什么信心，或者说没有任何信心。

雨水不断击打着大黑伞，发着噗噗的闷声，渐要和不远处那些密集的马蹄声混在一起，为破庙带来诡异而紧张的气氛。

桑桑握着大黑伞伞柄的手越发用力，直至颤抖不停，然后痛苦地咳嗽起来，原本微黑的小脸变得越发苍白，唇角淌落一道血水。

宁缺心头骤紧，却什么都没有说，没有阻止她。桑桑那如琉璃般的眼眸深处，忽然耀过一道纯洁的亮光，便如闪电。然后她紧紧闭着眼睛，说出两个极复杂的数字。

宁缺霍然转身，黝黑锋利的箭镞，在空中甩出一道雨线，铁弓弦上的中食二指松开，转身射箭，整个动作自然至极，流畅至极。铁箭，对准马车后的红莲寺深处射了过去，那里有几株树，全部都是枫树。箭尖所向，便是其中一株。

元十三箭，再次出现在人世间。这一次的出现，没有雷霆暴鸣，而是随风潜入秋雨，悄无声息。

从黑色马车天窗处，至破庙院内的那株枫树，约有数十丈的距离，在这数十丈的空中，出现了一道绝对排斥其余天地元气的通道，便是箭道。

有寥寥可数的几滴雨水，幸运或是不幸地没有被符箭所携的天地气息所震飞，而停留在无形箭道的空间里，孤单悬浮有若瑟瑟发抖的孤儿。这几滴秋雨没有被击碎，甚至像是没有被实质穿过，因为离开铁弓的符箭，已然不似实质，但铁箭依然在，当它击中目标时。

须臾之间，用任何时间量词来形容都觉得太慢的刹那时光后，铁箭射中了那株在秋雨中招展着红叶的枫树。枫树没有断，飘离梢头的红叶，都不是被箭震落的，而是被雨水打落的，因为枫树上生出了一朵黑色的桃花，铁箭，正好射在那朵黑色桃花之上。那朵桃花通体纯黑，竟似黑得要反光，黑得给人一种艳丽的感觉。

蕴藏着恐怖威力的铁箭，就这样悄无声息地消失在黑色的桃花里，如同陷入无底的黑色泥沼，再也寻找不到丝毫痕迹。

看着那朵黑色的桃花，看着自己最强大的攻击，被这样轻描淡写地湮灭，宁缺的眼睛里没有露出丝毫惧色，反而越发明亮，在他眼睛开始明亮的那一瞬，第二支铁箭已经离开弓弦，再次射向枫树上那朵黑色的桃花。

4

那名知命境的强者一直潜于暗处，试图用山道上的十余骑黑骑来分散他的注意力，或是消耗他匣中的铁箭，那么说明那个人忌惮甚至畏惧元十三箭，既然如此，这一箭必然不是毫无效果。元十三箭是书院的集体智慧，宁缺坚信，这个世界上没有任何人能够无视它的威力，即便是剑圣柳白或西陵大神官或者二师兄这样的超级强者，也不可能悄无声息地把铁箭化于无形。

两年前的那个春天，符箭始成，宁缺初射，二师兄轻挥衣袖却之，袖子也被铁箭撕开了一道破口。藏在枫树后那个人就算是知命境的强者，和二师兄比起来，又算是个什么东西，凭什么能够如此轻易地化解铁箭？

枫树上生出的黑色桃花，看似无尽深渊一般吞噬掉了铁箭，没有受到任何影响，宁缺却肯定，对方肯定也付出了代价，受到了伤害，所以他毫不犹豫射出了第二记铁箭。

铁箭破空，射入那朵黑色的桃花，再次消失无踪，被秋雨打湿的枫树干，微微颤抖了一丝，除此之外，没有发生任何变化。宁缺神情平静，眼中毫无惧色。

他射出了第三支铁箭，铁箭再次消失在黑色的桃花里，这一次，湿漉漉的枫树震动得厉害了些，片片红叶自梢头飘落，随着秋风微转，向着地面坠下。

宁缺再射一箭，那朵黑色的桃花终于发生了变化，无形无质由精纯天地气息凝成的黑色花瓣瑟瑟颤抖，边缘隐见枯萎的征兆，似要随着红叶一道飘落。

宁缺射出了第五支铁箭，锋利的箭镞，狠狠地扎在黑色桃花的一片花瓣上，这一次终于是射中了它的本体。

那朵黑色桃花的一瓣上，出现了一道极为深刻的裂痕，轰的一声巨响！黑色桃花敛灭无踪，坚硬的枫树，正面承受这支铁箭余下的威力，瞬间便被轰出一个巨洞，咔嚓声中断成两截。枫叶碎絮把秋雨染成血，落在地面，落在残破的枫树身躯上，落在枫树后那个人的身上，落在他脸上的银色面具上。

银色面具遮住了那个年轻男子的半张脸，只有半张脸露在外面，依然可以想见其俊美，只是此时他浑身染着血一般的雨水，看着有些凄惨。宁缺和桑桑看着枫树后的那人，脸上不由得流露出震惊的神情。

"你居然还活着。"

宁缺看着秋雨中那个穿着黑色道衣的年轻男子，想着这些年与此人的连番比拼厮杀和仇怨，不由得有些微微失神。

隆庆露在银色面具外的那半张脸极为苍白，几乎没有一丝血色，仿佛久不见阳光，一丝极细的血水，从他的唇角缓缓淌落。

宁缺毫不犹豫、坚狠异常的连续五支元十三箭，最终在他的本命桃花上，留下了难以磨灭的痕迹，他自然也受了不轻的伤。

连逢奇遇，晋入知命境，又连续战胜世间诸多修行宗派的掌门，以灰眼功法令自己的念力越发雄浑，此时的隆庆，毫无疑问正处于他最好的那个阶段，此番对上宁缺，他有必胜的信心，然而却没有想到，甫一照面便受了伤。

晋入知命境后，才是真正的得道，能够明白天地气息流动的真正规律，如果他想避开宁缺的元十三箭，应该有更好的方法，就如同当年在雪崖上破境入知命的叶红鱼，虽然可能同样会很狼狈，但受的伤应该轻一些，但是隆庆不想躲。

他的前半生，便是毁在一记铁箭之下，如今他重获新生，看似强大不可一世，然而元十三箭的恐怖威力，依然是他心里的一抹阴影，如果没有正面战胜元十三箭，他便无法把那抹阴影真正抹去，他便无法真正感受到骄傲强大。

这种情绪是那样地强烈，这种渴望是那样地不可阻挡，他难以遏止自己的冲动，想要尝试一下，自己究竟能不能正面挡住那根铁箭，他这样做了，而且他也确实挡住了。

隆庆觉得自己的胸腹间回荡着一股极为辛辣的气息，甚至让双眼都酸了起来，他看着马车上的宁缺，准备说些什么，忽然间神情骤变。就在隆庆皇子有所感慨，有所感动，有所感伤，有所感怀，正想和宁缺说些什么，展示自己的骄傲强大的时候，就在他的眼睛刚刚发酸，双唇刚刚分离，却没有来得及说出一个字的时候，宁缺再次弯弓搭箭。

隆庆的脸色变得越发苍白，身上那件被秋雨打湿的黑色道衣，忽然飘了起来，他的人竟要融化在寺庙园中的秋景里，明明肉眼可以看到他在哪里，但总给人一种感觉，当铁箭来时，他便不会在那里。

借助对天地气息流转规律的深层了解，把自己与自然融为一体，借助自然的力量战斗，这便是知命境的真正意义之所在，血色的碎絮在风中飘着，似把隆庆的身体遮掩无踪。

宁缺神情平静，看不出有丝毫不安，桑桑手握大黑伞，看着寺庙院内隆庆皇子飘忽不定的身影，报了一个方位。

宁缺松弦，箭出。一记铁箭，完美地释放了元十三箭所有的威力。

庙内的空气一阵波动，天地元气骤乱，数朵无形的黑色桃花，从虚无中生出，心念流转间，挡在了隆庆的身前。这些黑色桃花较小，并不是他的本命桃花，却是他的护身绝学，当初在荒原上，正是这些桃花，让他在唐小棠不讲理的血刀前，不致败得太惨。如今隆庆已入知命境，这些桃花的防御力更是惊人，上面蕴着极丰沛凝纯的天地元气，而且附着令人恐惧的死寂之意。

然而终究不是本命桃花，桃花朵朵开。箭至，桃花朵朵落。黑色花瓣碎裂，然后化作青烟消失在秋雨中，铁箭一往无前，来到隆庆的面前。

隆庆脸上流露出震惊的神情，旋即这些神情尽数化作冷酷和狠辣，对人对己的冷酷与狠辣。他用自己的胸膛迎向铁箭，噗的一声，铁箭射穿了黑色的道衣，射穿了隆庆的身体，射塌了寺庙本就残破的后墙，然后射入雨中，不知飞向了何处。

隆庆的胸口处被射出了一个洞，站在他的身前，可以看到他身后的风景，这并不美妙，十分恐怖，任何一个身上出现可以看风景的洞的人，都不应该还活着。

隆庆还活着，因为他胸口上的那个洞，不是此时被射穿的，而是很久以前，在雪崖上，被宁缺隔着十几里地射穿的，从那之后，这个洞一直都在。

今天的铁箭，便是从当年的箭洞里飞了过去，所以他没有死，只不过铁箭上附着的强大气息，依然撕裂了洞里的脏腑截面，隆庆佝着身子，剧烈地咳嗽起来，每咳一声，都是血。

宁缺已经取出第七支铁箭，正在拉弓，弓弦上的手指不再稳定，微微颤抖，他知道这是最好的机会，也有可能是今天自己最后的机会。

隆庆忽然抬起头来，双眼一片冷漠，冷漠的深处是怨毒的野火。

5

秋雨青山上的红莲寺，骤然间变得肃杀起来。

隆庆挥袖拂雨，道袖轻舞，风雨大作，这一拂里，蕴藏着他绝对的愤怒。这些愤怒来自胸口的箭洞，那些沉淀数年的羞辱和伤痛，那些曾经的绝望，也因为他今日这场战斗的开端和他的想象之间的极大落差。

在他的想象中，身负绝学，承袭半截道人一身惊天修为，又有通天丸之助，晋入知命境并且远不是普通知命境的自己，今日重临世间，理当潇洒踱步而出，轻描淡写地击败宁缺，让这个带给自己无尽黑暗的仇人，陷入绝望之中。

然而谁能想到，从战斗一开始，他便始终落在下风，准确地说，一直处于被动挨打的卑微境地之中，根本没有任何还手的机会，一身霸道的知命境修为，还没有得到丝毫展露，自己便受了极重的伤！

险之又险地硬抗闪避六支元十三箭，还有一支箭在铁弓弦上，七箭之后，隆庆被压制得苦不堪言，羞辱到了极点，也愤怒到了极点。

这看似简单的道袖一拂，有着压抑多时的怒火和被压制到极点的战意，一旦施出，威势十分惊人，红莲寺残破石阶上下，雨水骤然一空，无数滴水珠，被尽数卷入袖风之中，然后狂肆地向黑色马车袭去。

磅礴以至狂暴的天地元气，混合着雨水前行，竟似比元十三箭也不稍慢几分，每滴雨水，仿佛都变成了一根羽箭，或是一颗坚硬的石头。

更令宁缺感到莫名畏惧的是，那些迎面扑来的漫天水珠，在雨空清光的照耀下，竟似涂了一抹淡淡的黑色，透着股诡异的危险味道。

宁缺闷哼一声，射出了第七支铁箭，然后以最快的速度把桑桑推入车厢里。这时，那漫天黑色的雨水便到了身前，他只来得及横移大黑伞，遮在身前。漫天雨水，像密集的箭矢般，击打在大黑伞的伞面上。

还有很多雨水，击打在车厢侧壁上，黑色的马车，剧烈地颤抖，似乎随时可能侧翻，看上去就像汪洋里的一只小船，显得极为单薄可怜。

漫天黑雨太密太多，大黑伞面积再大，也无法完全挡住，宁缺没有注意到，有几滴雨水，从缝隙里飘进了车厢，落在了桑桑的身上，他紧紧握着伞柄，右手关节微微发白，唇角淌出鲜血。

与漫天黑雨无关，是因为他强行射出了第七支铁箭。因为太过匆忙，而且隐隐中对隆庆拂过来的黑色雨水感到忌惮，所以这一箭，未能射中隆庆的身体。

元十三箭对念力的消耗极为剧烈，当年刚刚研发成功时，二师兄曾经说过，宁缺只能射出数箭，便会虚弱无力。

如今他的实力境界远胜当年，早已可以射完十三支箭，然而今日七支铁箭连射，中间没有任何停顿，也没有休息恢复的机会，就如同七次闪电连续在雨云中亮起一般，如此高频高密的射击，是非常恐怖的事情，即便去年冬天在雁鸣湖上对阵夏侯，他都未曾这样做过。

　　幸亏修行浩然气渐成，入魔后身躯得到了很大的强化，不然仅仅是连续射出这七支铁箭，宁缺便会虚脱倒地，而此时，他手臂上的肌肉依然严重拉伤，右肩关节传来阵阵剧痛，短时间内，再难拉动铁弓。

　　最令隆庆皇子感到心寒和震惊的，不是宁缺元十三箭的威力，也不是此人在战斗中展现出来的强悍手段与意志，因为他很清楚自己这个对手是怎样的人，他只是怎样也想不明白，为什么宁缺的第六根铁箭能够射中自己。

　　如果不是屈辱地用胸口原先就有的箭洞避过这一箭，他或许会被射成重伤，甚至有可能死亡，然而当时他已然进入知命境对战的领域，整个人与周遭的自然融为一体，宁缺的修为尚在洞玄境，凭什么能够捕捉到自己？

　　隆庆发现宁缺的身上还有很多秘密，或许那些秘密不是在他身上，而是在他身旁，比如先前那个撑着大黑伞的小侍女。

　　隆庆看着宁缺被雨水打湿却毫无变化的脸，神情微异，说道："你真是个怪物。"

　　宁缺看着站在石阶后的隆庆，看着他胸口那个洞，说道："你才是怪物。"

　　隆庆看着他手中铁弓，微笑着问道："尚能射乎？"

　　宁缺心情渐寒，脸上的笑容却比对方更加真挚，说道："君子无所争，必也射乎。"

　　隆庆说道："我的人已经到了，如果你还能射，那便……请射。"

　　宁缺的笑容渐渐僵硬，隆庆的神情越发优雅。

　　秋雨之中蹄声疾，山道上那十余黑骑终于来到了红莲寺前。七箭连射，便是七道闪电，此时距离桑桑喊出隆庆的方位，其实只过去了很短的一段时间，可以想象这些黑骑的速度是多么惊人。

　　宁缺的修为是洞玄境巅峰，就算他真的是知命以下无敌，就算除了元十三箭，他还有很多强大的手段，甚至有信心战胜普通的知命境修行者，但在桑桑重病的情况下，他没有可能单独战胜已入知命境的隆庆皇子，还有那十余骑洞玄境高手，甚至没有办法从对方的围攻中逃走。

此时敌人并不能确定，他真的无法再次控弦开弓射箭，所以隆庆没有出手，而是警惕地等待着机会，然而即便他寻机恢复，能够勉强再射，却不知道该射哪里，如果还是要尝试杀死隆庆，那如何抵挡马上便要来到的如狼似虎的堕落骑士们？

这场战斗的结局看似已经无法更改，绝望地看不到任何希望，然而就在这个时候，宁缺脸上微僵的笑容忽然变得生动起来，就像干涸很长时间的土地，忽然受到清凉山泉的滋润。

隆庆注意到他神情的变化，心头微微一凛。

寒冷的秋雨一直不停浇洗着大黑马的头颅，却始终无法浇熄它眼中的暴躁情绪和狂暴的战意，然而就在宁缺脸上笑容发生变化的那一瞬间，大黑马眼中的暴躁情绪忽然消失不见，看着那些冲向马车的黑骑，流露出极端鄙夷的嘲讽轻蔑神情，就像看到了一群白痴。

最前面的那名堕落骑士，开始默默摧动念力，背上鞘中的飞剑嗡嗡轻鸣，身下的黑马急促而兴奋地喘息，马颈上的长长鬃毛随着最后加速的冲刺，在雨中不停翻飞，看上去充满了力量的美感。

就在这时，一绺鬃毛飘了起来。这个画面极其细微，不易察觉，没有引起任何人的注意。

隆庆皇子面色剧变，厉啸警告。然而黑骑正在高速冲刺，堕落骑士们就算听懂了他的警告，并且有足够的纪律性来执行他的命令，也已经无法退出，他们已经无法退出这个战场，这个宁缺安排好的战场。

冲刺在最前面的那匹黑色骏马，重重地一蹄踩进泥泞土地，第一个冲上青陵，然后便再也无法继续，因为它的马蹄断了，紧接着，粗壮的马颈上出现一道细细的红线，强健的马身上，出现了更多细密的红线。因为不同部位的用力不匀，那些红线渐渐变宽，然后分开。一匹冲刺中的骏马，就这样变成了冲刺中的无数块血肉。

这个画面诡异到了极点。

马背上的那名堕落骑士，也有几乎完全相同的遭遇。他的右手离开缰绳，刚刚捏成剑诀，飞剑刚刚出鞘，上面便多出了一道深刻的切痕，悄无声息断成两截。他捏着剑诀的手指上多出了一道细细的红线，手指像熟透的果实一般，纷纷落下。紧接着整个身体被从中切断，又被切得更细。然后和身下被割成碎块的马身，一道从半空中落了下来。

就像一座崩坍的冰川。

听到隆庆皇子示警，作为堕落骑士中最强者的紫墨第一个反应了过来，感觉到秋雨中那道诡异而恐怖的气息，他近乎本能地重提缰绳，不惜把身下战马勒至近乎窒息，也要强行停下速度。

骏马一声痛苦的长嘶，如人般立起，身体却控制不住地继续向前，紫墨闷哼一声，飞离马背，重重摔在湿漉泥泞的地面上，然后双脚蹬着泥地，拼命向后坐退，看着身前的秋雨，苍白的脸上流露出惊恐的神情。

6

在这个时刻，这群堕落骑士展现了洞玄境高手的真实水平，尤其是表现出了冷酷冷静在战斗中的绝对重要程度。

这些堕落骑士，并不知道秋雨里那辆黑色马车隐藏着怎样的凶险，但在隆庆示警声响起的瞬间，除了冲在最前面那名骑士，其余的所有人都像紫墨那样，做出了最快也是最正确的反应——他们抛弃了身下的骏马，顾不得任何事情，在湿漉的泥地上连滚带爬，狼狈地以手抓地，蹬着腿，拼命地向远离黑色马车的方向而去，只要能够拉远一段距离，他们似乎可以做出任何事情。

即便如此，这些堕落骑士依然没有完全避开伤害，数匹冲得太快的骏马冲进秋雨中，被雨中的无形力量割成碎开的肉块，有的骑士靴底被无形的线条切碎，有的人整只小腿被切了下来，断面处光滑一片，看上去就像是红色的圆里有白色的眼睛，反而显得越发恶心。

惨厉的号叫声，在秋雨里不断响起，空中那些肉眼根本看不到的线条，似有灵性般，追逐着切割着一切。

紫墨在雨中向后疾退，抓起两名受了轻伤的同伴，奋力掷向后方，就是耽搁了这么片刻，他身上的盔甲上，便多出了数道如同被锈蚀出来般的刻痕，似乎马上便要崩解。

他闷哼一声，飞剑出鞘，蕴着精纯的天地元气，在身前疾速呼啸而行，光影流转间，不知道与雨中那些无形的切割力量，发生了多少次对撞，本来亮若明片的飞剑，以肉眼可见的速度黯淡下来。

本命飞剑黯淡受损，对修行者来说，是很严重的事情，然而此时紫墨哪里还顾得了那么多，借着本命剑争取到的片刻时间高速后掠，也不知道退了多远，终于成功地离开了黑色马车周遭，离开了这场凶险的秋雨，这才急忙把自己的飞剑召了回来。

一名洞玄上境的堕落统领，在黑骑的最后方，他没有受到秋雨中无形切割力量的影响，只是看着那些冲进秋雨便成碎块的骏马，看着同伴们身上诡异地出现血线和深刻的伤口，听着同伴们的痛号闷哼，他的脸色变得极为难看，愤怒不甘至极。

只闻他一声厉啸，鞘中飞剑嘶鸣而出，化作一道带着黑色边缘的青光，倏乎间穿透层层秋雨，向着秋雨深处那辆黑色马车刺去！

然而一入秋雨，准确说，一旦进入黑色马车周遭的层层秋雨里，飞剑便再也无法维持这等威势，瞬间变得黯淡起来，表面出现一层锈痕，似在片刻间承受了被雨水冲洗数十年的效果。

紧接着，飞剑的锈痕表面之上出现了很多细微的刻痕，龟裂一般。啪的一声响，飞剑跌落在距离黑色马车三丈远的雨水中，再也动不得分毫，就像是死透了的虫子，只能被雨水浸泡至腐烂。本命飞剑被毁，那名堕落统领脸色骤然苍白，哇的一声鲜血狂喷。

寒冷的雨水，从紫墨头发里流下，淌过他的眼睛。他看着身前的秋雨，即便被逐出神殿、被叶红鱼废去修为时，依然坚毅的眼眸，终于出现了恐惧的神色。

一场秋雨一场寒，只是一场秋雨，冲洗着霜黄的野草，冲洗着马车与地面的血水，雨中什么都没有，然而里面却仿佛有无数根最细最锋利的钢线，沉默地等待着切割开任何胆敢进入秋雨中的事物，无论是马是人还是剑。

造成这一切的并不是秋雨本身，而是雨中那辆安静的黑色马车，看着那辆黑色马车，看着车上的宁缺，紫墨的脸色越发苍白，觉得这辆黑色马车和车上的人，都并不属于这个真实的人间，而是来自幽冥的世界。

眼看着最强大最忠诚的下属，被一场秋雨重创，隆庆眼眸骤然寒冷，不想再去猜忖宁缺是否还能射出元十三箭，识海里念力骤然喷薄而出，调动寺庙四周的天地元气，转化成自己的气息，直接袭向黑色马车。

带着寂灭意味，充满了毁灭能量的气息，仿佛拥有自己的颜色，那便是黑色，然而这道看似强大的气息，刚刚进入黑色马车周遭的秋雨中，便瞬间消失不见。

至少是在隆庆的精神世界里消失不见，失去了对那道气息的联系，让他的识海受到了剧烈的震动，不由得脸色微白，身形微微摇晃起来。秋雨里的无形切割力量，竟能把最纯粹的气息切割开来！

隆庆忽然想起传说中的某种符，那种修炼至极处，甚至可以把空间切割开的神符，不由得面色微变。

"井字符！"

隆庆看着宁缺，冰冷的眼眸里充满了震惊，又隐隐透着令人感到心悸的饥渴。

"你居然学会了颜瑟师叔的井字符，看来这两年里，你的进步也不小。"

井字符是宁缺最强大的一道符，在他的手中施出来，威力甚至已经近乎于神符，然而动用井字符，对他的境界也是极沉重的负担，此时他的脸色竟似比隆庆还要更加苍白几分，勉强笑道："这两年不知道你躲在哪里，也许是被关在黑牢，也许是有过什么奇遇，但总之你离开这世界太久，所以有些落伍，不知道我现在的传说，我可以原谅你的孤陋寡闻。"

隆庆淡然地说道："战斗才刚刚开始，你便把自己最强大的底牌掀了出来，我很好奇是什么让你做出如此不智的选择，是我给你的压力太大？"

"我本以为我们这些书院弟子已然是世间最自恋的人，却未曾想到今天又看到了你，不过你这个问题问得真的很白痴，以虎搏兔亦当用全力，既然是战斗，当然要从一开始便动用最强大的手段，这可是那些只知写字发呆的少女都懂的道理。"

宁缺这句话里的少女，自然指的是书痴莫山山，当初在荒原旅途中，他曾经教过她以虎搏兔的战斗态度。被宁缺嘲讽为白痴，隆庆也不动怒，看着他平静问道："接下来怎么办？"

宁缺说道："如果你不愿意再打下去，你先走便是，我没有意见。"

隆庆微笑说道："你今天必须死。"宁缺看着秋雨，说道："你可以尝试过来杀死我。"

隆庆也望向这场秋雨，感受着雨中若隐若现的凌厉符意，笑容有些淡漠，有些讥诮，井字符确实强大恐怖，即便是他，也无法破解，然而符道最大的特点或者说弱点，便是无法永远地维持符力，随着时间的流逝，随着自然里的风雪雨露霜雪，终会逐渐淡化，直至最后归于寂灭。

隆庆右手负在身后，左手指着凄寒秋雨，微笑说道："待雨停符消，青天重现，便是你的死期。"

宁缺沉默不语，这令隆庆感到有些不满意，他认真地重复说道："你今天逃不走了。"

宁缺说道："从知道来的人是你开始，我便没有想过要逃。"

隆庆微微一怔，问道："这是为何……你觉得我们之间终有宿命的一战？"

宁缺微嘲道："真不知道你在燕国皇宫里是看什么长大的，世间哪里来这么多的宿命？之所以我不逃，当然是因为用不着逃，不要忘记，你是我的手下败将，你从来没有胜过我。"

"原来如此。"隆庆有些情绪复杂地感慨一笑，笑容显得有些痛苦，有些感伤，说道，"难道现在你还可能是我的对手？"

"我说过我不知道这两年你身上发生了什么，遇到了什么奇遇，但我不可能畏惧你，只要是你，我便相信自己肯定不会失败，更不会死亡。"

宁缺看着隆庆皇子，说道："因为这是我的故事，在我的故事里，像你这种角色，永远只能用来陪衬我。"

车厢里，桑桑正在往匣中剩着的铁箭上安装什么，听着宁缺的话，手指微微一僵，问道："你真这么想的？"

雨水掩盖了宁缺轻微的语声。

"我不是小师叔，也不是二师兄，当然不可能这么想，而且我看这个世界上最像故事男主角的人，最后好像都没有什么好下场。"

"那你为什么这么说？"

"因为我不喜欢他，所以哪怕打不过他，也要把他恶心死。"

宁缺用余光瞥了桑桑一眼，说道："你知道我为什么不喜欢他。"

桑桑有些羞怒，解释道："我现在又不喜欢他，而且那时候只是看着他生得好看，想多看两眼。"宁缺冷声说道："至少曾经喜欢过，哪怕喜欢的是脸，也是喜欢。"

秋雨凄寒，符意凌厉，血水渐淡，痛号渐低，红莲寺前的气氛依然紧张，甚至将要窒息，然而在这个时候，宁缺和桑桑居然还有心情，藏在黑色马车里窃窃私语，说着当年的旧账。

隆庆沉默无语，此时井字符降临在黑色马车旁的秋雨里，他和堕落骑士们无法靠近，然而宁缺却也无法趁机逃离。

再强大的符终有消失的那一刻，隆庆明白，宁缺试图拖延时间，尽快地恢复，于是他略一思忖后，就在湿淋淋的石阶上坐了下来，闭上眼睛，开始冥想，开始治疗体内的伤。

这是战斗里的片刻安宁，这时秋雨暂歇。

7

堕落骑士们搀扶着退到不远处，开始包扎治伤休息，他们望向黑色马车的目光中畏怯渐去，警惕和仇恨的意味渐浓。

先前以雷霆之势自山道来，结果连黑色马车的边都没有触到，便被迫退避，还付出了一名同伴死亡，数人重伤的惨重代价，对于身为洞玄境的他们来说，这是难以忍受的耻辱。

秋雨仍在持续，红莲寺内霜叶零乱，马车湿漉，宁缺已经坐回车中，盖好天窗，隔着车窗看着石阶上的隆庆，忽然心头一动，问道："喂，你到底是怎么活过来的？"

隆庆缓缓睁开眼睛，看着他淡然说道："那是一个很长的故事。"宁缺看了眼秋雨，说道："故事如果太长，可能没有办法听完。"

只有在井字符意还存在的时候，才能够讲故事，能够听故事，一旦井字符意消失，讲故事听故事的人，便会回到原初的身份——不共戴天的仇敌。秋雨中的井字符，在这种时刻，不再那般恐怖，反而为场间带来了短暂的和平。

"我戴着面具，你都能一眼认出我，对我的故事还如此感兴趣，那些年修行界里都在传说，你我是宿命的一生之敌，看来果然有道理……"

隆庆皇子面无表情说道："既然如此，我自然不能允许你这个书院十三先生一个人在修行界里光彩夺目，所以我回来了。"

宁缺微讽说道："不要以为晋入知命境，便能随便摆个派头，就把我镇得五体投地，佩服不已，你知道的，我们那个地方别的不多，就是知命境多，像白菜一样，漫山遍野都是。"

隆庆平静地说道："我不是普通的知命，相信你应该已经感受到了。"

宁缺确实在隆庆的身上感知到了很诡异甚至有些恐怖的气息，比普通的知命境显得强大很多，但他只是笑了笑，说道："不普通的大白菜，终究还是大白菜。"然后他脸上的笑意渐敛，看着隆庆脸上的银色面具，皱眉问道："你身上究竟发生了什么事情？"

隆庆开始讲述这些年发生在自己身上的故事，这是一个很漫长的故事，却被他用最简单的语言勾勒得非常清楚，只需要听其中的几个关键词，便能感受到这个故事的离奇残酷甚至是悲壮。事实上，他并不想对别人讲述这些，只不过宁缺对他来说有别样的意义，所以他想让宁缺在死前，知道自己曾经失去的以及重新获得的，这是一种精神上的需要。

堕落骑士们大概知晓司座大人身上发生过什么，却不知道这些细节，听着秋雨里传来的声音，他们沉默而专注地听着，偶有动容。

"很不错的故事，就是有些老套。"宁缺的点评很冷漠，甚至有些刻薄。

隆庆并不在意。

"我不相信宿命之敌的说法，当然我更不相信，你历经千辛万苦，重现人世，就会像大部分故事的结局那样，把曾经受过的羞辱全部找回来。"

宁缺说道："因为你所受过最大的两次羞辱都来自于我，如果让你把这些事情全部找回来，我如何自处？"隆庆说道："既然是死，死后之人哪里还用在意如何自处？"

宁缺说道："我不会死。"隆庆说道："我是昊天选择的天谕之人，乃天命所归之人，我不会死，那么你就必须死。"

宁缺看着他平静的神情，忽然觉得有些寒冷，微笑着说道："你怎么证明？""昊天的意志无从证明，也不需要证明给凡人看到。"隆庆的回答很无趣。

宁缺看着他，面露嘲弄。

隆庆说道："我服过通天丸，这算不算是证明？""通天丸很稀奇吗？"宁缺问道。隆庆很认真地点了点头。

宁缺看着他笑了起来，说道："几年前我就吃过。"他的笑容很贱，他的声音很冷。

"我还可以告诉你，陈皮皮手里有一大把通天丸，如果我们愿意，可以拿来当炒豆吃，那这又证明了什么？证明了我们是昊天的私生子？"

明明知道这句话肯定有不实之处，但隆庆依然忍不住面色微变。

他如今心境宁静时如水，冷酷时如冰，甚至已经快要接近无情无识的太上境界，然而被宁缺连番嘲讽打脸，心头的那抹躁意终是渐渐浓了起来。

宁缺继续说道："你带着这群堕落骑士，双手沾满血腥，被西陵神殿追杀，居然说自己是天谕之人，难道你不觉得这样很可笑？这只是精神自慰罢了。"

隆庆沉默片刻后说道："也许你说的是对的，或许我不是什么天谕之人，而是冥王之子，所以此生才会承受如此多的折磨痛苦，却又每每能在最黑暗的时候看到希望，而最终可能会沉沦到无尽的深渊底部。"

听到这句话，宁缺心头微凛，脸上的笑容却变得越发讥讽起来："殿下，你真的离开这个世界太久了，居然不知道现在流传最广的那个传言。"隆庆微微皱眉，问道："什么传言？"宁缺用手指着自己，说道："所有人都认为我是冥王的儿子。"

"传说中冥王有几万个子女，当然投射到我们这个世界上的只有一个，那代表着灾难和毁灭，并不是什么光彩夺目的形象。"

宁缺看着他说道："结果连这么一个名头，你都想和我争？殿下，你实在是太过好胜，太过骄傲，而且你的骄傲是虚假的骄傲，因为你依然在意世人的眼光，当年你连续败在我的手中，受尽羞辱和世人的冷眼，所以你此番重现人世，除了杀死我，更重要的是想重新获得世人的尊重。

"如果得不到尊重，你甚至不惜让世人恐惧你，因为这些浓烈的情绪，是支撑你活到现在的精神支柱，为了达到这个目的，你需要足够震撼的身世来历，很遗憾的是，就算你能杀死我，却无法在这方面超过我，因为我的老师是夫子，哪怕你被知守观观主收为弟子，你依然不如我，因为你的老师永远打不过我的老师。

"为了修复自己的信心和严重受损的荣光，为了重新获得世人的敬畏目光，你近乎饥渴地让自己不断强大，并且不断催眠自己，想让自己相信，你真的是什么天谕之人，可惜道门的不容让你这方面的信心都开始动摇起来，于是你转而望向黑夜，恨不得让冥王与你的母亲上床。"

宁缺看着他摇了摇头，说道："你已经疯了。"

隆庆说道："将死之人，哪有资格评断我。"宁缺说道："我也许没有资格，夫子呢？"隆庆沉默。

宁缺说道："当年你我一道登山，参加书院二层楼的考试时，你在柴门勒石上看到的是什么字？"隆庆微微眯眼，他当然记得石上写着的那四个字，但他不想记得。

宁缺说道："君子不争，这就是夫子对你的提醒或者说警告，你总想与人争，岂有不输的道理，你总想与天争，天怎能容你？"隆庆看着他的眼睛，问道："如果天不能容你，你……争还是不争？"

宁缺说道："该争的时候自然还是要争一下。"隆庆说道："那为何我便不能争？"

宁缺理所当然地说道："你凭什么和我相提并论，你不要总想着和我争，你没有可能争得过我，越争输得越惨。"隆庆笑了笑，平静而冷漠。

就在他准备继续说些什么的时候，宁缺忽然推开天窗站了起来。他看了一眼自天而降的雨水，感受着雨中渐淡的符意，说道："不要说这么多废话了。"隆庆微微皱眉，心想究竟是谁在说废话？

车厢里，桑桑把经过改制的小铁圆筒，套在了匣中剩下的五根铁箭上，默默想着，少爷果然是世界上最会讲废话的人。

隆庆抬手，指向秋雨深处，说道："你的井字符还在。"宁缺左手握住铁弓，说道："白痴，既然是我的井字符，怎么可能对我起作用。"

隆庆微笑着说道："那你为何一直未动？"宁缺说道："因为我需要休息，不然真的拉不动弓了。"

隆庆问道："休息好了？"宁缺说道："神清气足意满，浑身都是劲儿。"隆庆说道："休息不用说话，有井字符在，拖延时间也不用说话，你先前为什么要说那么多话，而且似乎发自真心。"

"那些话当然是发自真心。"宁缺伸手接过桑桑递过来的铁箭，看着隆庆说道，"我将要杀死你，而我真心希望你在这个世界上最后一段时光，也过得非常不爽。"

隆庆面色微寒，宁缺弯弓搭箭，不再有任何废话，一箭向他射了过去。隆庆对他的无耻冷血的战斗风格极为了解，谈话之时看似平静，实际上一直在默然准备着下一场战斗的到来，看似毫无预兆的一箭，早已被他料到。

他做了充分的准备，甚至比先前未受伤时更加从容，只见他道袖轻拂，破庙之前天地元气大乱，隐有桃花复现，黑色的桃花，看似轻描淡写地接下了这一箭。

隆庆的身影融入秋雨之中，如魅般便要掠过那一箭，接下来，便是一位知命境强者的恐怖反击。

然而就在这个时候，那根刺在黑色桃花上的铁箭，爆了。

8

铁箭发生了剧烈的爆炸，雨中黑色的桃花被炸开片片绽裂飘落，小铁圆柱上的鳞片，发出凄厉的呼啸声，射向隆庆的身体。

隆庆愤怒地尖啸，一身修为尽数逼出身体，秋雨中，无数天地元气被召来，化作无数透明的盾牌，层层叠叠护在自己身前。无形的天地元气盾，毕竟不是真的金属盾牌，隆庆也不是修行武道的巅峰强者，嘶嘶啸鸣的金属片，虽然被这些天地元气盾削弱了很多威力，但依然把他身上的黑色道衣割成丝缕，鲜血从那些细微的伤口里溢了出来。

更为恐怖的是爆炸本身所产生的火焰与灼热气浪，在那一瞬间，红莲寺前的雨丝被照耀得明亮无比，然后迅速被烧灼成白雾，发出吱吱的声音。隆庆在爆炸开始的那瞬间，便改变了如魅身形的方向，足尖轻点湿漉的地面，借着天地气息的自然流淌，以及气浪的推动力，向后方飘去，从寺门飘到了破落的正殿里，身体狠狠地撞上泥塑的罗汉像。烟尘弥漫，罗汉像断成数截，一口鲜血从隆庆唇间喷了出来，眼神里的情绪异常复杂，因为他无法理解今天发生的很多事情。

先前和宁缺谈论那些天谕和冥王的事情，其实也是他拖延时间的手段，然而他明明看着那些黑色的雨水落在了宁缺的身上，可为什么过了这么久，宁缺依然神色如常，根本没有中毒的迹象。

最令他无法理解的是，书院二层楼研制出元十三箭这样的武器，可以帮助宁缺越境硬抗知命，已然是难以想象的事情，结果现在书院居然还能在元十三箭上加上那个会爆炸的小东西，书院这是准备逆天吗？

隆庆扶着残破的罗汉像，艰难地站起身来，怨毒地望向寺外那辆若隐若现的黑色马车，发出一声极为寒厉的啸叫，然而下一刻，他的啸声便戛然而止。

因为第二支铁箭到了，于是又有一场爆炸。紧接着是第三支箭，第四支箭。爆炸不断发生，破庙内墙倾梁毁，罗汉像化作粉末，火苗点燃黄色的帐幔，又点燃倾倒的木梁，顿时火势冲天而起。

整座红莲寺，都燃烧了起来，顿时照亮了秋雨中有些幽暗的世界。燃烧的寺庙中，忽然响起一声如野兽般的痛苦嘶吼，吼声里充满了愤怒、暴戾、怨毒、杀戮之类的负面情绪，令人直欲捂耳，火星溅飞，然后被秋雨浇熄。

隆庆走了出来，身上处处焦黑，看上去极为狼狈，那些伤口里流出来的血，被灼热的气浪蒸腾而干，泛着腥臭的恶味。他脸上的银面具不知去了何处，露出原来被遮住的半张脸。

那半张脸红肿溃烂，有若艳桃，不是旧伤，是新痛。

隆庆有本命黑色桃花护体，在最危险的关头，迸发出霸道的气息，把真实的火焰隔绝在身体外，但却无法隔绝热量与温度的传递。

银是最易导热的金属之一，所以他银色面具下的那半张脸被烧灼得最为严重。这不是他现在身上最重的伤，但却是看着最恐怖的伤。

数年前在荒原雪崖被宁缺一箭射废，其后如行尸，如走肉，做过乞丐，演过二流言情剧，受尽人间白眼与折磨，隆庆英俊的容颜依然没有受到什么伤害，只是多了几道伤疤，非但不损其美，反而更添魅力。

如今他终于重获强大的力量，却没有想到，重新踏足人世间不久，便遭遇到如此沉重的打击，他的面容终于毁了。

让元十三箭变成能爆炸的元十三箭，这是书院后山的弟子们异想天开的想法，刚由六师兄研制成功不久，宁缺此行带得不多。

所以他决定把这五根箭留到最合适的时机才用，而且最开始的时候，他本以为凭借七根铁箭，就算无法杀死隆庆，至少也能让对方重伤不起，然而他没有想到，此时箭匣已空，弦上只余一根铁箭，隆庆依然没有死。

更令宁缺感到心寒的是——他本以为容颜被毁的隆庆，此时应该痛怒欲狂，再也无法保持冷静，然而当隆庆走出燃烧的红莲寺后，眼眸里的情绪依然是那般冷漠，似乎根本不在意自己脸上艳若桃花的恐怖灼伤。

这个人果然不是普通的知命强者，从实力上看已经快要接近被唐伤后的夏侯，而从心志上来论，甚至显得更为恐怖！

看着在雨中如煤般浑身冒着青烟、神情却像冰一般冷的隆庆，宁缺觉得嘴唇有些苦涩，心想难道你真是冥王的儿子？

隐隐约约间，宁缺看到了冥王的影子，不确定是不是在隆庆身上看到的，但他可以很确定，那抹阴影，已经降临在燃烧的寺庙里。

那代表着死亡，以及绝望。

但宁缺是一个在确定自己死亡之前，永远不会绝望的人。他看着隆庆说道："你的故事很悲壮，你现在的形象也很悲壮，不过这一切都没有意义，因为你注定会败给我，然后不停地败给我，就算你今天能侥幸地活下来，以后依然还是会败给我，因为这是昊天注定的事情，所以你的故事越悲壮，你今天留下的形象越悲壮，将来在修行界的传说中，便越可笑。"

"没有信心，或者没有准备好的时候，你总是喜欢说这么多废话。"隆庆的神情很平静，声音也很平静，说道，"但正如你所说，悲壮和任何手段，在此时此刻，都没有任何意义，你今天会死。"

秋雨不停冲洗，井字符符意渐淡，最终消失无踪。堕落骑士们在外围沉默等待了很长时间，待井字符消失，不用任何命令，有人骑着未受伤的骏马，有人沉默前行，向黑色马车攻了过来。

这些堕落骑士，都曾经是西陵神殿骑兵里的强者，即便是那些曾经的扈从，在服用坐地丹之后，也拥有了洞玄境界的修为。那五位骑兵统领，都达到了洞玄上境，每个人都能与宁缺战上数回合，至于最强大的紫墨统领，更是已经站在洞玄巅峰的领域上，真实境界与宁缺差相仿佛，也是只差一步便要入知命的强者！

在黑色马车的另一边，燃烧的红莲寺前，隆庆再次召出了自己的本命黑色桃花，上面有一瓣近乎枯萎，似乎随时可能落下。但他召的并不是桃花，而是桃花里的剑。一把通体纯黑的无形道剑，缓缓自黑色桃花里生出。

宁缺忽然摇了摇头，他转身，不再理会身后的隆庆皇子，而是用铁箭瞄准了那些堕落骑士。

　　境界越高的修行者，对危险的感应越敏锐。紫墨在堕落骑士中最强大，所以他的感应最敏锐，当他发现宁缺瞄准自己的时候，他毫不犹豫地向前倒进积水的草丛里。

　　他曾经是西陵神殿骑兵统领，是位职业的军人，他清楚在战场上，如果要保住自己的性命，那么便不应该珍视任何风度优雅之类的事情。

　　宁缺没有准备射他，因为他知道这个洞玄巅峰的堕落统领，很强大，并不见得能被一箭射死，他手中最后一根铁箭，射向了骑马而来的另外一位堕落统领。

　　轰的一声巨响，那名洞玄上境的堕落统领，根本没有任何闪避的机会，上半身被这记铁箭轰成了碎片。

　　啪啪啪啪，尸体的残片落在积着雨水的草丛里，溅起带着血色的水，有的就落在这些堕落骑士的身旁，甚至擦着他们的脸而过。

　　明明知道那些依旧温热的肉块，前一刻便是自己同生共死的同伴，然而这些堕落骑士们脸上没有流露任何多余的情绪，他们只是沉默而专注地看着黑色马车。

　　看到这幕画面，宁缺再次确认，这些穿着黑色道衣的高手们，是真正懂得杀人的修行者，是值得尊敬甚至是敬畏的对手。

　　在战场上，对对手的尊敬，最好的方法便是杀死他。在宁缺极为罕见决定尊敬某些人的时候，往往也就意味着一场最彻底最血腥的战斗即将开始。

　　像过往那些年里的每一场战斗那样。

　　桑桑习惯性地握着大黑伞，准备站在宁缺的身旁，然而她忽然觉得体内的那道阴寒气息变得有些诡异起来，难过地咳了两声。

　　宁缺把她推回车厢里的软榻上，跳到马车上，用脚把天窗关上，看着那些不远处的堕落骑士，轻轻一刀挥出。他的第一刀砍向了车辕处，砍断了系在大黑马身上的缰绳。

　　虽然大黑马有能力自行挣断缰绳，但宁缺清楚，这头憨货看似意懒无耻，实际上极重情义，如果自己不砍断缰绳，那么它说不定真的会傻乎乎地留下来，陪着自己和桑桑一道去死。

宁缺砍断缰绳，还大黑马自由，这也意味着，他对今天能够活着离开，并没有抱太大的期望。

一道飞剑凄厉破空而至，宁缺一翻手腕，朴刀迎空而斩。看似随意的一刀，却精确得难以想象。厚重坚实的刀锋，直接把那柄飞剑震飞不见，就像是拾荒者，在垃圾堆里看见无用的物事，很随意地一棍挑至下水道里。

9

高速颤动的嗡鸣声，在黑色马车四周不停响起，每一道嗡鸣声，便代表着一道凌厉的飞剑。当宁缺一刀砍飞一柄飞剑后，堕落骑士们便确认，这名书院十三先生对天地气息变化的感知极为敏锐，再如何掩藏飞剑的痕迹，也无法逃过他的眼睛，于是他们极为坚狠地瞬间改变战术，不再试图掩饰飞剑的痕迹，而是拼命输出念力，务求让每一道飞剑都能发出最大的威力。

然而对于宁缺来说，这种战法没有任何意义，修行浩然气后的他，无论是身体的强度还是力量，都不是普通修行者能够比拟的，他游走在黑色马车四周，偶一出刀，身周的秋雨里便会亮起一道刀芒，便有一柄飞剑被击飞。

没有任何人，更没有任何剑，能够进入到他身前一尺之地，而这正是当年师傅颜瑟大师，对他提到过的剑圣柳白强大的战法。

宁缺不只明悟身前一尺之地的道理，更是通过叶红鱼的那张薄纸，悟得了剑圣柳白的大河剑意，如今他的刀法在凌厉简朴之外，更多了很多磅礴不可抗御的威势，以及那种理所当然所以格外诡妙的剑意。

没有人能够靠近他的身前，但他能靠近别人的身前，他体内那颗浩然气凝成的液体珠高速旋转，不停释放着浩然气，右脚踏入泥泞草地，溅起一大片泥水，而他的人则是在空中拖出一道残影，瞬间来到一名堕落骑士身前。

扑嗤一声，他手中的刀尖刺进那名堕落骑士的大腿深处，然后闪电般拔出，浩然气再转，倒掠十余丈，再次回到黑色马车旁。

便在这时，一名堕落统领看了宁缺一眼。

宁缺脸色微白，只觉识海一片动荡不安，仿佛要掀起惊涛巨浪，这才知道，原来这名堕落统领，竟是极少见的大念师。

世间没有多少人比宁缺的念力更雄厚，尤其是在魔宗山门里接受了莲生大师死前相度的那些意识碎片之后，更是成为了念师的先天克星，即便是悬空寺的观海大师，也无法在精神世界里战胜他，更何况是此人。

宁缺看了那名堕落统领一眼，他识海里雄浑的念力，直接抹杀了此人袭来的那道念力。

那名堕落统领脸色骤然苍白，哇的一声捧腹呕吐，胃中的食物混着鲜血，从他的嘴里，鼻子里喷将出来，看上去极为凄惨。

战斗中，宁缺展现出来的诡魅难言的身法，已经令现场众人极为震撼，而修行界公认，念师在同境界对战中，要占据绝对的优势，而他只是看了那名堕落统领一眼，便让那人遭受到严重的反噬，更是令众人震惊难言，无法想象。

宁缺确实只有洞玄巅峰的修为境界，但他的身上拥有太多绝学，小师叔的浩然气，柳白的剑意，魔宗强者的身躯，莲生的意识，再加上承自颜瑟大师的符道本领，如今的他甚至已经超出了知命以下无敌的范畴，已经拥有了近乎知命境的实力。

换句话说，就算正面对上普通的知命境大修者，宁缺也不会有任何惧意，甚至有四成的把握，能够把对方斩于刀下。然而这些堕落骑士，确实具有相当的实力，尤其是他们战斗时的配合极为默契，无论身法还是脚步，甚至就连呼吸，仿佛都追随着同一个频率，和这些堕落骑士战斗，就仿佛是在和一个人战斗。

隆庆出手，他的手中生出一朵黑色的桃花，黑色的桃花里生出一柄纯黑的无形道剑，黑色道剑如幽冥般悬浮在红莲寺的前方。

一股寂灭的意味从剑身上渐渐弥漫开来。

感应到这道寂灭意味，那些堕落骑士精神一振，仿佛被灌进了鲜活的力量，飞剑如流光般密织，顿时把宁缺封锁进黑色马车前极小的区域里。

宁缺也感知到了这道寂灭的意味，不知为何，他内心深处生出战栗的阴寒感觉，总觉得有什么恐怖的事情将要发生，而他的身体也随之疲惫起来。

其实很早之前，隆庆就已经出了手，在宁缺射出第七支铁箭的同时，他拂动道袍，化无数秋雨为石瀑，轰向黑色马车，那些隐隐透着黑色的雨滴，有几滴避过了大黑伞，落到了车厢里。

落到了桑桑的身上，此时桑桑苍白憔悴的脸颊，诡异地变得一片通红，似乎极烫，她咳得越来越厉害，衣襟上竟似看到了星星点点的血渍。

桑桑知道自己中毒了，虽然她不知道自己是怎么中毒的。她知道如果自己此时强行施放神术，那么谁也不知道会发生什么。

然而感受着那股寂灭意味的恐怖气息透过车厢板而入，隔着车窗看着宁缺在如疯虎般的堕落骑士们的围攻下苦苦支撑，她知道自己没有什么选择。

桑桑扶着车厢壁，艰难地站起身来，撑开天窗，然后双手握着大黑伞，对着天穹上不停落下的秋雨撑开，她撑开了一片光明。

圣洁的昊天神辉，照亮晦暗的雨中天空，把红莲寺前的草地照得清楚无比，仿佛在这一瞬间雨停了，烈日当空重临人世。

桑桑在车顶，双手举着大黑伞，无数乳白色的光辉，从她的身体里雀跃而出，然后通过大黑伞洒向青山处处。因为潜藏在内心最深处的那抹亲近，堕落骑士们纷纷从寂灭的气息中苏醒过来，看着那抹熟悉而令人敬畏的神辉，有些人才想起这个穿着侍女服的少女的身份，眼瞳里不由得流露出恐惧绝望的神情。

他们在西陵神殿侍奉昊天数十年，对昊天的敬畏虔诚早已深植骨中，面对着神殿未来的光明大神官，面对着此生所见最澄静庄严的昊天神辉，怎能不恐惧？

而自堕落始，他们心甘情愿把自己的灵魂奉献给冥王，以寻求生存和力量，没能让他们对昊天神辉生出多少抵抗之力，反而让他们更加恐惧！

堕落骑士们的脸被耀得明亮无比，所有人脸上的神情都极复杂，有些惘然，有些追悔，有些恐惧，甚至有人掩着脸绝望地哭泣起来。

隆庆的处境相对要好一些，他对昊天的信仰更为深刻，却也更容易在精神层面上暂时抹除，然而他自本命桃花里抽出的那柄黑剑，因为先天带着幽冥黑暗的气息，便成为了桑桑散发出的昊天神辉的首要攻击目标。

纯黑的无形道剑，发出一声痛苦的呻吟，伴着嗤嗤轻响，剑身上冒出阵阵青烟，似乎下一刻，便要融化在光明的世界中。

隆庆痛哼一声，被烧灼的面庞惨白一片，焦黑的身躯上也开始冒出青烟，那些被铁箭割伤的伤口，再次开始汩汩冒血。

他收回黑剑，丝毫不顾身上流淌着的鲜血，向着黑色马车里而去，因为他发现，如果要杀死宁缺，他必须先杀死那个小侍女。

对隆庆和堕落骑士们来说，幸运的是，今日破庙前的昊天神辉，没有像那一夜雁鸣湖畔的昊天神辉那般丰沛，那般持久。

似乎很长时间，只不过是一瞬间，桑桑身上的昊天神辉便熄灭了，寒冷的秋雨重新统治世界，晦暗如昏也如晨，她看着车下草地上那道极淡的影子，低下了头。

重病未愈，又中了奇毒的她，今天再也没有办法，把体内的昊天神辉输送到宁缺的体内，她已经做了所有她能做的事情，她脸色苍白，昏倒，落进马车里。大黑伞离开她的手，飘到车旁的水洼中，轻轻摇摆。

圣洁的昊天神辉，哪怕只把这个世界照亮了一瞬间，那依然是光明。就在那瞬间的绝对光明里，宁缺变成了一道极淡的影子，在草地上高速滑行，刀锋悄无声息地抹过那些呆若木塑的堕落骑士。紧接着，他毫不犹豫地压榨出最后的念力，激发了怀里所有的符纸，化作无数道火墙、风雪，把隆庆拦在了黑色马车的外面。

桑桑自幼都和大黑伞在一起，哪怕睡觉都不怎么愿意放开，此时大黑伞却离开了她的手，那么只能证明桑桑的情况非常危急。

秋雨重新落下，那些堕落骑士也纷纷摔落在地，他们的颈上或胸腹间，出现了一道恐怖的伤口。光明降临然后离开的瞬间，两名堕落统领和五名堕落骑士被宁缺杀死，其余还活着的人，也都受了重伤，一时无法站起。

场间的局势陡然发生了变化，现在唯一还能站着的，只剩下宁缺和隆庆两个人。

紫墨箕坐在草地里，身上全是血水，他看着倚车而站的宁缺，眼睛里不由得流露出敬畏的神情，他无法理解，此人明明只是洞玄巅峰境界，却怎么能和司座大人还有自己这么多高手抗衡至今，他是怎么做到的？

"放弃吧。"

紫墨看着他颤声说道："让你强大的灵魂跟随大人，替这个世界掀开新的一页篇章，如此亦能让你十三先生之名流传千世。"

宁缺疲惫地靠着马车，没有回答他的话。

隆庆抬头望天，寒冷秋雨入眼，微有湿意。他的双手微微颤抖，知道自己终于获得了人生最重要的一场胜利。

"现在你总可以认输了。"隆庆收回目光，看着宁缺平静地说道。

宁缺依然握着朴刀的刀柄，盯着雨水在脚前的水洼里溅起的水花，疲惫地说道："老师说过这是我的故事，只能由我自己来写，既然是我写的故事，你自然不可能成为故事里的男主角，所以我想不明白自己为什么会输。"

隆庆说道："这个世界很大，每个人都有自己的故事，你有，我也有，但很遗憾的是，今天这个故事是我的，我才是主角。"

宁缺沉默不语，他知道隆庆说的是对的……自己已经用尽手段，却依然无法改变战局，最关键的是，现在桑桑昏迷不醒。

隆庆问道："你有什么遗言要交代？"

宁缺抬起头来，看着凄寒的秋雨，忽然大声喊了起来："老师！大师兄！我和桑桑要死了！你们快来救我啊！"

隆庆脸上的表情很有趣，他忽然觉得宁缺是个很有趣的人。

没有人回应宁缺的呼喊，青山寂寥，正如夫子曾经重复过无数次那样，这个世界上或许有生而知之的人，却没有无所不知的人。

"我只是试一试，你不介意吧？"宁缺看着隆庆，艰难笑着说道。

隆庆说道："不介意。"

宁缺扔掉手中的朴刀，看着他忽然很认真地说道："我有遗言。"

隆庆说道："你说。"宁缺看着他的眼睛，说道："让我的小侍女活下去。"隆庆沉默片刻后平静说道："对不起，我做不到。"

"为什么？"

"因为她会替你报仇。"

"你怕她？"

"没有任何人敢轻视一位未来的光明大神官。"

隆庆看着他微笑说道："而且一位未来的光明大神官，想必味道肯定不错，会给我带来难以想象的好处，甚至有可能不逊于你。"

宁缺微微眯眼，半晌后说道："我听不懂你说的话。"

隆庆很有耐心地解释道："从天书上我学会了一种功法，能够把修行者的念力、神力以及经验意识，所有的修为都吞噬为己用，据说这种功法源自魔宗臭名昭著的饕餮大法，不过没有那么血腥，不需要像野兽一样吃人。"

之所以解释得如此清楚，是因为他想从宁缺脸上看到绝望、愤怒、怨毒、不甘、疯狂之类的情绪，因为这个人曾经带给过他这些情绪，所以他总想着，如果能把这一切还给对方，那将是很美好的事情。

10

听到这番话后，宁缺的脸上没有任何表情。隆庆不禁觉得有些失望。

而就在这个时候，在谁也没有想到的情况下，宁缺忽然自车壁上弹离，右手不知从何处抽出一把利剑，像毒蛇般直刺隆庆的小腹。这把剑一直藏在黑色的马车里，他用这段时间的喘息，积蓄了最后一点力量，才争取到这个机会。

这个机会不容有失，所以他用的是柳白的剑意。

　　他刺的是隆庆的小腹，更准确地说，他刺的是隆庆的脾脏，因为他知道隆庆的胸口有个洞。

　　一具堕落骑士的尸体，横掠而至，狠狠地砸在宁缺的剑上，然后落到他的身上，紧接着，枫木沉重的躯干，满天风雨，都化为狂暴的攻击，接踵而至。

　　宁缺本已疲惫不堪，甚至可以说油尽灯枯，哪里承受得住这等狂暴的攻击，剑势顿时瓦解，骨断喷血，重伤倒地。

　　"我很清楚你是一个怎样的人，你就像蟑螂一样，怎么打也不容易打死，就算要死，最后也预备要咬别人一口。"

　　隆庆走到他身前，居高临下静静看着他，说道："但我故意给你留下这个机会，因为我想让你尝尝获得希望，却发现这些只是泡影的滋味。"

　　宁缺浑身是血，箕坐在车轮边。

　　"刚才我一直在观察你在战斗中的表现，你的力量很惊人，速度很惊人，身体的强度同样很惊人，那么只有一种可能，你已入魔。"

　　隆庆的眼眸里跳跃着兴奋的神情，说道："宁缺，你果然没有令我失望，你这幸运的一生得到了太多东西，书院的、魔宗的，甚至还有柳白的，还有颜瑟师叔的符道气息，我虽然吸过张天师的，但哪里有颜瑟师叔的遗产美味？"

　　宁缺看着他，疲惫地说道："当一个疯子，真的这么快活？"

　　隆庆根本没有听他在说些什么，眼睛明亮，难抑兴奋地颤声说道："如果我吞噬了你，再把你那个饱含神辉的小侍女吞噬，你说我会强大到什么程度？我有没有可能直接进入知命巅峰，甚至直接跨过那道天人的界线？"

　　"你现在虽然长得不怎么美，但还是不要想得这么美。"

　　宁缺连伸出手指的力气都没有了，但依然没有忘记嘲弄他。

　　听着这句话，隆庆很自然地想起长安城那次酒宴，记起那次是自己第一次被这个人羞辱，寒冷的道心竟有些失守，深吸一口气才冷静下来，说道："当你幸运地学会这么多绝学的时候，有没有想过，最终都会奉献给我？"

说完这句话，他明亮的眼眸渐趋黯淡，黑白分明的界线渐渐消失，变成浓稠的灰色，晦暗如雨云。

看着隆庆眼睛诡异的变化，宁缺知道最后的时刻马上就要到来。

他疲惫地靠向车轮，再也不理会接下来会发生什么。

此时桑桑在车厢里，距离他只有半步之遥。

他希望如果真的还有来生，那么从生下来开始，便能离她只有半步。

寂灭是意味，贪婪是本质，那道源自灰眼的气息，进入宁缺的识海之后，发现此间原本贮藏着的雄厚念力，竟已枯竭一空，不由得好生遗憾。

紧接着，这道气息从里到外向宁缺识海深处潜去，试图搜刮他精神世界最深处的残余念力，以及那些更珍贵的战斗经验，意识碎片，还有那些承自前人的智慧感悟，而所有这些便是修为境界的本质。

隆庆从天书沙字卷上习得灰眼功法后，已经尝试过很多次，无论是龙虎山的张天师，还是真武宗的那些高手，都在他的灰眼功法下变成枯槁的干尸，对于如何吸噬对方的修为境界，早已非常熟悉。

然而今天的情况有些诡异，当那道寂灭而贪婪的气息，沉入宁缺识海最深处后，不知道触到了什么存在，竟是如生灵般生出了恐惧的情绪，无声尖啸着便想逃离！

因为它隐隐察觉到，那里有些事物是自己不能触碰的！

然而已经晚了，在宁缺黑色精神海洋的最深处，有数块碎片感知到灰眼功法气息，似乎受到了某种激发，开始闪耀黯淡的光芒，然后这些碎片散发的光芒越来越明亮，而海洋深处有越来越多的碎片开始晶莹发亮。有的意识碎片源自魔宗山门石壁上的那些剑痕，有的属于书院小师叔，自然浩然无畏，强大骄傲到了极点，哪里会被邪物所惑所取？

最令那道寂灭气息感到恐惧的，是宁缺精神海洋里数量最多的那些意识碎片，虽然它能贪婪地吸噬一切，但那些碎片上的意识似乎比它还要贪婪，还要饥渴！这些意识碎片来自莲生大师，是莲生大师遗留在这个世界上的智慧和所有。

而其中便有饕餮，真正的饕餮大法！

灰眼功法源自饕餮，经由道门前辈的改造，不再那般血腥，却也远远不如饕餮那般强大，换句话说，饕餮大法是灰眼真正的祖宗。

而当灰眼遇到饕餮时，就如同鲨鱼遇到虎鲸，都是至为贪婪嗜血的存在，绝对无法共存，而饕餮是一种很奇怪的存在，只有捕捉到同类为食物，才能真正地苏醒，所以它更加强大贪婪和嗜血！

宁缺黑色的精神海洋底部，无数意识碎片依次亮起，仿佛暗自契合了某种神秘的节奏，又像是某种呼吸，一呼一吸间，便生出极为恐怖的吸噬力。

那道来自隆庆的寂灭气息，只来得及发出一声无声的哀鸣，便被这些莲生大师留下的意识碎片捕捉到，然后直接吞噬。那些意识碎片里沉睡了数年的气息，就此苏醒了过来。

秋雨延绵，红莲寺里的火早已熄灭，整个世界昏暗一片。黑色马车四周，一片死寂，还活着的堕落骑士们，艰难地坐起身来，一时却无法行走，他们情绪复杂地看着那边。

便在这个时候，宁缺忽然睁开了眼睛，但这双眼睛根本不像是他的眼睛。这双眼睛里的眼神非常平静，却又非常复杂，似乎慈悲有若大德，又冷酷有若魔头，沧桑至极，不知蕴藏着多少智慧和人生经验，这双眼睛静静看着隆庆，流露出微谑的神情。

隆庆已经感觉到了异样，自己非但没有吸噬掉宁缺的修为境界，反而使自己的灰眼功法，似乎受到了极严重的损害。而当他看到宁缺沧桑的双眼时，更是惊恐无语，那是对未知的恐惧，那是对事态脱离控制的害怕。

宁缺眼睛里的笑谑之意愈来愈浓，隆庆的身体越来越寒冷。宁缺忽然伸出双手，握紧隆庆的双肩。然后他低头一口咬向隆庆的脖子！隆庆发出一声凄厉的惨叫。

马车旁的草地上，堕落骑士们惊恐万分，不知道发生了什么。宁缺一无所觉，只是低着头狠狠地撕咬着隆庆的脖颈。他用牙齿艰难地切开隆庆的皮肤与肌肉，在尝到腥甜血液的那瞬间，便开始拼命地吮吸起来，腮帮不停鼓起落下，贪婪地吸噬着。

宁缺此时神思恍惚愕然，根本不知道自己在做什么。他只是觉得无比干渴，想要喝水，当他接触到液体后，便不停地吮吸着。隐隐约约间，他忽然觉得自己这时候喝的并不是水，因为这些温热的液体里有很多复杂的味道，有的味道不错，有的味道很糟糕。按道理他不应该知道那些味道来自何处，但这些信息自动出现在他的识海里。

这里面有真武道长老的味道，有龙虎山张天师的味道，还有一股极其霸道强悍的味道，好像来自一个姓何的道人，至于其中最清新最舒服的那股味道，在他的意识深处留有记载，所以他知道那是通天丸的药味。

宁缺渐渐清醒过来，那些莲生大师残留在他识海里的意识碎片，开始不停地展现饕餮大法的细节。宁缺本能里很抵触这个功法里所透露出来的气息，然而生存的本能，饥渴之时想要吸收清水的欲望，却让他自然开始学习。一道极为阴寒强大，却又极为贪婪的气息，渐渐笼罩住他的身体，同时也把隆庆的身体笼罩进去。

紫墨强行撑起身体，想要走到黑色马车畔，然而感受着那处传来的阴寒气息，他竟是恐惧得移动不了脚步。在那座山崖树下，他曾经以为自己看到的司座大人是传说中的饕餮。今夜在破庙前，看着浑身透着阴寒强大气息的宁缺，他才明白，原来黑暗冥界里行走的怪兽，应该是这个样子的。

宁缺完全清醒了过来，双眼也恢复了正常，他缓缓离开隆庆血肉模糊的脖颈，看着脸色苍白、无比惊恐愕然的隆庆，有些艰难地笑了笑，笑容显得有些落寞，但他此时唇角还在淌落隆庆的鲜血，于是落在隆庆的眼中，这笑容竟比魔鬼更加可怕。

"吃人……这么没有技术含量的事情，其实并不难学。"宁缺紧紧握着隆庆的双肩，想着先前临死前那刻的绝望，想着这人说要吃掉桑桑，笑容里的落寞尽数化为平静，淡淡说道："当你幸运地学会这么多绝学的时候，有没有想过，最终都会奉献给我？"

这是先前隆庆准备吞噬他修为境界之前说的话，此时宁缺原话奉还给他。命运的转折，总是来得这样急陡，超出所有人的想象。

隆庆痛苦地惨号一声，逼出早已受损的本命桃花，然后他毫不犹豫地用体内半截道人的磅礴念力，直接把本命桃花爆掉！黑色桃花碎为最细的粉末，恐怖的冲击波，直接把宁缺和隆庆震开。宁缺的身体直接把马车车轮撞裂，而隆庆更是惨不忍睹，浑身是血躺在地面上。

秋雨还在一直下，黑色桃花化作了黑雨，血水化成了血雾，弥漫在破庙废墟的四周。隆庆怨毒不甘地看着宁缺，颤着声音咆哮道："杀了他！"说完这句话，他就昏了过去。堕落骑士对隆庆的忠诚无以复加，哪怕都受了极重的伤，听着这句话，哪怕用手爬，也向黑色马车爬了过去。此时的宁缺，正在消化刚刚吞噬的大量气息，无法移动。无论是半截道人的部分修为，还是通天丸的药力，都需要时间。

他靠着破裂的车轮，闭着眼睛，似乎那些堕落骑士真的有机会。然而就在这个时候，安静的红莲寺外，忽然响起一道暴躁的马嘶！大黑马如道黑色闪电，穿掠秋雨而至，奋起前蹄，直接把那名爬得离宁缺最近的堕落骑士踩得胸碎而死！

紫墨脸色苍白，他哪里想得到，书院即便出来一头畜牲，竟也如此可怕！他痛苦地闷哼一声，胸口骤然下陷，动用了西陵神殿的秘法，开始燃烧生命，用最快的速度，重新获得了充沛的力量。他暴喝一声，一拳砸向大黑马的头颅，拳出如风。

大黑马狂嘶一声，毫不畏惧地与之相撞。

一声沉重的闷响，大黑马前蹄微屈，痛苦地喘息不定。它不是老黄牛，终究不是一名燃烧生命的洞玄巅峰强者的对手。紫墨便在此时注意到宁缺的眼帘微微颤动，不由得浑身寒冷，猜到此人可能是要醒了，暴喝道："收马，带着大人先撤！"

宁缺睁开眼，看到数骑黑骑在秋雨中向山下而去，那名最强大的堕落统领，则是在自己的身前。

宁缺起身，问道："你想拦我。"紫墨说道："虽然我只能再活三个月，但我现在还可以拦一拦你。"宁缺说道："你不是我的对手。"紫墨说道："我想试一下。"

宁缺看着远去的那道雨中烟尘，脸上没有任何情绪，很随意地挥手向后一击，在黑色马车上击破一个洞口，然后伸手从里面取出铁弓。

紫墨微微皱眉，说道："你没有箭了。"宁缺通过洞口，看着昏迷中的桑桑，又看了眼受伤的大黑马。他直接拉动了铁弓，弦上无箭，那便是空弹，弓弦铮铮作响，声欲裂云。紫墨的胸口多出一道极深刻的血线，他有些惘然地低头望向自己的胸口。宁缺再度拉弓，弦声再起，每一弦动，他心中的躁意似乎便消退一分。

于是他连弹数十下。十余丈外，紫墨的身体上出现了数十道血线，如沙山般崩坍。

宁缺把铁弓收至身后，他站在乱飞的寒冷秋雨里，若有所思，从这一刻开始，他晋入知天命境界，可以称得上真正的得道，而和以往两次破境不同，这一次他没有什么喜悦的情绪，只是疲惫。

11

天色晦暗如夜，风雨凄厉如诉，风雨中，黑色马车不停淌着水，宁缺若有所思，然后瞬间醒来，走上了马车，抱起昏迷中的桑桑，伸出手指掐着她细细的手腕，感了感脉，将她缓缓放平在被褥上，看着她紧蹙的眉头，苍白的小脸，他的眉头也忍不住蹙了起来。

确认天窗的挡板遮得严实，他走下马车，来到先前自己一拳打破的车厢壁前，双手拉着有些锋利的铁皮边缘，用力拉回原处，大致恢复原状，至少不用担心会有雨点从洞里飘进去，打湿桑桑的脸。

大黑伞在车旁的水洼里，被寒风吹得不停颤抖，他拾起伞，走到屈着前蹄跪在雨水中的黑马前，单膝跪下，用伞替它遮着，然后低下身，抱住它强壮的脖颈。

大黑马的头侧被紫墨重拳击中，骨头没有碎裂，受到的强烈震荡，却让它感到十分难受，不停痛苦地喘息着，此时被宁缺抱在怀里，感受着主人的那丝温暖，似乎稍好了些，呼吸渐渐平缓下来。

宁缺轻哼一声，单臂用力搂着黑马的脖颈，帮助它从污浊的雨水里站起，然后抚着它，慢慢走到火势早熄、只剩焦黑废墟的红莲寺内，借着残存的雨檐，让它暂时避雨势，至少保证马身的温度不会下降得太过厉害。

然后他消失在风雨中。片刻后，秋雨终歇，天地在黄昏到来之前，再复清明的模样。宁缺的身影出现在红莲寺前，右手紧紧握着十余支黝黑的铁箭，铁箭的前端明显有些变形，此时正在不停向下滴着雨水。

元十三箭是他最强大，也是最可靠最珍贵的武器，无论何时无论何地，他都不可能容许失散，先前便是去青陵四周寻找。看着明显变形的铁箭，他知道如果不经过细心的修复，这些箭应该是没有办法再用了，想着先前把匣中的铁箭全部射光，居然都没有办法当场杀死隆庆皇子，他的眼中流露出浓郁的警惕神情。

虽然今天这场战斗到最后，隆庆皇子依然败得一塌糊涂，但宁缺清楚，这场胜利和自己的关系并不大，那个注定与自己只能有一个人在世间生存的家伙，如今确实强大得难以言喻，如果不是最后莲生大师留下的意识碎片起了作用，那么现在自己只怕早已死去，根本连警惕的机会都没有。

从焦黑的破庙里找到几块打翻在地的肉块，宁缺走到大黑马前，温言细语地劝它勉强嚼了一块，然后替它盖了一件毛毯。

接着，宁缺把马车的车轮做了简单的修复，然后看着马车钢铁铸成的车壁，沉默无语，他都不知道，先前自己怎么能一拳便把车壁击穿，即便是魔宗的真正强者，要做到这一点，也极为困难。最终他只能归结为，这是修行者初入知命境时的一次爆发。

车壁上的破洞可以勉强补好，师傅颜瑟刻在车壁上的神奇符阵，却因为那些线条的断裂，而不可能简单地修复。桑桑和黑马伤势渐宁，却不可能马上好转，依然需要地方治疗，现在的情况是车要修，人也要修，在这种局面下，自然不可能直驱烂柯寺。

暮时将至，雨后的青陵天光黯淡，然而透着一股清新的生命的鲜味，那是断草茬口的汁液的味道，也许是草中斑驳血渍的味道。坚硬的车轮碾轧着雨后疏软的泥土，竟似要没入小半个车轮，没有车壁符阵的力量，这辆用钢铁铸成的马车，沉重得难以想象。至少需要八匹最精壮的骏马才能拖动，以前大黑马完全健康的时候，可以做到，然而现在它已经受了伤，哪里还有这个力气。

宁缺右手牵着缰绳，左手拉着黑色马车，向着草甸下方行去。缰绳后是疲惫的大黑马，黑色马车车厢里躺着桑桑。

12

齐国偏处西南，是中原诸国里一个不起眼的国家，都城自然无法与长安城比较，谈不上雄伟，但却显得格外干净或者说清静，微黄的银杏树下，行人如织，脸上带着平静又或者可以说是麻木的神情，似乎街畔的美景和周遭每天发生的生活故事，对他们产生不了任何影响。

数千年来，齐国一直是西陵神殿的附属国，道门在这里的地位极高，街上偶有带着神殿徽记的马车经过，民众远远看着，便会虔诚跪拜在道旁。

都城正北方有一座白色的道殿，建筑外镶嵌着各式各样的宝石，雨道边缘涂着金粉，看样式明显是仿照桃山之上的西陵神殿，只不过规制要小很多。

这座道殿的高度，竟是超过了都城正中间的齐国皇宫，站在道殿的正上方，远眺皇宫，会自然生出一种居高临下的俯视感。这种高低落差自然是刻意的安排，也是数千年来真实情况的写照。

齐国的皇位继承，必须经过神殿批准，而无论是军事还是外交，也都完全无法摆脱神殿的影响力，所以可以想象神殿在此拥有多么熏天的权势，道殿里居住着的那位红衣神官，在齐国的地位，甚至还隐隐然在皇帝之上。

有了权势自然便会有无穷无尽的财富及资源，所有齐国子民都清楚，齐国最夺目的珠宝，最珍稀的物品，并不在皇宫里而是在道殿里。

财帛总是令人心动，但哪怕是最胆大最强大的盗贼，也不敢进入这座道殿行窃，更没有什么匪徒会愚蠢到来这里抢劫，因为这座道殿是齐国戒备最森严的地方，没有谁敢在昊天的世界里轻易冒犯。

就在前些天，齐国发生了一件大事，龙虎山天师道被血洗灭门，国师张天师也形状可怖地死去，神殿和齐国皇室，联合派出了大量力量前去调查，然而都城的气氛依然像秋天般，变得越来越晦暗。

道殿的戒备越发森严，站在石阶两旁的骑士，神情冷漠地盯着路过的行人，眼光寒冷得像冰块一样，似乎无论是谁在他们眼中都是贼人。静寂的街道上，忽然响起一道令人耳酸的、难听的摩擦声，护教骑士们顿时警惕起来，向那边望去，冷漠的眼神骤然生出不可思议的神情。

一辆黑色的马车正自街头缓缓行来，黑色的车轮在坚硬的石道上碾过，顿时留下一道深深的辙痕，碎裂的石屑不停向四方飞溅。护教骑士们震惊无语，心想这辆黑色马车得有多沉重，才能造成这样的效果，而这辆马车的车轮又是用什么材质铸成，居然能够不变形？更令他们感到难以理解的是，虽然那辆黑色马车前方有匹黑色的高头骏马，却不是由马拉动，而是前方系着根极粗的绳索，被一个年轻人拉在手中。

这个年轻人要有多大的力气，才能拉得动这样沉重的一辆马车？这件事情马上被人通传到道殿里，一位中年神官出来察看，看到这幕画面，脸色变得有些阴沉，又有些复杂——能够单手把这辆马车拉动的人，肯定不是普通人，他虽然心生警惕，却也不愿多生事端。

黑色马车缓缓驶上坡道，停在道殿前。大黑马低着头颅喘着粗气，显得极为疲惫，有些好马的护教骑士，看着它光滑的皮毛，不由得好生惋惜，心想那个年轻人实在是糟糕，竟把如此一匹神驹养成了个病货。

"你是来做什么的？"

中年神官看着那个年轻人微微蹙眉问道。作为西陵神殿的一员，代昊天在世间行使旨意，在齐国都城里过惯了高高在上的生活，自然也养就了嚣张冷酷的性情，他自以为这句话问得很是温和，却不知道在别人耳中是多么的没有礼貌。

年轻人自然是宁缺。如果换作以往，遇着自己最厌憎的西陵神殿神官用自己最厌憎的语气和自己说话，他肯定无法接受，然而他今天来这间道殿另有要事，而且自红莲寺一战后，他的性情很奇异地变得沉默宁静了很多。

"我的妻子生了重病，听闻道殿可以治病，所以……"宁缺说道。

中年神官这才知道，原来这个人竟是来求医问药的，眉头不由得皱得更紧，正待训斥，回想起先前黑色马车碾轧石道的画面，强行压抑住不耐，挥手说道："还未到放药的时间，你们三日后再来吧。"

世间亿万子民都是昊天信徒，西陵神殿要维护自己的统治，除了神威之余，自然也要适时施放自己的神恩。昊天的意志不可能被普通人所感知，修行神术的神官数量极为稀少，也不可能真的在世间替信徒治病，但各国道殿里却存着很多药材，甚至有很多珍稀的丹药，每隔一段时间，便会免费提供给信徒。当然，没有任何宗教会做亏本生意，西陵神殿也不例外，所以各国道殿都严格控制着放药的时间间隔，既给信徒以希望，却把希望紧紧握在自己的手里。

"我们不需要道殿里的神官看病，只是听说各国的道殿是贮藏药材最多的地方，所以过来看看，当然，该给的药钱还是会给的。"

宁缺说道，然后取出一张银票递了过去。

中年神官微微一怔，微怒想着，道殿里的药材以及灵丹，都是由西陵神殿的前辈们精心研制而成，哪里是世间普通的方药能够比拟，这人居然想花钱就买，实在是对神殿的侮辱……

忽然间，他余光里看到了银票上面的数字，不由得身体微震，心想如果这是侮辱，不要说是自己，就算是尊贵的红衣神官大人也不会介意被多侮辱几次。

中年神官的好心情，并没有维持太长时间，当他大开方便之门，极为仁慈地允许宁缺拉着黑色马车和黑马从道殿侧门进去之后，他拿到了宁缺递过来的第二张纸，这张薄薄的纸不是银票，而是一张清单。

清单上面密密麻麻写满了字，至少有三十几种珍贵的药材和丹药，而其中更是有极大数量的药材，属于道殿秘藏，严禁流传到世间。

中年神官不知道这个年轻人是从何处得知道殿里藏着这些药材，不由得大感震惊，即便是这样，他也注意到清单上的字迹娟秀明媚，居然是难得一见的好字。

他看了一眼清单，又看了一眼银票，满怀遗憾又带着警惕之色说道："虽然我能感受到你对昊天的诚意，但很遗憾地告诉你，这上面有很多药材是用钱买不到的，哪怕你付出再多的诚意，也没有任何意义。"

宁缺看着不远处的药库，就在这时，黑色马车里传来桑桑咳嗽的声音，他的眉头不由得微微皱起，眼眸里开始涌现烦躁的情绪。昨日傍晚离开青山红莲寺后，他没有继续向烂柯寺前进，因为马车虽然修复，可是以他步行拖动的速度，至少需要十余天，才能抵达烂柯寺，桑桑一直昏迷不醒，毒素和病痛的折磨，让她的小脸异常苍白，在这种情况下，他只有选择最近的大城市，然后寻找自己需要的药材。

离开长安之前，书院十一师兄王持留给他十几张药方，然而那些药方看似寻常普通，里面有些药草，却只在书院后山有，世间难以寻觅，无论是镇压阴寒气息的药方，还是解毒的药方，都是如此，除了书院，拥有最多珍稀药材的，当然就是道殿，所以宁缺决定先去最近的齐国的都城。

从昨天傍晚一直到此时，他一手牵着大黑马，一手拖着沉重无比的马车，不眠不休，不饮不食，在雨后泥泞的道路上艰难前行，竟然真的走到了这座都城，可以想象他为此付出了多少辛苦与代价。唯一能够令他感到有些安慰的是，清晨时分，桑桑终于醒了过来，虽然咳嗽得越发厉害，没有好转的迹象，但至少让他松了口气。

此时的宁缺看似没有什么异样，实际上他的体力已经消耗殆尽，尤其是神思因为过度紧张和疲劳，而显得有些恍惚，他什么都快忘记了，忘记了自己是要去烂柯寺参加盂兰节，忘记了自己才和隆庆皇子与堕落骑士大战一场，忘记了自己已经晋入知命境，只记得自己要给桑桑找到那几种药材。

然而就在眼看着要拿到药材的前一刻，却出现了别的情况。宁缺依旧沉默不语，眼睛里的情绪却变得越来越冷漠，冷漠的最深处，隐藏着十分恐怖的狂躁情绪，他的手缓缓握住了刀柄。

看见他这个动作，中年神官的脸色顿时变得极为难看，他可以接受这个年轻人用银票来侮辱自己，却不能接受对方用暴力来威胁自己——他是侍奉昊天的神官，任何人用暴力威胁自己，那就是在威胁昊天。胆敢威胁昊天，那便是亵渎。

道殿里，那些一直默默守在旁边的护教骑士缓缓抽出了鞘中的刀剑，有修为境界的道人则开始默默调动念力。在他们看来，就算这个年轻人拥有恐怖的力量，但只要对方敢抽出鞘中的刀，那么一定会被轰杀。

黑色马车里再次响起咳嗽声，显得极为痛苦，宁缺身体微颤，从那种躁狂的情绪中醒来，忧虑地望向车窗。一只细细的胳膊从车窗里伸出来，那只手用手绢轻轻擦拭掉他额头上的汗珠，车里传出一道虚弱怜惜还有些自责的声音。

"都累糊涂了，上车吧。"

宁缺这时候闭上眼睛便能睡着，确实恍惚疲惫到了极点，却怎么也不可能忘记自己此行的目的，说道："我要找几种药。"

桑桑虚弱的声音再次响起，说道："你忘了我的身份？找他们要些药，他们总不好意思不给。"

<h1 style="text-align:center">13</h1>

听到桑桑疲惫的声音，疲惫的宁缺稍微清醒了一些，松开了握着朴刀刀柄的手，伸入腰间——他是出身书院的唐人，对这些出自西陵神殿的神棍自然没有丝毫好感，而且因为桑桑的身体焦虑至极，情绪显得极不稳定，但既然能够不动用武力，自然也没有必要让神殿和书院之间发生一场战争。

就在他准备把手从腰带里取出来时，道殿深处缓缓响起一道苍老的声音："十三先生不用拿了，这里不是荒原，我也不是程立雪。"随着这道苍老的声音响起，那位中年神官和护教骑士们神情顿时一肃，片刻后，一名身穿深红色神袍的老年神官缓步走了出来。西陵神殿里，不是所有道人都有资格穿这种深红色的神袍，尤其是派驻各属国的红衣神官，更拥有神殿里同伴们难以企及的地位。这位苍老的红衣神官，常驻齐国道殿已逾三十年，虽然在西陵神殿里没有什么强大的背景靠山，但即便是齐国皇帝在他面前，也要保持足够的尊敬。

看着那辆黑色的马车和车旁的宁缺，红衣神官混浊的眼眸里出现警惕的神情，心想都说此人已经离了唐国使团，直去烂柯寺，怎么今天会出现在这里？尊崇的红衣神官，面对书院二层楼弟子这等身份的来客，不可能作出骄傲神态，却也不会流露出怯畏的神情。而在西陵神殿的庇护下，似宋国齐国这等属国，没有感受过唐国铁骑的恐怖，所以也不怎么畏惧，道殿里其余人等也还算平静。

看着那名红衣神官，宁缺说道："既然你知道我是谁，也不想出现荒原上那些事情，那我想应该可以商量一下，我只是需要你们这里的一些药材，而且我愿意付钱，只是麻烦你们快一些。"

红衣神官从那名中年下属手上接过清单，白眉缓缓皱起，说道："书院确实值得尊敬，但道殿是供奉昊天的地方。"

宁缺听出了对方的婉拒之意，先前略微消减了些的焦虑和狂躁情绪，再次生起，身体微微前倾，盯着此人苍老的眼睛，说道："如果是以前，我肯定会逼着你找叶红鱼来见我，然后才会尽情地在她面前羞辱你，但现在我很着急，所以我请你，认真地看一看我手中拿着的腰牌。"他从腰带里取出一块腰牌，举到红衣神官的面前，距离是如此的近，看上去就像是砸在了对方那张布满皱纹的脸上。

红衣神官听着叶红鱼的名字，有些耳熟，却一时没有想明白，因为他一直生活在道门里，除了最开始那些年，便从来没有听谁直呼过这个名字。片刻后，才醒过神来，怒视宁缺，心想即便你是夫子的亲传弟子，居然敢直称伟大裁决神座的名讳，如此大不敬亦不可接受。

然而他愤怒的眼光，在触到那块腰牌后，顿时一凝。看着这块样式普通的腰牌，红衣神官苍老的眼眸里，涌现出极为震惊的情绪，他想起去年回神殿述职时听到的传闻，想起传闻中宁缺身旁那个小侍女，身体开始不受控制地颤抖，每一道皱纹都变得苍白。他忽然间觉得自己真的是老了，连续忘记这么多重要的东西，既然书院十三先生出现在眼前，那个人又怎么会不在？

苍老的红衣神官，在看到那块腰牌后的极短时间里，想到了很多事情，然后他转身望向那辆黑色的马车，缓缓地跪了下来。看到这幕画面，幽静的道殿里响起一阵惊呼。

那位红衣神官跪倒在黑色马车前，双掌落在微显粗糙的石地上，花白的头发微颤，喃喃念着一些什么，目光里再也找不到丝毫震惊或惊恐的情绪，只能看到无尽的感伤追思，还有无比虔诚的兴奋与激动。

场间的人们依然不明白发生了什么，他们不知道那辆黑色马车里坐着的人是谁，即便是西陵神座亲身降临，也不至于令红衣神官行出如此大礼。只有那名中年神官隐约猜到了事情的真相。身为红衣神官最信任的下属，去年红衣神官自西陵神殿述职归来以后，他曾经在很多个深夜里，看到红衣神官饮醉后狂喜如歌的模样，断断续续听到过一些什么。所以他毫不犹豫地在红衣神官身后跪了下去。中年神官对着黑色的马车重重地叩首行礼，然后带着无尽的恐惧或者说敬畏，颤着声音说道："恭迎光明之女降临人间之国。"

"光明之女"这四个字在建筑里缓缓飘荡，未来得及撞到墙壁，便消失无踪，然而在人群的耳中依然像雷鸣般在持续。只听得密密麻麻的布料摩擦声，膝头触地声，重重的叩首声，在幽静的白色道殿里密集响起，人们无论是站在石阶上，还是正在诵读教典，在听到中年神官那句颤抖的话语后，都以最快的速度跪了下去。

人们对着那辆黑色的马车顶礼膜拜，敬畏不敢言语。

不知过了多久，桑桑微显疲惫的声音，从黑色车厢里响起："都起来吧。"没有人起来，因为场间地位最尊崇的红衣神官，依然跪在黑色马车之前。从听到那个声音的一刻，混浊的眼泪便开始在红衣神官苍老的脸上纵横，深刻的皱纹顿时被打湿，就像干涸无数年的龟裂大地，终于迎来了春雨。他泪流满面，浑身颤抖，幸福得忘记了站起来。

14

去年春天，长安城北，无名山顶那株松下，光明大神官与颜瑟大师决战之前，把自己最重要的东西，都留给了桑桑。颜瑟留下的是惊神大阵的阵眼杵，让桑桑转交给宁缺，光明大神官留下的是一块腰牌，而且就是留给桑桑的。从那天开始，桑桑就不再仅仅是宁缺的小侍女，也不再仅仅是大学士府的落难小姐，而拥有了一个很特殊的身份，因为这个身份，天谕大神官专程从西陵来到长安相见，与宁缺定下三年之约，也因为这个身份，齐国都城这座道殿里的所有人，都跪在了黑色马车之前。

宁缺今天才知道，在如今的西陵神殿里，桑桑有个光明之女的正式称号，虽然他下意识里不怎么喜欢，但也能听出这个称号尊贵到了极点，看着密密麻麻跪在地面上的神官和护教骑士们，看着身前老泪纵横的红衣神官，感受着场间的肃穆氛围，他有些惘然地发现，自家的小侍女原来已经是一位大人物了。

傍晚时分，齐国都城那座白色道殿的最高层出现了两个人影，金色的阳光笼罩在这里，与街上的银杏树叶相映成美。宁缺静静看着这异国的秋天，忽然转身，看着红衣神官苍老而疲惫的面容，说道："让一位光明大神官死在你的道殿里，你知道那意味着什么，虽然她现在还不是，但全道门都知道，三年后她必然便是。"

看着他，红衣神官混浊的眼眸里流露出很复杂的情绪，有些感激又有些恼怒，说道："我想十三先生您应该要明白一件事情，没有任何人比我们西陵神殿更在意光明之女的安危，至于我更会尽全部力量，不然我宁肯去死。"

宁缺听着这个回答，不知道该说些什么，这位苍老神官半日来的所作所为，即便是他，也挑不出任何毛病。凭恃着西陵神殿在属国里的无上神威，这位红衣神官发动了整座道殿以及齐国朝廷的力量，在极短的时间内，竟是把都城最著名的十七名医生全部绑回了道殿替桑桑看病，至于宁缺手头那张十一师兄留的解毒药方需要的药材，更是早已备好，其中有两味药材，竟是从齐国皇宫里强行征调而来。

服下药物后，桑桑体内的毒素祛了大半，明显有所好转，虽然大部分时间还是在昏睡的状态，但至少应该没有什么性命上的危险。

"神座所中的毒素很奇特，十三先生你的那个药方虽然高明至极，但明显不能全部祛尽，还是需要想些别的法子，至于神座体内的阴寒气息，我也无法……"

红衣神官在提到桑桑时，没有使用西陵神殿对桑桑的官方尊称光明之女，而是直接以神座相称，似乎他断定桑桑一定会继承光明神座。

说到此时，老神官看着宁缺的眼睛微微显寒，带着无尽愤怒说道：

"神座的身体乃是何等要紧的事情，你们书院究竟是怎么照顾她的？"

昊天道门里的绝大多数人都以为桑桑留在长安城，必然是在接受书院无微不至的照拂和教育，然而真实的情况是，桑桑除了要继续照顾宁缺的衣食起居，甚至还经常要做饭给书院里的那些懒货吃……

宁缺能够想象，如果让西陵神殿里的人们知道，在他们心中无比尊贵的大神官，如今依然过的是这种日子，肯定会愤怒地发疯。所以面对红衣神官的愤怒，他很理智地保持着沉默，只不过想着先前黑色马车前此人的痛哭和其后的表现，他不禁觉得有些疑惑。

他看着红衣神官苍老的眼眸，问道："你是哪个司的？"红衣神官平静而骄傲地说道："我出身光明神殿。"

宁缺隐约明白了一些什么，忽然又道："你知道我和她的关系？"红衣神官神情复杂地说道："神座与十三先生名为主仆，实为伴侣。"

宁缺摇头说道："错了。"红衣神官神情微凛，问道："哪里错了？"

宁缺说道："离开长安前我们已经定亲，所以现在是夫妻。""恭喜恭喜。"话虽如此说着，红衣神官的脸上却全然看不到什么喜色，显得格外麻木，甚至在眼睛里还能看到失望和痛苦。

历史上并不是没有出现过西陵大神官与人结成世俗姻缘的故事，但那种情况极为罕见，尤其是被视为最接近昊天的光明神座，数百年来都是全心全意侍奉昊天，哪里可能成亲？而且还是与教外之人！

宁缺看出了老人的失落痛苦和对自己的恨意，自然并不畏惧，但想着将来的事情，还是觉得有些麻烦，说道："桑桑是我妻子，这件事情谁都无法再改变，天谕神座答应了我，那便是得到了昊天的允许，既然如此，你以及你的那些同伴们，应该想清楚，将来的西陵光明神殿，至少有一半是我的，所以你们不要敌视我。"

这不是威胁。他很清楚，无论是西陵神殿里那些老奸巨猾的神棍，还是道门里满腔热血的信徒，都不可能在这种威胁面前低头，他说这段话只是想提醒对方一些事情，并且试图拉近与对方的心理距离。

然而他没有想到的是，在听到这段话后，红衣神官没有冷笑，没有愤怒，竟是开始了认真的思考，眼眸里的失望与痛苦渐渐平静下来。

不知道过了多长时间，红衣神官望向宁缺，平静说道："我同意您的说法。将来的光明神殿上，理所应该有您的座位，如果神座自己愿意，就算把光明神殿分您一半，又算得了什么？"

于是轮到宁缺开始皱眉思考，要知道无论自己和桑桑是什么关系，西陵神殿都不可能允许书院如此光明正大地把手伸上桃山，更何况是直接影响光明神殿，那为什么这名红衣神官会做出这样的邀请？思考没有得出任何结论，他看着红衣神官直接问道："为什么？"

"神座现在还是光明之女，年轻且纯净，而西陵神殿是世间最复杂凶险的地方，就算两年后如天谕神座所说，她会出现在桃山，依然不见得能坐上光明神殿深处的神座……幸运或者不幸的是，您是她的夫君，如果书院愿意通过您对神座表达支持，那么我想她的归座之路会走得顺利而且平和很多。"红衣神官微微低首，谈话中第一次向宁缺表示出恭敬。

宁缺沉默，忽然发现随着桑桑的身份地位变得越来越高，他们两个人所面临的问题或者说挑战，似乎也变得越来越麻烦和复杂了。

不过这些问题都是在将来才可能面对，在桑桑依然时常昏迷、重病难愈的当下，他要考虑的是她如今的身体，而不是未来的荣光。于是他没有继续讨论这个问题，问道："叶红鱼究竟什么时候能到？"

对于这位书院的十三先生坚持如此不敬称呼裁决神座名讳，苍老的红衣神官先前已经提出了无数次愤怒的抗议，然而却始终处于抗议无效的尴尬境地之中，再想着此人与光明神座之前的那些关系，只怕更多的不敢思及的不敬之举都做过，于是他只好放弃了道门在这方面的尊严。

"裁决神座如果是从西陵过来，至少需要十天时间。"

桑桑再次昏睡后，宁缺吃了些东西，简单地进行了洗漱，恢复了些精神，不再如刚到都城时那般疲惫恍惚，思绪非常清楚。

"她现在不可能在西陵。因为她应该很清楚这件事情有多麻烦，哪怕整个道门都猜不到隆庆的出现，她不能猜不到，所以她在找他，从龙虎山到真武宗，再到昨天的红莲寺，她应该行走在这条线路上。"

然后他看着虚弱的红衣神官，说道："既然如此，我能花一天一夜的时间从红莲寺走到这里，她凭什么不能？"

红衣神官轻轻叹息一声，说道："问题是神座大人为什么会来。"宁缺说道："因为她有很多问题想要问我。"

说完这句话，他向白色道殿深处走去，桑桑这时便睡在其中一个卧室里。

他相信叶红鱼在收到自己在齐国都城的消息后，一定会以最快的速度赶来，正如他对红衣神官说的那样，叶红鱼一定有很多问题想要问他，那些关于隆庆的事情，如果说宁缺是这个世界上最想隆庆去死的人，那么现在的叶红鱼，毫无疑问应该排在第二位，因为那个穿黑色道衣的男子一直都是在挑战她。

但宁缺没有对红衣神官说为什么自己要叶红鱼来看自己，除了交流关于隆庆皇子复活后的二三事，他还有一个更重要的原因。桑桑体内的阴寒之气，现在是很棘手的事情，即便是她体内纯净的昊天神辉也无法压制，那么他想尝试一下别的方法。先前那位苍老的红衣神官，将苦苦修行数十年神术所炼化的昊天神辉，毫不吝啬地尽数用在桑桑的治疗上，所以他才会变得那般虚弱疲惫。

因为这一点，这位红衣神官获得了宁缺的信任，但是这远远不够治好桑桑的病。宁缺需要别的修行西陵神术的人，叶红鱼，毫无疑问是最好的对象。在这种时候，宁缺的意识里，可没有此人已经成为西陵裁决大神官的认知，在他眼中，叶红鱼就是桑桑最需要的药。

齐国都城里，响起苍劲肃杀的乐声，六百名身着黑金盔甲的西陵神殿护教骑兵，面色肃然骑马行走在直街之上，在队伍的最中央，是一驾极为华丽的神辇，神辇四周悬着重重幔纱，在秋风里轻拂，却看不清楚坐在里面的人的容颜。事实上就算能看清楚，也没有人敢去看，护教骑兵们神情肃然，目光直视前方，街道两畔的民众虔诚地跪拜，与泥土依偎着的脸颊上写满了兴奋与狂热的神情，甚至有些人竟是幸福得昏厥了过去。

神辇来到白色道殿前，缓缓停下，西陵神殿驻守齐国的所有神官和道人，沉默跪在石阶两旁，齐国道殿秩级最高的那位红衣神官，对着神辇恭敬说道："恭迎裁决之神座降临人间之国土。"

庄严肃穆的乐声再起，秋风渐静，神辇四周的幔纱却无风而动，缓缓掀起，一位美丽至极的少女，缓缓从辇上走了下来，她戴着一顶缀满宝石的神冕，暮时的秋光在那些宝石里折射反复，然后把她那张美丽而无任何情绪的脸庞笼罩起来，淡淡释放着一种非人间的高贵气息。这是继任裁决大神官后，叶红鱼第一次离开西陵，来到人间的国土，如今她不再是那个修道如痴的少女天才，而拥有了无上的权威与力量，于是她没有穿红色的衣裙，也没有穿那身青色的道衣，而是穿着神袍。

裁决神座的神袍是红色的，不是鲜红而是最深最重的那种红，红得近乎要发黑，似染着无数罪人的旧血，在暮色中似将要燃烧的墨块。和普通人的想象不同，裁决神袍并不如何厚重，上面没有镶着金丝，只是做了最简洁而凝重的剪裁，非常轻薄。

齐国道殿的前方早已铺好红色的地毯，阶畔是新摘来的花树，叶红鱼神情漠然行走在花树间，向道殿里走去，随着行走带风，她身上那件轻薄的神袍渐有飞舞之感，曼妙的身躯曲线在其间若隐若现。苍老的红衣神官，跟在叶红鱼的身侧，和那些来自裁决司的神官们一样，拼命地低着头，恨不得把眼睛给剜瞎，身着黑甲的护教骑兵纷纷下马，在最短的时间内接手了道殿的防御，同样没有人敢向花树里望上一眼。

无论是裁决司的下属，还是齐国道殿的神官，都清楚地记得，曾经有十几位功勋昭著的神殿骑兵统领，就因为在人群中远远望了裁决神座一眼，便被废去了全身修为，逐出西陵，变成了臭名昭著的堕落骑士。他们不想沉沦到这种生不如死的境地里，所以他们不敢看。

叶红鱼走进了道殿，厚重的道殿大门在她身后缓缓阖拢。白色的道殿建筑里是回转的长廊与阶梯，红色的暮光从石窗里射入，在石阶上来回折射，散发着暖暖的气息。

叶红鱼双手提起似血一般的墨红色神袍，露出洁白似玉的脚踝，她毫不在意这个姿态有些不雅，顺着石阶向上面行去，动作轻盈，被随意系着的黑发在身后轻轻摇摆，就像是大唐南部那些提着长裙在桶里踩葡萄的乡村姑娘。

宁缺把目光从叶红鱼的背影上挪开，望向道殿下那些裁决司的神官，问道："神辇旁边那个魁梧汉子是谁？"

"罗克敌。"

听到这个名字，宁缺不由得震惊无语，他在书院时便听说过，西陵神殿有名叫罗克敌的神卫统领，实力非常强大，而且是掌教大人最信任的亲信。叶红鱼看他脸色便知道他在想些什么，神情漠然说道："他是掌教的一条狗，掌教不让我杀狗，便把这条狗借我用几天。"

"你的胆子真的很大。"宁缺走上石梯，看着她说道，"我听说过你曾经重伤他，却没有想到你敢把他带在自己身边，终究是位知命境的大修行者，你真把他逼狠了，当心他反咬你一口。"

"无论是知命境还是普通人，只要当他开始做狗，那么这一辈子就只能当狗，做掌教的狗或者做我的狗没有什么区别，而狗又哪里敢反抗自己的主人？"

叶红鱼看着宁缺说道："至于说到胆量，在整个道门都没有任何准备的情况下，让桑桑出现在齐国道殿里，你的胆子也不小。"宁缺微微皱眉，说道："你这句话是什么意思？"

叶红鱼转身走进那条幽静的石廊，说道："前代光明神座是百年来西陵神殿最了不起的人物，就算是与莲生神座相比较，光明神座也不稍逊，只不过他向来低调沉默，不怎么肯展露风骚。"宁缺默然想着，十几年前，那位光明神座在长安城和燕境村庄里掀起两场腥风血雨，这样的人物还能说不够风骚？

叶红鱼知道他的身世，没有就这个话题继续深入，说道："数十年来，前代光明神座在西陵神殿培养出很多得力的下属，这些下属或者在桃山担任重要职司，或是被派驻到各属国的道殿道观里，就像你已经见过的那位红衣神官一样，拥有这么多人的绝对忠诚，光明神座甚至隐隐然可以与掌教大人分庭抗礼。"

宁缺说道："这和桑桑又有什么关系？"叶红鱼缓缓停下脚步，说道："光明神座被囚禁的十几年间，忠诚于他的这些神官下属，在神殿里的日子很难熬，有很多被悄无声息地抹杀，有很多被排挤至边缘处，令人敬畏的是，这些人对光明神座的忠诚没有发生任何变化。"

"光明神座能够逃离幽阁，远赴长安，便是因为这些忠诚的属下，只可惜他最终与颜瑟师叔在长安城外同归于尽，所以这些忠诚的下属，苦苦期盼了十几年，却依然没能迎来自己的春天，直到整个世界都知道光明神座有了传人。"

她转身望向宁缺，说道："道门里有很多人在狂热地等待着桑桑回到西陵神殿的那一天，也有很多人在警惕畏惧她的回归，本来在掌教大人和我看来，既然天谕神座说了那是三年之后的事情……"

宁缺提醒道："如今是两年之后。"叶红鱼继续说道："……神殿应该还有足够的时间做准备，让桑桑的归座之路走得更顺利一些，然而谁都没有想到，你居然提前这么长时间，就让桑桑出现在齐国的道殿，那么有很多麻烦或许会随之提前到来。"

宁缺微微皱眉，问道："归座之路会很麻烦？"

叶红鱼说道："光明神座的传承向来都是由上一代指定，哪怕是千年之前，那位光明大神官叛教创立魔宗之后，西陵神殿的下一任光明大神官，依然是由他指定，因为只有光明与光明最为亲近。

"桑桑拥有前代光明神座的传承，所以西陵神殿所有人都清楚，下一代光明大神官便是她，也只能是她，只不过终究还是会有些人不甘心罢了，那些人就算不敢做出什么大不敬的事情，却可以尝试一些手法。"

宁缺问道："比如什么样的手法？"

叶红鱼说道："西陵神殿统治世间所有昊天信徒，是世间最圣洁也是最肮脏的地方，那里出现怎样怪诞的事情都不足为奇。"

听着这句话，宁缺沉默了很长时间。然后他说道："我不管你们道门内部有什么问题，我也不理会那里究竟有多肮脏，但我必须提醒你，在桑桑上西陵之后，无论是掌教大人还是天谕神座或者你，都必须保证她的安全。"

叶红鱼眉尖微蹙，有些不悦于他的语气。宁缺看着她说道："因为她是我的妻子，而我是书院弟子，如果她遇着什么事情，或是过得不开心，我就会很不高兴。"

叶红鱼看着他微嘲说道："你又算是什么？"宁缺认真说道："我家二师兄特别喜欢桑桑。"

叶红鱼沉默，宁缺伸手拍了拍她的肩头，根本不在乎这个动作如果让道殿外的人们看到，会引发怎样的震怖，安慰道："当然，我们书院也不会随便就兴师问罪，你知道的，我们不是不讲道理的人。"

叶红鱼抬起头来，看着他静静说道："没想到你现在居然还是这般无耻，然而你真以为凭君陌的名字和书院二字便能震住本座？"

"本座这种自称听上去确实挺……"

宁缺的声音忽然停止，因为他看到了两抹圣洁威严的神辉，在叶红鱼美丽的眼眸深处开始燃烧，那两抹神辉仿佛来自高远的神国，代表着那位伟大存在的意志，顿时让他的意识与身体都感到了前所未有的恐惧。

他闷哼一声，强行移开目光。只是瞬间，冷汗便打湿了衣裳，他清楚先前这刻，如果真与叶红鱼眼中的两抹神辉相抗，自己的意识极有可能被焚为灰烟。他余悸未消想着，难道这就是传说中西陵大神官的天赋神威？

叶红鱼重新抬步，向石廊深处那个房间走去。宁缺揉着眼睛跟在她的身后，恼火埋怨道："你刚才真想杀我？"

叶红鱼说道："在雁鸣湖时我便说过，下次相遇时，我会杀了你。"宁缺嘲弄地说道："在荒原上你也说过，但后来不一样跑到长安城吃我的住我的，也没见你有什么不好意思。"

叶红鱼说道："总有杀你的时辰。"宁缺皱了皱眉，忽然问道："你为什么一直坚持要杀我？"叶红鱼说道："因为我厌憎你，我从未见过像你这般无耻的人。"

宁缺说道："世上比我无耻的人还有很多，这不是理由。"叶红鱼停下脚步，沉默片刻后说道："道门和书院最终必有一战，而我以前便对你说过，夫子的亲传弟子里，只有你一个明白什么是战斗，所以将来的战争中，对道门而言，你是最危险的敌人，所以我一心想着要杀你。"

宁缺说道："被裁决大神官如此警惕，我是不是应该骄傲？"叶红鱼继续行走，说道："或者悲伤。"

宁缺嘲笑说道："你杀得了我？"墨红色的神袍轻飘，叶红鱼理所当然说道："当然。"

宁缺的笑容变得有些尴尬，强自坚持着说道："你应该能看出来，我现在很强。"叶红鱼没有回头，淡然说道："我现在更强。"宁缺有些恼羞成怒，说道："那你这时候要不要试着来杀我一次？"

此时二人已经走到了那个安静的房间前。

叶红鱼转身，看着他说道："在雁鸣湖畔我说过，以后有机会杀你时，我会饶你一次，这种约定，一共有两次，今天就算用了一次。"

宁缺异常坚定地摇头，说道："这不算。"叶红鱼说道："我说算就算。"

宁缺说道："我说不算就不算。"叶红鱼说道："我说算就……"

说到此时，她忽然醒过神来，觉得这番对话真是好生幼稚无趣，不再继续。

宁缺推开紧闭的房门，说道："请。"叶红鱼看着榻上昏睡的桑桑，看着她苍白的小脸，忽然说道："我凭什么帮你？"

宁缺说道："这可是你们西陵神殿未来的光明大神官。"叶红鱼说道："这可是你的老婆，又不是我的。"

宁缺微怒，叶红鱼面无表情地说道："不要在本座面前假装愤怒，你知道这对我没用。"

宁缺身上的气势顿时松掉，无奈问道："那你要什么好处？"叶红鱼伸出一根手指，看着他说道："算一次。"宁缺明白她说的一次是说饶自己不死一次的机会。

毫不犹豫地伸出自己的一根手指，勾住她的手指，说道："成交。"

时值秋浓之季，夕阳归山渐早，红红的暮光渐被齐国都城的建筑吞噬。

西陵神殿的神官和护教骑士们，沉默守护在白色道殿的四周，他们看着紧闭的殿门，紧张地思考着想象着里面正在发生什么事情。

就在此时，道殿上方某处房间里，忽然绽放出无数光线，那是纯净圣洁的昊天神辉，瞬间将那个窗口湮没，然后缓缓降临。

夕阳已经下山，齐国都城又升起一轮新鲜的朝阳。道殿外的人们感受着神辉里的威严与慈爱气息，纷纷跪倒于地，而在最后暮色里看到这轮朝阳的人们，无论是皇宫里的齐国皇妃，还是贫民窟里的虔诚信徒，都对着那个方向跪了下来，敬畏地祷告不停。

15

最后一抹暮光消失，齐国都城被夜色掩盖，白色道殿那个房间里的光辉也渐渐敛没，虔诚跪拜的人们从敬畏沉醉的情境中苏醒过来，怔怔看着那个窗口，不知道在想些什么，万家灯火渐起。

房门开启，叶红鱼走了出来，美丽的脸上依然是那般地冷漠，没有任何多余的情绪，眉眼间的疲惫却是怎样也掩之不住。宁缺注意到她的疲惫甚至是憔悴，却没有说什么，直接走进房间，坐在榻畔伸手握住桑桑细细的手腕，沉默感知片刻。

确认桑桑身体的情况有所好转，他终于松了一口气，替她把被角掖好，换了新的湿毛巾搭在她的额上，然后走了出来。

他看着倚靠在石壁上的叶红鱼，诚恳说道："辛苦了。"叶红鱼注意到他只说辛苦却没有言谢，眉梢微挑，问道："不谢谢我？"

宁缺说道："这是拿我的命换的。"叶红鱼说道："你的药方和道殿的药材看来起了作用，她体内的毒素化解了很多，但那道阴寒气息，我只能暂时镇压。"

稍一停顿后，她微微皱眉，继续说道："那夜在雁鸣湖畔，我便知道，光明之女身躯里的神辉比我的要纯净充沛很多，连她自己都没有办法把体内的阴寒气息消弭掉，我自然也不行，说起来，那股阴寒气息到底来自何处？"

宁缺把当年自己在道旁尸堆里捡到桑桑的故事说了一遍。

叶红鱼没有释疑，细眉反而皱得越发厉害，说道："尸肉腐水确实是世间至阴至秽之物，天降寒雨对小女婴的身体确实也有极大的损害，但这等后天阴寒，哪里能与光明之女体内的昊天神辉抗衡？"

宁缺带着期望的神情看着她，问道："你有没有什么法子？"叶红鱼看着他的眼睛，问道："夫子有没有什么法子？"

宁缺摇了摇头，叶红鱼面无表情地说道："夫子都对她体内的阴寒气息没办法，你还来问我有没有什么法子，虽说这是情急失言，但你依然显得很白痴。"

宁缺的神情变得有些黯淡，勉强的笑容苦涩至极。看着他现在的神情，想到先前用神术替桑桑治病前，宁缺毫不犹豫与自己勾手指，叶红鱼第一次觉得这个无耻的书院弟子，似乎并不是完全一无是处。一念及此，她看着宁缺神情微和说道："既然夫子说佛宗有办法治桑桑的病，那么你们烂柯寺一行必有收获。"

宁缺笑了笑，问道："这是在安慰我？"叶红鱼说道："可以这样理解。"

宁缺说道："我无法理解的是，安慰我的人居然会是你。"

他举起手中的茶杯，递到她的面前，叶红鱼接过茶杯，饮了口依然浓酽的冷茶。

廊间很安静，书院后山弟子和西陵神殿的裁决大神官，就这样沉默地靠在微凉的石壁上，看着窗口处的淡渺光线，很长时间都没有说话。不知道过了多久，宁缺忽然说道："今天先前那时你说过，在雁鸣湖畔你说过，在荒原上你也说过，我们书院和你们道门是天然的敌人，总有一天会迎来一场波澜壮阔的战争，而且那天到来的脚步已经变得越来越快，那你有没有想过，如果真有一天在战场上相见，我们该怎么办？"

叶红鱼端着茶杯，抬头看了他一眼，眼神里满是嘲弄，说道："我们都是没有朋友的人，所以何必要冒充朋友一样感慨聊天忆过去想将来？你想要把我们的关系变得更亲密一些，只是为了将来保命，这等行径实在有些无耻。"

宁缺没有辩解，说道："我只是想知道如果真有那天，你会怎么做。"叶红鱼毫不犹豫地说道："我说过，你对道门而言是最危险的敌人，所以如果真有开战的那天，我当然会不惜一切代价先杀死你。"宁缺若有所思地说道："有道理，像你这么危险的人物，我也应该想尽一切办法先杀死你。"

"我不会手下留情。"叶红鱼看着石窗外的都城夜景，神情漠然说道，却不知道这句话是说给宁缺听，还是说给自己听，或者是说给道殿外那些忠诚的下属听。

宁缺想着长安城里的风景与人物，想着这一路南来所看到的田园风光，那些不停向肥沃原野浇灌心血的农夫与军人，说道："我也同样如此。"

昏淡的石廊再次陷入安静，再一次打破安静的依然是宁缺。

宁缺转头望向她的脸，看着她明亮眼眸的最深处，回思着白天时在她眼中看到的那两抹神威难言的光辉，感慨说道："年轻一代的修行者，只要有些才华有些自恋的人，这些年都在不停追逐你的脚步，然而却始终无法追上你，你始终走在最前面，甚至把后面拉得越来越远，所以我真的很佩服你。"

叶红鱼看着他的眼睛，感受着隐藏在黑瞳里的那抹光泽，说道："你修道不过短短数年，便从一窍不通的普通人成为知天命的大修行者，要说佩服，年轻一代里面，你是唯一能让我有些佩服以至警惕的对象。"

宁缺笑了笑，说道："表扬与自我表扬，总是令人身心愉悦的事情，不过这时候没有观众，我们难得互相吹捧未免有些衣锦夜行的遗憾。"

叶红鱼说道："只不过你恭喜我，我也恭喜你一下。"宁缺说道："我晋入知命境，实在不是一件令人喜悦的事情。"

他这句话里隐藏着很多内容，那些内容包括了他意识海洋深处的碎片，莲生大师慷慨的遗产，恐怖血腥的魔宗功法，红莲寺的那把火。即便是隆庆，都不能完全了解当时他身上发生了什么。

叶红鱼自然更不知道，她疑惑地看着他。宁缺轻描淡写地掩饰说道："你早就入了知命，山山也入了，陈皮皮师兄多年前便入了，在你们面前，我根本没有什么骄傲的资格。"

叶红鱼说道："我说过很多次，我们与普通的修道者是不一样的人，知命境对我们来说意义更加重大，因为境界对我们来说，都是战斗的手段。"宁缺说道："我总觉得你重复了无数次的这种说法，就是在告诉世界，我们两个就是一样的人，就像海底一模一样的两颗珍珠，

63

天生一对？"

"本来便是如此，我刚入知命境便敢挑战前任裁决神座，虽然那时光明神座在他身上留下的伤还没能痊愈，而你未入知命时便能杀死夏侯，一朝入了知命，便是连番奇遇的隆庆依然不是你的对手。"她傲然说道，"没有多少修道者像我们两个人一样，隆庆不是，书痴不是，陈皮皮更不是，即便他自幼便被称为道门不世出的天才。"

宁缺完全没有想到，叶红鱼竟是对自己言语间刻意的调笑完全无视，不由得有些无言，又听着她提及陈皮皮，顿时流露出不赞同的神情。"天才本来就分很多种，修道天才的天赋本来就应该体现在修道上，而不应该只是像你我一样体现在战斗或者杀人上，我这辈子从未见过像十二师兄这样如此天才却全不自知的人，说到道心之纯净无碍，他要比你和隆庆强上太多。"

他看着叶红鱼警告道："师兄看上去似乎不擅长战斗，但那只是因为他不喜欢战斗，如果将来某天他真被逼着去战斗，你大概便会明白他的可怕。"

听到他关于陈皮皮的点评，叶红鱼微微蹙眉，想着童年时在观里那个白白胖胖的小子，那个无聊无趣就喜欢偷看女道士洗澡的家伙，那个在自己的小拳头下像娘们一样痛声尖叫根本不敢反抗的懦夫，怎样也想象不出他会多么可怕。

宁缺看着她若有所思的神情，忽然问道："你是怎么成为裁决大神官的？我在长安只听说了一些传闻，说你把前任神座给杀了？"

叶红鱼用极为寻常的语气说道："与光明神座的传承不同，裁决神座从来都不指定传承，没有确定的继任者，所以也就没有归座的过程。千万年来，那方墨玉神座都是在血腥的战斗中不停变换主人，想要成为裁决大神官没有别的任何途径，我把前任神座杀死，那便自然继承了他的位置。"

宁缺神情微凛，问道："如果西陵桃山上有别的强者，想要成为裁决神座，他们所需要做的事情，就是杀死你？"

叶红鱼淡然说道："便是如此，只是看起来暂时似乎没有人敢来杀我。"宁缺看着她说道："但我知道有一个人很想杀你，也敢杀你。"

叶红鱼知道他说的是谁，说道："他杀不了我。"宁缺说道："但你必须承认，他在裁决神殿这么多年，有那么多忠心耿耿的下属，肯定不会放弃坐上墨玉神座的机会。"

叶红鱼知道这场谈话进入了正题，静思片刻后说道："隆庆就是一条狗，虽然他和罗克敌不同，不是掌教的狗，也不是我的狗，虽然他有很多连我都觉得不可思议的机缘造化，但他依然只是一条狗。"宁缺看着她的眼睛，说道："你说狗不会反抗自己的主人，但你有没有想过，一条疯狗可不认识自己的主人是谁，它会变得疯狂而危险。"

叶红鱼静静回视着他，说道："看来昨天在红莲寺里，他给你留下的印象很深刻。"宁缺想着昨天那场凄寒的秋雨，染血的草叶，破庙里的烈火，空了的箭匣，黑色的桃花，沉默了很长时间后说道："昨天的隆庆让我感到了恐惧。"

叶红鱼说道："但你还是赢了他。"宁缺说道："但他没有死，我不知道自己下一次还能不能打赢他。"

叶红鱼说道："你究竟想说什么？"

"你不要告诉我，西陵神殿不知道他现在拥有怎样恐怖的力量，如果让他活下来，他会变得一天比一天强大，一天比一天疯狂，而他在这个世界上，最想杀的两个人便是我和你，所以我们应该趁着他还不够强大的时候，杀死他。"

宁缺盯着她的眼睛，说道："我请求你去杀死他。"

16

叶红鱼没有说话，只是静静看着他。宁缺看着她继续说道："隆庆活着，对你们西陵神殿，对我们大唐都没有任何好处，而我现在没有办法去杀他，所以需要你亲自出手。"

叶红鱼忽然说道："他既然背叛了神殿，那么便无法再在昊天的世界里生存下去，所以他肯定会离开中原，进入荒原。"宁缺说道："我担心的正是这一点，荒原辽阔无垠，他带着那些堕落骑士往天弃山里一藏，谁能再把他找出来？"

"但要离开中原进入荒原，如果不从你们唐国走，便必须通过燕国的土地，我不认为隆庆和他的下属能够做到。"

叶红鱼说道："因为你忘记了燕国有一个人，和我们比起来，那个人才应该是隆庆最想杀的人，相对应那个人也最想隆庆去死。"

"你是说崇明太子？"宁缺这时候才知道，原来西陵神殿早已做了安排，但他依然觉得不可靠，皱眉说道，"就算崇明太子能够掌控燕国的骑兵，但终究都是些普通人，我不认为他有能力把隆庆杀死。"

叶红鱼面无表情地说道："就算不能杀死，至少能够拖住他一段时间。"宁缺明白了一些什么，说道："拖延自然是为了等人到。"

叶红鱼说道："正是如此。"宁缺看着她的眼睛问道："你亲自去。"

叶红鱼平静回视他，说道："我亲自去。"宁缺顿时松了一口气，说道："再见。"

叶红鱼细眉微挑，说道："似乎你很不想看见我出现在你面前。""如果是别的时候，我很愿意泡上一壶好茶，切上几盘牛肉，和神座大人您来一番促膝长谈，直至夜烛渐尽……但我现在真的很着急。"

"再好的茶也不能配牛肉，应该用烈酒来配，身为夫子的弟子，你居然会在食材搭配上犯这种错误，看来你真的很着急。"宁缺低头看着自己脚上的靴子，想着昨天这双靴子踩过的那些血水，说道："昨天在红莲寺前，隆庆说过他有可能是冥王之子。"

听着这句话，叶红鱼笑了起来，笑容里隐藏着的意味却很复杂，她看着宁缺说道："如今世间所有人都在猜测你就是冥王之子，只不过因为没有证据，所以无论是我们道门还是佛宗都没有出手，结果你却说隆庆才是？"宁缺抬起头来，摊开双手微笑说道："至少从这些年的故事来看，隆庆比我更像是冥王的儿子，因为他比我黑，也比我惨。"

叶红鱼说道："这不能说明任何事情，要知道，之所以现在所有人都在猜测你是冥王之子，是因为前任光明神座用他的眼睛，在长安城里发现了你。"宁缺说道："但是他看到的未必便是真实的，事实上当年西陵神殿最终还是否定了他的看法，观主亲自把他镇压入幽阁便是明证。"

叶红鱼静静看着他，沉默了很长时间后，忽然说道："但你有没有想过，如果当年光明神座只是看错，道门为什么会有如此强烈的反应？观主为什么会重履人间国度，亲自出手镇压？我不知道当年究竟发生了什么事情，只是我隐约觉得这件事情不会这般简单。"

"世间绝大多数事情，想得简单便简单，想得复杂便复杂，当年观主之所以亲自出手镇压卫光明，或许只是因为那个老头执念过盛，依然想在长安城里掀起血雨腥风，杀死他臆想中的冥王之子，而观主心系天下及道门，哪里会任由他挑起道门与书院之间的又一场战争。"

宁缺平静地说道："我有想过这些事情，但你大概没有想过，就算卫光明是百年来西陵神殿最了不起的光明神座，但光明与黑暗始终是超越人间的领域，他凭什么能够看穿冥王这种层级存在的安排？也许当年卫光明看到的真相，只不过是镜子里的真相，所以错把虚妄当成了真实，我只不过是冥王投在人间的一个假象，是镜子里的假人，而隆庆却并不在这个镜子里，他才是真实的那一面。"

道殿大门缓缓开启，熊熊燃烧的火把，被殿内涌出的空气拂动，石阶周遭的光线顿时变得有些闪烁不安。血红色的裁决神袍在夜风里缓缓飘拂，叶红鱼神情漠然地走了出来，看着她的身影，包括红衣神官在内的所有人赶紧躬身行礼。

没有和道殿里的神官们有任何交谈，也没有去皇宫接受齐国皇帝的参拜，叶红鱼坐上神辇，带着五百名神殿护教骑士和数十名裁决司下属，就这样离开。

暮时神辇方至，入夜不久便要离去，她离开西陵神殿，降临这个人间之国的都城，似乎只是专程过来与宁缺见面，替桑桑治病。

一直保持着肃然沉默的裁决司下属们，此时终于再也无法压抑住心中的震惊，疑惑望向道殿上方那个幽暗的窗口，心想居然能够让裁决神座召之则来挥之则走，看来书院和神座的关系竟是出乎意料地亲近啊。

整个大陆秋风渐肃，地处北陲的燕国都城成京，更是寒若凛冬已临，枯黄的落叶在静寂的长街上被风吹拂着满地乱滚，伴着簌簌的声音碎成粉末。

从晨时起，燕国都城的绝大多数街道都已经戒严，除了手持兵器的军队之外，街上根本看不到任何人，即便如此，那些军卒依然显得格外警惕，背着街道而站，盯着眼前所有能活动的物体，包括那些落叶也不例外。

所有这一切，都是因为在长街中缓慢移动的那座巨大的神辇，那座神辇刚刚由南城门入京，过燕国皇宫而不入，便又向北城门而去。

那座神辇华丽巨大，仿佛就像是移动的道殿，再加上前后数百骑护教骑兵以及数十名裁决司的强者，按道理来说，应该行走得非常缓慢，事实上，它此时行走得也确实缓慢，然而神奇的是，前些天这座神辇还在南方的齐国都城，此时便出现在了最北方的燕国都城，这本身就已经近乎神迹。

神辇四周的幔纱非常轻薄，像冬日湖畔雾中的寒柳般，哪怕垂落了无数层，依然无法完全隔绝光线与寒风的渗入。

神辇内有些寒冷，呵气便成热雾，叶红鱼却还是穿着那件单薄的血红色神袍，轻轻踩在绒毯里的双足赤裸着，似乎根本感受不到一丝寒意。崇明太子紧了紧身上的裘袍，尽量让自己的坐姿更加端正恭敬。

叶红鱼看着远远坐在数丈外的文弱男子，寒声说道："你很令我失望。"崇明太子唇角露出一丝苦涩的笑容，说道："神座大人，虽然我也很想杀死我那个弟弟，但他毕竟也是父皇的儿子，在燕国里有很多忠诚的下属。最关键的是，他现在已经是知命境的大修行者，燕国国力孱弱，实在是没有办法拦住他。"

叶红鱼面无表情地说道："再弱小的国度，也不是一个修行者所能抵御，我在信中便说过，你拦不住他也要拖住他一段时间。""令神座失望，实在是崇明的不是。"崇明太子看着城门外的北方原野，脸上流露出极为复杂的情绪，喃喃说道："这一次他去了那边，便再也没有人能拦住他了。"

叶红鱼看着他脸上的神情，若有所思。隆庆皇子和他的堕落骑士，成功地突破了西陵神殿的数道防线，在进入燕国疆土后，更仿佛融进了这片土地，悄无声息地便穿越了成京，进入了荒原。

在很多人看来，西陵神殿对这名叛教者的追杀，只能到此为止，因为即便是千年之前，那位光明大神官叛教，道门也没有尝试过进入荒原追杀。因为那片看似荒芜，实则富饶的土地，并不属于中原人所有。

然而出乎所有人意料的是，裁决大神官的神辇，并没有在成京城折转南下，而是继续向着荒原里进发。

肃杀秋风在荒原上越发强劲，某一时刻，竟是把神辇四周的重重幔纱全部吹了起来，此时才有神官震惊发现，那里已经没有了裁决神座的曼妙身影。

在燕国边塞西北方的嶙嶙原野上，有片不怎么险崛的山峦，山里有温泉，山畔有碧蓝如海的一片细湖，湖形若美人的腰。

秋风在山崖间轻吹，叶红鱼身上的血红神袍猎猎作响，勾勒出极为迷人的腰线，就像是崖下那细细的蓝湖，能让世间无数人心甘情愿溺毙在其间。

看着远处幽蓝湖畔的那几个火堆，她脸上的神情没有丝毫变化，正如同登上裁决神座一样，这些对她来说都是水到渠成理所当然的事情。她既然答应宁缺会亲自杀死那条疯狗，那便一定会做到，无论要追到天涯还是海角，无论是在中原还是荒原。

17

碧蓝如海，其形似腰，实际上只不过是北方的一片狭长瘦湖，当年宁缺曾经在这里停留过，莫山山和墨池苑的少女们在这里暂歇过，这里曾经发生过很多有趣的故事，而这些故事，叶红鱼曾经在云雾中的吊篮里听说过。很遗憾的是，当她来到这片蓝湖时，面对的不是温泉帷幕后那个黑发如瀑微湿的少女书痴，也不是那些长安城与大河国的吃食，而是远处湖畔石堆间的几处篝火，以及火畔的数十人。

在红莲寺遭到宁缺反噬，隆庆陷入半昏半疯的精神状态中，幸亏被忠诚的部属带着逃走，而在他醒来或者说清醒之后，根本来不及感慨或是低落，便带着这些部属，毫不动摇地踏上了北上的旅途。

千里旅途中，隆庆凭借着在神殿多年的积威，再次成功地突破了裁决司设下的重重防线，并且收拢了很多最忠诚的下属，赐予这些人珍贵的坐地丹，从而让死伤惨重的堕落骑士队伍，再次变得强大起来。

自两年前传出隆庆死讯后，燕皇只余一子，朝局再无争端，燕国的朝堂和军方，早已被崇明太子牢牢控制，所以神殿方面本以为，当隆庆带着堕落骑士们进入燕国时，必然会遭到自己兄长最致命的重击。

然而出乎所有人意料的是，不知道隆庆使了什么手段，又或是得到燕国某位大人物的暗中帮助，他和他的下属们竟是轻而易举地横穿整个燕境，直至出塞也没有遇到强力的阻击，让他们终于抵达了荒原。

坐在火堆旁，隆庆皇子脸色苍白，不时拿起手巾捂嘴，掩不住咳嗽，也无法让雪白的手巾不被咳出的鲜血染红。

在红莲寺秋雨中与宁缺一场大战，他身受重伤，到现在都没有痊愈，他看着身前碧蓝如海的湖水，看着那些被寒冽秋风堆在湖面上的薄薄冰块，想着两年前从此间进入荒原，从而自己的一生都被改变，不由得沉默无语。

便在这时，碧绿胜蓝的秋湖深处，忽然掠过几道清晰的白色涟漪，水波前方的数道黑影明显是鱼儿留下的，只是要激起这样大的水花，那鱼得有多大？

隆庆看着手中染血的雪白手巾，忽然自嘲地笑了笑，把手巾收回袖中，然后缓缓起身，望向湖对岸那个穿着墨红神袍的少女。

那件神袍很薄，上面染着的红色却很浓，浓得像血一样，落在那名少女美丽的身躯上，就像红色的天鹅绒一般顺滑，甚至有了肃穆庄严的感觉。隆庆对这件血般的神袍很熟悉，过往这些年，他无数次在墨玉神座上，看到裁决神座穿着这件血袍，他也曾经无数次幻想过，这件似乎染着亿万人陈年血迹的神袍如果穿在自己身上，那会是怎样的感觉。

可惜的是，这件血色的神袍新的主人并不是他。隆庆对裁决神袍的新主人也很熟悉。很多年前，他在天谕院崭露头角，正要灿烂夺目之时，有一个穿着青色道衣的小女孩，带着倔强骄傲冷漠的神情，在神官恭敬的牵引下，来到了天谕院学生们的面前。

从那天开始，叶红鱼和隆庆皇子这两个名字便经常被人拿来作比较，一个是道痴，一个是西陵神子，同时离开天谕院，同时进入裁决司，然而令他感到无尽羞辱的是，他从来没有赢过她，从来没有走在过她的前面。在天谕院的时候，他的成绩排在第一，那是因为她经常不参加考试。当他进入洞玄境的时候，她已经看到了知命境的门槛，他是神殿裁决司的二司座，她则是裁决司的大司座，两年前在荒原上，他眼看着要先她一步踏入知命境，却惨遭变故，而紧随其后，他才有些落寞苦涩地知道，原来她早就随时可以进入知命境。

隆庆很清楚，自己与叶红鱼此生必有一战，非如此，不能让自己的道心真正通明，正如同宁缺对于他修道旅程的意义一样。只不过他从来没有想过，这一战会在这样的情况下发生。

叶红鱼向秋湖上走来，赤裸双足轻轻踏在湖水上，飘然而行，血色神袍被湖风吹得不时卷舞，看上去就像是一个浑身浴血的仙子，魅惑与圣洁相杂，别样美丽。如果仔细观察，才能发现，她每一次落足时，便有一片薄薄的冰块漂到她的脚下，那些薄冰仿佛能够感知到她的心意，又或者说她对这片秋湖上的所有事物的运行规律都掌握得极为彻底，这比踏湖而行更令人感到不可思议。

"司座大人！"

"神座！"

穿着黑色盔甲的堕落骑士们，看着湖面上的血袍少女，震惊得纷纷站起，伴着战马阵阵惊恐的嘶鸣，很多人竟是恐惧得忘了准备战斗。

隆庆沉默看着叶红鱼轻踩湖冰而来，静思片刻，然后深吸一口气，体内的念力磅礴而出，毫不犹豫地召唤出了自己的本命桃花。面对着这样恐怖的对手，他清楚任何战斗手段或技巧以至于意志上的较量，都没有任何意义，只能以自己最强大的本领与对方硬拼。

黑色的本命桃花有五瓣，其中一瓣被宁缺的元十三箭射至枯萎，还有两瓣则是在破庙前的自爆中凋落碾碎成粉，如今看上去不免有些怪异，凄惨中透着股令人恶心的丑陋意味，就像是海船上死了半年的腐鱼。

感受到隆庆皇子本命桃花里蕴藏的死寂黑暗意味，堕落骑士们顿时精神一振，摆脱了对叶红鱼的天然惊恐，只听得嗤嗤破空之声大作，数十柄道剑振鞘而出，带着凄厉的嗡鸣，向着湖面上的少女袭去！

在隆庆皇子召出黑色本命桃花的那一瞬，叶红鱼脸上的神情微变，因为她感知到了那道死寂的气息，联想到知守观里的惨案，哪有不明白的道理。至于那数十柄看似威力强大的道剑，则根本不在她的眼中，她甚至没有投予任何的注意力，双手微展神袍，圣洁的昊天神辉顿时在湖上散播开来。

堕落骑士们在坐地丹的帮助下，绝大多数都拥有了洞玄境的修为，尤其是那几名侥幸活下来的骑兵统领，境界更是高深，他们如今的本命道剑，跟随着隆庆皇子的气息，泛着向冥王牺牲后所换来的幽冥黑色，威力十分惊人，可以直接破开铁甲重骑的正面骑甲，普通的修行者根本无法抵抗。然而西陵神术正好是这些幽冥道剑的克星。

当这些黑色道剑看似无可抵御地飞到湖面上，飞进叶红鱼身周十余丈的昊天神辉里后，就像是鬼魅遇到了烈日，剑身顿时剧烈地颤抖起来，冒着阵阵青烟，发出类似哀鸣的凄惨叫声，哪里还有先前的威势。

有的黑色道剑见机不对，试图飞离昊天神辉控制的范围，但剑身上冒着的阵阵青烟，就像是无数条无形的绳索，紧紧地缚住它们，无论它们怎样拼命地东突西刺，依然无法飞出这片圣洁的光辉，看上去就像灯罩里的飞蛾。

血红色的神袍在玉臂上如瀑布般垂落，叶红鱼就以这种平静的姿态，轻踏湖水缓慢而不可阻止地向着碧湖对岸行去。她身上所散发出来的昊天神辉，就像是一个极大的光罩，随着她一道在湖面上移动，而那些黑色的道剑，也被她带动着一道移动。

这幅画面很诡异，很震撼。赤裸的玉足，踏上湖岸，在冰冷的沙砾地里留下一个浅浅的脚印。圣洁的昊天神辉，渐渐敛没于叶红鱼的身体。那数十柄黑色的幽冥道剑，如蒙大赦，便欲飞走。叶红鱼极为随意地抬起右手，伸向空中，握住其中一柄幽冥道剑。

在她的手握住这把幽冥道剑的瞬间，黑色的剑身似失火般冒出无穷青烟，而伴着这些青烟，道剑竟是渐渐回复了光明的白色。其余的数十柄幽冥道剑，有的成功地飞回了堕落骑士的身旁，更多的则是凄惨无比地摔落在寒冷的湖水中，溅起无数浪花，惊了无数湖鱼。

叶红鱼随意夺剑，出剑的动作看上去似乎也很随意，她一剑刺向那朵黑色的本命桃花。唯因随意，所以根本不知剑意所指何方，那又如何躲避？

面对着融合了轲浩然剑诀和柳白剑意的这一剑，隆庆根本闪避不开，他也根本没有想过闪避，脸色苍白却坚定地迎了上去，剑尖轻点黑色桃花依旧完好的一瓣。

只听得嗤的一声轻响，以精纯天地元气凝成的黑色桃花，剧烈颤抖起来，竟瞬间便有崩裂之迹。

隆庆的眼眸里没有任何绝望的情绪，只是坚定和冷酷，下一刻，他眼睛里的黑与白再次融合在一起，变成了惨淡的灰色。一道极为贪婪狂暴的气息，从他身上那件黑色的道衣里喷射而出，顿时扰得秋湖荡漾不宁。看着他那诡异的眼睛，叶红鱼微微蹙眉，神情显得有些凝重，又有些厌憎，最后尽数化为不屑的嘲弄。

她轻拂神袍，圣洁的神辉混着极浓的血腥味，击向身前那道贪婪气息形成的漩涡，圣洁和血腥，这两种绝然无法相混的气息，此时从神袍袖中挥出，似乎变成了神殿幽阁里那些被血水浸了千万年的石块——那些带着血腥味的石块，所守护的正是昊天的光辉，这样的石块，无论怎样的漩涡都无法吞噬。

18

看着叶红鱼轻拂神袍，隆庆面色骤寒，眼眸变得更加灰暗，直至灰得失去了所有生机，湖畔石砾地间那道贪婪却又冰冷的寂灭气息越来越浓。然而在这阴寒一片的天地里，却始终有一抹明亮无法抹去。那是一抹带着浓郁血腥味道的明亮，正来自那件血色的神袍。

神袍之袖翩然起舞于碧湖畔，袂角的每一次掀卷，便有一道带着森森血腥意与神圣气息的劲风袭向那片寂灭气息形成的漩涡。这些劲风真的很像西陵神殿幽阁砌着的那些长满青苔的石块，连续不断地进入那片漩涡中，就像从无尽空虚的天穹里落入地面的湖水，震得周遭的天地元气颤抖不安，四处流散逃逸。

无数声剧烈的轰鸣声，在寂静的碧湖畔连绵响起，受到隆庆那双灰眸的影响，又被叶红鱼以如此神威攻击，湖水翻滚得有如沸腾，潜藏在湖底深处的鱼儿或晕或死，渐渐漂了起来，在水面上堆成一片片的惨白。

稍远处的山林，也没有逃脱这无数次气息对撞的恐怖影响，伸向湖水表面的千年老枝咔嚓断裂，林梢摇晃不安，本已凋零所余无几的枯黄树叶，无力地飘向空中，不知稍后会落入湖中还是会被风碾成碎末。

几只耐寒的喜鹊，尾羽惊恐地翘起，拼命地扑扇着向远处飞去，然而为了熬过荒原艰难的冬天，它们已经吃得太多，变得太肥，速度根本无法提起来，所以也没有能够逃脱掉两位强者战斗的余波，哀鸣着坠地而亡。

叶红鱼的身躯上，撕割出了无数道极细微的小血口，无数道极细的血水，便从那些伤口里溢流而出，渗过轻薄的神袍，然后缓缓向地面淌落。浸透了血的神袍，显得越发地红艳，就像是被露珠洗过的红花，艳得惊心动魄，湿漉漉的神袍贴在她的身体上，美得惊心动魄，极为诱人。

她的脸显得有些苍白，却依然清媚动人。一场大战过后，细嫩的肌肤上没有沾染一点尘埃，更没有血迹，尤其是她的眼睛，异常明亮，却又是显得那般平静，和身上淌血的神袍、媚惑的身躯形成了鲜明的对照。一身血腥，却依然平静而美丽，这代表着绝对的强大。

湖畔石砾地上，数十名堕落骑士重伤不起，淌出来的鲜血把身下的石头尽数染红。隆庆单膝跪地，被汗水打湿的头发，凄惨地贴在额头上，脸上那块银色的面具，不知遗失在何处，露出被严重烧伤的脸颊。

叶红鱼缓步前行，她每走一步，身上流出来的鲜血便会多一分，脸上的神情却没有什么变化，似乎感受不到那些痛楚，似乎她的身体有无数的鲜血可以挥洒。她向着隆庆走去，说道："你现在确实比以前强了很多，我很意外，在红莲寺前，你居然没能杀死宁缺，不过很遗憾的是，你依然没有我强。"

隆庆艰难地抬起头来，看着越来越近的血红衣袂，有些惨不忍睹的脸颊上，流露出奇怪的笑容，不知道为什么，他没有对叶红鱼讲述红莲寺秋雨一战中，宁缺身上所发生的那些诡异的事情。"我现在对墨玉神座没有任何兴趣，其实你真不需要付出这么大的代价，扔掉司里的下属，单身冒险来杀我。"他喘息着说道，脸上依然带着奇怪的笑容。

叶红鱼走到他数丈之外，说道："像我这种人，可不会相信你会心丧若死，要去浪迹荒原，寻找自由和内心真正的平静，我知道你对那些不感兴趣，所以我没有道理让你继续强大起来，以至于能够威胁到我。"

隆庆扶着膝头，疲惫地说道："像你这种人，要杀人之前向来没有什么多余的废话，所以我很好奇，你为什么要给我交代遗言的机会。"

"听说你对宁缺说，你认为自己是冥王之子？"叶红鱼说道，"当然我这时候没有杀你，更主要是因为我也需要休息片刻，我可不想与你这种废物同归于尽。"

隆庆看着她，嘲弄地说道："道痴现在居然也需要休息？是不是成为裁决大神官之后，你也被那方墨玉神座消磨掉了锐气？"

叶红鱼没有因为他的嘲讽而生气，平静地说道："都说昊天之下，神座之上，即便是半神，依然不是真的神，是人就需要休息。"

"是人就需要休息，是啊……很多人一直想成神，却不知道能当人也是一件很幸福的事，只要不变成鬼便好。"隆庆有些落寞地说道，"我现在不知道自己究竟是冥王之子，还是天谕之人，不过大概怎么也不能算是人了。"

血红色的神袍渐渐干凝，叶红鱼看着他平静说道："不管你是人还是神，今天都会变成鬼，如果你真是冥王的儿子，那我便送你去见你父亲。"话音落处，她向前再踏一步。

忽然间，就在此时，碧湖畔的山林里，忽然响起密集的脚步声，更有数道极为强大的精神力量凛然而至，瞬间笼罩石砾地。看着逾千名穿着皮袄，手拿各式兵器的草原蛮子，呼喝着从山林里密密麻麻地拥出来，叶红鱼眼睛里的明亮光芒骤然锋锐起来。

会在燕北边塞出现的草原部落子民，只可能属于如今已然风雨飘摇的左帐王廷，那么此时笼罩石砾地的数道强大精神力量，肯定来自王庭的数位大祭司。

"原来你和这些蛮子之间早有协议，只不过如今他们的日子并不好过，居然还能出动数名大祭司来接你，你究竟付出了什么？"叶红鱼问道。

隆庆站起身来，黑色道衫中间不停地淌着血水和脓一般的体液，想必是他身上的那个洞在先前的战斗中再受重创。

"左帐王廷现在的日子确实很凄苦，被荒人和我们中原人两面夹攻，就像我现在一样，被光明的神殿和黑暗的宁缺两面夹攻。你问我要付出什么，才赢得这些草原人的信任，其实我什么都没有付出。"

他看着叶红鱼说道："我们燕人和左帐王廷相邻而居多年，当了无数年的仇敌，也做了无数年的朋友，很凑巧的是，从很多年前开始，我就是他们新任单于的朋友，更重要的是，我们现在拥有相同的处境，拥有相同的目标。"

叶红鱼问道："什么目标？"隆庆说道："重新变得强大起来，然后……复仇。"

叶红鱼沉默不语，隆庆说道："其实我没有想到，会被你在这里追上，不过幸运的是，正如你所说，你再如何强大，也只是一个人，并不是真正的神，所以你需要休息，让我赢来了转机，同时我也很感谢我自己，能在你的面前支撑到现在。"

叶红鱼忽然微微一笑，她清媚的容颜略显苍白，这一笑顿时丽光大盛。隆庆没有欣赏她的美丽的心情，虽然这些年在西陵神殿里，他有时候也会为这个女子的美丽而赞叹无语，因为他看出了这抹笑容里的嘲弄和轻蔑。

"我确实不是神，只是一个人，所以我有时候偶尔还会保留一些人类的好奇心，比如你究竟是不是冥王之子，比如你向北入荒原究竟意图何在，所以我一直在等，想看看究竟是谁会出现帮助你。"叶红鱼看着他平静说道："宁缺在雁鸣湖畔曾经说过一句很莫名其妙的话，好奇心会杀死猫，我不明白，但我清楚好奇心有时候确实很容易耽搁事，然而很遗憾的是，你所能达到的层次，实在没有办法耽搁我杀死你。"

隆庆脸上流露出不可思议的神情，寒声说道："现在我这边有千名草原战士，有七名大祭司，你还怎么杀我？"

叶红鱼像看白痴一样看着他，说道："你就在身前三丈，别说已经残败的左帐王廷，就算是金帐单于率领他的狼骑来此，又如何阻止我杀死你？"

隆庆震惊地说道："但你杀死我之后，怎么逃得出去？"叶红鱼说道："本座神辇下西陵的目标是杀死你，又不是逃走，只要能够杀死你，我能不能逃走，是很重要的问题吗？"

如此简单的一句话，却需要何等样强大的逻辑，何等样无畏的心志，才能如此平静地说出来？听着这话，隆庆的神情骤然一凛。

叶红鱼最后说道："最重要的是，如果你变成一具没有任何意义的死尸，左帐王廷的人还有什么理由留下我？难道这些蛮子会重情重义到不惜灭族断种，也要杀死我这个西陵大神官？隆庆，你真的很愚蠢。"隆庆脸色变得异常惨白，因为他知道叶红鱼说的是对的，如果自己此时便死了，左帐王廷的人凭什么要替自己复仇，要和当代裁决神座战斗？

他抱着最后的希望，说道："但他们不会眼睁睁看着你杀死我，因为我是他们能在荒原上活下来甚至壮大的最后希望！"仿佛是要证明隆庆的判断，湖畔山林梢头骤乱，数道已然降临在石砾地里的强大气息，瞬间变得更加狂暴，袭向叶红鱼的身体。那些气息里蕴着自然的狂野力量，甚至隐隐带着某些荒原野兽的味道，那是草原蛮人祭司们独有的精神攻击！

叶红鱼脸色微显苍白，望着那片山林，目光寒冽异常。一声骄傲而霸道的轻哼，起于她的薄唇之间。几乎同时，远处山林里响起一声痛苦的闷哼。那片幽暗的林中，一名穿着名贵裘衣、佩着数样骨质法器的左帐王廷祭司，带着恐惧的神情，惨然坐倒于地，他身上一根极细的骨器瞬间崩散，两道带着黑色的鲜血，从他的鼻孔里流了出来，竟是受了极重的伤。

叶红鱼看着那片山林，感受着那数道精神气息，不屑地说道："居然敢用精神念力来伤本座，真是勇敢无比，也是愚蠢无比。"未曾相见，一名左帐王廷的祭司，便识海被破，内腑流血，山林里的几位草原祭司互视一眼，都看出了彼此眼中的震惊与恐惧。

道痴叶红鱼，最令修行界震惊的便是她万法皆通，遇着剑师，她便是更强大的剑师，遇着阵师，她便是更优秀的阵师，遇着念师，她便是最恐怖的大念师。如今她已然成为裁决大神官，又怎么会畏惧这些草原祭司的精神力？

叶红鱼望向隆庆，她先前抢的那柄幽冥道剑，早已被随手扔掉，此时出手的是一直静静隐在血色神袍里的道剑，她的本命道剑。剑若无锋，出衫而游，灵动若鱼，却在空中带出一条笔直的白线。

隆庆面露绝望，惨惨一笑。然而就在这时，只听得轰的一声巨响！一道闪电自天而降，没有丝毫偏差，击中了空中的道剑！片刻后，轰隆沉闷的雷声，才在天空中响起。

一响便绵绵无绝期，荒原的寒秋少雨，今日更无雨，然而却有了雷。无数记天雷轰向碧湖与山林，震耳欲聋，湖水摇撼难宁，湖畔石砾地上烟尘大作。

不知过了多久，雷声终于停了。此时的天色变得阴晦了很多，漫天的烟尘，似乎飘摇而上，变成了厚厚的黑云，笼罩了这片湖山。

叶红鱼收回道剑，抬头看天，只见黑云之后，隐有雷光敛而未动。天意难测，天威难测。她沉默地看着天穹，不知在想些什么。

隆庆被震飞到了更远处，他靠着一块岩石，被烧毁的脸上，写满了兴奋与狂热的情绪，一面咳血，一面放声大笑。他看着叶红鱼，面容扭曲，疯狂地喊道："我说过我不是人，那我自然身负天意！我就是天谕之人！你看看！昊天真的没有遗弃我！"

"叶红鱼！只要天不亡我，你能奈我何！"

叶红鱼根本没有理会隆庆的疯狂叫喊，只是抬头看天，看得很认真很专注，似乎那片云后有极美丽的一幅风景。她看到了那幅风景，她的神情有些微微惘然，然后渐渐复为漠然。然后她看到极远处一座山崖上，有一个人，那个人梳着道髻，穿着浅色道衫，负着一把木剑。

从看到山崖上那个人开始，叶红鱼便不再看天，因为她的眼中便只有他，然而无论她怎么看，那个人依然沉默，没有任何动作。叶红鱼的神情越发漠然，眉梢仿佛多了层浅浅的霜。然后她难以抑制地愤怒起来，这是她这一生，第一次对那个身负木剑的男人产生愤怒的情绪。她霍然回首，再次望向隆庆，杀意再作。

仿佛有所感应，远处山崖上那个男人微噫一声，看似缓慢流动，实则湍流不安的厚厚黑云里，忽然挤出十余团明亮，然后化为十余道雷霆，再次向碧湖处落去。

雷霆再至，湖沸石裂俱不安，天地气息被撕扯成无数碎片，化作恐怖的飓风，在湖畔的石砾上狂暴穿行，电闪雷鸣，血红色的裁决神袍在风中飘舞，那个身影始终没有倒下。

风雷渐息，叶红鱼站在满地坑洞的湖畔，身影显得有些落寞。她不再看隆庆，也不再看远处山崖上的那个身影，她没有看云端风景，她没有看湖山风景，她什么都不看，只是看着自己，看着自己的影子，默默看了很长时间。

她大喊了一声，这声喊很清脆，很愤怒，在回复安静的湖山间，传了很远很远。这声喊里，充满了不甘。一道鲜血，从她的唇角缓缓淌下。山林中，那数名来自草原的左帐王廷祭司，被这声喊里蕴含着的恐怖精神冲击，震得连喷鲜血，直接倒下，昏死不知。

站在远处山崖上的叶苏，听到了这声愤怒的喊叫，他知道她的愤怒指向的是自己。这是他的妹妹，这一生第一次对他表示愤怒，甚至隐隐有挑战的意味。

叶苏没有不悦，他很喜悦，他喜悦得想要手舞足蹈，喜悦得想要纵情长啸。因为他知道，看过今天这幅真正雷霆风景的她，不会再是那个看着自己背影，想要接近却永远倔强或自卑地不敢开口的妹妹。

从今天开始，她就是叶红鱼，然而他依然不能让她杀死隆庆，因为观主还不想那个叛教者死去。

以剑引雷，乃是传说中的剑道境界。叶苏在长安城小道观里有所悟，看来果然在修道路上再进了一大步。如果是以前，叶红鱼只会替兄长喜悦。然而今天她的情绪很复杂，不甘而且愤怒。最关键的问题是，云层是从何处来的？

坐上墨玉神座，成为裁决大神官后，天人感应渐深，在她的目光穿过那些看似恐怖的雷霆黑云，看到天空那幅真正风景的时候，她便隐隐感知到了昊天的意志。

然而几乎同时，不知因为不甘还是愤怒，她竟忽然生出战上一场的冲动！身为裁决大神官，哪怕是偶尔闪过这等念头，便是极大的不敬，最深重的罪孽。

叶红鱼察觉道心微有不宁，骤然一凛，极为强悍地从那种危险心境里脱离出来。她缓缓低首，黑色的发丝在微风中轻轻飘拂。雷霆渐敛，云层渐散，没过多时，便消失无踪，露出清湛的寒秋天空。

叶红鱼不再去想先前那充满亵渎意味的一闪念，但心念既生，又如何能真正抹除？哪怕只是一闪，也必在心境里留下痕迹。云消雷散，她依然低着头。在她心底深处的最深处，在她自己都看不到的某个地方，似乎有个声音正在漠然地说着，这似乎也做得。

不知道过了多长时间，叶红鱼抬起头来。

"没有我的允许，不准回中原。"她看着隆庆，平静说道，"不然就算天能容你，我也不让你活。"血色衣袂轻飘，她转身离开碧湖。

叶红鱼离开齐国都城之后，宁缺没有马上带着桑桑离开。他首先需要把马车修好，不然其后的旅途虽然不长，也没有办法继续走下去。他现在已经知道，那位出身光明神殿的苍老红衣神官叫作陈村，他已经确认，这位红衣神官对桑桑的忠诚，要远远超过自己对书院的热爱，于是他当然不会错过利用对方的机会，让他帮着寻找修复马车所需的材料。

有这样一位身份尊贵的人物帮助，宁缺在齐国也享受到了在大唐的同等待遇，这个西陵属国几乎所有的珍稀材料，都任他使用。

　　宁缺在这方面的天赋虽然不如六师兄，但也算极为惊人，没有过多长时间，那辆黑色的马车便修复如初。如果不去注意车厢壁上那些丑陋的疤痕的话。

　　离开齐国都城时，红衣神官陈村派出了一队骑士护送，相信接下来的安全应该没有什么问题，于是宁缺终于有了心情看看窗外的风景。真正让他心情好转的原因，其实是现在有人在窗边陪他一道看风景。

　　在叶红鱼的帮助下，桑桑的病情终于得到了控制，不再终日昏睡，虽然依然有些虚弱，但至少可以看风景，或者看宁缺的脸。

19

　　桑桑的病情能够暂时稳定，宁缺最感谢的人便是叶红鱼。他知道那位年轻的裁决神座，这时候应该正在捕杀隆庆的道路上，按道理来说，哪怕不是朋友，仅仅出于感激，他也应该表示出一定程度的担心，但他并没有。宁缺对叶红鱼有绝对的信心——如今的隆庆皇子确实非常恐怖，那场秋雨之战里，如果不是命好，他只怕早便死了——但他始终认为年轻一代的修行者里，最恐怖的还是叶红鱼这个女人，她既然说会亲自去杀隆庆，那么隆庆必然难逃一死。

　　看着窗外的秋色，回忆起那场秋雨里的血腥战斗，破庙前的堕落骑士幽冥般的身影和穿着一身黑色道衣的隆庆，忽然与他记忆中的某些画面重叠起来，片刻后他想起，在自己曾经做过的数个梦中，他曾在荒原那头看见了三道黑色的旋风烟尘。那三道黑色的烟尘透着冷酷与幽暗的味道，仿佛是黑夜的一部分，此时细细想来，还真与那日隆庆与堕落骑士身上透出的意味相似。

　　宁缺越发觉得隆庆当日说的话也许是真的，那个学会吃人并且爱上吃人的家伙，才是冥王之子。一念及此，他顿时觉得心境安宁了数分，对自己身世传言的隐隐畏惧，对佛宗的忌惮也自然少了几分，对到达烂柯寺的心情急了几分。但再如何焦虑急迫，旅途终究需要一里一里地前行，尤其是桑桑身体虚弱，禁不住长时间的连续跋涉，所以马车的速度并没有提起来。

南方气候相对湿暖，时值深秋，秋意却是浓而不肃。偶有一场秋雨落下，终究还是一天比一天凉了起来，桑桑的身子也变得更凉，尤其是手脚，摸上去竟像是冰做的似的。

烈酒能够起到的暖身效果，维持时间越来越短，于是宁缺把前两年剩下的那些有暖宝效果的失败符纸，都贴在了桑桑的身上，又在车厢里弄了一个火盆，在修行者眼中无比珍贵的火符，在铜盆中不停地燃烧，日夜都未曾熄灭过，并不长的旅途不知烧了多少符纸。以前写好的火符用完了，便写新的，宁缺的念力再如何雄浑霸道，也禁不住这等豪奢夸张的做法，脸色变得越来越憔悴。

桑桑没有劝阻他，因为她知道劝阻没有任何意义，也不会产生任何效果，如果现在病的是宁缺，她也会做同样的事情，而宁缺也不会劝阻她。她每天看着窗外秋日风景，或者是窗畔宁缺的脸，小脸上露着平静的微笑，对她来说，现在只要是风景都好看，哪怕秋风秋雨落黄叶一地凋敝，只要是宁缺的脸就好看，哪怕那张脸憔悴得像是好多天都没有睡过觉。

桑桑看风景的时间越来越长，小脸上的笑容越来越甜，但她说的话却越来越少，以往这些年，她的话本来就不多，现在越发的沉默。她不知道烂柯寺那位长老能不能治好自己奇怪的病，不知道自己还有没有将来，如果有会是怎样的将来，这种不知道所产生的惘然恐惧，便是沉默的原因。

宁缺明白她现在的心情，却没有说什么。看似温和实则倔强的桑桑，从来都不喜欢被安慰，因为这些年她和宁缺是拼了命才活下来的，所以她知道无论遇到什么情况都不能软弱，越软弱越容易死，而如果因为被安慰而感动，那便是软弱的开端。

宁缺没有安慰她，只是更多地把她抱在怀里，看着窗外的清秋风景，长时间地发呆，其实这样挺好，他们都觉得像是回到了十年前。除了把桑桑抱在怀里看风景发呆，其余的所有时间，尤其是桑桑入睡的时候，宁缺一直在做另外一件事情，那就是修复元十三箭。

箭匣里有专门配备的修箭工具，他的手很稳定，而且铁箭杆上刻的本来就是他的符，所以铁箭的修复工作进行得很顺利。就在他修好最后一根铁箭时，车厢外传来了嘈杂的人声。

桑桑掀起窗帘，向前方望去，只见南方的丘陵间，突兀出现了数座形状方正怪异的山峰，那些山峰顶部平直如削，看上去就像是屋檐上的黑瓦，那便是瓦山。

在昊天的世界里，佛宗千年沉默，闭门修行，偶有入世，也是甘为道门的附庸，更多的是以思辨禅修闻名于世，而在礼佛与祭天的关系上，很多高僧，更是直接认为命轮只不过是昊天意志的另一种表现方式。

这种说法，直接让佛宗低调地栖息在道门的体系之下，显得极为低调，以至于有很多前贤在笔记里直接认为，佛宗更多是一种思维的方式，而不涉及其余。

或许正是因为这种种原因，佛法在世间并不如何昌盛，除了那些行于乡野的苦行僧外，在南晋等国，想要找到一座佛寺都极为困难。

唯一的例外是月轮国，因为离荒原深处的佛宗不可知之地悬空寺很近，月轮国深受佛宗影响，修佛极为流行，甚至有七十二寺烟雨中的形容。然而烟雨七十二寺，却始终无法压过东南名胜里的一间古寺，无论是对佛宗的重要性，还是在信徒心中的地位，这间古寺都要远胜月轮国诸寺。

这间古寺便是烂柯寺，烂柯寺便在瓦山中。

烂柯寺的历史极为悠久，根据典籍记载，就在西陵神殿建成后不久，当时人迹罕至的青幽瓦山深处便有树木倒下，有亭台楼榭新起，有塔殿渐作。在修行界的传闻里，烂柯寺是不可知之地悬空寺留在世间的山门，就如同西陵神殿与知守观的关系，故而极得尊重，无人敢轻易触犯山门森严。

历史与传说造就了烂柯寺与众不同的地位，无数年来，不知有多少或悲壮或肃穆或传奇的故事，在这间古寺里上演，也因为这间古寺，盂兰节渐渐成为世间最重要的节日，而数十年来最蔚为风行的辩难，也是发端于此。

此时还没有到盂兰节的正祭日，大唐使团尚未到来，然而瓦山之前已经变得非常热闹，青石街两侧的民宅二楼，挂着各式各样的旗子与幡，那些旗幡的颜色很是素净，大多都是黑白二色，却不知隐喻的是瓦山周边最流行的弈棋，还是指向盂兰节的真实原因，超度冥界的亡魂。

瓦山下的小镇里已经有很多游客，这些游客不知来自何方，脸上都带着相同的幸福笑容，大人们微笑着彼此问好，在那些传说中的千年老屋里游玩欣赏，孩子们在街道上奔跑追逐，有女童气喘吁吁追着自己的兄长，小脸上满是委屈的神情，忽然在道畔的石池里看到了数百尾红鱼，马上蹲了下来，睁大眼睛看着那些平静游动的鱼儿，早就忘了自己要找到哥哥哭上一场。

站在石池旁的中年男人，看着女童笑了笑，递过一根细木棍，细木棍那头绑着个只有茶盅大小的细网兜。女童看了看身后正在摸钱的人们，有些羞涩地摇了摇头，她知道捞鱼需要钱，但妈妈说了，自己还太小身上不能带钱，只能放在哥哥身上，但哥哥却要拿钱去买糖人，这时候不知道跑到了哪里。

女童忽然想起来自己是在追哥哥，惊叫一声站了起来，正在她有些害怕的时候，她那七八岁的哥哥不知道什么时候从人群里挤了回来，看着她嘿嘿得意笑着，然后从腰间掏出两块铜板塞到了她的小手里。

于是石池里的红鱼不再那般安宁，水花微溅，池畔附着的经年青苔，都有了剥落的痕迹，街道上不时响起兄妹二人失望的叹息和惊喜地大叫。

黑色马车停在镇外，没有进去，齐国道殿的骑兵被宁缺赶走了。

他和桑桑隔着车窗，看着平静喜乐的小镇，看着蹲在池畔捞鱼的那对兄妹，大概是想起小时候去城寨赶集时的情形，笑了起来。

小镇很热闹的时候，瓦山深处却还是那般安静，林间隐现古刹一角，仿佛被佛法感染，南方秋蝉最后的鸣叫，也显得并不凄厉绝望，而带着解脱的淡然。

这里是后山，从这条山道上去，永远无法抵达正殿。但黑色马车此时正缓缓向山道上去，宁缺带着桑桑来瓦山，本来就不是要去烂柯寺，他是要去后山找人。烂柯寺后的幽山里，住着避世隐居的数代佛宗大德。宁缺要找的便是其中一位。便是他已经听人提起过无数次的那位烂柯寺长老。

20

烂柯寺有很多长老，有分管戒律的，有住持禅院的，隆庆当年在此辩难大放光彩时，便曾得到其中某位长老的欣赏，然而这间古寺里真正的长老，或者说不加任何前缀形容，便可以让听者知道说的是谁的长老，永远只有一个人。

歧山长老是悬空寺、甚至整个修行世界辈分最高的那个人，比曲妮大师高，甚至听闻比西陵掌教还要高半辈，除了书院这个特殊的地方之外，世间绝大多数人在他面前都要执弟子之礼。修行界传闻，歧山长老是百年前悬空寺前代讲经首座的私生子，当然没有人敢向他求证，甚至无人敢提，所以传闻永远只是传闻。

但真正能够让歧山长老得到整个修行界敬重的原因，并不仅仅是因为他的辈分，或者是令人敬畏的身世，而是因为他高洁的德行。数十年前，大陆南方遇着一次极恐怖的洪灾，大河咆哮泛滥，浊浪淹没无数良田，各国江堤接连破毁，倒灌大泽，情形危险至极。当时还是烂柯寺住持的歧山大师，率寺中僧众，携着数十车多年积蓄的粮食与药物，出瓦山救灾，沿途施粥散药，救得灾民无数，歧山大师操劳成疾，又在处理灾民遗体时染上尸毒，险些重病不起。

承蓄了无数河流的大堤，逐渐快要支撑不住，尤其是南晋康州方向的大堤，更是危在旦夕，于某夜出现了溃堤的前兆。歧山大师当时正在康州，见此情形，丝毫不恤重病之身，脱去僧衣纵身入湖，以难以想象的修为境界和意志力，拦在那段将要崩溃的长堤前，坚持了整整一夜。

第二日清晨，南晋剑阁以及西陵神殿的神符师赶到了康州，情势稍缓，歧山大师终于从浊浪里走了出来，甫一登岸便昏迷不醒。那一年的洪灾，最重要的便是那个夜晚，那个歧山大师以身代堤的漫漫长夜。长堤后的康州和南晋最重要的万顷良田极为幸运地被保住了，也就等于整个南晋乃至半个大陆都被保住了。

经此一夜，歧山大师声震天下，无论是他当时所展现出来的意志力还是强大的修为境界，都令所有人惊叹拜服。然而他也为此付出了极为惨重的代价，在烂柯寺里苦修数十年才拥有的一身惊世功力，就此消耗殆尽，受到了极为严重的损伤，纵使病愈后重新修行，也再没有可能恢复到最鼎盛时的状态。

在修行界的传说里，歧山大师应该是在剑圣柳白之前，公认最有希望破五境，甚至能够超凡入圣的大修行者，可惜自此之后，他不得不永世停留在那道门槛之外，再也无法触碰到人间之上的领域。

修行界乃至世间亿万黎民，念及歧山大师的大恩，对他的尊敬非但没有丝毫减弱，反而越发真挚，即便数十年后，依然如此。

当年宋国莲生公子丧妻，于雨夜作一悼文，便开始周游天下，来到瓦山借宿烂柯寺，于后殿静卧之时，偶然听着一老僧言及佛宗故事，始明佛理，那老僧便是歧山大师。

又数年后，莲生自极西荒原归来，身负悬空寺真义，拒绝西陵神殿邀请，在一老僧前轻抚头顶断青丝，正式进入佛门，那老僧也是歧山大师。

其后莲生在烂柯寺后山里结庐隐居两年，当时他的修为境界，早已远远超过了歧山大师，然而他却极为尊重对方，半师半友视之。

又某年盂兰节大会，魔宗血洗烂柯寺，杀尽与会的正道修行者，对寺中僧人却极少伤害，如今想来，自然也是因为歧山大师。

宁缺带着桑桑来烂柯寺，自然不是为了参加盂兰节会，也不是要代表大唐与诸国商讨荒人南下，甚至与冥界入侵的传说都没有关系，他是来治病，他要找的人，正是那位歧山大师。

黑色马车停在山道前，宁缺看着山林里若隐若现的寺庙，看着瓦山后峰石坪上那尊石佛之像，想着那位歧山大师，心情有些异样。继承了莲生死后意识碎片的他，能够清晰地感觉到，那位隐居数十载的烂柯寺长老，是怎样了不起的人物。

真正了不起的人物，自然都有与众不同的一方面，宁缺不知道这位歧山大师有什么特殊的喜恶，一位德行高洁的佛宗前辈，按道理来说性情应该慈悲温和，但他还是很谨慎地提醒自己要保持足够的尊敬，并且做好准备。

黑色马车被他做了一些外表上的改装，看着还是那么黑，只是变得脏了很多，风尘仆仆隐现油腻，竟有了些大黑伞的感觉。

大黑马也被他劈头盖脸撒了一身土，甚至还被他用土褐色的树漆，在身上乱七八糟涂了好大几片，哪里还有在荒原上的潇洒模样，看着狼狈至极。

这就是宁缺做的准备，反正看着怎么凄凉，他就准备怎么来。他甚至已经准备好了抹着姜汁的手帕和灌了血水的小皮囊，打算在见到歧山大师之前，先用陈锦记里的脂粉把桑桑的小脸涂得更加苍白，见着歧山大师之后，用手帕抹眼令眼圈泛红，挤破血囊佯装咳血，就不信那位佛宗大德能忍心视而不见。

谁敢比我惨？如果真有人敢比他和桑桑惨，他大概真的让那人惨不忍睹。

就在这时，山道上缓缓行来一位年轻僧人。那僧人面色黝黑，神情宁静从容。然而当他看到山道口处那辆看着残破不堪的黑色马车和与传闻全不相像的大黑马，脸上的宁静从容，顿时被打碎成无数片惊愕，然后落了一地。他走到马车前，隔窗看着宁缺，无奈说道："这如何瞒得过家师？家师又哪里是这等人，需要十三先生费这样的心思？"

21

肤色黝黑的年轻僧人，法号观海，正是烂柯寺长老歧山大师的关门弟子，如今在寺中并没有具体职司，但辈分和地位却是极高，堪比住持。去年冬天，正是观海亲自前往长安城，把盂兰节的请柬递到了宁缺的手里，并且向他发出了挑战，宁缺在雁鸣湖畔静坐半日，终于想明白了某些事情，才回到南门道殿里与其一战，险险胜之。宁缺对观海僧的印象很好，因为这位年轻僧人虽然性情坚毅，却极为温和可亲，而观海僧因为老师曾经问学于夫子，并且不断赞美感叹的缘故，对书院极为向往，对书院二层楼的弟子们也极为尊重。

"果然是你们烂柯寺的地盘，我本想低调一些，不要打扰到你们，悄悄见了歧山大师，把事情做完便离开，结果这样还是被你发现了。"

宁缺走出马车，看着观海笑着说道。

观海僧看着满是尘土的马车，苦笑说道："您这哪里是低调便能形容，前些天收着神殿传书，知道您在途中遇到袭击……噫，师叔你何时又破了境！"

观海僧忽然感觉到宁缺身上似乎发生了什么事情，与去年冬天在长安城相遇时有极为明显的不同，隐约猜到真相，不由得发出一声惊呼。宁缺说道："在长安时便说过，喊我师兄便是。"

观海僧犹豫片刻，听从他的要求，说道："十三师……兄，去年相见时，你还在洞玄境内，怎的如此短时间，竟破境而出，难道你又有何奇遇？"身为佛门弟子，性情本就平和坚毅，更何况观海僧境界颇深，然而此时，他的声音竟有些微微颤抖。

宁缺说道："哪里有那么多奇遇，如果你时常能离开瓦山，走出烂柯寺到世间找些人多打几架，长境界也不是那么难的事。"观海僧看着他的眼神羡慕而又有些敬畏，修行界都知道宁缺入书院不过短短数年时间，如今便成了知命境的大修行者，实在是令人震惊无语。

虽然被佛门年轻高手用这种眼神看着，是极美好的享受，但宁缺现在没有什么时间和精神去慢慢体会，说道："我提前写过一封信，你可看了？"

观海僧看了黑色马车一眼，说道："看过，不知现在师嫂状况如何。"宁缺赞道："这声师嫂喊得极有道理。"

然后他面带忧虑地说道："请叶红鱼出手勉强镇压住了体内的阴寒

气息，短时间内应该不会恶化，但这种事情越早解决越好，我什么时候能够见到歧山大师？"

观海僧面露为难之色，说道："家师常年在寺后山中结庐静修，不见外客。"

宁缺神情微异，问道："盂兰节大会不是马上就要召开？"

观海僧摇头解释道："过往年间的盂兰节大会，家师也都闭庐不与，便是这些年我随家师修行佛法，也是隔着庐门静聆教诲。"

听着这话，宁缺眉梢微挑，心想如果不见外客，那我来有什么意义，心中已经拿定主意，若真如此，那说不得只好强行闯山一见了。

便在这时，观海僧说道："不过家师此次会出关一日。"宁缺正在向上挑的眉梢，顿时平伏，他看着观海僧无奈说道："你是瓦山的和尚，并不是长安城瓦坊里的说书艺人，说话能不能不要喘这么大一口气？"

观海僧有些抱歉地笑了笑，建议说道："家师出关之日在后天，十三师兄不如在寺中暂歇两日，虽说与书院无法相比，但还算有些风景可观。"

"如此也好。"

他想到一个问题，看着观海僧问道："既然歧山大师隐居闭关多年，为何今年盂兰节大会却能惊动他老人家？我知道中原诸国朝廷来此，是为了商议荒人南下之事，各修行宗派或许是为了冥界入侵的传说。"

观海僧不知想到什么，看着他的目光变得有些复杂，说道："或许正是如此。"

宁缺明白年轻僧人此时在想什么，笑着问道："现在都在传说，我是冥王之子，那你现在站在我身前，怕还是不怕？"

观海僧的眼神回复宁静平和，看着他微笑说道："有甚可怕？"宁缺见他神情不似作伪，不由得有些不解，问道："这是为何？"

观海僧向着西方合十躬身一礼，然后直起身来，看着他认真说道："既然夫子肯收师兄为亲传弟子，那师兄怎么可能是冥王之子呢？"

为图清静，最终宁缺还是没有住进烂柯寺本院，观海僧便带着他们，来到靠近北面山林的一间清幽别院里住下，也没有惊动寺里的僧人。简单吃了些素斋，又简单说了些闲话，观海僧便起身告辞，宁缺知道，虽说歧山大师常年隐居，但观海身为烂柯寺未来的住持，像盂兰节大会这等时间段，必然要出面去接待别的修行宗派，所以也没有留他。

暮色渐至，不远处有鼓声渐作，然后便是黑夜到来。自有寺中杂役烧了热水，宁缺服侍桑桑烫脚睡下，在她的身上换了几张符纸，这才安心地躺到她的身边。待他醒来时，天色才蒙蒙亮，烂柯寺的钟声又传了过来，他静静聆听着看似枯燥实则颇能清心的钟声，觉得心境安宁了很多。

在杂役服侍下用过早饭后，宁缺让大黑马自去别院林中玩耍，在桑桑身上披了件厚厚的裘衣，便带着她穿过别院南向的一道铁门，走进了烂柯寺的后园。淡淡的雾气弥漫在树林里，远处的烂柯寺正殿和几座偏殿，在雾中若隐若现，看上去极为庄严美丽，仿佛真是佛国降临到了人间。

宁缺对这些古刹风景却没有太多兴趣，他的目光停留在雾中的塔林里，这片塔林由数十座石塔组成，每座石塔里供奉着一位佛宗前辈大能的骨灰，按道理这样的环境本就让人觉得阴森可怕，但远处正殿里传来的诵经声，却把一切转为了平静。

走到塔林西北处，在一座布满青苔的石塔畔，他看到了一座坟墓，这座墓很普通，毫不起眼，然而在烂柯寺供奉佛门前辈遗骨的塔林里，出现了一座很普通的坟墓，本就非常打眼，隐隐透着不普通的味道。

宁缺牵着桑桑的手走到那座坟墓前，注意到墓上也有些苔痕，但看着很是干净，应该时常有人过来照拂，比较满意，对寺中僧人的印象又好了几分。

他对着那座墓深深行了一礼，这座坟墓没有墓碑，但他知道墓里埋的是谁。

墓里埋的是一位年轻的女子，至少死的时候，那女子还很年轻，那女子曾经是这个世界上舞跳得最好的人，拥有一个很简单的名字，这座墓里埋的是简笑笑。红袖招简大家的姐姐，书院小师叔的未婚妻。

"如果她当年没有被莲生杀死，那她就是我的小师婶，小师叔说不定现在也还活着，甚至和她生了几个孩子，其中最小的那个，会抢了我小师弟这个光荣的位置，然后和陈皮皮争夺最天才的荣誉。"

看着那座虽然时常有人打扫，但想必已经多年没有人来祭拜的墓，宁缺情绪复杂地笑了笑，低声说道："书院里会多好几位祖宗，不过书院里祖宗本来就很多，想来老师也不介意再多上几个。"

桑桑蹲下身去，伸手摘掉昨夜飘到墓上的一片落叶。宁缺把她扶起抱在怀里，看着身前的坟墓，想着墓中那位曾在烂柯寺前一舞动佛心的美丽女子，最后竟是死得那般凄惨，不由得心有所触。

"按道理，身为书院弟子，我应该很恨莲生，就算是我天性凉薄，没有被莲生害过，反而继承了他的一些好处，所以无法生恨，那我身为将军府血案的唯一幸存者，为什么现在连你的老师都有些恨不起来？"

桑桑的老师是前任光明大神官卫光明，宁缺充满绝望与畸形复仇渴望的前半生，便要拜此人所赐，此时他却说自己不恨那人。

"即便是夏侯，我现在都不怎么恨了，或者说很难想起这个人来。"他皱着眉头不停思索，喃喃说道，"难道我真的就是这般冷血？"

"不是因为冷血，而是因为他们都死了。"

桑桑偎在他的怀里，看着那座墓，说道："所有事情都会随着死亡而消失，恨一个人喜欢一个人，哪怕再强烈，都会渐渐忘记。"宁缺知道她想说什么，但他不想听。

22

"少爷，你知道为什么我最近经常盯着你看吗？"不知为何，桑桑又开始叫他少爷了。宁缺笑着说道："因为你家少爷我生得好看。"

桑桑说道："你又不是以前的隆庆皇子，哪里值得让人盯着看。"宁缺微怒，说道："说过不准提这事。"

桑桑知道他是在假装生气，来掩饰一些什么，轻声说道："你知道原因。"宁缺知道原因，但不肯说出来，此时的他，看上去就像一个赌气的小男孩，倔强天真幼稚易怒，或者还很容易哭。

这时候的桑桑，却像一个温婉懂事的大姐姐，静静看着他，声音温和地说道："我担心死了以后，再也看不到你了。"终于从她的口里听到了那个字眼，宁缺的身体微微颤抖了一下。

桑桑看着二人身前那座坟墓，有些好奇地问道："人死之后，会去哪里呢？不管是化成灰还是腐烂，都被石砖封着，但那还是我吗？"

宁缺不想她长时间停留在这种情绪里，因为这种情绪或者说思考的事情，对病重的人来说非常不健康，便想转话题，然而却有些转不动。

"有人说死亡便是虚无，有说法是死后便会去冥界。"

"我更愿意去冥界。"

桑桑看着他，认真地说道："冥界听着很可怕，但我可以在那里等你。"

宁缺看着她微白的小脸，把外衣解开，披在她的肩上，低声说道："冥界里的人们会忘记现世的事情，那时候你不会记得我，所以你不要去。"

"死是什么样的感觉呢？"

桑桑看着他问道，脸上没有什么哀戚或恐惧的情绪，只是好奇，就像个小孩子。她的身子很瘦小，披着宁缺的衣裳，也确实像个小孩子偷了大人的衣服在穿，看着有些可笑，又极少地流露出可爱的感觉。

"看你脸被冻得都有些白了，赶紧回吧。"宁缺说道。此时秋意虽深，烂柯寺周遭却并不如何寒冷，桑桑的小脸变得有些苍白，自然不是被冻的，而是体内的阴寒气息让她发寒难止。

桑桑很清楚这一点，她伸出双手递到宁缺的面前。宁缺怔了怔，想起很多年前，还是小女童的桑桑偶尔撒娇时的模样，心脏不知因何觉得一痛，向着她的手掌呵了几口暖气。

桑桑收回微微变暖的小手，抚在自己脸颊的两侧，有些遗憾说道："从小少爷你就说我是个丑丫头，我知道自己确实生得黑，你又总说什么一白遮百丑的话，所以总想让自己能变得白一些，到长安城后，花了那么多银子去买陈锦记家的脂粉，结果还是徒劳，现在真的白了，却没法让你高兴起来。"

宁缺把她抱得更紧了些，说道："不管是黑桑桑还是白桑桑，只要能还像从前那样贪财凶悍，那就是能让少爷高兴起来的好桑桑。"

听着这话，桑桑开心地笑了起来，露出两颗白乎乎的牙齿，看上去就像岷山林子里的某种小动物，很是可爱。现在的桑桑特别可爱，经常可爱。

那是因为她以前觉得没有必要在宁缺面前扮可爱，她更不需要在别人面前扮可爱，而现在她想让宁缺觉得自己可爱一些。

"你还没有回答我先前的问题。"

"什么问题？"

"死是什么样的感觉？"

"我又没死过，怎么知道，难道要我把小师姊从墓里挖出来，让她告诉你？"

宁缺说了句没有品的笑话，然后发现确实不怎么好笑，他低头看着脚下踩着的草丛里的一只死后的秋虫，沉默很长时间后说道："其实我还是知道的……死，是很不舒服的一件事情，所以你不要死。"

桑桑看着他，很认真地说道："嗯，我努力不死。"宁缺摸摸她的脑袋，说道："一起努力。"

薄雾缭绕的林间，忽然落下了一颗水珠，然后是数颗水珠，水珠很细很小，甚至细得仿佛是粉，落在他的脸上和眼里，有些微湿。

宁缺说道："回吧。"桑桑摇头说道："我还想再逛逛。"

宁缺说道："你现在的身体可不能淋雨。"桑桑从背后解下大黑伞，说道："想淋雨都难。"

宁缺笑了笑，接过大黑伞撑开，牵着她的手向烂柯寺前殿走去。

晨间的烂柯寺开始下雨，薄雾渐渐散去，先前那些在雾中若隐若现的殿檐佛塔，变得清晰起来，佛国变回了人间。宁缺看着细微秋雨里的古寺，看到寺后山顶的一座佛像。

那座佛像所用的材料应该是某种珍贵的白色硬石，雕工古拙却又圆融，此时雨水落在佛像宁静平和的面庞上，仿佛是泪痕，平添几分悲悯之意。隔着这么远，佛像的面容依然看得清清楚楚，可以想象这佛像何其巨大，信徒在山下仰望观之，很容易生出膜拜敬仰的感觉。

他指着山顶巨佛说道："据说这便是开创佛宗的佛祖。"桑桑看了他一眼，问道："要不要拜一拜？不上山在这里遥拜也成。"

"佛祖是人，我也是人，佛祖看过明字卷，我也看过明字卷，拜他作甚？"

正殿那方隐隐传来人声和车轮声，此时尚是清晨，烂柯寺不会接待游客，那么便必然是像宁缺一样，借宿在寺中的正式使臣或修行宗派代表。

宁缺自不会留意这些人，说道："当然，如果佛祖真的能显灵，把你身上的病治好，事后我来拜他三天三夜又何妨？"

忽然有道声音从正殿处传来："求佛祖治病，需要心怀虔诚，你当佛祖是随处可以找到的大夫？若你心不够诚，即便佛祖能治你妻子的病，也不会治。"数辆华贵的马车，从烂柯寺正殿那处绕行而至，这道充满指责意味又显得无比冷傲的声音，便是出自其中一辆马车里。

宁缺本以为只有那些信奉佛法的月轮国人才会说出这样的话，然而目光落在那几辆华贵马车上时，却意外地发现对方应该来自南晋。即便下着秋雨，但驾着马车行驶在清静古寺里，还是显得有些嚣张，而且既然是借宿在寺里，想来自然不是普通人。

看着那几辆马车，宁缺心想马车里的人如果不是南晋的使团，大概便是剑阁的弟子，而无论是谁，都不是他现在想看到的人。那辆先前传出声音的马车，停在宁缺二人身前不远处，窗帘被掀起，露出一张微微苍白还算得上英俊的年轻面容。

那年轻公子看着宁缺不悦地说道："在佛寺之中，便当敬佛，连这种道理都不懂得，也不知道寺里的僧人为何会让你留宿在寺内。"

宁缺问道："你认识我？"年轻公子微讽说道："我需要认识你？"

宁缺喔了一声，说道："我以为你认出了我，所以故意说这句话让我听到，然而再向我诚恳道歉，最终达到结识我的目的。"听着这话，年轻公子愣了半晌才明白宁缺想要表达的意思，不可思议地问道："你是说我是在故意接近你？"

宁缺笑了笑，说道："最近这些日子，确实有很多人想了很多稀奇古怪的方法，试图结识我，我以为你刻意撩拨我，也是存着这个念头，没想到却不是。"很平静的言语里隐藏着很刻薄的奚落意味。

自桑桑病后，宁缺便一直心绪不宁，而在红莲寺一战后，因为那些很诡异的事情，心情更是压抑至极，虽说破境入知命的喜悦稍微缓解了一些，但他依然很需要一个发泄的渠道或者说出口。便在这时，他看到了这几辆马车，听到了那辆马车里传出的声音。

那位年轻公子大怒，隔窗指着宁缺寒声斥道："你算什么东西！"宁缺闻言大悦，歪着脑袋把大黑伞夹在肩上，然后开始挽衣袖。

便在这时，车窗里出现一只手，把那年轻公子用力地拉了回去。宁缺大感失落，心想是谁这么无趣，这么不识趣？

23

车窗里的那只手，在宁缺的视线里只出现了极短的时间，但已经足够他看清楚那只手的某些特征：修长稳定的手指，绵软宽广的手掌，还有那些薄薄的茧。这是一只很适合握剑的手，那些薄茧也似乎证明了这只手经常握着剑柄。修行界普通的剑师，都使用飞剑，只有一个宗派例外，很巧的是，那个赫赫有名的宗派就是坐落在南晋，便是剑圣柳白开创的剑阁。

因为这些推论，宁缺隐约猜到了那只手的来历，所以他脸上的神情看上去似乎极为遗憾，实际上则是暗自警惕起来。华贵的马车里响起一道声音，想必便是发自那只手的主人，此人的声音平静而温和，代表那位年轻公子向宁缺表示了歉意。

听着对方道歉，品察着那人声音里的从容意味，宁缺神情不变，心里却是有些震惊，他虽然猜到对方是剑阁的人，却没有想到对方竟是一位知命境的强者，而他更难以理解的是，一位知命境强者居然会如此示弱。

马车里那位剑阁强者道歉的态度很诚恳，语气很温和，宁缺感受到了对方想要传达的善意和诚意，尤其是确认对方知命境强者的身份后，这种善意和诚意更是在极短的时间内，加重了很多倍。

身在烂柯古寺，病中的桑桑需要佛宗的僧人治疗，宁缺本就没有想着把事情闹得不可收拾，见对方如此诚恳道歉，便挥了挥手示意作罢。

马车里安静片刻，再次响起那名剑阁强者诚恳而善意的声音："我家公子确实唐突失礼，不过既然朋友你前来礼佛，多份诚心也是美事。"

这句劝告，虽说也是善意，然而却难以自抑地流露出来几分教诲的意思。宁缺心想，那人毕竟是知命境强者，倒也并不意外对方这句话里流露出来的口气，摇头说道："你们南晋拜的是昊天，却来拜佛，佛祖也不见得有多高兴，我也一样，以前没问题时我从来没有拜过佛，如今出了问题再来拜，再如何虔诚恭谨，佛祖也不见得会信我，既然如此，何必在意态度。"

那位剑阁强者在车中叹息一声，似乎有些遗憾于听到宁缺会这样回答，道了声告辞，数辆马车便缓缓向着东面的偏殿行去。

盂兰节乃是世间盛事，这个秋天不知有多少大人物会齐聚烂柯寺，尤其是数日后，随便行走便可能遇着一位修行界赫赫有名的大人物，所以宁缺对这场偶遇并没有太过在意，哪怕他此时已经猜到了那名年轻公子的真实身份。

秋雨渐急，落在大黑伞的伞面上，虽然没有渗过伞面打湿二人，但寺中的温度却变得越来越低，宁缺牵起桑桑的手，准备回别院休息。

离开之前，他看了一眼远处的瓦山顶。佛祖石像，便在那处静静地注视着山下的世界，被雨水打湿的面容，显得越发慈悲怜悯，似在同情那些陷落在生老病死罗网里的世人。

"如果真如佛祖您所说，世间有所谓因果循环，那我这辈子做过很多恶事，想必得不到任何好报，但我一直很注意不让桑桑的手染上太多鲜血，我真的尽力了，所以就算有报应，也只能报应到我身上，而与她无关。"宁缺看着秋雨中的佛像虔诚地默默祈祷。

来自南晋的数辆华贵马车，安静地停在烂柯寺某座偏殿前，数名眼神犀利的中年男子，冷漠地注视着四周，保护着殿里的主人，还有几名随侍的官员模样的人，在殿前的廊下避雨，却没有入殿。

雨中的佛寺偏殿，越发幽暗，殿里供奉着的十余座石尊者像，散发着淡淡的冷光，这些尊者像或笑或悲，裸露在空气里的双手，或合十或摊开，动作各异，流露出一种极妙的美感和庄严感。

一名穿着青衣的中年男子，在这些石尊者像前驻足观看，负在身后的双手修长而稳定，正是先前车中发声的那位剑阁强者。

看着这些石尊者像，他感慨说道："烂柯寺，月轮白塔寺，还有长安城里的万雁塔寺，都供奉着这些石尊者像，据说有宿慧的人，能够从这些石像里看出佛门手印的真义，遗憾的是我只能感觉到那些智慧的存在，却不能领悟。"

偏殿里一片安静，先前那名出言训斥宁缺的南晋贵公子，脸色十分难看，虽然他不好对这位剑阁强者说什么，却无法控制自己的情绪，十分不满此人先前替自己向宁缺道歉，让自己觉得无比羞辱。

中年男子看着贵公子阴沉的脸色，在心里叹息一声，缓声劝慰道："修行界里藏龙卧虎，更何况烂柯寺召开盂兰节大会，那些很少踏足人间的奇人异士说不定也会出现，我南晋虽然不惧，但何必招惹这些麻烦？"

随着那位贵公子参观烂柯寺的，还有一位头发花白的老者，看老者伛偻的体貌，应该只是普通人，腋下很奇怪地挟着张棋盘，脸上的神情十分冷傲。

这位老者乃是南晋国手，更有棋圣的称号，此生在棋枰之上罕有败绩，出入宫禁无碍，所以养成了骄傲的性情，想着公子是何等样身份的人，难道还会怕麻烦，不悦地说道："程先生乃是剑圣大人的师弟，难道还会怕这些小麻烦？而且先前听那打着黑伞的年轻人的口音竟是唐人，那更不应该退避。"

年轻贵公子心想正是这个道理，看着中年男子，想听他怎么解释。中年男子姓程名子清，乃是剑阁里有数的知命境强者，自然不在意那名老者的态度，即便对年轻公子的眼光也视若不见，淡然解释道："歧山大师对我南晋有大恩，如果真在烂柯寺里弄出是非，无论师兄还是陛下，都不会高兴。"

陛下自然是南晋皇帝陛下，他的师兄自然便是剑圣柳白，此时程子清请出这样两座大山，偏殿里马上回复安静，再无人敢有异议。

程子清走出偏殿，在廊下找着一名避雨的南晋年轻官员，用眼神示意他跟着自己走到一处僻静的地方，看着那名年轻官员微微苍白的脸，问道："是他？"

那名年轻官员姓谢名承运，正是当年在书院颇有才名的南晋谢三公子，后来在书院二层楼考试中，随着宁缺最终成功登顶，这位谢三公子黯然离开书院，回到了南晋，凭借当年少年探花的美誉，没过多长时间，便在南晋朝廷里拥有了自己的位置，今年更是被南晋皇帝任命为太子殿下的亲近属官。

听着程子清的问话，谢承运有些神情复杂地点了点头，程子清默然无语。其实先前看到那柄大黑伞，看见伞下那对年轻的男女时，他便隐隐猜到了对方的身份，当那年轻男子对佛宗也表现出淡然的态度时，他便知道自己的猜测落在了实处，明白先前代替殿下道歉，是正确的选择。

如果让殿下知道大黑伞下年轻人是谁，肯定不会善罢甘休，今日烂柯寺必然要闹出大事，而即便是已经晋入知命境的他，也不愿意和那个年轻人起纷争，他虽然不惧怕对方，却也不想得罪对方和对方身后那强大无敌的师门。

程子清沉思稍许，看着他说道："明天歧山大师开庐出关，宁缺必然会出现，所以你要盯着殿下，就算殿下知道了宁缺的身份，你也不能让他动怒。"谢承运明白程子清担心的是什么，稍一犹豫后便应了下来。只是做王府属官已经有半年时间，他很清楚自己将要辅佐一生的太子殿下有怎样的性情，自然知道要让殿下不动怒是多么困难的事情。

忽然间他想到某种可能，看着程子清的脸，强行鼓起勇气，轻声说道："听闻剑圣大人的亲弟弟，便是被那人刺瞎了双眼？"程子清的眼神渐趋冰冷，看着谢承运寒声说道："我知道你曾经在书院与那人做过一段时间的同窗，我也知道对于自幼便享有盛名的你来说，眼看着曾经的同窗如今攀上了人世间的巅峰，把自己远远甩在身后看不见的地方，是如何痛苦的事情，然而面对这种情况，你或者勤勉增进自己的修为境界，或者干脆放弃与那人比较的心思，别的任何手段，除了让你更加痛苦之外，没有任何意义。"

"不要想着借剑杀人，更不要想着借剑阁的剑杀人。"程子清想着剑阁古潭里的那颗头颅，双目已瞎整日在暗室里苦修练剑的同门，寒声说道，"因为我剑阁最恨的事情，便是被别人借剑。"

24

宁缺很清楚，佛祖早已经死了，真正能够治病的，是瓦山里的歧山大师，所以第二天他带着桑桑坐着黑色马车，顺着山道往瓦山里去。寺后的山道依然幽静，道旁的槐树残留有湿意，缓平的道面上隐隐可以看到一些马车车轮留下的痕迹。

宁缺坐在窗边，看着山道上的道道痕迹，眉头微微皱起，心想盂兰大会还有数日才会在烂柯寺前举行，即便各国使团或修行界想要提前讨论荒人南下或冥界入侵的传闻，也应该是在烂柯寺中，为什么今日会有这么多辆马车进入瓦山？

他很自然地想起昨日清晨在烂柯寺遇到的那位南晋贵公子，当时他便已经猜到对方身份，能够让一名剑阁知命境强者随侍在旁，除了南晋皇帝便只能是那位太子殿下，只是这些南晋人入瓦山想做什么？

观海僧人，再次出现在大槐树下，对着马车双掌合十，微笑说道："小僧本以为十三师兄会到得更早些。"宁缺下车回礼，似随意说道："难道已经有很多人已经到了？"

观海说道："正是如此。"宁缺问道："我不明白这是什么意思。"

观海微微一怔，这才知道宁缺是真的不知道自己老师开庐意味着什么，认真解释道，歧山长老每次开庐时，都会选择一位有缘之人，解答对方心中的困惑，或是帮助那人指明人生的某个方向。

佛宗大师点化信徒，这种事情并不罕见，在月轮国便有很多这样的传说，但在世人眼中，歧山大师却不是普通佛宗大师，而且数十年前，大师数度开庐替有缘人解惑时说的话，事后都被证明变成了现实。

宁缺这才知道烂柯寺长老这五字，对于世间诸人来说还有这样的意义，正准备说些什么的时候，忽然听着山前烂柯寺内响起了悠扬的钟声。晨钟暮鼓，在佛寺里乃是常事，不过今日清晨召集早课的钟声早已敲响，不知为何此时会再次响起，他不由得微感诧异。

观海僧本就是寺中僧人，从钟声里听出了更多的讯息，神情微变。

宁缺问道："出了什么事？"观海僧说道："有远客至，住持师兄用钟声宣我前去一道迎接。"宁缺说道："那你赶紧去吧。"

观海僧大为感激，向宁缺诚恳致歉，又隔着车窗对桑桑行了一礼，匆匆离去。看着在山道上飘然而去的年轻僧人背影，宁缺眉头微挑，没有说什么，坐到车前的软垫上，轻踢大黑马的翘臀，说道："走。"

大黑马昨夜在寺里捉秋蚂蚱玩得晚了，今日有些犯困，被宁缺踢了一脚才醒过神来，打起精神，昂首阔步便往瓦山深处驶去。辘辘声里，响起桑桑有些忧虑的声音："来的人肯定是大人物。"

能够让烂柯寺响起隆重钟声，让观海僧亲自去寺前接的人物，自然来历非凡，宁缺早就想明白了这一点，只不过就算他是再如何自卑自贱自怜之人，也不得不承认一个事实：如今世上根本找不到比他的师门背景更强大的人。

也正因为如此，他才有些疑惑寺前那些客人的身份，为什么观海僧会不陪自己这个书院弟子，而去陪对方，而听出桑桑担忧，又让他觉得好笑复又疑惑，桑桑向来是个不理会这些事情的人，她在担忧什么？

桑桑低声说道："歧山大师出关，每次只会选中一个有缘之人，回答对方的问题，解答对方的困惑，今天瓦山来了这么多人，而且肯定有很多大人物，也不知道大师会不会选我做有缘之人，替我看病。"

宁缺笑着说道："你和我有缘就够了，和活了一百岁的老和尚要有什么缘分？至于其余那些人，你更不用担心。"

桑桑推开马车前门，看着他的侧脸，说道："我就是担心又要像小时候，又或是进书院二层楼那样，少爷你要和很多人抢。"

"我们身份在这里，谁敢和我们抢？就算有不怕死的疯子真把我们抢赢了，那老和尚难道还敢不给你治病？莫说他曾经问学于夫子，和书院有些旧谊，就算他不念旧情，如今我俩左书院右神殿，浩然气和昊天神辉在胸中，袖里藏着老师的亲笔信，真可称得上是神挡杀神，佛挡杀佛，到时他想治得治，不想治还是得治。"

马车行驶在幽静山道间，碾轧微湿道面的声音很小，宁缺对瓦山很不恭敬的声音，飘荡在槐树和别种秋树的枝叶间，久久盘桓不去。

山势平缓，马车行驶在山道上非常轻松，只不过两地之间的距离也变得稍微长了些，晨雾散尽，秋日浮出林梢时，黑色马车才驶抵虎跃涧前。

虎跃涧是当年瓦山很出名的风景，只不过这些年来，随着越来越多的老僧选择在此隐居，烂柯寺里的僧人对瓦山的进出管理得严格了很多，每年只会择机开放一段时间，最近这些天自然是封闭的，所以涧旁没有游客。

没有游客，不代表没有访客。虎跃涧上有座石桥，石桥对面是重重秋林，桥的这面是片极大的石坪，石坪上有一株叶冠面积极大的青树，青树下有个小石桌。

大青树下已经汇集了数十人，那些人或站或坐，或低声交谈，或沉默不语，从人群的缝隙中，隐约能够看到一位身着黄色僧衣的老僧，正在与人对弈。黑色马车离大青树还有很远便停下，宁缺远远看了一眼，感知到那些人身上或浓或淡的气息，确认都是些修行者，想必来自很多不同的修行宗派。

大青树下围着石桌的人们，注意力大多集中在对弈上，有些人则是围着一名衣着华贵的年轻公子在神态恭谨地说着些什么。

正是昨日清晨在烂柯寺里遇到的那位南晋公子，宁缺既然猜到他应该就是南晋太子，当然不会对这幕画面感到吃惊，只是想着世间那些大道无望的普通修行者，苦修半生，最终还是要把一身本事卖于帝王家，不由得有些感慨。

而看到离大青树数十丈远外，一排翠绿青竹下的那个熟悉的少女身影时，他的感慨无法阻止地从这些修行者的身上回到了自己的身上。很明显看出，有很多修行者试图接近青竹下的那位少女，却又因为敬畏或是别的原因不敢上前，只敢远远地隔空行礼问安。

于是那位少女只是一个人静静站在那排翠绿的青竹下，就像青竹一样孤单而坚强。但在宁缺的眼里，她更像那些青竹一般弱不禁风，一年多没见，她清减了不少。

25

在符阵的作用下，黑色马车行走在山道上几乎如御风而行，悄无声息，山涧边的草坡上，有很多马儿正在吃草，掩盖了大黑马的蹄声，大青树下的数十名修行者，没有谁注意到宁缺二人的到来。

竹墙下的少女却注意到了。已经晋入知命境的她，对周遭天地元气最细微的变化也能察觉得清晰无比，而且她本来就是世间最天才的符师，如今步入神符师的境界，又怎么会察觉不到黑色马车上散发出的符道气息。又或者，其实只是因为她一直默默看着山道的方向，想要看到谁？

看着那辆渐渐停在远处的黑色马车，少女眼中出现了喜悦的神情，又有淡淡惘然，然后尽数化为平静，然后缓步向那边走了过去。涧畔石坪上有不少修行者一直在默默注意少女，包括那名被很多修行者围住讨好的贵公子也是如此，随着少女离开翠竹向着远处那辆黑色马车走去，他们的目光下意识里随之移动，显得有些困惑。

有人在猜测那辆黑色马车里是谁，竟能让闻名天下的书痴移步迎之，而有些聪明的人或是对唐国比较熟悉的人，则是已经猜到了真相，不由得露出震惊的神情。

宁缺没有注意大青树下那些修行者的神情与反应，他只是默默看着向自己走来的少女，看着她越来越近，看着那张很久不见甚至很少想起但真的没有淡忘的脸在视线里越来越清晰，心情变得越来越紧张。

少女真的清减了不少，但依然美丽动人，细而浓黑如墨的双眉，明若秋湖的眼睛，细长而疏的睫毛，薄而红亮紧紧抿着的双唇，如瀑般披在肩上的黑发，像蒲公英般的白色长裙，随着她的移动，式样简单而干净的布鞋不时移出裙摆，然后像风中的叶子般飘回裙内，似乎和从前没有任何变化。

这一年半时间里，宁缺时常会收到大河国的来信，那些仿佛带着墨池味道的信纸，上面是娟秀笔迹写着的日常闲事，从未涉及情事。他看过这些信后，便会把信交给桑桑或是自己扔掉，他也会回信，只是很少在信里说什么，更多的时候只是寄些自己比较满意的书帖。

去年确定来烂柯寺参加盂兰节时，宁缺便有想过，书痴肯定会受邀，而且她说不定真的会来，他想过很多次，重逢时会是怎样的画面，她会说些什么，自己应该说些什么，然而这些事情越想越想不明白，越想越紧张无奈，所以他不再去想直至忘了这件事情，直到此时在山洞旁看到她重新出现在自己眼前。

看着慢慢走近的少女，宁缺不知该如何办，他希望这时候身后的车厢里能够传来一些声音，希望能够听到桑桑假意轻咳两声，哪怕只是衣袂移动时的窸窸窣窣的声音，也能让他这时候平静一些，脸上的神情更加漠然一些。

莫山山走到马车前，大黑马发现是自己最先认可并且很喜欢的漂亮女主人，摆首轻嘶两声，显得极为高兴。莫山山微微一笑，抬起手掌摸了摸它的脑袋，大黑马拼命地想要把自己硕大的头颅挤进她的手掌里，亲热地蹭着，显得很是滑稽。

宁缺拍了拍它的后背，无声警告它不要太过兴奋紧张以至于失态，同时也是告诉自己不要太过于兴奋紧张以至于失态。马车里，桑桑依然没有发出任何声音。但他这时候已经平静了很多，看着莫山山揖手为礼。

莫山山回礼，又对黑色车厢行礼，平静地道："见过光明之女。"马车里，终于传出了桑桑的声音："见过山主。"

两位姑娘的第一句话都很平静，都很客气，宁缺听着桑桑的声音如此平静温和，而且居然真的有了些西陵神殿大人物的语气，不由得无语。便在他有些不知所措的时候，桑桑的声音再次从马车里响了起来："少爷，我有些倦了，想在车里歇会儿。"

宁缺明白，她这是在给自己机会去和莫山山单独说会儿话，沉默片刻后嗯了一声，走到莫山山身前，说道："去洞边走走看看？"看着向山洞边走去的那对青年男女的背影，大黑马轻踢后蹄，打了个响鼻。

身后的车厢里忽然响起桑桑的问话，桑桑问道："你和山山姑娘很熟吗？"大黑马身体骤然僵硬，知道先前自己与莫山山亲热的画面，尽数被桑桑看了去，不由得心生极大恐惧。在这种情况下，大黑马知道自己的任何解释都是掩饰，都极有可能很难看地去死，所以它咧嘴露牙望着马车，不停摇动尾巴，拼命地装傻讨好卖乖。

山涧旁的草坡上，有很多匹马儿在低头吃草，应该是那些前来拜山的修行者们的坐骑，不远处还有些野生的山羊在嬉戏，双方沉默相伴，倒也相安无事。宁缺和莫山山走到涧边，亦是沉默，只是气氛却不像草坡上那般平静，虽然无事，但真的很难相安，有一种令人尴尬不安的气氛。

沉默终究是需要被打破的，如果这时候还需要由莫山山来走第一步，书院大师兄如果知道这件事情后，哪怕性情再温和，只怕也会嘲讽他好些年，而且那样确实太不男人，所以宁缺看着她问道："这一年时间，过得如何？"

二人过往一年半间有书信交流，就算说的是闲事，也会提到些近况，哪里需要专门来问？沉默了这么长时间，然后用如此认真的语气，结果就问了这样一个问题，这只能说明他这时候的脑子依然不怎么好使。

"写字修行破境。"

莫山山没有笑也没有恼，平静而认真地回答道。说话时，她面容上认真的神情和专注的眼神，让这样简单的问答都生出了一种仪式感。然后她笑了笑，问道："你呢？你在信里倒很少提。"

"我也一样，写字修行破境。"略一停顿，宁缺微涩笑道，"中间顺便杀了几个人。"听着这句话，莫山山认真地看着他的眼睛，确信自己先前的感知没有出错，喜悦说道："你什么时候破的境？真是值得恭喜。"

宁缺看着她微笑着说道："你春天的时候就已经成为了神符师，我比你晚了很多，有什么可喜的？现在想起来，你离开长安时留下的那封信真的很有预见性，当你看见更加壮阔的河山时，我还在山涧里艰难地爬行。"

莫山山微笑着说道："但你现在也已经看到了山顶的风景。""嗯，这里的风景还不错。"宁缺把目光从崖畔深不见底的山涧里移到瓦山的峰峦之中。

莫山山忽然想到分别之后最让自己担心的那件事情，问道："知道你要与夏侯决斗，我真的很震惊，当时包括老师在内，大河国没有任何人看好你。"

宁缺看着她美丽的眼睛，问道："你呢？"莫山山想了想说道："虽然真的没有道理看好你会赢，但不知道为什么，我总觉得你就算输，也不会出事，至少不会死。"

宁缺微感好奇，问道："居然对我这么有信心？"莫山山闻言一笑，说道："那年离开魔宗山门的时候，在吊篮里叶红鱼曾经对我说过，像你这么无耻的人，一般寿命都很长。"

难道这就是祸害活千年的说法？宁缺有些恼火地说道："这等诽谤我可不爱听，别看她现在已经是裁决大神官，真把我逼急了，我也敢去找她麻烦。"

莫山山不再提这事，问道："战胜夏侯的感觉怎么样？"

"战胜敌人的感觉不重要，就算打不过对方，但只要能杀死敌人便好，所以你应该问我，杀死夏侯的感觉怎么样……"就像在荒原的旅途上那样，宁缺开始习惯性地向她灌输那些冷血现实的战斗手段和理念，说道，"有那么一瞬间的狂喜，然后便是疲惫和惘然，最后尽数归为得偿所愿后的平静。"

莫山山默默听着他说着，看着他脸上那道极淡的伤痕，看着那个极浅的酒窝，有些失神，想着传闻中那场冬湖上惨烈的战斗，总觉得他的平静神情之下隐藏着很多令人心悸的东西，甚至觉得他的酒窝里盛着鲜艳的血，不由得心头微恸。

"这件事情真相传到大河后，我才知道，原来你有这样凄苦的童年。"她声音微颤说道，没有办法掩饰对他的疼惜。

宁缺不想说这个话题，看着她比当初略微清瘦了些的脸颊，打趣道："脸上的肉肉都不见了，看来这两年你过得也挺苦。"本来是想说句玩笑话来冲淡先前的低落气氛，但话一出口，他便知道不对。

身为天下书痴，上有书圣疼爱下有同门尊敬，春天时破境入知命，成为极为罕见的如此年轻的神符师，人生可说顺利美满之极，能够让她忧心以至清减憔悴的事情，除了情之一字还能有别的什么？

如果是普通的女子，听着这句话，不说马上泫然欲泣，想必也会微露戚容，至少也会让笑容里带出几分勉强的意味，来让男子心生愧疚之感。莫山山不是普通女子，所以她只是笑了笑，什么都没有说。

宁缺感激地看了她一眼，说道："我有想到烂柯寺肯定会邀请你参加盂兰节，只是各国使臣要商议荒人南下，别的修行者可能担忧冥界入侵的传闻，按你的性情，你应该不会来才是，难道是想请歧山长老替你指点迷津？但你现在已经是知天命的神符师，当知命途由己，哪里需要别人替你解惑？"

话一出口，他马上知道自己又犯了大错，书痴自然不需要歧山长老替自己解答修行或符道方面的疑惑，甚至连人生都不需要询问，那么问的自然是……

莫山山再如何了不起，依然是位姑娘家，连续听着宁缺这样两个问题，终是忍不住微羞而恼，看着他问道："那你又来做什么？想抢烂柯寺的佛经？"

宁缺知道自己犯错，哪里敢反嘲回去，老实说道："修行界的盛会，书院总需要来人表示尊重，我代表书院入世，不得不走这一遭。"

然后他神情有些黯然，说道："更关键的是，我家桑桑的病又犯了，这一次连老师都没有办法，但老师说烂柯寺能治，所以我便带着她来了。"

听说桑桑身有重病，她望向不远处的黑色马车，很是担忧，但没有说什么。宁缺能够看明白她的担忧是真挚的，心头一暖，复又生出愧疚之意，自己有能无德，却能让如此美好善良的女子喜爱，真是件谬事。

"那边是怎么回事？"

他看着大青树下的人群，指着人群中那方石坪和正在落子的黄衣老僧问道。莫山山没想到他已经进了瓦山，却不知道修行界流传多年的规矩，解释说道："能够得到歧山大师解惑的机会，是修行者最盼望的事情，所以每次大师出庐之时，很多修行者尤其是那些野修，都会拥入瓦山。这里毕竟是佛门清静地，总不能变得嘈闹有如菜场，而且大师挑选有缘人，也不可能在千万人中挑选，所以从很多年前开始，烂柯寺便定下规矩，只有通过三道棋局的修行者，才能最终抵达洞庐之前，获得被歧山大师亲自挑选的资格。"

宁缺看着大青树下，皱眉问道："比如这关，便是要下赢那位老僧才能过桥？"莫山山点点头，说道："瓦山坐谈是修行界很出名的雅事，据说三盘棋里有一道残局，有一局对弈，还有一局则是临时设置。"

宁缺问道："非要连胜三局才能到庐前？"莫山山说道："上一次歧山大师开庐择有缘之人已经是数十年前的事情，我也不是很清楚太过具体的事情，不过大师乃是佛宗高僧，想来也不会纯以胜负之事定夺，若拜山者能在对弈的过程里展现出自己的智慧或是别的有意味的素质，想来也会被大师选中，不过三盘棋是必须要下的。"

宁缺问道："为什么？"莫山山不解说道："因为这是规矩啊。"

宁缺摇头说道："规矩是死的，人是活的。"他说得严肃，莫山山却笑了起来，说道："你下棋不行？"

宁缺有些尴尬，说道："我愿意在刀剑上觅胜负，不喜欢在棋枰上熬精神。"莫山山微微担忧地说道："那你怎么办？"

宁缺笑着说道："还能怎么办？驾长车踏破虎跃山缺，谁还敢拦我，不过……如果这些和尚真的愚痴到敢和书院作对，你可得帮我。"莫山山看着他嬉笑的模样，这一次终于看出了隐藏在里面的坚毅与不达目的绝不罢休的狠劲儿，不由得心头微酸，然后微软。

她知道，这件事情既然关系到桑桑的生命，那么不管前面有什么艰难险阻，哪怕是昊天在前，宁缺都会一刀劈将过去。这真的令她很嫉妒，这真的令她很喜欢。

26

大青树下的修行者们一直在注意涧旁的那对年轻男女，他们很清楚书痴虽然性情温婉，但极少对男子予以丝毫颜色，此时看着她竟与那年轻男子相谈甚欢，不由得窃窃私语起来。这道谜题很简单，书痴出道数年时间，在世间留下的故事里，能够与她并肩而站观山景默契无语的男子，从来就只有那个人。

看着涧旁二人的身影，南晋太子脸色铁青，露在袖外的双手因为愤怒和嫉妒而颤抖起来，即便他再如何想保持风度，依然无法控制自己的情绪。

片刻沉默后，终于有人忍不住向着涧畔走了过去，有人领头，自然便有更多的人跟随，极短的时间内，大青树下便变得空无一人。先前还显得拥挤的那方石坪，顿时变得清静无比，坐在棋盘一面的那位南晋国手正在冥思苦想，没有注意到，而负责主持残局判定的那位烂柯寺黄衣老僧，却察觉到了，有些意外地抬起头来，向涧旁望了一眼。

当青树下那名修行者踏出第一步时，宁缺便感觉到了，他转过身来，看着那数十名修行者朝着自己而来，不由得怔住，以最快的速度计算出，待这些人冲过来时，自己和莫山山应该用什么手段应对，才能不被挤下山涧，然后他看了黑色马车一眼，确认大黑马正在警惕，才放下心来。

那些修行者没有真的把宁缺挤下山涧，而是极有分寸，甚至可以说带着某种天然敬畏地，在距离涧边还有数丈距离的时候，便极有默契地同时停下。

"宋国李道人拜见十三先生。""晚生林若羽见过书院前辈。""在下华隐代家师向宁大家请安。"众人恭谨地向宁缺行礼请安，或神态拘谨，或兴奋难抑，有的人声音微颤，有的人甚至兴奋得声音都有些变调，能感觉到所有人都很激动。

这是昊天的世间，道门自然在修行界里拥有至高无上的地位，今日来到烂柯寺后瓦山的修行者，大多数也是修道之人。只不过道门与书院的隐隐对抗，都是发生在黑暗的历史阴影之中，发生在那些呼风唤雨的真正强者之间，与这些普通修行者没有任何关系。

他们只知道书院后山是传说中的不可知之地，书院后山那些夫子亲传弟子，便是传说中的世外高人。对世间的修行者而言，所谓世外高人总是在云端行走，偶现红尘却难觅踪影，绝大多数修行者终其一生都没有机会与这些真正的世外高人相遇。即便在所有的不可知之地里，书院是唯一与俗世相通的地方，但唐国之外的修行者，也基本上无法有机会见到书院后山的弟子。

今天他们终于见到了，而且并不是远远看着那些世外高人御剑自天空飞过，而是如此近距离的接触，甚至能够与对方说几句话，他们怎么能不激动兴奋？且不论这等机缘会不会给他们的漫漫修道路带来什么好处，但至少将来年老体衰将要回归昊天光辉之前，他们可以对自己的后辈弟子们回忆某一年在瓦山烂柯寺的故事，骄傲而满足地说道当时的书院十三先生是如何的平易近人。

看着这些异国修行者恭谨甚至敬畏的神情，看着人们眼中的激动与兴奋，宁缺怔了怔才醒过神来，露出温和的笑容，与这些修行者们平静回礼。他的神情虽然平静从容，心情却并不平静。他一直都很清楚书院在修行界里的地位，只是过往入世之时，他打交道的对象不是疯子便是强得恐怖的前辈变态，所以直至此时此刻，他才第一次真正感受到师门的强大，感受到修行界对书院的尊重或者说敬畏。

无论是尊重还是敬畏，都是很美好的感觉。虽然是昊天的世界，修道者居多，但毕竟大唐乃是世间第一强国，自然也有深受唐国影响，自认与书院亲近的修行宗派，一名来自大河国的剑师，便是毫不犹豫地以同门晚辈弟子自居，跪在宁缺身前行了一个大礼，然后站起身来很自觉地站在了莫山山身侧最近的位置，脸上流露出自豪的神情。

这等做派自然有些可笑，大多数修行者却没有笑，觉得理所当然，如果他们也是大河国的修行者，只怕要比那人跪得更快，书痴风姿绰约，但能抱她的大腿谁不愿意？更何况还能以娘家人的身份和书院高人亲近。

然而终究还是有人看不下去，发出一声嗤笑，顿时打破了山涧旁的气氛，修行者们愕然回首，心想是谁如此大胆？此时敢于发出嘲笑声的人，自然并不怎么畏惧书院，今日西陵神殿没有派人前来，烂柯寺诸僧不知何故还在山下，场间唯一能够有资格与书院对峙，或者说自认为有资格与书院对峙的便是南晋剑阁弟子。

然而人们猜错了，即便是剑阁弟子，也不敢对书院中人有丝毫不敬，哪怕因为柳亦青惨盲之故，他们对书院心存恨意，但那恨也必然是尊敬的恨。

发出嘲笑声的确实是个南晋人，但他不是剑阁弟子，而是南晋太子。从确认宁缺身份后，南晋太子便开始愤怒，因为嫉妒而眼露怨毒，虽然他知道书院对唐国意味着什么，即便是他也不应该轻易挑衅，然而看着那些修行者在宁缺身前奴颜媚骨的模样，他再也忍不住了。

人群渐分，南晋太子走了出来。看着莫山山的身影，他的脸色稍微好看了一些，沉声说道："似这等薄幸之人，哪里有资格站在山主你的身边？我带来的那位棋道大师乃是宫廷国手，马上便要解开那道残局，稍后你与我们一同上山便是。"

随着南晋太子的沉声指责，人们这才想起在石坪旁，有一辆黑色的马车。众人转身望向那辆黑色马车，眼神变得不一样，甚至比先前看宁缺时更加拘谨，敬畏之中畏惧的成分明显要浓郁很多。

有人最先醒过神来，匆匆走到黑色马车前跪下。正如先前所说，修道之人都以西陵神殿为尊，山涧旁同样如此，修行者们匆匆走到黑色马车前，竟是黑压压跪了一地。

众人虔诚拜道："恭迎光明之女降临人间之国。"桑桑平静的声音从车厢里传出来："都起来吧。"

宁缺微微一笑，没有想到这丫头的声音竟能有这般矜持威严的感觉。修行者们如释重负，纷纷起身，依然保持着恭谨的姿势，即便是膝上沾着草屑和灰尘，也没有人敢去拍打。

看着这幕画面，南晋皇子的脸色越发难看，他这才发现，宁缺哪怕是身边人的身份都不比自己低，若让马车里那个小侍女将来继任了光明大神官，那岂不是比父皇的身份更加尊贵？

他没有想到，接下来会发生一件更令他恼怒却又无奈的事情。马车里再次传出桑桑的声音："书痴姑娘，可愿陪我一道上山？"

南晋皇子神情骤变，修行者们神情骤然变得精彩至极，宁缺的心情也骤然一紧。

他很了解桑桑，他很清楚，桑桑先前称莫山山为山主，此时称她为书痴姑娘，这中间的分别有何含意，虽然没有恶意，却不知会不会令另一位姑娘不悦。莫山山没有什么不悦，只是笑容有些微涩。她隐约猜到桑桑为什么喊自己上马车一道走，大概便是南晋太子先前那番话。

南晋太子说宁缺是薄幸之人，桑桑便要证明，这与宁缺无关，这是她们的事情。

南晋太子邀请书痴一道上山，桑桑便也邀请书痴上山，同时也是邀请书痴一道打那名南晋太子的脸。

为了替自家少爷出气，让他在世间修行者面前保持气势与风光，桑桑愿意做很多事情，包括并不见得合她心意的这次邀请。

莫山山轻叹一声，心想像桑桑这样无时无刻都想着宁缺，哪怕浑然无我也要让宁缺开心，真是难以想象的事情，如果换成自己能做到吗？思考只是一瞬间的事情。桑桑为了给宁缺面子，已经做到了这一步。莫山山心想，自己主动往黑色马车动一步又算得了什么？

人们看着书痴进入黑色马车，再望向宁缺的目光便又有不同，敬畏之余，多了很多羡慕。宁缺知道事情的真相并不如此，二女同乘马车什么都不代表，但他自然不会辩解什么，走到车前轻拍大黑马示意出发。

黑色马车缓缓启动。

宁缺掀开车帘看了一眼，发现桑桑的气色确实不错，便不怎么担心，只是看着她和山山相对而坐沉默无言，却又是担心到了极点。还是先上山找着歧山大师再说，他这样安慰自己，轻踢大黑马的翘臀，示意它快一些，然而黑色马车还没有上桥，便被拦在了虎跃涧前。

拦住马车的不是那位南晋太子，而是一句很冷淡的话语。"即便是书院弟子，也不能不讲规矩，难道夫子就是这么教学生的？"大青树下石坪旁，那位黄衣老僧缓缓抬起头来，缓声说道。

黑色马车停在了桥前，宁缺沉默片刻。他最不喜欢听到这种老气横秋的话语，尤其是这种用老师来压自己的语气，然而因为桑桑的病有求于烂柯寺，所以他没有流露出自己的反感。

他望着那名老僧问道："什么规矩？"黄衣老僧缓缓站起身来，说道："破了残局，才能过桥。"

宁缺摇头说道："规矩是死的，人是活的。"先前他便对书痴说过这句话。

黄衣老僧却道:"只有死守规矩,人才是活的。"这句话隐含某种哲理,宁缺却不知道这名老僧是不是知道自己带着桑桑进山的真实目的是治病,所以用这句话来威胁自己。

他微微皱眉说道:"难道家师来此,你也要他破此残局才能见歧山大师?"黄衣老僧神情不变说道:"若夫子亲自来此,歧山师兄只怕早已倒履相迎而至,只是夫子可以无视世间一切规矩,你是他的弟子却没有这种资格。"

宁缺看着老僧的眼睛,忽然说道:"佛宗讲求众生平等,人与猪狗皆是一般,即便我与老师的差距就像是愚笨的猪狗和人一样,但我与老师依然是平等的,那么老师能够不守规矩,我凭什么就一定要守?"

黄衣老僧漠然说道:"书院弟子果然妙辩无碍,只是我不想听时便不听。"

宁缺说道:"所以说来说去还是谁的拳头更强的道理,贵寺的规矩终究只能拦住那些没有能力破坏规矩的人。"

黄衣老僧微微皱眉,说道:"莫非十三先生以为自己有能力超越世间规矩?"宁缺说道:"我想试一下。"

说完这句话,他把手伸进马车里。桑桑早已打开箭匣,把铁弓组装完毕。宁缺接过铁弓,搭箭弯弓,直指石坪旁的黄衣老僧。然后他说道:"你想不想试一下?"

27

宁缺接过铁弓的动作很自然,搭箭的动作也很自然,神情很平静,看上去就像拿筷子吃饭一样,只是当他拉弯铁弓,用黝黑寒冷的箭镞瞄准青树下石桌旁的黄衣老僧时,幽静的山涧顿时被一道极凛冽的杀意笼罩。

看着这幕画面,黄衣老僧满是皱纹的脸,变得苍白起来,不是恐惧,而是极端强烈的愤怒与不解,以至于他身上的僧衣都颤抖了起来。

老僧自然知道书院宁缺声震修行界的元十三箭，曾经那般强大完美的隆庆皇子，便是被此子一箭射得人不似人鬼不似鬼。

身为烂柯寺隐居高僧，老僧哪里想过，自己维护瓦山的规矩，只不过试图拦下宁缺，对方便会生出如此强大的杀意，准备动用最强大的手段。更令老僧感到愤怒和惘然的是，看着马车上宁缺弯弓搭箭时的平静神情，若自己真的要阻拦对方，只怕他真会一箭射过来！

修行者们正在恭敬目送黑色马车离开，自然看到了这幕画面，他们如黄衣老僧一般，震惊无语，完全不明白宁缺为什么会这样做。

锋利的铁箭镞泛着幽幽的寒光，却没有一丝晃闪，仿佛所有的光线都被蕴在箭镞的区域里，这只能说明这支铁箭没有哪怕最细微的一丝颤动，说明握着箭尾的那只手稳定得令人恐惧，说明准备射箭的那人漠然到了极点。

黄衣老僧看着那支铁箭，知道下一刻自己便会血溅当场，因为自己已经老了，而且这支箭太近，根本无法避开，苍老的面容上闪过一丝微惧，然后化为微怒，又变作微痛，那是经年之痛，然后尽数归为平静和决然。

"不愧是当代书院入世之人。"

黄衣老僧看着宁缺，淡然说道："行事做派果然有轲浩然的霸道冷血的遗风，然而老衲却依然要守着规矩，因为这个世界本来就是需要规矩的，像你和轲浩然这种不想守规矩的人，可以杀死我却无法震慑住我。"

"我不知道当年小师叔给大师你留下了什么痛苦的回忆，但身为书院弟子，我必须要说，小师叔从来都不是什么霸道冷血的人。"

宁缺看着黄衣老僧说道："只不过当不守规矩和你们这些维护规矩的人相遇时，总需要有人退让，就比如此时此刻，我只需要大师你退让一步。"

黄衣老僧声音微冷说道："为何退让的总是我们这些守规矩的人？"

宁缺说道："在这个问题之前，我觉得首先要弄明白，你们为什么要定下这些规矩让别人遵守，而别人为什么一定要遵守你们定下的规矩，其实你也很清楚，规矩只是强者制定用来约束或剥削弱者的律条，我最崇拜小师叔的一点，便是他成为了可以无视任何规矩的强者，但他却没有给别人定规矩的想法。"

黄衣老僧忽然笑了起来，看着宁缺厉声说道："世间哪有能够无视任何规矩的人？轲浩然最终遭天诛而死，就是对你现在的警告！"

听着这话，宁缺神情不变，眉梢却缓缓挑起。书院后山弟子们最尊敬的自然是夫子，然而他们最崇拜的偶像，却永远都是那位骑着小黑驴持剑走四方，却最终英年早逝的小师叔。如果听到有人对夫子不敬，后山里的弟子们甚至可能微微一笑毫不在意，因为夫子实在是一个很有趣很可以被打趣的长辈，而且夫子现在还好端端地活着，如果他真的动怒，可以自己去把那个宗派或小国给灭了。可如果听到谁敢对小师叔不敬，后山弟子们则真的有可能去和对方拼命，因为那头黑驴已经死了，小师叔也不在了，他已经没有办法去用剑替自己说话。宁缺是世上最敢杀人的人，只不过因为桑桑的病，来到瓦山之后，他一直沉默隐忍，不想随意杀人，影响给桑桑治病。

"我没有感受到冥冥中有谁在警告我。"他看着那名黄衣老僧，说道："而我这时候是在清晰地警告你，我的马车稍后便会上桥过涧，如果你试图阻止我，我会杀死你。"

说杀人便杀人，说杀死便杀死。涧畔林坪上，所有人看着宁缺平静的神情，都不会置疑他的决心和能力。先前始终沉默的南晋剑阁强者程子清，看着场间气氛如此紧张，不由得在心中叹息一声，向前走了两步，想要阻止宁缺。但他只走了一步，便停了下来，因为他有些震惊地发现，便是自己，居然也无法打破宁缺此时那股一往无前的箭势。黑色马车缓缓向桥上驶去。

黄衣老僧缓缓站起，神情宁静决绝，准备慷慨赴死。

谁能阻止这一切？

便在此时，山道上忽然响起清脆的铜铃声，铃声脆而不冽，其间自然隐着某种柔和而悲悯的气息。几只翠鸟听着铃声，从翠竹里飞了出来，落在山道上，跃动着向铃声处走去，看上去就像虔诚的信徒在拜山。

一道苍老的声音响起，那声音极为尖刻，饱含怨毒之意，应该出自一位老妇之口，极不协调地打破了山间的佛境，那些在山道上跃动的翠鸟，愕然地停了下来。

"宁缺你果然还是这般冷血霸道，难道这就是你们唐人的做派，但你不要忘了，这里是烂柯寺，真以为修行界就无人敢反抗你书院的淫威吗？"

片刻后，又一道浑厚的声音从山道下方传来，那声音有若古寺之钟，又有若佛音轻唱，山道上正自愕然的翠鸟们再次开始雀跃欢喜。"佛门清静地，即便你是书院中人，又岂能妄言杀人？"

28

铜铃声声，清脆悦耳，可以清心，翠鸟雀跃于道，迎接自瓦山下行来的人群，那群人里有十余名来自月轮国、戴着笠帽手持铁杖的苦行僧，满脸皱纹里尽是刻薄神情的老妇自然便是佛宗里辈分极高的曲妮大师姑姑，依然娇颜如花，但明显看着憔悴了不少的花痴陆晨迦默默走在她的身旁。

而最引人注目的却是人群中间的一方轻辇，辇上帷盖如团，绣着佛家真言，又漆着华美的佛经故事图案，看上去庄严华美至极。也不知那佛辇中坐着何人，烂柯寺住持以及歧山长老关门弟子观海僧，竟是面带恭谨地随侍在旁。

看着虎跃涧旁的黑色马车和车上手握铁弓的宁缺，曲妮大师握着拐杖的右手青筋隐露，不知被他引发何种痛楚，老态毕现，眼神里的怨毒神情越发浓郁，而陆晨迦则是神情漠然，仿佛根本没有看到宁缺一般。

看着自山道上行来的人们，宁缺心想如果来的人只是曲妮大师和花痴，也不需要观海僧抛下自己和桑桑亲自前去迎接，于是他的目光落在那方佛辇上，猜测辇中僧人的身份应该非同寻常，甚至有可能来自悬空寺。

修行者们，见着来人是曲妮大师姑姑和花痴，纷纷行礼请安，同时也如宁缺一样猜测着佛辇中的人身份，居然敢用教训的语气和书院弟子说话。

曲妮大师漠然点头，便算是与众人回礼，她本就是修行界辈分极高的数人之一，生生凭着年龄熬出了德高望重四字，自不需要与这些修行晚辈寒暄，而且她的注意力始终停留在宁缺的身上，如果说眼神怨毒便能化作飞刀，这时候的宁缺早已经被她的眼神戳得千疮百孔鲜血淋漓。花痴陆晨迦则依然冷漠无言，无论那些前来行礼请安的修行者如何恭敬，她都没有什么反应，仿佛对于她来说身周的世界根本就不存在。

大概是看到宁缺依然执弓瞄准着黄衣老僧，那道浑厚而威严的声音再次从佛辇里传出，显得极为严厉："兵者不祥，你还不速速放下！"宁缺沉默片刻，依言松开紧绷的弓弦，箭镞微移。

不再被铁箭瞄准，黄衣老僧骤然觉得那道一直笼罩着自己的凛冽杀意消失无踪，这才发现僧衣早已汗湿，才明白先前自己的恐惧，不由得微涩一笑。

看到这一幕，一直还处于紧张中的修行者们顿时松了一口气。

曲妮大师看着宁缺，用沙哑难听的声音嘲笑说道："书院原来也只会欺软……"忽然，她带着怨恨嘲弄意味的声音戛然而止。因为宁缺手中的铁箭，竟是瞄准了那方佛辇！

在曲妮大师看来，佛辇里的高僧必然能够震慑住书院，她本想借此好好羞辱一番宁缺，哪里想到宁缺竟是如此强硬！她厉声呵斥道："宁缺，你好大的胆子！"

从听到山道上传来清脆的铜铃声，再听到那声浑厚的佛音，宁缺便知道来了位真正的佛宗高人，他甚至隐约猜到了对方的来历。然而那又如何？

"欺软这么有意思的事情，我书院当然很喜欢做，但其实我们更喜欢把看似最坚硬的那些东西砸碎，不管是规矩，还是那些喜欢装腔作势的家伙。"宁缺用铁箭瞄准佛辇中的僧影，说道，"今日涧旁如此多人，似乎便是大师的境界最高，手段最硬，却不知你敢不敢接我一箭。"

弓弦再紧，铁箭再凝而待发，然而宁缺这一次开弓，却与先前针对黄衣老僧时截然不同，一道极为强大的气息，从他的身体里缓缓释出。那些在佛辇下雀跃欢喜，迷醉于辇中高僧慈悲气息的翠鸟，感应到这道强大而寒冷的气息，发出几声惊恐的鸣叫，振翅飞入翠竹之中消失不见。

秋风渐作，大青树摇晃不安，那些繁密的枝叶籁籁响着，被宁缺手中铁箭气息波及，数百片青叶纷纷坠落，落在黑色马车四周。随着这道强大气息出现在宁缺身上，山坪上那些境界高的修行者顿时神情骤变，剑阁强者程子清这位知命境强者的反应最为强烈，修长的双手竟是无意识里随机而动，被这道气息激得虚握半圆，生出强烈的拔剑出鞘的冲动！

曲妮大师的脸色变得极为难看，她隐约猜到了一些什么，然而却始终无法相信自己最痛恨的宁缺，居然有这样的机缘。

观海僧知道宁缺的性情，大惊说道："十三师兄，快快把箭放下，大师乃是悬空寺的戒律院首座，万万不可轻举妄动！"随着这句话，满场哗然，众人震惊无比，有些不敢相信自己听到了什么，要知道不可知之地本就是修行界的传说，普通修行者极难见到，而今日在瓦山里，竟是先见到书院后山弟子，又见到悬空寺来人，这真是令人难以想象！

如果说书院因为是两世相通之地，而且世人皆知在长安城南，所以还偶尔有机会能够看到后山里的那些世外高人，那么道门的知守观和佛宗的悬空寺，便真的只是在典籍和传闻里出现过，基本上无人能够见到。

人们的激动和兴奋是很自然的事情，只不过这时候没有人像先前拜见宁缺那样，走到佛辇前行礼请安，因为佛辇这时正被一支铁箭瞄准着。

听到观海僧的话，宁缺的神情没有丝毫变化，握着铁弓的左手稳定得就像是这道千年不变的山涧一般，平静而专注地等待着佛辇中人的回话。

书院对悬空寺，十三先生对戒律院首座。

仅仅是这些名字，便足以震惊修行界，山涧旁的修行者们下意识里压抑住惊呼的冲动，紧张地注视着场间，连呼吸都放缓了很多。

不可知之地间的对抗，竟然会发生在尘世间，能够亲眼目睹这样的战斗，足以令世间普通修行者为之癫狂，怎能不兴奋紧张？

山涧旁异常安静，只能听到翠鸟在竹林里带着余悸的哀切低鸣，还有那些散落在草地上吃草的马儿踱步的轻微蹄声。

他们在等待那道浑厚的声音再次从佛辇里响起，他们在期待佛辇里的悬空寺来人会怎样面对书院的这一箭。

很长时间过去，佛辇里没有传出任何声音，秋风微拂青叶，那位悬空寺高僧始终沉默。

宁缺问他敢不敢接自己一箭，悬空寺僧人没有回答，那便是不敢。

对于佛辇的沉默，宁缺并不意外。对于世间普通修行者来说，悬空寺是传说中的地方，有着先天的敬畏。但他来自书院，他见过悬空寺的僧人，所以他以平常心待之。

从听到铜铃声起，他便在判断对方的修为境界，他不知道戒律院是什么地方，也不知道戒律院首座在寺中是什么地位，但他可以肯定，对方绝对不是传说中悬空寺讲经首座那样的至强者。

佛宗没有修行五境的说法，却有悟的妙义。连续听了两句话后，他确认这位悬空寺来人，必然是大悟之辈，如果用修道的境界来形容，至少等同于知命中境。如果是红莲寺前的宁缺，面对一位知命中境的强者，绝对会转身便逃。然而在那场秋雨里，他已然知命。

这名悬空寺僧人的修行境界应该比如今的隆庆皇子高出一线，但论及功法之邪恶恐怖，手段之诡魅实用，只怕还不如隆庆。在宁缺晋入知命境后，普通的知命境修行者，便很难在没有准备的情况下，接下他的元十三箭，而且他来瓦山后沉默了太久，今日两度开弓却始终未射，这一箭正是精神状态饱满将溢，最为渴望所以强大的一箭。如果隆庆重新出现在此地，也无法再接住他的这一箭。

看着沉默了很长时间的佛辇，宁缺微笑着说了一句话："既然不敢接，那就请大师继续保持沉默吧。"躲进翠竹里的翠鸟仿佛也听懂了宁缺的话，惊惧得不敢鸣叫，在草坡上的那些骏马也惊惧得停止了跨步，真正地鸦雀无声。

曲妮大师不敢相信自己看到的画面，竟然显得有些绝望，一直仿佛无感无知的花痴，也忍不住望向站在黑色马车上的宁缺，眼神复杂至极。

山涧旁一片死寂，场间众人震惊得难以置信，因为宁缺的强横，更因为书院的强大，铁箭控而不发，居然便逼得悬空寺僧人沉默不语，震慑全场，无人敢应。

"修道三年，便入知命，世间……哪有这等不讲理的事情？"

南晋剑阁强者程子清，看着黑色马车上迎秋风而立的宁缺，声音微涩喃喃道："师兄你曾经说夫子有好几层楼那么高，如今看来，人世间哪里有夫子那般高的楼，而更令人恐惧的是……眼看着书院又要起好几座高楼了。"

29

风拂青树，山涧无声，众人震惊无言，佛辇四周的帷布轻轻飘拂，隐约可以看见里面那位穿着僧衣的人影。那位悬空寺高僧始终保持着沉默，因为直到今日直面那支寒冷的铁箭，他才明白原来这箭比传闻中的更加可怕。

弓弦把宁缺眼前的世界分成了两面，他看着被眼前弦线切割开、被箭镞瞄准的佛辇中的僧影，说道："在世人眼中，悬空寺是神圣的不可知之地，而且你们远在西荒极少入世所以越发显得神秘，但你似乎忘了我来自书院，对我来说你们悬空寺并不怎么神秘。

"从一开始的时候，我就知道你来自悬空寺，然而那又如何？我见过两个来自悬空寺的僧人，其中一人被我杀了，还有一个现在是瞎子不知在世间何处游走。听闻佛宗行走曾经去过长安城，他是你的师兄？他应该比你强大很多，但还不是一样被我家大师兄赶走？"

听到宁缺说自己曾经杀死过一名悬空寺僧人，修行者们越发震惊，了解那一场发生在晨街包子铺前的决斗内幕的佛宗中人，脸上的神情非常复杂，曲妮大师更是脸色惨白，悲痛得仿佛要昏死过去。

宁缺没有留意场间众人的反应，看着佛辇里的僧影继续说道："所以我不明白，你虽然是悬空寺戒律院首座，但有什么底气当着我这个书院弟子的面大放厥词，又有什么资格来点评我书院的行事。"

一箭不发便震慑全场，铁弓不动便逼得佛辇里那位高僧无奈沉默，书院已然在这场对峙中获得了极大的荣耀，而在局势已定的前提下，宁缺这几句极为骄傲的质问，毫无疑问会让悬空寺甚至整个佛宗都感到赤裸裸的羞辱。

唐人拥有宁折不屈的性情，不害怕品尝失败的苦酒，也不会吝于享受胜利所带来的骄傲，这种特有的性格，让唐人在战场或外交场合上，时常让对手觉得咄咄逼人，甚至辛辣到有些粗野。

至于书院后山，因为小师叔，也因为二先生流传在野的某些威名，所以在修行界里的形象，向来也是骄傲到了极点。所以山涧旁的修行者听着宁缺的话虽然震惊，甚至有些替佛辇里那位悬空寺高僧感到脸热难堪，却并不意外，反而觉得这才应该是书院应有的做派。

事实上却并非如此，黑色马车里那两名很了解宁缺的姑娘，还有车前眼露困惑神情的大黑马，都觉得今天的宁缺显得非常的不一样。自幼生活在黑暗与血腥中，宁缺从来都是一个非典型唐人，而且他和书院里的同门也有极大的不同，用叶红鱼的话来说，他就是书院之耻。如果换作以前，哪怕是荒原上的他，面对一位来自悬空寺的高僧，在已经取得胜利，拿到好处后，他绝对不会说这些话来激怒对方。

这说明随着成长，宁缺终究还是被剽悍的唐风和强大的书院渐渐改变了很多，尤其是受到了二师兄的影响，他不自知地开始骄傲起来。二师兄秉持的道理很简单：头可断血可流，头顶的高冠不能有丝毫歪斜，因为那代表着丢脸，那是给书院丢脸。今日在瓦山，宁缺没有真正出手，却已经震慑全场，可谓风光得无以复加，想来没有给书院丢脸，也没有堕了小师叔当年的威名。

但他说这番话，并不是单纯为了表现书院的骄傲，他是真的很想激怒佛辇里那位悬空寺高僧。因为当他瞄准佛辇时，震慑全场，逼得那位悬空寺高僧沉默不语时，他的身体里忽然生出一道寒意，警兆大生。

晋入知命境后的修行者对自己将要遇到的事情，会有一种渺茫却真实的预知，那种预知含混不清，甚至无法捉摸，却足够令人警醒。宁缺不知道那份警兆是什么，但隐隐感知到，今天的瓦山之行必然将遇到很多麻烦，那么他不介意一开始便干掉最强的那个敌人。

更关键的是，此事与桑桑求医治病的事情有关，又隐隐指向对面那方佛辇里，他想都不想，便要把那份警兆抹掉！现在这支铁箭，蕴含着他最饱满的精神、最饥渴的杀机，他知道如果这一箭不发，那么今天便很难再射出同样境界的箭来，所以这是他最好的机会。

即便如此，宁缺想要杀死那名悬空寺高僧，他自己肯定也会受到重伤，甚至会付出更惨烈的代价，但他不想稍后再后悔。

佛辇里依然没有任何反应，隐约可以看到帷布后那位悬空寺高僧盘膝而坐，似乎根本没有听到宁缺的话，也没有什么怒意。

宁缺眉梢微挑，想起佛宗功法的特点，莲生大师在魔宗山门里对佛宗的形容，不由得微凛——佛宗高僧果然像乌龟一般能忍。任何事情做到极致，便意味着强大，自幼见过无数生死，知道忍耐重要性的他，自然非常清楚，那名僧人越能隐忍，便越可怕。

山涧旁幽静无比，有的修行者惊惧不安看着黑色马车上瞄准佛辇的宁缺，有的修行者神情紧张地看着那方佛辇，没有任何人敢发出丝毫声音，就连呼吸都刻意地放缓，生怕因为某些响动而导致那把铁弓的弓弦松开。

场间的局面极为紧张，如果不想稍后书院和悬空寺血溅当场，便需要有人来打破黑色马车与佛辇之间这种非常危险的无形角力。

山涧旁没有任何人能够避开宁缺的铁箭，但有人可以拦住铁箭，不是用飞剑拦，也不是用念珠拦，而是用自己的血肉之躯来拦。

观海僧用胸膛迎上那支黝黑的铁箭，脸上的颜色变得比铁箭还要更黑一些，神情黯然地说道："十三师兄……何至于此？"

在长安城时初识这名年轻僧人时，宁缺便很欣赏对方，因为这位僧人拥有真正的佛门澄静气质，却不像别的佛宗大德那般故作高深，又因为观海僧的肤色很是黝黑，看上去就像小时候的桑桑那样。

如果是别的事情，宁缺自然会给观海僧面子，但今天不行。

他用铁箭瞄准着那方佛辇，看都没看观海一眼，说道："箭是不长眼睛的。"

观海僧声音微涩地说道："箭无双眼，但场间众人都有眼睛，戒律院首座已然沉默认输，师兄难道还非要射出这一箭？"

宁缺说道："我的箭可没有射出去。"观海叹息道："那师兄在等什么？"

宁缺说道："我在等佛辇里那位高僧不再沉默。"观海问道："那如果大师一直沉默下去，师兄你又准备怎么办？"

宁缺确实不知道怎么办，于是沉默。虽然他对那方佛辇产生了极为强烈的警惕，虽然他是夫子的亲传弟子，然而当着这么多修行者的面，也不可能就这样不讲道理地一箭射杀对方。

先前佛辇里那位悬空寺高僧，先指责书院行事，又以前辈口吻训斥宁缺，宁缺无论如何羞辱对方，都占着道理，至少可以通过二师兄的事后审核，所以虽然令众人震骇莫名，却不会引发非议。

此时的情况却不同，悬空寺高僧连连受辱，却自隐忍沉默不语，未露嗔怒之象，更没有出手的意思，如果宁缺这时候强横出箭，在世人眼中，书院所展露出来的便不再是骄傲，而是霸道。

观海僧看着宁缺脸色，恳切地说道："师兄若坚持与首座一战，便要先杀了我，师兄莫急着说杀我也是等闲事，就算血洗烂柯寺对您也是等闲事，然而师兄您今日带着光明之女来瓦山想必自有重要之事，若到了那时可怎么办？"这不是威胁，是很诚恳的劝说，且不说宁缺根本没能力血洗瓦山，带着黑色马车直驱洞庐，就算他是当年的小师叔有这个能力，难道说在杀死烂柯寺群僧后，还能希望歧山大师替桑桑治病？

宁缺不是没有想到这一点，他只是始终没有想明白，先前用铁箭瞄准佛辇时，令自己身体忽然寒冷的那道警兆，究竟预示着什么。佛辇里的悬空寺僧人始终沉默不语，不敢接他这一箭，那么此后即便再战，这位僧人面对宁缺时，禅心也必然会受此影响，这位佛宗高僧确实强大可怕，但按道理而言，今日应该已经不能对宁缺的瓦山一行构成任何障碍。

但警兆依然存在，甚至越来越强烈，所以宁缺非常不安。

30

润生秋风微寒，宁缺脸庞微凉，醒了过来，发现自己的精神状态有些问题，因为桑桑的病多日来操劳忧怖，情绪变得有些焦虑甚至有了狂暴的迹象。一念及此，他深吸一口气，浩然气随之蓄养全身，将心境里那道危险的狂暴冲动强行镇压了下去，决定在歧山大师替桑桑治病之前，暂时还是不要多生事端。

至于那方佛辇在他心中引发的警兆，宁缺心想自己毕竟刚刚晋入知命境界，或许只是连日焦虑引发的错觉，或者说他希望这仅仅只是一次错觉。他放下手臂，锋利的箭镞不再对着那方佛辇，然后手指控着弓弦缓缓松开，伴着轻微的微结构疏动声，不再像将崩山崖般令人恐惧。

随着这个动作，山涧旁的石坪上同时响起了无数道如释重负的叹息声和吐气声，先前不知道有多少修行者一直在勉强控制着呼吸，紧张到了极点。宁缺看着铁箭所向的微湿地面，说道："只要不拦着我上山拜见歧山大师，其实我对悬空寺或佛宗，都能表现出来足够的尊重，哪怕是假的。"

观海僧闻言苦笑，心想既然好不容易化解了僵局，何必非要说这样一句话，安慰道："家师虽说极少见客，但既然出关，哪有不见十三师兄的道理。"便在此时，石桌棋枰旁的黄衣老僧却厉声说道："道理便是规矩，观海你虽是歧山师兄的衣钵传人，却也没有资格不守我瓦山的规矩。"

观海僧一时语塞，心想规矩终究是人定的，书院十三先生是何等样身份，马车里的光明之女又是何等样身份，难道还非要他们连破三局？"

黄衣老僧看着宁缺声音微寒地说道："书院果然好大的威风，不过一把铁箭，便能令我佛宗大德不战而退，然而我先前便说，轲浩然当年凭腰间一把钢剑便能闯上瓦山，我承认他有能破除我瓦山规矩的力量，你如果想要破此规矩，便也要展现给我这个老家伙看，我倒要看看，如今的书院入世之人，是不是还和他的前辈那样冷血无情，杀人不眨眼！"

宁缺确认这名烂柯寺隐居老僧与小师叔有旧怨，只是看老僧修为境界，当年小师叔闯瓦山时眼中根本没有这个人，不由得摇头苦笑，心想师门长辈们当年太过强势果然不是什么好事情，最终这些旧业都要落在后代子弟身上。

他轻拨弓弦，铮铮清鸣，默然想着自己最终还是要走上小师叔的旧路？就在宁缺有些为难之时，桑桑有些犹豫，有些不自信的声音，从黑色马车里传了出来："少爷，要不然让我试试？"

宁缺知道她是担心自己，所以不想自己与佛宗再起冲突，笑了笑，说道："你又哪里会下什么棋，再说这种事情太耗心神，对你身体不好。"桑桑的声音穿过车窗，再次响起："少爷，我会下棋，而且我觉得下棋是很有意思的事情，没觉得会累坏脑子。"

听着桑桑的这句话，宁缺忽然想起渭城酒铺里赌博时常见的场景，还有离开书院前那两位师兄殷切的嘱托，不由得心头微动。旋即他自嘲一笑，心想自己真是想得太多了。

烂柯寺以棋枰之道闻名于世，这传说中的三局棋自然极为困难，先前那名南晋国手冥思苦想半天都没有落子，桑桑即便在棋道上可能有些能耐，又哪里能够破局？他摇头说道："秋风透骨，你不要出来。"

如果是往常，桑桑在外人面前定不会与他争执，然而今天不知为何，她显得有些倔强，说道："我就在车上看，请山山姑娘帮我摆棋子。"

宁缺不知道车厢里先前发生了什么，听着桑桑的称呼，从山主变成书痴再变成山山，不免心生猜忖之意，而桑桑既然这般说，想必已经得到了莫山山的同意，于是他这次真的不知该如何拒绝，说道："那便试试也好。"

然后他补充说道："如果觉得累便别下了，我们再来闯过。"听着这话，观海僧笑容苦涩，烂柯寺住持面露不满之色，却不敢出言指责，石桌棋局旁的黄衣老僧，则是神情漠然地坐回了石凳上。

马蹄微响，钢铁铸成的车轮碾轧着石坪，黑色马车幽寂无声离开虎跃涧上那道石桥边，来到大青树下石桌不远处停下。石桌上刻着横竖数十道直线，便成了天然的棋盘，那些线条深刻入石，却显得格外光滑，应该是时时被弈棋之人摩挲所致。

大青树繁茂的枝叶，遮掩着瓦山上空的秋日阳光，棋盘上落着百余枚棋子，在树风清影中自默然不动，看似散乱，其间却隐着别样意味。那位白发南晋国手，在石桌一侧已然皱眉苦思很长时间，手里拈着一枚白色棋子，却始终没有落下，看棋盘局势，他竟然还没有走出第一着。

弈棋之道若至深处，自然坐而神游纵横阡陌之间，浑然忘却世间之事，这位南晋棋师苦苦思索如何破解这局残棋，根本不知道先前涧旁发生了什么事情，甚至连宁缺和悬空寺高僧的到来都没有怎么注意。

黑色马车既然到了，棋枰旁自然便没有这位南晋棋师的座位，一位南晋官员上前将他请离石凳。这名南晋棋师正觉得自己看到了一丝曙光，忽然被打扰，顿时勃然大怒，指着那名官员破口大骂，悲痛不甘。

秋风掀帘，身着白裙的莫山山走下马车，来到石桌旁边，对着那位黄衣老僧行了晚辈之礼，然后便坐到了石凳上，说道："我替桑桑姑娘行棋可不可以？"

黄衣老僧沉默不语，允了此请。

马车窗帘被掀起一角，露出桑桑的小脸，她看着石桌棋枰上那些看似散乱的棋子，眼睛渐渐明亮起来。黑色马车侧横于大青树下，桑桑所在的车窗面向山涧，所以石坪上的修行者都看不到她，只有黄衣老僧能够看到。看着桑桑本色微黑，却因虚弱而苍白憔悴的小脸，黄衣老僧大吃一惊，没想到传闻中的光明之女，竟是这样一个寻常普通的小姑娘。先前黄衣老僧对宁缺几番言语不善，桑桑对他自然没有什么好感，目光没有在老僧脸上停留片刻，只是静静看着石桌棋盘。

不知什么缘故，桑桑的眼睛变得越来越明亮，然后她语带谨慎，小心翼翼低声问道："这局残棋有什么彩头？"当桑桑眼睛变得越来越明亮的时候，宁缺便知道肯定会出问题，因为过往年间，只有看着银子的时候，她的眼睛才会明亮到这种程度。但他依然没有想到桑桑会问出这样一个问题，脸上的神情顿时变得极为精彩。

书痴也没有想到桑桑会问这局残棋有没有彩头，不由得愕然无语。最愕然的当然还是黄衣老僧，数十年前，他便开始主持瓦山三局棋，见过不少棋力惊人的对弈者，然而这还是他第一次听见有人问彩头是什么。

这是凝聚烂柯寺高僧大德智慧的棋局，这是拜见歧山长老所需要接受的庄严考验，结果在这小姑娘眼中，竟和那些破烂赌档里的赌棋没有什么区别！

黄衣老僧稍一惊愕，顿时生出无穷愤怒，心想即便这小姑娘是西陵神殿的光明之女，又岂能如此羞辱烂柯寺，面色如霜根本没有回答桑桑的问题。

桑桑看着宁缺和莫山山脸上的神情，看着黄衣老僧如丧考妣的模样，知道自己这个问题问得确实有些不妥，不由得觉得有些羞愧。

修行者们都回到了大青树下，兴奋地准备旁观这场棋局，他们自然不敢太过靠近石桌棋盘，但都有境界在身，能把棋盘上的画面看得清清楚楚。

虽然从他们的角度，无法看到光明之女的真容，但今天能够亲眼目睹光明之女在人世间的第一次出手，哪怕出手落的是棋子，也依然令他们很是激动。

就在这时，石桌棋枰旁忽然响起那位南晋棋师震惊的喊声。这声喊里蕴藏着极为复杂的情绪，吃惊，愤怒，然后是痛惜。

就像是夫子当年在燕北山野里看到某个乡下厨子居然只用了三个时辰便敢把熊掌端出来给客人吃，又像是宁缺当年在梳碧湖畔看到同伴居然用了三刀才把一个马贼的脑袋砍下来，而且砍得血肉模糊根本没办法计军功换银子。

"怎么能落在这里！你这个小姑娘到底会不会下棋！"

31

有一个美丽的传说，这个传说与石头无关，相传数千年前，西陵神殿年号大治初年，瓦山还不叫瓦山，被叫作馒头山的时候，有个叫王质的樵夫因为砍柴误入深山，看到有几名老僧在下棋，好奇上前观看，发现棋盘之上厮杀极为惨烈，竟是入神忘了离开。

一名老僧看他痴醉模样，递给他一个馒头，说来奇怪，王质吃掉那个馒头之后，便再也没有饥饿的感觉，坐在棋盘边从晨时一直看到暮时。暮色渐笼深山，树下的那盘棋却还没有下完，那名先前赠他食物的老僧抬起头来，看着王质说道："如果再不走，你就没有办法离开了。"

王质依依不舍地站起身来，准备离开，然而当他拾起自己砍柴用的斧头时，却震惊地发现斧头的木柄竟然已经腐烂成了灰尘，而当他走出群山，回到家乡时，发现当年的同龄人竟然都已经死去。他这才明白，原来自己在树下观棋一日，人间已经百年。

这个传说流传甚广，后来馒头山变成了瓦山，而山中那间古寺，也因为这个传说被世人称为烂柯寺，竟渐渐变成了正式的寺名。因为这个传说，瓦山附近棋风极盛，无论士绅还是农夫，都自幼习棋，宁缺在山前小镇上看到的那些黑白旗帜，便与这种风气息息相关。而烂柯寺更是因此而得名，寺中僧人自然精于此道，今日大青树下石桌棋盘上的残局，便是烂柯寺用以挑选有缘之人的手段，不用想便也知道极为艰深。

所以宁缺并没有想过，桑桑能够解开这局残棋，只不过他没有想到，桑桑似乎落的第一颗棋子便出了大错，惹来那位南晋棋师无比恼火的喊叫。南晋棋师的喊声很大，态度非常糟糕，正在观棋的修行者们自然怒目相向，心想此人居然敢对光明之女如此不敬，真应该送进幽阁里关上百年。

修行者的目光，根本无法影响到这位南晋棋师，他强行挣脱同伴的手臂，冲到石桌前，带着无尽痛惜和愤怒大声嚷道："这局残棋虽然可破，但便是我也思考了半个时辰才找到思路，你这个女娃娃竟是想都不想便胡乱落子，真是瞎搞一气，你到底会不会下棋？如果不会下，你这是在干吗？"

石桌旁的莫山山抬起头来，望向这人，因为她的眼神不怎么好，所以情思显得有些惘然，说道："我确实不擅长棋道，怎么了？"

南晋棋师这才醒过神来，转身望向那辆黑色马车，左手指着石桌棋盘上新落下的那枚白色棋子，恼火说道："你们唐人都是些直鲁之辈，哪里懂方寸间的艺术！你这丫头连棋势都不懂，乱放什么子！这一放不就死了！"

看着此人对着黑色马车呼喝不停，围在青树下观棋的修行者们连愤怒都懒得再愤怒，确认此人就是个不怕死的白痴——既然是光明之女下的棋，那么即便是错的，也必然是错得大有深意，哪里是你这个普通人能够领悟？

宁缺摇头示意剑阁弟子不用紧张，反正他也没有想着桑桑真的能解开这局残棋，只是警告那名南晋棋师说道："声音小些，不要说脏话。"

南晋棋师怔了怔，认出他是昨天清晨在烂柯寺里见过的那名年轻人，声音不自然地小了些，恼火说道："行棋乃是雅事，我怎么会说脏话。"

且不说棋盘这面的纷扰，黄衣老僧坐在棋盘对面，神情平静冷漠。

他此生精研棋道，尤其是树下这盘残局，更是不知道想了多少年，落子复盘不下千次，此时看着那枚新落在棋盘上的白色棋子，如南晋棋师一样，确认白棋因为这一着而陷入了无法挽回的死路。

这盘残局名为乱柯，取的是乱柴堆之意——在没有外力的时候，乱柴堆看似稳定，实际上却时时处于崩塌的边缘，想破此残局，便等若是要在保证不倒的情况下，把柴堆里干柴的顺序重新组合，其中难度可想而知。

先前桑桑在车窗中低声说了方位，书痴依言落子，那枚白色棋子于繁复棋局中直取下方中空，就如同蛮不讲理地伸手在柴堆最下面抽出了最粗的一根干柴，看似强硬，实际上却是彻底破坏了柴堆勉强稳定的平衡状态。

柴堆已经倒塌在地面上，黄衣老僧说道："此局已终。"

大青树下观棋的修行者们，既然今日拜山想见歧山大师，自然对棋道颇为自信，或是带着精于此道的同伴，此时听到这话，认真审看棋盘局势，不由得愕然发现，那名南晋棋师说的是对的，白棋已然无法重获生机。

想着光明之女的第一次出手，竟然便如此草草结束，人们望向黑色马车的目光便变得有些复杂，却依然不敢流露出丝毫质疑或不敬。

山涧畔一片安静，场间的气氛变得有些尴尬。然而就在这时，黑色马车里再次传出桑桑的声音："这棋……还真有些意思。"

窗帘微拂，桑桑低声说了两个数字。就像每次宁缺射箭之前，她说出两个数字一般，似乎想都不需要想。坐在棋盘前的莫山山微微一怔，自棋瓮里取出一枚白子，放在棋盘上某处。

黄衣老僧微微蹙眉，没有想到在白棋已然必败的局面上，黑色马车里那位光明之女，似乎还想坚持，在他看来这实在不符棋枰雅风。

那名南晋棋师却不知发现了什么，凑到棋盘上，距离极近盯着那颗看似寻常无奇的白色棋子，似乎看到了什么很奇怪的事情。

他神情微异说道："噫，好像有些意思。"黄衣老僧也发现了那枚白色棋子所处位置的古怪，不由得想起了很多年前的往事，冷漠的神情渐渐变得温暖起来，微笑说道："有些意思。"

桑桑是很聪慧的小姑娘。用宁缺的话来说，她只不过是懒得想事情，习惯于依赖宁缺，所以才会显得有些木讷，便是砍柴的时候也总是呆呆的，既然生就懒得思考的性情，那她什么时候开始觉得下棋这件事情有意思的呢？

这便要从两年前说起。那时候宁缺远在荒原，陈皮皮受他的嘱咐，时常去临四十七巷老笔斋照看桑桑。陈皮皮曾经听宁缺说过桑桑才是真正的天才，这让他哪里肯服气，于是便开始了无人知晓的数次比拼。

最开始的时候，陈皮皮和桑桑比的是记忆力，惨败，然后与桑桑对弈，却因为老人卫光明回老笔斋而戛然而止，颜瑟大师再至。

其后便是那场令人唏嘘感慨的故事发生。

桑桑和陈皮皮下棋是有赌注的，每赢一盘棋，桑桑便会得些好处。所以她开始觉得下棋真的是很有意思的事情。这也是为什么先前她会小心翼翼地问黄衣老僧这盘棋有什么彩头，所谓习惯成自然。

其后桑桑在书院后山替宁缺给夫子和那群师兄师姐们做饭的那段时光里，偶尔她会遇着痴于棋的五师兄和八师兄，被拖着下了几十盘棋。

这次来烂柯寺的旅途上，病困之时，她也会拿这两位师兄赠送的棋谱消磨时光。书院五师兄曾经说过，桑桑在棋道上的天赋远胜宁缺，而那个天赋究竟到了什么程度，她如今的真实棋力如何，她自己都不知道。

但她越来越觉得下棋这件事情很有意思，哪怕没有赌注会显得稍有遗憾，可还是很有意思。

大青树下，南晋棋师有些遗憾地摇了摇头，说道："虽然有些意思，但此路依然不通。"

残局名为乱柯，桑桑落下的第二子，与先前第一子隐隐相应，便不再是从乱柴堆里抽出了最粗的那根硬柴，而是更加强横地用那根硬柴把压在上面的所有柴木挑散。

这不是釜底抽薪，胜似釜底抽薪。完全把棋势打乱，然后另觅道路，这等全面破坏之后重建的手段，隐合道门盈亏之理，又带着死中求生的勇气，似乎真的是可行的方法。然而这棋局里，黑棋棋势大优，强大到可以直接碾轧，白棋棋势此时再乱，如何能够抵挡得住对手的攻击？更关键的是，就算白棋能够在黑棋的攻击下苦苦支撑，但如何能够重筑自己的棋势？

黄衣老僧没有说什么，他虽然也觉得这枚白棋有些意思，但在看明白的第一时间，他便确认，白棋依然没有办法从死路里走出来。白棋散落满盘，便如乱柴散于地面，绝对地纷乱无序，想要重新组合成有序的模样，需要极为海量的计算。那种计算量，根本不是人类能够完成的事情，就算是西陵神殿以算术之学著称的天谕大神官，也无法做到。

这与聪慧无关，与棋道天赋无关，而是这个世界本身的规则。那个规则便是人力有时穷。再如何聪明天才的人，脑海里能够容纳的内容依然有限。

数十年前，黄衣老僧便试过这种方法，他日夜不眠不休，苦苦思索了整整三个月，却依然无法完成计算，甚至连成功的曙光都没有看到一丝。

那时他才明白这种解法，看似有道理，实际上却是根本没有道理。因为这不是人类能够完成的解法，除非那个下棋之人可以无视这个世界的规则。

大青树下安静无比，只能听到棋子轻轻落在石桌棋盘上的清脆声音。黑色马车里，桑桑轻声说一句，便有一枚白色棋子落下。棋盘上已经多出七八枚白子。

黄衣老僧与当年的记忆印证，有些吃惊地发现，马车里的那位小姑娘的解法与自己苦思数月后算出的最开始数步解法极为相近。虽然有两枚棋子的位置有些差错，但确实是行走在正确的道路上，只不过遗憾的是，这条看似正确的道路依然前路不通。

想到这小姑娘思考的时间极短，便能如此，黄衣老僧不由得缓缓点头，脸上的神情越发温和，心想不愧是西陵神殿的光明之女，果然聪慧到了极点。

烂柯寺挑选有资格面见歧山大师的待选之人，并不需要对方一定要连破三道棋局，因为山道三局确实极为繁难，即便是世间国手一流人物，也未见得能做到，更何况是那些不精于棋道的修行者。

山道三局，是考验修行者在破残局以及对弈里能展现出来怎样的智慧及勇气，以及别的珍贵的品质，只要出色依然可以通过。

黄衣老僧知道白棋依然走在死路上，但马车里那小姑娘在解局时所展现出来的勇气，尤其是那非凡心算能力代表的智慧，已经足够优秀，甚至可以说是天才。

桑桑既然是西陵神殿身份尊贵的大人物，老僧自然不会让她继续在错误的道路上走到黑暗无望时，让光明之女输得太惨，未免对道门太过轻慢不敬。

黄衣老僧站起身来，望向黑色马车神情温和说道："果然不愧是光明之女，聪慧无双，虽然这解法依然不通，但山道三局里的这一局，您可以过了。"

然后他望向宁缺，说道："十三先生你刚才错了一点，其实我烂柯寺的规矩也不见得是死的，而有些规矩我想应该得到人们的尊重。"

宁缺虽然不见得同意老僧的说法，但既然对方已经同意自己过涧，还对桑桑赞美有加，所以他比较满意，对老僧微微点头致意。一直在棋盘畔观战的南晋棋师抚须赞道："大师所言有理，虽说这小姑娘的解法未曾真的悟透棋道玄妙，但计算之强实在是令我都有些汗颜。"

修行者们见有此结果，都很满意，连连点头赞叹，也不知他们是不是真从棋盘上的局势，看出了光明之女的聪慧之处。

有人满意，自然有人不满意，曲妮大师姑姑便很不满意，有些失望地冷哼了一声。场间还有一个人不满意。

黑色马车里传出桑桑有些不解的声音："我要赢了，为什么就不下了呢？"

32

观棋的修行者们不由得哗然，好生不解。此时便是他们也已经看出，按照白棋现在的解法，根本没有任何赢的可能。黄衣老僧决定中止棋局，让黑色马车过涧上山，已是极善意的举措，为何桑桑却似乎没有接受的意思，难道说这位光明之女真以为自己能够解开这局残棋？

黄衣老僧更是愕然，看着黑色马车皱起了眉头，他赞赏桑桑的勇气与智慧，并不代表认为她能够破解这局残棋，然而他没有想到，桑桑竟似不想接受他的善意，在他看来即便你是西陵神殿尊贵的光明之女，也是极为无礼的举动。

老僧乃是烂柯寺隐居长老，既然觉得对方无礼，自然难免有些恼怒，面色微冷在石桌棋盘边坐下，自瓮中拈出一枚黑色棋子落在棋盘上。

南晋棋师也没有想到桑桑竟然不接受烂柯寺方面停止破局的提议，忍不住连连摇头，叹息说道："莫非你这小姑娘还真以为自己能赢？"

桑桑掀起马车青帘一角，望向棋盘上那枚新落的黑色棋子，发现黑棋在青树漏下的天光里显得很漂亮，微笑着说了个方位。莫山山依言拈起一枚白色棋子，轻轻落在棋盘上，便贴了那枚黑色棋子的旁边，白棋反耀的秋光愈亮，竟似要将那枚黑子融化一般。

黄衣老僧此时心情有些微恼，然而当他看到这枚白棋落下的位置，却是无来由地觉得神情微凛，他忽然发现，白棋的走势，与自己当年苦苦研修的走势已然截然不同，棋盘上那数颗白棋组成的散漫锋矢，竟似要去往另一个世界那般。这枚白棋令他始料不及，所以他沉默了一段时间，才做了自己的应对。

而就在他的苍老手指刚刚离开黑棋表面时，桑桑轻微的声音便再次响起，似乎中间没有任何停顿，又有一枚白色棋子落在了棋盘上。

黄衣老僧银白色的长眉在秋风里缓缓飘起。他看着棋盘上东一块西一块、互相纠缠冲突、显得非常斑驳的黑白棋子，忽然间生出一股极为强烈的警惕意味。南晋棋师再次惊噫一声，站在棋盘边俯首去看，看得非常仔细。

桑桑的声音不断从黑色马车里传出来，白色棋子不断从棋瓮里被莫山山取出，然后平静地落在石质的棋盘上。

黄衣老僧的眉毛飘起的频率越来越密，苍老的面容上，谨慎深思与惊讶的神情不停变换，似乎看到某种不可能的可能正在出现。南晋棋师惊噫的频率也越来越密集，身子俯得离桌面越来越低，眼睛瞪得越来越大，似乎看到白色棋子，不可思议地活过来了般。

桑桑的声音继续在青树下响起，石桌棋盘上又落了四五枚棋子。

"乱柯居然真有成堆之像，这……如何可能？难道世间真有人能算出来？"黄衣老僧看着面前的残局，声音极为干涩地自言自语道，他的身体似乎也变得僵硬起来，伸手进棋瓮摸了好长时间才摸出了一枚黑棋。

"怎么可能有人能算得出来？这白棋每一步都走在独木桥上，稍微算错一步，便是堕落深渊的悲惨结局，而且每落一子便等若在桥上多走一步，凶险便增一分，计算的难度便增一分。我这一生在棋盘上杀伐无数，才明白棋道至理是人算不如天算。这小姑娘算力再如何惊人，难道还真能逆天不成？"

南晋棋师瞪圆双眼盯着棋盘，挥着右手沙哑难听地说道，不知道是在帮助黄衣老僧稳定心神，还是想释放自己心头的震惊与焦虑。

他在棋瓮里摸出几颗光滑的棋子，放在微微颤抖的右手里不停摩挲把玩，试图让自己平静下来，声音微颤说道："不可能，这不可能。"

乱柯残局高深莫测，观棋的修行者们，直到此时才看出棋局似乎发生了很大的变化，而那些依然看不懂的人，看着黄衣老僧额上的汗珠和那名南晋棋师痴痴癫癫的模样，也隐约猜到白棋的局面已经大为改观。

桑桑的声音还在不停响起，此时稍微显得有些疲惫，却依然清稚准确，更令人震惊的是中间没有任何停顿，似乎她根本不需要思考一般。

黄衣老僧应子的速度却是越来越慢，每次都要谨慎思考很长时间，才小心翼翼地落下黑棋，身上的黄色僧衣不知何时已经被汗水湿透。

石桌棋盘上的棋子越来越多，黑白两色在山色秋光里沉默厮杀吞噬，就如同黑夜与白昼在清晨和黄昏时的交融分离。

场间一片安静。只能听到棋子落在棋盘上的清脆轻鸣，秋风拂动青树的簌簌轻响，秋水在山涧深处流过的哗哗轻奏。时间流逝，晨光已经离开瓦山，秋日将临中天，这局残棋也进行到了尾声。

黄衣老僧的右手在秋风中微微颤抖，手指间拈着一枚黑色棋子，他看着面前棋子密布的石桌，竟是怎样也落不下去，因为他不知道该落在何处。

南晋棋师的眼睛瞪了很长时间，干涩无比，布满了血丝，右手里握着的棋子不知何时被他硬生生磨成了锋利的碎砾，划破了掌心，鲜血顺着他紧握成拳的右手滴下，落在地面一片青色树叶上，他却浑然不知。

他忽然醒过神来，抬头望向那辆已经不再响起行棋声的黑色马车，脸上满是敬畏惊怖的神情，颤声喊道："这就是天算？这就是天算！"黄衣老僧极为艰难地缓缓站起身来，然后转身面向黑色马车行了一礼。

观棋的人们在这一刻，终于确认桑桑赢了，不由得发出一阵惊呼，真正懂棋的修行者，看着棋盘上那些密密麻麻的棋子，更是震惊无语，生出无限赞美。人们望向那辆黑色马车，眼中流露出敬畏的神情。

先前向黑色马车跪拜时，人们的神情也显得非常敬畏，但那时人们敬畏的是桑桑光明之女的身份以及西陵神殿号令世间的强大权威，而此时他们敬畏的却是光明之女在这场破局中所展现出来的最纯粹的智慧。

桑桑真的破解了这道残局。即便是宁缺，一时半会也难以相信，当然他很喜悦，尤其是回思先前瓦山寂静无声，只有桑桑清稚的声音回荡在石桌畔时的画面，他的心中竟出现了吾家有女始长成的幸福与感伤。

而就在黄衣老僧行礼认输之时，他忽然注意到，桥下佛辇帷布里那名悬空寺高僧的身影微微前倾，似乎极为关注桑桑，心中不由得警意再生。他把目光从佛辇处收回，问道："我们可以上山了吧？"

观海僧一直在旁，亲眼目睹了桑桑破乱柯残局的全过程，真诚赞美道："果然是传说中的光明之女，人算竟胜似天算，师兄请。"

黑色马车缓缓驶上石桥，过了虎跃涧而去。看着渐渐消失在瓦山深处的黑色马车，修行者们神情敬畏。

那名南晋棋师不知想到了什么，提步奔上石桥，向着黑色马车的方向追了过去。未破残局，却过了石桥，黄衣老僧本应该拦住这名有些痴癫的南晋棋师，然而他似乎忘了这件事情，只是看着石桌上的棋局沉默不语。

这局名为乱柯的残棋，他已经看了几十年，自信已经通晓局中所有变化，然而此时，他却忽然发现，这棋局有些看不懂了。

秋风微作，黄衣老僧的身体忽然摇晃了一下，唇角溢出一道鲜血。"乱柯一局考究的是别出机杼，曲径通幽，然而布下这残局的前贤，哪里会想到，真有人能够单凭计算便将幽幽曲径生生变成阳关大道？"

他用僧袖擦去血水，看着棋盘上那些黑白棋子，声音微涩地说道："世间竟有天算之人，那这局残棋便没有任何意义，便让它留在这里吧。"话音落处，黄衣老僧挥动僧袖自棋盘上拂过，拂落一片树叶。

程子清皱眉问道："大师，如果保留这局残棋，接下来如何处理？"

"残局不残，还谈什么过关？要过涧者请自便。"黄衣老僧说道，然后飘然而去。

听闻不用破乱柯残局便能过这一关，大青树下的修行者大喜过望，纷纷向石桥上走去，有名嗜棋的宋国道人，落在后面，他走到石桌旁看着棋局，下意识里伸手想要捡起上面的一颗白色棋子，却发现没有捡起来，不由得大惊。

原来黄衣老僧临去前那一拂，不知用了何等手段，竟把那些黑白棋子尽数压嵌进了石质的棋盘中，自今日起，乱柯残局便永远地留在了瓦山虎跃涧旁的青树下，经风霜雨雪，也不会再乱。而传说中的瓦山三局，永远少了一局。

33

青石铺成的山道很平缓，但青石间的道泥被多年风雨冲洗而走，渐渐形成了约数指宽的石缝，马车虽然轻若羽毛，精钢铸成的车轮从这些石缝上碾轧而过，难免还是会有些颠簸，车厢里的人自然很难入睡。

桑桑斜倚在车窗旁的棉褥上，睫毛轻轻覆着，明明病中虚弱，微白的脸颊上却有着两抹红晕，鼻尖上有颗小汗珠，似乎残存着些兴奋。莫山山坐在对面的软榻上，静静地看着她，疏而长的睫毛微微眨动，眼睛明亮，显得有些好奇，而且还隐隐带着佩服的意味。

桑桑被她盯得有些紧张，轻声说道："能不能不要这么看着我。"莫山山醒过神来，平静说道："先前棋局终了，在虎跃涧旁，不知有多少人想要看看你，他们的目光可比我要炽热得多。

桑桑睁开眼睛，看着她好奇问道："刚才真有很多人这么……看我？"莫山山点点头。

"很少有人用这种眼光看我，嗯，是从来没有过。"桑桑低声说道，然后不知道想起了什么，向车窗外望去，秋风拂起青帘，让瓦山的风景进入车内，带来几分清旷和无措。

"打小我就长得不好看，宁缺说捡到我后头两年，不管是喝肉汤还是米汤，我总是长不大，被他抱在怀里就像个小老鼠一样。"她看着车窗外的山景，怔怔说道，"后来虽然被他养活了，但还是没办法养得好看起来，瘦瘦小小黑黑的，就连头发都不好，软蔫蔫的又泛黄，就算是过年穿新衣裳，看着也没什么精神。

"宁缺曾经嘲笑过我，不管是往菜地里扔还是往煤窑里扔，保管没有人能够发现我，他说得确实没有错，我一直都是最不起眼的那个小侍女。"

桑桑说道："小时候我一个人拖着十七斤的羊腿，从渭城肉铺走回家里，都没有人想着来帮我一把，不是渭城里的人不热心，而是他们真的没有看到我。到了长安城也一样，在老笔斋住了两年，我几乎每天都要去买早饭，但临四十七巷巷口那个卖酸辣面片汤的大叔，有时候还是会忘了我是谁。"她转过身来，看着莫山山笑了笑，笑容很真实，两颗白净的门牙仿佛把幽暗的车厢都要照亮一般，说道，"宁缺比我生得好看，嘴也比我甜，所以很容易讨人喜欢，无论渭城的马将军，还是简姨、夫子都是这样。"

然后她继续说道："我和他在一起的时候，人们都只会看他，不过这样其实也挺好，我习惯了站在他身后，反正我也不喜欢被别人盯着看。"莫山山看着平静自然述说这些陈年往事的小姑娘，发现自己却无法平静下来，也不知道该说些什么，只好沉默不语。

她想起当年离开长安城时，曾经在临四十七巷巷口的马车里，远远望向老笔斋，当时宁缺和桑桑对桌吃饭，很少交谈，然而一举手一投足，甚至是一道眼光里，都藏着这对主仆二人浑然天成般的融洽。

莫山山情绪复杂地想着，哪怕你是世间最不起眼的小侍女，就算没有任何人会注意到你，但你和宁缺的眼中只有彼此，那么至少有他会一直看着你。

"至少在宁缺眼里，桑桑你是漂亮的。"她说道。

"我知道你的意思，但我真的很希望，我能够真的漂亮，所以到长安城后，哪怕还没有挣到什么钱，我便开始去陈锦记买脂粉。"桑桑有些不好意思地笑了笑，转头望向窗外。

此时的瓦山有无数种颜色，在低处因为被温湿海风吹拂的缘故，哪怕已入深秋，树木依然青翠繁茂，而越往上走温度越低，树叶的颜色也随之发生着变化，黄似嫩菊红如胭脂，层层相叠，看上去美不胜收。

"小时候在岷山的时候，我就很喜欢看秋天的树，就像现在窗外的这些树一样，我觉得很漂亮，但宁缺不喜欢，他总说树叶黄的时候，便是秋天到了，山里的野兽不是冬眠便是死去，捕猎会越来越难，他还说，哪怕这些黄黄红红的树叶再漂亮，也只能漂亮很短一阵，便会被风吹落，变成没用的泥巴。"说完这句话，桑桑看着车窗外的山景，沉默了很长时间，直到小脸被山风吹得有些凉痛，眉儿微蹙变得坚毅起来，才下定决心说道，"你喜欢少爷吧？"

刚才她一直说的是宁缺，这时候变成了少爷。

"嗯？"莫山山确认自己没有听错，怔怔地看着她，不知道该说些什么。发丝在她的眼前微颤，她的眼神有些散漫无神，薄而红的双唇抿得越来越紧，她有些莫名的紧张，然而她是淑静却真诚的书痴，尤其不想在桑桑面前隐瞒什么，隐瞒本身也没有意义，于是她轻轻嗯了一声。

桑桑听到了身后的声音，但她没有回头，只是对着秋山笑了笑，又露出了两颗洁白的门牙。过去这些年里，桑桑觉得自己生得不好看，牙齿虽说整齐，但两颗门牙实在是有些显眼，所以不愿意像别的唐国女孩儿那般爽朗大笑。

就算笑，她往往只是低头微羞着笑，或是像骗了陈皮皮银票时那般憨憨地笑，又或是小脚被宁缺暖得舒服后傻傻地笑。但最近不知道为什么，她经常展颜而笑，两颗洁白的门牙，让她就像小兔子一般可爱。

她看着道畔一株满是红叶，如同燃烧的树，说道："但现在不行。"莫山山静静看着她瘦弱的背影，片刻后微笑说道："嗯。"

黑色马车行驶在瓦山山道间，一片红叶从枝头飘落，落在车顶，然后被震到道畔的草地里，没有被碾轧成泥，但最终依然会化成泥。秋风拂面，桑桑脸上的笑容渐渐不见。

想着先前那片红叶，她认真说道："等我死之后吧。"

34

车厢里的谈话，莫山山一直在轻轻嗯，听着桑桑最后这句话，想也未想，便又轻轻嗯了一声，然后发现不对，于是再嗯一声，尾音轻轻扬起，表示疑惑以及惊愕，还有些仅仅凭音调起伏很难准确传达的复杂情绪。如果这场谈话，发生在世间别的女子之间，大概会被认为充满了剑拔弩张的紧张感，刻薄晦涩的讽刺感，但莫山山很了解桑桑，所以她明白桑桑没有任何炫耀的意思，而是认真地在讲述事实。

她从宁缺那里知道，桑桑重病难愈，来烂柯寺的原因便是为了治病。虽说歧山大师可能有方法，然而连夫子都治不好桑桑的病，即便有希望那又是多么的渺茫，想着桑桑最后说的这两句话，她竟有些心酸。

时已近午，黑色马车在山腰一间禅院旁停下，暂时休息片刻，观海僧从后方赶了上来，安排僧人准备午饭，把宁缺等人迎进一间幽静的小院。桑桑在棋局上耗了些心神，加上身体还是虚弱，吃了几口素菜之后，便有些倦乏，宁缺把她抱进内室，摊开床上干净的被褥，盖在她身上，然后仔细掖了掖被角，确认没有一丝秋风能偷偷钻进去，才放心下来。

"我都说要你别去理那盘残棋，你偏不听。"宁缺看着她憔悴的面容，有些不安说道。桑桑低声说道："可是真觉得下棋有意思，听说先前我赢了之后，很多人都很佩服我，你难道不高兴吗？"宁缺想了想后说道："确实很高兴，而且很骄傲。"桑桑满足地笑了笑。宁缺伸手遮住她眼睛，让她睡觉。桑桑不肯闭上眼睛，睫毛眨着，让宁缺的手心有些痒。

"宁缺。"桑桑的声音从他的手指间透了出来。

宁缺神情微异，说道："在哩。"桑桑说道："你是我的。"

宁缺笑了起来，说道："我是你的，你的就是你的，你的都是你的。"

桑桑沉默片刻后说道："我不是好人吧？"

"光明之女都不是好人，谁是好人？"

"我真的是光明之女吗？我那么小就杀过人了。"

"你什么时候杀过人了？"

"爷爷不就是我杀的？"

"你就只浇了一桶开水，那刀是我砍的。"

"那我也算你的帮凶。"

"你这脑子里究竟在想什么？"

宁缺有些恼火地说道："从小到大，我拼了命地不让你手上沾血，结果现在倒好，你非要拼命证明自己早就沾着血，很骄傲吗？"桑桑转身背对他说道："不骄傲，我只是觉得自己真不是很多人想象的那种好人。"

先前一路上山，桑桑和山山在马车里说话的声音虽然很轻，但宁缺全部听到了，所以他猜到桑桑这时候想说些什么，他还是不想听。

然而还是如从前一样，他不想做的事情，只要桑桑想做，那便一定会做，就如现在他很不想听，但桑桑还是自顾自地说着。

"买雁鸣湖宅子把家里的银子都用光了，还欠着齐四爷七百多两银子，赌坊那边的分红如果入冬后能提些，那明年可以提前还清，不过我总觉得欠人银子不好，所以在想老笔斋是不是可以租出去。

"皇帝老爷子和皇后送过来的那些都集了册的，册子我放在西厢房冬衣箱的最下面，公主殿下送了一百六十株大树，我打听过，西山那边富人多，很喜欢这些树，如果要卖的话，一棵怎么也得卖五百两银子往上。

"吴婶上次借了十四两银子还没还，我还知道吴老板上次找你借了一笔嫖资，具体多少钱，你才知道，另外油盐酱醋这些不值钱的东西就不管了，免得你又说我抠门，但你要记得，老笔斋天井柴堆后面的墙砖里，我在那儿藏了一块金砖……"

桑桑看着墙壁，不敢转身，微羞着说道："小时候担心大了之后你不肯娶我，新娶的嫂子又不肯留我在家里，所以我一直……在偷偷存私房钱，想着真要出嫁手里有些嫁妆也不用慌，到长安之后还一直在存。"

宁缺闻言一怔，心想我们两人这辈子活得够仔细了，你居然还能存下来私房钱，不由得大感佩服，笑着说道："我看陛下真应该请你去当户部尚书。"桑桑没有理会他的打趣，认真说道："我存的私房钱，现在一共有两千一百多两，都放在简姨那里。我知道你一直不喜欢卖字，当年进长安城的时候，还是我逼的，如果今后实在差钱，就拿我的私房钱去用。"

这些话听着真像当家主母临去前的遗言，宁缺又好气又好笑，但他真心不在乎吉利这种事情，问道："那块金砖呢？"桑桑转过身来，看着他认真说道："那块金砖是我留给爸妈的。"

宁缺回想了一下她的交代，问道："除了银子你就没别的东西留给我？""鞋袜已经做了好些年的分量，反正我女红不好，你将就着穿。"

桑桑忽然想起一件事情，低声说道："老笔斋床下有个小黑匣，不要忘了。"宁缺去年才知道桑桑有个小黑匣。那个小黑匣里面放着一些曾经被自己基于某些原因决意扔掉，但其实对自己很珍贵的东西，比如小黑子死后那个雨夜他曾经摹的《丧乱帖》。

他点点头，说道："我知道。"桑桑摇了摇头，说道："你不知道，书痴姑娘寄给你的信，你看过便扔，然后都被我收了起来，现在已经有十几封。"

宁缺沉默片刻后说道："信这种东西，看过一遍就行了，谁还会总拿出来看。"

桑桑忽然笑了笑，说道："我原先想的是，等我们都老了，躺在老笔斋的竹椅上晒太阳等死的时候，我才会把小黑匣拿出来，让你再看一遍那些信，我想那样会让你很高兴，可惜现在看起来，我可能没办法和你一起老了。"

"也不知从哪里学的这些酸话。"宁缺把手伸进被褥，握着她微凉的小手，笑着说道，"你年纪还这么小，可不该酸臭成这样。"

"好些天没洗澡了，可不得又酸又臭？"桑桑说道，"少爷，我可能真的要死了，没办法等到老的时候再告诉你这些，所以我这时候急着和你说，你可不要嫌我烦。"

宁缺笑了笑，问道："不烦，我只是关心你的遗言交代完没有？"桑桑高兴地嗯了一声，说道："差不多完了。"

宁缺说道："看你还有精神下棋说废话，哪里像是要死的模样，再说今天便能看见歧山大师，夫子都说他能治，那他一定能治，说哪门子遗言？"桑桑睁大眼睛，坚持说道："可万一呢？到时候我来不及说怎么办？"

宁缺说道："好好好，想说就说，以后每年你都说一遍。"桑桑被他逗得笑了起来，然后开始咳嗽，瘦弱的身子轻轻颤抖着，眉头紧蹙，脸色苍白，显得很是痛苦。

宁缺左手食指微弹，一片薄薄的符纸飘到禅室空中，悄无声息开始燃烧，化作温暖的火团，悬浮不动，就如一轮小小的太阳。然后他把桑桑抱进怀里，轻轻拍打她的后背。

桑桑痛苦地咳着，隔了好一阵才有所舒缓。她闭着眼睛，声音虚弱说道："我不是好人，生得又不好看，除了做家务，什么都不会，结果却嫁给了你，很多人都会觉得你吃了亏。"宁缺说道："这么听起来好像确实有些吃亏。"

桑桑展颜一笑，说道："亏就亏点吧，谁让你当年捡到了我。"宁缺也笑了起来，说道："这都怪我当时耳朵太尖。"

桑桑缓缓睁开眼睛，看着他认真说道："宁缺，我睁开眼睛看到的第一个人就是你，所以我闭上眼睛的时候，也要看着你去死。"宁缺确认了一遍："是看着我，然后去死，还是看着我去死？前面这种说法，还挺伤感，后面这种说法就太狠了，你这硬是要我比你先死啊？"

桑桑笑出声来，说道："你知道我说的是什么，等我死了，你再娶她，或者再娶别的任何人都随你。"宁缺摇头说道："如果你死了，我还真不想活了。"

桑桑说道："先前还说我酸，看你这没出息的样子，这可是女人才能说的话。"宁缺说道："我就是女人。"桑桑笑着说道："那我做男人。"

桑桑睡着了，宁缺走出禅房，站在院中对着墙外那株秋树，发呆了很长时间。他想起了很多事情，当年的事情和现在的事情，然后他想起了那局残棋。

很多年前，他就知道桑桑拥有令人难以想象的计算能力，说是天算也不夸张，自幼在岷山打猎，在渭城砍柴，桑桑的这种能力，给予了他很多帮助，只不过除了这种生死间的战斗，他似乎选择性地遗忘桑桑身上所有的天赋。因为他习惯了站在桑桑的身前，替她遮风挡雨。只是这一次，他还能替她遮挡住冥冥中的暴风雨吗？

35

十余年风风雨雨葬落日，宁缺未曾彷徨过，因为早已成了习惯，习惯成自然后，便是最强大的力量，然而他没有想到，此行烂柯寺入瓦山，有些习惯却被打破了。

在虎跃涧旁，桑桑说要自己试着破解残局，这让他很是吃惊。因为他知道她虽然有时候有些小虚荣，但从来不会争强好胜，更重要的是，按照往日习惯，在这种局面下，她应该静静站在自己身边，等着他去解决问题。

他想了很多理由，比如车厢里另外那位姑娘……然而先前在禅室里听桑桑说了这么多话，他才明白，桑桑这样做只不过是想证明自己。证明自己，就是向自己证明，和世人无关。

桑桑只是想证明给自己知道，她不再仅仅是宁缺身边沉默的小侍女，而是可以替他分担压力的妻子，甚至想尝试替他遮一遮风，挡一挡雨。

因为她也有需要——被宁缺需要的需要，让宁缺骄傲的需要。

宁缺看着那株秋树，微微皱眉。然后他伸手轻轻弹了弹伸进禅院里的红叶，说道："真是个白痴，你是我养大的，难道我还需要你来替我考虑，需要你来保护吗？"

在禅房里谈话的过程里，他几度鼻酸。终是凭借冷酷的性情和擅于表演的特长遮掩了过去，此时院中只有他一人，便再也忍不住了，擦了擦眼睛。

他觉得很丢脸，看着秋树枝头将落未落的红叶，羞恼训斥道："就凭这点，你就算死了，我也要去冥界把你抓回来收拾一顿！"

轻微脚步声起。一身白色棉裙的山山走了过来，站到他的身边，没有看他的脸。禅院一片幽静，偶尔响起桑桑睡梦中难受的咳嗽声。

二人看着那片红叶沉默不语。

就在这个时候，禅院外响起嘈杂的声音，似乎有人想要进院，却被寺中僧人拦着，双方发生了激烈的争吵，顿时打破了院内的安静。

宁缺听出是那名南晋宫廷棋师的声音，不由得微微皱眉望向院门处。

"见她做什么？当然是要她拜我为师！"

"你们也是烂柯寺的僧人，难道不懂天算是什么意思？"

"千万年来都没有出现过的天算之人，怎么能去修道？当然要下棋！"

"那小姑娘虽然是天算之人，但棋之一道浩若沧海，哪里是这么简单的事情，如果她肯拜我为师学棋，我必将一生所学尽数传授给她。"

"那小姑娘拥有如此天赋，今日又遇着我这样的名师，只要专心于棋道，十余年后，必将成为横扫天下的棋界霸主，比你们烂柯寺那位洞明大师更强，甚至有可能超过我南晋史上最伟大的宋谦大师，成为传说中的棋圣！"

"能成棋圣，还做哪门子光明之女？"

"你们赶紧让开，不然让她跑了怎么办！"

南晋棋师愤怒的吼叫声，不停在禅院外响起，很明显无论他怎么说怎么骂怎么跳脚，烂柯寺的僧人也不可能允许他进来打扰宁缺等人休息。宁缺心想这厮还真是爱棋如痴，竟有几分书院后山同门的气质，本有些恼怒于桑桑可能被吵醒，此时却是生不出气来。

莫山山忽然说道："其实我很嫉妒她，也嫉妒你。"宁缺怔了怔。

"我知道你和桑桑以前过得很苦，我很嫉妒你们曾经一起吃过那些苦。"莫山山微笑着说道，"我去让那人安静些，你不用担心。"不知莫山山过去说了些什么，那名南晋棋师居然真的没有再坚持要见桑桑，禅院四周回复了安静，然而她却没有再走回来与宁缺一道看红叶。

宁缺知道这代表了什么，微有所失，然后平静，一个人静静看着那根伸进禅院的树枝，看着梢头那片红叶，注意着禅室内桑桑的动静。

禅院白墙上有一方扇形的石窗，用以通风，而且可以远观院外山景。一张少女的脸，出现在扇形石窗里。那张脸很冷淡，没有任何喜怒哀乐，但因为实在是太过美丽，娇媚有若露珠洗过的花朵，所以出现在石窗里，依然是极美的景致。因为她是月轮国公主，花痴陆晨迦。

宁缺看着陆晨迦，眉头微挑，没有说什么。陆晨迦隔窗望向宁缺，手指轻轻拈着一朵不起眼的小黄花，神情漠然说道："真没想到你的小侍女居然成了光明神座的继任者。"宁缺说道："我和她已经定亲。"

陆晨迦的声音很冷淡，没有任何起伏，说道："你的妻子多大了？"宁缺说道："十六。"

陆晨迦摇了摇头，说道："看着不过才十三四岁。"宁缺说道："小时候得过一次极重的伤寒，营养又不好，病根一直没有除，所以看着要稍微瘦弱些，再养两年便好了。"

他和花痴只见过几面，并不熟悉，甚至在荒原上还发生过激烈的冲突，尤其是因为隆庆皇子，两个人更不可能成为朋友。他本来可以不理会她，但不知道为什么，却在很认真地解释桑桑身上的病。

陆晨迦轻声问道："她现在那病又犯了？"宁缺没有隐瞒，说道："是的。"

陆晨迦看着他的眼睛，问道："你来烂柯寺，便是想让歧山大师替她治病？"宁缺说道："不错。"陆晨迦的表情终于有了些变化，有些惘然问道："夫子都治不好？"宁缺说道："是的。"

陆晨迦轻轻搓着小黄花细弱的花茎，轻声说道："姑姑正在午休，我待着无聊所以四处走走，遇着你便说几句话，却没想到你愿意回答我。"宁缺看着她说道："都说你爱花如痴，恰好我书院门内有位师兄也是极爱花草之人，他精于医术，所以我想看看你对桑桑的病有没有什么办法。"

这一路上桑桑吃的药，都是十一师兄王持开的药方，宁缺心想既然师兄擅长草药，那么花痴说不定也擅长医道，虽然这种推论并不见得有什么道理，然而正所谓病急乱投医，他哪里顾得了这么多。

陆晨迦淡淡一笑，说道："我们之间没有什么交情，甚至还有些仇怨。在这种情况下，你居然肯求我，看来她对你真是很重要的人。"

宁缺说道："每个人都有对自己很重要的人。"

"是的，比如隆庆对于我。"陆晨迦看着宁缺的眼睛，脸上的笑容渐渐淡去，神情漠然地说道，"夫子都治不好她的病，你以为歧山大师真的能治好？一想到你会眼睁睁看着自己最重要的人死去，对我来说这真是最美好的事情。"

宁缺没有因为她的话而动怒，看着她平静地说道："就因为你这句话，如果桑桑的病真的治不好，我会杀了曲妮大师，还有你的父亲月轮国主，以及世间所有对你有一丝意义的人，然后最后杀了你替桑桑殉葬。"

陆晨迦神情微寒，却没有什么惧色，淡然说道："那你首先要活着离开瓦山。"宁缺说道："世上没有什么地方能留下我。"

陆晨迦神情微异，看着他问道："你真的不怕？"宁缺说道："我需要怕什么？"

陆晨迦说道："你杀死了道石大师，难道不怕悬空寺的高僧把你镇压千年？"宁缺说道："如果悬空寺有这个胆子，书院早就不存在了。"

陆晨迦忽然微微一笑，说道："可如果真如传闻中那样，你就是冥王之子，那么我相信，不管是佛宗还是道门，都会不惜一切代价杀死你。"

"原来这就是你想恐吓我的事情，可惜我并不是，你们说我是，也没有证据。"宁缺看着她说道，"而且我想告诉你一件事情，隆庆皇子前些日子在红莲寺前又败在了我的手中，他说他才是冥王之子。"

说完这句话，他转身向禅院里走去。听到隆庆的名字，陆晨迦的神情便变得有些奇怪，她看着宁缺逐渐走远的背影，眼睛里没有任何情绪，手指却微微用力，掐断了花茎。那朵可怜的小黄花，落在了她的脚下。

宁缺把桑桑从床上扶起，喂她喝完药，然后用浩然气感知了一下她身体的情况，确认在红莲寺前中的毒基本上已经无事，那道阴寒气息似乎被叶红鱼的神辉暂时镇压住，处于蛰伏状态，短时间内应该不会再发作。

他知道这并不是太好的事情，因为那道阴寒气息蛰伏的时间越长，一旦发作时，便越恐怖，而如果强行镇压，一次会比一次困难，上一次已经动用了如今已经是裁决大神官的叶红鱼，下一次难道要上知守观？

所以他只能把所有希望都寄托在烂柯寺里，寄托在那位被宣称如佛祖般有求必应的歧山大师身上，此时想着在虎跃涧处，因为情绪焦虑而对烂柯寺里的僧人那般强硬，他不禁有些后怕，哪有治病之前便对大夫喊打喊杀的道理？

"这是什么？"桑桑看着手中小小的锦囊，疑惑问道。

宁缺说道："师傅留给我的东西，在魔宗山门里用了一个，还剩一个始终没用，你带在身上，待会儿如果出现什么问题，你在心里告诉我。"

行出禅院，上了黑色马车，向山间行不过片刻，便看到崖林间有座古亭。这座亭子在秋风中并不肃杀孤清，因为太过高大，足足有普通三层楼高，巨梁飞檐，在红黄树叶间自岿然不动，看着很有几分气势。

瓦山三局棋的第二局，便在这间亭子里。观海僧带领众人来到秋亭前，便停下了脚步。因为虎跃涧前的乱柯局等于是取消了，所以场间的修行者还是很多，只是没有人敢大声说话。

佛辇距离秋亭还有十余丈的地方停下，帷布里那位悬空寺戒律院首座依然沉默不语，但暗中不知有多少目光在偷偷打量他。宁缺在涧旁说他和桑桑如果没有过，那么别的人便不能过，这位悬空寺高僧竟似乎真的按此行事。

不知是不是因为这个，佛辇下的曲妮大师，望向黑色马车的目光越发怨毒，而花痴陆晨迦的神情却还是那么漠然木讷。

秋亭里有位老僧，想必便是由他主持第二局棋。这名老僧穿着一身素布制成的僧衣，满脸皱纹极深，密密匝匝如悬着果实的秋枝般耷拉下来，似乎比虎跃涧旁那名黄衣老僧还要老很多。

亭中老僧先是对着远处的佛辇遥遥一礼。隐隐看到佛辇里的高僧身影微微前倾，似在郑重回礼。

老僧又望向亭下那辆黑色马车，说道："光明之女与书院十三先生降临瓦山，老寺旧亭倍感荣幸。"宁缺不知这老僧身份与辈分，想着先前的自省，回了一礼。

老僧又道："月轮国曲姑姑、剑阁程先生，书痴花痴俱至，又有南晋太子殿下大驾光临，瓦山多年未有此等盛景，令人好生感慨。"

这位老僧言语里说着感慨，实际上声音淡漠机械，只是如同点名一般，把来到瓦山的这些大人物报了一遍，哪有什么感慨的感觉，想必所说荣幸也只是客套。

客套完毕，便进入了正题，那位老僧也不多言，在秋亭一角静静坐下。

他的身前有一方极大的木制棋盘。棋盘对面搁着一个木叉，又有一道帷布从亭上直悬到地面。瓦山三局棋的第二局向来都是对弈，那个木叉看形制，应该是用来往大棋盘上落子，那道帷布看着极厚，又是用来做什么的呢？

老僧已经做好了对弈的准备，用动作发出了邀请。秋亭外的人们却依然安静无比，没有谁向亭中走去。

人们都很想能够通过对弈的考验，登上瓦山山顶。要知道山顶的最后一盘棋，极有可能是由歧山大师亲自主持，那么就算不能成为被大师选中的有缘人，能够与大师手谈一局，那也是极大的造化。

之所以这时候没有谁向亭中走去，不是因为他们不想进行一番尝试努力，而是因为那辆黑色马车里的人还没有开口说话。就算他们想要去与那位老僧下棋，也不可能抢在那位的前面。

黑色马车缓缓再动，一直驶到秋亭石阶之前才停下。那名苍老的僧人看着这辆黑色马车，忽然眼中闪过一道异彩，声音却依然平淡如水，缓声说道："听闻先前在虎跃涧旁，光明之女以天算之能令我那不成才的师弟惨败而归，想来在棋枰之上妙诣非凡。"

听着这话，宁缺心想烂柯寺果然棋风极盛，哪怕是修行到心如止水的隐居长老，也不肯在这方面认输，想必稍后定是一场苦战，不由得微感忧虑。然而令他意想不到的是，亭中那位老僧微微一顿后，缓声说道："能算透天机，何须还来算枰上玄机？十三先生，你可带着光明之女自行上山。"

宁缺微微一怔，回头对马车里说了两句。不知桑桑在车里说了些什么，他摇了摇头，然后转身说道："我来瓦山求医问药，自然要遵守拜山的规矩，这局棋总还是要下的。"

听着这话，秋亭旁的修行者们大感震惊，心想在虎跃涧旁，你那般强硬试图闯山，眼里哪有规矩二字，结果这时候却要守规矩？

观海僧也是好生不解，怔怔看着宁缺，烂柯寺住持更是心生不满，暗道如此前倨后恭，真是岂有此理，你把我佛宗清静地当成什么了？

宁缺自然清楚人们的反应，只不过他也没有办法，因为先前桑桑说她很想下这盘棋，甚至她还想着稍后去到山顶，还要与歧山大师下第三盘棋。如果换作以往，宁缺肯定不会理会她的想法，直接让黑车离开秋亭直上山顶，然而现在不同，他明确知道小姑娘的心意，既然精神还能撑得住，那便下吧，只要她高兴，无论这局棋是输是赢，都无所谓。

山势渐高，秋风渐寒，他从车厢里取出自己的书院冬服，把桑桑罩了进去，半抱着走进秋亭，望着老僧，说道："她身子有些虚弱，大师不要见怪。"老僧说道："病人便应治病，何必非要来弄此一局？"宁缺说道："病人总是有多吃两块糖果的权利，我没办法。"

老僧笑了起来，脸上的皱纹就像被风拂动的林梢般微微颤动，说道："我这一生修清静无为，却无法完全摆脱胜负之心，其实我也很想下这一局棋。"

宁缺听着这话，忍不住笑了起来，心想这老僧比先前那老僧要有趣得多。老僧看着被黑色罩衣遮住头脸的桑桑，指着棋盘对面厚厚的帷布，说道："既然是病人，哪里吹得风，进里面坐着便是。"

宁缺闻言，带着桑桑走到帷布后，才发现这些帷布竟是由厚棉布织成，从亭上悬到地面，遮住四周，竟是一丝风都漏不出来，地上又有极厚的草垫，还有一床棉毯，帷布前方有道缝隙，正好可以把亭间的大棋盘尽收眼底。

没有想到烂柯寺竟有如此周密的准备，宁缺再也不用担心桑桑会被风吹着，很是满意，然而忽然他又想到一件事情，心情不由得骤然一紧。

修行者最脆弱的便是身体，面对着普通人的数百支羽箭，哪怕是洞玄境的强者，也只能被活活射死，然而毕竟修行者能够感知天地元气，所以与普通人相比，极难生病，比如风寒，相信此时秋亭外的这些修行者，都不怎么惧风。

那么秋亭里的这道帷幕，是给谁准备的？自然是桑桑。

宁缺此时才明白，原来烂柯寺方面对今日发生的事情早有准备，甚至确定了破局之人是桑桑而不是自己。如果说前者，是因为书院方面早有书信寄到歧山大师庐中，那么后者怎么解释？难道说那位歧山大师真有未卜先知之能？

就在他皱眉思考这件事情的时候，那位南晋棋师的声音在帷幕外响了起来："我眼神不大好，能不能隔得近些看？也好给你们做个评判。"

老僧看着这名不请自入的南晋人，淡然问道："你懂棋？"南晋棋师微微一笑，说道："略懂。"

老僧似乎很满意他的回答，又问道："师从何方道场？"南晋棋师神情微凛，应道："家师许褚。"

老僧说道："原来是许褚，你现在棋力与他相比如何？"南晋棋师应道："家师年老，在下勉力能胜。"

老僧点点头，说道："那确实还算懂得一些棋了。"

南晋棋师极为骄傲于自己的棋艺，先前说略懂，只不过是矜持之语，却没想到，这老僧竟是真的这般以为，不由得好生恼火。

他这一生在棋枰之上只服三人，一个是月轮国某位忽然失踪的宫廷棋师，一名是传闻早已圆寂的烂柯寺洞明大师，而他最佩服敬重的则是自己在南晋的前辈，俨然已成一代传奇的宋谦大师。除此三人，其余的棋者都完全不在他的眼中，是以哪怕发现桑桑有天算之能，他依然想着要收她当学生。

南晋棋师气得不善，便想与那名老僧好生理论一番，然而看着那老僧苍老的面容，却是无来由地心头一凛，浑然忘了理论这件事情。他确认自己从来没有见过这名老僧，但他总觉得老僧的脸很熟，似是在哪里见过无数次一般。南晋棋师苦苦思索，却怎么也想不起来。

便在这时，瓦山三局棋的第二局，正式开始了。

老僧望向帷幕，平静问道："光明之女，欲择何色？"

帷幕里很快传出桑桑的声音，显得没有任何犹豫，仿佛不需要任何思考。"黑色。"

听着桑桑的回答，老僧身体微微一震，苍老的面容上流露出极为复杂的情绪，看着厚厚的帷幕，叹息了一声，说不出的遗憾。

帷幕里，桑桑也听到这声叹息。走进秋亭，看着老僧慈祥和蔼，她便心生亲近之感，此时听着对方叹息声里的遗憾，不由得有些不安，轻声问道："不能选黑棋吗？"

老僧缓缓摇头，似还是有些不甘心，望着帷幕问道："瓦山第一局，棋者只能择白，而能通过第一局者，往往会有某种心理暗示，择白便能一直赢下去，却不知光明之女，为何却是毫不犹豫便选了……黑棋？"

桑桑说道："因为黑棋先行，极为占优，所以我选了黑棋。"老僧有些意外会听到这个答案。

就在这时，南晋棋师终于从自己的回忆里找到了很多年前的一些画面。他像看见鬼一般看着老僧，颤声说道："小时候在道场里，我见过你的……画像。你，你……是洞明大师！你不是死了吗！"

36

南晋棋师的惊呼，在秋亭外也引发了一些骚动。

只要是会下棋的人，哪怕仅仅是简单学过一些，都必然听说过洞明大师的名字。在棋枰强者辈出的烂柯寺周边，百余年来，他是公认的瓦山第一高手，即便是在世间，也是最绝顶的人物。

洞明大师还是年轻僧人时，便已经展露自己在棋道方面的无上智慧，负责镇守瓦山三局棋最后一关长达十余年时间，当他中年时不知何故忽然间消失无踪，听说早已圆寂，但在世间棋者心中，依然是最传奇的人物。

南晋棋师看着亭中的老僧，想着这位老僧不知被多少棋手视为祖师爷，身体难以抑制地颤抖起来，颤声说道："您还活着？"

老僧有些意外地看了他一眼，说道："没有想到世间还有人认得我。"

南晋棋师终于稍微镇静了些，急忙跪在蒲团上大礼参拜，恭恭敬敬说道："学生自幼在道场里观看祖师爷画像，所以识得。"

老僧叹息说道："当年云游南晋，与小褚下过一盘棋，没想到他居然一直记得。"

听大师提到自己的老师，南晋棋师不敢插话，只是终究还是无法压抑住心头的疑问，问道："大师，您为何消失了这么多年？"

老僧沉默片刻后说道："很多年前，一个少年来到烂柯寺，棋力惊人，横扫寺间诸僧，于是我下瓦山与他对了三棋，前两局胜负各一，到了第三盘残局，我与他因为对某个连环劫的算法不同产生了争执。

"那少年骄傲到了极点，大概是急了眼，所以说话也越来越难听，那时我不知何故动了嗔念，竟鬼使神差打了他一掌，少年吐了口血，骂我无耻，恨恨而去。我事后静思当日之事，发现他的算法才是正确的，不由得大生悔恨之心，经歧山长老点化，就此远离棋枰，隐居不问世事，以修行来化解当年之悔。"

南晋棋师闻言大惊，他自负棋艺惊人，虎跃涧旁那道乱柯局，也难不住自己，但他绝对不会认为自己能够在棋枰之上胜过洞明大师，就算对方多年不摸棋盘，他依然没有任何可能获胜，可洞明大师中年棋力最盛之时，竟有人能与他平分秋色！

当年的少年究竟是谁？南晋棋师默默算了一下时间，一个他最崇拜的传奇名字渐渐浮上心头，只是当着洞明大师的面，他自然不便把那个名字说出来，又问道："那大师今次为何会再次出山，主持瓦山棋局？"

老僧静静看着帷布，没有说话，但已经做出了回答。能够让这位棋界祖师重临人世的，自然便是桑桑。

棋盘很大，棋子也很大，需要用专门制造的木叉，把棋子运到自己想要落下的地方，宁缺想要帮忙，却被桑桑拒绝。看着她全神贯注的模样，竟是忘了咳嗽，精神更是不错，宁缺放下心来，便专心透过帷布的缝隙去看棋盘上的局面，虽然他看不太懂。

南晋棋师能够看懂，只不过现在他要比在虎跃涧旁安静很多，不再那般上蹿下跳，而是规规矩矩坐在蒲团上，看着落子安静无声，显得非常老实。

他不认为桑桑能够胜洞明大师，甚至哪怕一点可能性都没有，他认为今天这局棋更像是自己在宫廷里和皇后娘娘下的指导棋。

因为棋道绝对不是单纯的计算，至高深处需要的是智慧、经验甚至是难以捉摸的感觉，残局再精妙终究是死的，对弈之时，棋盘对面的人却是活的，就算桑桑是天算之人，能够以不可思议的计算能力，强行破解乱柯残局，又如何能够算出对手心里的想法，尤其是洞明大师这样深不可测的棋者。

然而棋局的发展，和南晋棋师的想象完全不一样，秋亭里大棋盘上的黑白棋子渐渐增多，却依然维持着均势。

南晋棋师确认，不是洞明大师年老体衰，从而棋力下降的缘故，因为白棋比他在道场里曾经看过的那张棋谱走得更加精妙，构形起势宛若羚羊挂角，根本无迹可寻，真真是妙夺造化，哪里是能够算得出来的棋路？

在这样的情况下，棋局维持着均势，那么只说明了一件事情，执黑棋的桑桑，在棋道上的水平，竟丝毫不逊于洞明大师！

在南晋棋师的眼中，此时黑棋的行法，与洞明大师走的是截然不同的一条道路，纯粹靠的是不可思议的缜密计算，缜密到了极致，便不再有任何漏洞，竟渐渐散发出了一种浑然天成的感觉！

黑棋落下第一子时，便似乎已经想到了一百步之后，其间的线索隐藏在飘缈的棋道中间，普通人根本无法想象，而更令人震惊的是，黑棋在中盘的实地争夺之上，又是那般地冷酷无情强硬，如同天意降临世间！

南晋棋师看洞明大师的白棋时，便觉得自己仿佛融进三春景里，温暖美好得不愿醒来，看桑桑的黑棋时，却觉得自己仿佛来到冬瀑之前，看积雪山崖溅起寒冷的水花，清醒无比地感受着那份美丽与疼痛，想离开却又舍不得。一时春暖一时冬寒，一时湖上一时瀑前，这名南晋棋师看着这样的棋局，真是愉悦畅快到了极点，仿佛修行者吃了通天丸一般，觉得自己的身体变得轻飘飘的，随时可能要飘到亭上，美好得仿似不在人间！

在黑白棋子间移动目光的过程里，他偶尔会清醒过来，看着黑棋不禁生出些许疑惑，总觉得这股肃杀的棋风有些熟悉，似在哪里见过。

他心想大概是被洞明大师重现人世震惊，所以弄得有些恍惚，看见什么好东西便总觉得眼熟，觉得自己在哪里见过，随后便忘了这件事情。

秋亭里，大棋盘上的黑白棋子越来越密。黑白两色在棋盘上竟生出了一种相融相生的感觉，显得完美而衡定，南晋棋师怔怔看着棋盘，早已忘了自己身在何处。他虽然不是修行者，却隐隐看明白了些什么。秋亭外懂棋的人们也概莫能外，亭间棋盘很大，足够他们看得清清楚楚，然而此时安静的人群里，没有任何人再去注意这局棋的细节。

人们看到了黑夜与白昼的交替，看到了清晨与黄昏，在这个世界上不停地轮转，然后他们听到了晨时的钟声和暮时的鼓声。晨钟暮鼓里，一片安宁祥和之意渐生，哪里还有什么胜负之心。

秋风微作，亭后山林里的鸟儿轻鸣，寒虫无声。南晋棋师不知何时湿了眼睛。不知过了多长时间，"我生平唯一所恨，便是不曾得见洞明大师与宋谦大师对弈，今日亲眼见到这局棋，便是此时当场死去也再无所遗憾，余生满足。"南晋棋师向着老僧行了个大礼，说道，"感谢大师。"

然后他转身对着帷布拜倒，真诚说道："感谢姑娘，让我知晓原来世间真有宿慧之人，我哪里做得你的老师，只愿拜在姑娘门下。"

桑桑有些惭愧说道："在山里我很少能赢，哪里有资格收徒弟。"

听着这话，南晋棋师身体微震，想到先前便觉得她的棋风有些眼熟，不由得想到了一种不可能的可能，颤声问道："敢问姑娘……可是随宋谦大师学棋？"

桑桑有些惘然地摇了摇头。宁缺眉头微皱，觉得这名字虽然陌生，但确实好像在哪里听过。

老僧看着帷布，关切问道："宋先生在书院可好？"听着这句话宁缺终于想起来了，书院后山去年发冬服的时候，二师兄家的小书童曾经报过一个叫宋谦名字，那不就是……

"你们说的是五师兄？"

宁缺的声音传到亭外，人们震惊议论纷纷，他们这才知道，原来南晋棋圣宋谦大师这些年一直在书院二层楼里修行，不由得对书院生出更多敬畏向往。

南晋棋师像傻了一样，呆了半天才醒过神来，尖叫一声，喊道："我要去书院！我要去书院！我要去看宋谦大师！"

宁缺完全没有想到，书院后山那个痴于棋道以至于经常忘了吃饭、蓬头垢面看上去神经兮兮的五师兄，居然在世间享有如此盛名，不由得愣住了。

秋亭里的对弈结束，双方棋势差相仿佛，没有人忍心破坏黑白二色完美的圆融，甚至觉得哪怕去数子，也是一种亵渎，所以没有人数子，自然也就没有胜负。

洞明大师先前的遗憾神情已然不见，仿佛想通了什么事情，目光透过帷布看着桑桑，微笑说道："黑白分隔，本就是随心意而定，你想选黑便是黑，你想选白便是白，只看自己如何想，人生与棋局也没有什么差别。"

然后他站起身来，看着亭外的观海僧并烂柯寺住持，缓声说道："既然师弟封了洞旁的乱柯局，那我这一局也封了，若有想上山的客人，你们不要拦阻。"

观海僧很是吃惊，不解问道："这是何故？"洞明大师说道："能和这样的对手下一盘棋，能下这样一盘棋，然后作为人生最后一盘棋，还有比这更完美的结局吗？"

秋亭外的众人很是震惊，想到洞旁的乱柯局已封，秋亭里的第二局棋也成了最后一局，难道传说中的瓦山三局今日便成了绝响？

黑色马车缓缓向山顶驶去。宁缺想着先前秋亭里的棋局，终究还是没能忍住，问道："到底谁赢了？"

桑桑说道："我应该赢了几个子，不过黑棋本就占便宜。"宁缺怔了怔，然后大笑起来。然后他感慨说道："难怪五师兄当时会说烂柯寺里的和尚下棋有一套，你学的是他的棋谱，今天赢了那老和尚，也算是替师兄把当年吐的那口血争了回来。"

数十日前，书院后山，诸人替宁缺和桑桑送行，当时五师兄看着桑桑和颜悦色地说："桑桑在棋道上的悟性，远胜小师弟，维护书院棋道天下第一这个重任……就交给你了。"

书院天下第一，无论是棋道还是琴道或是书道，都是天下第一。只是要维护这个天下第一，却并不容易。

但正如五师兄殷切期望的那样，今天，桑桑做到了。

37

距离瓦山顶峰越来越近，山顶的佛祖石像在人们眼中变得越来越高大，仿似头顶已经触到了真实的天穹，看到这个画面，修行者们受到极大震撼。

那名南晋棋师的眼中根本没有佛祖石像的存在，他像最老实的学生那样，乖乖跟着那辆黑色马车，眼中满是崇拜向往的神情。

看着自己的下属竟有如此做派，南晋太子殿下的心情自然十分糟糕，当山风偶尔掀起车上的窗帘，露出莫山山清丽的面容时，他的脸色越发难看。

佛辇中的僧人，毫无疑问是场间地位最崇高的人，所以虽然一直保持着安静，除了月轮国的苦行僧众人，没有任何人敢靠近。不可知之地里的人们，忽然现身尘世，必然是因为某件大事，却没有人能够猜到他的来意究竟为何。

瓦山顶峰的地势极为开阔平缓，如同整座山被从中切断一般，天然形成一片巨大的石坪，然而因为石坪中间的佛祖石像实在是太过高大，所以反而显得有些小，就如同被佛祖踩在脚下的一方瓦片。

烂柯寺后的这尊佛祖石像，据说是世间最高大的佛像之一，然而只有真正来到佛像之前，才能真切体会到那股难以言喻的震撼之情。

宁缺抬头，看着自佛像胸前缓缓飘过的几缕秋云，想起几年前带着桑桑回长安，远远望着长安城墙耸立在云中的画面，才发现这佛像竟似乎比长安城的城墙还要高些，不由得下意识里生出些渺小的感觉。

歧山大师隐居的洞庐不在峰顶。黑色马车绕过佛像，顺着山道下行片刻，然后在佛像巨大的左脚脚后跟下，看到了一道有些破落的庐门。

此时秋日已斜，瓦山佛像的阴影，几乎要遮住整座后山山麓，洞庐就在佛像脚下，更是被掩映得极为清幽，石壁间的青藤仿佛都变成了黑色的粗线。

青藤之间的崖上天然有洞，洞前有方石坪，邻着山道的地方用柴木和草枝随意搭着一门，便是人们看到的破落庐门，门上的锁闩隐有锈迹，看得出平时很少打开。

不过今天的庐门已经开启，黑色马车在庐门前停下，宁缺把桑桑从车厢里扶了出来，正是一天中最热的时候，虽然有阴影覆山，却也谈不上寒冷，所以他没有给她披罩衣。

这是场间很多修行者第一次看清楚桑桑的模样，人们看着这个面容普通，头发微黄发蔫，精神委顿的小姑娘，不由得大感诧异，心想如此不起眼的小姑娘，难道就是传说中的光明之女？

观海僧带着宁缺和桑桑走入庐门，一位老僧站在洞外，不知已经等了多长时间。

隐居在瓦山里的都是烂柯寺的前辈高僧，自然都很老。只不过这位老僧有些不一样。尚在秋时，这位老僧便已经穿上了厚厚的棉制僧衣，显得极为惧冷，穿着这般厚的衣裳，却不显得臃肿，可以想象僧衣下的身躯是多么瘦弱，而且看他微黄发蔫的长眉，精神委顿的模样，似乎正在生病，或者一直在生病。

桑桑睁大眼睛，好奇地看着这名老僧，觉得好生亲近，好生眼熟，片刻后她才想明白是怎么回事，忍不住笑了笑。那名老僧也笑了起来，说道："莫非世间久病之人看上去都有些相似？我看你这小姑娘便觉得亲近，想来你也有同样的感觉，只可惜我这久病之人连自己的病都治不好，或者稍后你会觉得失望，但可不要与我不亲近。"

老僧自然便是歧山大师，当年洪灾，大师为了拯救苍生，大耗心血修为，身染重疾后还硬抗滔滔浊浪整整一夜时间，修为近乎全废，这病便随着他缠绵了数十年时间。

宁缺看着歧山大师恭敬地说道:"大师久病成良医,自然能医人。"
歧山大师望向宁缺,微笑着说道:"十三先生果然是个有趣之人,听闻
今日在山下极度强硬,没想到来到庐前,却是如此温和。"

宁缺脸皮极厚,理直气壮地说道:"在山下晚辈着急想要见到大
师,因为着急所以紧张,因为紧张所以焦虑,因为焦虑所以失态,所
谓强硬不过是失态罢了,此时终于见到了大师,深悔前之失态,哪能
故态重萌?"

"七十年前,我曾问学于夫子他老人家,你如何能在我面前自称
晚辈?"歧山大师连连摆手说道,"你我师兄弟相称便是。"此言一出,
宁缺和别的修行者倒没觉得有什么异样,只是一直被宁缺要求师兄弟
相称的观海僧的脸变得越发黝黑,心想这辈分真是乱了。

歧山大师望向桑桑微笑问道:"这第三局棋,还是你来下?"桑桑
身体微微前倾行礼,回答道:"正是。"

如果说先前秋亭里的洞明大师让她觉得亲近,那么眼前这位老僧
除了让她觉得亲近,还让她非常信任,就如同看见了老师一般,所以
她显得很有礼貌。桑桑是个很透明的人,别人对她善意或恶意,就像
光线或夜色一般,能直接在她的心里呈现出真实的一面,所以她没有
看错过人。看见她细微动作里所流露出来的信任,宁缺心情渐定。

歧山大师又问道:"你是代表西陵神殿还是……"

桑桑是下一任光明大神官,与书院的关系又极为密切,所以大师
才会有此一问。桑桑怔了怔,回答道:"我……我代表我家少爷?"这
几年,她习惯了称呼宁缺为少爷。

而别人并不知道她的这个习惯,今天在瓦山上,那些修行者还是
第一次听见,不由得震惊无语,心想光明之女居然称别人为少爷?很
多人神情复杂地望向宁缺,说不出来是羡慕还是嫉妒,而那些数千年
来一直效忠西陵神殿的修行者,更是隐约流露出了愤怒的情绪。

歧山大师听着这回答,微微点头,说道:"那就是代表书院了。"
桑桑想了想说道:"好像是的。"歧山大师望向宁缺,笑着问道:"被西
陵神殿的光明之女当成少爷对待,难道二先生没有说这不合礼法,没

有用院规治你？”

宁缺笑着说道："我妻子习惯这么称呼我，至于二师兄那里……老师和大师兄都回来了，我也不怎么怕他。"歧山大师大笑起来，却牵动了体内的旧疾，连连咳嗽。观海僧急忙取出药丸，服侍他吞下。

歧山大师走到石坪旁的藤架之下，坐到一张棋盘旁，说道："虽说是来治病的，但既然当年定了这么个无趣的规矩，总还是需要下盘棋。"

几番交谈后，宁缺确认大师与书院的关系很亲密，心情越发放松，胆子也大了起来，试着问道："如果输了，还能看病吗？"

大师说道："佛祖慈悲……瓦山三局棋，挑的是有缘之人，这小姑娘既然病了，而我会些粗浅的医术，这便是缘法，哪有不看的道理？"

宁缺很是高兴，随口说道："这是大师慈悲，可不是佛祖慈悲，如今世间佛道两宗，万家道观，百家佛寺，谁还记得这两个字。"

歧山大师叹息说道："离光明太近，便看不见别的东西，离佛祖太近，便看不到佛祖本身。便如我瓦山顶上的这尊佛像，修得如此巨大，不知耗费了多少民脂民膏，然而真走到佛像之前，你哪里能看到佛祖的全貌，顶多只能看到一个小指头。"

此言大有深意，观海僧和烂柯寺僧众神情肃然，安静聆听，来自月轮国的白塔寺僧人们也仔细在听，只有曲妮大师微露讽色，觉得老僧在故弄玄虚。

歧山大师何等样人物，自然不会在意这名老妇。他抬头看向洞庐上方那座仿佛要把天穹顶开的巨大佛像，感慨说道："佛祖当年涅槃前，曾留下法旨，道不立塑像，不事崇拜，然而千万年过去，还有几个佛门弟子能记得这些话？又有哪家佛寺正殿里没有佛祖的金身塑像？当年烂柯寺里的晚辈非要立，而且还要立这么高一个，我阻止不了他们，只好把洞庐搬到佛祖脚底下，心想若哪天佛祖不高兴了，踩我两脚出出气也好。"

观海僧若有所悟，烂柯寺僧众神情骤凛，住持更是面露惶恐之色。便在这时，安静了整整一天的佛辇里，再次响起那道浑厚的声音。来自悬空寺的戒律院首座，赞道："一别五十载，师叔佛法越发精湛，可喜可贺。"

歧山大师摇头说道:"我幼年便出寺,重履红尘,从未在记事房或讲经堂里签过法号,如何当得起首座称我为师叔?"

佛辇里的僧人不再说什么,却坚持行了一礼。歧山大师就如没有看见一般,看着桑桑问道:"小姑娘你饿了没有?"

中午在禅院里,桑桑只吃了些青菜,在秋亭里下了那盘棋,非但没有疲惫,反而精神渐佳,却开始觉得有些饥饿,于是她点了点头。歧山大师不知从哪里摸出来一颗青梨,用棉布僧袖用力擦了擦,然后递到桑桑面前,慈爱说道:"先吃个梨,填填肚子。"

38

桑桑接过青梨,低头吃着,发现这梨子很甜,里面的汁水很多,最奇怪的是口感很怪,竟有入口即化的感觉,不由得愣了愣。她抬起头来,把剩下的半个梨子递到宁缺面前,说道:"你吃吃,很甜。"从小到大,他们两个人习惯了有什么好吃的食物,都会分着吃,宁缺也不在乎什么分梨的说法,接过半个青梨囫囵几口便吞了下去。

歧山大师似乎没有想到,连一颗普通的青梨,他们两个人也要分着吃,不由得怔了怔,然后摇头说道:"开始吧。"桑桑还是选了黑棋。

庐前藤廊下,那方棋枰不知是用什么材料做成的,看着似铁,透着股冰冷坚硬的味道,但当棋子落在上面时,却没有任何声音。就在桑桑指尖离开黑色棋子那瞬间,有很奇怪的事情发生。

她的眼神忽然变得有些惘然,然后眼睛缓缓闭上,她睫毛一眨不眨,竟似就这般睡着了!宁缺眼瞳微缩,身体上的每根汗毛都竖了起来。

微凉的秋风在他头发里穿行,像寒冰一样刺激着他的心神。他盯着歧山大师的眼睛,右手五指渐拢,虚握成半空之拳,恰好可以塞进去一把刀柄,尾指以极小的幅度高速颤抖着,时刻准备着拔出身后的朴刀。

"不用紧张。"歧山大师说道，"她不过是倦了，所以去梦里歇一会儿。"

宁缺感知着桑桑的情况，发现她的呼吸很平缓，甚至比平时还要更加平缓，除此之外没有任何异样，竟似乎真的只是睡着了。

"这是怎么回事？"他寒声问道。歧山大师微笑着说道："这样对她的身体有好处。"

离奇入睡的桑桑，似乎真的很舒服，时常因为痛苦而微蹙的眉儿，非常舒展，也没有咳嗽。宁缺把手搭在她腕上，发现她体内那道阴寒气息也变得非常平静，不像平日里那般时常蠢蠢欲动，稍微放心了些。

但终究是没有办法完全放心，他盯着歧山大师的眼睛，再次问道："这是怎么回事？"

歧山大师看着身前的棋盘，说道："你应该听说过烂柯寺的传说，你现在看到的棋盘，便是当年传说里那些老僧下棋用的棋盘。"

宁缺说道："这棋盘……是谁留下来的？"歧山大师说道："佛祖。"

宁缺想起那个传说，心情骤紧。"为什么要桑桑用这个棋盘下棋？我先前才知道，以前瓦山三局棋的终局是由那位洞明大师主持，那时候肯定用的不是这个棋盘。"

歧山大师说道："你就当作是佛祖对她的考验吧。"

宁缺说道："我们来治病，不是来求佛，为何需要被佛祖考验？"歧山大师说道："若她的病只有佛祖能治，那你求还是不求？"宁缺沉默了很长时间后，问道："她有没有危险？"歧山大师说道："没有任何危险。"宁缺忽然想到某种可能，声音微哑着说道："但她会很痛苦。"歧山大师说道："如果她痛苦，你自然能感受到。"宁缺问道："那接下来怎么办，这局棋还下不下？"歧山大师望向棋枰上那颗孤零零的黑棋，自身旁棋瓮里取出一枚白棋，轻轻落在与黑棋遥相对望的位置，说道："这局棋已经开始了。"

时间渐渐流逝，秋日渐渐西移，瓦山洞庐被一股紧张而又玄奇的氛围所笼罩，谁也不知道那张棋枰上发生了什么，为什么桑桑只落了一子，便进入了梦乡。

宁缺有几次都险些失去耐心，只是想着落子之前，桑桑对这位歧山大师所流露出来的尊敬和信任，他强行压抑着自己的不安，继续沉默等待。

棋枰上依然只有那两枚棋子，宁缺没有看着棋枰，只是看着桑桑的脸，注意着她有没有流露出来难受的神情，她的呼吸有没有变化，身体有没有呈现异样。

他看得很认真很仔细很专注，眼睛一眨不眨，没有错过桑桑每一根睫毛的微颤，虽然那些微颤，都是山间的秋风拂动的。

莫山山站在庐门外，静静看着宁缺脸上的神情，她看得也很仔细很专注。山道旁的石凳上，南晋太子怔怔看着莫山山美丽的侧脸，神情专注，偶露痴迷与黯然。

如果说世界就是一个大棋盘，每个人都是棋盘上的一枚棋子，那么谁都无法逃脱出去，都有自己想要看着的对方，除非你对这个世界已经没有任何眷恋。

花痴陆晨迦，沉默看着洞庐内外这些人，木讷漠然的美丽容颜上，忽然闪过一丝嘲讽的笑容，然后她离开洞庐，折返来到山顶的佛像脚跟处。

佛祖石像非常高大，哪怕只是一根脚趾，都要比她大很多。陆晨迦站在佛像的尾趾上，把飘拂的发丝轻轻理到耳后，抬头向上方望去，被渐西的秋日晃了一下，眼睛眯了起来。佛祖的面容在云丝里若隐若现，沉默看着山下，没有看着某个具体的单独的人，而是看着在红尘里挣扎沉浮的所有人，所以显得无上慈悲。

陆晨迦看了很长时间才收回目光，她在佛祖石像脚下指甲前端的一道小石缝里，看到了一朵白色的小花，便低身摘了下来。

桑桑站在一座山上发呆。

山下有一座小镇，隐隐能够听到里面传来孩童的玩耍打闹声，能够看到镇外溪边的水车，就在先前正午的时候，还能闻到食物的香味。她知道这不是真实的世界，因为在这个世界里，她的身边没有宁缺，但她不能确认这个世界是不是棋盘里的世界，因为她看的是世界本身，而没有棋盘。她不准备离开，因为离开得远了，她不知道自己还能不能找到回来的路，而如果宁缺要到这个世界里来找自己，自己应该站在原地等他。

这是很小的时候，宁缺每次要出去打猎或是做别的事情之前，总会不断地重复叮嘱她，无论发生任何事情，都不要离开原地，因为那样会让他找不到她。那时桑桑每次都会确认一遍：你一定会回来找我吗？宁缺说当然，于是桑桑就放心了，按照他的要求，老老实实地站在原地一动不动。

桑桑站了很久，久到她自己最后都忘了多长时间，只记得太阳落下升起重复了无数次，雨雪霜风轮转了无数次，镇子里庆贺的鞭炮声也响了很多次。

这些人家好像有很多喜事要办，桑桑心想，宁缺这么久还没有找到自己，再听鞭炮自己也高兴不起来。时间还在继续流逝，桑桑依然在等待，站得脚酸了，她便坐下休息会儿；困倦了，她便靠着那棵树眯一会儿。

那棵树下有两窝蚂蚁，桑桑等宁缺等得实在有些无聊，便开始看蚂蚁搬家或是蚂蚁打架，看了不知道多少次，那两个蚁窝里的成员大概换了几百代，她终于发现了这些蚂蚁，有些很有趣的地方。

两窝蚂蚁爬行的速度绝对相同，离树的距离也完全相同，树上溢出蜜汁的地方却是每次都不同，有时候其中一窝蚂蚁可以走直线，另一窝蚂蚁却必须绕过水洼走曲线，所以走直线的那窝蚂蚁便能先采到蜜。

两点之间直线最短。桑桑默默想着，这就是这个世界想要告诉自己的规则。

这个世界里有镇子，镇子里有人，有山，山里有野兽有树，树上有鸟，这里有水，有风有云，有日也有夜，自然也有规则。桑桑始终没有下山，但因为有太多时间可以去看去思考，所以她渐渐掌握了这个世界上的很多规则，比如光是暖的，夜是冷的，这种规则很没有意思。

有的规则更加令人心酸，镇子里除了喜事放鞭炮，丧事也会放鞭炮。桑桑站在山上，看着小镇里那些小孩渐渐老去，变得多病，然后死亡，伴着鞭炮消失无踪。

鞭炮的灰烬，被风卷起，从小镇外的坟田里飘起，绕着山峦不停向前，直至逐渐淡去，桑桑注意到每次风都从一个地方来，那些灰烟飘行的方向都完全一模一样，好像有个箭头指挥着，永远向着前方。

她明白了这是时间的规则，时间一路向前，谁都无法停止。

桑桑还在山上，有樵夫上山砍柴，有孩子上山放羊，无数年来，有很多人从树旁走过，却没有人能够看见她，树下甚至拴过祖孙三代黄牛，却没有任何物体能够接触到她。她在这个世界里是真实存在的，除了不能与这个世界相互影响之外，她依然受到这个世界规则的束缚，所以她会累会倦会冷会热。当然也有些规则无法束缚她——她从来没有吃过东西，但从来也没有饿过。

她想起来了宁缺曾经对她讲过的烂柯寺的传说——那个叫王质的樵夫，就是吃了一个馒头，所以在树下棋盘旁度过百年，却没有饥饿过。桑桑没有吃馒头，但刚才吃了一颗青梨。然后她明白了一些什么，走到崖边，跳了下去。

39

这个世界没有南柯一梦，只有烂柯百年。桑桑记起了那个传说，也就明白自己大概遭遇到那名樵夫相同的事情，只不过那名樵夫是在现实的世界里虚度百年，而她则是离开了现实的世界，来到了这里。

她不知道这个世界是不是真实的，是梦境还是某位大能力者营造的精神幻境，但既然知道了事情的片段真相，便足够她推导出来更多的东西。正如宁缺说过的那样，她是个很聪明的女孩儿，只不过习惯了站在宁缺身后，懒得动脑筋，什么事情都让宁缺去想。这一次她懒的时间稍微长了些，直到确认宁缺不会来找自己，或者说找不到自己，才开始思考。

思考的结果是，她还在棋局之中，只不过这一次她的对手不是歧山大师，而是世界本身的规则，她需要做的事情，便是战胜这些规则。

规则是世界构成的基础，世界之所以能够存在，人之所以能够活着，正是因为有这些规则，在规则之中战胜规则，怎样看都是不可能做到的事情。但桑桑认为自己不是这个世界的人，就算不能战胜这个世界的规则，也应该能够找到两个世界相通之处，也就是两个世界规则的矛盾之处，然后利用这种矛盾，找到破解这个世界的规则，或者是离开这个世界的方法。

小镇上的很多人死了，丧事的鞭炮响过很多次，她还活着，甚至没有长大，这个世界与真实世界的时间流逝速度明显不同，应该与烂柯寺的传说刚好相反，同时证明作用在她身上的时间规则，依然是棋盘外的世界。棋盘世界的物理规则与真实世界的时间规则，同时作用在她身上，那么她便是两个世界规则的联结处，她本人也就是矛盾之所在。

那么如果她在这个世界上死去，便能摆脱这个世界其余规则的束缚，循着真实世界的时间规则，回到棋盘外，然后醒过来。

于是走到崖畔，跳了下去。然后她重重地摔到了崖下，浑身骨碎，痛楚无比，眼前一黑……然后她重新出现在崖上，还是站在那棵树下，仿佛什么都没有发生过。

桑桑的神情有些惘然，总觉得哪里不对劲，如果这局棋，真如她推导的那般在进行，那么她的选择应该是正确的，可为什么自己没有办法死去？没有办法在这个世界里消失？

她在树下呆呆站了会儿，然后解下自己的腰带，系到了树上，颈子有些痛。下一刻，她站在树下，怔怔看着重新回到自己腰上的衣带，心想应该选别的方法。

离树不远的地方，有片湖，湖水也能淹死人，湖水没能淹死她。

在此后的几天里，桑桑尝试了各种各样的死法，但都未能如愿，她依然站在这座山里，除了记忆里的那些恐惧和疼痛之外，找不到任何曾经死过的迹象。

究竟哪里出了问题？死亡是通往永恒的唯一途径，永恒是超出时间之上的最高规则，既然自己连时间规则都无法打破，为什么能够打破最高规则？沉默思考的时候，她忘记了一件事情。

死亡的最高规则被打破了，意味着这个世界的所有规则都将随之松动起来，然后步向崩溃的边缘，渐渐地，光线开始变冷，黑夜开始变暖，树下争夺蜜汁的两窝蚂蚁，隐隐约约间，绕着石头走，还能比敌人更早一步抵达蜜汁。

时间开始减缓，小镇人类苍老的速度变慢，好些年都没有听到丧事的鞭炮，但没有人对此表示高兴，反而格外恐惧，喜事的鞭炮也渐渐变得极少，直至完全没有，溪上的水车早就停止了转动，农田变得荒芜。整个世界都混乱了，然后向着寂灭里去。

这也正是为什么无论真实的世界，还是棋盘内的世界，除了永恒本身，不会允许任何永恒的存在，因为这会让整个世界毁灭。这个世界的规则，终于注意到了山上的桑桑。世界震动不安，田野翻滚，大海沸腾，大山倾覆。

桑桑身下的山剧震而散，把她震飞到了空中。无数规则化成的光团，向着这边的天空飞了过来，光明大作。这些光团里蕴着乳白色的光辉，没有任何温度，看上去就像冰冷的白色棋子。桑桑悬浮在空中，惘然地看着那些光明的棋子。她就像一颗孤零零的黑色棋子。下一刻便会被光明吞噬。

瓦山近暮，红暖的暮光，照耀着佛祖石像的脸庞，显得格外庄严。佛祖俯视着人世间的一切痛苦，仿佛也痛苦了起来。他想要皱眉。然而他的眉是工匠在巨石间镌刻出的线条，坚若钢铁。于是他的眉心出现了一道极细的裂纹。

佛祖阴影中的洞庐内，棋枰旁的桑桑忽然皱了皱眉，似乎有些痛苦。宁缺心情骤紧，右手微微一颤。片刻后，桑桑脸上的痛苦神情消失，回复平静。宁缺松了一口气。然后桑桑再次皱眉，再次平静。如是重复数次。

忽然间，桑桑的脸色变得极为苍白，眉尖紧紧地皱在一起，瘦弱的身体剧烈颤抖，显得非常痛苦，甚至让人能够感受到她在睡梦里的恐惧。宁缺的心情一直处于极度紧张中，早已到了忍耐的上限，此时看着桑桑有异状，他想也未想，拔出身后的朴刀，向着棋盘猛地砍了下去！

歧山大师说这是佛祖留下的棋盘，那么必然非常珍贵。但在这种时刻，莫说是佛祖留下的棋盘，就算是佛祖本人出现在身前，宁缺也会一刀砍将过去，佛挡杀佛，对他来说不是说说而已。当然，宁缺也很清楚，佛祖留下的棋盘，不可能很简单便被摧毁，先前紧张等待的过程中，他已经做好了准备。所以他把体内所有的浩然气，全部通过这一刀轰了出去，混着昊天神辉，走的是柳白的大河剑诀。

这是他能砍出的最强的一刀。烟尘大作，光辉点点，朴刀被棋盘震回。棋盘安然无事。桑桑没有醒来，宁缺却握着刀……睡着了。

歧山大师的脸色越发憔悴，叹息道："真是一对痴儿。"

毁灭之前的世界一片混乱，幸存下来的人类终于感受到了死亡的恐惧，驾着自家马车或是抢了别人的马车，开始逃亡。他们不知道要逃到哪里去，才能避开从天上落下的洪水，从湖里生出的高峰，度过炽热的夜晚和寒冷的白昼，只是盲目而慌乱地逃着。在某个路口，逃亡的人群被迫停了下来。有一辆黑色的马车，横在那个路口里，撞翻了好几辆马车，让本来就极为混乱的路口变得更加混乱，堵得任何人都无法移动。末世的人们愤怒地呼喊着，痛骂着，有人拾起泥块向那辆黑色马车砸去，然而黑色马车上那名年轻人，似乎根本听不到这些声音，任由那些泥块砸中自己的身体，然后震成碎片，他依然抬头看着天空发呆。天上有很多白色的光团，他不知道那些光团代表着什么，但能感觉到里面蕴藏着的恐怖能量，甚至猜到那些光团将要做些什么。黑色马车上的年轻人是宁缺。

他不知道自己是怎么来到了这个世界，更不知道为什么自己能够带着大黑马和马车一道来到这里，不过想到自己可以在这个世界里找到桑桑，他觉得自己很幸运。在混乱的末世里寻找一个人，是非常困难的事情，宁缺寻找桑桑已经寻找了很长时间，却一直没有找到，直到今天他终于抬头看了一眼天。他对大黑马喊了一声，于是黑色马车向着那些光团追去。

几天后，黑色马车来到了桑桑的身下。宁缺抬头望向空中的桑桑。无数的光线，正从桑桑透明的身体里穿过。那些光线没有温度，然而太多太密，以至光线之间都不可避免地产生了摩擦。光线的速度很快，相互之间的摩擦很可怕，能够产生恐怖的高温。桑桑的身体已经开始燃烧，光明无比。宁缺喊道："桑桑！"桑桑仿佛没有听到，没有低头望向地面。宁缺又喊道："桑桑！"桑桑这一次听到了，望向他，哭着说道："我不知道怎么了。"宁缺说道："不要怕，到我这里来。"桑桑摇了摇头，看着四周的光明，说道："你会死的。"宁缺说道："我说过你死了，我也会死，那不如一起死。"桑桑心想确实是这个道理，所以落了下来。

那些洁白的光团，随着她的身形，向着大地落下。宁缺取出大黑伞，递给桑桑。桑桑撑开大黑伞，仿佛撑开了一片夜色。夜色把她和宁缺，还有黑色马车都罩了进去。这个世界的规则，再也找不到他们。他们在这个世界上消失。

宁缺和桑桑同时醒来，他们发现自己还在瓦山，洞庐外，棋盘边。棋盘上只落了两颗棋子，一黑，一白。

40

棋盘旁安静无比，歧山大师静静看着桑桑，消瘦的脸上流露出极为复杂的神情，有看到真相后的震惊，甚至还有隐隐的恐惧，最终却尽数变作惘然。宁缺这时候正在紧张地察看桑桑身体的状况，没有注意到大师异样的神情，不然可能会发现一些什么，然后他听到了大师的一声叹息。他有些紧张抬起头来，此时歧山大师脸上的神情已经回复正常，露出慈爱的微笑，似乎从某种大恐怖当中解脱出来，满足所以平静。

"瓦山三局有很多年的历史，但像你们先前所经历的这盘终局，其实只出现过五次，而小姑娘你，则是第二个能够连破三局的人。"歧山大师看着桑桑神情温和地说道。

确认桑桑没有事，先前棋盘里的世界不过是场幻觉，宁缺心神稍定，听着大师的赞叹，问道："前面能连破三局的人是谁？"歧山大师说出一个在这个世界上消失了很多年，但宁缺却很熟悉的名字，他看着宁缺的眼睛，微笑说道："是莲生师弟。"

大师的目光很平静，没有什么威势，然而宁缺却觉得他的目光看穿了自己所有的掩饰，看到了自己识海深处的那些意识碎片，有些不安。他下意识里微微低头，不与大师目光相触，为了掩饰心头的不安，继续问道："还有三个曾经在这张棋盘上下棋的人是谁？"

歧山大师说道："夫子，轲先生，观主。"听见这三个名字，宁缺顿时忘了先前的隐隐不安，吃惊抬头。

在他看来，无论老师还是小师叔或是知守观的观主，都是这个世界上最顶尖的人物，莲生和桑桑就算再厉害，也不可能超过他们去。"老师怎么可能解不开这局棋？"

歧山大师说道："这局棋根本就困不住他们，他们哪里需要破局？"宁缺的问话是为了把话题从莲生的身上移走，避免被大师看破自己隐藏的那些东西，既然奏效，自然不会再继续。

他看着大师问道："桑桑已经破局，能看病吗？"歧山大师说道："即便不能破局，病也是要看的，更何况已经破局，那么便更没有任何不看病的道理。"

宁缺的声音因为紧张而显得有些干涩："能治好吗？"不知道是不是主持最后一局棋，消耗了太多心神，本来身体就极为孱弱的歧山大师，此时显得越发憔悴，听着宁缺关切的问话，他有些痛苦地咳嗽了几声，然后疲惫地低下头去，沉默了很长时间。

迟迟没有听到答案，宁缺越来越紧张。不知过了多长时间，歧山大师抬起头来，怜爱地看着桑桑，说道："世间没有治不好的病，只是如果要治好，会很难，而且会很痛苦。"

桑桑看了宁缺一眼，平静而坚定地说道："我不怕苦。"歧山大师看着她微笑起来，斩钉截铁地说道："那我一定能治好你。"

听到这句话，宁缺忽然觉得脑子里嗡的一声，再也听不到别的任何声音，身体就像是山崖忽然变成了流云，跌坐到蒲团上，根本说不出话来。几乎同时，他身体表面因紧张而锁闭的毛孔瞬间打开，流出无数冰冷的汗水，瞬间打湿身上黑色的书院院服，看上去就像刚淋了一场大雨。这些年这些天，他看似神情平静如常，无论与人交谈还是行事，都没有什么异样，但实际上，因为桑桑的病，他早已焦虑恐惧到了极点。在听到大师肯定的答复后，那些积攒了很长时间的负面情绪，伴着那些冰冷的汗水，在极短的时间内释放出来，他的身心被极度愉悦的情绪所控制，竟然有了飘然若仙的感觉，但同时这种情绪的急剧变化与宣泄，也让他的身心受到了极为剧烈的冲击，顿时变得虚弱无比，就像是一个重病初愈的人。

歧山大师看着他的模样，猜到最近这些日子，他肯定经受了常人难以想象的煎熬与痛苦，和蔼安慰道："这是值得高兴的事情。"桑桑取出手绢轻轻擦拭宁缺脸上雨般淌落的汗水。宁缺艰难笑着说道："确实是值得高兴的事情。"

歧山大师看着洞庐内外前来拜山的修行者们，说道："既然是值得高兴的事情，那么便应该庆祝一下，我会回答诸君每人一个问题。"听着这话，宁缺不知道从哪里来的精神，坐直身体，盯着大师的眼睛，非常认真地提醒道："我们先到的，大师你得先治我们。"

歧山大师失笑，说道："治病哪是这般简单的事情，不然你何必要离开书院来找我这个老和尚，你总得让我有些准备。"

宁缺依然不答应，说道："多拖一刻便多一刻的危险。"

歧山大师说道："还没有到那个时刻，便没有危险……你放心吧。"

这句话的前半句似乎隐有深意，那个时刻是指哪个时刻？然而此时宁缺只能听到放心、一定这种肯定的词汇，根本没有留意那些。

听到歧山大师说今日会回答场间所有人的问题，洞庐内外的修行者们顿时大喜过望，唯有观海僧露出震惊的情绪，很是担忧老师的身体能不能撑得住。

花痴不知何时从山顶的佛像处回到了庐外，听到了最后这段对话，知道桑桑的病能够治好，她神情依然漠然，手指却微微用力，再次掐断了那朵小花。

时已深暮，瓦山后山麓幽暗得仿佛已经到了深夜，修行者们在庐外默默排着队，等着稍后进入，烂柯寺僧众在庐外点燃火把，昏黄的火焰被山风吹得飘荡不安，照得人们的脸色也变幻不定，就如他们此时复杂的心情。

在世间的传说里，歧山大师有与西陵神殿天谕神座相近甚至更胜一分的预知能力，而且能够解答世间一切疑惑，就如佛祖一般有求必应。能够得到歧山大师的解惑指点，是每个修行者都梦寐以求的事情，想到稍后入洞，无论是修道途上的障碍，还是久思不得其解的现世问题，那些困扰他们多年的人或事，都可能因为大师点化而解决，人们自然激动难安。

能够让修行者们用掉一次发问机会的，必然是他们最大的困惑或者最大的痛苦。然而人类最大的困惑，最大的痛苦往往便是他们最大的秘密，这也就意味着，稍后他们将不得不面对歧山大师坦诚地讲述这些秘密，所以人们又有些畏惧。青藤覆盖的崖洞中，不时响起歧山大师痛苦的咳嗽声。

黑色马车不知何时驶进了庐内，车厢内桑桑穿着裘衣，偎在被褥里，不再寒冷，然而听着大师的咳嗽声，她也忍不住痛苦地咳嗽起来，小脸越发苍白。坐在车窗旁边的宁缺，掀起青帘看了崖洞一眼，有些恼火地低声抱怨道："明明知道咳嗽是会传染的，老人家也不说忍忍。"这又是一句刻意的笑话，桑桑这一次却没有像以往那般给宁缺面子笑出声来，而是忧虑地说道："大师的病好像变重了。"

佛宗讲究众生平等，但事实上根本不可能做到绝对的平等，比如盂兰节期间，普通的百姓连进入瓦山的机会都没有，又怎么可能见到歧山大师，又哪里会有与修行者们平等竞争成为有缘人的机会？

便是今日拜山的人之间也不可能做到平等，歧山大师没有安排进洞的顺序，那么这件事情便由烂柯寺住持决定。

除了西陵神殿和书院，世间绝大多数修行者，依然不敢与皇权抗衡，南晋强盛仅次于唐国，所以南晋太子殿下理所当然地排了第一名。南晋太子在洞庐里待的时间很短，便出来了。人们不知道他问的什么问题，与书痴的情缘还是南晋的将来，但看他有些惘然的神情，隐约猜测他得到的答案不怎么好，却也谈不上坏，甚至有可能他现在暂时还无法理解。

曲妮大师在修行界里辈分极高，又是月轮国的皇姑，于是她第二个走进洞庐。

崖洞内很干净，陈设很简单，只有一张蒲团，一张草席，两床棉被，还有一些生活用的家什，歧山大师便坐在那张蒲团上。

曲妮大师看着大师，并不像别的修行者那般虔诚恭谨，反而毫不掩饰自己眼睛里的恨意与嘲弄神情。他看着她，静静地说道："那一年你非要上瓦山见我，我本已闭关多年，无奈破例给你写下一封书信，如今看来还真是错了。"

"你本来就错了。"曲妮大师恨恨地说道，"整个佛宗，我只有你一个长辈，当年我来求你指点迷津，问腹中的孩子究竟生还是不生，结果你说生，那我便生了，然后才有了数十年骨肉分离之苦，白发人送黑发人之恸，你当然错了。"

歧山大师叹息一声，说道："当年那孩子虽然还在你腹中，但已然是个人儿，佛法慈悲，怎能妄动杀心？更何况那孩子大有佛缘。"

曲妮大师厉声说道："你算得出我那孩儿有佛缘，为什么却算不出来，他后来会在长安城里被人杀死？既然算不出来，当年你就不该留那封信给我！"

歧山大师说道："已然都是过往之事，多说无益，我所不理解的是，你对我一直抱有如此大的怨意，为何今日却要入洞来看我。"

曲妮大师痛苦地喘息两声，渐渐平静下来，盯着大师的眼睛，恨恨说道："你算错了一次，我便要你再给我算一次。"

歧山大师神情微异，说道："你还想知道什么？"曲妮大师怨毒说道："我想知道宁缺什么时候死！"

歧山大师摇头说道："即便佛祖都不能断人生死，更何况是我这个普通人。"曲妮大师愤怒说道："那你总得告诉我，我怎么才能替我儿子报仇！"

歧山大师忽然抬头望向洞外，想着那方远自悬空寺而来的佛辇，沉默很长时间后说道："你既然已经做了安排，何必还来问我？"然后他静静看着曲妮大师，说道："不过我必须提醒你一声，你参佛数十年，却依然脱不得嗔怨之苦，这怨不得别人，怨不得佛辇上那人，怨不得月轮王宫里那人，更怨不得当年你腹中的孩子，你须得问问自己。"

"你如今最恨那事，若不是荒原上你的缘故，宁缺不会在王庭上羞辱你，道石便不会回月轮，更不会回长安，然后被宁缺杀死。你要报仇，那向谁去报？向宁缺还是你自己？"歧山大师看着她怜悯地说道。

曲妮大师闻言更恨，身体微微颤抖，握着木杖的右手青筋毕现，厉声说道："不想答我便不答，何必在我面前又一次故弄玄虚！你不是真的佛祖，居然敢像佛祖般有求必应，你终有一日会暴毙而死！"

歧山大师说道："我身在世间却妄窥佛国，只想让世人少些烦恼，早知自身必遭业报，死便是死吧，暴毙或是老死又有甚区别？"

花痴陆晨迦没有走进洞庐，只是静静看着那些修行者，眼神漠然至极，如今她对这个世界已无眷恋，自然便无所疑惑，那么自然不需要进洞寻求大师解惑。

修行者们却各有疑惑，所以他们依次进入洞庐，每个人待的时间都不长，但出来时脸上的神情都显得很满意，然而却没有一个人说自己问了些什么。

按道理，莫山山应该在很前面进洞庐，但她没有与那些修行者争，又或是她在思考自己究竟应该问些什么，所以直到最后她才走入洞中。她沉默地坐在蒲团上，不知该问些什么。过了很长时间，她有些不好意思地说道："好像真想不出来要问什么。"

身为天下书痴，年纪轻轻便入了知命境，成为神符师，上有书圣教诲爱护，又有同门敬爱疼惜，莫山山的人生似乎真没有什么缺憾。歧山大师看着她，怜爱地说道："既然来瓦山，想必最开始的时候，你还是有问题的，而问题总需要一个答案。"

莫山山想着那辆黑色的马车，微笑着说道："最开始的时候确实是有问题，想请大师解惑，但现在那个问题已经有答案了。"歧山大师说道："那便好。"

莫山山起身，向大师恭敬行了一礼，便向洞外走去。在洞口她忽然停下脚步，回头问道："大师，佛法里有所谓轮回的说法，难道……真的有来世吗？"

她忽然笑了笑，说道："我只是随便问问，您不用回答。"歧山大师没有回答，也笑了起来。

41

瓦山顶峰，一片安静。银色的星光，洒落山峦间，仿佛替巨大的石佛镀上了一层淡而慈悲的光泽，几缕夜云在佛像眼前缓缓飘过，隐隐传来几声夜鸟的鸣叫。佛辇停在洞庐外，上承星光，帷布上面绣着的佛家真言仿似闪闪发光，夜风轻拂间，那些佛经图案如同要活过来一般，显得越发庄严华美。

曲妮大师走到佛辇下，低声说了几句什么，隐约可见辇中高僧似乎摇了摇头，曲妮大师带着白塔寺的苦行僧便向山下行去，花痴也在其中。

从洞庐里出来的修行者们，或惘然或兴奋，用了很长时间才化解掉歧山大师点拨他们时的片言只语，醒了过来，人们对着洞庐深处叩首，然后再向佛辇下拜，再向黑色马车行礼，然后也向山下走去。修行者们渐渐离开，身影逐一消失在瓦山的夜色里，就如同一盘棋局终了，无论是黑色棋子还是白色棋子，都被一一提起，只留下干净的棋盘。

莫山山走到黑色马车前，说道："你带着桑桑进去吧，我住在烂柯寺里，需要下山，便不等你们了。"宁缺说道："要不要再等会儿，一道下山？"

莫山山说道："一道上山足矣，何必一道下山，不用了。"说完这句话，她飘然而去。

宁缺稍一沉默，不再多想，扶着桑桑走出黑色马车，看着庐外显得有些孤零零的佛辇，眉头微皱，走进洞中。

歧山大师伸出两根手指，搭在桑桑的腕间。大师久病，身体虚弱，手指瘦得就像干枯树枝，桑桑久病，身体虚弱，手腕细得就像芦柴棒子。偶有夜风漏进洞内，油灯微晃，大师感到寒意，忍不住剧烈地咳嗽起来，身体的颤抖，顺着手指传到桑桑腕间，桑桑也忍不住咳嗽起来。

看着这幕画面，宁缺又想笑，却又觉得心酸。歧山大师和桑桑倒比他的心态更好，一老一小对视一眼，笑了起来。

"好阴寒的气息，仿佛自深渊中来。"歧山大师的手指缓缓离开桑桑的手腕，叹息着说道。

宁缺看着大师，表情看不出来什么异样，只有紧握着的拳头知道他有多紧张。

歧山大师没有理他，看着桑桑怜爱地说道："阴寒气息发作之时，必然极为痛苦，也不知道你是怎么熬了这么多年，尤其小时候是怎么撑住的。"

桑桑看了宁缺一眼，宁缺想着小时候桑桑犯病时的情形，哪怕时隔十几年，依然感到浑身寒冷，摇了摇头，把那些画面尽数赶出自己的脑海。

"大师，用什么方法才能把这道阴寒气息去掉？"宁缺没有问这道阴寒气息是什么，因为那没有意义，它已经存在在桑桑的身体里，而且存在了这么多年，他也没有问大师能不能把这道阴寒气息去掉，而是直接问方法，因为如果要治好桑桑的病，便必须把这道阴寒气息去掉，歧山大师先前既然说能够治好桑桑的病，那便必然有方法。

歧山大师缓缓摇头，说道："这道阴寒气息不知何以起，一往而深，与桑桑相伴一十六年，早已深入骨髓血肉，再难分开，若不是书院的药法极善，她本身又师从光明大神官修行神术，前些日子你又请裁决神座用霸道神辉强行镇压，她根本撑不到现在，哪里是那般好去除的？"

宁缺说道："就算是世间最毒的东西，也有相应的解药，我不明白，既然是阴寒气息，为何不能用至阳气息中和？"

歧山大师说道："我明白你的意思，想来过去这些年里，这道阴寒气息曾经被昊天神辉压制过，但是昊天神辉进入桑桑体内，那些阴寒气息便会再次躲进深渊，藏进她的骨髓血肉深处。如果想要把那些隐藏在骨髓血肉最深处的阴寒气息去掉，便需要把她的骨髓血肉尽数去掉。"

宁缺心想这毕竟不是神话的世界，哪里能够削肉剔骨还给某人，然后再拿莲花和藕节重筑身躯，蹙眉说道："昊天神辉是世间至纯之火，就算那些阴寒气息能够藏进骨髓深处，应该也没有道理能逃得掉才是。"

歧山大师看着桑桑，叹息道："这便又要从桑桑的身体说起。"宁缺神情微凛，说道："请大师指点。"歧山大师抬起手臂，伸出手指指着桑桑，说道："她是透明的。"

桑桑怔住，想起老师当初进入老笔斋后，似乎也说过相同的话。宁缺不明白大师这句话的意思。

歧山大师说道："光明大神官为什么会选择桑桑做传人？便是因为她这种特殊的体质，她是没有一丝杂质的透明，所以昊天神辉在她的体内穿行不会遇到任何滞碍，也不会有任何损耗，所以她能够容纳无限的神辉，并且是最纯净的那种。"

宁缺略显紧张地问道："这难道不是好事？"

"是好事也是坏事……如果她体内没有阴寒气息，只有光明。"歧山大师静静看着桑桑，说道，"我佛宗常言一花一世界，你便是那朵名为大千世界的花，你是透明的，便是无限的，而能容一切光明者，便能容一切黑暗。"

宁缺隐约明白了大师的意思。修行者都讲究根骨天赋，比如初悟时看到的是湖是溪还是池，有的人比如柳白能够看到一条滔滔大河，而桑桑根本不用看，她本身便是一个世界。那个世界很大，近乎无限，于是哪怕再多的昊天神辉灌注到她的体内，依然无法完全占据这个空间的所有角落，那道阴寒气息始终能够找到属于自己的深渊，等待着重见天日的时刻。

"那我们应该怎样做？"宁缺的声音轻颤。他这时候终于明白，为什么就连老师都对桑桑的病束手无策，不禁感到有些绝望，想不出来还能有什么方法。

歧山大师看着他，平静地问道："你可愿意让桑桑随我参佛？"宁缺微惊，不明白大师为什么会忽然提到此事。桑桑也不明白，然后很是担心宁缺的反应。

42

听到歧山大师要桑桑随他参佛，宁缺的脸上除了有些惊讶，并没有太大的反应，但实际上他的心里已经掀起了很多波澜。让桑桑去修佛？那将来病好了还得在佛堂里念一辈子经吃一辈子素？我家桑桑虽说头发又黄又蔫，没资格说是什么三千青丝，但全剪了也不合适吧？宁缺很自然地生出这些想法，然后他想起二师兄曾经对世间宗教做出的评价，越发觉得歧山大师这个提议里藏着些问题。

——道佛两家，最喜欢做的就是用恐惧来压制人的理性，然后承诺美好的将来诱惑人的白痴性，从而让人对他们言听计从，不敢有丝毫质疑。歧山大师先把桑桑体内的阴寒气息说得那般恐怖，就在他快要绝望之时，忽然说道要桑桑去修佛，真的很像道观佛庙里那些劝老太太们捐钱的道士和尚。

大师这是要从书院和神殿挖人啊？宁缺神情微凛，却又觉得自己似乎想得太多了些，大师怎么看都不像是这种人，而且桑桑身体要紧，大师代表着最后的希望，不可不尊重，于是他深吸一口气，尽量平静问道："为何要桑桑修佛？"

歧山大师哪里想得到，自己只不过提议了一句，便让宁缺在这么短的时间里想了这么多事情，慈祥地说道："都说佛法讲究普度众生，其实此言大谬，即便佛祖圆寂之前，也无法做到。任何说自己想要普度众生的佛子，都是假佛子，因为这本来就是妄念，所谓修佛修的不过是自己，寻求自身肉体与精神的解脱。"

宁缺说道："我在书院后山里也读过两本佛经，修佛的道理大概知道一些，大师不用讲得这般详细，我只想知道，这和桑桑的病有什么关系。"

歧山大师说道："桑桑是大千世界，光明自然不能驱逐或消灭掉她体内的阴寒气息，而佛法不同，佛法寻求的不是镇压而是解脱，不会引起那道阴寒气息的敌意，甚至可以让那道阴寒气息于佛前明悟，自行解脱。"

听着这段看似异想天开，但细细琢磨似乎还真有几分道理的话，宁缺怔了很长时间，略带惘然地问道："那要修佛修到什么境界，才能解脱那道阴寒气息？"

歧山大师自手腕上解下一串胡桃木的念珠，搁在蒲团前的地面上，望向桑桑，平静地说道："若她能一朝成佛，自然便能得到大解脱。"

宁缺微涩地说道："大师你这是在说笑，无数年来，也就佛祖一人坐地成佛，桑桑就算真与佛有缘，又怎么可能修到那种境界？"

歧山大师微笑着说道："当她是奄奄一息的女婴时，你可曾想过有朝一日，她会成为西陵神殿的光明之女？那么你凭什么确定她成不了佛？"

宁缺说道："就算我家桑桑真是数万年来最了不起的修行者，但是大师，想要成佛必然不是短时间内能做到的事情，时间上来不及。"

歧山大师问道："你还能想到更好的方法吗？"宁缺怔了怔，说道："不能。"歧山大师说道："那么，修佛便是替她治病唯一的方法。"

唯一的方法，便是最好的方法。这是所有书院弟子都非常明白的道理，宁缺自然也明白，想着桑桑的病情随时可能反复，时间很宝贵，他没有思考更长时间，便做了决定。而在说出自己的决定之前，他当然没有忘记那件很重要的事情。

他看着歧山大师认真问道："桑桑用不用剃光头当尼姑？当然，为了治病当几年尼姑也没有问题，但如果将来她的病真的治好了，你们佛宗会不会哭着喊着不让她还俗，非要她坐在莲花座上受那些和尚参拜？"

歧山大师怔怔地看着他，很意外于他最关心的问题居然是这个，感叹道："在家出家都可以修行，自然不用让她剃发为尼。"

只要桑桑不变成曲妮大师那种面目可憎的老尼姑，为了治好病，别的任何代价宁缺都愿意承受，听着这话他顿时心安，毫不犹豫地说道："大师请。"

请何事？自然不是请坐请上坐，而是请歧山大师开始传授桑桑佛法。虽然说书院后山里也有很多佛经，但宁缺明白，既然老师让自己带着桑桑来烂柯寺，那么必然只有歧山大师才能做桑桑的老师。

桑桑和他极有默契，听着这话，便跪在蒲团上，向着歧山大师拜了下去。歧山大师开怀大笑道："老病将死之年，居然还有机会收这样一个了不起的徒儿……佛家戒嗔痴贪，但想着说不定我的名字还能因为这徒儿而记载在佛经之上，流传千世，我这颗早已不为外物所扰的禅心，竟然都有些激动。"

宁缺心情极好，说道："观海被抢了关门弟子的位置，或者更激动恼火。"歧山大师笑着说道："真不知道夫子怎么收了你这般顽皮的一个学生。"

宁缺笑道："老师经常被我气得乱吹胡子，也拿我没辙。"

笑声渐敛，洞庐复静。

歧山大师看着桑桑，说道："无数年前，大禅师优婆崛多，上承佛祖智慧，自创不净观，又得系念之法，便是今日佛宗所说禅法里的方便法门。"

大师又道："那系念之方便法门，行来殊为简单，你若起恶心，便拿一黑色石子放在身前，若生善念，便放白色石子在身前，渐渐修行，直至白色石子与黑色石子的数量相等，直至心转纯净，黑石渐尽，身前只余白石。"桑桑说道："愿得大师传授。"

歧山大师笑着摇头说道："所谓黑白便是棋枰之事，所谓法门便是弈棋之事，我瓦山多修黑白之道，你却连破三局，足见果如光明神座所言，你心本就至为纯净透明，那又何必再修？你要修的却是怎样把黑石变成白石。"

桑桑有些不解，问道："黑就是黑，白就是白，怎么变？"歧山大师取出一枚黑色的棋子，搁在先前那串胡桃木手链中。然后他看着桑桑说道："你想它白，它便能白。"

桑桑看着那枚黑棋子，忽然觉得有些眼熟。棋瓮里的黑棋有很多枚，看上去都极为相似，几乎一模一样。但她能够看出棋子之间哪怕再细微的差别。她记起，这枚黑色棋子正是下午自己在棋盘上落下的那颗。

43

桑桑这辈子最大的愿望就是变白。不是把黑棋变成白棋，而是把自己变白。看着那枚黑棋，她想着歧山大师的话，有些不好意思地笑了起来，心想如果真能做到想白就白，也不用陈锦记的脂粉，那真是太好了，而且很方便，难怪大师刚才说佛门把这个叫方便法门。

歧山大师微怔，不明白她为什么要发笑，难道自己讲的方便法门哪里有错漏，被这个小姑娘发现了？

世上唯一能够猜到桑桑此时发笑真实原因的人，只有宁缺，看着桑桑有些微羞的笑容，他也忍不住笑了起来。

幽暗微寒的洞庐内，洋溢着轻松的笑意，然后渐渐回复平静，歧山大师讲解佛法的声音，不时响起，中间偶尔穿插着桑桑的疑问声。不知道过了多久，今夜的讲解暂告一段落，歧山大师望向宁缺，说道："治病总是一个漫长的过程，洞庐里潮湿阴寒，不适宜养病，你带着她下山去寺里休息，睡前如果有时间，不妨让她想想今天的事情。"

宁缺说道："上山下山多有不便，我们不如便歇在这里。"歧山大师说道："夜时我也会下山，明日清晨便在寺里相见。"

宁缺微惊，心想世人皆知，歧山大师隐居瓦山已有数十年，即便是盂兰节会都不参加，为何今夜却说自己要离开隐居之处下山？歧山大师说道："这大概是我最后一次出庐，总得去寺里看看才能安心。"

说完这句话，大师自蒲团前的地面上拾起那枚黑子，放进桑桑的手心。听着大师的话，宁缺隐约猜到了一些事情，震惊之余感激之情越发强烈，却又不知该说些什么，郑重下拜行礼，然后起身扶着桑桑向洞外走去。

走到洞口处，他对歧山大师说道："您可一定得来啊。"歧山大师无奈地叹了口气，说道："放心吧，我一定会来。"

走出洞庐，宁缺抱着桑桑进了马车。桑桑倚在被褥上，紧紧握着小拳头，生怕把那颗黑色棋子弄丢了。她看着宁缺神情黯淡说道："大师……是不是不好了？"宁缺沉默片刻后点了点头，又说道："不要想太多，这和你没有关系，佛门高僧对命数自有掌握，更何况是大师这种能预知将来的人。"

夜风渐起，掀起青帘一角。宁缺看着山道旁那座孤零零的佛辇，微微皱眉，他不知道那位悬空寺戒律首座，为什么一直等在洞庐外，而且为什么佛辇旁没有任何人？

月轮国白塔寺的苦行僧，都被曲妮大师带到了山下，烂柯寺僧也早已离开，观海僧送黑色马车下山，洞庐周遭一个人都没有。夜风吹拂秋林，发出簌簌的轻响，却没有惊动鸟儿，隐隐约约间，似乎有清脆而细微的铃声响起，然而那铃声仿佛不是真实，瞬间湮灭无闻。

洞庐外的佛辇依旧安静，忽然一只手从黄色的帷布里伸了出来，掀起一道缝隙，一个穿着深褐色僧衣的僧人，从佛辇上走了下来。这名僧人双眉直若横尺，眼若宝石，眉眼间隐见风霜之色，额上亦已有了皱纹，然而却看不出来年龄，说六七十可，说三四十亦可。这位僧人自然便是悬空寺戒律院首座。

僧人走下佛辇，缓步走入洞庐，借着幽暗的灯光，看着地下那串胡桃木手链，单手合十，问道："师叔你究竟看到了什么？"

"宝树，你为何有此一问？"歧山大师平静应道。悬空寺戒律院首座宝树大师，静静看着歧山，说道："出家人不打诳语，师叔今日摆出瓦山三局棋，尤其是请出了佛祖留下的棋盘，自然不是为了难为那个可怜的病女，而是想要看究竟是不是那个人。"

歧山大师微微一笑，说道："天谕神座看不到，当年光明大神官以为自己看到，却发现看错了，那我又怎么看得到？"

"当年卫光明真的看错了吗？"宝树大师神情漠然地说道，"如果他没有看错怎么办？如果冥王之子真的降生在将军府怎么办？如果宁缺真是冥王之子怎么办？"

歧山大师摇头说道："如果宁缺是冥王之子，夫子怎么可能收他为弟子？"宝树大师摇头说道："夫子非常人，能行非常事，就算他收冥王之子为弟子，也不是什么很难想象的事情。"

歧山大师看着他说道："如果事情真如你所想象，那么无论是悬空寺，还是知守观做任何事情都没有意义。"

宝树明白这句话的意思，如果夫子知道宁缺是冥王之子，还收入门内，那么就算整个世界想要杀死宁缺，夫子也会站在宁缺那一边。

但夫子并不见得知道，因为佛祖说过，这个世界上没有无所不知的人。

宝树说道："我想知道，您究竟在佛祖的棋盘上看到他做了些什么。"歧山大师沉默片刻后说道："我看到一辆黑色马车，拦在阡陌大道之间。"

宝树再问："光明之女呢？""她在山上等待。"歧山大师说道，不知为何，他并没有把桑桑在棋盘世界里经历的一切告诉对方。

宝树向前在蒲团上坐下，沉默不语很长时间。崖洞壁上的油灯，被微微夜风拂得有些心绪不宁。

宝树忽然说道："今日晨间在山下，宁缺弯弓欲射之时，我心生极大警兆，净铃振而不鸣，此子身体里似乎有些古怪。"

歧山大师平静地说道："他身上有莲生师弟的气息。"

听到莲生的名字，宝树禅心骤乱，双眉微挑，如蓄势欲击的铁尺，寒声说道："他是书院弟子，怎么会有莲生师叔的气息？"

他虽然来自不可知之地，贵为悬空寺戒律院首座，面对着莲生的名字，依然难免震撼，要知道莲生此人学贯佛道魔三宗，一生传奇，当年在悬空寺讲经堂里都拥有极高的声誉和地位，岂可轻慢？

歧山大师摇头说道："或者与轲先生有关？"宝树渐渐平静下来，神情坚毅地说道："我越发相信宁缺就是冥王之子。"

歧山大师摇头说道："他不是，虽然没有办法证明。"宝树说道："冥王之子快要苏醒，那么我便是唯一能够证明的人。"

歧山大师看着他的目光骤然间变得极为锋利，虽然他久病多年，真实的修为境界非常低下，这两道目光依然有雷霆之威。

"悬空寺为何从不像书院这般两世相通？因为悬空寺本来就是我佛宗用来在末法年代里保存佛性的地方，要求的便是与世隔绝，不可知之地，便应不可知！"

歧山大师看着宝树，沉声说道："你是悬空寺戒律院首座，并不是天下行走，非奉佛谕不得入世，你为何要来瓦山？还不速速离去！"

如果是世间别的僧人，哪怕是月轮国的大师或唐国的黄杨僧人，面对悬空寺戒律院首座这样的大人物，也必然执礼甚恭，更不用说如此训斥。

然而歧山大师的身份来历不同，正如传闻里说的那般，他本是悬空寺前代讲经首座的私生子，自幼在寺中出家，真论起辈分来极高，而且他知道悬空寺是一个怎样的地方，所以他不需要在意悬空寺的态度。

宝树果然并未动怒，平静地说道："来自然有来的道理。"

"来的应该是七念，而不是你，你若不是佛缘深厚，与净铃生出感应，成为转世的掌铃者，凭你知命中境的修为，又如何当得了戒律院首座？既然如此，你更应该谨慎，不得妄动净铃，更不应该被曲妮大师说动，从荒原来到人世间。"歧山大师看着他神情严肃说道，"你是修佛之人，当明白因果，不能被仇恨蒙蔽双眼，道石死在宁缺手中，那自是他的因果。"

宝树微微蹙眉，然后渐渐回复平静。他说道："我本是道石的因，道石原本就是我的果，那么道石的因果既然遇宁缺而终，那么这便是我与他的因果。

"我自幼生于净土，长于净土，执净铃而行，能慑世间一切邪祟，宁缺若是冥王之子，那便会听着铃声醒来，这也是我与他的因果。此行来到瓦山，我便是要明白这些因果，然后了结这些因果。"

歧山大师缓缓摇头，说道："既然你执念如此，那么我只好通知讲经首座，除了你在寺中的职司，然后罚你面壁十年。"宝树平静地说道："好教师叔知晓，我确实是奉谕而来。"

歧山大师闻言微惊，蹙眉良久后疲惫地说道："即便如此，佛宗行走依然是七念，尘世之事以他心意为准。"

"我会说服师弟的。"宝树站起身来，双掌合十行了一礼，然后离开洞庐。

崖洞幽静无声，年逾百岁的歧山大师，今天感受到了在自己漫长的一生里最强烈的一次不安，甚至要超过数十年前，魔宗血洗烂柯寺前坪那一次。

庐门微响，观海僧回来了。"师傅，十三先生和光明之女，已经在前寺安歇。"歧山大师看着自己的徒儿，忽然问道："盂兰节会马上便要开了，依然会商讨冥界入侵之事，你对此事如何看法？"

观海僧看着师傅憔悴的容颜，一心想着让他早些去休息，说道："谁也不知道冥界在哪里，只不过是传说罢了。"

歧山大师笑了笑，说道："笨蛋，传说变成现实，那就不再是传说。"观海僧憨厚地笑了笑，说道："那等变成现实再说。"

歧山大师又问道："你对悬空寺有什么认识？"观海僧微微一怔，发现师傅今天似乎有些异样，说道："您以前从来不准我问悬空寺，还有别的不可知之地的事情。"

"你在烂柯寺做二十年住持，或者说隐居些年头，总有一天也是要去悬空寺的，所以现在提前知道一些也无妨。"歧山大师说道，"悬空寺的由来，其实与冥界入侵的传说息息相关。

"冥界入侵，是为永夜，佛法里称之为末法时代，到那时，世间一切都会被毁灭，佛祖当年便看到了无数年后的惨怖画面，他冥思苦想数百载，思考怎样解决这个问题，然而却依然没有想到方法。

"佛祖感知到自己圆寂之期，便于极西荒原深处，觅得一净土，发大愿力修筑一寺庙，并予以永世之屏障。佛祖集佛学禅经于其中，命后辈佛门弟子极优秀者，均可入寺听经修行，这便是悬空寺。

"之所以如此，是因为佛祖经过无数年思考，依然没有想到阻止末法时代到来的方法，因为这本来便是世界的因果，有生必然有死，甚至直至万世痛苦轮回，所以他希望后世佛门弟子，可以借助悬空寺的庇护，在末法时代的毁灭洪流里幸存下来，能够帮助寺中的僧人，熬过漫长近乎永恒的长夜，凭借着坚毅的精神与隐忍沉默，等到崭新的娑婆世界的降临。"

歧山大师沉默了很长时间后，轻声叹息说道："然而如今的佛宗，似乎已经忘记了佛祖的教诲，不再那么想了，去年七念入长安城，此次宝树入世来到瓦山，都在证明他们想找到冥王之子，然后杀死他。"

"师父，我觉得……悬空寺的大德们这样做也不错啊。"观海僧虽然修行佛法多年，但毕竟年轻，想着传说中冥界入侵的恐怖画面，低声说道，"众生多苦，当慈航普度，岂能独善己身？"

歧山大师笑了起来，说道："你这孩子……想事情果然简单。"

观海有些不好意思地笑了笑，忽然他想到了一些事情，震惊地说道："宝树大师为冥王之子而来……冥王之子难道就在瓦山？"

歧山大师微笑着拍了拍他的肩膀，没有说什么，心想让冥王之子离开这个世界的方法有多种，并不见得只有杀死他这一种方法。

既然夫子在信中说此法可行，那么必然可行，不管是为了普度众生，还是为了自己与悬空寺的因果，总要试上一试。

44

天还没亮的时候，宁缺便醒了过来。他睁开眼睛，看着禅房梁上几只正在织网的蜘蛛，沉默了很长时间。桑桑的病有可能治好，自然是件值得欢喜的事情，然而他总觉得这件事情没有那么简单，无论是瓦山三局棋，还是最后他和桑桑在那张棋盘里所见的幻境。

修行者们前来参加盂兰节大会，昨夜之后没有离开，曲妮大师等人，还有那位悬空寺戒律院首座，都在烂柯寺里休歇。宁缺决定在桑桑把病治好之前，要与这些人尤其是那位悬空寺高僧保持距离——从小在岷山里的危险狩猎生涯，让他养成了一种本能的习惯——如果你没有办法确定危险在山林里何处，那么不走进那片山林是最好的选择。

禅房外隐有脚步声传来，宁缺看了眼熟睡中的桑桑，悄悄起床穿衣，脚步极轻走出禅房。

此时晨光渐作，古寺在秋雾中分外美丽。禅房外的石栏畔，穿了件厚棉衣的歧山大师，似乎还是有些畏寒，哆嗦着看着那些殿宇塔林，说道："数十年未见，原来也无甚变化。"这位佛宗高僧在瓦山隐居半生，尤其是在当年莲生那场血腥阴谋之后，更是数十年未下山一步，此刻看到熟悉又陌生的寺庙，难免有所感慨。

宁缺走到大师身边，望向秋雾里若隐若现的前殿，说道："桑桑昨天在那棋盘里至少也过了数十年，她虽然不说，但我知道那很痛苦。"

歧山大师说道："她不是普通人，所以不会如你想象的那般痛苦。"宁缺问道："那张棋盘真是佛祖留下来的？我和桑桑昨天在棋盘上看到的世界，经历的事情，又意味着什么？"

歧山大师说道："棋盘确实是佛祖的遗物，至于棋盘里的世界，你可以理解为佛祖无上法力所营造的幻境，也可以理解为某种可能的未来。"

听见未来二字，宁缺沉默了很长时间，问道："难道那就是桑桑和我的未来？"歧山大师看着雾中的远方，说道："能够看到的未来，也就不再是未来。"宁缺说道："难道未来还可能改变？"歧山大师看着宁缺的眼睛，慈祥说道："既然是可能的未来，那便相对应的有不可能，既然从未确定，又凭什么不能改变？"宁缺若有所悟，又道："世间传说大师您拥有预知未来的能力，所以能够点化世人逢凶化吉，解惑答疑，这种能力，便是来自那张棋盘？"

歧山大师笑了起来，说道："佛祖或者能够看到身后多少年之事，但似我这等世间凡人哪有这种能力？而且即便如佛祖般拥有这种能力，但当你看到未来时，你的目光便会落在未来，未来便要受到你的目光影响，那么你没有看到的未来，又怎么可能和你看到之后的未来完全一样呢？"

宁缺说道："听着有些复杂。"歧山大师也没有做更多的解释，继续说道："所以如果有人想妄测天机，看一眼未来，比如像你们大唐国师李青山，比如曾经无知无畏的我，比如天谕神座，依然只能畏怯地、远远地、偷偷地把未来那个混沌的大世界看上一眼。

"因为只有那样，我们这些凡人的虚渺目光才不会对混沌的大世界造成太大影响，而是会被未来的混沌世界吞噬掉。"歧山大师感慨地说道，"可如果我们这些人试图把未来的世界看得更加仔细，更加清晰分明一些，且不说看到的未来可能会变得更加谬误，我们自身受到的天谴便会更重。听闻天谕神座去年春天去长安城，在老笔斋里去看了桑桑一眼，看到了三年之后，她会回到西陵神殿，为此他险些瞎了双眼。"

宁缺神情微凛，直到今天，他才知道，原来当日天谕大神官在老笔斋里，居然尝试着看到桑桑的将来，而且居然还付出了如此惨重的代价。"难怪天谕神座会答应我的三年之约。"他忽然想到一件事情，皱眉问道，"虽说看到的未来不见得就是真实的未来，但天谕神座耗费了如此多的心血，才确认桑桑三年之后会出现在西陵神殿里，那么总不可能他连这个也看错。"

歧山大师叹息说道："因为某些原因，我对他看到的未来有些疑问，但正如你所说，我又不得不信他所看到的，所以我很惆然。"能够让天谕神座和歧山大师都看不透的未来，那会是怎样的未来？桑桑的未来究竟会在哪里，会怎样？

宁缺轻拍身前的栏杆，看着殿前的重重秋雾，说道："还是有些不明白啊。"不过明不明白，对于宁缺来说，都已经变得无所谓，既然天谕神座确定三年后，桑桑会出现在西陵，那么说明她的病应该能治好。只要桑桑还活着，那么怎样的未来都可以接受。

秋寺晨钟起，用过简单的早饭后，烂柯寺里的僧人开始早课，因为生病而有些恹困的桑桑，也被宁缺从被窝里抱了出来，开始上课。

桑桑的课堂，是烂柯寺深处的那座后殿。如此恢宏壮观的一座金殿，被用来做一个人的课堂，实在是有些过分。除了宁缺和桑桑身份特殊，烂柯寺方面给予如此待遇，更是因为给桑桑上佛法课的老师歧山大师。歧山大师随意说句话，别说一座后殿，就算是要把整座烂柯寺清空，烂柯寺里的僧众，也不敢有任何意见。烂柯寺后殿里的僧人，早已得了严令，禁止踏足殿内一步，除了殿外候着几名辈分极高的僧人充作杂役，大殿内外空无一人，极为安静。

大殿里，不时响起歧山大师平静而充满智慧的讲述声。没有桑桑的声音，她只是在认真地听，并且学习。

殿外廊下，宁缺看着渐散的秋雾，听着身后传来的佛法精义，心情平静。歧山大师没有说他不能跟着一起听，但他毕竟是书院弟子，昨夜在洞庐内，还可以说是事急从权，今日既然是正式开始授课，再去听佛宗的不外传法门，不免便有些太不自觉，而且因为二师兄的原因，他对佛法真没有什么兴趣。

时间缓缓流逝，大殿里的佛法课，暂时告一段落，桑桑坐在蒲团上，闭着眼睛尝试入定，同时回思早间的课堂内容。歧山大师从大殿里走了出来。

此时已近正午，只是秋云遮空，天地一片清黯，偶尔还会落下几丝寒雨，殿外的温度有些低，大师被寒意一激，咳了几声。

宁缺送上一杯热茶，让大师稍暖胸腹。歧山大师喝了口热茶，把茶杯搁到身前的台阶上，看着宁缺微笑说道："你对我的态度比对别人好，今日的态度比昨夜好。"

宁缺笑了起来，说道："我这人很现实，甚至有些势利，大师不要见怪。"大师笑着摇头说道："坦诚有时候，并不见得会让人改变对你的观感，不过我相信，在成为夫子弟子之前，你虽然同样现实，但肯定比现在更小意。"

宁缺说道："直到进了荒原，发现书院二层楼学生的腰牌，竟然能够吓住那么多人，我才发现，原来自己已经可以活得不那么小意。"歧山大师点头说道："有夫子这座大山在身后，这个世界上确实没有谁有资格，还要让你像以往那般活着。"

宁缺说道："我有时候也在想，自己是不是太过小人得志便猖狂了些。"大师说道："猖狂的另一种说法便是快意恩仇，评价永远与手段无关，你昨日在山下虽然强硬，但要比起轲先生当年……老实得就像一只兔子。"

宁缺说道："我不想成为第二个小师叔，所以我还是觉得欺软怕硬这种事情，还是要比以一人战天下更有意思一些。"歧山大师看着他，微怜地说道："我知道你幼年过得极苦，甚至遭遇的是世间至苦之事，所以养成了如今的性情，不过既然进了书院，上有夫子教诲，又有同门相伴，你总应该有所改变才是。"

宁缺沉默片刻后说道："书院已经改变了我很多，我喜欢这种改变，所以我感激书院，但这必然是个很漫长的过程。"歧山大师慈祥地说道："我可能看不到你最终会变成什么样的人，但我很期待。"

宁缺心头微动，问道："那大师你最不想看到我变成什么样的人？"歧山大师没有直接回答他的问题，悲痛而伤感的目光穿过淅淅沥沥的秋雨，落在远处烂柯寺前的广场上。

"数十年前，莲生师弟血洗烂柯，便是在那里，他第一次吃人。"

45

"那日一道血腥之气直冲天穹，我在瓦山上恐惧异常，烂柯寺十七殿里的钟生出警兆，同时敲响，钟声回荡三天三夜。"歧山大师转身，看着宁缺说道，"而就在前些天，烂柯寺里十七座佛钟再次自主鸣响，钟声传到瓦山，我才明白原来那道血腥之气又出现了。"

听着这话，宁缺脸上的神情没有丝毫变化，黑色院服里的身体却不由自主地缓缓绷紧，心头微乱，然后警意大作。烂柯寺里的佛钟，当年曾经因为莲生的饕餮大法而鸣，那么前些天钟声再起时，自然是感应到他在红莲寺秋雨里对隆庆做了些什么。

歧山大师明显已经猜到了事情的真相，但他没有揭穿这个真相，慈祥说道："我如今年老体衰将死，所谓正魔之分虽不敢说看透，但至少也看得淡了，然而这个世上还有很多人无法看淡，比如悬空寺和道门。

"在昊天道门眼里佛宗都是外道，更何况是魔宗？宁缺，你要明白人是不能胜天的。轲先生再强，最终也未能强过这片天空，夫子再高，也不可能比这片天空还高。所以有些事物能不接触便不要接触，如果已经接触，也把它忘了吧。"

宁缺知道大师是善意，劝说自己不要在入魔的道路上越走越深，无论面对何种情况，都不要使用邪恶血腥的饕餮大法。

因为自幼的心理阴影，他相信自己能够控制住不使用饕餮大法，然而却不可能停止修炼小师叔的浩然气，那么他最终还是会走上小师叔的老路吗？

歧山大师说道："和我说说莲生吧。"宁缺低头沉默，就算大师已经猜到了事情的真相，他依然不准备承认那些事情，因为他不想承担任何风险。

歧山大师叹息说道："数十年前，是我带着莲生师弟进的佛门，我又怎能感觉不到，他的衣钵传给了你，我只是想知道他后来的情况。"

或许是大师声音里的怅然遗憾情绪打动了宁缺，或者是他对师兄弟这种关系非常尊重，他犹豫片刻后，开始讲述荒原深处那个离奇的故事。"那间偏殿里全部是白骨与干尸，莲生大师就坐在骨尸堆的中间……"

秋雨中的烂柯寺一片幽静，不知哪座殿内燃着的香，倔强地穿透重重雨丝，飘到了后殿廊前，把压抑寒冷的气氛变成了庄肃。听完宁缺的讲述，歧山大师沉默了很长时间。他闻着这淡淡的香味，抬起瘦削的手臂，手指微颤在空中滑过，似乎想要抓住些什么，然而禅香有味而无形，就像是回忆，根本无法抓住。

"便是那等绝境里，依然妙算无碍，想要借着你们脱困，果然是莲生师弟的性情，虽然最终身死，其实也算是脱了身体的樊笼，他应该喜悦才是。"大师苍老的脸上浮现出情绪复杂的笑容。

宁缺想着当年在魔宗山门里的那些遭遇，想着自己识海深处那些莲生的意识碎片，心情也很复杂。他望向佛殿深处蒲团上的桑桑，说道："莲生死前，曾经说过，道魔相通便能入神，现在桑桑已然道佛兼修，而且她的身体似乎天生具有某种神性，如此修行下去，有没有可能会重蹈莲生的覆辙，变成一个疯子？"

歧山大师看着殿内平静说道："想让黑棋变白，便能变白，思想便是我佛门所说的念，本身便有力量，她不想变成莲生，就不会成为莲生。"然后大师转身看着他问道，"倒是你……会怎么想？"宁缺想了想后说道："我也不知道，但肯定比较简单。"

"越简单越纯粹便越强大，有时候也就越可怕。"歧山大师看着他，神情温和地说道，"先前你为何不入殿与桑桑一道听我讲经？如果你嫌我讲得不好，烂柯寺中藏着很多佛经，你可以自行去读。佛法能够破除心魔，去除诸障，对于现在的你来说，是有好处的。"

"莲生大师曾经说过，佛经浩繁如沧海，但如果你仔细往纸面底下看去，你才会发现所有的佛法其实说的不过是一个字：忍。而二师兄也曾经说过，佛法三千，不过是教人学会一个自我欺骗的法门。"宁缺说道，"忍与自我欺骗，互为表里，说的都是同一回事，我极擅长忍，不需要学，至于……自我欺骗的法门，我担心如果骗自己骗得久了，竟忘了初衷，以为那些都是真实的，无法醒过来。"

"二先生持礼，自然见不得佛门无父无君的做派。"歧山大师问道，"可如果人生本就是一场大梦，何必醒来？"宁缺说道："便是做梦也要做得真切，这才快活，所以就算人生真是一场大梦，我们也要假装这不是一场梦。"歧山大师又问道："那你又怎知佛经里的世界就是虚假的梦，并非真实？"

先前说出那句话后，宁缺想起以前在书院后山里与陈皮皮吹嘘自己这个不读书之人也偶尔会有惊世之言，正有些得意。然而大师紧接着再次发问，他发现自己不知该如何回答，才确认不读书之人的惊世之言，确实只是偶尔之事，自己根本没资格参什么禅机。

他无奈说道："大师为何非要我也学佛参禅？桑桑有病，不学佛便不能好，这便是她与佛门的缘分，我可不认为自己有什么佛缘。"歧山大师笑了起来，说道："佛门所讲的缘分，哪里能这般简单认知？看来你果然没有读过什么佛经，这课我可得替夫子帮你补上。"

宁缺越发觉得有些不对劲。"大师似乎很看重我，但我真不觉得自己有什么特殊的地方。"他转身望向殿内的桑桑，说道，"和她比起来，我有时候真觉得自己蠢得就像头猪，我再如何修佛，也不可能让佛宗多出一位大师。"

"她是最特殊的一个，而你，也是特殊的一个。"歧山大师顺着他的目光，望向已然入定的桑桑，赞叹道，"光明之女身心皆净，一念动便通神术，再一念动便明佛理，而三年知命……"

没等大师把话说完，宁缺便连连摇头。"我知道有人比我更快，所以不觉得自己特殊。"

歧山大师说道："但那种人极为罕见。"宁缺说道："再少还是有，所以我不特殊。"

歧山大师看着他的眼睛，不解地说道："似乎你很担心成为特殊的那一个。"宁缺说道："秀于林什么，真的很讨厌，我可不愿意当肥猪。"歧山大师笑了起来，说道："这只是你身在书院的缘故。"

宁缺笑着说道："不错，比如我家大师兄朝悟洞玄，夕入知命，这样的人才有资格说特殊，我就算把黑马的屁股拍烂都追不上。"

"大先生这等朝闻道而夕入道的绝世之人，自然无法拿来对比。"歧山大师说道，"但你与世间普通修行者有很大的区别，除了颜瑟大师看出了你在符道上的天赋，你其余的修行天赋只是普通……"宁缺补充道："何止普通，简直糟糕至极。"

歧山大师说道："然而凭借糟糕至极的天赋，修行三年便入知命，这证明你的能力已经超越了普通天赋的范畴……我不知道你是怎么修行的，但听说过你修行道里三次最关键时刻的表现。你入符道时凭借的是一场夏雨，你入洞玄时靠的是书痴煎的一条鱼，而前些天你更是在战斗中知命，全无先兆。"

大师继续说道："修道者讲究循序渐进，学习对天地元气规律的掌握，而我佛宗弟子则是依靠常年苦修积累之后的一朝洞彻，这便是所谓悟。"

宁缺想起了当年在万雁塔寺上黄杨大师的教诲。

歧山大师看着他的眼睛，认真地说道："你破境之时的表现，和那些契机无关，更像是我佛宗所说的顿悟，所以你的悟性极佳，不学佛实在可惜了。"

宁缺这时候不得不觉得二师兄的话果然有道理，无论道佛，想要吸收新血时的模样，真的很像老鼠会里那些唾沫横飞的家伙……

"我真的怕读佛经会睡着。"他求饶说道。

歧山大师从袖中取出一本极薄的经书递了过去，说道："我专门挑了一本有趣的佛经，而且很短，你应该不会睡着。"说完这句话，大师向殿内走去，看看桑桑今日究竟悟了多少。

宁缺翻开手中的经书，只见都是一些极简单的佛经故事插画，不由得有些羞怒，对着大师背影喊道："这是给小孩子看的，能不能换一本？"

午时用饭然后歇息了一段时间，桑桑继续自己的学佛课程。宁缺站在殿前廊下，拿着朵雪莲花逗大黑马，逗到自己都觉得无聊，终于想起了那本经书。

经书里的插画线条简洁而流畅，故事也都极为有趣，把教化意味藏得极深而巧妙，他越看越有兴趣，干脆让寺中僧人找来了一张竹椅。他躺在椅上，随意翻着书，偶尔端起热茶喝两口，不想看书时，便抬头看看佛殿前的细细秋雨，舒缓一下眼睛，觉得好生惬意。

歧山大师从殿内走了出来，宁缺从椅上站起身来，递上热茶，不解问道："大师为何出来？"

歧山大师也不与他客气，接过热茶，舒服地躺到竹椅上，说道："桑桑姑娘又入定了，我在里面也没甚事做，所以出来与你说话。"

宁缺吃惊说道："这么快就又入定？这丫头别是在睡觉吧？"

入定是佛宗专用词语，指的是开悟之前的思绪沉淀，浑然忘我情态。如果用道门修行来比喻，大概便是寻觅到契机之前的空明境界。桑桑午前入定，午后又入定，这等于说是歧山大师授她佛家法门，她根本不需要花费力气便能够明悟其间道理，这任谁也不可能相信。哪怕宁缺知道她当初跟着卫光明学西陵神术时，一眨眼便能让指尖生出昊天神辉，也依然不敢相信，所以他怀疑那丫头是不是睡着了。

歧山大师说道："睡着与入定的区别我还是能看出来的。"宁缺看他神情平静，好奇地问道："大师，你似乎不怎么吃惊。"

歧山大师喝了一口茶，微笑着说道："她身上发生再奇怪的事情，我都不会吃惊。"宁缺说道："我现在相信你昨夜说的话了。"

"哪句话？""你说桑桑可以成佛。"

"人人可以成佛。""大师，我真的不擅长说这些，虽然禅意听上去确实很有韵味。"

"那我说得再明确一些。"歧山大师躺在椅中,紧了紧身上的棉衣,说道,"佛祖本来就是人,那人为什么不能成佛?"

宁缺说道:"我以前以为佛祖像昊天一样,只是某种象征,直到老师说过一次,然后昨天看到那张棋盘,我才知道原来佛祖真的存在。"

歧山大师抬头望天,说道:"佛祖也曾生活在天空之下。"

宁缺看着不停落下雨丝的灰暗天穹,问道:"既然是昊天的世界,为什么会有佛祖,佛祖最后又去了哪里?"歧山大师说道:"既然有开始便有结束,有生便有死,佛祖既然是人,最后自然圆寂,这是有史可查之事。"

宁缺想着自己的离奇遭遇,默想有生并不见得一定有死。一念及此,再看秋雨缠绵竟有了春雨的感觉,他不禁有些倦意,心想便是闲聊,也应该聊些有意义的事情,倚着栏杆问道:

"如果说佛祖也是位修行者……那他最后到了什么境界?"

"身为佛门弟子,哪里能妄揣佛祖之能?"

"佛祖慈悲,说说也算不上什么罪过。"宁缺看着大师,试探着问道,"佛祖肯定超越了五境吧?"

大师微笑说道:"我佛门并没有五境的说法。"

"我是指大概层次。"

"自然。"

宁缺懂了,他忽然想到一个传闻,看着歧山大师认真问道:"据说当年大师没有患病之前,被修行界公认为最有希望破五境之人?"

46

歧山大师微笑着说道:"有希望与真实是两回事,而且即便破了,也不值得骄傲,正如你先前说,很难认为自己是特殊的那一个。"

宁缺笑着说道:"您这话便有些嚣张了。"大师微怔道:"何来嚣张?"

宁缺说道:"五境乃天人之隔,能破五境,那便成了传说中的圣人，修行界已经多年没有圣人，结果您却说这算不得什么，难道不是嚣张？"

歧山大师摇头说道："破五境虽然困难，但修行界里有机会的人其实不少，而且即便破了五境，又哪里便能称为圣人？"

宁缺不解，说道："为何我没有听说过谁有可能破五境？"歧山大师看着他问道："书院二先生如今是什么境界？"

宁缺想了想，说道："二师兄现在应该是知命巅峰境界，不过……您也知道他那脾气，谁知道他如果真生气了，会不会怒发冲冠就要破碎虚空。"

说完这句话，他自己忍不住先笑了起来。歧山大师没有笑，因为没有听懂。宁缺有些尴尬地自己收了笑声。

歧山大师说道："既然二先生已然是知命巅峰境界，那么……"说完这句话，大师伸出一根手指，指向佛殿上方。

宁缺顿时醒悟，二师兄已经是知命巅峰，大师兄自然已经接近破五境，甚至可能已经破境，至于老师……这是正常人类范围里的讨论，和他老人家没有关系。

"好吧，我承认确实有人可能破五境。"

"当年柳白曾经和颜瑟大师战过一场，东海之畔风起云涌，世人都说他最有可能破五境，在我看来，其实他早就已经可以破境而出，只不过没有迈出那一步。"

歧山大师说道："莲生师弟当年惊才绝艳，道佛兼修，又有魔道为基，只要他愿意，破五境也不是什么难事，只不过他不愿意。"

这一段，宁缺在魔宗山门里听莲生自己说过，当时他只信了六分，因为总觉得这话有些大人物临死前的自吹自擂意味。

"为什么？"宁缺极为不解问道，"为什么这些人都没有选择跨出最后那步？"

"破五境，代表修行者脱离了俗世，不仅能够最彻底地掌握天地气息的规律，了解世界的规则，甚至可以创造出新的规则，然而这毕竟是昊天的世界，大世界的规则不可挑战，那么战斗依然要依靠大世界的规则。"

歧山大师说道："所以对那些寥寥可数的真正强者来说，停留在知命巅峰和破五境而出，最大的区别在于对世界本原的认识，对实力的提升并不大。"

宁缺无法理解，说道："能有提升总是好事，谁能抵挡住这种诱惑？"

歧山大师叹息一声，又看了一眼灰蒙蒙的天空，说道："你说得很对，这种诱惑确实太大，但也正因为诱惑太大，所以那些人才不敢迈出那一步。"

"你可知道五境之上有哪些境界？"

"天启，无距……我只听说过这两种。"

宁缺回答道。这还是当年从渭城去长安城的旅途上，他听吕清臣老人说的。当时他还不能修行，如今已经是知命境的大修行者，但对于五境之上那些传说中的领域的了解，依然停留在这个程度。

"典籍之中，超越人间的领域有很多种，你说的天启，便是西陵教典里记载最多的那种，无距亦是大神通，除此之外，曾经出现在典籍之上的还有佛家的无量与寂灭、魔宗的天魔境、道门的清静……这些境界均在五境之上，各有妙象，彼此之间却没有什么强弱优劣之分。"

歧山大师说到此处，停顿了很长时间。"而传说里，在诸境之上更有妙境，便是最古老的典籍上也没有记载，只在一寺一观一门二层楼里口口相传，那便是……"

"魔宗之不朽。"

"佛门之涅槃。"

"道门之羽化。"

"书院之超凡。"

秋雨淅沥，殿前渐寒。歧山大师把身上的棉衣裹得更紧了些。"魔宗开创不过千年，未曾听闻有人修至不朽，佛祖圆寂之时天有异象，应是涅槃，道门羽化相对较多，那便是民间传说里的那些神仙。"

宁缺隐约明白了一些什么。

歧山大师感慨地说道："数万年里，或者能有一人走到漫漫修道路的尽头，能有一人抵达彼岸，能有一人永世不朽，到那时，他们便会回归到昊天的怀抱。"

宁缺看着被雨水打湿的石阶，怔怔问道："死亡还是永生？"

"没有人知道。"歧山大师微显惘然，说道，"佛祖不可能再来告诉我们，羽化成仙的道门前辈，也不可能告诉我们，所以这是最大的诱惑，也是最大的恐惧。"

宁缺抬起头来，看着大师问道："所以无论柳白还是莲生，都不敢迈出那一步？"歧山大师说道："应该便是如此。"

"破五境距离那些至上境界还有极远一段距离，然而正所谓食髓方能知味，修行者体悟到自己创造规则的感觉后，便再难以控制继续向上追索的渴望，所以除非确信自己的天赋只够刚好跨过那道门槛，否则没有人敢跨那一步。"大师缓缓摇头说道："然而能够破五境之人，必然都是柳白或莲生师弟这样了不起的人物，他们对自己的天赋何其自信。"

宁缺忽然说道："夫子……"歧山大师说道："不要问我，数十年前，夫子他老人家亲口说过，他不是圣人，如果你要我猜，我猜他老人家修的是清静境。"

宁缺笑了笑，说道："他这么好热闹，哪里清静了？"歧山大师说道："清静在心，那便足矣。"

宁缺伸手到殿外接了些雨水，用手指细细搓着，过了很长时间后，问道："难道没有人能够不升天吗？"歧山大师说道："谁能逃得过天理循环？"

宁缺缓缓收回手，在院服上擦了擦，说道："老师没有告诉过我这些。"歧山大师说道："因为夫子确信你将来肯定会走到知命巅峰，看到那道天人之隔，到时候你自然便会知晓，在人间之上的诱惑和恐惧。"

人间之上便是苍穹，宁缺抬头看着秋雨里的天穹，发现那里确实很苍凉，他觉得有些冷，天道，果然无情。

47

秋雨凄迷佛殿寒，宁缺站在殿外廊下，看着高远的天空，说道："在魔宗山门里，莲生大师曾经说过，魔宗修的是自身，自为一世界，所以才会为天道所不容。而您先前说，修行者破五境后，便有机会创造属于自己的新规则，其实也便是拥有自己的世界，和魔宗的理念并没有本质上的差别，自然也不容于天道。"

歧山大师从椅上站起身来，走到他身旁，望向天空，平静地说道："道门典籍里说修行乃是昊天赐予人类的礼物，然而若往尽头看去，无论是道门长生的痴念，还是佛宗想要抵达彼岸的念想，或是魔宗不朽的狂思，其实都是想要一步步突破昊天对人类的限制。"

宁缺想着小师叔遇天诛而死，又想着人类修行史上不知道有多少了不起的人物，最终都悄无声息地融化在天道里，心寒愈盛，微涩道："昊天不去管冥界入侵，却总盯着人间，真是令人不解且烦恼。"

歧山大师笑道："便是此言此思，已是对昊天的极大亵渎，若你不是书院弟子，若不是在佛寺里发论，西陵神殿可不会饶过你。"

宁缺忽然想起一件事情，回首望向大师，问道："听说佛祖看过天书明字卷？"

歧山大师点头说道："佛祖诸多思想，虽是自创，但却源自对那卷天书的阅读，听闻佛祖曾经还手书一卷佛经以为阐释，可惜已经失传。"

宁缺从夫子处得知这段秘闻，他自己看不懂明字卷，所以很想知道佛祖从那卷天书里看出了些什么，此时不免有些遗憾。

"但佛祖肯定提到过冥界入侵这件事情。"

"佛法里把冥界入侵称为末法年代，在某些古经上又称作大寂灭，殊为惨怖之将来，世间之所以有悬空寺，有烂柯寺，都与此有关。"

"您是说盂兰节会祭冥界的仪式？还是传说中的万丈佛光？"

"其实烂柯寺最重要的使命，便是寻找冥王之子。"

宁缺说道："大师，你知道我现在对冥王之子这四个字很敏感，再说了……佛宗讲究忍耐度世，就算找着了，难道还真用佛光把他给镇了？"

大师笑着说道："就算忍耐，也还是想知道忍的是什么东西吧？佛祖并未经过前次的末法时代，我想他涅槃的时候，也肯定在好奇冥王会怎么做。"

"有件事情，我一直想不明白。"宁缺说道，"就算传说变成现实，黑夜来临，冥界入侵人间，但冥王为什么要提前把他的儿子扔到我们这个世界里来，如果说是先锋，太过可笑，如果说是锻炼，准备让他将来继位，那就更加可笑。"

"传闻冥王生于时间之始，终于时间之终，与昊天光影相照，有无上威能，不动亦不灭，故号不动冥王。又传闻冥王居住在空间之外，握有无限世界，广阔无垠，是以又号广冥真君，然而他最想做的事情，还是要把人间变成冥间。"歧山大师说道。

宁缺忽然说道："老师不相信冥界入侵。"歧山大师神情微异，问道："夫子对你如此说过？"

宁缺点点头，说道："因为老师没有找到冥界在哪里。"歧山大师微笑说道："那你便当我在讲故事好了。"宁缺说道："辛苦大师。"

大师笑了笑，继续先前的讲述："为应对冥界入侵，昊天于前一劫后，在无垠空间里再造六万九千九百九十九个假世界，再将真实世界混入其中，冥王即便再有无上威能，也无法在昊天光辉里，分辨出哪个世界真是唯一的真实。

"于是冥王以沉睡千年为代价，分出七万道气息，洒向那七万个世界，这便是传说中冥王的七万子女。那七万子女在各自世界里成长，终将于某日苏醒，一旦醒来，冥王便能感应到子女所在世界的规则，确认那是真实还是虚假的世界。"

说到此时，歧山大师沉默了很长时间，轻声宣了几道佛号，强自压抑住疲惫，继续说道："这个世界的冥王之子如果醒来，冥王便会知道人间在昊天光辉里的具体位置，然后便将以冥王之子为坐标，降临人间。"

宁缺看着那壶不再冒热雾的茶，忽然说道："但黑夜已然来临，这时候再找到冥王之子，对我们的世界也没有任何意义。"

"黑夜还没有来临，现在能够感到的一切，那是应劫的征兆，而且就算冥界已经知道了我们的位置，如果没有冥王之子的身体为通道，也很难过来。"

"所以……拯救世界的前提，就是杀死冥王之子？"

"除了杀死，其实还有别的方法。""什么方法？"

"比如让他修佛清心，然后被光明净化？""大师……我怎么越来越觉得你是在说我。"

"宁缺，你真是一个很有趣的孩子。""有趣在何处？"

"你想便能做到，你不想，便能让自己都想不到，这是很好的一件事情。"

"大师，我说过我不擅长打禅机。"

"那你擅长打什么？"

"打架？"

"……"

清静微寒的佛殿前，不断响起宁缺和歧山大师的声音。殿前殿后没有任何人，所以也不需要担心被谁听去。佛殿深处，桑桑不知何时从禅定中醒来，捧着一卷佛经在认真地看着。

她身前身后的地板上，全部是佛经。殿外的雨中清光，从窗口处透进来，洒在她的身上。黑色的棉袄，裹着她瘦瘦小小的身子。微黑的长发，垂落在她的肩头。她认真看着佛经，眉眼间一片宁静之色，根本没有听见殿外的声音。

第二天暮时，宁缺走进禅房，在窗畔的铜盘里，燃起一炷新香。桑桑放下佛经，抬头看着他开心地笑了起来，露出那两颗洁白的门牙。

宁缺问道："有意思吗？"桑桑点了点头，说道："有意思。"宁缺说道："关键是有没有用。"桑桑想了想，说道："嗯……好像有用。"然后她轻声解释道，"好像不用想，病便被自己忘了，就不发作了。"

"单忘了可不行，你还得不停想着怎么把那道阴寒气息给变没了。"宁缺在她身边坐下，伸手握住她的手腕，静静感知片刻，确认隐藏在她身体深处的那道阴寒气息，确实比前些天变得平静了很多。

他忽然注意到桑桑眉眼间一片宁静，整个人的气质，似乎也发生了某种变化，不由得微异，心想难道学佛真的有这么多好处？

桑桑继续去读佛经。大概是急着把病治好，免得让宁缺担心的缘故，她真的很用功，按照佛家普通观念来看，这等精进执念，对学佛并不见得有好处，甚至可能是极大的障碍，但奇妙的是似乎对她根本没有任何影响。

宁缺坐到窗边，借着暮光，也开始读佛经。古寺读经，是很自然的事情，他在心里这样安慰自己，同时也是对坚持谤佛的二师兄默默解释。

他学佛自昨日始，虽然不像桑桑那般有佛缘，但确实悟性较普通人强上不少，看经书的速度很快，遇着有什么疑难处，便去请教歧山大师……

啪的一声，宁缺忽然把手中那卷佛经用力合上。

声音惊醒了桑桑，她仰起小脸望向他。宁缺摇了摇头，示意没有事情。

桑桑继续看经书，宁缺则是看着手中那卷佛经发呆。这卷佛经很旧，但书页的边缘却没有卷起，看来平时很少有人阅读。佛经封皮上一片空白，没有名字。

宁缺这时候才想起来，先前歧山大师把这卷佛经塞到他手里时，脸上的神情很复杂，有些欣慰，有些解脱，又显得极为严肃凝重。

不知道过了多久，他再一次缓缓翻开手中的佛经。佛经里面的经文并不如何深奥难解，是某位前代高僧讲述破知见障的方法。

然而在红暖的暮光里，发黄的经书里面，隐隐透出别的字迹。这卷佛经有夹层。他用稳定的双手，谨慎地把佛经夹层破开。十余张黄旧不堪的书页，出现在他的眼前。

这些书页不知道是用什么材料做成的，当时的书者也不知道用的是什么墨水，看颜色和感觉，只怕已经经历了数千数万年的时间，黄旧不堪，却没有任何损耗，被他拿在手里，也没有崩散成灰的征兆。

书页上的笔迹，在宁缺看来并不如何出色。但他看着那些字，眼睛都不敢眨一下。只见那些书页上，开篇第一句便是："明者，日月也。"宁缺看过这句话……在天书明字卷上。所以他知道了，这些书页，是佛祖当年看明字卷后做的笔记。

48

"既然日月相应，有日便应有月。"

"日月轮回，光明交融，月便应在夜里。"

"然无数劫来，万古长夜不见月。"

"这便违了生生不息自然之理。"

"夜临，月现，此句中的夜，指的当不是每个寻常的夜，而是永夜。"

"永夜之末法时代，方有月现，自然复生。"

"如此方不寂灭，世界另有出道。"

"既然如此，静候长夜到来便是，何苦强行逆天行事。"

"莫非这天也在等着夜的到来？"

"还是说它在恐惧夜的到来？"

"它恐惧的是夜本身，还是随夜而至的月？"

佛祖的笔迹很普通，和固山郡乡村学舍里的教书先生没什么两样，笔记上的语句也很随意寻常，非常浅显易懂。宁缺看得很认真，暮光落在他的脸上，让他的眉毛镀上了一层金色的光泽，就如同寺中殿内那些尊者的金像。

天书明字卷一直在书院，被大师兄随意插在腰间，他曾经看过两次，却始终有些迷茫，今天看到佛祖当年留下的笔记，终于确信了一些什么。在佛祖看来，这一次的永夜与人间过往遇到的无数次永夜都不相同，然后他又想起，老师似乎不相信冥界入侵，但却从来没有否定过永夜将会到来，甚至曾经提到过有位屠夫有位酒徒，曾经生活在上次的永夜里。

这一次永夜与以往最大的区别，大概便在于那个明字，在于明字中的月字，在于这个世界上从来没有看到过、便是夫子也感到惘然的那个事物。但明字卷上为什么会记载有月亮？这个世界无数年前曾经有过月亮，却离奇消失？然后如佛祖预知的那样，会在这次永夜时重新出现？

暮光渐黯，夜色渐至，宁缺来到烂柯寺后院塔林外的一处草舍前，静静听着草舍后的溪声松涛，然后推门而入。

歧山大师并不意外他的到来，微笑说道："可有所得？"宁缺没有回答这个问题，问道："不是说佛祖的笔记已经遗失？"

歧山大师说道："没有人看得懂的笔记，便等于遗失。这本笔记我已经看了近百年的时间，始终没有看懂，希望你能看懂。"

宁缺沉默片刻后问道："大师，为什么你认为我能看懂？"歧山大师看着他，眼神颇有深意，说道："因为夫子在信中说，如果世上还有一个人能够看懂佛祖的笔记，那个人就应该是你。"宁缺心情很复杂，有些震撼，有些惘然。

无论是无数年前看过明字卷留下笔记的佛祖，还是千年前把这卷天书带离知守观的那位光明大神官，或者是令人高山仰止的夫子，都很难看懂明字卷。

因为再有智慧的人，面对从未在他们的世界和经验里出现过的事物，都无法进行分析而只能猜测，而宁缺是唯一的例外。

宁缺知道夫子给歧山大师写过一封信，大师兄也写过一封信，原本以为只是提及桑桑患病之事，请大师多加照拂，却没有想到还有这层意思。

难道说老师猜到了自己的来历？

不想桑桑从佛经上分心，更不想她担心自己，宁缺没有告诉她佛祖笔记的事情，走进烂柯寺后殿，点燃一盏铜灯，继续认真观看。能够阅读佛祖笔记，不是谁都能遇到的大机缘，宁缺在感慨庆幸之余，还是有些不甘，不知道是不是当年在旧书楼看书时的记忆太过深刻，看着笔记上佛祖亲手留下的寻常笔迹，他下意识里用起了永字八法。

当初他尚不能修行，却想要看书院前贤文字，强行弄出了这样一个拆字的法门，一路昏迷吐血，最终证明虽有些用处，但用处真的不大。在他能够修行之后，尤其是进入洞玄境之后，永字八法对修行来说，更是变成了鸡肋，已经有很长时间，都消失在他的生活里。

此时面对佛祖笔记，他动用永字八法，其实也没有想着能够起什么效果，只是面对宝山，不甘心空手而归时的徒劳尝试。然而下一刻，宁缺难以理解地发现，自己的尝试似乎奏效了。随着嗡的一声轻鸣，他的识海骤然开启。

佛祖笔记上的那些墨字，在他的眼间渐渐飘浮起来，然后逐渐散开，变成密密麻麻的单独笔画，有的笔画直垂而下，便似佛杆，有的笔画浓墨一点，便似佛铃，有的笔画似苦行僧手中托着的铜钵，有的笔画像是山亭里的佛钟。

这些笔画飘离笔记书页，飘进他的眼里，然后进入他的识海，在他的精神世界里不停飞舞，重构成他难以理解的画面。

宁缺放下佛祖笔记，向殿旁望去。烂柯寺里供奉着石尊者像，前寺偏座有十几尊，最幽深的后殿里，也供着四座，他此时看的，便是这四座尊者像。

后殿最右侧的那座石尊者像，面容狰狞，怒目圆睁，石像的双手裸露在外，似触未触，形成一种很复杂的手势，一股威严肃杀气息从石像指间喷薄而出。宁缺静静看着这座石尊者像，看了很长时间，然后他抬起双手，对照着石尊者像的双手，开始模仿那种手势。

石尊者像的双手，保持着固定的姿势，宁缺明明是在模仿，但他的双手却没有静止，而是在身前不停缓慢地移动着，比画着。便在此时，他识海深处有一片意识碎片，似乎感应到了什么，微微明亮起来，释出一道极为稀薄的意念，然后敛灭归于平静。

宁缺明白了这座石尊者像双手姿势的真义，双手渐渐停止。他一掌竖立在前，一掌横放于后，右手食指在空中微屈，左手食指落在右掌背面，看上去很是莫名其妙，没有任何美感。

这个姿势与石尊者像的手势并不相同，甚至没有丝毫相同之处，然而就在他左手食指落在掌背的那一瞬间，一道与石像几乎完全相同的肃杀气息便出现了。宁缺腹内那滴浩然气凝成的露珠，开始缓缓旋转，释出一道又一道纯厚的浩然气，顺着那些似有若无的通道，向着身体各处输送。他日夜修行浩然气，勤奋不辍，对于浩然气的运行毫不陌生，然而，他发现此时浩然气的运行似乎和以前有了很大的区别。最大的区别在于，他体内的浩然气不再像以前那般强横不羁，而是变得安宁柔顺了很多，哪怕是最细微的气丝，只要他意念一动，都能完全掌握。浩然气在体内运行三周，宁缺只觉浑身舒畅，诸多感知美不胜收，竟没有忍住发出一声满足的叹息，飘荡在安静的夜殿里。

然后他望向下一座石尊者像。

49

殿内的石尊者像上，最初涂着金漆，不知多少年过去，金漆剥落，露出里面的石质，在昏暗灯光的照耀下，显得慈悲却又可怕。宁缺看完一座石尊者像，再看另一座，全神贯注，浑然忘我，根本不觉饥渴，也没有丝毫困意，双手在身前不停变幻。

直到将四座石尊者像全部看完，他才停止双手的动作，拾起蒲团到殿槛前坐下，对着满寺夜色，闭上双眼开始静思回味。不知不觉间一夜时间过去，秋雨再次降落在古寺里，冲出稀薄的雾气，让熹微的晨光把佛殿飞檐照耀得清清楚楚。

前寺正殿清亮悠长的钟声，传到遥远的后殿。宁缺睁开双眼，眼眸里晶莹一片，然后渐渐回复寻常。看着槛外渐骤的秋雨，他举起右臂，意随念走，极为随意向前伸出。殿前秋风大作，雨丝飘摇不安，悄无声息间，重重雨幕里，忽然出现了一片极大的空白，那片空间里没有一滴雨珠，看着干燥无比。如果仔细望去，秋雨里的那片空白，恰好是个手掌的形状。

不知道过了多长时间，缭绕在佛殿前的气息才渐渐淡去，那些斜掠横飞不敢落的秋雨，飘进了那个无形的掌印范围中，一切回复正常。宁缺直到此时才明白一夜时间，自己领悟到了什么，收获到了什么，看着殿外的重重秋雨，心绪也不免有些激荡难平。

"无畏、禅定、降魔、去念……真没想到，你居然能在一夜时间之内，参悟我佛门四大真手印。"殿外传来歧山大师虚弱却难掩惊喜的声音。

宁缺转身对着大师拜了下去，行了一个大礼。他要谢的事情有很多，而昨夜他殿内参佛入定整整一夜，大师便在殿外守了他整整一夜，这等慈爱守护，便值得他诚心一拜。

歧山大师看着宁缺，心生感慨。哪怕是佛缘再深厚、悟性再高的人，也没有可能一夜时间便领悟佛家四大真手印的妙义，因为佛宗手印不是佛法，修佛者无法绕开知见障。

然而知见障对宁缺似乎没有起到任何影响。歧山大师感觉到宁缺身体里莲生师弟的气息，比昨日淡渺了很多，便明白了他能够逾越知见障的真实原因。因为这些知见障，莲生当年早已逾越。歧山大师看着宁缺，感伤地想道，师弟你正在不断地真正离开这个世界，难道这就是你继续存在于这个世界的方式吗？

各国使团已经纷纷抵达瓦山，在前寺商议荒人南侵一事，成日里都在开会，修行者们在中寺里议论着前些天在瓦山里的见闻，敬畏又兴奋地回思着当日的情景，同时猜测着过些日子的盂兰节会不会再来什么大人物。

宁缺和桑桑自然不会理这些事情，虽然是受邀前来参加盂兰节。他们在烂柯寺后寺里读佛经，看佛像，随歧山大师参观诸殿的佛教壁画，生活过得异常平静，便是他们的心境也变得恬静了很多。

他还是向歧山大师打听了一下盂兰节会的事情，毕竟这个人间最盛大的节日，起源有些奇特，又有万丈佛光镇压冥界的传说，所以他很好奇。

"佛宗哪里有能力镇压冥界，最早的时候不过是祈祷黑夜不要来临，后来渐渐演变成修行界里的强者集会商议如何应对，只不过无数年过去，黑夜始终没有来临，冥界入侵变成了真正的传说，哪里还有修行者会在意？"

歧山大师微笑着说道："盂兰节每年都会有一次，修行者的聚会时间则是并不固定，虽然失了原意，但我佛门也不想失去展现自己的机会。"

"月轮国号称烟雨七十二寺，还说的是著名大寺，如果要把那些普通寺庙算进去，只怕要超过一千之数，而且那里邻着西方荒原，与悬空寺要近很多，为什么佛宗当年没有把盂兰节会放在月轮国举行，比如白塔寺？"宁缺不解问道。

歧山大师问道："你可知道当年悬空寺在世间修的第一座大寺在哪里？"宁缺摇了摇头。歧山大师指着栏下的重重殿檐，说道："便是此间。"

宁缺微感吃惊，心想这是什么道理？歧山大师知道他在想些什么，解释道："因为这里离悬空寺最近。"

宁缺心想悬空寺远在极西荒原深处，而烂柯寺则是地处东南，瓦山顶峰上便能看到海岸线，两地之间的距离，明明是世间最远的距离，为什么大师却要说最近？歧山大师微笑着说道："传闻当年佛祖到东南一游，弟子在山间行棋之时，他忽有感应，在峰上遥指山下，便定了烂柯寺的位置，而之所以如此，是因为现在我们所处的烂柯寺，与悬空寺有某种隐隐相通之处。"

隐隐相通之处，这六个字隐含深意，宁缺却还是不明白。歧山大师回身指向后殿，说道："据说无数年前，佛祖悟得空间通行无碍的至高法门，便在那处砌了一座简易的石塔，可以让僧人直抵极西净土。"

宁缺震惊地说道："我只听说过大唐军方和西陵神殿有些特殊强大的符阵，可以传递简单的信息，却从来没有听说过有什么阵法可以把人传到远方，这岂不是传说中无距的境界？"

歧山大师说道："佛门里没有天启，自然也没有无距的说法，不过以佛祖通天彻地之能，弄出这样一宗物事，也不是太过难以想象。"

宁缺想着那日自己和桑桑在佛祖棋盘上的奇遇，又想着这些天没有离身的那本佛祖笔记，心里也多了几分相信，紧张问道："现在那法阵呢？"

歧山大师微涩一笑，说道："再如何风流，总被风吹雨打去，佛祖再如何强大，数千数万年过去，他留下的法力也早已消散无踪，传说中的那座简易石塔，只怕早就化成了飞灰，寺中僧人后来在传闻里石塔的位置上，修建了一座佛殿，便是后殿，别说旧年踪迹，便是一丝佛迹都已经寻查不到。"

整座瓦山都属烂柯寺所有，佛门虽然没有把寺院扩展到把瓦山括进寺院墙内，但寺院的面积已极为开阔。要从寺门前的广场一路上行至后寺佛殿，至少要花一炷香的时间，便可以想象这座寺庙的规模。古寺分三重，前寺中寺后寺，前寺除了巍峨庄严的正门以及寺前广场之外，还有两座极为气派的佛殿，中寺面积相对较小，散落了近十座佛殿，后寺面积最小，也是最为幽静，只有一座后殿。

秋雨依然在持续，寺中僧人忙着准备盂兰节大会，各国使团依然在热烈或激烈地讨论，修行者们依然在互相切磋，前寺一片严肃紧张，中寺剑影活泼。

唯有后寺依然安静，学习佛法的闲暇，宁缺偶尔会带着桑桑到中寺诸殿散步，他们撑着大黑伞行走在淅淅沥沥的秋雨里，听着各座殿内的声音微笑不语，没有人注意到他们的存在，只要他不想让人注意到。他们还去了前寺，站在秋树亭间，看住在寺外别院里的红袖招排舞，只见那些青春美丽的姑娘们，香汗淋漓，衣鬓摇动，觉得极为悦目。远远看着舞台上的小草，用清脆的声音不停指挥着，训斥着，俨然已经有了几分简大家的做派，桑桑忍不住笑了起来。红袖招此次献祭的舞蹈，虽然不如霓裳那般华美惊世，但却多了几分佛宗天女吉祥之感，想来应该会非常成功。

宁缺和桑桑只是站在亭中远远看着，并没有去与红袖招舞团相会的意思。他也没有去唐国使团——镇西大将军洗植朗通过寺中僧人表达了想要会面的请求，但他现在实在不想被世俗之事扰了难得宁静的心境。歧山大师讲述佛经时，曾经说过一句话，佛法是一种看待世界的方法，又是学习的方法，但最重要的是一种生活态度。那种生活态度被夫子取笑为闭嘴，被莲生嘲笑为装乌龟，被二师兄讥讽为装死，但是佛门特有的平静沉默自持，自有其动人之处。

如今桑桑大病渐愈，宁缺学佛亦有收获，心境自然平和，他日后回忆起来，天启十六年秋天在烂柯寺里的短短数日，竟是他这一生最平静喜乐的一段时光，然而那时候他才明白，这种平静喜乐原来只是令人心酸的安慰。

盂兰节正日。

来自世间诸国的游客，纷沓而至，瓦山前的小镇热闹无比，烂柯寺前的广场上更是人头攒动，不知被踩落踩烂了多少双鞋，如果不是僧人与当地官府派出的军士一道维持秩序，广场上根本没有办法表演，仪式也无法进行。中原诸国都派出了观礼团和表演的嘉宾，游行的一辆辆彩车，引发了一阵阵的喝彩，来自长安城的红袖招舞团，轻而易举地获得了最大的喝彩与叫好。

其后是由烂柯寺住持率领众僧为世间祈福的仪式，再然后又有神殿某位神官主持的祭天环节，无数信徒跪拜于地，场面极为严肃庄重。宁缺和桑桑没有去凑热闹，站在后寺殿栏上，居高临下远远看着山下的热闹。看着这幕画面，他忍不住笑了起来，说道："这也能混搭吗？"

一应仪式结束后，红袖招的姑娘们开始起舞。烂柯寺中几位辈分极高的老僧，看着舞台上翩然起舞，容颜娇美而庄肃的少女们，不知道是不是想起了很多年前的故事，竟是湿了眼眶。

宁缺看着寺前，感慨说道："相隔数十年，古刹旧庙终于再次看到散花天女之舞，好在莲生已死，想来这一次烂柯寺能够平静度过。"

50

对于普通百姓和游客们来说，盂兰节是盛大的节日，是这个秋天的主题，而对那些真正的大人物们来说，盂兰节只是他们相会的理由和借口，他们只是需要借助这个名义相聚，然后讨论一些真正的大事。

在盂兰节之前，各国使团的会议便已经得出了最后的方略，只等回国后交由诸国朝堂审核，再由皇帝或国王盖上御玺，便会正式生效。在这项方略中，中原诸国全体同意明年继续对荒原发兵，并且会大幅度地提升兵员数量和加强后勤供给，大唐帝国更是被要求，不能再像前年那样沉默旁观，而是必须拿出真正的实力。

之所以如此，是因为如今荒原上的局势已经变得越发混乱，荒人在站稳脚跟之后，只经过一年时间的休养生息，便已经有了重新强大起来的势头，而在上次战争里被中原诸国玩弄了一把的蛮人左帐王廷，在付出很多鲜血的代价后，终于幡然醒悟，开始在中原与荒人的夹缝里游走趋避，并且试图报复。

荒人离开这个世界已经太久，蛮人才是这一千年来荒原的主人，左帐王廷虽然实力损耗严重，但对于荒原极为熟悉，真要和中原诸国纠缠起来，即便不敌，便往茫茫岷山里一躲，中原诸国拿他们也没有更好的办法。

中原诸国最警惕的，是左帐王廷的骑兵，在损失惨重的情况下，真的有可能放弃王庭的尊严，直接投靠金帐王廷。金帐王廷数十年来非常安静，以至于很多中原百姓，都忘记了这头凶兽的存在，而各国的达官贵人们则是非常清楚，都说南晋国力世间第二，实际上这个世界上第二强大的势力，依然是金帐王廷。金帐王廷拥有最优秀的骑兵、最多的骏马，也拥有最多的大祭司，如果不是被岷山阻挡，王庭前后数任英武强悍的单于，只怕早就统一了整片荒原。

面对着各国使团的愤怒或者哀求，唐国使团最终同意在这份方略上签字，一方面是因为西陵神殿的压力，更主要的还是从大唐自身的战略考虑出发。

天弃山与岷山其实都是同一道山脉，连绵上万里，贯穿大陆北方，把荒原生生切割成两半，只是中间被一道极为狭窄的峡谷分成了南北两麓，中原人习惯称为南岷山北岷山，草原蛮子则习惯称北麓为天弃山。左帐王廷如果想和金帐王廷联系上，甚至携手作战，那么他们的骑兵便必须穿过那道峡谷，而在那道峡谷的西向，则是大唐帝国耗费无数人力物力修成的城池。

那是距离大唐本土最遥远，也是最重要的一座城。长安绝对不会允许那座城受到任何威胁。

前寺的使团，已经结束了自己的使命，或者去镇上与民同乐，或者提前离开，急着回到各自都城，汇报此次商议的情况。

各宗派的修行者，还在中寺里停留，如果是平日里，这些修行宗派的掌门，肯定会随着各国大人物们一道离开，因为西陵神殿在上，他们必须听从各国皇室的命令，但今年的情况不一样，他们必须等着后寺里的大人物发话。

后寺里的大人物才是真正的大人物，无论是知命境强者如剑阁程先生，又或是曲妮大师姑姑和花痴陆晨迦，都可以不用理会各自国家的事情，更何况今年还有悬空寺戒律院首座和书院及西陵神殿的代表。

书院的代表自然是宁缺，西陵神殿的代表，本来桑桑很有资格做，不过她只有神殿封号，暂时还没有具体职司，最关键的是，神殿也很清楚光明之女肯定不会理会这些事务，所以派出了一位神官前来襄助。那位神官是宁缺的熟人，那位须眉皆银的天谕神殿司座，程立雪。

宁缺看着程立雪，无奈说道："襄助这种词语，神殿居然也想得出来，如果桑桑真说些什么，难道你就会听她的？这谁能信？"程立雪微微一笑说道："如果光明之女真愿意发表意见，我当然会尊重她的意见，而且我相信神殿里，也没有谁会反对她的意见。"

"这种表达亲善的车轱辘话以后还是少说一些，没有意义。"宁缺看着他说道，"你应该听说过关于我身世的传言。"

程立雪神情平静，说道："有所闻。"

宁缺问道："你相信吗？"程立雪微笑说道："我不知道。"

宁缺问道："那天谕大神官知不知道？"程立雪摇了摇头，说道："神座大人说他也不知道。"宁缺说道："那如果以后道门里还有人说我是冥王之子，不要怪我不客气。"程立雪无奈说道："如果你自己不提，谁敢当着你的面说那个传闻？"

宁缺笑着说道："只是提醒你们一下。"程立雪实在不想与他再进行这种无意义的对谈，从袖中取出一封信，递到宁缺手里，说道："这是裁决神座传回的一封信，要我亲自交到你的手中。"

宁缺微微一怔，接过那封信拆开一看，果然是叶红鱼的笔迹。叶红鱼在信中简单讲述了一下在燕北塞外追杀隆庆皇子的过程，并没有详细叙述碧湖畔的雷霆，只是告诉他隆庆没有死，而且带着数十名强大的堕落骑士与左帐王廷的人会合，已经逃进了荒原深处。隆庆居然能从叶红鱼的剑下逃出生天，这和宁缺的推算有极大的偏差，他猜到其间肯定发生了什么事情，只是叶红鱼既然不肯说，他也没办法。

叶红鱼的信有两张纸，第二纸上是她画的一把剑。宁缺看着纸上的那把剑，感受着其间隐藏着的森然剑意，隐约感知到她画剑时的那股不甘强悍的意味，不由得心生凛意，喃喃说道："居然这么快就再有感悟……你能不能不要这么强大，这会让我显得很弱好不好。"话是这般说着，实际上他心里对叶红鱼好生感激，对大河剑再有感悟，便画剑让他知晓，自然是担心他进境太慢，将来不是隆庆的对手。当然宁缺也明白，以道痴的性格，除了上面这个原因之外，更重要的原因，应该是她担心自己被落得太远，将来杀起来没有什么意思。

程立雪听到了他先前那句自言自语，不由得苦涩说道："荒原见你时，你还未入洞玄，今日再见居然便已知命，如果这还算弱，那我在你和裁决神座面前，是不是应该马上挖一个洞，然后跳进去？"

宁缺拍了拍他的肩膀表示安慰："知足者常乐。"程立雪险些一口血喷将出来染红自己白如雪霜的眉毛。

半晌后他无奈说道："我终于明白，为什么当年隆庆皇子在长安城输给你之后，回到神殿会愤怒成那副模样，无论是谁失去成为夫子学生的机会，谁都会像他一样愤怒，而且输给你这种人之后，真的很难睡着觉。"宁缺笑着说道："我当时可什么都没有做，只是问他要不要吃块糕。"

烂柯寺后殿的会议，普通的修行宗派自然没有资格参与，他们只能在中寺里等待，议论纷纷，不过看他们的神情，并不怎么紧张凝重。没有办法抬头望天的人，自然不知道天有多高，没有办法接触到那些真正秘密的人，自然看不到前路的危险，容易安乐，这些修行者们依然以为冥界入侵只是传说，所以他们当然不怎么紧张。

四座石尊者像沉默地安坐在殿侧，殿内依然清幽安静，因为有资格坐在殿里的人永远只有很少的那些人。

歧山大师坐在正中，消瘦的脸颊上满是慈祥的神情，观海僧侍立在旁，宁缺和桑桑坐在大师的左手方。悬空寺戒律院首座宝树大师，则是坐在大师的右手方。殿内别的人无论在世间拥有何等样尊贵的地位，在两大不可知之地的代表面前，都必须表示出足够的尊敬。程立雪代表西陵神殿，坐在桑桑下手，曲妮大师、剑阁强者程子清、莫山山还有花痴陆晨迦，依次而坐。主持瓦山三局棋里第二盘的洞明大师也在殿内，却没有与众人坐在一处，而是坐在侧墙下，他看着桑桑微微一笑，显得很是平静放松。殿内只有十个人，但这十个人可以代表整个修行世界。

51

首先开始说话的是歧山大师，他看着殿内的人们，疲惫地说道："诸位自然不会也认为传说只是传说，永夜的到来已经有了很多征兆，前年书院大先生远赴极北寒域，发现那里的黑夜时间确实变长了，而且气温急剧下降，便是热海都有了冰封的迹象。"

程立雪身体微微前倾，向众人致意，然后说道："掌教大人也确实在光幕里看到了风暴海深处，很诡异地出现了冰层。"歧山大师叹了口气，说道："大先生还在信中提到，前年和去年，长安城里结冰的日期，分别提前了两日和三日。"

程子清微微皱眉，说道："但今年长安城入秋却比去年还要晚一些，我总以为气候在年份之间的变化，实属正常。"

便在这时，悬空寺戒律院首座宝树大师缓声发话说道："此事不用再多争执，荒人南下，便证明大先生所见不虚，不可把时间消耗在这等无谓的议论之上，我们首先要考虑的事情，是面对冥界入侵要做出怎样的应对。"宝树大师进入烂柯寺后，就一直闭门不出，在山上时，也一直沉默坐在佛辇里，今日在殿间，包括宁缺在内的很多人，还是第一次看到他的真面目。只见这位高僧双眉若尺，眼眸里蕴着精纯的光泽，双眉微霜，额上皱纹几许，法相庄严，却让人猜不出来他的真实年龄。宝树大师来自不可知之地，又是戒律院首座这样的大人物，论起身份地位毫无疑问是场间最高，所以他一发话，程子清便闭嘴不言，表示认同。

经由悬空寺确认冥界入侵真的不是传说，佛殿内顿时变得更加安静，传说变成现实，不是很容易就能接受的现实，无论是程子清还是曲妮大师，都在默默想着，难道以前无数代修行者都没有遇到的末世，会让自己遇到？

宝树大师环视众人，严厉说道："冥界入侵必然是个极漫长的过程，也许我们这一代人根本无法遇见，但正所谓前人种树，后人乘凉，为了人间世代能够存在下去，我们必须现在就开始做准备。"

谁都知道要做准备，但该准备些什么？殿内再次变得安静无比。观海僧走到殿外，取过热水，开始为诸位客人奉上清茶。歧山大师过往很是疼惜自己这个幼徒，也不愿意与他讲述太多黯淡的前路故事，所以这是他第一次参与这种场合，事实上，如果不是不能让普通僧众听到殿内的商讨，便是这个工作也轮不到他来做。所以他有些兴奋，又有些紧张，端着茶碗的手微颤，哪里能注意到，自己往茶碗里究竟放了多少茶叶，放的是什么茶叶。

宁缺对这种讨论没有任何兴趣，在他看来，如果冥界真的入侵，靠殿内这些人哪里便能讨论出真正的对策，这把知守观观主放在了哪里，把悬空寺讲经首座放在了哪里，又把夫子他老人家放在了何处？只不过书院后山里都是一群不爱理会世俗事的懒货，他被强行分派了入世之人的名头，像这种场合就不得不代表书院来走上一遭。但他没有想到，这场讨论很快便牵扯到了自己。

"冥界入侵，需要冥王把自己投影到我们的世界，需要以冥王之子的身体为通道，而十六年前，荒原天降异象，各宗天下行走会于彼处，便是因为无论悬空寺还是知守观，都察觉到冥王之子已经降临到我们的世界上。"宝树大师缓缓说道，然后看了宁缺一眼。宁缺知道他这一眼是什么意思，心情微凛，却面色不变。

曲妮大师怨毒地盯着他，声音沙哑地说道："那我们现在最应该做的事情，便是找出冥王之子，然后……杀死他。"

歧山大师从观海僧的手中接过茶碗，低头轻吹，没有说话。佛殿内的人们，都知道曲妮大师是在影射谁，毕竟宁缺与夏侯一战后，当年光明大神官的判断早已流传开来，而且佛宗似乎也持这种观念。但在没有证据的情况下，谁敢说夫子的亲传弟子是冥王的儿子？这一年多时间里，根本没有任何人敢当着宁缺的面说这件事情，就连那个传言都渐渐地淡了，毕竟没有人见过冥王，但所有的修行者都知道书院不能触怒。

所以当曲妮大师说出这句话后，殿内根本没有人接话，没有人佯作无知地发问，那谁是冥王之子呢？依旧是一片安静。曲妮大师似乎没有想到会面临这种情况，老眉渐挑越发愤怒，眼神也越发怨毒，盯着宁缺说道："十三先生，你难道没有什么想说的？"

宁缺说道："我想说，你说话能不能不要绕弯子。"曲妮大师闻言大怒，胸膛不停起伏，厉声说道："老身说的就是你！你就是冥王之子！"

宁缺早就想到今天有人会发难，只是不知率先发难的会是曲妮大师，还是那位宝树大师，此时终于确认，老尼姑果然是最令人讨厌的一种生物。

然而这终究是，那个传闻第一次被人摆到了台面上，佛殿里的人们眼神复杂，莫山山静静看着宁缺，微有忧色。

宁缺看着她平静说道："如果没有证据，就不要随便说话。"曲妮大师冷笑着说道："当年光明大神官判定冥王之子降生在长安宣威将军府中，如今你是那座将军府里唯一活着的人，你不是冥王之子，谁是？"

"原来你说的是我妻子的老师。"宁缺说道，"但他已经死了，所以他不能当证人，而且就算你所说的这些话算是他的遗言，这份证词也没有任何效力……眼神再好的人，也有看错的时候，你不要忘记，因为这件事情，他被观主打落尘埃，被西陵神殿囚禁了十几年，如果你坚持认为他是对的，难道是说观主是错的，西陵神殿是错的？"

曲妮大师一时语塞，就算她在佛宗和俗世里辈分再高，再受尊重，也不敢在大庭广众之下，直接指责知守观观主这样的世外高人错了。

宁缺看着她摇头说道："真是不知所谓。"然后他望向程立雪，问道："我不是挑事儿的人，也不觉得她有胆量对整个道门不敬，不过刚才我们是怎么说来着？"程立雪苦笑不语，心想你不怕得罪人，自己可不想和那个老虔婆结下深仇。

曲妮大师虽然不知道宁缺和程立雪之间那场谈话，但听着全家死光光，也知道肯定不是什么好话，而这五个字又恰好触着她最大的伤痛，不由得悲痛愤怒同时涌上心头，脸上的皱纹里满是怨毒的意味。

宁缺看着她平静地说道："如果你不想替月轮国招祸，那便说些有意义的事情，你辈分虽然低，但年龄不小，不要再像在荒原上那般乱来。"他的声音很平静，并不显得刻薄，然而字句之间，那股浓郁的长辈教训晚辈的味道，却是怎样也掩之不住。

曲妮大师悲愤愈盛，气得浑身颤抖。宝树大师微微皱眉，似乎对宁缺的表现有些不满。殿间争执得热闹，却实在没有什么意义，桑桑知道宁缺无论在刀口上还是在语锋上向来都不是肯吃亏的人，自然不怎么担心，甚至有些走神。

她从观海僧的手中接过一杯茶。茶杯里不是歧山大师惯饮的清茶，而是花茶。桑桑低下头，闻着交融却不失分明的茶清醇花清香，看着在澄清茶汤里缓缓沉浮的那朵茉莉小花，觉得好生喜欢。宁缺忽然心绪不宁。

桑桑端起茶杯，放到唇边，正想喝一口，却觉得有些莫名的不安，眉尖微蹙，手腕轻动，便准备把茶杯放下。

花痴陆晨迦，今天在佛殿里显得异常安静，低头不语。她虽然是月轮国的公主，又是西陵神殿的重点培养对象，但在这样的场合里，无论辈分还是实力，都只能排在末位，沉默是理所应当之事。而且她来瓦山后，一直都很沉默，便是神情也是那般地漠然木讷，所以殿内众人并没有觉得她有什么异样。

然而在桑桑端起那杯花茶的时候，她抬起了头。陆晨迦的眼神依然冷漠，神情依旧木讷，就如在瓦山令宁缺都感到有些寒意的模样，然而如果仔细望去，可以看到她如花般的娇唇正在微微颤抖。那是紧张，也是兴奋。

看到桑桑眉尖微蹙，似乎准备把茶杯放下。陆晨迦抿住微颤的双唇，脸上露出一丝凄楚而决然的笑容，笼在袖中的双手十指微微用力，把一朵枯萎的小花掐断花茎，花瓣四散。

一道极淡的气息，瞬间释出她的衣袖。桑桑手中的茶杯里，发生了令人震惊的异变。那朵在清澄茶水里缓缓起伏的茉莉花，仿佛被注入了某种生命力，竟在茶杯之中盛开绽放，数片花瓣脱离花茎，挣出茶水，带着强大的气息袭向桑桑的脸！

茶杯刚刚离开桑桑的双唇，离她的脸非常近，近到根本难以反应。无论是西陵神术，还是刚学的佛法，都来不及发动。她睁大双眼，看着那些残留着茶水的茉莉花瓣，向着自己飞来。在这个时候，她只来得及想一下。

52

数日前在瓦山禅院里，宁缺与花痴隔墙交谈数句话，回到房内替桑桑穿衣时，递给她一个锦囊，说如果遇到什么事情，要记得在心里告诉他。在心里告诉他，便是想一下，所以面对着突如其来的袭击，在什么事情都来不及做的时候，桑桑没有忘记想了一下。她一想，宁缺便知道。所以宁缺也想了一下。念一动，便触发了桑桑藏在袖子里的那只锦囊。

幽暗佛殿内的光线骤然变形，尤其是桑桑面前那片空间，被锦囊里传出的强大符力，扭曲成了无数道重叠在一起的镜面。从茶水里溅射而出的茉莉花瓣，落在那些镜面之上，两道气息的碰撞，让殿内狂风大作，砖缝里的积尘都被刮了出来，烟尘大作。

花瓣落在镜面上，颤抖着向里面钻去，然而却只能穿透两三层，便变得颓然无力，凄哀扭曲，碾落成泥，挥散开来。坐在角落里的花痴陆晨迦，眼神极为震惊，如花般娇媚的容颜显得极为痛苦，哇的一声吐出血来，打湿了衣襟。

片刻后，在佛殿内萦绕着的符文气息渐渐散去。

桑桑身前的无数重镜面守护也随之而敛，消失无踪。茉莉花瓣的粉末混着被撕扯成最细微水滴的茶水，轻柔扑打在她的脸上，有些微湿。宁缺缓缓站起身来，看着陆晨迦，脸上没有任何情绪。

此行烂柯寺，在遇到那方佛辇之前，他从来没有担心过自己和桑桑的安全，正如曾经对冼植朗说的那样，如今这个世界上，比他强大的人会因为他的师门背景而不敢来招惹他，那些没有见识敢来惹他的人却惹不起他。然而这并不是一个绝对理性的世界，依然有像隆庆这样的疯子，还会有很多人因为各式各样的原因变得极度疯癫狂热，比如丧子比如丧夫。

宁缺很感谢隆庆在红莲寺前的秋雨里，给了自己近乎致命的沉重打击，这让他重新寻找回来了当年在岷山里的谨慎与冷静，在瓦山禅院里和陆晨迦几句对话，尤其是看到她的眼神，他便一直警惕这个女人会像隆庆一样发疯，所以才会把那个锦囊放在桑桑的身边。那个锦囊里，藏着颜瑟大师留下的一道神符。

"虽然不能接受，但我勉强可以理解，你因为自己未婚夫的遭遇，一直很想要杀死我，但是这件事情和桑桑没有关系，你为什么要这样做？"宁缺看着陆晨迦问道。

陆晨迦抬起手臂，擦掉唇角的血水，苍白而美丽的脸上露出一丝痴癫的笑容，说道："我很确认杀死现在的自己，只能让自己解脱，而不能让自己痛苦，那么既然我是想要你痛苦，为什么要杀死你？"

她怨恨盯着宁缺的眼睛，颤声说道："你曾经杀死过对我最重要的人，你知道那是什么感受吗？那是你整个世界毁灭在你眼前，过往的回忆越是美好，你现在便活得越痛苦，你杀了隆庆，便等于是毁灭了我的世界，你让我变成了一具行尸走肉，每天都生活在痛苦里，在崩溃的边缘挣扎。"

宁缺说道："这种痛苦，很多人都经历过。""不！你不知道！你永远不会知道那是怎样的痛苦。"陆晨迦流着眼泪，凄楚地说道，"没有失去过，怎么可能知道那种痛苦会把你的心撕成一丝丝的血肉，所以知道桑桑病重将死的时候，我真的很开心。"

宁缺看着她说道："当你发现桑桑的病有可能被歧山大师治好，于是你再也无法继续忍耐下去，决定自己动手杀死她？"陆晨迦看着他，痴痴地说道："不错，我就是想要你眼睁睁看着最重要的人死在自己面前，我要你感受那种痛苦。"

宁缺说道："很遗憾，我这辈子大概都感受不到你现在所感受到的痛苦，不过我更好奇，隆庆还没有死，你的痛苦到底是从哪里来的？"陆晨迦听着这句话，惨淡一笑，极为痛苦地说道："是啊，他还没有死，但他现在变得人不像人鬼不像鬼，像条狗一样被西陵神殿追得逃进荒原，他甚至背弃了自己坚守半生的信仰，变成了一个魔鬼，这样活着难道不是比死更可怕吗？和现在相比，我倒宁愿当年在荒原上他就被你一箭射死！"

"在我看来，无论以何种方式活着，当然都要比死更好。"宁缺摇头说道，"我现在有些不明白，你到底喜欢的是隆庆这个人，还是拥有燕国皇子身份，藏在西陵神子光辉外表下的那个象征。如果他真是你最重要的人，那么不论他身份如何变化，立场如何变化，是光彩夺目还是黯淡丑陋，是神仙还是妖怪，是圣人还是魔鬼，他都还是在你心中最重要的那个，除非你喜欢的只是那层壳，然而如果喜欢的是那层壳，居然为了那层壳痛苦成这副模样，依然是不可理喻的事情。"他的声音很平静，没有刻意嘲讽刻薄，然而……却是字字诛心。

陆晨迦的脸色变得更加惨白，说道："没想到你居然有耐心和我说这么多话。"宁缺摇了摇头，说道："我只是想揭了你的皮，让你更痛苦一些。"平实质朴诚恳的言语，落在殿内众人的耳中，却是那般地寒冷。

谁都没有想到，正在讨论冥界入侵之事时，花痴陆晨迦却忽然出手暗杀桑桑，没有人知道这时候应该如何处理，且不说桑桑在西陵神殿里的尊贵身份，便是宁缺肯定也不可能就此罢休，他会怎么办？佛殿内不是所有人都与宁缺打过交道，像程立雪那般清楚他的性情，但所有人都清楚书院入世之人的行事风格，想起当年的轲先生，有几人脸色都变了。

歧山大师叹息一声，看着陆晨迦怜悯说道："世间多为痴情苦。"宝树大师看着宁缺，双唇微动，准备替花痴求情。毕竟陆晨迦是月轮国的公主殿下，而月轮又是佛宗在世间最重要甚至是唯一的世俗国度，佛宗中人总不能眼睁睁看着她出事。宁缺没有给宝树大师开口求情的机会。

噗嗵一声，朴刀出鞘。他站在蒲团之前，隔空而斩。随着斩落之势，他手中的朴刀骤然间变得明亮起来。无数道金色的光线，从暗沉的刀身上喷薄而出。如出云之日般，照亮幽暗的佛殿，罩向对面的花痴陆晨迦。

"神辉！"剑阁强者程子清，看着宁缺刀上喷出的金色光线，面色骤变。当初柳亦青在书院侧门惨败于宁缺刀下，事后传来的消息说宁缺学会了西陵神术，但剑阁方面一直不怎么相信，总觉得那件事情有蹊跷。直到今天，亲眼看着宁缺手中的朴刀燃烧着昊天神辉，程子清才知道，原来传闻是真实的。

西陵神殿司座程立雪的神情有些复杂，当初他亲眼看到宁缺在书院侧门刀燃神辉，却没有想到，现在此人刀上的神辉竟然变得更加强大。

佛殿里的强者们，看着这一刀，面色微凛。他们是在侧面观看，所以不用闭眼。但花痴陆晨迦被朴刀喷出的神辉正面笼罩，不得不闭上了眼睛。事实上在宁缺挥刀之前，她已经闭上了眼睛。她早就不想活了，所以她在等死。但有人不可能眼睁睁看着她去死。曲妮大师厉啸一声，自蒲团上弹起，来到陆晨迦身前，手中拐杖一横，一道老辣纯厚的佛家气息，由势而生。宁缺刀势，横穿佛殿，重重落到那根拐杖上。昊天神辉与杖上浓厚的佛家气息相冲，向着四处溅散，就似熊熊燃烧的火焰。曲妮大师紧紧闭着眼睛，脸上深刻的皱纹被神辉照耀得非常清楚，仿佛夹着无数道金线，又像是被烧融的岩浆，随时可能崩塌。只是瞬间，老妇人紧握拐杖两端的双手便剧烈地颤抖起来，脸色显得特别痛苦，伴着一声闷哼，倒掠而后撞到了墙壁之上，喷出一口鲜血。宁缺刀势已尽，抬起右脚，向着对面走去。

曲妮大师倚墙而坐，身上尽是血污，看着行来的宁缺，苍老的面容上满是惊惧与痛苦，愤怒地尖啸道："你还不出手！"殿内诸人并不知道这位老姑姑是在寻求谁的帮助。宝树大师轻叹一声，双手在身前结了一道手印。这道手印很奇怪，右手食指微屈，就像顽童弹石头的姿势。一道慈悲而肃杀的佛宗气息，向宁缺袭去。

宝树大师乃是悬空寺戒律院首座，如果以修道境界来评判，一身惊人修为至少是知命中境，在殿内除了程子清无人能敌。宁缺的真实修为境界，与这位高僧依然有差距，在瓦山上能够震慑住对方，那是因为当时他的手中有元十三箭，而且他那一箭蓄势已久，有无上之威。

今日在佛殿内，宁缺手中握的是刀而不是弓，但他的脸上依然没有任何惧意，丝毫不理那道佛宗手印的威势，疾掠而前。曲妮大师怒喝一声，勉力再次举起拐杖。宁缺一刀斩下。杖断，曲妮大师再次吐血。而那道佛宗手印，已至宁缺后背。宁缺眉梢微挑，刀尖微挑，自陆晨迦颊畔掠过。然后他左手在身侧拟了个鸟啄之态。那道佛宗手印气息微微一滞。宁缺飘然而回，站在了桑桑的身前。

那道佛宗手印，此时才落在地上。一声簌然轻响，佛殿坚硬的石砖地面微微下陷。一绺青丝，在陆晨迦的脸畔断裂落下。一道血口，出现在她的脸上。

53

陆晨迦觉得脸上有些湿湿的，还有些凉。她伸手摸了摸，摸了一手的血。看着自己染着血的手，她的神情有些恍惚，苍白的脸上艰难挤出一丝笑容，缓缓举起双手捂着脸，然后忽然大声痛哭起来。泪水和血水从她的指缝里不停向地面淌落。她痛声哭泣，不是因为自己的脸上多了道血口，可能被毁容，而是因为她发现面对如今的宁缺，自己很难替隆庆报仇。

佛殿里的人们，看着捂脸痛哭泣血的花痴，看着被宝树大师手印碾至微陷的地面，看着默然持刀而立的宁缺，心生震惊。书院在修行界里威望极高，但那是因为书院有位令人高山仰止的夫子，和传说中的大先生二先生也有关系，却很少有人认为宁缺很强。

不知道是从道痴还是从书痴那里流传出来的说法，宁缺是不可知之地历史上最弱的天下行走，人们都赞同这个说法。哪怕他去年在凛冬之湖正面挑战杀死夏侯，在修行界里的强者们看来，那主要还是因为夏侯将军事先已经在魔宗行走唐的手中落下了重伤，而且光明之女桑桑在那场战斗里的表现太过惊人。

这和悟性天赋没有任何关系。在人们看来，宁缺入书院不过短短数年时间，就算连遇机缘晋入知命境，也是不久前的事情，面对佛法精湛的悬空寺高僧，怎么可能非但不落下风还游刃有余。更何况他在退回之前，还重伤了曲妮大师，在花痴的脸上割了一刀。那可是天下三痴里最以美貌闻名的花痴，宁缺居然忍心下此辣手，殿中诸人在震撼于宁缺展露出来的实力的同时，也为此人的冷酷无情而心生悸意。宁缺不会关心别人的看法。

书院的规矩道理很简单，除了拳头硬度之外，最关键的便是对等原则，你想杀我，那我必然要杀你，你想杀桑桑，我更要杀你，先前如果不是宝树大师佛宗手印强大，他的刀锋会直接把陆晨迦的脑袋砍掉，哪里会只来得及割了一刀。

"悬空寺要插手我书院之事？"宁缺望向宝树大师。从在瓦山看到那方佛辇时，他便心生警惕，也清楚佛宗与月轮国之间的关系，只是不知道对方会做到哪一步。宝树大师沉默看着他，目光落在他腰侧的左手上。先前他施出佛宗大手印时，宁缺的左手摆了一个鸟喙之式。正是那个拟鸟喙的手法，让大手印下压之势生出了一丝凝滞。

宝树大师不知道宁缺那个手势的来历，猜想应该是书院的绝学，只是依然不解，为什么感觉宁缺似乎对佛宗大手印了解极深。宝树大师的沉默，在殿内众人的眼中，自然是因为别的原因。

曲妮大师把陆晨迦搂进怀里，看着她脸上的血水，想着自己惨死在长安城里的儿子，脸上的神情变得越发怨毒。她狠狠盯着宁缺，声音沙哑难听痛苦地喊道："你这个畜生，杀了悬空寺道石大师，又把晨迦伤成这样，我月轮与你势不两立！佛祖也不能容你！"

殿内诸人沉默，谁都知道悬空寺道石大师与宁缺在长安晨街上的那场战斗，从某种意义上来说，那代表着佛宗对书院入世之人的挑战，无论从哪个角度上来讲，宁缺也没有任何过错可言，只不过人们也很清楚曲妮大师为何会如此悲痛。

"你杀我来我杀你。"

宁缺说道："隆庆背叛昊天，西陵神殿发下诏令，人人得而诛之，晨迦公主居然为了此贼意图谋杀光明之女，我代神殿出手惩戒有何问题？"

殿内诸人望向真正代表西陵神殿的程立雪司座大人。程立雪神情平静，沉默不语，且不说花痴确实触了西陵神殿的忌讳，即便没有，宁缺作为光明之女未来的丈夫，神殿也不会发表任何意见。

宁缺看着曲妮大师，说道："至于道石死在我手中，你要替自己的私生子报仇，动手便是，何必要把佛宗和月轮牵扯进来，我真想知道佛祖究竟是不能容我，还是不能容你这个不守戒律的老尼姑。"

听着这番话，宝树大师神情微凛。宁缺看着他，重复了一遍先前的问题："悬空寺确认要管这件事情？"

"我佛慈悲为怀，悬空寺秉持此念，无数年来极少参与俗世之事，你与晨迦公主之间的仇怨，我本不应该管。"宝树大师神情渐渐严肃起来，声若钟鸣，说道，"然而十三先生居然入了魔道，我悬空寺又如何能够不理，我亲眼所见，又如何能不管？"

听着这番话，殿内诸人望向宁缺的脚下，脸色变得有些怪异。宁缺这才注意到，自己的脚下有几块碎石砾，黑色院服的腰间有个灰色的小点，看颜色，应该是被石头击中后留下的痕迹。

这时候他才想起来，先前宝树大师的佛宗大手印，姿势有些奇特——右手平伸，食指微屈，看着就像顽童在弹石子——原来是真的在弹石子。修行者的肉身依旧像普通人那样脆弱，哪怕是知命巅峰的强者，依然可以被一个屠夫轻松地开膛破肚，当然那首先得是那位强者不还手。

只有两种修行者，能够凭自己的身体把一颗坚硬的石子震碎，在先前的战斗中，没有人感觉到宁缺以念力召唤天地元气护体，自然说明当初他符武双修的传闻并不真实，同时也说明他修行的是不容于世的魔宗功法！

佛殿内一片死寂，没有人说话，没有人知道这时候该说些什么。程立雪震惊地看着宁缺，正所谓道魔不两立，他身为西陵神殿天谕司大司座，发现一名入魔的修行者，理所当然应该愤怒站起，将对方斩于道剑之下……

然而宁缺不是普通人，他是书院十三先生，是夫子的亲传弟子。

不要说是程立雪，就算是掌教大人在场，也会觉得这件事情非常棘手。程立雪脑海一片混乱，想要站起，却又不想站起，完全不知道该做些什么，就在这时，他忽然看到了桑桑，顿时平静了下来，觉得好生庆幸。

光明之女在上，这件事情哪里轮得着他来代表西陵神殿表明态度。至于光明之女和宁缺关系亲密，肯定不会代表神殿降下雷霆，那和他又有什么关系？确认宁缺入魔，佛殿内安静了很长时间，但终究有人会表明自己的态度，而且那个人的态度非常坚定，非常强烈。

曲妮大师姑姑一面咳血一面大笑，笑声里满是快活和癫狂的味道，她看着宁缺，厉声怨毒地喝道："我倒要看佛祖到底能不能容你！"

宁缺静静看着宝树大师，心想悬空寺果然是传说中的不可知之地，这位首座手段确实高妙，竟能佛法无声，让那块石头落在自己的院服上。紧接着，他想明白今天这件事情，肯定是这位悬空寺高僧早已谋划，不然没有谁会在那种紧张战局中，还会想着这样做。想着老师当年的叮嘱，他摇了摇头——夫子曾经对他说过，小师叔修行浩然气之后，便再没有让任何敌人触碰到自己的身体，所以哪怕全世界的修行者都猜到小师叔已经入魔，却没有任何人敢当面指出来。宁缺自幼打猎砍柴，养成了近身肉搏的习惯，所以总是容易忘记老师的嘱咐，而且入知命境后有些过于自信，没想到却被悬空寺的僧人抓住了把柄。

然而……那又如何？小师叔入魔，举世皆知却无人敢提，自己虽然远不如小师叔当年，但却有比小师叔更强大的地方，难道还会怕了这些人不成？

"我不信佛，所以我自然不用关心佛祖能不能容我。"宁缺看着曲妮大师，说道，"而且你说我入魔我就入魔？世间哪有这样的道理。"

曲妮大师微微一怔，似乎没有想到在这样的情况下，此人居然还能面不改色地大谈道理，大怒呵斥道："殿内所有人都看见了！"

"看见的就是真的？"

"当年光明大神官眼神那么好，还不一样看错了。"

"而且就算是真的……没有就算，我反正不会承认。"

他看着曲妮大师的眼睛，微讽说道："你怎么证明？"

然后他转身望向殿内其余的人，问道："你们怎么证明？"

他摇头说道："想要证明，那便再来打过，说不定下一刻，我的腿便会被你们一剑刺穿，到时候谁来赔我医药费？"

宝树大师沉默片刻，说道："这是恐吓？"宁缺说道："你可以这样理解。"

曲妮大师厉声喝道："书院怎么会有你这般无赖的小人！"

宁缺说道："我确实比较擅长耍无赖，在书院里可以排名第一，即便是当年的小师叔，也不可能比过我，所以像这种没有意义的事情，就不要做了。"

"书院行事果然还是如从前那般嚣张。"宝树大师忽然笑了起来，看着他说道，"却不知在夫子眼里，在你们书院看来，怎样的事情，才算比较有意义。"

一直沉默不语坐在蒲团上的歧山大师，忽然警兆渐生，抬起头来望向宝树，眼神严厉而充满了警告的意味。

"冥界入侵算吗？"宝树仿佛根本没有感受到歧山大师的目光，看着宁缺，脸上的笑意渐渐敛没，只剩下威严与肃穆，喝道，"你是冥王之子算吗？"

54

"世间入魔之人多矣，难道你以为，这便能让我这个戒律院首座离开悬空寺？能够让我离开悬空寺的理由，只有一个。"宝树大师法相威严，看着宁缺喝道，"我要来看看你到底是不是冥王之子！看你血腥冷酷，又自污入魔，若真是冥王之子，便是夫子也不会保你！"

宁缺盯着这位高僧明若宝石的眼眸，沉默了很长时间。宁缺曾经因为这个传闻而紧张迷茫过，在经过夫子开解后才渐渐释然，而且背靠书院，也没有人敢在他的面前提起这个传闻。

曲妮大师先前提了，宁缺并不在意，因为他知道那是老尼姑羞怒悲愤的发泄攻击，对他没有任何影响，然而此时宝树大师的话，却让他变得有些凛然。宝树大师来自悬空寺，不是黄口稚儿，不可能凭着传闻，便公开指认他这个书院弟子是冥王之子，要知道这毫无疑问是这个世界最严重的指控。

让宁缺心神凛然还有一个重要原因，那便是前些天在瓦山上见到佛辇时的警兆，直到现在，他还不知道警兆预指何事，难道便是这个指控？

"这就是名门正派为私仇寻找大义名分的典型过程？"宁缺看着宝树微讽说道，"我很庆幸书院也是世间的名门大派之一，若我真是个普通修行者，岂不是会被你们陷害到连渣渣都剩不下来？"

宝树大师说道："我说你是冥王之子，自然有我的证据。"宁缺说道："我很好奇，你所说的证据是什么。"

他自然不可能真的好奇，因为直到今天为止，世界对冥王之子的怀疑对象，他依然牢牢占据着第一名的位置，占据第二名的隆庆皇子如今已经消失在荒原中。只不过在这种时刻，他不可能表现出来任何的紧张。

宝树大师静静看着他，从僧袖中取出一个铜铃铛。那个铃铛铜色寻常，式样却有些独特，体形圆阔，看上去更像是一口小钟。

歧山大师看着那铃，神情剧变，厉声喝道："宝树！放下那铃！"宝树今天很明显对自己的师叔没有任何尊敬，他神情漠然看着宁缺，右手提着那只铜铃，说道："此铃名为盂兰，又称净铃。"

看着这只铜铃，程子清记起了师兄曾经提过的某样佛门法器，眼瞳微缩，不可思议说道："难道这就是传说中的盂兰铃？"

洞明大师看到这只铜铃后，已然有所猜测，此时听到这铃的名字，不由得震惊无语，曲妮大师则是露出又惊又喜的神情。

秋风从殿外进入，拂动他指间那只铜铃，发出清脆的声音，铃声清脆但绝对没有一丝寒冽的意味，显得无比柔和而悲悯。铃声响起的那一刻，宁缺便记了起来，前些天在瓦山山道上，未见佛辇至，铃声已然先至，其时翠鸟蹈而迎之，神妙异常。

他眉头微微皱起，觉得似乎有些麻烦将要发生。宝树大师指拈铜铃，慈悲说道："盂兰花生长于极西净土，最能知邪镇祟，此铃所用之铜在漫漫盂兰花田里静养无数万年，最为纯净，后铸身为铃，随佛祖在世间苦修无数年，渐有佛性自生。"

宁缺看着大师指间的铜铃，忽然说道："看大师的介绍和诸位的反应，我大概能猜到，你接下来肯定要说这只铜铃能够找到冥王之子的下落。"

宝树大师肃容说道："不错。"宁缺摇了摇头，说道："如果这铜铃真这般好用，西陵神殿何至于为了寻找冥王之子害死了那么多人，光明大神官又怎会被囚禁十余年？"

宝树大师说道："那是因为当年冥王之子刚刚降临，还没有苏醒。"宁缺问道："那你怎么知道冥王之子已经醒来？"宝树大师说道："冥王之子苏醒，自有天兆，不然光明神座又怎会越狱出了桃山，要去长安城找你？"

宁缺说道："都是你在说，谁知道你手里这个铃铛是不是传说中的盂兰铃？也许是你在寺里哪间禅房里捡的，赶紧还回去吧，不然那禅房里的老和尚半夜醒来，忽然发现自己系在裤带上的铜铃不见了，岂不是要吓死。"这是一段笑话，这是一段对佛宗极不恭敬，对烂柯寺极为亵渎的笑话，然而佛殿里没有人发笑，人们脸上的神情越来越复杂。

宝树大师看着他说道："如果只是普通铜铃，你为什么不听一下？"宁缺说道："我为什么要听？你不觉得这样看上去很蠢？"宝树大师平静地说道："若净铃对你没有任何影响，那你自然便不是冥王之子，到时候悬空寺自然会还你一个清白。"宁缺笑着摇了摇头，从袖子里取出一方手帕，看着他认真说道："此乃我书院镇院之宝天罗帕，能伏世间一切邪魔外道，而我现在很怀疑佛祖是冥王之子，你要不要把他老人家的骨灰挖出来，让我用这帕子扇两下试试。"凭由他百般恶毒嘲弄讽刺，宝树大师自平静不闻，说道："我可以让你试试。"

宁缺摇头说道："我可没有怀疑大师你是冥王之子，我怀疑的是佛祖。"宝树大师忽然微笑说道："十三先生，你怕了。"

不是怕而是警惕，是在山道上听到铃声后，便对佛辇生出的警惕不安。宁缺在心中这样对自己说道，然后下一刻他不得不承认，自己确实很恐惧，因为自己是冥王之子的传言，本来就是他最大的恐惧，他看了一眼桑桑。

宝树大师沉声说道："你想走？"

宁缺正准备反言相讯之时，忽然听到一道很疲惫很轻的声音。"不要让那个铜铃响。"他听出来是歧山大师的声音，身体不由得变得有些僵硬。歧山大师佝偻着身子，坐在蒲团上，枯干的嘴唇微微翕动，声音只有宁缺能够听到："哪怕杀死宝树，也不要让那个铜铃响。"

宁缺感到一阵寒意，能让歧山大师如此紧张，那净铃定非凡物，最关键的是他想起了那天夜里与大师在松溪畔的那场对话。

"所以……拯救世界的前提，就是杀死冥王之子？"

"除了杀死，其实还有别的方法。"

"什么方法？"

"比如让他修佛清心，然后被光明净化？"

"大师……我怎么越来越觉得你是在说我。"

难道自己真的是冥王之子？宁缺仍然面带笑容在与宝树斗嘴，但他的心里早已没有丝毫笑意，寒冷无比，甚至有些恍惚。他望向宝树大师，问道："既然摇铃便能确定谁是冥王之子，那这些天你为什么一直不摇，非要等到这个时候来摇？"

宝树大师说道："净铃乃佛祖法器，使用自然有严苛的条件，需要闻声者与铃体在一段距离之内，而且需要诵经以清心。"宁缺说道："那我只要离这破铜铃远些，你岂不是拿我也没办法。"

宝树大师说道："如果你不敢听，也是一种证明，而且你今天走得出烂柯寺吗？"宁缺忽然笑了起来，说道："是吗？我倒要看看谁敢拦我？"说完这句话，他把双手背到身后，感觉很是潇洒随意。事实上，他是在准备接东西。被他用身体挡住的桑桑，从身上解下箭匣，准备组弓。

"当然，为了替书院洗去嫌疑，我愿意委屈自己听听。"宁缺看着宝树微笑说道，"请大师诵经清心，我还真想知道这铃声有什么古怪。"他已经做好准备，下一刻桑桑把铁弓递到他手中，便是箭射宝树。或许一箭两箭射不死对方，他会把十三支铁箭全部射完，然后带着桑桑逃离烂柯寺，再也不回来。就在这个时候，宝树大师似乎猜到他心里在想些什么，微笑说道："我虽然没有与七念一道修闭口禅，但我也懂得一些默经的法门。"

听到这话，宁缺心情骤紧。所谓默经法门，自然指的是不需要诵经以声，便能起到作用，先前他在一心二用之时，宝树大师或许已经在心中默默读完了那篇启铃的经文！

宁缺知道自己必须动了，铁弓还没有递到他手上，便只能握住刀柄。他手腕一翻，沉重的朴刀，挟着昊天神辉隔空砍向宝树大师！同时他伸出左手食指，在身前空中锋利一划！宝树大师神情不变，左手单手竖掌，一道浓郁的佛家气息，在他身前幻作若隐若现的大手印，一把握住了恐怖的刀势。

刀势再破，大手印涣散无踪。然而宝树大师右手上的小铜铃，已经轻轻摇了起来。

佛殿里响起了清脆的铃声，和曾经在山道上响起的铃声并不一样。同样地慈悲，却并不柔和，反而充满了威严，似乎将要镇荡世间一切阴秽。

铃声传出佛殿，传遍整座烂柯寺。烂柯寺里有十七口古钟，或在亭间，或在殿后，或在廊下，或在梅旁。这十七口古钟，几乎同时响了起来。浑厚洪亮的钟声，回荡在黄寺飞檐之间，却依然掩不住那道清脆漠然的铃声。钟声回复助铃声渐飞，一直飞到瓦山顶峰。佛祖石像在云中安静，渐渐生出庄严的佛光。

55

在一座稍显偏僻的佛殿外，南晋太子艰难地从地上爬起，看着破损的殿门，眼眸里流露出极为恐惧的神情，就连身旁谢承运的搀扶，都被他下意识里躲开。谢承运并不知道殿里发生了什么事情，再次伸手把殿下扶起，看着殿内怒道："殿下，何人如此大胆？待我派人去把此人擒来问罪。"南晋乃是世间强国，这位太子殿下更是骄横之人，在瓦山上即便面对宁缺这位书院弟子，也不肯落了下风，然而此时听着谢承运的话，他竟是脸色瞬间变得苍白，连连说道："不要不要！赶紧离开这殿！"

佛寺殿堂里的光线相对都比较黯淡，这座偏殿也不例外，如果不是破损的殿门漏进一些天光，根本都无法看清楚里面的动静。这座殿里也有两座石尊者像。有两个人正在看这两座石尊者像。一人穿着素衫，结了个简单的道髻，身后背着把木剑，正是道门行走叶苏。另一人身材精壮，穿着一身中原少见的兽皮衣裳，正是魔宗行走唐。想来先前那位南晋太子殿下，便是被他们其中一人扔出了佛殿，面对如此强大的两名天下行走，难怪那名太子殿下恐惧成那副模样。

叶苏说道："你没有杀死南晋太子，那么今天在寺里，我便不向你出手。"唐的声音显得有些低沉，嗡鸣作响："我对杀人没有兴趣，不过中原这些皇室，不过都是西陵神殿养的狗，你居然会关心一条狗的死活？"

叶苏笑着说道："道门与世俗是相生相成的关系，你不知道知守观要养很多人，而且那些人都很挑剔，所以我们很需要这些皇室帮我们挣钱。"唐看着他说道："能够承认道门的腐朽，你现在说话直接了很多，看着也顺眼了很多，只是你身后的木剑什么时候有了剑鞘？"

叶苏说道："少年时总觉得天下之大无处不可去，无人不能敌，骄傲到了极点，怎愿意把道剑束在鞘中不得快意，如今年龄渐长，也明白了更多的道理，剑在鞘中还是剑，敛了锋芒也不见得就失了凌厉。"

唐说道："看来你长安一行果然有不少收获。"叶苏说道："你也应该去长安城住一段时间。"

唐说道："有机会我会去的。"叶苏转身望向他，说道："连长安城你都不敢去，你为什么敢来烂柯寺？"唐说道："以往见着我，你便要杀我，为何今天却不动手？"叶苏说道："因为我来到烂柯寺后才想明白，数十年前，莲生神座血洗古寺之后，魔宗便已经灭了，就算让你活着，也不能改变什么。"

唐说道："你觉得今天会和数十年前那天一样吗？"叶苏摇头说道："当年莲生神座和轲先生已然纵横无敌，而今天寺里这两个人或许潜力无限，尤其是其中某人，但毕竟只是小荷才露头角。"

唐说道："你真的确定书院不会出手？"叶苏说道："此间是佛寺，需要忧虑这些的是哑巴，而不是我们。"

唐说道："所以你不去后寺，而是在这里对着尊者像发呆。"叶苏说道："你也一样。"唐说道："因为我尊敬书院，所以我的手不想沾血。"叶苏沉默片刻后说道："我是因为还看不明白。"

唐说道："道门也有看不明白的事情？"叶苏说道："当年光明神座都看错了，更何况是我。"唐说道："我很想知道宁缺会做到哪一步。"叶苏说道："那是一个极端现实自私的人，不会有与整个世界为战的勇气。"

唐摇头说道："你如今看起来多了几丝人味，但那只不过是被长安城的民宅油烟熏出来的，实际上勘破死关之后，你根本就不懂正常人的思想。"叶苏想了想后点头说道："此言有理。"

便在此时，烂柯寺里响起钟声，嗡嗡作响，绵绵不绝，到处都是。叶苏缓缓闭上眼睛，寻找着钟声里的那道铃音。"开始了。"他走出偏殿，向后寺行去。唐看着身前的石尊者像，沉默片刻后，也离殿而去。

中寺诸殿里的修行者，被钟声惊动，纷纷走出来，扶栏向山间望去。叶苏和唐在人群里穿行，没有修行者注意到他们，更没有人会想到，这两个人便是传说中的天下行走。

一路行来，钟声不绝。烂柯寺里佛光渐盛，无数天地气息奉诏而来，在寺院上空，形成一道只能感知，却无法看到的隔断，里面蕴着无上法威。叶苏背后的木剑，仿佛有所感应，发出轻轻嗡鸣。唐的右脚踩烂了一块青砖。叶苏抬头望向天空，眉头微蹙，说道："佛宗沉默万年，没想到原来还隐藏着这样强大的手段，我剑能过去，人却过不去。"唐低头看着脚下那块碎砖，声音微沉，说道："我可以试着从地下过。"

二人来到烂柯后寺之前，看着身前紧闭的黑色寺门，感受到那座佛殿里的变故，叶苏脸上的神情骤然变得极为震撼，情绪复杂说道："家师于南海有所感应，所以让我自北归来相看，然而只怕他老人家都想不到，原来这才是事情的真相。"

烂柯寺后殿，铃声响起的时候，宁缺的手指，还没有在空中画出那条完整的线条，所以他没有继续，而是意守识海站在原地，准备硬抗佛祖的遗威。

盂兰净铃果然不愧是佛祖随身的法器，伴着清音响声，一道慈悲威严的佛性，传进他的耳中，默然进入他的识海。瞬间内，无数幻觉在宁缺脑海里出现，那些无法用言语形容的污秽丑陋魔身，那些同样无法用言语形容的妖媚天女，不停地穿梭而行，时近时远，散发着各种各样的诱惑及恐惧，引导着他向着净土或冥界里去。宁缺识海被强烈地撕扯着，痛苦万分，但他的识海里毕竟还有莲生大师的意识残片，在极短的时间内，便从幻境中苏醒过来。确认佛祖的盂兰净铃并不如想象中强大，甚至就算自己未入知命也能撑过去之后，他决定以最快的速度解决这件事情。

盂兰净铃没有影响到他，他看着身前的宝树大师，准备与对方血战一场。然而宝树大师的眼神很奇怪。宝树怔怔地看着自己，显得有些惊惧，更多的却是惘然。殿内其余的人眼神也很奇怪。他们看着自己，就像是看到鬼一样，震惊恐惧，同时也很惘然。

宁缺低头望向自己的身体，发现并没有生出什么奇怪的东西，也没有像隆庆那样胸口忽然多出一个血洞，所以他也觉得奇怪起来。他抬头再次望向宝树和殿内众人。忽然间，他感觉到极度的恐慌。因为这一次，他终于看清楚，人们并不是看着他，而是看着他身后。

宁缺转身，桑桑坐在蒲团上。她的小脸很白，身前地面上是斑驳的血痕，不是咳血，而是吐了血。钟声在烂柯寺里继续回荡，噗的一声，又一口鲜血从她的唇间喷出，打湿了身上的黑色棉袄和青砖地面。一道佛光，不知何时穿透殿宇，落在她的身上。

那道佛光是那样地慈悲，又是那样的冷酷。佛光中，桑桑的脸显得越发苍白，瘦弱的身子显得越发渺小。她看着佛光外的宁缺，默默流着眼泪。

佛殿内所有人都在看桑桑，神情极度震惊，就像看到鬼一样。歧山大师发出一声痛苦的叹息。宝树大师神情复杂，喃喃说道："我佛慈悲，原来如此。"

歧山大师看着宁缺，痛苦说道："事情的真相，正如你现在所看到的，你不是冥王的儿子，她才是冥王的女儿。"看着佛光里无比痛苦的桑桑，宁缺觉得自己被整个世界所抛弃了，就像很多年前，他在柴房里的感觉那样。

如果他要选择自己想选择的，那么他就必然被整个世界所抛弃。而他之所以觉得自己被整个世界所抛弃，正是因为他知道自己会选择自己想选择的，正如很多年前，他最终还是拿起了那把柴刀。其实既然是自己做的选择，那么便不是整个世界抛弃他，是他抛弃了整个世界。他走进佛光里，撑开大黑伞，遮在桑桑的头上。

56

宁缺走进佛光，撑开大黑伞，动作很自然，就像这些年他一直在做的那样，替她遮风，替她挡雨，哪里需要思考什么。这是他的习惯，而习惯比佛光还要强大。

来自瓦山顶峰佛祖像的那道佛光，无视人间一切物理屏障，以无比神奇的方式穿透烂柯寺后殿的殿顶落下，看上去就像是黄金粉末和珍珠粉末混在一起，然后被阳光点燃，显得无比庄严华美。大黑伞在桑桑的头顶展开，佛光与黑色油腻的伞面相撞，四溅散开，画面异常美丽而令人惊心动魄。不知为何，佛光没能穿透伞面，溅射有如普通的雨。只是佛光万丈，恢宏无限，人类肉眼可见的数量，也不是一场秋雨所能比拟，更像是由无数光线凝成的瀑布，不停地向大黑伞落下。大黑伞就像是瀑布里的一块黑色石头，被不停地冲刷着，撞击着，再如何稳固坚强，也渐渐有了颤抖不安的感觉。

宁缺握着伞柄的右手微微颤抖，没有感受到有磅礴的力量从伞柄处传来，但却清晰感受到伞外的恐怖佛威，他体内的每根骨头都开始咯吱作响。更令人感到不安的是，大黑伞伞面上那些十几年时间都没能被雨水冲洗掉的油垢灰尘，在佛光的冲洗下正在不停变薄，似乎最终还是会被净蚀成空。

因为震撼，宝树大师手指间的盂兰铃已经停止，烂柯寺里的钟声还在回荡，那道清脆的铃声，渐渐消失无踪。

宁缺把桑桑背到身后，桑桑低着头靠在他的肩上，脸色苍白，身体虚弱，却像多年前被他在寒雨里背起时那般，习惯性地伸手，要替他撑着伞。宁缺不想让她撑伞，知道她这时候的情况非常不好。桑桑还是把大黑伞接了过来，很奇妙的是，当大黑伞进入她手中后，顿时变得比先前稳定了很多，似乎能够承受更多佛光的冲洗。

宁缺背着桑桑向佛光外走去。他横握朴刀于胸前，铁弓箭匣在身后，面无表情看着殿内的众人，没有说话，眼神冷而狠厉，就像是护崽的母虎般危险。

殿内诸人都是强者，然而看着他的眼神，下意识里不想与他的目光接触。

紧接着，人们又发现了很神奇的事情，所以心情稍微平静了些。宁缺向佛光外走去，却没能走出佛光。那道远自瓦山顶峰降临的万丈佛光，仿佛能够感应到他的位置，更准确说，是能感应到举着大黑伞的桑桑的位置，随着他的脚步而移动。

宁缺看着大黑伞边缘淌落至空中、然后消失不见的佛光碎絮，沉默不语。

"哈哈哈哈哈……"陆晨迦从震惊中清醒。看着伞下的宁缺，忍不住大笑起来，笑得花枝乱颤，笑得上气不接下气，泪流满面，显得极为痴癫。

"你最重要的人，变成了冥王的女儿……宁缺，你现在能怎么办呢？你……现在大概能明白……我这些天是什么感受了吧？"宁缺面无表情看着她，有些怜悯，极度轻蔑。

笑声渐止，陆晨迦惘然沉默。她的脸色苍白，那道刀口还在渗着血，然而她懂了宁缺怜悯轻蔑眼神的意思，不由得惘然，原来他是那样说的，也是那样做的，只是为什么他都不想一下？那可是冥王的女儿啊！

"十三先生，请把她放下。"宝树大师面带悲悯，宣了一声佛号，看着宁缺说道。程子清低首坐在佛殿门口，剑已出鞘，横于膝上。

宁缺看了一眼宝树大师手指间的小铜铃，他又看了一眼程子清膝上的那把剑，然后他抬头看了一眼大黑伞。

宝树大师乃是悬空寺首座，大悟之人，境界相当于知命中境，甚至更高，他手中那枚净铃乃是佛祖遗物，带着最纯正的佛性，正是桑桑的克星。程子清是剑圣柳白的师弟，知命中境强者，这些天虽然不显山不露水，但他膝上那柄薄剑，必然有开湖斩山之威。

大黑伞在桑桑手中得到了最强大的展现，就如过去这十几年里那样，然而在无上佛光的冲洗下，伞面的油腻灰垢还是在不断净化消失，黑伞伞面最细微的那些缝隙里，已经能够感受到佛光带着慈悲意味的冷酷。

面对着悬空寺和剑阁的两大强者，就算没有背着桑桑，宁缺都没有信心能够逃走，更何况他现在背着桑桑，那么佛光便会一直跟着他们，不停地镇压。

"既然已经找到了冥王的女儿，那么世间所有人都不可能让她逃走，而且就算你们逃到荒原最深处，逃进风暴海里，依然不可能逃过万丈佛光。"宝树大师拈着铜铃的手指微微变紧，看着宁缺说道，"放弃吧。"

这时歧山大师神情黯然地说道："既然他们已经无法离开，就不要摇铃了。"

宁缺沉默看着大师，右手离开刀柄，轻拍从腰间探出的刀鞘。人们以为他此时的沉默代表着剧烈的心理挣扎，神情各异，程子清叹息一声，心想即便是你的结发妻子，但那也是冥王之女，你还能有什么选择？

只有歧山大师隐约知道宁缺这时候在想什么。宁缺看着歧山大师，发现大师虽然神情黯然甚至有些悲伤，但没有任何震惊，确定大师很早便知道了桑桑是冥王之女。

在长安城的时候，想着要去烂柯寺，他便有些隐隐不安，此时回头看去，才明白无论是桑桑的病，还是瓦山里的三局棋，以及这些日子在寺里修行佛法，早就预示出了事情的真相：佛宗讲劫，烂柯寺便是自己和桑桑的劫数。紧接着，他想到了更远的一些事情，不由得通体彻寒——来烂柯寺替桑桑治病，是夫子的意思，具体则是大师兄写信给歧山大师做的安排。

"不会是这样的。"宁缺对自己默默说道，想要把这个自己最不能接受的推论驱出脑海，然而他需要得到最真实的答案，哪怕这个答案会令他痛苦无比。

所以他沉默看着大师，歧山大师知道他想听到什么，说道："你现在相信她是冥王的女儿吗？"

宁缺没有任何情绪地说道："你们以前说她是光明的女儿，现在又说她是冥王的女儿，我怎么知道该信哪个？我只知道她是被我捡到的，她是我一口粥一口粥喂大的，如果说她真是谁的女儿，也只能是我的女儿。"

歧山大师怜悯说道："可这是事实的真相，前些天在洞庐里，你让我给她治病，我的手落在她的腕间，感受到那道阴寒气息，便知道……那就是冥王在她身上留下的烙印，你难道一直没有想过，连夫子和西陵神术都没有办法驱散的阴寒气息，又怎么可能是先天虚弱幼时伤寒便能造成的普通病症？"

对桑桑体内那道奇怪的阴寒气息，宁缺早有怀疑，只不过他不说不想，让自己不想便能忘记，此时听大师点破，沉默片刻后说道："依然只是猜测，这没有办法确定，老师说过，世间没有无所不知的人。"

"是的，所以夫子让你们来烂柯寺，首先就是要确定她体内的病到底是什么，只有这样我们才能知道真相，才能找到治病的方法。"歧山大师叹息说道，"今年的瓦山三局棋，事实上就是为桑桑姑娘准备的，在虎跃涧旁，无论你再如何强硬，我依然会想办法让她去破那局残棋。"

"为什么？"宁缺问道。

"为了证明她到底是谁。"歧山大师说道，"她破乱柯残局的方法，乃是天算之法，绝不是人力所能达到的层次，所以这第一局首先证明了，她不是人间之人。"

宁缺沉默，歧山大师又道："在秋亭内，她与洞明下的第二盘棋，首选的便是黑棋，洞明此生最擅长在棋道上观天象，那局棋最终黑白相守，难言胜负，便如光明黑暗于天穹之上对峙，又是冥王之女身份的显兆。"

宁缺说道:"洞明大师当时说过,黑白分隔,本就是随心意而定。"

歧山大师看着他背上的桑桑,疼惜说道:"天意要看的便是她的心意啊!"

洞明大师从开始时,便一直坐在佛殿角落里,此时听到提到自己,宣了一声佛号,便自沉默不语,看来便是他也早就知道了桑桑身世的真相。

歧山大师的目光离开桑桑的脸,看着宁缺说道:"你亲自参与了第三局棋,虽然去得晚些,但你也应该知道曾经发生过什么事情。"

"棋盘内外的世界规则虽然有种种差别,实际上都还是在昊天的规则范围里,桑桑却打破了时间之上的永恒规则——死亡。而你要知道,在昊天的世界里,只有昊天本身才能制定或超越永恒的规则。

"一个能够打破永恒规则的人,既然不是昊天,那么她便必然不是这个世界的人,甚至必然是来自永恒寂灭、无间痛苦的冥界。

"真正的瓦山三局棋,本来就是佛祖离开这个世界前预备下的诸多手段之一,也是最重要的手段,用意便是寻找冥王之子的踪迹,便如盂兰铃一样。

"莲生师弟当年也破过,但他的情况和桑桑不一样,因为所选择的方法或道路不一样,桑桑在破局中所展露出来的非人间所能有的算力、冥冥中的心意以及对规则的无视,都在一步步揭示这个惊人的真相。"歧山大师叹息一声,最后说道,"她就是冥王的女儿。"

宁缺说道:"不管是当年的佛祖,还是现在悬空寺、烂柯寺还是月轮的白塔寺,所有这些事情都是你们这些僧人在说。

"但这是昊天的世界,如果桑桑真是冥王的女儿,为什么道门什么都没有发现,还奉她为光明的女儿?我无法想明白这件事情,所以你依然无法说服我。"

大师说道:"既然投影到昊天的世界,冥王自然要为自己的子女准备诸多手段,昊天道门首当其冲,反而不如我佛门或书院那般看得清楚。"宁缺明白这句话的意思,甚至他此时其实早已经明白了桑桑的身份,但他依然不打算承认,因为他清楚言语上的承认,会给行动带来很多不便。

"我需要更多的证据。"他说道。歧山大师叹息说道:"那日在这座殿前,我曾说过你最有趣的地方,就是你想便能做到,你不想,便能让自己都想不到……这不是什么禅语机锋,而是真实的感慨,你与桑桑自幼一起生活,若真去想又怎么会想不明白呢?"宁缺没有说话。

歧山大师指着佛光里那把大黑伞,说道:"这把黑伞能隔绝一切,能传导一切,包括光明,本就不是人间应该有的东西,不知多少年前,你得到这把大黑伞的时候,难道没有觉得奇怪,难道你没有产生过什么怀疑?"宁缺当年捡到大黑伞的过程太过寻常无奇,如果不是桑桑哭闹,只怕早就被他扔了,然而随着时间流逝,大黑伞渐渐展现出很多不可思议的特质。

在北山道口,在杀剑师颜肃卿的那个夜晚,在凛冬之湖战夏侯的过程中,以及更早在岷山在梳碧湖的岁月里,没有这把大黑伞,他不知道要死多少次。此时宁缺当然明白,大黑伞是冥王赐予桑桑的武器,然后黑伞又不知为何确认宁缺便是桑桑的保护者,也开始保护他。数年前的春天,在他正式成为书院前院的普通学生的第一天,他遇到了一个书生,那个书生腰间系着一个木瓢,手中握着一卷书。书生要拿腰间的木瓢换宁缺身后的大黑伞。宁缺不想用身后的大黑伞换他腰间的木瓢。书生没有说什么,走到书院侧门,登上一辆牛车,离开了书院。后来宁缺才知道,那名书生便是书院大师兄,当时牛车里坐着的是夫子,那是夫子又一次周游诸国前做的最后一件事情。而直到此时在烂柯寺里,他才真正理解,当年自己拒绝这一次交换,意味着自己错过了什么,只是一切似乎都有些晚了。

"大黑伞究竟是什么?""是一片夜色。"歧山大师的答案很玄妙,很难懂,但宁缺懂了。

"她是冥王的女儿,她正在苏醒,冥王的目光即将落在她的身上,所以你会觉得她会死去,因为你和她本来就是两个世界的人。

"瓦山三局棋是让她下的,却也是给你看的,第一局乱柯残局,需要白棋弃势,第二局棋是想让你了解光与影的对立,第三局是想让你看到世界毁灭的景象,所有的这些,都要让你学会放弃。

"很遗憾的是，前面两局对你没有意义，而第三局里，那个即将毁灭的世界，也不能让你的心意有任何改变，那么真实的世界呢？"

歧山大师看着宁缺的眼睛，叹息说道："如果我们身处的人间世界，将要因为你背上的小姑娘而毁灭，你会怎么选择？"

57

宁缺一直都知道桑桑很特殊。但他知道自己也很特殊，来自另外一个世界的人，在这个世界上，当然毫无疑问是特殊的，所以他总以为桑桑的特殊，来自自己的特殊，因为她是自己的本命。然而他没有想到，原来桑桑才是特殊的那一个。

"大师兄是什么时候知道这件事情的？这些天还是很久以前？"宁缺看着歧山大师问道，他已经猜到了答案，但想要再次确认，因为这件事情对他来说很重要，仅次于桑桑身世所带来的危险。

歧山大师说道："我并不清楚，但大先生在信中已经说得非常清楚，夫子让你们来烂柯寺治病，想看看佛宗有没有办法，去掉她体内的那道阴寒气息，便是因为书院知道佛宗有应对冥王烙印的方法。"

"原来老师……也早就知道了。"宁缺自嘲地说道，到了现在，有很多以前百思不得其解的事情，都已经有了明确的答案，当初从荒原归来，大师兄一违平日温和善意的性情，坚持地反对自己和桑桑在一起，想来便是隐约猜到了桑桑的真实身份。

"但老师同意我和桑桑成婚。"说完这句话，他忽然想明白了某些事情，于是他最珍惜也是他最珍稀的那种情感，重新回到体内，那种情感叫作信任。

于是他抬起头来，眼神变得异常明亮锐利，看着殿内诸人，开始缓缓拍打刀鞘，很有节奏，充满了不知从何处而来的信心。朴刀的刀鞘很硬很厚，手掌拍打在上面，发出的声音很沉闷，而且不可能如何响亮，哪怕佛殿里这般安静，也很难引起人的注意。

不过这个世界总有些听力特别好的人……或马。一直在烂柯后寺园内嚼草唾碎梅的大黑马，在铃声响起、钟声大作、佛光降临之后，早已警惕起来，一直盯着佛殿方向。宁缺第一次拍打刀鞘时，它就已经听到。那是宁缺和它之间的约定，然而它能感觉到那道佛光里蕴藏的威力，也知道殿内有很多强大的人类，所以它踌躇了很长时间。宁缺第二次拍打刀鞘的低沉声音传来，大黑马咧开嘴，露出那口大白牙，把心一横，低着脑袋，落蹄无声离开佛殿，向禅院跑去。大黑马跑进禅院，来到那辆黑色马车旁，熟练至极地一低身，便把自己的头钻进辔头里，又咧开嘴把皮绳咬紧，后蹄猛地一蹬，便向前一蹿。大黑马已经用了比平时拉车大一倍的力量，本以为马车会随自己高速奔驰起来，然而却没有想到车厢纹丝不动。这时候它才想明白，没有宁缺，车厢上的符阵根本无法发动，这由精钢打铸的车厢，该得有多沉重。

幸运或者说不幸的是，在长安城的时候，大黑马已经有过多次在符阵未曾发动情况下拉动车厢的经验，它无奈地喘了口粗气，浑身肌肉暴起，四蹄微颤，拖着沉重的黑色车厢行出禅院，向着佛殿而去。

宝树大师看着宁缺，说道："只要你肯把冥王之女留下，交由我悬空寺处理，那么你可以自行离去，而书院会获得佛宗最诚恳的感谢和尊重。"宁缺没有回答他的要求。

宝树大师沉默片刻后，说道："道石虽然是我的儿子，但如果你肯以天下苍生为念，那么我可以无视这段仇怨。"曲妮大师听着这话，身体微震，怨恨地望向宝树，却不敢说话。

殿门处，程子清看着宁缺说道："十三先生，没有人敢不尊敬书院，但是既然已经确定她是冥王的女儿，那么无论是我剑阁，还是别的任何修行宗派，都不可能任由你带着她离开，请你理解这一点。"

宁缺除了问歧山大师，其余时间都很沉默，殿内的人们以为他还无法接受桑桑是冥王之女的现实，所以等着他醒来。此时看他神情，猜到他已经确定，想必心里正在经历痛苦的挣扎，众人同情之余生出和平解决问题的冀望，开始劝说。在人们看来，无论宁缺最终会做出怎样的选择，都必然是一个漫长而痛苦的过程，然而事情的发展，和他们的想象完全不一样。

"你看，在旅途上我就说过很多次，你不会死。"宁缺转头看着桑桑的小脸，说道，"如果你是冥王的女儿，又怎么会死呢？死也不过就是回趟家，哪里还需要说那么多遗言，现在想起当时的画面还真是可笑，确认那道阴寒气息不会让你死，那就好了。"

以前他不知道，是因为他不想知道，现在他知道自己曾经的小侍女、如今的妻子会让整个世界毁灭，那也不过就是知道而已。

"我说过佛祖不会容你！佛祖更不会容许冥王之女活在这个世界上！你以为你们能在万丈佛光之下撑多长时间！"曲妮大师看着他厉声喝道，"宁缺，你不要以为我不知道你是在拖延时间，想等书院来救你？书院再如何嚣张，难道还敢护着冥王之女不成！你就绝了这份心吧，想想书院为什么要你们来烂柯寺治病！"

"这和书院又有什么关系呢？"宁缺重新握住朴刀刀柄，说道，"小时候那些年，我不是书院学生，不一样背着她翻过那么多山，杀死了那么多想杀我们的人和野兽？现在她已经长大，我变得这么强，难道反而变得还不如当年？"

听着这段话，众人心中顿时警意大作，寒意渐生。后寺佛殿里，有一个人一直保持着沉默，今日局面一转三折，也没有人注意到她的沉默，然而便在这个时候，她抬起头来望向宁缺。

莫山山今天一句话都没有说，只是脸上的神情有过数次变化，最开始当宁缺击倒曲妮大师和花痴，与宝树大师平分秋色之时，她微笑喜悦，当桑桑身世被揭露后，她震惊惘然，她不知道自己应该怎么做。

宁缺没有看她，但知道她在看着自己，于是坚定而不容置疑地摇了摇头。他知道莫山山肯定懂自己是什么意思，两年前在荒原上并肩战斗那么多次，早已培养出来了足够的默契，但他不想她选择立场，哪怕是对自己有利的选择。

冥界入侵这件事情太大，大到连书院都承担不住，更何况她只是一个刚刚晋入知命境的书痴，宁缺希望她能够拥有不选择的自由。

"为了天下苍生，为这个世界能够继续存在下去，我以谦卑的姿态恳求你，把冥王之女交给悬空寺，除了这一点，我可以答应你任何要求。"宝树大师看着宁缺说道。

宁缺看着他神情冷淡说道："我要你去死，你肯不肯？"宝树大师平静说道："能救世界，自然肯。"

对于这个回答，宁缺不知道该说什么。曲妮大师看着宁缺的神情，知道殿内诸人此时肯给出的代价越大，那么他便会越痛苦，用沙哑难听的声音说道："如果你肯把冥王之女留下，老身也愿意去死。"宁缺面色平静说道："你的命不值钱。"曲妮大师暴怒。

然后宁缺看着宝树大帅说道："如果说是为了苍生，苍生与我何干？我又不是修佛的。如果是为了大义，大义与我何干？我又不是道士。我只是书院里的一名普通学生。我想做的事情只是带我妻子离开。"

宝树大师说道："但没有人能够抵抗昊天的规则。""不能抵抗不代表不想抵抗，事实上在这个充满规则的世界里，我、你、所有的人都无时无刻不在抵抗规则。"宁缺看着众人说道，"我们病了会吃药，抵抗病；我们会吃人参，极力保养，抵抗老；我们会修行，抵抗死；还有人会自杀，抵抗生。

"你是戒律院首座，却有私生子，讲经大士也有一个叫悟道的私生子，听闻歧山大师是前代讲经首座的私生子，我这时候不想说什么一庙的男盗女娼淫僧荡尼，但事实上你们都在抵抗佛祖的戒律或是道德的约束。"

宝树大师和曲妮大师的脸色变得特别难看，歧山大师却是摇着头笑了起来，似乎很喜欢听到有人把悬空寺贬到如此地步。

"当然，你们想把桑桑杀死，也是一种抵抗。"宁缺看了桑桑一眼，说道，"但我不想她死，那么你们就要允许我抵抗你们的抵抗。"

"你真的想回护冥王之女？"宝树大师脸色变得凝重而严肃，说道，"但你要清楚，她不可能在这个世界上生存下去，书院让你带她来烂柯，也不可能是真的为了治病。"

宁缺摇头说道："老师和大师兄就是让我们来治病的。"宝树大师凛然说道："如果人死了，病自然也就没有了。"

宁缺说道："如果是别的人，我或者真的会怀疑他让我带着桑桑来烂柯治病，是要配合你们佛祖的阴谋，但我相信大师兄。"

曲妮大师无法理解他此时的信心，厉声恼怒问道："为什么？"宁缺说道："因为他是大师兄。"

58

这就是信任。宁缺信任书院，信任自己的师兄，所以面对如此危险严峻的局面，他一直在等大师兄发现烂柯寺出了问题，赶来救自己和桑桑，他知道大师兄如果发现情况有变，一定能赶过来，前面的谈话自然有拖时间的成分。如果大师兄赶不过来，那么解铃还须系铃人，他只有想尽一切办法杀死手执盂兰铃的宝树大师，然后再想办法逃离烂柯寺。

他看了一眼头顶的大黑伞，确认黑伞还能在佛光下支撑片刻，说道："佛祖慈悲，治病自然不仅仅只有杀人一个法子。"

歧山大师说道："不错，我会传授她佛法，要消减的不是戾气，而是希望能够让她体内那道阴寒气息变得更加平和沉稳一些，然后根据夫子的想法，大先生和我商量，待桑桑佛法渐深后，我们会想个方法让她藏起来。"

宁缺问道："藏起来？"歧山大师说道："因为只有这样做，当冥王的目光在人间缓缓扫过时，才不会发现她体内的冥界气息烙印。"宁缺说道："那岂不是要把她囚禁一辈子？和杀死她又有什么分别？"

"不用囚禁一生。"歧山大师说道，"既然昊天有七万世界，冥王再有通天之能，如果它在这些世界里的分身没有主动发出信息，那么要一个一个世界查看过来，也需要很长的时间，当冥王的目光，停留在别的世界时，桑桑自然可以出来。"

程子清神情凝重地问道："天道不可测，似我们这些凡夫俗子，根本无法触摸到昊天和冥王的意识，那又如何确认何时冥王的目光没有看向人间？"

歧山大师解释道："天谕神座去年在长安城里，曾经看到三年之后，桑桑会出现在西陵神殿，而桑桑即将苏醒，这就证明，冥王的目光巡视到我们这个世界的时间段，就应该是在今后的两年时间内。"

宁缺沉默不语，他原本只是想通过发问来拖延一些时间，也没有期望歧山大师真如前些日子说的那般，真有应对冥王的办法，却没想到，此时听大师的推断，竟是大有道理，不由得心情变得有些复杂。

宝树大师肃然说道："然而人间根本没有任何地方能够瞒过冥王的眼睛。"歧山大师的手掌缓缓落在身前的棋盘上，平静地说道："还是有的。"宁缺看着那方非棋非石的棋盘，想着那日在棋盘世界里的遭遇，心情再变。

宝树大师沉默片刻后说道："虽然这也是佛祖留下的法器，但我依然认为，不可能瞒过冥王的眼睛，师叔你太低估人间之上的存在了。"

"低估冥王……那是多么愚蠢的事情。"歧山大师把身前的棋盘翻了过来，平静地说道，"我要桑桑躲的，根本就不是冥王的眼睛，而是……时间。"

"时间？"宁缺问道。

"不错，就是时间。"歧山大师看着众人说道，"你们应该听说过烂柯寺的传说，只不过没有人会把传说当成真实，哪怕是宁缺你，也会下意识里忘记。

"这方佛祖留下的棋盘，能够改变时间流逝的速度，正面延缓，反面加速，如果从反面进入棋盘，那么在里面只需刹那，人间便已数年。"歧山大师说道，"将两年时光变成一瞬，那么在这两年时间里，桑桑这个人便等于在这个世界上消失，冥王又如何找得到她？"

听到这番话，佛殿里的人们震惊无语，他们哪里想象得到，居然有人能够想出这样的法子，更令他们感到震惊的是，那个人面对冥王之女降临，非但不惧，反而想着要与冥王斗智，这是何等样的自信。

大师又道："这种方法看似颇有道理，但以前从来没有人使用过，所以依然很冒险，不过既然冥王之女降临，那就不得不用。"

"唯一的方法，就是最好的方法……"

宁缺想起书院这句名言，便明白是谁能想出这样异想天开的方法，是谁为了桑桑居然敢与冥王争上一争，不由得眼眶微湿。

歧山大师看着宁缺说道："夫子想出这种方法，大先生和我决意一试，然而毕竟干系重大，所以没有对任何人提过，包括你和桑桑本人，在进入棋盘之前，我也不会告诉你们，因为只有这样才能确保安全。”

宁缺明白了，说道："因为如果让世间人知晓桑桑是冥王之女，他们根本不会像夫子和您这样思考解决的方法，只会想着杀死她。"

"不错。"歧山大师看着宝树大师，发出一声微怅的叹息，"然而谁能想到，有人会带着净铃离开悬空寺，结果造成当前这种局面。"

宝树知道他的意思，说道："师叔，我是奉谕下的悬空寺。"听着他的回答，歧山大师脸上的皱纹变得越发深刻，下意识里望向殿外，看着顺山势而下的那些白墙黄寺，面露忧虑之色。

曲妮大师忽然厉声说道："从来没有用过的方法，谁能确保一定能奏效？夫子这是要与冥王赌博，他老人家有这般豪迈自信，但赌注却是整个世界的安危，天下凭什么要和他一道来赌？"

歧山大师沉默不语，很明显，在决意要治好桑桑病之前，他早就已经预判到，如果此事让世人知晓，会面对怎样的质问与责难。

宝树大师宣了一声佛号，严厉地说道："众生平等，夫子也不过是众生之一，有何资格让众生陪他一道冒险，冥王之女必须死！"

歧山大师说道："佛言众生平等，桑桑亦是众生之一，无错无罪，为何要死？"

宝树大师说道："她是冥王之女，这便是原罪，即便她今后苦修佛法，一生行善，但一朝苏醒，便是对整个世界的犯罪！"

宁缺又抬头看了一眼大黑伞。大黑伞外的油腻污垢，已经被佛光驱蚀渐净，露出纯黑的布料。有一丝佛光，从黑伞伞面的缝隙里透了进来，飘落在桑桑的肩头。桑桑似乎被人狠狠刺了一刀，脸色骤白，却咬着嘴唇，没有发出任何声音，然而宁缺背着她，感受到她身体骤然僵硬，岂不知道她是多么痛苦。

大黑伞已经变得越来越薄，快要撑不住。宁缺还需要它再撑一段时间，而大师兄还没有来。他看着歧山大师说道："看来我们这辈子没有机会再跟着大师学佛了，这病也没有办法治了，正如您预料的那样，这个世界向来缺少真正的慈悲。"

然后他望向桑桑，问道："还撑不撑得住？还撑不撑得住大黑伞，你还撑不撑得住？"桑桑虚弱地嗯了一声。

歧山大师叹息说道："然而世界再大，再没有你们的容身之处，你要去哪里？"宁缺说道："我要回书院。"大师说道："书院当然会收留你，但她呢？以前冥王之女身份没有曝光的时候，书院爱护你，可以暗中替她治病，但现在怎么办？"宁缺沉默，也不知道应该怎样做，他总不能给书院带去灾难。

宝树大师说道："现在的问题是，你们已经走不了了。"话音落处，只见殿外传来一阵密集的脚步声，烂柯后寺寺门洞开，那些察觉到异样的修行者，被寺中僧人拦在门外，却有六十八位黄衣僧人鱼贯而入，分不同方位以四人一组坐在殿前的石坪上。

佛口诵经，经声阵阵，一道悲悯庄严的佛家气息，笼罩住了整座烂柯寺，十七殿的钟声再次响起，那道佛光大阵变得越发强大。歧山大师看着跪在殿外的烂柯寺住持，隐隐猜到了些什么，想要怒斥这不肖的弟子，然而却终究只是心痛地叹了口气。

宝树大师毕竟是悬空寺戒律院首座，在人间佛门弟子的心目中地位无比崇高，这几日他看似在禅房里闭门不出，其实早已轻而易举地把烂柯寺接管。观海僧跪在歧山大师身后，扶着摇摇欲坠的老师，看着殿外石坪上的那些师兄师侄们，脸上的神情悲愤到了极点。

宝树大师神情漠然说道："师叔，如果你不想背叛佛门，成为灭世的罪人，那么请你今天最好保持沉默与安全。"说完这句话，这位悬空寺高僧眉头微蹙，似乎显得有些痛苦，然而明若宝石的眼眸里的光泽骤然一淡，似乎少了几丝佛性。

宁缺上一次没有准备，让此人摇动铜铃，这一次怎么可能还让对方有这种机会，而且他已经判断出，摇动佛门圣物盂兰铃，对宝树大师也是极沉重的负担，换句话说，此时宝树的实力相对要下降几分。所以他一直在观察，在等待，等待宝树大师再一次准备摇动铜铃的时候，那也就是他出手的时候。

看见宝树眉头微蹙，宁缺把朴刀向脚前地面上一插，毫无任何征兆地从背后取出铁弓，超乎众人想象速度的一箭向宝树射了过去！铁箭破空无声，须臾之间便来到宝树的身前。在强大到可以无视空间的元十三箭面前，除非是隆庆这种有过多次经验的人，又或者是叶红鱼这种有本能战斗天赋的人，才能够避开。

宝树大师自以为自己足够重视书院传说中的元十三箭，然而依然没有想到，这一箭居然可怕到了这种程度！这位悬空寺高僧的眼瞳来不及缩小，神情来不及变化，甚至就连恐惧都来不及，他来不及做出任何反应。

场间唯一来得及做出反应的，是他手中那只铜铃。那只铜铃以几乎同样超越时间的概念，感应到了那只铁箭的危险，从宝树大师指间消失，下一刻便出现在铁箭之前。

佛祖留下的盂兰铃，神妙的程度果然超出了当今修行世界的层次。铁箭准确而冷酷地射中铜铃。却没有在铜铃上留下任何痕迹。

元十三箭再如何强大，终究是书院后山诸弟子的智慧结晶，至少在当前，还不能与佛祖留下的圣物相提并论。铁箭之所以没有能够在铜铃上留下一丝痕迹，还有一个重要原因，那就是这支铁箭的箭镞并不锋利，而是一个圆形的小铁筒。因为强大的冲击力，小铁筒剧烈地压缩，然后爆炸。

轰的一声巨响！无数片锋利的精铁碎屑激射而出，发出极恐怖的嗤嗤利响，射向宝树大师。铜铃挡下铁箭，宝树禅心随之受到了极大的震荡，正自痛苦，当此危时，此人果然不愧是来自悬空寺的高僧，于极短的时间内，于心中默念九道金刚经文，在身前布下了九层佛家真言气息！铁屑绝大部分被拦了下来，但还是有些成功地在佛家真言气息布成之前，射到了宝树的身上，瞬息之间，他的身体已然鲜血淋漓。

宁缺在战斗中的反应之快，当世不作第二人想，几乎在出箭的同时，他便确认元十三箭很难在短时间内突破铜铃的防守，他收弓提刀，似乎连思考的时间都没有用，身形骤然前冲，随着铁箭便杀了过去。

浩然气已经布满他的全身，每一道肌肉都强硬得有如岩石，每一步踏下，便会在殿内青石板上留下一个坑洞，溅起石屑。

这是宁缺第一次毫无保留地展现入魔后的全部实力，把身体发挥到了极致，顿时拥有了难以想象的恐怖速度。

当他冲到宝树大师身前时，甚至还能感受到铁箭爆炸的余味。他一刀便向宝树的脸砍了下去，刀势有如疯虎，刀上的神辉有若炽烈的阳光。宝树大师紧闭双眼，伸手召回铜铃。

嗤嗤声起！朴刀刀锋落在宝树大师身外的空气里，就像是切纸一样，不断划破撕开，瞬间之内，便斩破了宝树六层佛家真言气息！宝树喷出一口鲜血，跌坐于地，一掌拍地再次坐正，摇响了铜铃！

清脆铃声响，烂柯寺内十七座古钟再响，瓦山顶峰的佛祖像大放光明，穿透山里的风与树林，落在山下的殿宇里，落在大黑伞上，比先前更粗一分！大黑伞下的桑桑脸色变得更加苍白，噗的一声，又吐了一大口血，整个人无力地靠在宁缺背上，似乎随时可能死去，但她的手却依然紧紧握着伞柄。

宝树大师拥有极高的修为境界，佛门诸法早已大悟，面对宁缺搏命般的攻击，他本可以选择以铜铃为武器，好生缠斗一番，即便失了先机，可能无法挽回劣势，也不至于像现在这般危险。

但他现在心里只想着一件事情，他不愿意做出任何有可能让宁缺寻找到机会带桑桑离开的举动，他必须要确保桑桑当场死去。为了这个目的，他不惜以己身相殉。

59

局势异常紧张，只看宁缺先破开宝树大师的九层佛家真言气息，还是宝树大师手中的铜铃先杀死桑桑，在这种时刻，场间有资格影响局势走向的，必然只有知命境的强者，曲妮大师很想拿起断杖，把宁缺和桑桑砸成肉泥，但她知道自己根本没有办法，所以她焦虑地望向程子清。剑阁强者程子清坐在佛殿槛内，剑横于膝前，在很短的时间内，他想了很多事情，然而他无奈地发现，不论剑阁与书院的关系，唐国与南晋的纷争，这些利益上的权衡都必须在世界存在的前提下才有意义，身为一名修行者，他现在首先要做的事情，是要让世界不要毁灭。所以曲妮大师焦虑的目光还没有落在他身上时，他就已经出手，左手在身侧捏了个剑诀，一道凌厉的剑意自膝上横剑间厉发而出。

南晋剑阁的剑法，和世间普通的驭剑之术截然不同，绝大多数时间，剑师都会紧紧握着剑柄，讲究的是身随剑动，所以当那柄飞剑，自程子清双膝上激飞而起时，他的身体也随之而起，右手一探，握住剑柄，随剑势而去！这一道飘掠之势，极其迅疾，又是那般地凌厉不可阻挡，让程子清的身体，仿佛变成了一把真正的剑，从鞘中弹起，直刺宁缺后背！程子清乃是知命境中品强者、仅次于剑圣柳白的剑阁二号强者，当此危局，他不动手则矣，一动手必然是最强的手段，剑势凄狠！面对剑阁强者的搏身一剑，宁缺入魔后身体再如何强悍，也不可能硬挡还能幸存，如果桑桑被刺中，更是当场便会死亡。

然而程子清手中的剑，没有刺中桑桑。他的剑更没有穿透桑桑瘦弱的身体，刺进宁缺的后背。因为他的剑刺中了一颗坚硬的石头。程子清面色不变，剑势强硬地继续向前，直接把那块石头击碎。然而他的剑尖之前，又出现了一块石头。程子清神情微凛，剑势再振，天地气息自剑身上喷薄而出，在极短的空间里，连振无数次，化出道道幻影，想要避开这颗石头，但他无法避开。幽静的佛殿中，在程子清与宁缺后背之间的一丈空间里，出现了无数颗石头，那些石头形状不一，各有棱角，密密麻麻，满山满野，充斥着整个世界。

剑势再如何凌厉，面对着充塞天地的石块，依然崎岖难行。当年轲先生的浩然剑，能够斩开这些堵塞天地的石块。程子清虽然剑法惊人，却还达不到这种程度。转瞬之间，他觉得自己的嘴里也被塞进了很多块石头，然后自己的咽喉里、胸腹中也多了很多块石头，那些石头有着微麻的味道，有着微凉的触感，有着生硬的感觉，更令他痛苦的是，那些石头都有着鲜明的棱角，不停地切割着他的意识。

程子清只觉胸口一阵烦闷心悸，清啸一声，飘掠而回，手中青钢剑在身前连斩一百二十八道剑风，终于将笼罩身周的那些石头斩落，离开了那令人感到荒芜绝望的乱石世界，重新呼吸到了新鲜的空气。程子清转头望向角落里沉默不语的书痴莫山山，面色微白，震惊无语。

他手中的剑已经多了无数道刻痕，受损严重，仿佛就在先前那一瞬间内，与数百数千块硬石，发生了剧烈的碰撞。先前就在程子清身随剑起，直刺宁缺后背时，莫山山同时出手。

书痴从袖子里扔了一个纸团，扔到了蒲团前的地面上。那是一张符纸，被她捏成了像小石砾一般的形状。那张符纸，是她在大明湖底的乱石堆里悟得的符意，正是凭借着这次领悟，她在今年春天的时候，晋入知命境，成为历史上最年轻的神符师之一。因为这个缘由，莫山山把自己的这道符，也命名为：块垒。

在战斗中，最忌讳的便是瞻前顾后，战意不定，这是当年在荒原旅途中，宁缺教过莫山山的话，他自己当然不会犯这种错误，所以明明知道，程子清的搏身一剑正刺向自己的后背，他依然没有停止对宝树大师的攻击。

剑阁强者的剑势，他有办法解决，比如大黑伞，至少可以争取一些时间。然而宝树大师手中的铜铃还在鸣响，他身上的桑桑还在不停吐血，他拿铜铃没有办法，他没有时间，所以他必须把宝树击倒。宝树大师身上的九层佛家真言气息，被他的朴刀割开了六层，然而随着铜铃轻响，佛性回复，那九层佛家真言气息，竟是瞬息间重新凝成。

宁缺神情漠然，显得毫不在意，更没有什么失望的情绪，右手朴刀刀锋还未触及地面，沉腰屈膝，他握紧左拳，便向宝树大师的身上砸了下去！在普通人的战斗中，拳头往往意味着最后的手段，也是最原始的手段，也有可能是最强的手段，但在修行者的战斗中，无论是拳头还是脚，只要是人身体上的部位，都必然是最弱小甚至可笑的手段。

宁缺的拳头不可笑，因为这是他第一次展露自己的魔宗手段，更重要的是，他的拳头里蕴藏着无比强大的浩然气。轰的一声巨响。宝树大师身上的九层护体真言气息，竟被宁缺一拳砸穿！

宝树大师看着距离自己越来越近的拳头，面露震惊之色，两根手指夹着铜铃，便迎了上去。宁缺的拳头，狠狠地轰在铜铃上。

承自小师叔轲浩然的千里浩然气，和佛祖遗留下的佛门圣物，终于相遇。又是一声轰然巨响！宝树大师脸色苍白，唇角溢出两道殷红的鲜血，他手指间的铜铃乱响阵阵，不停摆荡，似暴风骤雨里的檐下小铃，随时可能落下，但终究没有落下。

宁缺拳势将尽，然而谁都没有想到，他的连续战斗动作，竟是快如闪电，握着朴刀的右手刚刚落在地面，便再度翻起，自下而上斜斜撩了上去。

唰的一声轻响，宝树大师一声惨呼，颓然跌坐于地。他的右臂脱离身躯，带着血水飞向佛殿上方！那只被砍落的手臂上，手指依然紧紧握着铜铃。宁缺神情漠然不变，伸手抓住宝树断落的手臂，准备取下铜铃。既然那只铜铃是桑桑的克星，如果无法毁掉，那当然要拿在自己手里。

然而当他的手指刚刚触到铜铃，忽然感受到了一股极为威严的佛性，自指间直冲肘弯，向着他的心脏袭去！指间传来难以忍受的痛楚，尤其是那道佛性太过恐怖，宁缺闷哼一声，明白佛祖留下的圣物，果然不是桑桑以及保护桑桑的自己能够接触到的事物。他松开手指，任由铜铃落到脚下。

然后他抽出第二支铁箭，转身挽弓，射向已经飘然回掠到殿门处的程子清。此时程子清刚刚使尽手段，才从莫山山的块垒符意里脱身而出，正震惊无语地看着书痴，根本没有想到，马上便要面临更加恐怖的攻击。

所有人都想不到，宁缺刚刚极为冒险地战胜宝树大师，砍断大师一只手臂，获得极大胜利后，竟是毫不停歇地向剑阁强者发起了攻击！

整座佛殿里，只有他背后的桑桑和坐在角落里的山山能够想到这一点。这就是宁缺的战斗风格，一旦开始战斗，那么他必然要击倒所有能够威胁到自己的对手，确认对方已经死去，或者没有还手之力，才会罢手。

程子清是强大的知命境修行者，他能够对宁缺产生强烈的威胁，此时既然莫山山出手，令他心神有些不宁，宁缺怎么可能错过这种机会？黝黑的铁箭，脱离弓弦便消失不见，带着一道极淡的白色湍流，须臾之间便来到了程子清的面前！就如同宝树大师，无法抵抗已经超越时间限制的元十三箭，程子清也做不到，但他毕竟是剑阁强者，先前已经看到宁缺箭射宝树大师时的威势，早有警惕，此时看着宁缺转身弯弓，他毫不犹豫地提前做出了应对。一声凌厉至极的清啸，程子清手中已然受损严重的剑，猛然间炸散开来！在生命受到极大威胁的关键时刻，这位剑阁强者，竟然把自己珍若生命的本命剑强行激散，换来了一道如重重雨幕般的剑光！

铁箭出现在重重剑光雨幕中，无数极为细碎的撞击声响起，不知多少片碎裂的剑片，激射而飞，刺进佛殿里的梁柱门窗，发出咄咄咄的声音。

程子清惨然斜掠倒飞，重重地撞在一座石尊者像上。嗤的一声，铁箭射入他身前的青石板地里。铁箭深入地底不知多深，早已消失不见，只留下一道黑黑的洞口，因为箭身与青石的剧烈摩擦，箭洞的边缘散着丝丝青烟。看着身前，程子清脸上终于出现了惊惧的神情，喷出一口鲜血。

60

地面上落着一只断臂，佛祖留下的铜铃，在地面上缓缓滚动，滚进微黏的血水里停下，鲜血与黄铜的颜色混在一起，显得有些妖异。雷霆般两击，宁缺的修为消耗不少，脸色变得有些白。他弯弓瞄准箕坐在石尊者像下的程子清，确认这名剑阁强者再也无法对自己构成威胁，于是没有射出第二箭，因为此时每一支铁箭，对他来说都极为珍贵。简单的一箭，便让剑阁二号人物重伤不起，他很满意结果，却不会对剑阁生出轻视，因为他明白，如果不是莫山山的帮助，根本做不到这一点。

本命剑再如何珍贵，终究不是真实的生命，宁缺能够明白这一点，在战斗中毫不犹豫地做出抉择，却没有多少修行者能够在那么短的时间内，想明白这件事情，所以程子清先前在战斗里的表现，让他很是佩服，甚至有些吃惊，看来那位传说中的剑圣，果然不是那些徒有虚名的人物。

佛殿里一片死寂，宁缺吃惊于程子清在战斗里的表现，却不知道他和莫山山在战斗里的表现，更是令众人震惊无语——书痴已经晋入知命境，宁缺也已经晋入知命境，但他们毕竟是年轻一代修行者，晋入知命不过短短数月甚至十余日，怎么就这般轻松地战胜了享有盛名的剑阁强者，甚至还重伤了悬空寺的高僧？之所以如此，是因为书痴已经成为神符师，神符师基本上可以碾轧同境界的所有知命境强者，而宁缺又拥有可以越境挑战的恐怖元十三箭，而且两个人在荒原上便培养出来了不须言语的战斗默契，所以看似不可能的结局，其实早已注定。

不是所有人都能看懂这场战斗里的所有环节，但人们看到了书痴出手，曲妮大师看着莫山山，阴沉诅咒地说道："你会让大河国随着世界一道毁灭！"莫山山出手便是自己最强大的本命神符，念力消耗巨大，脸色微白，听着曲妮大师的话，想着世界毁灭的前景，身体不由得轻轻一颤，脸色变得愈加苍白。

然而看着宁缺背上的桑桑撑着黑伞在佛光里虚弱可怜的模样，她的表情渐渐恢复平静，清楚自己终究还是不会后悔。

安静的佛殿外，响起粗重的喘息声，众人望去，只见大黑马浑身湿透，身后拖着沉重的车厢，车轮后方是两道深刻入石的车辙。宁缺背着桑桑，走进黑色车厢。那道如金似玉的佛光，随之笼罩住了黑色的车厢。

宁缺右手按到冰冷的车厢壁上，启动符阵，然后一脚踹到大黑马的屁股上，喝道："还不快走！"大黑马强行压抑住对佛光的恐惧，发出一声暴戾的长嘶，拖着车厢，便向殿前石坪上正在诵读佛经的数十名黄衣僧人冲去！

就在离开之时，一个小匣从黑色马车里飞了出来，落在莫山山的怀里，莫山山看着怀中那个小匣子，心想这会是什么？

大黑马连声长嘶，龇着白牙，暴戾无比地冲向殿前的僧人，大有佛挡杀佛，僧挡踏僧，誓要冲出一条血路的感觉。从佛殿到后寺大门的石坪间，僧人的数量并不多，大部分僧人都是四人一组坐在车道两旁的地上，诵经维持钟声以及笼罩烂柯寺的佛光大阵。

看到黑色马车挟着风雷之势冲来，车道上的那些僧人面露惊恐之色，纷纷站起，向两侧走避，却依然保持着合十的姿势，诵经之声也没有停止。僧衣大乱，僧众如潮水一般向两边分开，露出最后方一名僧人。那名僧人依然盘膝坐在地上，没有避开的意思。那名僧人穿着一件破烂的木棉袈裟，头上有极薄的一层青黑发茬，其间隐约可见极少的一些白色，发茬并不锋利，却像他的人一般肯定坚毅，给人一种感觉，就算是整片天穿塌下来，也会被他顶住。

僧人神情宁静地看着向自己冲来的黑色马车，缓缓站起身来，他坐着时，就是名普通的僧人。他站起来，便是一尊佛。

前路见佛，居然真的有佛挡在路前。大黑马狂嘶一声，半人立而起，屈起两条如铁般的前蹄，便向那僧人胸口踩了下去！僧人没有说话，只是静静地看着大黑马，动了一念。一念之间，烂柯寺十七口古钟鸣声越发悠远，后寺石坪间天地气息随之肃敛。一道狂风起于僧人那件破烂的木棉袈裟，挟着极西荒原的石砾，喷薄而出。大黑马凄惨地嘶鸣一声，被狂风卷起，倒掠而回！黑色马车被它带动着，连退十余丈，重重摔在佛殿前的石阶下。

一声巨响！黑色马车从哪里来，现在便回到了哪里。

有那僧人拦在路前，它便无法离开。都说佛挡杀佛，可佛真的能杀死吗？

僧人法号七念，悬空寺讲经首座的大弟子，佛宗天下行走，被视为世间最接近佛的人，当他出现在世间人前时，便是佛子。

黑色马车重重地摔落在地上，砸得石阶断裂粉碎，一片狼藉，自瓦山顶峰降落的佛光，平静地照在此间，气氛悲悯而冷酷。

倒在地上的大黑马痛苦低嘶几声，喷掉带着血水的粉色沫子，屈着前蹄，后蹄拼命用力，在乱石里吃力地蹬动好几下，终于在佛光里站了起来！

看着这幕画面，七念神情微异，没有想到这匹黑马的意志力竟是如此强悍，居然在这样的情况下，还能站起，还敢站起。

黑色马车的车厢由精钢铸成，是颜瑟大师最珍贵的遗产，虽然砸得殿前石阶成了一片废墟，车厢却没有变形，只是车门已经碎裂。倾覆的车厢里，宁缺也站了起来，他扶起不停吐血的桑桑，把她背到身上，然后用绳子紧紧地捆紧，取下肩上的铁弓，望向车前十余丈外那名僧人。

佛殿前的石坪里，数十名烂柯寺黄衣僧人还在不停地诵读着佛经，从瓦山顶峰落下的佛光，虽然没有盂兰铃的指引，落在黑色马车上的光柱变得稍微黯淡了一些，但笼罩着整个烂柯寺的佛光大阵则是变得越来越强。

烂柯中寺里的修行者们，此时不知从何处知道了光明之女桑桑便是冥王女儿的消息，纷纷拥入后寺，神情震惊而又复杂地看着那辆黑色马车，但无论他们此时的真实心情如何，如果黑色马车想要逃离，他们必然会出手。

宁缺猜到了那名僧人的身份，面对着强大的佛宗天下行走，面对着烂柯寺的佛光大阵，面对着整个世界的修行者，大概很多人都会产生绝望的情绪，甚至就此黯然放弃。但宁缺不会，没死，那就不用绝望，死了，就不用绝望了。在生存面前，从来都没有放弃这个选项，对宁缺来说，这是一个最简单的道理，所以他没有绝望。接下来他要做的事情很简单，就像这些年来一直在做的那样——尽一切努力争取活下去，直到死亡真的来临。

于是他搭箭，弯弓，射向七念。他的动作比以前更稳定，更快，更流畅。不知道是因为身在古寺的原因，还是因为听到了太多钟声，或是佛光在顶，抑或拦在马车前的是位佛子，他射箭的动作，竟隐隐带有了几分佛法的宁静意味。

寻常事物寻常法，便如佛祖拈花，自然而无一丝戾气。七念看着宁缺一箭射来，默自赞叹，然后禅念再动。禅念一动，烂柯寺十七座佛殿十七座古钟，随之而动，悠远的钟声忽然间变得如雷鸣一般庄严而带着无上佛威，在寺内不停回荡。古寺佛钟，有音无体，道道钟声连绵不绝而至，便如潮水一层拍打着一层，瞬息之间，充盈烂柯后寺的所有空间。

元十三箭强大到可以几乎无视时间，却不能完全无视空间。铁箭能从空间一处陡然出现在另一处，靠的是无法想象的速度，箭身实际上依然是要从这些空间里穿过。当钟声如潮水般，把古寺里的空间都拍打得变形起来时，那么铁箭穿过这些空间之后，自然无法像在真实空间里那般命中目标。蓬的一声微响，铁箭尾端的白色空气湍流渐渐消失。那枝铁箭也消失无踪，不知去了何处。

僧人七念依旧平静站在黑色马车前。片刻后，极远处一处山崖坍塌的声音，才袅袅传到寺内。佛近在眼前，却远在天边。便如宁缺的这一箭，已然自然如佛祖拈花。但他要射的是人间的佛。所以那箭便只能去了天边。

61

除了一直隐藏未发的某样物事，元十三箭便是宁缺最强大的手段，超过了体内雄浑的浩然气，正是靠着元十三箭，过往他每每面对境界比自己整整高出一个层次的强大敌人时，才能于绝望之中找到希望，甚至让对手绝望。凭借元十三箭，刚入洞玄境的他一箭毁了隆庆，和晋入知命境的叶红鱼纠缠良久，今日如果没有元十三箭，面对宝树大师和程子清这两名知命境中品的强者，他除了认输别无他法。

以往敌人对付元十三箭，各有不同方法，叶红鱼凭借的是战斗中的缜密恐怖计算，隆庆靠的是独一无二的经验料敌之先，宝树大师保命靠的是佛祖遗物盂兰铃，程子清更是碎了本命剑，而这种方法只能使用一次。

然而七念用的手段，却是用古寺钟声强行扭曲空间，这是谁都无法想象得到的强大手段，难道这就是修行界最高层次的水平？

意志力再如何强大的人，在此时都应该绝望了，宁缺却依然没有，他再次挽弓如这世界不曾存在的满月，敏锐地捕捉到古寺钟声回荡节奏里难以察觉的片刻间隙，在刹那时光里松开弓弦，再射一箭。这一次的元十三箭，寻找到了钟声节奏里的间隙，便等于是在殿前扭曲空间里找到了依旧平滑真实的那道空间！

面对这一箭，七念神情宁静而坚毅，身形依然未动，禅念再动。两道深厚至极的佛门气息，谕引着无穷无尽的天地气息，在他身旁的空中生出，然后如两扇沉重的古寺山门一般，在身前关闭。

铁箭射入黏稠似水的空气里，现出了黑色闪电般的身影。铁箭的速度急剧下降，与空气高速摩擦，发出令人心悸的尖啸声，箭身燃烧起来，散出刺鼻的焦煳味，然后最终静止。

铁箭静静地悬浮在空中，距离七念的脸还有三尺的距离。七念双眉微蹙，铁箭从空中颓然坠落。没有等这支铁箭落到地上，宁缺的第三箭再至。七念再也无法只凭禅念抵挡，那双一直垂在木棉袈裟里的手，牵起两道残影，在胸前合拢，合十以为佛礼。他身前那道由佛门气息牵引天地元气而成的无形山门，闭得更紧。铁箭狠狠地射进无形的气息山门里。一道有形的涟漪，在殿前的空气里出现，然后一圈一圈向着四面八方传递。铁箭便在那些圈圈涟漪的正中心。每一圈涟漪，便是一次冲击。七念坚毅如石的面庞微微变色，苍白之后是微红，紧接着再次变成苍白，须臾之间，连变四次，正好与铁箭在他身前空中掀起的涟漪次数相同。

宁缺第四箭至。这一支铁箭，精确到难以想象地射中第三支铁箭的箭尾。两箭相撞，发出一声清脆的打铁声。七念禅心微震，他提起脚跟，破旧的木棉袈裟在风中轻舞，向后疾掠三丈之地。他脚上的草鞋与青石地面摩擦，散开，在地上留下三丈的碎草屑。此时，宁缺射出的第二支铁箭刚刚落到地面，发出叮的一声轻响。声音响起，七念禅心受牵，一道鲜血从唇角溢出。

佛宗天下行走，居然也伤在了元十三箭之下！后寺里的人们，看着这幕画面，震惊得难以言语。七念静静看着宁缺，神情有些凝重，眼神却变得复杂起来。

宁缺不知道这名僧人在想什么。他只想杀死这名僧人。所以他毫不停歇，准备继续发出第五箭，就在他搭箭上弦之时。七念再次动念，这一次他动的念不再是防御，而是攻击。

慈悲的攻击，依然是攻击。这是七念今日第一次真正出手。一座佛像，出现在宁缺眼前。他知道这是自己的精神世界。七念的禅念已经来到了自己的识海中。

宁缺知道自己的念力有多雄浑，所以哪怕明明知道这名佛宗行走既然以七念为法号，自然禅念惊人，但他依然毫不畏惧。他准备用自己的念力，把对方度过来的这道禅念毫不留情地碾杀，给对方造成沉重打击，甚至准备借着这道禅念发起反击。然而下一刻，他发现自己失去了所有战斗的欲望。

在那尊金光灿烂、充满了慈悲与祥和气息的佛像面前，不仅仅是战斗欲望，包括争强好胜、暴戾气息……所有的负面情绪，似乎都消失了。看着面前坐在天地间的那尊佛，宁缺的心境一片平和，根本生不出任何争斗之心。

隐隐约约间，有个声音在他耳边不停响起。"放下屠刀，立地成佛。"宁缺先前在殿内对宝树大师说过，他不信佛。书院有人读佛经，甚至有师兄修过佛，但如果真要往最深处看去，后山里没有一个人信佛，甚至没有人瞧得起佛宗。这种根深蒂固的观念，起始于小师叔，然后在二师兄处发扬光大。世间一切有为法，信便是基础。不信便是破法的基础。

宁缺回头望向虚弱地伏在自己肩上的桑桑。如果有佛，这才是真佛。然后他望向自己手中。他手里握着的不是屠刀，而是一把铁弓。于是他站直身体，再次挽弓。

在这个世界的最深处，隐隐传来莲生大师满意的笑声。铁箭之前，那尊庄严佛像渐渐消失。

烂柯寺内，只过了刹那。宁缺微微一顿，第五箭终究还是射了出来。七念神情微异，然后想明白书院弟子都是些疯狂的无信者，不由得无声一叹。宁缺的第五箭，没有锋利的箭镞，而是小铁罐。在红莲寺前的秋雨里，小铁罐已经用了太多。先前在殿内，为了对付宝树大师，他又用了一个，这是最后一个。

气浪喷溅，轰鸣如雷。后寺石坪上的僧人们，被气浪震得东倒西歪，却依然保持着合十的姿势，不停诵读着经文。佛殿前梁再受冲击，咔嚓声响，渐有坍塌的迹象。

空中那道极厚的无形山门，终于被轰破。无数片锋利的铁片，在七念的身上呼啸而过，啸鸣而入。破旧的木棉袈裟，变得越发破旧。七念的身上多出无数道血口，鲜血淋漓。然而他的神情依旧平静坚毅。

宁缺再次拉弓，他的手已经开始有些颤抖，但声音没有一丝颤抖："我不信邪，自然不信佛，如果你不肯真正出手，那我想试试看能不能射死你。"

而就在这时，马车后方忽然响起铃声！断了一臂的宝树大师，在血泊里艰难膝行，手指触到了盂兰铃！烂柯寺内钟声大作。那道自瓦山顶峰降落的佛光，变得越发粗壮，落在黑色马车上。马车里，大黑伞伞面变得越来越薄，伞骨都开始颤抖起来，吱呀作响。无上佛威之下，便是黑伞都第一次流露出了畏惧的情绪。

桑桑再次吐血。宁缺脸色苍白，霍然转身，一箭向着殿内射去。然而这一箭，却射在了七念的身上！七念不知何时入了佛殿。他盘膝坐在宝树大师身前，目光微垂，神色慈悲。

那支黝黑的铁箭，正深深地刺在他的胸口里。箭尾还在高速地颤抖摆动，发出嗡嗡轻鸣。七念却是神情不变，仿佛感受不到痛苦。更令人不解的是，强大的元十三箭，竟然无法射穿这名僧人的身体！

"不动明王法身！"歧山大师靠在观海僧的怀里，看着七念胸口的那支铁箭，显得虚弱至极，眼神却极度震惊，喃喃说道，"宁缺，他修成了明王法身……放弃吧。"

七念抬起头来，静静看着宁缺，摇了摇头。他依然没有说话，宁缺却听懂了他的意思。"你比传闻中要强大很多，但你射不死我。"

宝树大师箕坐在血泊里，脸色苍白而坚定，用剩下的手臂，不停地摇动铜铃。佛光大作，宁缺背上的桑桑，不停地吐着血，她体内的鲜血似乎已经吐完了，现在吐出来的血竟是黑色的，浓稠得像墨汁一样。

宁缺拉弦瞄准宝树，脸色苍白，手指微微颤抖，紧贴着嘴唇的弓弦随之轻颤，在他的嘴唇上割出了一道极细的血口。在他与宝树之间，盘膝坐着一个叫七念的僧人。刚刚晋入知命境，便能把佛宗天下行走逼到这种境地，逼得对方不惜佛心受损请出法身，是值得任何人骄傲的事情，从某种意义上来说，今天这场战斗，最终证明书院战胜了佛宗，他没有给书院丢脸。

但如果结局无法改变，那么所有的一切，又有什么意义？

62

佛性不断注入盂兰铃内，宝树大师的眼眸变得越来越黯淡，随着一口心血喷出，他再无力摧动，把铜铃搁在血泊里，搁在自己的断臂旁。清脆的铃声消失，佛威仍然在持续，烂柯寺前后十七座殿旁的古钟，依然在不停回荡，那道佛光稳定地罩着黑色马车。

桑桑的脸色变得越来越苍白，眉尖皱得仿佛要碎了般，显得极为痛苦，一道黑色的血迹从她的唇角，一直淌落到胸前。宁缺很清楚就算桑桑没有生病，与自己和莫山山联手，也不可能真的击败七念，所以他有些不理解，为何这名佛宗行走没有继续出手。

"你这时候可以动手杀了我们，给我们一个痛快。"他看着七念说道。

七念缓缓摇头，沉默看着黑色马车上那道佛光。宁缺明白了他的意思，不是他要杀桑桑，而是佛祖要灭桑桑。

"难道佛祖不会觉得这很残忍吗？"宁缺顺着那道佛光，望向遥远的瓦山顶峰，看着秋云里的佛祖石像。

坐在血泊里的宝树大师轻宣一声佛号，脸色苍白，说道："残忍即是慈悲。"宁缺说道："他人的慈悲，就是对我们的残忍？"

"虚伪。"烂柯后寺里，忽然响起两道声音，说的是一模一样的两个字，当这两道声音响起时，悠远回复的钟声，仿佛都被惊得顿了一顿。

身着薄衫、背负木剑的叶苏，和穿着皮袄、神情漠然的唐，从殿前的石坪间走了过来，姿态从容，却没有一名僧人敢去拦阻。

走到殿前石阶下，叶苏看着宝树大师说道："杀便是杀，佛祖杀人也是杀人，哪里来的慈悲？佛宗果是外道，失了本心。"

七念看着叶苏和唐出现，似乎并不意外，平静如前。程立雪从廊间闪出身来，对着叶苏下跪。叶苏看都不看他，只是专注看着黑色马车里，看着宁缺背后的那名小姑娘，神情变得有些奇怪，说道："居然真的是透明的。"

宝树大师知道来人身份，艰难一笑，说道："既然我佛虚伪，叶先生可以杀。"叶苏摇头说道："你们这些和尚不敢动手，只期望佛光降世，杀死冥王之女，不外乎是想着若要动手，便要杀死宁缺，事后不好对书院交代。"

宝树大师用左手按着右肩断臂处，苍白的脸上露出一丝笑容："我佛门向来沉默隐忍度世，确实不想得罪书院，难道道门也害怕书院？"叶苏说道："你们佛门可以把慈悲拿出来当不要脸的借口，我自然也有不出手的理由。"

宝树大师问道："敢请教叶先生，是何理由。"叶苏看了宁缺一眼，说道："我妹妹和他关系不错。"宝树大师没想到这位以骄傲冷漠著称的道门天下行走，如今竟然也学会了这等行事法子，微微一怔，说道："果然是好理由。"

然后大师望向那名身穿皮袄的强大男子，说道："魔宗行走又为何来此？"唐面无表情说道："来看看。"

宝树大师问道："看什么？"唐说道："看你们中原人怎么杀人。"宝树大师艰难笑说道："魔宗虽说受尽排挤，但毕竟是世间的一分子，值此世界毁灭之前夜，行走愿意来此，想来也是愿尽一份心力，你为何不动手？若你杀了冥王之女，想来定然立地成佛。"

唐看了宁缺一眼，说道："要杀冥王之女，便要先杀宁缺，但我妹妹和他关系也不错，而且听说我妹妹和冥王之女的关系更好。"

宝树大师叹息说道："那你们何必出现在这里？"

"因为他们也很虚伪。他们虽然很想杀死桑桑，但不想杀死我，从而得罪书院，他们虽然是道魔两宗天下行走，但还是害怕书院。"宁缺在黑色马车里说道，然后他望向叶苏，问道，"道门怎么看这件事？"

叶苏摇头说道："不知道。"宁缺问道："你相信吗？"叶苏看着黑色马车上的那道宏大佛光，说道："不得不信。"

"你不觉得这件事情透着古怪？"宁缺看着他的眼睛，问道，"佛宗发现了冥王之女，道门却似乎什么都不知道，就算西陵神殿层次不够，那你们知守观呢？而且你不要忘记，桑桑是道门的光明之女，怎么就忽然变成了冥王之女？"

他说话的语速很快，又很清晰，没有什么太过强烈的情绪起伏，但听到这番话的人都明白他的用意，却不得不按照他的用意思考。叶苏想了想，然后摇头说道："我不明白。"

宁缺依然没有死心，望向唐，问道："书院对你们怎么样？"唐说道："如果不算轲先生灭我明宗，还算不差。"宁缺无奈一笑，继续说道："你们明宗祭拜的是冥王。"唐看着他身后的桑桑，沉默片刻后说道："祭拜不代表信仰，更多的时候，那代表恐惧。"宁缺说道："所以你们不会帮我。"唐说道："我也不会帮他们。"

叶苏说道："如果哑巴留不住你们，我还是要出手的。"

听到叶苏和唐的回答，宁缺的身体放松了下来，松开手中的铁弓，解开绳子，把桑桑抱在怀里，撑着大黑伞，沉默坐在佛光里。

一观、一寺、一门、二层楼。这个世界一共有四处不可知之地，便有四位天下行走，四名天下行走，今日齐聚烂柯寺，而宁缺毫无疑问是最弱小的那一个。在这种局面下，他就算是小师叔的战意附体，也没有任何可能带着桑桑逃出去，所以他反而放松了很多，抱着桑桑，撑着大黑伞……虽然知道大黑伞撑不了太久，但他只能沉默地等待着，等待着变化的发生。

便在这时，歧山长老在观海僧的搀扶下，缓缓站起走到殿前。长老在修行界的辈分太高，即便与知守观观主也平辈论交，以友相称，所以无论是叶苏还是唐，都微微侧身，表示恭敬。

歧山大师没有理会这两名强大的天下行走，只是怔怔看着七念，情绪变得非常复杂，说道："原来这一切都是你安排的。"七念沉默不语，神情平静。

歧山大师身体微微摇晃，面容显得越发苍老，伤感地说道："为冥王之女治病，本就是大先生和你达成的约定，所以才会有后面这些故事的发生，然而谁能想到，堂堂佛子居然会背信毁诺！

"难怪宝树他能够拿着净铃离开悬空寺，难怪今天烂柯寺里来了这么多人，难怪转眼之间，所有人都知道那个小姑娘就是冥王的女儿。"

"我本可以治好她。"歧山大师看着七念，伤感说道，"你也答应了大先生，让我替她治病，结果最终你还是破不了自己的执念，非要她死去。但你想过没有，你在骗之前能骗过所有人，一旦开始骗，你又如何骗得过大先生？"

叶苏听着烂柯寺里的钟声，看着寺院上空那道隐而不见的佛门大阵，若有所思。

他转身望向七念，说道："哪里是执念便能解释？这一切，都发端于去年冬天长安城湖畔雪林里你与大先生的那场谈话吧？"七念依旧沉默不语。

"知道大先生看似木讷，实则聪慧至极，稍一推算，便能知道发生了什么事情，所以自去年冬天至今，你一直隐而不发，直至宁缺和那丫头来到烂柯寺才动手，你想要的就是这道佛光和这座大阵，因为你已经算清楚，就算大先生此时发现事有变故，也没有办法入寺阻止你。"叶苏看着七念缓缓摇头，看不出是赞叹还是惋惜，说道，"没想到，自莲生之后，佛宗又出了你这样一位大阴谋家，真是可惜可敬可叹。"

长安城南，书院后山。绝壁之前，流云如丝渐碎，寒冽秋风依崖而上，吹得廊间未落尽的紫藤枯果不停晃动，看上去就像是佛寺檐下悬着的铜铃。

一身黑色罩衣的夫子坐在崖畔，看着东南方向，忽然说道："那处有事。"大师兄今日随侍老师前来后崖迎风酿酒，正在做准备工作，听着这话，不由得心头微凛，算着今日正是盂兰节正日，而小师弟和桑桑姑娘正在烂柯寺里。

秋风轻拂黑色罩衣，夫子欲起。大师兄在夫子身后跪下，低声说了几句什么，然后又道："一切由来，皆是弟子愚钝嗔痴而不自知，我一定把小师弟带回来。"

说完这句话，崖上秋风再起。夫子看着远方缓声说道："我一直都是个很懦弱的人，因为看不明白某些事情，所以始终在两边摇摆，因为冥冥中那丝不安，所以不想与那个小姑娘的命运纠缠在一起，慢慢啊，你当年大违本性也要针对一个弱女，如今更是以命相逼不让我出手，想必你也看到了那抹阴影？"

他回头望向廊上悬着的紫藤果和那些牵缠在一起的枝蔓，忽然笑了起来，说道："然而其实不早已经纠缠在一起了吗？"

63

高耸入云的城墙上，一面旗帜有气无力地耷拉着，忽然，这面旗无由振起，猎猎而舞，似告诉这个国度的人们，将要出征。城墙青石间的鹰巢内，一只雄鹰正在给雏鹰喂食，忽然感应到一道极恐怖的气息，鹰羽乍乱，它惊恐回头望向空中，但除了秋云，它什么都没有看见。齐国都城道殿里的老神官，站在石窗前，看着碧蓝秋空上那道显眼的白线，脸上的皱纹里写满了惊恐，在心中不停默默祈祷。南晋剑阁，幽暗的山腹空洞底部，幽静的小潭边，寻常的草庐前，那名世间最强的男人，缓缓抬起头来，望向天空，草庐里的那把剑开始嗡嗡轻颤。遥远的南海上，翻滚着岩浆的火山岛边缘，海浪不停地拍打着黑色的礁石，青衣道人的身形在浪与石之间若隐若现，看着陆地方向摇了摇头。世间有风起，那风起自长安城，在天地之间画出一道笔直的线条，直抵东南边陲的瓦山，途中还经过了齐国某处风景名胜。那片风景的一条偏僻山道里，有两匹马正在缓缓前行，前面一匹马上坐着位高冠男子，后面一匹马上坐着位抱剑的小书僮。

风落烂柯寺，隐而未现的佛光大阵，感应到了风的来临，瞬息之间做出反应，淡金色的佛光，形成一道半圆形的金刚罩，把整座古寺都罩了进去。寺中的黄衣僧人们盘膝坐在地上，闭目守禅心，不停诵念着不动明王经文，十七座古钟发出的钟声越发悠远。

风想入烂柯寺，却被这座佛光大阵拦在了外面。于是发生了一次碰撞。轰的一声巨响！就如同是昊天的神使，挥舞着夹杂着闪电与黑云的神锤，猛地砸向笼罩着烂柯寺的佛光金刚罩！

恐怖的力量，在烂柯寺里回荡不歇，数十名护持佛光大阵的黄衣僧人，应声喷血而出，庭院之间，满是斑驳血痕！这次碰撞的声音太过巨大，甚至连悠远的钟声都压了下去，震得寺中的修行者们捂耳惨叫，凄然跪倒在地，根本爬不起来。这是烂柯寺的佛光大阵，以瓦山佛祖石像降临的佛光为基，以古寺无数年的佛性为持，以数十名境界深厚的黄衣僧人为护，更有佛宗行走七念主持，然而在那道气息的冲撞之下，竟然有了崩溃的征兆！那道气息该是多么地强大？甚至给人一种感觉，那根本不是人世间应该存在的境界！更令寺内人们感到惊恐不安的是，来者如此强势的攻击被佛光大阵艰难地拦下后，那人竟是没有丝毫停顿，继续不停向寺内冲来！

数十团冲撞引起的气息漩涡，几乎同时出现在光罩上！佛光大阵在极短的时间内，承受了无数次攻击，如同在铁锤下辗转呻吟的铁块不停变形扭曲，岌岌可危！叶苏脸上神情微凛，抬头看着佛光罩上不停流淌着的那些气息乱絮，默然想着，自己已经足够重视那人，却没想到，他原来比想象中更加强大。唐也望着天空，看着无形光罩上那些撞击产生的白色陷落，回思着当年在荒原上第一次看到那人时的情形，他怎么也无法把牛车旁神情温和恭谨，甚至显得有些木讷的那人与此时看到的一切联系起来。

七念的脸色变得非常凝重，但却是寺内唯一能够保持冷静的人，因为他早就知道，这件事情不可能一直瞒过对方，那个人迟早会来。世间只知道天下行走，却不知道他和叶苏、唐三人的眼中，只有那个人的存在，只是多年以来，从来没有人看到过那个人出手，也不知道他究竟已经到了何等境界，今天他终于确认了，心生敬畏之余却依然保有极强的信心。

佛宗为了今天准备了很长时间，对于各种情况都有预备，而那个人再强，始终也只是一个人，而且是一个好人。七念抬起手臂，神情平静一指弹出，一道纯厚佛性隔空遥遥而去，落在中寺某处偏殿梅树旁的一座古钟上，钟声再作。

十七座古钟嗡鸣再响，瓦山顶峰的佛祖石像，洒落更多的佛光。被佛光照拂，石坪上的黄衣僧人们纷纷醒来，顾不得擦拭自己脸上的血水，把散乱的莲花座重新坐稳，然后闭眼守禅心，无论地面如何震动，五官如何流血，肉体如何痛苦，依然不断地唱念着《不动明王经》。

"颂曰：如人持油钵，不动无所弃。"

"颂曰：妙慧意如海，专心擎油器。"

"颂曰：有志不放逸，寂灭而自制。"

僧衣飘飘，佛经声声。黄衣僧人们不停地颂唱着经文，声音渐渐合在一处，显得无比宏大而明亮，一股虔诚的殉道意味在寺院里渐渐弥漫开来。在外界不断冲击下，眼看要崩溃的佛光大阵，伴着这些清曼声声的诵经声，随着佛光的不断灌注，险之又险地支撑了下来，渐趋稳定。

大黑伞下，宁缺抬头看着笼罩着烂柯寺的光罩，看着光罩上那些密密麻麻有若繁星的撞击气旋，脸上没有什么表情，眼睛却是骤然明亮。他看着怀中奄奄一息的桑桑，抬手用袖子擦去她唇角的黑色血水，说道："师兄来了，再撑一会儿，我们就能出去。"桑桑艰难地睁开眼睛，虚弱地问道："是几师兄？"宁缺说道："是大师兄。"

从桑桑冥王之女的身份被揭穿，他就一直没有怀疑过书院，他坚信师兄一定会来救自己和桑桑，只是不知道来的会是大师兄还是二师兄。既然烂柯寺外那人来得如此之快，自然便是大师兄。听说来的是大师兄，桑桑艰难地笑了笑，有些开心。如果来的是二师兄，她会感激，因为二师兄一向疼她。但她知道书院大师兄一直不怎么喜欢自己。

宁缺望向车外的殿前石坪，看着那些抱着殉道决心的黄衣僧众，知道这些和尚是在燃烧自己的生命，终究不可能永远把大师兄拦在外面。

"我师兄来了，你们打算怎么办？"他看着七念问道。七念静静看着头顶的佛光大阵，没有回答他的问题。

"佛祖要超度不属于这个世界的人，那么就算是夫子亲自出手，也不可能阻止，而且我佛宗要超度的是冥王之女，并不是十三先生，稍后大先生就算破阵而入，他除了救你离开，难道还会对我们如何？"宝树大师艰难一笑说道。

七念忽然看了叶苏一眼，叶苏说道："他果然还是我们这一代里最强大的那个人，不过正如首座所言，他的性情温和，这辈子都没杀过人，所以他不危险，也很好骗，就算骗了他，他最终也只会自己痛苦，而不会把对方怎么样。"

他望向七念，说道："十六年前，你把自己的舌头给嚼食入腹，从那之后，这个世界上再也没有人知道你在想些什么，包括夫子都不知道。如今看来，你想的事情真的很多，你把他的性情和境界算得太准了。

"据说他当年未入书院之前，在一个小镇上生活，在自己家前的石池里养了几尾鱼，然后那些鱼被邻居偷吃了，他去问邻居，邻居告诉他那些鱼是自己游走的，他居然还真的信以为真，对着只剩清水的石池，惋惜叹道：鱼儿啊鱼儿，你游啊游，怎么就游不见了呢？"

叶苏看着七念说道："你就是那个偷鱼的邻居，这大概便是君子可以欺之以方，然而你何时听说过，书院大师兄会像今天这样愤怒？"说完这句话，他叹息一声，薄袖自腕间滑落，他伸掌向天，一道至为精湛的道门气息，随之注入寺院上空的佛光大阵。

烂柯寺前，数十名僧人倒在地上，满脸惊恐看着石阶下的一名书生。那名书生穿着一身破旧的棉袄，腰间插着一卷书，系着一只木瓢，浑身上下都是灰尘，却又显得那般干净，从身到心皆如此。书生微低着头，隐隐能够看到他的脸色有些苍白，身上有血渍渐渐浮现，破旧棉袄多了很多道裂口，有棉花从口子里绽出来。从出现在烂柯寺前，书生便一直没有动过，静静站在石阶下，保持着同样的姿势，只有当秋风偶尔拂动他的衣袂，牵起一道道残影的时候，才表明原来他一直在动，只不过他动得太快，快到没有人能够看到。佛光大阵上，开出无数道白色的漩花，每一朵漩花，便是书生与整个佛宗的一次对撞，随着刹那时光里的无数次撞击，古寺越发震动不安，似要坍塌，而书生身上的灰尘也变得越来越少，显得越来越干净。

64

整齐的诵经声，回荡在烂柯后寺的庭院之间，石坪上的黄衣僧人们浑身是血，却慈悲无双，他们的声音早已嘶哑，近似哭喊，却庄严无比。佛光大阵在书院大师兄近乎神迹般的高速密集冲击下，依然苦苦地支撑了下来，尤其是随着叶苏举起右手，向阵法里渡入那缕道门气息之后，愈显稳定。七念看着山下寺门的方向，目光坚毅而凝重，脸上的神情却变得越来越平静，他知道自己的计划即将成功，人间世终于可以摆脱毁灭的恐怖前景。

虽然看不到烂柯寺外的画面，但宁缺知道大师兄肯定已经尽了全力，只是看着越来越多的佛光丝缕从越来越薄的大黑伞上渗下，看着怀里的桑桑奄奄一息的模样，他难免焦虑，甚至真的感到了绝望。

如果在大黑伞毁灭之时，大师兄依然无法破开烂柯寺的佛光大阵，那么桑桑下一刻便会被万丈佛光净化成一道青烟。

宁缺从来不知道绝望怎么写，如果只是他自己面临危险。正如他一直告诉自己的，真的要死，绝望又有什么用？然而如果面临死亡危险的是桑桑，他无法不绝望，因为桑桑死了，他还会活着，而那才是真正的痛苦。

就在这个时候，那道苍老而疲惫的声音，再次在他耳中响起，先前在殿中，宝树大师摇动盂兰铃之前，这道声音也曾经响起过。"如果大先生破不了阵，大黑伞撑不住时，你带着桑桑向我冲过来，如果大先生破了阵，七念和叶苏再如何忌惮书院，也必然会抢先杀死你和桑桑，所以在那一刻，你也要往我这边冲过来。"歧山大师被观海僧扶着，虚弱地靠在狼藉一片的石阶下，低着头，痛苦地喘息着，没有人注意到他的嘴唇正在微微翕动。

宁缺猜到这是大师的某种秘法，能够只让自己一个人听到，心头微动，没有转身去看，只用余光望了过去，看到大师枯瘦的手掌落在那方棋盘上。那是佛祖留下的棋盘。

歧山大师的声音，再次响起。"想办法让瓦山顶降落的佛光稍敛，然后我会开启棋盘之境，让你们进去暂避，只要能够成功进入，就算是观主或讲经首座，也没有办法毁掉佛祖留下的棋盘，待大先生入寺后，我会让观海把棋盘交给他带回书院，我相信夫子一定能够找到把你们放出来的方法。"

烂柯寺正在面对有史以来境界最高的对手——书院大先生，甚至比当年的莲生境界还要高，留在寺内的宁缺虽然是书院行走，境界提升极快，先前甚至令七念受伤，但他的实力依然远远不及这些真正强大的天下行走，而桑桑还没有苏醒，又被佛光镇压着，正是最孱弱的时候，所以无论寺中的僧人，还有七念等人，都把精力放在寺门处，没有人注意到他的神情有些变化。因为心情过度紧张，宁缺也没有注意到大师这段话里面的某些细节——大师说会让观海把棋盘交给大师兄，而且把解开棋盘的方法也寄托在夫子的身上。

"宁缺，我只希望你无论以后遇到什么事情，都不要变成第二个莲生，你可以做轲先生，你可以做任何人，不要做莲生师弟，因为那样太痛苦。"歧山大师虚弱而充满追悔的声音，在宁缺脑海里响起。宁缺沉默片刻后，微微低头。

忽然就在这时，烂柯寺前中后三寺震动不安，无数梅树骤然粉碎，无数道寺墙碎成粉砾，十七座古钟哑然失声，佛光大阵破！有人闯入寺门，所经之处不断有僧人被震飞空中，十余名修行者喷着血水横飞数十丈，更有数座石尊者像被击飞到天上。后寺殿前的人们，看不到山下的具体画面，只能看到一道滚滚烟尘，正向着这边狂啸而至，烟尘之前，任何事物都被震飞！

早前某时，齐国某处。这里是当地最著名的风景名胜，这段山道却是最偏僻的角落，罕有人至，所以那两匹雄骏异常的白马行走在其间，蹄声清晰。二师兄君陌坐于白马之上，峨冠博带，姿仪颇盛，只是稍显过于古板中正，无论骏马如何摇晃，他的上半身都保持绝对的笔直。小书童骑在后面那匹白马上，与雄骏高大的马身一衬，显得越发可爱，他看着前面，稚声不解问道："少爷，我们为什么忽然下山？"

二师兄说道："老师前些天告诉我，师兄想骗小师弟和桑桑去烂柯寺治病，但我以为师兄和歧山都太老实，不怎么会骗人，我担心小师弟看出问题，偷偷带着桑桑跑了，所以我要守在山下，随时准备把他抓回来。"小书童心想大先生和歧山大师如果说因为太老实而不会骗人，但以少爷你这种性情，只怕也没办法骗人，哪里有资格说别人什么。"那我们要在这里转多长时间？"

二师兄又道："如果歧山老和尚不像别的秃驴那般爱说大话，爱打诳语，那么三个月时间，应该就差不多能把桑桑的病治好。"稍一停顿后，他又道，"如果真要进棋盘，小师弟也肯定要跟着进去，那我们就要等两年，或者把那个棋盘带回书院，只是歧山老和尚就算比别的秃驴要稍好些，但想必也一样贪财，只怕不会让我们把棋盘带走。"

小书童苦着脸说道："难道真要在这里守两年？"二师兄严肃说道："家纶啊，正所谓读万卷书不如行万里路，此山与瓦山相邻，虽名声不如瓦山，但风景尤胜之，你且随我在此行走两年，赏景清心以助修行，说不定便能走出万里路去。"

便在这时，忽然有风起。二师兄抬头望天，眉头微蹙，忽然心头一动，面寒如霜喝道："找死！"他伸手向后一招。小书童捧在怀里的剑匣，顿时飞到他的手中。二师兄轻踩马背，广袖飘飘，便落到了山道旁的密林里。小书童着急喊道："少爷，这不是去烂柯寺的正路！"

"最直的路最近，最近的路就是正路……"山林里传来二师兄的声音，声音渐渺。当"正路"二字传到小书童耳中时，他的人已经不知去了何处。

大师兄看着身前的烂柯寺，他身上的棉袄上已经多了无数道口子，绽出的棉花上已经染上了血渍。在极短的时间内，他与笼罩烂柯寺的佛光大阵，难以想象地发生数千次撞击，佛阵摇摇欲坠，他的身体也受到了极大的伤害。

依然没能进入烂柯寺，他的目光顺着那道佛光，望向瓦山顶峰上的佛祖石像，心头微动。而就在这时，忽然一道青烟自远处奔来，溅起无数尘砾。

一路风尘仆仆的君陌来到烂柯寺前，他满身灰尘，比大师兄破棉袄上的灰尘还要多，但头上那顶高高的古冠，依然笔直，没有一丝一毫的偏移。

师兄弟二人对视一眼，没有说话。君陌并指为剑，刺进佛光之中。他狂喝一声，高冠下的黑发，被劲风吹拂着向后散开，狂舞！他的手指在佛光罩里艰难而不容阻挡地下移，生生撕开了一道极小的口子！大师兄棉袄上的一朵棉花，忽然颤了颤，在空中留下一道残影。

烂柯寺石阶前，已经没有大师兄的身影。转瞬之间，大师兄进入寺院，来到十七座佛殿。他几乎是同时出现在这十七座佛殿里。在檐下，在室里，在廊前，在梅边……大师兄连破十七座古钟。佛光大阵，就此而破！

65

君陌踏上石阶，向烂柯寺里走去。正如先前穿山越岭来到这座古寺，他依然选择走最直的路，最正的路，因为那就是最近的路，所以闯寺便真的变成了直闯。入古寺后，君陌没有走平缓却歪斜的石阶，没有绕过回复曲折的雨廊，他直接向着后寺走去，无论身前是寺门是石壁还是庄严的佛殿，都无法挡住他的去路，一路走来，墙倾殿塌，砖石四溅，硬生生被他走出了一条路。

看着那道迅速向后寺逼近的烟尘，七念神情微凛，从烟尘里隐隐透出的气息里猜到来者是谁。佛光大阵既破，前寺里便再没有任何人能够拦住甚至稍微延缓一下对方的脚步，而他最警惕的那个人应该比那道烟尘更快来到。在这种时刻，他不能再有任何犹豫，哪怕杀死冥王之女，必须先要杀死宁缺，意味着佛宗将与书院结下解不开的深仇，他依然要动手了。

通过歧山大师的分析，宁缺知道破阵之后，如果大师兄不能马上来到自己身边，那么自己马上便要面临七念甚至还有叶苏的毁灭性攻击。他无比希望大师兄此时能够出现在黑色马车前，他非常想要看到那件旧旧的棉袄，想要看到师兄那张温和的面容——佛光大阵既然破了，大师兄在毁掉十七座钟后，应该马上便会来救自己，可为什么他没有来？

看着那道挟着无尽杀意的烟尘，正向着后寺而来，宁缺知道下一刻，便可能与二师兄相见，然而他却知道，这时候不能再犹豫，因为七念和叶苏，绝对不会犹豫，绝对不会让他和二师兄真的相逢。

所以他提前出手，他手中的铁弓骤然变弯，铁箭搭在弓弦之上，嗖的一声射了出去！七念很清楚书院学生都是些怎样的怪物，知道宁缺不到最后时刻，肯定不会轻言放弃，所以他早有准备，再次召唤出了不动明王法身！

然而宁缺这一箭射的不是七念，也不是叶苏。他射的是瓦山顶峰，云雾缭绕里的佛祖石像！黝黑的铁箭，穿过黑色马车的天窗，顺着那道自天而降的佛光，反溯而上，箭镞溅出点点佛光辉点，直射相隔数里的瓦山顶峰！佛祖石像站立在瓦山顶峰，云雾在其胸腹之间，无比高大，沉默承受着风雨数十年时间，显得格外庄严慈悲。佛祖石像巨大，左手单掌竖立在胸前，石指尖端可以容苍鹰降落。佛祖石像的右手正对着山下的人世间，拇指与食拇似触未触，作拈花之态，若真能拈一朵花，那必然是世间最大的一朵花。从盂兰铃响起，便一直笼罩着桑桑、镇压着桑桑的万丈佛光，便是从佛祖石像面向人间的右手掌心喷射而出。元十三箭顺着佛光倒溯而上，不过刹那间，便来到了瓦山山顶。佛祖石像的右掌掌心，出现了一道浑圆至极的箭洞，箭洞边缘的石掌上隐现蛛网般的裂痕，溅出的碎石穿过云层，不知要过多久才会落到山顶。佛光依然在降临，但因为佛祖石像掌心多了一个破洞，佛光的光柱不再像先前那般凝结成束，而是变得有些涣散，威力小了很多。

烂柯后寺，看着弯弓而射的宁缺，唐铁眉微挑，铁拳微紧，却依然没有出手，叶苏神情微变，右手自薄袖间探出，隔空一指点向宁缺的胸口。他的手指便是威力无穷的道剑，刺向宁缺的胸口，而不是眉心，是因为他不想杀死一名书院学生，只想让宁缺重伤，不要再护着冥王之女。

宁缺右手自黑色院服袖中探出，把一个小纸团弹向空中。叶苏以为那是一张符，神情不变。然而当那个小纸团与他的剑意相触时，瞬间化为一道青烟，然后便是一道极为凛然的剑意，从里面迸发而出！那个小纸团不是宁缺写的符，是叶红鱼写给宁缺的信，纸上是她画的一柄剑。叶苏察觉到那股充满不甘的剑意，神情再变。两道剑意，在空中相抵相生相灭而化为空虚。

便在这时，歧山大师把身前的棋盘翻转过来！一道清静至极的佛光从棋盘非金非石的表面上喷薄而出，在后殿残破石阶间，破开个约两丈高的洞口，洞里隐隐可见一条幽深的通道！早有准备的大黑马狂嘶一声，拖着车厢便向那片清静佛光世界里冲去，它知道只要能够进入到里面，便能获得暂时的安全。黑色马车与棋盘的距离很近，只需要很短的时间，便能成功地进入。而七念和叶苏这样修行界顶峰的强者，想要杀死宁缺，也只需要很短的时间。

这时候，就看宁缺能不能抵挡住对方必然是最强大的攻击，把这段时间撑过去。此时七念的僧衣已然飘起，他的身体四周向空中扩展出了一道光圈，完全依循于他本人的身体形状，看上去就像是一个更大的七念。这道身外法身，与七念的身体完全相同，只是更大，唯一的区别便是面容，法身的面容不像七念那般平静坚毅，而是满脸怒容，眉挑如剑，眼中雷霆，世间任何邪祟，都不敢与其对视，不动明王法身尽显！佛光法身里的七念，双手合十，默诵真言。似有整座佛殿般高的不动明王法身，受真言召唤，举起右掌，猛地向黑色马车拍了下去，其势猛如山倾，残殿战栗不安！佛法真言与法身手印完美地结合，这才是真正的佛门真言手印！

面对佛宗最浩瀚力量的碾轧，宁缺根本来不及射出第二箭，他也清楚就算射出元十三箭，也没有任何意义，因为七念这时候根本杀不死。便在这时，歧山大师大喝道："无畏！"

大师的断喝令宁缺瞬间醒来，想起在佛殿里参悟真言手印的漫漫长夜，本能里双手在身前合十，屈指结了道无畏真言手印，向着空中迎了过去！真正的佛门真言手印，应该就是七念现在使出的这般，是佛法真言与法身手印完美的结合，宁缺虽然学了手印，但修佛时日极浅，哪里能够明悟真言妙谛？按道理来说，他的真言手印根本不可能是七念的对手，应该马上便被碾轧粉碎，然后整座黑色马车，都要被击毁。然而谁都没有想到，当宁缺的真言手印，与七念的真言手印相遇之时，竟是没有落任何下风！

轰的一声巨响！宁缺唇角渗出鲜血，而七念的身体也微微摇晃了一丝。残破殿廊下，歧山大师苍老的声音再度响起："降魔！"

宁缺右掌屈指，向身前递出。一道劲风自黑色马车里喷吐而出，在殿前石坪上，结了一道至为庄严的真言手印，硬生生把七念的第二记真言手印给震了回去！

为什么会有这样的情况发生？因为歧山大师虽然患病多年，修为境界极弱，然而当年他才是世间的不二佛子，苦修多年，慈悲度世，佛性较诸七念更为精深！大师的真言，岂会弱于七念的真言！而宁缺入魔后，身体在浩然气的炼养之下，变得极为强大，虽仍然不如不动明王法身强悍，但和歧山大师的真言相合起来，同样强大无比！

歧山大师吐血再喝："去念！"宁缺再结一手印。此时，佛法大阵已破，被压抑多时的天空，终于回到了自然的状态中，秋雨自云中缓缓飘落，落在残破的古寺庭院之间。

七念的脸上流露出极决然的神情，竟是毫不理会宁缺威力恐怖的佛门真言手印，带着不动明王法身，向着黑色马车而去，竟是要以真身镇压！一声轻响，叶苏身后的木剑也终于出鞘，化为一道无识无觉、无生死之意的流光，直刺黑色马车，目标依然是车里的桑桑！

此时黑色马车距离歧山大师身前的棋盘，已经很近，大黑马的前蹄，已经踩到了那片清静的佛光世界里。

"天下溪神指！"宁缺伸出右手的食指，刺向秋雨之中，随着这一指出，他的脸色骤然苍白，脸颊似乎瞬间变瘦了很多。听着天下溪神指五字，七念神情再变。天下溪神指乃是知守观不传之秘，为什么宁缺会？在极短的时间内，他想到这必然是陈皮皮暗中教给宁缺，震惊之余却是坚毅无前地继续向着黑色马车扑了过去！

叶苏却知道，陈皮皮绝对不可能把天下溪神指教给宁缺，所以他的神情没有任何变化，依然剑指桑桑！宁缺确实不会天下溪神指。但他的手指依然指向秋雨之中，而且从左至右，看似简单寻常地画了两道直线。他身上的黑色院服忽然间变成无数碎布落下。他用的是符，那道符太过强大，强大到他自己都无法控制。他用的是神符。

在红莲寺前的那场秋雨里晋入知命境，他便已经成为了一名神符师，而他悟出的第一道不定神符，承自师傅颜瑟，依然走的是切割之意。这道神符才是宁缺现在最强大的手段，压箱底的手段，先前在佛殿里，宝树大师摇动净铃之时，他便想动用这道神符，却没有来得及。

当七念这些真正的强者出现在场间后，他清楚如果把这道神符就这么用出来，没有太大意义，一定要留在最关键的时候——这道神符，虽然不可能击败七念或者叶苏，但绝对可以为自己和桑桑争取一些时间。

他的手指在秋雨里划过，一道凄厉强大的符意，横在黑色马车之前的空中。两道无形的锋芒，在雨中若隐若现，就如同是大河上横着的铁索，又像是一把无限长无限锋利的剑。秋雨飘至黑色马车之前，切碎成两半。看似坚不可摧的不动明王法身，胸口间多了两道极为深刻的黑线。七念的胸腹上多出两道笔直的伤口，鲜血横溢。那道正向黑色马车刺来的木剑上，多了两道深刻的白痕。在这道神符释出的两道锋芒之前，入者皆断，伤必成双。

颜瑟大师最强大的本命神符是井字符，宁缺只学到了师傅的一半，所以他的这道本命神符叫二字符，书院二层楼的二。

看着那辆即将驶进清静佛光里的黑色马车，唐神情微凛，叶苏眼瞳微缩，他们两个人在荒原上见过宁缺，那时候这名书院学生还在苦苦思索怎样破洞玄境，然而谁能想到，短短两年时间不到，他已经变得如此强大。

七念面容微肃，宁缺的神符再如何强大，也不可能战胜他们，但可以把他们拦住片刻时光，廊下的宝树大师伸手去抓净铃，却因为失血过多，没能抓住。场间局势千变万化，就在所有人都警惕着破寺而入的书院大先生及二先生时，哪里想到，被众人忽视的宁缺却陡然发难，而且如此强悍！时间似乎过去了很久，但实际上从佛光大阵被破，到此时最多不过两息时间，最早落下的秋雨，都还没有落到地面上。黑色马车即将消失在清静佛光里。

就在这时，有剑自天外飞来。

66

一剑自天外来，向烂柯寺而去。瓦山之上有云，那剑破云而出，带着约数里长的云丝，直刺地面。剑的速度太快，快到根本看不到本体，只能看到一道流光，然而却似乎又不屑于隐藏自己的声势，所以地面的人们都清楚地知道，那就是一把剑。烂柯寺笼罩在秋雨中，那把剑穿雨而过，根本无视庭院里的七念诸人，也没有因为正在高速接近的那道烟尘而有所停顿，飞向黑色马车。

黑色马车前残留着二字符的恐怖的符意，那把剑却是毫不在意，似乎对颜瑟一脉的符道熟到了极点，轻松至极地渺然而过，直刺车厢里的桑桑。宁缺的识海一阵刺痛，桑桑睁开双眼，脸色苍白，此时黑色马车已经有一半进入清静佛光里，然而却似乎便要到此为止。

霸道无匹都不足以形容这柄自天外而来的剑的气势，这把剑，或者更准确说这把剑的主人，给人一种强烈的感觉，因为他想做某件事情，他就便一定能够做到，有因为于是有所以，这就是这把剑的道理。

有道理，所以这自天外飞来的一剑，在云层之上的高空里瞬间横穿大陆南方的江河山川理所当然地要杀死桑桑。宁缺曾经在一张纸上看过一把剑，他见过甚至学习过这种因为理所当然，从而显得异常强大的剑势，他知道这把飞剑的主人是谁。

他知道面对这把飞剑再做任何事情都没有意义，所以他只是把桑桑紧紧地抱在怀里，然后沉默地看着车厢里愈来愈盛的清静佛光。

烂柯寺里的人们震惊地看着那道天外来剑，七念默宣一声佛号，叶苏双眉微挑，唐面色微沉，他们都猜到了这把飞剑的来历——面对冥王之女降临，即便是世间最强大的那个男人，也没有办法再继续保持沉默了。在书院和佛道魔三宗战至最紧张的时刻，还能如此强势地插手的人，自然只有那位在南晋剑阁闭关清修的世间第一强者：剑圣柳白。

剑圣柳白的剑自然是世间最强之剑，他既然起念杀人，冥王之女再无幸理，七念默宣一声佛号，缓缓低下头去。

然而紧接着，谁都没有想到的事情发生了。就在那道天外飞剑眼看着便要破黑色马车而入，把桑桑连着宁缺一道刺死之时，忽然间急剧地颤抖起来，剑尖骤抬，然后紧贴着黑色马车的车尾，猛然向上飞掠而去，嗤的一声擦落佛殿几块黄瓦，迎秋雨而上，没入云中不见！黑色马车进入了清静的佛光世界，在那条幽深的道路上渐行渐远，然后佛光收敛到棋盘上，一切回复如初。烂柯后寺一片安静，绝对地安静。

众人震惊所以沉默，不明白先前那一刻究竟发生了什么，剑圣柳白蓄势已久的一剑，眼看着便要杀死黑色马车里的冥王之女，为什么又忽而飞走！片刻之前，大师兄站在烂柯寺一处偏殿的梅边，手掌落在一口大钟上，钟声已经止歇，这是他破掉的最后一口大钟。

正如宁缺所期望所推算的那样，大师兄在破掉佛光大阵后，应该会在最短的时间里，出现在后寺殿前，出现在黑色马车之前。然而他却没有动。秋雨中的烂柯寺，大师兄的境界最高，所以他比寺中其余人都更早感知到了那道剑，甚至在那把剑刚刚飞离剑庐的时候，他就已经感知到了。大师兄看着西北方向，看着秋云之外的天边，面色忽然变得极其凝重，身上那件旧棉袄里喷出无数尘埃，身形微晃消失在梅边。

距离烂柯寺千里之遥的西北方向，有座孤山，这座山三面都是光滑的石崖，在秋光下反射着光芒，看上去就像是一把石柱切削而成的剑。山前有座黑白二色的古阁，这里便是世间第一强者，剑圣柳白的宗门，修行界里无数剑师向往的圣地：剑阁。

柳白不在剑阁，而是在剑阁后那座山的山腹间。他坐在幽潭旁，草屋前，静静看着身前那个书生。大师兄站在柳白的身前，脸色雪白，身上的棉袄染着很多血，那些从裂口里绽出的棉花，都被血水凝在了一起。大师兄站的位置很有讲究，距离柳白的身体不远不近，就是一步之遥，如果用绳尺去计算，那么绝对是不多不少，正好一尺。

柳白看着身前的书生，忽然笑了起来，说道："李慢慢，你明明是最快的那个人，为什么要叫慢慢呢？"大师兄说道："因为慢，所以才能快。"

"因为所以，我最喜欢这种道理。"柳白伸手在潭里掬起寒水洒在身前地上，缓声说道，"我身前一尺是我的世界，即便是观主和讲经首座，也不敢站在这里，你就算再快也没有意义。"

"颜瑟大师对小师弟说过这句话，我也听说过。"大师兄看着自己的双脚，说道，"所以我站在一尺之外，没有向前一步。"柳白的双眉缓缓挑起，眯着眼睛问道："你想向前走一步？"

大师兄说道："我想试试。"柳白说道："哪怕这一尺之地是我的世界？"大师兄说道："如果你有剑在手，身前一尺才是你的世界，但你的剑不在。"柳白感慨一叹，把手伸到身前空中。幽暗的山腹，最顶处洞口漏下的天光，忽然暗了暗。一剑自天外飞回，从山顶洞口里化作流光而归，落在柳白的手中。

大师兄揖手为谢，柳白静静看着他，问道："你们要护冥王之女，有没有想过冥界入侵怎么办？"

大师兄说道："若书院治不好她，到那时，我书院诸弟子站在人间世的最前方迎战，或者胜了冥界，或者全部死光，那便再也不用担心怎么办。"

"依然很有道理。"柳白说道，"只是我有件事情依然想不明白，夫子如果出手，想要护住冥王之女，何至于演变成当前这种局面？难道说冥界入侵的事情，依然不能让夫子稍起凡心？天下皆曰可杀，也不能令夫子动容？"

大师兄不会撒谎，所以他没有正面回答这个问题，说道："师有其事，弟子服其劳，我们这些学生不行的时候，再来麻烦老师。"

柳白问道："你还行吗？"大师兄说道："如果剑圣大人不出手，或者还能行。"

柳白看着他苍白的脸色，计算着他今日耗损的境界修为，并且在这个过程里受了多重的伤，微微蹙眉问道："我很想知道你断了多少根骨头。"

大师兄诚实回答道："二百零六根。"柳白怔了怔，叹息说道："你这样会死的。"

大师兄摇头说道："至少我现在还没有死。"柳白感慨地说道："我以前总以为，自轲先生之后，书院便只有君陌算是个疯子，如今看来，书院里竟他妈全都是一群疯子。"

大师兄说道："剑圣大人谬赞。"柳白把手中的剑缓缓收入鞘中，说道："来日与你战个痛快。"此时这位世间第一强者，已经感应到，冥王之女的气息已然在这个世界上消失，知道书院想必已经让她逃出生天，自然懒得再行出剑。

柳白很想和身前这名书生打上一场，只是今日，书生在短短时光里，来回奔波数千里，已然重伤，胜之亦不武。而且他没有留下身前这名书生的把握。大师兄诚恳谢道："多谢剑圣大人，只是我真的不会打架。"

烂柯后寺一片安静，歧山大师枯瘦的手掌，落在棋盘的背面，谁也想象不出，就是这样一个看似不起眼的棋盘，先前竟能把一辆马车送到了另一个世界。七念向歧山大师身前走去。歧山大师看着他虚弱地说道："佛祖的棋盘，谁也毁灭不了。"七念摇了摇头，面现坚毅之色，微显苍白的嘴唇渐渐分离。

歧山大师猜到他要做什么，神情剧变，佛祖棋盘没有办法毁灭，但真正拥有佛性的佛宗大德，却能牺牲自己的佛性，强行改变棋盘世界里时间的流逝速度！拥有这种能力的人，即便在悬空寺里，也只有讲经首座一人而已。

歧山大师并不认为七念拥有这种能力。直到这时看着他的嘴唇微启，才震惊想到，十六年闭口禅，一朝破禅而出，那一刻的七念，将拥有多么恐怖的境界。

烂柯后寺寺门在这时轰然炸裂，一顶高冠自烟尘之中现出形状。

67

君陌走进烂柯后寺，石坪间的黄衣僧人，佛言声声围了上去，手中铁杵铜钵，像雨点般地砸了过去，有些境界深厚、反应更快的修行者也施出了飞剑。反应快有些时候不是好事，就比如此时此刻。君陌挥袖，庭院间天地气息大乱，无数铜钵铁杵激射而回，那些僧人被自己的本命物砸得浑身是血，奄奄一息，眼看着有好些人便要没了呼吸。然后他冷冷望向那些境界深厚、反应更快的修行者，那些修行者顿觉威压入体，十余柄飞剑被秋雨击落，甚至有修行者识海破碎喷血而死。

石坪间惨号连连，断肢四飞，血流成河，纵使秋雨渐骤，也无法在一时片刻内冲洗掉，一股浓郁的血腥味道，将古寺的佛门清静气息撕揉得不剩些许。叶苏静静看着木剑，雨水击打在剑面上，将宁缺二字符留下的两道白痕渐渐洗去，然后他抬起头来，望向那个戴着高冠的男子。

君陌看到殿前石阶下已经没有黑色马车，看着歧山大师身前那方棋盘，神情微宁，感应到一道目光，侧身望去，恰好迎上叶苏的目光。二人没有说话，神情各自漠然。

噎啷一声，叶苏木剑出鞘，混着秋雨，刺向君陌。此时，君陌终于出剑。从破佛光大阵，走进烂柯寺，一路行来，拦在他身前的任何事物都被震飞，他一直都没有出剑，因为他没有遇到值得自己出剑的人，而叶苏乃是道门行走，十余年前便勘破生死的修道天才，自然有让他出剑的资格。

君陌高冠博带，袍服宽大，看不出剑匣放在何处。但当他的剑出现时，寺内所有人都能够看到。因为他的剑与世间所有剑师的剑都不同，剑身极宽，宽得难以想象，看上去根本不像是一柄剑，而更像是一块方方正正的铁片。这样一块方铁片，极为显眼，想看不见都很困难。君陌的剑，本来就要让所有人都看见。

书院二先生和道门行走的剑，终于相会在烂柯寺的秋雨里。叶苏的剑无痕无迹，无声无息，无情无识，行走在秋雨之中，就仿佛变成了真的秋雨，能润物无声，却没有春雨对生命的怜悯。君陌的剑则是大开大阖，在雨中依循着笔直的线条前行，每至尽处，又会严重违背修行者心中驭剑术的规则，陡然折回，依然走的是直线。

叶苏的道剑是最细的寒风，最微的秋雨，能够入世间一切有间。君陌的铁剑则是方正到了极点，风雨不能进。极短的瞬间之内，木剑与铁剑在雨中交会碰撞了不知道多少次，又似乎一次碰撞都没有发生，秋雨被这两道强大的剑势，逼得横斜而飞。

忽然间，君陌神情微凛，竟是毫不犹豫转身向佛殿疾掠而去！此时叶苏的木剑，正在秋雨中纵横无双，将来到他身后三丈之地。君陌看着佛殿里的七念，面色微白，广袖向身后一拂。那把方正宽大的铁剑，自西面寺墙处鸣啸而回，不再像先前那般画着方正的图案，而是极其简单地开始画直线，显得更直更硬，所以更强大！叶苏看着向殿里走去的君陌，神情漠然转身，也不再看他，而是望向后寺的院墙，看着坡下的一道寺檐，眼眸里隐有雷电之意！

君陌走向残破佛殿，叶苏看着院墙飞檐，都是年轻一代最强大的人，都是最骄傲的人，那么要看便对视，不看便皆转身。

烂柯寺上空的雨云里，渐有明亮积蕴，闪电落下，雷声大作。那道穿行秋雨里的木剑，仿佛被雷电击中，带上丝丝亮泽，挟着风雷之势，继续向君陌刺去！

铁剑与木剑终于在肉眼可见的层次内，发生了一次真实的碰撞。秋雨大散，雷电轰鸣！叶苏的剑道，此时俨然已经悟明世间至理，甚至已经半步踏进了天启的境界！

君陌却依然没有回头，依然在向着佛殿方向疾掠。他没有属于自己的规则，也没有像修道者可以借用昊天的力量，但他和他的铁剑对某个规则的信奉，却是那样地坚不可摧，以至于那个规则，甚至从某种意义上已经变成了他自己的规则，那个规则便是秩序。他的铁剑守护的便是绝对的秩序。

七念的双唇有些发白，被秋雨浸染，依然显得有些干枯，当微微翕动时，便像是雨中的枯白落叶，轻轻颤抖。殿前石阶周遭的人们，震骇到了极点，因为他们知道，马上便会看到，修行界里传说已久的闭口禅被一语道破的画面。

佛宗行走七念修行闭口禅已有十六年，从未破戒，哪怕当初在长安城湖畔的雪林里，面对神秘的魔宗宗主二十三年蝉，他依然没有破戒。由此可以想见，十六年闭口禅一朝破戒，那会意味着什么。

七念嘴唇微开，隐约可以看到里面残破的半截舌头，他脸上的神情很平静，轻声说出了一个字："疾。"

他说得太过寻常随意，与人们的想象形成了极大的落差。烂柯后寺一片安静。远处瓦山顶峰上的佛祖石像，仿佛真切地听到了这个字，岩石雕凿而成的佛祖面容忽然变得生动起来，显得悲悯到了极点。

佛祖石像的右手掌间，有宁缺先前射出的一个洞，那个洞并未发生任何变化，反而掌心里射出的佛光尽数敛没。佛光出现在七念的身上，他的目光落在那张棋盘上。古寺的地面开始剧烈地震动，那些倒在血泊里的僧人和修行者们，被震至半空之中，中寺和前寺的殿宇墙面上出现了无数道裂痕。某处佛殿外梅边的一口微微摆荡的哑钟，忽然悬停在了空中，古钟表面出现道道密集的裂纹，然后像朵花般炸开！钟裂如瓦！梅丛成雪！

秋雨中，二师兄的黑发向后飘舞，博带乱飘，愤怒到了极点。然后他做了一件谁都想不到，哪怕是同样骄傲的叶苏，都无法想到的事情。他伸手召回自己宽方的铁剑，竟是根本不理会身后那柄带着风雷之势的道剑，怒啸声中，把铁剑向着殿前的七念掷了过去！君陌这样做，便等于是把自己的后背，全部留给了叶苏。他是骄傲强大的书院二先生，但把自己的后背，留给已经半步踏入天启境的叶苏，这和自杀没有任何分别！君陌收剑，就是邀请叶苏来杀自己，是在赌叶苏不敢杀自己！

叶苏叹息收剑，君陌赌胜了，然而在这种情况下，世间除了书院二师兄，谁还敢这么赌？又或者，君陌算准了叶苏一定会收剑，那么这还是赌吗？宽直的铁剑离开君陌的手，与空气高速摩擦，带着一缕明亮的光线，剑锋之前，石阶扭曲变形裂开，根本无人敢挡！一掷之威，竟隐隐然与先前柳白的天外一剑差相仿佛！

就在七念的目光将要落在棋盘上时，铁剑到了。铁剑切断目光，落在棋盘上。相隔十六年，七念说出的那个"疾"字还在秋雨里不起眼地飘荡。

秋雨无声，殿塌有声。连绵不断的轰隆巨鸣声里，佛殿渐渐垮塌，变成废墟。漫天的烟尘渐渐被雨水敛灭。君陌走进佛殿废墟里，脸色微白，袍服微脏，往日里绝对对称、就连左右的根数都完全一致的双眉，都变得有些微乱。他没有看见那张棋盘。

沉默片刻后，他从身前的砖木碎砾里捡起已经有些变形的铁剑，双臂用力把铁剑慢慢扳直——虽然不是太直，但已经足够砍人，然后他望向七念。悬空寺戒律院首座，经过片刻喘息后，恢复了一些修为，左手颤抖着，在身前的血泊里拿起佛祖留下的盂兰铃，向着阶上掷了过去！

君陌看都没有看一眼，伸出左手在空中握住那只铜铃。盂兰铃里残存的佛性，感受到这只手的不敬，愤怒地颤抖起来。君陌的左手很稳，指节细长，铜铃的佛光从他的指缝里渗出来。他指节微白，默一用力。只听得喀啪一声，盂兰铃，在他的掌心里变成了破铜烂铁！

宁缺不能接触盂兰铃，那是因为佛祖认定他是邪祟。二师兄能够接触盂兰铃，那是因为就连佛祖留下的气息，能够感受到他的不敬，却无法认为他是邪祟。君陌心正而自信，根本不会被任何外物所惑，更何况他这一生最是厌佛，心道如果自己都是邪祟，你佛祖又算是什么东西？

佛宗圣物被毁，身为执铃者的宝树大师，既是心痛，佛心又受到极大震荡，脸色变得极异苍白，厉声怒喝道："君陌，你好大的胆子！"君陌看了这名悬空寺戒律院首座一眼，握着铁剑的右手微微一紧。只听得唰的一声，宝树大师剩下的左臂脱离身体，落在了秋雨中。

68

一声惨号，瞬间穿透渐骤的秋雨，向着残破古寺四周传去。宝树大师看着雨水里的断臂，脸色苍白，带着两道血洞的身体摇摇欲坠，身为悬空寺戒律院首座，他的佛法高深，坚毅能忍，先前被宁缺用朴刀砍断一臂，能忍住没有发出惨呼，然而此时他的修为受损严重，更因为君陌铁剑再断他一臂，等于是毁灭了他的所有，他再也无法忍了。曲妮大师怔怔看着眼前这幕，忽然惨呼一声，冲到断阶旁，把浑身是血的宝树大师搂在怀里，试图替他止血。

七念面色沉痛，看着向自己走来的君陌，宣了一声佛号，因为太多年没有说话，他的声音有些干涩，而且极不顺畅。"二先生行事实在……"

君陌此时根本不想听他说话，右手握着那柄宽直奇特的铁剑，便向他的头顶斩了过去。七念此时脸色苍白，十六年闭口禅破，造就了先前那惊人的幕幕画面，也让他的佛心受到了极大反噬，再加上先前宁缺在他身上留下的箭创符伤，他的实力已经受到极大损耗，和巅峰时相差了不少。

但毕竟是行走世间的佛子，面对着那柄如大山般压顶而至的铁剑，他的脸上没有流露出惊恐的神情，而是伸出右指，在身前画了一个圆。七念的手指微微颤抖，在飘着凄寒秋雨里的空中不停地画圆，一圆尽时又有一圆生，大圆复套小圆，生生不息，就如佛祖身后永世不灭的光圈。

君陌的铁剑直斩横切，依然走的是方正之道，就如他的人一般，铁剑在秋雨里画出无数个正方形，每一道剑痕的长短浓淡都绝对相等。手指画出的圆，圆融至极，把铁剑画出的每一个正方形都套在其间，向圆圈里落下的雨水，刚刚触到那道气息，便被弹飞而去。

七念看着君陌，声音微哑说道："天圆地方，你如何能够破我？"君陌神情漠然说道："既然是人，便要清楚自己是站在大地上。"

话音落处，只听得噗噗几声脆响，铁剑横切而出，把雨空里的那些佛息斩得七零八落，方形的剑意强悍至极地破圆而出！七念神情骤凛，宣一声佛号，在身前布下二十七层佛家气息护罩。

"君子可欺之以方？"君陌轻喝一声，执铁剑连破二十七层佛家气息。鲜血溢出七念的唇角，他双手在身前作莲花绽开，结出强大的真言手印。

"君子可欺之以方？"君陌大喝一声，执铁剑斩破真言手印。

七念噗的一声吐出血来，却依然战意坚毅，唤出不动明王法身，迎向铁剑。

"君子以方欺之！"君陌怒喝一声，铁剑破雨而斩，将七念的身外法身斩成两截！看着佛子遭受重创，危在旦夕，烂柯后寺里还能从地上爬起来的僧人们，怒吼着向石阶前走去，试图用自己的血肉之躯救下七念的性命。

君陌铁剑离手，嗤嗤剑啸声中，十余名僧人倒地而死。铁剑在石坪秋雨中画出四道直线，然后回到原先的地点，斩向七念。七念的身上陡然出现一道笔直的伤口。他的脸色苍白至极，盘莲花座，结莲花印，闭目动禅念。一念生，一念死，一念白骨生肉，一念不死不灭。君陌根本不理会他在做什么，只是让铁剑砍将过去。瞬息之间，铁剑斩七十七记。七念动禅念十一循环。他身上的僧衣被尽数斩成碎片，身上的骨肉皮被切出无数道血口。那些血口以肉眼可见的速度在复原，然而还未复原，便会又被铁剑切开。七念动念的速度再快，佛身的恢复速度，却永远不可能比得上铁剑的速度！他这时候更多的是在苦苦支撑。而苦苦支撑的同时，他必然要承受更多的痛苦。那种痛苦近乎于凌迟。即便是佛心坚毅如磐石的他，眉宇间也不禁生出痛苦之色。

铁剑再至，七念的身体重挫，向后疾飞，撞在殿内垮塌的佛像之上，一口血喷了出来。君陌继续向他走去。此时，叶苏终于掠到了佛殿废墟之前，站在了七念的身前。

他看着君陌说道："哑巴受伤在先，胜之，亦不武。"君陌说道："此言若有理，你们如何有脸围攻我小师弟？"叶苏沉默，又道："宁缺和冥王之女已死，事已成定局，而今日烂柯寺已毁，僧人死伤无数，书院难道还要灭佛不成？"

君陌面无表情说道："佛宗欺我书院，这个秃驴骗我师兄，虚情伪善到了极点，似这等破烂法门，自然要从世间抹去才是。"叶苏说道："今日没有人想杀宁缺，不然七念也不会等着佛光降世诛灭冥王之女，我想道佛两宗已经表明了对书院足够的尊敬，而佛宗为此付出的代价已经足够。"

君陌说道："杀死桑桑，难道以为不用付出代价？道门在此事中扮演的角色，我暂且不理，你也莫要逼我书院现在就与道门开战。"

七念躺在碎裂的佛像脚下，身上全是伤口，看着惨不忍睹，但他的神情依然平静，声音依然坚定："冥王的女儿……必须死。"

君陌看着他说道："她不曾犯错，为何要为今后可能发生的事情便提前付出代价？冥王的女儿若是原罪，那世间诸多淫僧的后人岂不是都该被杀？

"唐律不曾有此例，古礼不曾有此议。所以你们今日之行，无理。"

秋雨里一片安静，场间众人都知道书院二先生有怎样的性情，并不意外会听到这样的话，却没有人真的认为此人是在讲理，因为这道理很没有道理，只不过看着那柄握在他手中的宽直铁剑，没有人愿意与他说理。

谁都没有想到，这时候站出来反驳书院二先生的，居然是陆晨迦。

这位月轮国的公主虽然以花痴闻名世间，然而在书院君陌以及各宗天下行走面前，无论身份还是实力都不值一提，然而正所谓无知者无畏，无惧者亦无畏，她早已心哀若死，所以先前她才敢对桑桑出手，这时才敢说话。

陆晨迦缓缓站起身来，擦掉脸上的雨水，看着君陌说道："敢请教二先生，若一切皆依唐律古礼而行，你的铁剑今日为何会杀死这么多人？"君陌说道："唐律有言，杀人者死。"

陆晨迦说道："然而现在谁都不知道宁缺和冥王之女究竟死了没有，既然不能确定他们是否死亡，烂柯寺里自然没有杀人者。"君陌沉默片刻后说道："此言有理。"

曲妮大师抱着宝树大师，看着他惨白的脸颊，老泪纵横，忽然抬起头来，看着君陌悲愤骂道："你们书院永远自以为占着道理，其实从轲浩然那个天杀的疯子开始，你们什么时候讲过理？你看看首座现在是多么痛苦！"

听着这老妇语涉小师叔而极不恭顺，君陌的双眉微微挑起，看着拦在七念身前的叶苏，握着铁剑的右手忽然再紧！

叶苏神情骤凛，曲妮大师怀里的宝树大师，忽然睁开双眼，似看到了什么极恐怖的事物，然后他的眼中亮起一道笔直的光线，就此死去。曲妮大师一时没有反应过来，怔怔地看着怀里的老僧。

悬空寺戒律院首座，就此毙命。七念震惊无比，霍然抬头，愤怒地望向君陌。陆晨迦本以为自己用言语逼住了这位性情方正的书院二先生，哪里想到，紧接着便会发生这样的惨剧，脸色苍白喃喃问道："这是……为什么？"

君陌说道："桑桑无罪，秃驴诛心，古礼曾言，诛心者死。"

秋雨里，响起曲妮大师绝望的哭声。烂柯寺，世间最古老的佛寺，今天遭受了前所未有的破坏，石阶损毁，院墙倾垮，佛殿破裂，而后殿更是已经变成了一片废墟。佛殿之间的石坪上，躺着很多具尸体，血水混着雨水，在青石板上沉默地流淌着，看着极为凄惨。烂柯寺里的僧人死伤无数，数代蕴积的佛门菁华，便在这一役里，被一把铁剑杀得损失殆尽。

数十年前，还是西陵神殿裁决大神官的莲生，暗中指挥魔宗强者，在烂柯寺前血洗无数修行宗派，对烂柯寺内却没有怎么攻击。数十年后，又有一幕悲剧发生在烂柯寺，只不过这一次承受惨痛结果的，是烂柯寺本身，自今日起烂柯寺再难保有如今在修行界里的地位。

"今天……已经死了太多人。"歧山大师看着倒卧在秋雨里的僧人尸体，看着那些血迹，苍老的面容里看不出是悲还是喜，声音里也听不出什么情绪。他望向君陌，艰难一笑说道："虽然棋盘已毁，但我也不能确定宁缺和冥王之女究竟是死是活，君陌啊，你先收手吧。"

君陌沉默不语。他想杀死七念。无论是叶苏或一直沉默的唐，都不能阻止他出手，因为这是书院的道理。但说话的是歧山大师，他便必须慎重。因为他知道大师并不是佛宗里那些虚伪的僧人。

69

佛殿已成废墟，没有人看到那张棋盘，此时听到歧山大师说棋盘已毁，不由得震惊无语，心想即便是七念破了十六年闭口禅，再加上书院二先生的铁剑，应该也不至于把佛祖留下的棋盘毁去，而更令有些人感到震惊的是，歧山大师说他也不能确定宁缺和冥王之女究竟是死是活。

烂柯寺住持被铁剑砍断了左腿，浑身是血躺在秋雨里，脸色苍白看着曲妮大师怀中的宝树大师遗体，怔了很长时间后忽然伤痛地哭了起来。想着今日死伤无数的同门，住持的身体不停颤抖，然后他以手扶地向石阶处爬去，对着歧山大师哭喊着说道："你为什么要这么做？你难道想让整个人间世灭亡？烂柯已经毁了，难道还不能阻止世界毁灭？"

歧山大师怜悯地看着自己的弟子，又看了一眼七念，缓声说道："百年之前我离开悬空寺来到人世间，我在这里生活的时间最长，我对这里的爱也越深，只不过对于怎样守护人世间，我们选择了不同的道路。"

七念说道："师叔你有没有想过，你替人间选择的这条道路，和绝大多数人的选择都不一样，而且极有可能是错误的。"

歧山大师疲惫的面容上现出微笑，说道："我是歧山，所以我这一生选择的道路，向来在世人眼中都是歧路。"

说完这句话，大师缓缓闭上眼睛，靠在观海僧的怀里。观海僧的身体被秋雨淋得一片寒湿，此时便是心也觉得寒湿一片，伸出颤抖的手指搁到大师鼻前，眼泪止不住地溢出眼眶。

大师圆寂了，数十年前，歧山大师挽狂澜于既倒，拯救无数苍生，自身却染上重疾，修为境界尽毁，与病魔抗争多年，早已精血枯萎，如今已然年老体衰，今日却道真言助宁缺震退七念，又强行开启棋盘世界，寿元终尽。

君陌看着观海僧怀里瘦弱的大师遗体，缓缓躬身。正在痛斥大师的烂柯寺住持，愕然住嘴，有些神经质般哭笑两声，然后跪倒。

佛殿石阶前，所有还能站立的人，都对着大师的遗体行礼。这种尊重，不是因为歧山大师是烂柯寺真正的长老，是佛宗辈分最高的大德，而是因为大师用自己的人生百年证明了他的慈悲善良，就算世间绝大多数人都会反对大师在临死前所做的那个选择，但绝对没有人敢质疑他的德行。

秋雨微散，一名书生出现在佛殿废墟之前，急骤的雨水把他身上的棉袄尽数淋湿，那些凝着血的棉花在棉布外微微颤抖，就像是结了霜的花果。听着石阶处的哭声，他走了过去，所有人都赶紧让开道路。

大师兄走到歧山大师遗体前，想着这些年二人通的书信，想着大师在信纸上的那些殷殷寄望，面露戚容，蹲下握住大师渐凉的右手，低声说了几句。

君陌看着他的背影说道："大师说，小师弟和桑桑生死未知。"

大师兄站起身来，望向雨中的天空，眼睛在急骤的雨线中微微眯起，脸色显得很苍白憔悴，忽然转身向石阶上走去。佛殿已成废墟，大师兄轻挥棉袖，棉衣上裂开口子里探出的棉花，道道流离飘走，他身体四周的砖石废砾，以肉眼可见的速度被快速清空。君陌知道师兄今日已经强行破境太多次，如果再这样下去，对师兄的修为心境都会造成无法挽回的影响，说道："师兄，我来做。"

大师兄说道："我很着急。"他向来行事走路都毫不急躁，慢条斯理，甚至慢得令人有些发慌，然而今天他却成了世间最着急的那个人，他着急的自然是宁缺的生死。君陌不再多说什么，握住铁剑往地面一插，开始协助师兄。

在极短的时间内，佛殿废墟被二人清理一空，甚至就连佛殿的地基都被君陌挖开，然而他们依然没有找到那张棋盘。难道真如歧山大师所说，佛祖留下的棋盘毁了？可即便毁灭，也应该留下些痕迹才对。秋雨下得越来越急，佛殿废墟周遭一片死寂，除了雨声，什么都听不到，雨水渐渐向被挖开的地基里灌入，渐渐积起处处水洼。大师兄看着废墟里的处处水洼，忽然神情微变。

在佛殿地基的最深处，还残留着铁剑宽直痕迹的土墙包围之中，隐隐可以看到一座约丈许方圆的塔基，塔基不知道被埋在佛殿之下多少年了，早已残破不堪，塔基中间有一道被封土塞满的枯井，井口早断。

君陌掠至塔基旁边，手握铁剑再刺，然后摇了摇头。枯井里的封土毫无缝隙，而且其下直抵实地，根本没有通道，宁缺和桑桑就算舍了黑色马车，也不可能从这里逃走。这般断井颓垣，哪里能把姹紫嫣红开遍？

叶苏等人看着他们在废墟里翻找，挖出佛殿地基，始终沉默不语，因为他们清楚，大先生和二先生此时看着沉默平静，实际上情绪已经到了爆发的边缘，在这种时候，即便是知守观观主和讲经首座，也不愿意同时招惹这样两个人。

大师兄走出废墟，走到七念身前，沉默地看着他看了很长时间，带着自责的情绪说道："在长安城里，我不该与你商议这件事情，我总以为，你既然是佛门行走，一心向佛，那么总应该是有些慈悲心的。"

七念浑身是血，却神情宁静，说道："利用大先生对佛宗的信任，是我行的恶，然而我这么做，正是因为佛宗对人世间有大慈悲。"

大师兄摇了摇头，叹息着说道："对一个孤弱女子的小慈悲都没有，又哪里来的大慈悲，就算有，这种大慈悲又有什么意义？"

听着这句话，后寺废墟前一片安静，众人尤其是观海僧和烂柯寺住持等修佛之人若有所思，七念神情微变。

"老师曾经说过，我就是一条明亮清澈的山溪，不曾遇到真正的岔口与泥沼，比小师弟要幸运很多，直到今日被你所骗所利用，我才明白，老师这句话的意思是什么，我也才第一次感受到了这种痛苦和愤怒。"

大师兄看着七念继续说道："我不会打架，不然我这时候一定要与你打上一场，或者等以后我学会打架了，我再去悬空寺找你。"

君陌看着七念神情漠然说道："因为歧山大师的遗愿，我今日不会杀你，待我书院找回小师弟后，小师弟自会去悬空寺杀你，若书院确定再也无法找回小师弟，那便是我陪师兄去悬空寺找你，烦请回去通传讲经首座一声。"

不同的话，讲述的是同一件事情，秋雨里的人们顿时觉得浑身寒冷，默默想着，难道书院准备向悬空寺宣战？

剑阁程子清靠在石阶上，看着沉默不语的七念，不由得心想如果自己是悬空寺的僧人，这时候必然要祈求佛祖保佑宁缺还活着。

如果宁缺死了，悬空寺能顶得住书院的狂暴报复吗？

七念却未动容，看着身前的书院二人平静说道："这是佛祖的意志，凡人如何能移？宁缺和冥王之女必然死了，书院若要灭佛，且看能否灭掉。"

"佛祖当年也是凡人。"君陌抬头望向雨空中远处瓦山顶峰的佛祖石像，看着那石佛悲悯庄严的面容，看着石佛残破手掌里依然在轻渺释落的佛光，大厌而怒。

"从今日起，秃驴不准入我唐境。"说完这句话，他面色微白，身上宽大的袍服逆雨而飘，宽直铁剑离手腾空而去，瞬间刺破层层雨幕，刺向远处山顶的佛祖石像。

瓦山顶峰的佛祖石像无比高大，仿佛真佛俯瞰世间。与佛祖石像相比，铁剑就像是很不起眼的小铁片。然而铁剑里灌注着君陌最暴烈的情绪，最轻蔑的态度，最绝对的秩序，哪里是一尊无感无识的石佛所能抗衡？佛祖石像的右手齐腕而断，从极高的空中坠下，惊起苍鹰，乱了秋雨，不知过了多长时间，才落到地面上，发出一声巨大的闷响。佛祖石像的脸上多出数道横直的线条，远远望去，就像是被顽童用墨线在上面调皮地弹了数道，悲悯的神情顿时变得无比滑稽可笑。那些线条都是铁剑切削而出，深透佛祖石像脑后，片刻之后，佛祖石像的脸便开始垮塌，不断有岩石崩落。佛祖石像上，不断有巨岩开始剥落，然后垮塌的速度渐渐加快。瓦山顶峰连绵响起如雷般的撞击声。无数烟尘冲天而起，即便是骤雨都无法在短时间内浇熄，山顶的震动，甚至传到了山脚下的烂柯寺里。数百块巨石开始向着山下滚落，声势逾万骑骏马，令人心惊胆战，顺着山势，向着已然残破不堪的烂柯寺而来。后寺里的人们震惊无比，搀扶着受伤的同伴，或抱着死者的遗体，开始向中寺前寺奔逃而去。无数撞击声响里，佛祖石像崩塌而成的巨石，轻而易举地砸破古寺院墙，把佛殿残骸碾得更碎，碾过石坪，碾碎残钟，恐怖无比。不知过了多长时间，终于平静，烟尘渐渐退去，避到寺前广场上的人们，惊恐渐定，回身望去，只见大半座烂柯寺，都被巨石塞满碾平。

70

看着瞬间被毁的烂柯寺，人们用了很长时间才从震惊中苏醒过来，那些幸存的寺中僧人更是忍不住放声痛哭，有僧人看着那顶在秋风秋雨里依然笔直挺立的高冠，悲愤到了极点却也惊恐到了极点。

曲妮大师依然抱着宝树的尸体，已然年老的她，先是失去儿子，然后失去这一生唯一的男人，便等若失去了所有的希望，看着君陌的背影，悲痛嘶声骂道："你们这群疯子！你以为书院真的就天下无敌吗？"

君陌没有转身，他从袖中取出一张洁白无尘的手绢，缓慢而认真地拭去唇角溢出的鲜血，说道："我书院本就天下无敌。"

曲妮大师没有想到自己会听到这样的回答，怔了怔后，疯狂地笑了起来，怨恨地诅咒道："就算你书院天下无敌，也只能在天下无敌！总有一天，天会睁眼收了你们！就像当年收了轲浩然那个疯子一样！"以君陌平时的性情，听到有人称小师叔为疯子，那必然又是一场风雨，但此时他只是静静地站在大师兄身旁，不发一言。

七念看着已然变成巨石堆的烂柯古寺，想着先前那幕画面，沉默了很长时间，然后低头望向自己胸前那两道神符留下的血口，还有先前被铁剑斩出的那些伤口，想着这些书院弟子的狠厉霸道，声音微涩地说道："书院果然都是一群疯子，然而全无敬畏的你们，难道可以寻觅到真正的平静吗？"

曲妮大师先前说出那句话，以为接下来便会死去，却没有料到君陌竟是理都不再愿意理她，不由得生出极大难受痛苦。她忽然看见书痴莫山山沉默站在人群外围，恨声说道："莫山山！先前所有人都看见你助冥王之女逃脱！我倒要看看大河国和书圣如何护你！"

听着这话，莫山山脸色苍白，先前在殿内出手，纯粹是看着宁缺和桑桑陷入危险时，她下意识里的行为，根本没有思考什么，此时想着如果桑桑真是冥王之女，日后冥界入侵人间世毁灭，自己又该如何自处？

"山山，你过来。"便在此时，大师兄的声音响了起来。莫山山微微一怔，看着那名其实并不如何熟悉的书生，想着两年前从荒原到长安的旅途，心头微温，依言走了过去。大师兄看着场间众人，说道："山山是我的义妹。"很简单的一句话，却有很丰富的隐藏含义，当着所有人的面，大师兄说书痴是自己的义妹，那么这便是担保，又或者说是威胁。今日之后，谁要是敢对莫山山或是墨池苑不利，那便等于是挑衅书院，而在今日烂柯寺毁灭，佛宗遭受沉重打击的背景下，谁敢再对书院有丝毫不敬？

君陌忽然望向唐说道："你不在荒原，来此地做甚？"唐说道："我来看看。"君陌问道："你来看什么？"今日早些时候，叶苏曾经问过唐相同的问题，当时唐也回答的是来看看，当叶苏问他来看什么的时候，唐回答的是来看你们中原人杀人。此时面对君陌的提问，唐的回答变了，他说道："我来看你杀人。"君陌点点头，说道："我书院不喜杀人，若可杀人时很会杀，所以你不用担心。"

唐知道他说的不用担心是指自己不用担心书院对妹妹的教育，点头致谢。

君陌又道："若小师弟出现在荒原，麻烦你把他送回长安。"唐说道："若冥王之女同行，我不能保证我不出手。"

君陌眉头微挑，不再多言。

"走吧。"大师兄对他说道，然后带着莫山山向山下小镇方向走去。君陌随之而去。

看着渐渐消失在秋雨里的三道人影，叶苏忽然问道："折损五年修为，只为了把佛祖石像毁掉宣泄立威，这种事情你做还是不做？"唐想着先前君陌拭去唇角鲜血的画面，摇头说道："这种事情只有疯子才会做。"叶苏说道："自轲先生之后，书院二层楼极少踏足世间，有很多愚痴之辈，都已经忘了书院的故事，今日之后想必没有人再敢忘记。"唐说道："我明宗被你们道佛两宗视为妖魔，如今看来，书院行事竟是比我们还要疯狂，难怪书院对我明宗不像你们那般视为异类。"叶苏说道："佛宗一直在做他们认为应该做的事。我道门是在做正确的事。你们魔宗则是为了反对而反对，只要道佛两宗想做什么，你们便反其道而行之。唯有书院，他们只做让自己高兴的事，这就是区别。"

行走在瓦山小镇里的青石道上，感觉着身旁传来的温暖可靠气息，莫山山的情绪渐渐安宁下来，不再像先前那般惘然。这时她才发现，原来自己手里一直拿着个匣子，正是先前宁缺和桑桑突围时，那辆黑色马车里扔给自己的那个匣子。她打开匣子，发现匣内的绒棉面上静静躺着一个奇怪的东西，两根支架中间是两个连在一起的圆框，框中是透明的薄片，不知是用什么做成的。

"这叫近视眼镜。"大师兄看着她的神情，解释道，"薄片是用上好水晶研磨而成，据说可以帮助眼神不好的人视物，是小师弟请六师弟做的，费了不少功夫。"

莫山山听着这话，沉默无语。君陌走在一旁，神情漠然地说道："架在鼻梁上便能用……宁缺就是做给你的，还让后山同门瞒着桑桑，不过我早就告诉桑桑那丫头了。"

莫山山低头看着手上的眼镜，轻声说道："宁缺闲时能有些闲情，像先前那种危险时刻，他只想着逃，哪里还能记得这些事情，想来是桑桑扔给我的。"

说完这句话，她把眼镜架到鼻梁上。她转身望去，原本有些模糊的秋山景致，顿时变得清晰起来。只不过这种清晰，并不真切，有些变形，所以透着股虚无的味道。远处残寺乱山，斯人不见。

71

天启十六年深秋，瓦山落下一场秋雨，引发泥石流，继而山崩，世间最大的佛祖石像垮塌，烂柯寺被埋大半，千年古刹就此化作废墟，寺中僧人死伤惨重，参加盂兰节的民众和游客则因为没有入寺而逃过一劫。就在同一日，深受世间民众敬仰的歧山大师圆寂，烂柯寺住持连遇变故，心灰意冷避居瓦山，歧山大师关门弟子观海僧继任住持，暂在山中视事。以上是官方说法，如果人间能够继续存在下去，想必史书上也会这样描写，大概只有在西陵教典和佛宗秘传经文里才会有事情的真相。现在的人世间，只有极少数人才知道，这场几乎让烂柯寺覆灭的灾害与自然无关，而是佛宗试图镇压冥王之女，而书院站在了佛宗的对立面。

在这一役里，除了歧山大师圆寂，悬空寺戒律院首座死亡，佛宗行走七念重伤，剑阁程子清本命剑废，烂柯寺僧人与各修行宗派代表死伤惨重，侥幸活下来的人，也收到了严厉的警告，严禁提起此事——或许是担心引起人间的恐慌，道门和佛宗严密地封锁了冥王之女降世的消息，甚至就连西陵神殿里很多人都不知道他们的光明之女，已经变成了自己最大的敌人。

自轲浩然后，多年没有在修行界露面的书院后山，在这场战役里终于出手，书院大先生和二先生在这一役里所展露出来的强大实力和不可思议的境界，震惊了整个修行界，让很多人回忆起了当年的某些故事，再次确认书院果然天下无敌。书院在这场战役中，也承受了极严重的损失。境界提升速度奇快、已经渐渐被视作书院将来的入世弟子宁缺，随着冥王之女还有那辆黑色马车消失无踪。

从佛祖棋盘离奇消失的那一刻起，再也没有人在人世间看到那辆黑色马车，也没有人知道宁缺和桑桑死了还是依然生活在哪个角落里。因为御弟黄杨大师的劝谏，大唐皇帝陛下李仲易没有颁下灭佛的旨意，前次因为道石入长安而颁下的禁令，则扩展到了整个天下，所有的佛宗僧人都严禁踏入唐境一步，只有烂柯寺观海一脉例外。

转眼间又是一年，秋风黄了树叶，霜了荒原。宁缺和桑桑失踪已经整整一年，没有任何消息，但正如那句老话所说，即便皇帝陛下死了，该娶媳妇的还是得娶，人间依然依循着重复无数万年的规则，向着未来缓慢地走去，只不过这一年人们的脚步要显得沉重一些。

在这一年最开始的时候，中原的局势其实十分紧张，尤其是在那些知晓烂柯寺之变真相的大人物眼中，更是如此。烂柯寺之变，无论从哪个角度来看，都可以认定书院庇护冥王之女，那么书院便应该是整个天下的敌人，而要灭书院必先灭大唐，西陵神殿随时有可能以此为借口，号召世间亿万昊天信徒，向唐国发起一场圣战。

也正是因为这个，原先中原诸国在烂柯寺里达成的进攻荒人的协议，也成了一张废纸，西陵神殿诏令联军北上之时，原本应该承担先锋主力的大唐东北骑兵，被排斥在了联军之外，甚至成为了联军最警惕的对象。

就在西陵神殿联军与荒人时打时停，眼看着便要把夏天拖过去的时候，荒原上的局势忽然发生了极为剧烈的变化，这两年苦不堪言的左帐王廷，藏进岷山里休养生息半年后，忽然再入荒原，同时向荒人和联军发起了攻击！

左帐王廷的行为，在很多人看来都是送死，然而谁都没有想到，那些往日里只会狂喝着挥舞弯刀冲锋，徒有蛮勇却毫无组织的草原骑兵，忽然间变成了极有组织纪律性的铁血军队，草原骑兵骑术优良，射术惊人，再拥有了极可怕的组织性和纪律性，实力顿时提升了数个档次。更令人感到恐惧的是，左帐王廷的草原骑兵，看似同时向双方发起攻击，实际上却是阴险到了极点，不断将本已稳定的战局扰乱，让本来都没有什么战意的荒人和中原人，很多次不得不与对方发生惨烈的厮杀。

中原诸国联军震惊于左帐王廷骑兵的变化，通过不懈努力，终于查到左帐王廷里出现了一名军师，王庭单于对此人竟是言听计从，从骑兵的训练到那些阴险的仿佛渗着污水的战略部署，全部出自那名军师的头脑。那名军师戴着一张银色的面具，眼看着荒原上的战局越来越混乱，各方付出的代价越来越大，左帐王廷骑兵哪怕死伤惨重，却依然坚定不移地把荒人和中原联军拖进血腥的战场上，中原诸国终于顶不住了，派出强者试图刺杀那名军师。

然而无论是南晋的剑客还是燕国宋国的修行者，虽然能够靠近左帐王廷，却始终没有办法刺杀成功，直到所有的刺客死亡，中原诸国才愕然地发现，那名戴着银色面具的军师身旁，居然有数十名洞玄境的高手！

面对这样的局面，如果西陵神殿不出手，根本没有谁能够奈何得了那人。荒原上的局面变得越来越复杂危险，这时大唐东北边军终于开进了荒原，经过两次惨烈的大战，才终于勉强把荒原局势稳定住。

荒原深处的草已经有了霜白之色，马蹄声声，数十骑踏上了胡杨林畔的一处草甸，看那些骏马便知道这些骑士来自左帐王廷，然而奇怪的是，这些人并没有穿着草原蛮人的衣服，而是穿着黑色的神袍。数十骑最前面，便是那名戴着银色面具的军师。

那名军师提马上陵，伸手把银色面具摘下，露出那张被火焰毁坏严重，却依然能够看到当初风华的脸颊，静静看着南方。这个人，自然便是逃入荒原的隆庆皇子。隆庆皇子在燕国的亲族与左帐王廷一直保持着密切的联系，所以当初左帐王廷才会派人去燕北边塞接应他入荒原。进入左帐王廷之后，隆庆在极短的时间内，暗杀了王庭的大祭司，收服了其余的祭司，向惶惶然的草原蛮人们展示了自己的强大。

站在草甸上，看着南方远处若隐若现的山峦，隆庆沉默了很长时间。他想起那些年的那些事，这些年的这些事，不由得心生感慨，自言自语说道："如此大好河山，留待我来取之，可惜宁缺你已死了，不然让我再来杀你一次，该有多好。"

荒原草已霜，西陵依然葱绿一片。叶红鱼出现在群山深处那座简朴寻常道观前，她穿着墨红色的裁决神袍，头戴神冕，神情平静，也不叩门，极随意地推门而入，就像是回家一般，说道："师叔，好久不见。"

那名穿着淡青道袍的中年道士，正在湖畔洗笔，听着声音抬头望去，发现是她，不由得摇了摇头，说道："你来晚了很长时间。"依据昊天道门的规矩，西陵神殿的三位大神官以及大唐南门观观主，以及像颜瑟大师这样凭借实力拥有大神官虚衔的人，在授大神官之位后，都必须来到知守观，只有得到知守观的同意，授位才算正式生效。

叶红鱼去年春天便杀死前任裁决大神官，登上了那方墨玉神座，按道理她应该早就来知守观，但她却偏偏没有来，奇妙的是无论掌教还是天谕神座，都默允了她这种做法，整座西陵神殿也没有谁敢提出异议。

"只是一个过场，随时都可以来。"叶红鱼走到湖畔，看着孤清甚至显得有些死气沉沉的道观，微微蹙眉说道，"这观里变得越来越没有人味了。"

中年道人把手中的湿笔甩干，带着她向屋里走去，说道："观主一直在南海，师弟去了宋国娶妻生子，不愿意再回来，现在观里自然冷清。"

叶红鱼说道："小时候观里人也不多，但还算热闹。"中年道人想着十几年前，道观里不时响起的追逐打闹声，微笑着说道："皮皮离开之后，你就被送去了天谕院，其实从那时候开始，就没有热闹了。"

叶红鱼没有说话，中年道人看着她说道："如果是别人做了裁决大神官后不来观里，我必然要严施惩戒，你自然是不怕我责罚你，所以一直懒得过来见我，为何今日却来了？"

叶红鱼说道："我要问两件事情，然后看一卷经书。"西陵大神官入观，这是道门的规矩，其实也是极大的好处，因为按照规矩，大神官可以选择七卷天书里的一卷学习。

"你要看哪一卷？"

"日字卷。"

中年道人不解地问道："你幼时在观中生活过一段时间，虽然没有机会接触七卷天书，但想来也能猜到一些什么，日字卷对你修行并无助益。"

叶红鱼说道："我想看看日字卷上有没有那个人的名字。"中年道人沉默片刻后问道："谁的名字？"叶红鱼说道："宁缺。"

72

柳白的名字，依然在第二页纸的最上方，然后是君陌、叶苏、唐、七念这些名字，每个名字，都代表着这个世界上最强大的修行者。

叶红鱼看着身前的日字卷，脸上没有什么情绪，她曾经在知守观里生活过一段时间，却没有可能接触到七卷天书，所以她此时还是有些紧张，尤其是日字卷的呈现方式，让她再一次感知到全知全能的昊天的伟大。她缓缓向后翻动书页，看到更多熟悉或陌生的名字出现在自己眼前，其中一个名字，让她的眉头微微蹙起，那是隆庆的名字。书写隆庆二字的墨水，似乎兑了很多清水，所以落在日字卷纸上的笔迹显得非常淡，有些发灰，而且隆庆二字的架构明显有些不稳，似乎随时可能破纸而出，又似乎可能随时湮灭不见。叶红鱼看着隆庆的名字摇了摇头，继续向后翻去，只是把日字卷从头到尾看完，还是没有找到宁缺的名字，她皱眉说道："难道真的死了？"

中年道人正在把洗好的笔挂到笔架上，然后调整笔架的方位，确保稍后能够晒到足够却不炽烈的阳光，端详片刻，满意地点了点头。

"师叔，我看完了。"叶红鱼说道。

中年道人走上前去，把日字卷沉重的封页合上，看着她摇了摇头，说道："如此珍贵的一个机会，却用来确认宁缺是生是死，着实有些可惜。"

叶红鱼摇头说道："在我看来，书院众人当中唯一能够真正威胁到道门的人，就是宁缺，所以他是死是活，对于我来说很重要。"

中年道人微微皱眉说道："何出此言？"

叶红鱼说道："都说书院是无信者，但里面的人们还是会受某些律条的限制，比如道德，比如唐律，比如礼法，比如风度，大先生和二先生自然是很了不起的人物，但受到这些律条的限制，他们所能产生的破坏性，便可以预估。

"宁缺则是不受任何律条限制的人，如果他想做某件事情，无论道德唐律还是礼法，对他都会变得没有意义，他更不会知道风度是什么东西。烂柯寺一役，如果是宁缺处于大先生或二先生的位置上，他绝对不会把佛祖石像和烂柯寺毁了便会罢手，他一定会杀死七念，然后想办法平了悬空寺。"

中年道人说道："为何你敢如此肯定他的行事？"叶红鱼说道："因为我和他本就是同一类人。"

中年道人说道："或许你说的是对的，好在宁缺已经死了，无论他曾经可能发展成怎样可怕的一个人，可能性已然终止。"叶红鱼又道："除了重视宁缺，我愿意挑选日字卷来看，是因为我不在乎能从天书里学到什么，七卷天书如今已经流失两卷，叶苏他当年看了六卷，我现在就算五卷通读都没有意义，更何况是一卷。"

中年道人感慨说道："这么多年过去了，原来你还是一直把自己的兄长当作目标。"叶红鱼想着去年秋天碧湖畔的雷霆，冷漠说道："以前他是我唯一的目标，但去年秋天之后，他就只是我修道路上暂时的目标。"

中年道人说道："叶苏应该会很开心你的变化。"叶红鱼看着中年道人的眼睛，说道："但我不开心……因为隆庆偷走了那卷天书，我很想杀死这个小偷，但你们却不肯让我杀，这是为什么？"中年道人沉默不语。

叶红鱼说道："以前我曾经真的怀疑隆庆是不是冥王之子，如今既然不是，那为什么神殿不允许我裁决司入荒原杀他？你们是在养老虎吗？"中年道人微微一笑，依然没有说话。

叶红鱼盯着他的眼睛，说道："其实最令我感到警惕不安的，还是烂柯寺那件事情，为什么佛宗都能知道冥王之女降世，我们道门的反应却是如此迟钝？光明神座当年为何会选择桑桑做传人，难道他临死时还没有看穿？"中年道人看着她叹息说道："我知道你带着疑惑而来，只是能够为你答疑解惑的师兄，还在南海游历，我如你一般惘然。"

叶红鱼走出草屋，来到湖畔。她双手负在身后，神袍微飘，默默看着道观后方远处那座青山。当年在观中生活的时候，她和陈皮皮被严禁靠近那座青山，不知道那座山里有什么，但年幼的她很清晰地感觉到，那座青山很危险。

如今她已经成为西陵裁决大神官，境界高深神妙，自然不像年幼时那般恐惧害怕，甚至还生出强烈的一探究竟的冲动。

"想知道那座山里有什么？"中年道人走到她身旁，顺着她的目光望向那座青山。

叶红鱼没有隐瞒自己的想法，点了点头。

中年道人说道："那座青山，是我们道门曾经的强大，将来的荣光。"叶红鱼隐约猜到了什么，眉梢微挑问道："将来什么时候来到？"中年道人说道："大概需要等到让我们道门变得不再强大的那个人离去。"叶红鱼沉默了很长时间，然后说道："谁都看不到将来有多远。"

中年道人说道："人都是会老会死的，再了不起的人，也摆脱不了这个规则的束缚，世间只有永远才是真正的远，所以将来不会太远。"

没有永远不老不死的人，所以死亡对每一个人来说看似遥远，实际上却很近，到来得往往没有任何先兆，显得那般轻描淡写。

天启十六年秋后的整整一年间，长安城发生了很多大大小小的事，但真正引起世间所有人注目的，则是那一件接着一件的丧事。冬天时，年迈的王大学士去世了，这位大唐三朝元老，对朝堂平衡极为重要的大人物，据说临死前，拿着那张鸡汤帖，看了整整一夜，最终收回了让鸡汤帖随自己陪葬的遗言，然后平静地永远闭上了双眼。与王大学士赌气争狠整整一辈子的祭酒老大人，在冬雪未化时也阖眼长逝，双眼哭得红肿无比的祭酒孙女，向府里候着的官员学生们传达了老祭酒的遗言，说既然迁坟庐太麻烦，那就和王大学士比邻而葬罢了，也算热闹。大唐十六卫大将军楚雄图在来年春天的时候，也因病去世，紧接着，又有好几位大臣离开了人间，长安城街道上的白幡，竟是没有机会取下来。

去世的这些老臣旧将，年龄都已经很大，偶犯风寒甚至是自然老去，都属正常，只不过因为他们离开的时间太过密集，天启年间前后两朝的中流砥柱，竟有一半在这一年时间里逝世，不免令人们感到有些不安。更加令人不安的是，镇国大将军许世的肺疾变得越来越重，就算被陛下强行赶回南方前线，那些湿润的空气，似乎也没有办法像前些年那样，让他的病稍有缓解，而据宫里传出的消息，御书房里的咳嗽声也变得越来越低沉，皇帝陛下的脾气越来越差，骂白痴的次数要远远超过往年的平均数值。

书院前院学生毕业，异国的学生大部分归国，有三分之一则是留在了长安，唐人学生则是入朝的入朝，从军的从军。楚雄图的孙子楚中天依照爷爷遗言，从羽林军基层军官开始做起。钟大俊回到阳关城，马上接任一个品秩不高却极为重要的官职，钟家乃清河郡大姓，只要他留在阳关城里好好做事，不要犯什么大错，想来很快就会再次得到提升。这些书院学生里最令人感到震惊是司徒依兰，这位云麾将军之女，公主殿下之友，竟真的从军部硬生生抢了个名额，到华山岳的麾下当了个女校尉，向成为大唐首位女将军的目标踏出了坚定的第一步。

司徒依兰的决定震撼了整座长安城，从最开始的不理解甚至是冷嘲热讽奚落，到后来的沉默平静暗生敬意，长安城里的人们经历了一番思想转变过程，也从中学习或者说领悟到了一些什么。如今的华山岳早已不是都尉，而成为三州镇军主管，在大唐东北丘陵地带里，除了大营在土阳城的东北边军，便要以他的实力最为强大。

冼植朗带着使团从烂柯寺回来后，并没有因为烂柯寺一役的变动而受到任何牵连，成功地接替了夏侯空缺出来的位置，成为镇北大将军。而舒成将军，因为前些年在荒原上配合书院处理东北边军伪装马贼一事有功，接替了冼植朗的位置，继任镇西大将军，直面月轮国。

生老病死寻常事，新陈代谢总如此。天启年间，曾经如繁星般的一代老人，渐渐离开这个世界，自然也会有新的俊彦出现，填补那些空缺的位置。大唐帝国最强大的地方，正在于这片土地最适合生长出参天的大树，只是已经有很多人注意到，随着时光流逝，新一代逐渐接班，公主殿下李渔的势力变得越来越强大。唯一能够令皇后一派有所欣慰的是，杀死夏侯大将军的宁缺失踪了。如果让那个人还活着，那么无论是以他和李渔的亲密关系，还是与皇后之间化不开的仇怨，书院肯定会选择支持李渔。

73

秋风拂着微黄的落叶在庭院间滚动，李青山把目光从落叶处抬起，望向不远处的皇宫城墙，眼睛微微眯了起来，拿出一块白色方巾掩着嘴唇，轻轻咳了两声，然后仔细把方巾叠好，藏进袖中。他是大唐国师，地位尊贵，在长安城里却是出了名的好戏谑，只不过随着皱纹的增生，他看着明显老了，也沉默了很多。

想着这一年里去世的那些老人，李青山的眼中浮现出一丝忧虑，虽说生老病死是自然之事，但在这么短的时间里，离开了这么多位故人，还是令他感到有些唏嘘，而且身为昊天道南门观观主，不免担忧这会不会代表了某种天意。

宫中皇帝陛下看似健康，但实际上身体已经是一年不如一年，许世这两年更是老得越发厉害，他们这代人就算没死，也都老了，怎不令人担忧大唐的未来？如果夫子一直在，那么大唐自然没有问题，就算有些问题，也只不过是些池塘里的涟漪，掀不起什么惊天骇浪，然而夫子总有离开的那一天。

一把黄油纸伞安静地搁在乌黑发亮的木地板上。何明池跪在李青山身后，没有看到老师脸上担忧的神情，低声道："惊神阵牵涉大唐安危，阵眼枢一直由我南门观保管，颜瑟师伯传给宁缺，宁缺师兄却已失踪很长时间，按道理应该拿回来才是，即便为了避嫌，也应该交还陛下，如今依然放在书院里，似乎有些不妥。"

李青山摇头说道："既然师兄给了宁缺，书院暂时代管也好，你要记住，虽然我们是道门，但要明白书院对大唐的真正意义。"何明池应下。

李青山转身，看着身前那张棋盘，伸手轻轻将放在棋盘正中央的一颗黑子提走，说道："和烂柯寺比起来，为师的棋艺普通至极，甚至可以说极为糟糕，不过要说从棋盘上窥天道，我倒有信心与烂柯寺里的僧人比较一二。当年某夜我曾在棋盘上看到一辆堵塞阡陌大道的马车，不知何兆，如今知道那夜正是宁缺悟道之始，那便能隐约明白了些什么。他若死了倒也罢，若不死还真是我大唐的麻烦。"

何明池明白老师的意思，若宁缺和冥王之女已死，那么世界便将继续这样平静地向前，若宁缺和冥王之女还活着，那么书院会是怎样的态度？大唐又该如何自处？会不会成为整个世界的敌人？

李青山看着棋盘沉默了很长时间。庭院里的落叶还在滚动，发出簌簌的响声。

"如果陛下离开的时候，我还没有死，我会站到公主殿下身边，支持李珲圆皇子继位。如果我死了，我希望你也能带着南门观这样做。"李青山忽然说道。

何明池大吃一惊，猛地抬头望向老师。大唐皇位由谁继承，在前些年还是没有人敢公开讨论的事情，然而随着御书房里的咳声越来越低沉难受，如今的长安城终于有了这方面的议论。

然而这句话从李青山的口中说出来，那便与茶铺街头的议论意义完全不同。因为这说明，在他看来，陛下的身体就算能撑也撑不了太久了。更令何明池感到震惊的是老师所做的选择——大唐朝堂甚至是乡野鄙夫都知道，皇后与国师的关系极好，既然如此，他为什么会选择支持李渔姐弟？何明池马上联想到去年夏天，宁缺从清河郡送回长安城的那封信，当时李青山让他把这封信直接交给了公主殿下，于是越发不解。

"老师……为什么？"他看着李青山怔怔问道。李青山看着那颗被自己提到棋盘边角放着的黑色棋子，再次沉默了很长时间，直到庭院里的簌簌声都被秋风揉碎，才声音微沉说道："因为皇后是魔宗的圣女。"

大唐皇后是魔宗圣女？何明池被这句话直接震得双膝一软，跌坐在了蒲团上，看着李青山，满脸都是不敢置信的神情。李青山有些伤感地自嘲一笑，说道："很多年前，我答应过陛下，这个秘密一直要保留到坟墓里，然而对于不知道这个秘密的唐人来说，这太不公平。"

他望向自己最忠心耿耿的弟子，说道："不要怀疑这件事情的真假，陛下的旧疾连夫子都治不好，便是因为皇后娘娘当年的手段。"何明池震惊得轻轻颤抖，根本不敢接话。

"当然，这些都是过去的事情，都是他们两个人还没有相爱之前的事情，所以我一直很遗憾的就是，为什么总要付出这么多代价，才能明白彼此心意呢？"李青山缓声说道，"我相信皇后娘娘不会背叛陛下，书院也相信，所以她才能一直是皇后娘娘，然而陛下死后呢？李渔和珲圆姐弟可不是她亲生的，她那儿子年龄还小，难道要一名魔宗圣女带领我大唐前进？"

除了生死还有老病，对于朝廷官员来说，老病便是他们告退的最好理由，虽然那往往并不是真实的理由。天启十七年初春，文渊阁大学士曾静，忽然称病辞官，其时距离王侍臣老学士病逝后他接任还没有到一个月的时间，皇后娘娘再断一臂。从此曾静大学士夫妇便闭府不出，有消息说，大学士退后一身轻松，与妻子整日价在府中后园里养花锄草为乐，日子过得很是闲适。曾静大学士放下手中的花锄，觉得有些烦热，刚把衣襟敞开一些，被微寒的秋风一激，便忍不住咳嗽起来。曾静夫人赶紧扶着他去亭中坐下，端出热茶。曾静看着妻子憔悴的容颜，忍不住轻声一叹，想要劝解两句，却不知该从何说起。

静园秋亭人迹稀，夫妇二人在亭下饮茶暂歇，对坐无言，曾静夫人忽然流下泪来，颤声说道："我肚子里生出来的孩儿，怎么可能是冥王的女儿。"听着此言，曾静脸上的皱纹仿佛都深了几分，沉默不语。他们是桑桑的亲生父母，所以书院没有隐瞒他们烂柯寺毁灭的真相。

事实上，关于桑桑是冥王女儿的传闻，早已在唐境之外的国度里传开，便是如今长安城里，也已经暗中有人在议论，曾静辞去文渊阁大学士一职，自然与此事有关，只不过暂时还没有任何人敢把这件事情挑明。

74

长安城南，秋风肃杀，旅人寥寥，日光透云而下，清冽如水，毫无暖意，道旁离亭里有二人在道别，正是陈皮皮与唐小棠。

"你也知道如今局面紧张，书院虽说不惧，但也不想世间大乱，在这种时刻，你为何坚持要离开？"唐小棠问道。陈皮皮看着少女稚美的容颜，说道："你我之间的事情总还是需要家中长辈发话，我想知道父亲对这件事情是什么态度。"

唐小棠知道陈皮皮的父亲便是传说中那位大人物后，心情复杂到了极点，不过如今早已平静，问道："如果你父亲不同意呢？"

知守观观主的儿子要娶魔宗的少女，这件事情无论怎么看，似乎最终都要走到某某某与某某某，泣血或毒药的悲情老路上去。

陈皮皮说道："我问他意见，是以儿子的立场尊敬父亲。既然老师没有反对我们在一起，那么他同不同意并不重要，如果他不同意我便回来，难道他还能囚禁我不成？难道他还想被老师再打一棒子？"

唐小棠笑了笑，说道："哪有这般嘲笑自己父亲的人？"陈皮皮眉开眼笑说道："你面前不就有一个？"

唐小棠又问道："你直接去南海，还是先去知守观看看？"陈皮皮脸上的笑容敛去，神情凝重说道："我会先去知守观，然后寻机会上西陵神殿，想弄明白，去年烂柯寺那件事情到底是怎么回事，而且西陵神殿似乎准备把桑桑的身份挑明，如果这件事情真发生了，宁缺和桑桑就算重新出现在世间，也将面临无休止的追杀，我想看看能不能把时间拖上一拖。"

唐小棠点了点头，说道："何时归来？"天色忽暗，一阵寒风起，渐有雨点飘落，陈皮皮看着亭外秋雨微微，说道："明年第一场春雨之前我便回来。"

唐小棠说道："那路上珍重。"陈皮皮说道："如果宁缺回来了，记得通知我。"

"怎么通知你？"唐小棠问道。陈皮皮说道："找南门观便行，他们联系道门的速度最快。"唐小棠点头，说道："那便珍重。"

陈皮皮转身向亭外走去，将至雨中，忽又折转回来。唐小棠看着他笑着说道："难道这点雨也能把你淋病了？"陈皮皮看着她正色说道："雨淋不病我，相思却能成疾。"唐小棠闻言一羞，红晕渐生，然后开始习惯性地卷袖子。陈皮皮吓了一跳，又道："你先前连着说了两句珍重，看着似乎很想我离开？"

唐小棠咬着下唇，不肯说话。陈皮皮本待离开，但总觉着好生不甘心，鼓足勇气走上前去，把她搂进怀中。少女在怀，他却没有多少得意与陶醉，心下惴惴，余光时刻注意着她的两只手，发现少女的双手虽然握得极紧，还在微微颤抖，但似乎没有出手的征兆，不由得稍安，于是把她搂得更紧了些，然后低下头去。

不知过了多长时间，离亭里的两个人影渐渐分开。陈皮皮豪气干云走进雨中，也不回头，挥手而别。离亭里，唐小棠看着他宽阔的背影，也挥了挥手，双颊红晕未褪。此时秋风萧萧，却不知她微乱的发丝与心情是被恼人的秋风扰乱，还是被那个人儿扰乱。

有人离开长安，自然也有人回到长安。陈皮皮和唐小棠在离亭处分手不久之后，一对夫妻撑着青纸伞，在淅淅沥沥的秋雨里走进离亭。妻子是位清秀女子，神情温婉，眉眼间透着满足，她看着数里外雨丝里的长安雄城，好生震撼，低声说道："好高啊。"她的夫君是位中年男子，闻言一笑。此人一身青衫，神情温和，容颜清雅，举手投足间自有一份洒脱气度，如果不是身后背着个小女童，不知要迷死长安城里多少姑娘。

那小女童约摸两岁大，小手紧紧地攥着中年男子的衣裳，努力地抬着头看着远方的城墙，眼睛黑白分明，有若点漆，骨碌碌转着，显得格外灵动。秋雨暂歇，中年男子带着妻子，背着女儿，提着简单的行李出了离亭，向长安城南城门走去，渐行渐近，他的脚步没有任何变化，却显得轻快了很多。

南城门处一片安静，但并不是没有人。相反今天的城门有很多人，有穿着盔甲的军官，有穿着赭服的官员，有一看便知非善类的数百名青衣青鞋的青皮汉子，甚至还有一名太监。看着城门处，中年男子没有停下脚步，只是无奈地摇了摇头，他身旁的妻子出身乡野，虽说在南晋都城住了两年时间，增长了些见识，但哪里见过这般大的阵势，不由得变得有些惊惧不安，下意识里伸手抓住他的衣袖。看着向城门处走来的一家三口，人群渐渐有些骚动，甚至有些青衣汉子的眼睛都湿润了起来，一名穿着骁骑营统领官服的男子，领头拜了下去，然后便是无数人拜了下去，只不过他们喊的声音却并不相同。

"恭迎帮主！"

"拜见大哥！"

"朝二哥！"

"春风亭先生，快快随我入宫，陛下等你等得心都焦了！"

秋雨中回到长安城的一家三口，自然便是春风亭朝小树和他的妻子女儿，本来去年秋天，他便准备携家回长安，只不过因为女儿小南瓜忽然生了一场重病，医生嘱咐不能劳顿，所以才把归期延到了今秋。朝小树没有随林公公一道入宫，与诸位兄弟见面之后，便直接去了东城的春风亭横二巷，正所谓孝道为先，林公公也只能徒呼奈何，好生替陛下不值。一行人入了春风亭老宅，朝老太爷却是根本懒得与自己这个不孝的儿子多说话，抱着孙女眉开眼笑地去后园摘秋果吃，至于朝小树的妻子霖子，则是还没有从今日的连番震撼中醒过神，便被几位妇人请去了后宅。

看着厅内诸位兄弟，朝小树发现众人这几年里无痛无灾，不由得很是安慰，久别重逢，自然是酒盏相交，场面极是热闹，然而他却注意到，席上有一个人显得有些沉默，而那个人正是众人最倚重的智囊陈七。朝小树知道陈七的沉默，往往代表着某些很棘手的事情，但他今夜不准备讨论那些事情，甚至根本不准备讨论那件事情。他静静看着手中的酒杯，忽然问道："老笔斋还在吧？"

此言一出，席间顿时变得异常安静，常三等人望向陈七，齐四爷摇了摇头，似乎对某些事情有不同的看法。

陈七知道这个问题是在问自己，轻转酒杯说道："临四十七巷所有租房的租约都已经到了，全部收回来，也不会显得刺眼。"朝小树平静地说道："别的铺子我不管，老笔斋是我租给他的，他不回来，那便一直租着，谁也不要想着收回来。"

齐四爷这时候终于有机会插话，说道："西城赌坊的分红一直还在算，连本带利替十三先生存着，雁鸣湖的宅院也一直有兄弟在帮忙看院。"朝小树点了点头。

陈七放下手中的酒杯，望向朝小树说道："如果那个传闻是真的……事实上现在有九成把握那个传闻是真的，趁着现在还没有人注意，该做的切割还是应该做，我们不欠宁缺，没有道理因为他而让所有人都受牵连。"

"老七你一直是我们这些兄弟里面脑子最好的那个人，无论是当年与户部的官司还是和军部的倾轧，全赖你出谋划策，陛下都很欣赏你，如果不是当年有案底，或许你现在早就已经进了军部。你的想法没有错误，老成持重之言，无论何时何地都有道理。"朝小树端起酒杯，敬陈七，然后缓缓饮尽。

陈七轻叹一声，他很清楚朝二哥的性情，一旦开始这样说话，那便等于说这件事情，再也没有什么回转的余地，拿起酒杯一饮而尽，觉得有些苦涩。

果不其然，朝小树继续说道："不过临四十七巷不是帮中公产，是我的私人产业，所以我暂时还是想维持原状。"陈七看着自己最敬重的兄长，仍然有些不甘心，焦虑地说道："这件事情太大，不要说我们鱼龙帮，就算是朝廷和书院都不可能顶得住。"朝小树放下酒杯，平静地说道："世间有些事情和顶不顶得住没有关系，只看应不应该顶，当年春雨夜，我在老笔斋前邀请宁缺与我一道去春风亭杀人，他没有问我是谁，那么现在我也不想理会他究竟是什么人。"

宁缺和桑桑已经失踪了整整一年，没有人知道他们去了哪里，仿佛就这样凭空消失了，按道理来说，他们两个人肯定已经死亡，长安府尹早就已经核发死亡文书，然而事实上有很多人都相信他们没有死。有些人不相信宁缺和桑桑会死，是因为烂柯寺里没有找到他们的尸首，有些人不相信则是因为他们不想宁缺和桑桑死，只不过无论是哪种，人们都无法找到甚至猜测不到他们如果没有死，现在身在何处。就连夫子都不知道宁缺和桑桑如果没死，现在在哪里。

书院后山的绝壁间，夫子正在赏菊吃蟹饮黄酒，虽然菊花远在长安城南的某处山野间，但他依然看得极为清楚。"如果棋盘里是另一个世界，另一个空间，那么如果棋盘毁灭，宁缺和桑桑自然也就随之毁灭，如果七念当时催动棋盘时间流速成功，那么我们人间一年，这两个可怜的小家伙在棋盘里只怕已经过了三生三世。"

夫子拎起微温的小酒壶，凑到唇边啜了一口，吧嗒了两声，说道："无论哪一种，似乎都不是什么好结果，不过好消息是，我不认为有谁能够毁得掉那张棋盘，要知道那可是佛祖留给悬空寺里的和尚用来保命的东西，而我也不认为七念这个小和尚有能力把棋盘世界的时间流速催动到让棋盘翻过来的程度，所以他们应该还活着，而且在里面待的时间不长，只看什么时候能出来。"

君陌跪坐在老师身旁，正在用一套极复杂的工具，替老师解蟹剔肉，闻言说道："据书痴事后转达歧山的话，那棋盘大概只有老师您能够打开，问题是我们现在连那张棋盘在哪里都不知道。"夫子说道："棋盘就在棋盘里。"

君陌马上明白了这句话的意思，微微挑眉说道："这岂不是循环死劫？"夫子摇头说道："既然是循环，自然生生不息，哪里会是死劫，棋盘自身便会将这劫数破掉，只不知歧山定的时间是多少。"

君陌说道："西陵神殿定于三日后诏告天下，诏书已经送了过来，里面写明了桑桑是冥王之女，诏谕世间昊天信徒追捕缉杀，还出了画像，不过诏书里没有提到书院，也没有提到小师弟。"稍一停顿后，他继续说道，"大师兄在世间寻找小师弟和桑桑，已经找了整整一年时间，也不知道他到底能不能找到，或者说能不能在佛道两宗之前找到。"

夫子抬头望向飘着细雨的秋空，说道："如果说那些道士和尚真的能在你师兄之前找到宁缺和桑桑，那只能说这真的就是天意吧。"君陌此时已经解好一只湖蟹，盛在盘中，恭敬递到老师身前。

夫子看着盘中那只看似完好如初、实际上早已壳肉分离，哪怕最细微的腿肉也都被剔了出来的螃蟹，说道："吃蟹的乐趣就在于自己动手，无论大嚼还是细剔，现在这局面还有什么乐趣呢？"

去年秋天的时候，一位书生离了烂柯寺，然后他出现在荒原极西深处的原野间，他的身前是数百名佛法精湛、境界深厚的僧人，那些僧人看着这名神情温和，满身灰尘的书生，如临大敌。原野间响起一道只能用恢宏二字形容的声音，那声音先宣了一声佛号，然后淡然问道："大先生光临我悬空寺，不知有何贵干？"大师兄应道："见过讲经首座，我想知道您有没有见过我家小师弟。"其后三日，悬空寺内钟声大作，佛光大盛，清影流离，似有风在寺内不停飘拂，那名书生寻无所获，告辞而去。

今年春天的时候，那名书生拜访月轮国烟雨七十二大寺，每至一处寺庙，便会从怀中拿出一张画像，问寺中僧人："您可见过我家小师弟和这位小姑娘？"

夏天的时候，那书生到访宋国道观，寻访无所得。

秋天的时候，书生回到了烂柯寺，请烂柯寺住持观海僧发动逾千民工，掘起后寺里的几块巨石，然后他站在那片废墟中，看着断井残垣沉默了很长时间。

他始终觉得，小师弟生死不知是自己的责任。片刻后，他来到一座很破旧的道观前，礼貌地敲门而入，从怀中掏出已经发皱的那张画像，看着观中的老道士，难受地咳了两声，然后声音微哑问道："如果您来自瓦山小镇，请问你是否看见过这二人？"老道士完全不知道他在说些什么，不解于这名书生怎知道自己来自瓦山小镇，浑浑噩噩地摇了摇头。书生脸上没有什么失望的情绪，平静向那老道士告了声扰，转身出了道观，向着下一个地方而去。从秋天到秋天，一年三百多日，书院大师兄在世间寻找宁缺和桑桑的踪迹，他去了四百座佛寺，两千一百座道观，四十七座城市，游遍诸山，阅尽四海，他疲惫而憔悴，满身风尘，却从来没有停下过脚步。

荒原上悬着一轮冰冷的太阳，黄草皆霜，被困在洼里的两只手指粗细的小鱼，即便想相濡以沫，吐出来的沫子也会在很短的时间里，被冻成冰粒，忽然间，浅洼骤深！

车轮呼啸而过，一辆黑色的马车，从空气里冲了出来，带着狂暴的气势，重重地落在微硬的荒原地面上，速度奇快向前继续冲刺，仿佛是想要追上远方那轮太阳！

75

人间四时皆有花，即便寒冬时节也有蜡梅可赏，秋天的时候自然也有花。烂柯寺的秋天最著名的便是桂花，宁缺抱着浑身是血的桑桑，不知道为什么，竟在临死前这一刻想起塔林孤坟边的那几树桂花来。

此时那自天外来的一剑，已经距离黑色马车极近，下一刻大概便会刺中桑桑和他的身体。其实他并没有真实地看到那道飞剑，但他感知到了，并且确定这剑来自剑圣柳白，所以他清楚自己和桑桑马上就会死去，于是他没有再做任何事情，只是把怀里的桑桑抱得更紧了些，然后安静等待。然而接下来发生的事情，完全超出了宁缺的想象和推算，那道自天外而来，理所当然要杀死自己二人的破云一剑，居然擦着黑色马车疾掠而飞！

清静的佛光在马车后敛灭，烂柯后寺佛殿的残破景象和那些秋雨，全部被隔绝在了外面，然后消失无踪，周遭一片安静。宁缺知道马车已经完全进入了棋盘里的世界，绷紧到了极点的精神骤然放松，汗水像暴雨一般涌了出来，瞬间打湿全身。大黑马也感觉到了周遭环境的变化，欢快地嘶鸣两声，在安静的道路上放蹄狂奔，然而奔不得数丈，那条看似幽深无尽头的道路忽然从中断开！

道路本就在棋盘世界里的一座高山上，前方忽然崩塌断裂，自然便成悬崖！甫离绝境，哪里想到只不过是片刻工夫，又会面临这样的危险，大黑马根本来不及停步，暴戾脾气在绝望之时发作，竟狂嘶着干脆冲了下去！

轰的一声沉重撞击声，黑色马车重重地落在地面上，车轮碾破一处将要结冰的水洼，然后碾轧着微硬的寒冷地面，向着远处那轮冰冷的太阳继续狂奔！剧烈的撞击，把车厢里的宁缺震得弹了起来，他的头重重地撞到厢板上，疼痛让他从完全措手不及的变化所造成的惘然情绪中清醒过来，下意识里向车窗外望去，只见视线所及之处一片荒芜，原野黑寂，偶有几株枯树。这里不是烂柯寺，但也不是棋盘里的世界，那些带着霜色的白草早已死去，那些水洼里的细鱼想必早已冻僵，时间还是肃杀的秋天，这些景致自己看着有些眼熟，但应该从来没有来过，这里到底是什么地方？难道这里是荒原？可明明前一刻，黑色马车还在烂柯后寺殿前，为什么下一刻便出现在荒原？要知道烂柯寺在东南边陲邻海处，与荒原最近的距离也要超过数千里地，究竟发生了什么事情，为什么我们会出现在这里？

宁缺看着车窗外的荒原景致，震惊得无法言语，然后他醒过神来，急切地望向怀中的桑桑，发现小姑娘虽然还是很虚弱，但生命应该没有什么危险，不由得沉重地喘息了两声，用力地挥动了一下拳头。只要桑桑还活着，只要这里不是烂柯寺，只要没有佛光笼罩马车，别说是莫名其妙横穿数千里来到荒原，就算是到了冥界他也不在乎。

狂奔了一段距离，大黑马从临死前爆发的狂戾情绪里醒了过来，缓缓停下，惊恐警惕转着头颅四处打望，确认这里不是烂柯寺，自己也没有摔死在那个该死的悬崖下，才余悸难消地开始大口喘息。桑桑醒了过来，艰难地睁着眼睛，看着车窗外的天空，发现自己没有死，宁缺也没有死，不禁有些惘然，问道："这里是哪里？"

宁缺抱着她靠近车窗，向窗外望去，沉默思考了片刻，想起歧山大师前些天和自己讲过的某个典故，隐约猜到了事情的真相，只不过哪怕亲眼看到了，他依然很难相信自己所遭遇到的这一切。"如果没有猜错，我们现在应该是在西荒。"他说道。

听着他的回答，桑桑鼻子一酸，伤心说道："西荒和瓦山之间要横穿整个大陆，隔这么远，怎么可能一眨眼便到？我们是不是已经死了，这里是不是冥界？我们都已经死了，宁缺你怎么还喜欢骗我呢？"

宁缺把她苍白小脸上的泪水擦掉，哄道："你如果真死了，我骗骗你也无所谓，你没死的时候，我什么事情骗过你？这里真是西荒。"桑桑精神略好了些，强撑着身体在他怀里坐起来，向窗外望去，发现真的很像她和宁缺都不陌生的荒原，不由得好生吃惊。

"前些天，歧山大师对我说过烂柯寺的一个典故。"宁缺若有所思道，"传闻当年佛祖在瓦山修行时，曾经感应到山下有个地方与悬空寺有某种隐隐相通之处，便命弟子在那里修建了烂柯寺，后来佛祖悟得空间通行无碍的至高法门，便在那处砌了座简易石塔，可以让僧人直抵极西净土。我问过大师那法阵现在还在不在，大师说数千数万年过去，佛祖留下的法力早已消失无踪，那座石塔也化作了飞灰，寺中僧人在传闻里石塔的位置上，修了一座佛殿，便是先前我们在的那座佛殿。"

桑桑无法相信这个解释，睁大眼睛问道："你是说大师先前开启棋盘世界的同时，也开启了佛祖留下来的石塔法阵，所以把我们传送到了这里？"

宁缺摇了摇头，说道："大师既然以为佛祖留下的空间法阵已经失效，那肯定不是他开启的，大概马车进入棋盘之后，烂柯寺里又发生了什么事情，只不过现在我们也没有办法知道，想必动静不小。"

烂柯后寺佛殿里地基深处的石塔法阵，被掩埋多年，佛祖留下的法力确实已经几乎完全流失，然而寺中僧人无数年来不停诵经礼佛，在那些佛性的熏染之下，石塔竟还保留了最后一线法力。宁缺不知道黑色马车进入棋盘之后，烂柯寺里发生了什么事情，但猜测得很正确，能够把佛祖留下的法阵重新开启的动静，自然不小。

在那一刻，佛宗行走七念破了十六年的闭口禅，想要强行逆转棋盘世界的规则，二师兄君陌则是以毕生功力掷出了那道铁剑。佛宗闭口禅和书院铁剑，已是如今修行界最强大的手段，可如果只有其中一样，依然不足以开启法阵，但当二者叠加在一起时，却发生了非常神奇的变化。断井里隐藏着的佛祖法力被触动，石塔里法阵重新开启，或者是因为棋盘也是佛祖遗物的关系，法阵自动把棋盘送到了极西荒原。于是当黑色马车冲出棋盘世界时，自然也就落在了荒原之上。

"还有件事情想不明白，为什么我们能够自行冲出棋盘世界？"宁缺很是不解。

桑桑此时已经相信了这番神奇的遭遇，又因此而想到另外一件事情，小脸微白，说道："如果那个法阵是联通烂柯寺和悬空寺的，那我们现在岂不是……"宁缺看着远处那棵树皮微灰，叶若蒲团的菩提树，神情凝重地说道："不错，我们现在应该离悬空寺很近。"

大黑马此时正处于劫后余生的极大狂喜之中，轻踢前蹄拨弄着微黑的土壤，想看看能不能翻出些参精黄果之类的好东西来犒赏一下自己，忽听着车厢里传来的声音，耳朵顿时惊恐地竖了起来，身体变得僵硬无比。因为先前在烂柯寺里的遭遇，它对那名穿着木棉袈裟的僧人印象很深刻，更应该说是无比恐惧，而那名僧人便是出自悬空寺。在它看来，悬空寺随便来个和尚便这般可怕，如今竟是跑到了悬空寺，这和找死有什么分别！大黑马强行压抑住心头的恐惧，亦不敢嘶鸣，鬼鬼祟祟地掉转马头，便准备向来时的方向悄悄逃逸，然而当它转过身来，愕然发现，东南西北四个方向的风景几乎完全相同，自己根本不知道悬空寺在哪边，那该往何处逃？

宁缺把桑桑小心放到被褥上，走出车厢，站在车辕上，以手压眉遮眼，抬头向空中望去，极为认真地看了很长时间，始终没有说话。"怎么什么都没有看到？"宁缺有些不解说道："难道说那个法阵通往的不是悬空寺？可明明那棵菩提树有些问题。"宁缺看到远方有座极小的土丘，上面隐约可以看到几抹绿色，轻踢大黑马的马臀，示意它往那边走走，去看看有些什么。

车轮滚动，黑色马车向着远处那座带着几抹绿意的小土丘而去。最开始的时候，宁缺的神情还很平静，然而渐渐地，他的脸色变得越来越凝重，因为他发现了一件很奇怪的事情。以大黑马的速度，小土丘看似极远，实际上用不了多长时间便应该能抵达，然而已经走了一段时间，那座小土丘却依然似乎远在天边。

宁缺警意渐生，掀起车帘，准备让大黑马停下。大黑马已经停下，它的眼中满是惊恐的神情，紧紧闭着厚实的唇皮儿，不敢把平时引以为傲的大白牙露出一颗，因为它这时候根本不敢呼吸。宁缺看到马车前的画面，身体骤然僵硬，震惊得无法呼吸。

荒原在黑色马车十余丈前，陡然下陷，形成一道陡峭的悬崖，因为荒原地势极平，先前根本无法看到，直到走到悬崖前，才能发现。

原野间忽然出现一道向着地底陷落的悬崖，确实是件极诡异的事情，然而让宁缺和大黑马都震惊到不敢呼吸的却不是悬崖本身。这道悬崖极为宽广，向着荒原前方的四周散开，前方竟似看不到边际，然后在极远处的天边合拢，形成了一个无比阔大幽深，大到人类根本无法想象的天坑！看着眼前令人震撼无语的画面，宁缺甚至产生一种极为强烈的感觉，就算把整座长安城放进去，只怕也无法填满这个天坑！他曾经去过魔宗山门，震撼于千年之前荒人在天地间开凿出来的宏伟建筑，可如果和这个天坑比较起来，魔宗山门就像是个不起眼的草屋！

就在天坑的正中央，矗立着一座极为雄峻的山峰，这座山峰竟似有岷山最高峰那般高，然而因为天坑太过幽深，山峰竟只有极小的一截探出了地面！天坑里的那座雄伟山峰，距离坑边的黑色马车至少有数十里的距离，探出地面的峰顶上郁郁葱葱，便是先前宁缺看到的那个带着绿意的小土丘！

如果有人能够从无数万里的高空俯视极西荒原的地面，在他的眼中，天坑和坑里的山峰，大概就像一个设计精致的盆景，然而这样一个恢宏尺度的盆景出现在人间，那绝对可以震倒所有第一次看到它的人。宁缺和大黑马很震撼，却没有什么赞叹膜拜的心情，因为天坑里那座雄伟的山峰中，有无数座黄色的寺庙若隐若现。峰间的那些寺庙大概便是悬空寺。

76

片刻后，一人一马从震惊中苏醒过来，大黑马完全无法抵御本能里的恐惧，转身准备继续逃亡，宁缺却依然看着悬崖下的画面发呆。

悬空寺乃不可知之地，即便是修行者也只隐约知道，这个佛门圣地远在极西荒原深处，人迹罕至之域，因为悬空寺的名字，很多人自然地猜测，悬空寺肯定建筑在传说里那些神境才有的悬空岛上。谁能想到悬空寺非但没有悬浮在天空之中，反而是在地面之下？宁缺看着远处那座将庞大身躯隐藏在地面之下的山峰，生出很多不解。

便在这时，西南方向极遥远的悬崖峭壁处，忽然垂下无数白色的晨雾，雾气微湿，较诸空气为重，自崖畔缓缓向着天坑底部坠落，看着就像是一道白色瀑布。

天坑里本来湿气就重，自生雾瘴，此时汇入地表无数晨雾，顿时变得白茫茫一片，那座雄伟的山峰上云雾缭绕，山腰之下完全无法看到，仿佛消失一般，从黑色马车处望远看，就像是变成了一座飘浮在云端的悬空岛屿，那座岛屿峰峦间的黄色寺庙在雾中时隐时现，仿似佛国仙境。

宁缺看着眼前令人心生震撼的神奇画面，感慨说道："原来这才是悬空寺的由来。"他走回车厢，从行李里取出一个铁筒模样的东西，双手微微用力拉长，然后凑到右眼上，向远处地面之下的山峰望去。

铁筒是他设计、然后由四师兄和六师兄精心打造的观星镜，一共做了两个，其中一个孝敬了老师，还有一个他自然带在了身上。天坑里的云雾流淌速度很快，山峰里的黄色寺庙时隐时现，有时候还偶尔能够看到山腰之下的世界，宁缺拿着望远镜，看着圆形视野里被放大了很多倍的景致，看着庙前石坪上正在做晨课的僧人，沉默不语。

大概有风从天坑底部向上呼啸而起，山腰间厚厚的云层被吹散了很多，宁缺通过望远镜看到了山腰下的画面，赫然发现，这座巨峰山腰之下，竟是层层叠叠、根本数不清有多少层的梯田，看田里的植物颜色，应该是荒原上也很难种活的寒稻，紧接着，他竟然发现天坑底部居然有河流，还有农舍。

宁缺拿着望远镜沉默地观察着悬空寺，脸上的神情变得越来越凝重，握着铁筒的双手变得越来越僵硬。根据看到的片刻画面，他简单推算出，悬空寺里大概有逾千名僧人，天坑底部极大片的原野上至少生活着十余万人，那些肤色黝黑，衣衫褴褛的农夫，负责为峰间悬空寺提供生活所需物资，想必还要承担很多沉重的劳役。

在极短的时间里，宁缺的脑海里浮现出很多画面，被铁索穿透肩胛骨的逃奴，倒毙在寒稻田里的不敬佛者，跪倒在山峰前的十余万名贫苦的凡人，寺中僧人骄奢的生活……他放下望远镜，看着云雾中有若佛国的悬空寺，眉头微皱。

桑桑掀起车帘，也看到了眼前的画面，震惊得无法言语。宁缺把望远镜递给她，说道："看看便离开，也不枉我们来悬空寺走一遭。"

如果宁缺是个大智大勇之人，他可能会攀下悬崖峭壁，偷偷去到云层下的悲惨世界，发动那些农奴起义造反，推翻这个畸形的有若蚁窟的悬空寺；或者他会悄悄潜入悬空寺，去寻找佛门积攒了不知多少年的宝藏。但他不是这种人，在对悬空寺进行了一番观察后，根本没有思考犹豫，便让大黑马带着马车，离开天坑边缘的悬崖，朝着相反的方向悄悄离开。

宝藏虽好，也要看有没有命去拿，好奇心人人都有，他如果还是烂柯寺之前单纯的书院十三先生，说什么也要去悬空寺里逛逛，反正就算寺里的僧人抓住他，想必也不敢随意杀他，但现在他带着桑桑，天下虽大似乎都没有落脚的地方，更何况是在烂柯寺里一心想要杀死桑桑的佛宗圣地？黑色马车安静潜行，过了段时间，又回到了先前他们出发时的地方，只是稍微偏离了些许，刚好要经过那株菩提树。

宁缺看着车窗外的菩提树，说道："那应该就是佛祖圆寂时的地方。"桑桑看着这株树干灰白，叶若蒲团的青树，想着在这样寒冷的秋天，在荒原上居然能有这样一棵孤零零的树，着实有些神奇，又想着自己居然看到了佛经上记载着的佛祖圆寂之地，不由得很是吃惊。宁缺笑着说道："你现在的身份可不比佛祖差，不需要对他太过敬畏。"

瓦山顶峰的佛光降临烂柯寺后，一路生死危险，二人根本没有机会去讨论那件事情，或者说不想讨论那件事情，但终究不可能一直沉默。

桑桑沉默了很长时间，低声说道："我真的会毁了这个世界吗？"宁缺想着先前看到的悬空寺，想着自己猜想的那些残酷的真相，说道："我不知道也不在乎，不过如果是那样的世界，毁了似乎也无所谓。"

77

生死之间有大恐怖，世界的生死系于自己一身，那种恐怖的程度，更是难以想象，桑桑听到宁缺的话后，依旧沉默不语，不知道在想些什么。宁缺伸手摸了摸她的额头，发现有些微凉，但不像犯病时那般严重，稍一思忖后，替她穿上裘衣，抱着她走下黑色马车。二人踩着将要冻硬的荒原土地，走到那株菩提树前。桑桑不明白宁缺为什么要带自己来看这棵菩提树，来看佛祖留下的遗迹。

"世间修佛之人，都想能够到这株菩提树前来拜一拜，我们没有想过，却来到了这里，如果说真有所谓机缘，这便是我们的机缘。"宁缺说道，"学佛对你的身体有好处，哪怕只能治标，也应该继续下去。这株菩提树下残留的佛性，应该对你修佛有帮助。"

桑桑虚弱地靠在他的怀里，说道："我们以后去哪里？"宁缺说道："当然是回书院。"桑桑的身体微缩，显得有些不安，说道："可是我很担心。"宁缺微微皱眉，问道："你担心什么？"

"书院是想替我治病，但如果我的病真是冥王留下的记号，怎么治得好？我能感觉到，这株菩提树下残留的佛性，对我没有什么帮助。"桑桑有些难过地说道，"你有没有想过，如果直到最后书院都治不好我的病，世界马上便要因为我而毁灭，那时候该怎么办？"

宁缺沉默片刻后说道："我说过我不在乎。"桑桑低声说道："但夫子和师兄们也会像你一样不在乎吗？"

宁缺沉默，不知该如何回答，他很清楚老师和二位师兄，确实是想治好桑桑的病，但如果真治不好，难道他们真能眼睁睁看着冥界入侵？桑桑抬起头，看着他认真说道："宁缺，你有没有想过，我们自杀算了？"

宁缺轻拍她的后背，说道："如果是书上那些悲情故事，倒真有可能是这种结局，不过我早就说过了，这不是书上的故事，我不爱读书，不想死，更不想你死。"桑桑难过地说道："但我们没有未来了。"

冥界入侵代表着永夜的到来，代表着人间世的毁灭，冥王的女儿，自然是整个人间世的敌人，哪怕是书院或大唐帝国，也不可能一直站在整个人世的对立面，这也就意味着，世界再大，也不再有他们的容身之处。

宁缺沉默很长时间后说道："我看过天书明字卷，也看过佛祖留下的笔记。我知道佛祖已经看到了人间世的未来，所以他才会想办法弄这么一个悬空寺，才会留下棋盘，才会留下盂兰铃，为的便是应对冥界入侵。"

　　桑桑不懂他为什么要说这些话，宁缺看着她说道："歧山大师说过，如果试图去看到未来，哪怕只是淡淡一眼，将来也会改变。佛祖当年看到了将来，他已经做了这么多的准备，那么他看到的将来自然和真正的将来之间，有很大的区别。"

　　桑桑说道："你是说未来并不注定，所以我们不需要烦恼？"宁缺说道："未来和死亡其实很相像，如果已经注定，那烦恼便没有意义；如果可以改变，那我们更没有必要烦恼，只需要努力去改变。"

　　桑桑说道："我明白了，这句话很有道理。"宁缺说道："虽然我偶尔也能说出一些很有道理的话，但这句话确实不是我说的，是老师他老人家说的，所以我坚信不疑。"

　　然后他看着桑桑的眼睛，说道："也许整个世界都不会允许我们再活下去，我们还是要回到书院，因为如果这是最后一次信任，当然要留给老师。"桑桑苍白的脸上露出一丝笑容，点了点头。宁缺微笑着说道："随时可能会死，明天也许便是最后一天，其实也不见得是坏事，至少可以催促我们做很多以前想做，却不敢做的事情。"

　　桑桑问道："你现在想做什么？"宁缺牵着她走到那棵菩提树前，取出一枚锋利的箭镞，在这棵被世间佛门信徒视为绝对象征、神圣不容侵犯的树上，刻下一行小字："天启十六年秋，书院宁缺携妻冥王之女桑桑，到此一游。"

　　黑色马车在寒冷的荒原上孤独地前行，因为四面荒野无垠，速度奇快的马车看上去就像是在一张黑灰二色的纸上缓慢挪动。宁缺和桑桑曾经在荒原上生活过，对于这种单调和荒凉并不陌生，极为熟悉适应，他们知道，就算在中原北方的荒原里，如果运气不好，都有可能十天半个月看不到一个人，更何况这是在更荒凉的极西荒原深处。但他没有想到，就在马车离开那棵菩提树有十几里地后，前方的原野间便出现了一个人，而且是他现在最不想遇见的那种人。

那是一名面容黝黑苍老，僧衣破旧，浑身灰尘的老僧。看着在身前数十丈外缓缓停下的黑色马车，老僧脸上的皱纹渐渐舒展开来，黝黑皮肤里夹着的石砾簌簌落下，宁静的眼眸里流露出悲悯的神情。

老僧宣了一声佛号，说道："谁能想到，冥王之女和书院十三先生居然会来悬空寺，难怪无论人世间怎样苦苦搜寻，也找不到你们的踪迹。"

黑色马车前悬着青色的车帘，荒野间那名老僧的声音透帘而入，宁缺沉默听着，低头做着自己的准备，只是动作略有一丝停顿。因为他从这名老僧的话中听出，人世间已经搜寻自己和桑桑很长时间，然而自己和桑桑不是刚从烂柯寺逃离，为何便惊动了整个天下？

老僧缓缓举起右掌，在胸前单手合十，想到一种可能，眼中的悲悯神情越发浓郁，感叹说道："看来果然是歧山师兄把你们送到了这里，棋盘呢？"

"如果我们把佛祖棋盘交出来，你肯放我们走吗？"宁缺看着身前的青帘，声音毫无情绪波动，脸色却骤然间变得苍白起来，身体开始剧烈地颤抖，身上已然破裂的黑色院服丝缕更密。桑桑知道他身上有伤，很是担心，但却紧紧抿着双唇，不发一声，把身体缩到了车厢角落里，然后拿被褥遮住自己的身体。

老僧叹息说道："书院十三先生果然如传闻中那般，乃世间最擅战斗之人，明知冥人殊途，却依然不忘乱我心神，然而……"话至此处，戛然而止，老僧神情骤凝，感受到两道极为凌厉强大的符意，竟不知何时悄无声息来到自己身前，然后开始切割寒冷的秋风！

黑色马车车厢里，桑桑盖在身上的被褥出现了很多道极细的口子，仔细望去，可以看到每道口子其实是两条贴得极紧的细口，棉花从口子里绽了出来。宁缺脸色苍白，浑身颤抖，手指在身前的空中缓慢而吃力地划过，就像指尖上悬着一座沉重的大山，身上的黑色院服被溢出来的符意切割成了无数条碎布，青色的马车车帘从中断成三截，缓缓飘落。

老僧面色微凝，盘膝而坐，合十于胸前的手掌微微侧翻，一道极为精纯悠远的佛息，顿时油然而生，似光罩一般护住自己的身体。

数十丈外的黑色马车里，宁缺收回手指，挽弓搭箭，中食二指抠着坚硬紧绷的弓弦微微拧转，然后松开，只听得噗的一声轻响，铁箭尾端爆出一团白色的空气湍流，然后瞬间消失！

正在飘落的青色帘布上出现了一个暗沉的印迹，印迹中的青色布料，缓缓散开，如花粉般向着空中抛撒，露出一个极为浑圆的箭洞。青色布帘还在飘落，上面的箭洞正在形成，然后瞬间之后，只听得嘶嘶凌厉声响，宁缺的身影撕破青帘，闪电般跃下马车，向着数十丈外的老僧急掠而去！荒原空中那两道极为凌厉的符意，自然便是宁缺的二字符，这是他最强大的神符，在烂柯寺里，即便是七念和叶苏，都没有办法在短时间内破解，然而那名面色黝黑苍老的苦行僧，不知是何方神圣，竟能以佛息暂时抵抗。不过即便如此，在二字符的恐怖切割威力之下，苦行老僧盘膝动念，以佛息相抗，满是灰尘沙砾的身体，却等于是被二字符束缚在了原地。在这种情况下，苦行老僧如何躲得过强大的元十三箭？

老僧清楚自己避不开宁缺的铁箭，就在他隐隐感知到远处那辆黑色马车里的气息有些诡异之时，他提前做出了应对。老僧一直安静抚在膝头的左手掌表面，忽然泛起一道金色的光泽，看上去就像是变成了纯金打造而成的佛掌！老僧于极短的时间内，碾碎秋风提起金色的左手掌，看似缓慢实则快速无比地挡在了自己的胸前。

就在此时，铁箭已至！锋利的箭镞携着无比强大的力量，射中老僧的金玉般的左手掌！只听得一道轻微撞击声，苦行老僧的金玉左掌片片崩碎，断口处无血无肉，泛着金色的光华，在荒原上像金沙般四处抛撒。铁箭射碎老僧的金掌，并未就此停止，斜斜向上疾飞，嗤的一声穿透老僧的左肩，带着一蓬血花和整个肩头，化作一道流光，消失在远处。

老僧身受重伤，脸色骤然苍白，却没有流露出什么恐惧神色，反而极为平静，胸腹微陷，将身前的空气尽数吸入胸里，然后枯唇微启。然而就在此时，宁缺的身影已经如闪电般随箭而至，他的右脚重重踩在地面上，震起尘砾与冰屑，腰腹发力，手中的朴刀噗的一声刺进老僧心脏，浩然气随刀而入骤然爆发！

在朴刀刀势和浩然气的强大威力之下，老僧的心脏立时粉碎，再无生机。宁缺收刀入鞘，从袖中取出一张火符，扔到地面上，然后向黑色马车疾掠而回。黑色马车再次启动，向着荒原远处而去。荒原之上火焰渐生，那名苦修老僧的尸体，被烧焦然后烧成灰烬，不知从何处飞来了十几只黑色的乌鸦，闻着火中的味道，凄厉地鸣叫着，很是不甘。

黑色马车里，桑桑脸色苍白问道："是谁？"

"不知道，我只知道这名苦修僧很强，肯定不是悬空寺里的普通僧人，至少是宝树大师那个层次，不然二字符便会把他给杀了。"宁缺指挥着大黑马向着东南方向疾行，接过桑桑递过来的毛巾，擦拭着脸上沾着的血水，沉默片刻后说道，"如果让他有准备，我很难杀死他。"

桑桑说道："不知道是谁，还这么强，你就这么把人给杀了？"宁缺仔细地擦拭着朴刀上的血水，平静说道："全世界的人都想杀我们，那么从现在开始，谁拦在我们身前，我就会杀谁。"

78

带着斑斑血迹的朴刀被擦拭得极为明亮，因为刀色深沉，所以并不如雪只是像光滑的石头，宁缺收刀入鞘，望向窗外那些疾速倒掠的荒原景致。以黑色马车恐怖的速度，先前他完全可以直接逃走，那名苦修老僧根本没有办法拦住，然而老僧可以向悬空寺示警，所以他选择了出手。

风从车窗开着的小缝里涌进来，发出呜呜的凄厉鸣啸，大黑马拖着车厢在荒原上沉默而高速地前行，依照宁缺先前指的方向，向着东南处奔去。看着车窗外的荒凉原野，心中默默计算着距离和先前推算的结果，宁缺击响坚硬的车厢板，示意大黑马停下，然后跳下马车向荒原深处走去。

不知道过了多长时间，他走了回来，手里握着一支黑色的铁箭，箭镞上还残留着已凝的血渍，正是先前射伤苦修老僧的那支铁箭。在烂柯寺里，箭匣里的十三支铁箭，已经用掉了好几支，如今身在荒原深处，随时可能面临致命的危险，每一支铁箭对他来说都极为重要。

藏身在地底的巨大天坑中，依然云雾缭绕，巨峰间的黄色寺庙若隐若现，好一片清静安宁，忽然其中一座庙里响起一声极淡然悠远的佛号。过了一段时间，数十名穿着深红色僧侣服的苦修僧人，顺着悬崖间的陡峭石径，攀到了地面之上，这些僧人的面容上没有什么神情，看上去就像是石头。

为首的那名僧人，身上的僧侣服明显与众不同，正是悬空寺尊者堂首座七枚，他微微眯眼，看着眼前荒凉一片的原野，微微皱眉。悬空寺讲经大士，因为触犯佛门戒律，又受到那个不成器的私生子的拖累，于三年前被戒律堂判入荒原苦修，算时间已经到了苦修期满的日子，今天讲经大士便应该回到悬空寺，然而却始终没有人看到大士的身影。

七枚首座带领着苦行僧兵，依循着讲经首座的感应，向着荒原深处行去，一直行到傍晚时分，他们终于看到了那堆灰烬。荒原上的风很大，但那堆灰烬并没有被完全拂灭，因为那堆灰烬里有数粒无论何种火焰都无法完全焚化的舍利子。

看着手中那几颗五彩斑斓的舍利子，七枚沉默不语，那些穿着红色僧袍的苦行僧兵微露戚容，围着那片灰烬盘膝坐下，敬心诚意开始诵读往生经。

七枚把那几颗舍利子，神情凝重交给一名僧侣保管，然后跪倒在灰烬前，伸手入灰，沉默而安静地开始搜寻，像石枝般的手指，在讲经大士的骨灰里缓慢移动，如同筛子般，没有遗漏任何地方。讲经大士的遗骸被符火烧得很通透，除了那几颗舍利子，其余尽成细腻的白灰，按道理，七枚应该不可能有什么发现，但随着手指的移动，他的神情变得越来越凝重，因为他的指尖在灰中感受到了一股磅礴难消的浩然气息。

七枚站起身来，霍然向来时路走去，这时他才想起来，先前经过菩提树的时候，总觉得那株树与数十年来每天看到的似乎有些不一样。他走到菩提树前，看着灰色的树皮上刻着的那行小字，脸上的神情越发冷漠，眸子里愤怒的明王火焰越来越明亮。

"天启十六年，书院宁缺携妻冥王之女桑桑到此一游。"为什么是十六年？七枚微觉不解，用僧袖往地面一拂，荒原地表上的沙砾乱滚，显现出一道极浅的车辙。

顺着这道车辙走了数十丈，然后车辙的淡淡痕迹便完全消失在荒原的地面上，他举目望向远方，猜测那辆黑色马车向何处而去。

夜色将至，天坑里的世界已经提前进入了漫长的黑夜，巨峰间最高处的黄色寺庙，还能看到最后的夕阳，一道悠远的钟声，从那座寺庙里响起，然后渐渐向着山峰下面传播，无数座黄色寺庙同时鸣响钟声。

悬空寺的钟声，离开安静的地底世界，来到荒凉的地面，然后向着四面八方传播开来，相信用不了多少天，整个人世间都会知道，冥王的女儿还活着，她正和书院宁缺一起，逃亡在极西荒原之中。

荒原深处，一处不知被废弃了几千年的斜地井旁，停着一辆黑色马车，片刻后，宁缺从废井深处走了出来，手里提着满满的水囊，也不知道他用了什么法子，居然能够在废弃多年的井里重新找到清水。夜晚总是寒冷，为了避免暴露自己，宁缺没有生起篝火，而是在车中铜盆里放了几张火符取暖，这种手段太过豪奢，即便是念力无比充沛的他，也必须计算符纸的消耗，保证自己能够和桑桑走出荒原。

就着冷水简单吃了些干粮，宁缺开始给桑桑熬米粥，等着水开的时间，他用来整理装备，既然前路艰难，装备自然是最重要的东西。他是最能吃苦的人，这些年储备了很多张符，不过最开始的时候，他境界较低，所写的符纸，已经无法用在现在这种境界的战斗当中，能够用来战斗的符纸只剩了二十几张，箭匣里的铁箭剩得也不多。

79

在清理的过程中，宁缺看到了那张棋盘，稍一停顿后，把棋盘扔到角落里，然后伸手拿起大黑伞，忍不住摇了摇头。与过去十几年的外表相比，现在的大黑伞发生了很大的变化，伞面那层油腻的灰垢完全消失，露出极薄将透的纯净黑布，边缘几处地方更是出现了几道破口，看着很是凄惨。

过往坚不可摧、可抵挡世间一切攻击的大黑伞，居然变成了这副模样，可以想象烂柯寺里那道佛光的威力多么恐怖。宁缺继续清理工作，把铁箭、符纸、备用的替代箭镞分门别类整理，放在方便取用的地方，然后掀起车厢底板，把藏在里面的干粮、启动马车符阵所需的异石、还有大黑马吃的地参黄果之类的东西清点了一番。按照现在的数量，应该可以保证从荒原回到书院，即便干粮不够，他也不会担心在荒原上寻找不到食物，寻找水源对他来说也不是什么困难的事情，若真没办法大不了耗费念力多写几张水符罢了。

铜盆里的符纸早已消失，化作黄暖的火焰。这是很久以前宁缺写的火符，看着厉害，实际上无论是火焰温度还是维持时间长度，都很普通。铜盆上的小锅里，水刚刚沸腾，米粒在水中上下翻滚，一点颜色都吝于给水，要等到熟透，还不知道需要多长时间。

宁缺拿着一根地参走下马车，把在数百丈外警戒的大黑马召了回来，摸着它颈上的鬃毛，想着在烂柯寺里同生共死的画面，有些感动，说道："从现在开始，我有一口肉吃，你就有口汤喝。"说完这句话，他把地参塞进大黑马的嘴里，然后拍了拍它的脑袋。大黑马吭哧吭哧两口便把地参嚼烂咽下，意犹未尽抬起头来，可怜兮兮地望着宁缺，不停吧嗒着嘴。

宁缺有些惭愧，说道："明天一定给你搞些肉吃，今天就先这样吧。"大黑马轻摆头颅，有些恼怒，更多无奈。

锅里的米粥熬好了，散发着淡淡的香，宁缺把桑桑扶起坐好，喂她吃粥，说道："粥里搁了些药，偷的那憨货的，别让它知道。"

桑桑有些不好意思地向车外望了一眼，然后忍着笑低头吃粥，吃了小半碗后，精神稍好了些，想着他有伤在身，说道："你也吃些。"

宁缺说道："我已经吃过了。"桑桑说道："冷水就干粮，怎么好吃。"

宁缺说道："也就是到渭城后日子才好过些，想当年我们在岷山的时候，能吃干粮就算是极好的生活，不用担心我吃不惯。"桑桑心想由俭入奢易，由奢入俭难，现在你吃干粮肯定没小时候那么香，但知道宁缺的性子，不再劝他，只是默默告诉自己得赶紧好起来。

锅中米粥还在沸腾，发出噗噗的声音，热雾蒸腾，车厢里很是温暖，只有角落里的大黑伞和那张棋盘仿佛在散发着寒意。那张看似寻常无奇的棋盘，自然便是佛祖留下的那张棋盘，宁缺想不明白，明明应该是马车在棋盘里，为什么最后棋盘却出现在马车中。

"我们现在知道自己在极西荒原深处，地点已经确定，却不知道现在距离烂柯寺之变过去了多少天时间。"他说道："老僧说世间搜寻我们已经很久，看来棋盘还是发挥了作用，我们在里面那条山道上奔驰不过刹那，说不定外界的真实世界已经过了很长时间，虽然还是深秋，但我想现在至少已经是十几天之后了。"

桑桑觉得他的推算很有道理，想着烂柯寺里那道佛光，心有余悸，又想着进入棋盘之前的那些破寺动静，说道："你猜当天破寺的便是大先生和二先生，那他们后来怎么样了，不知道有没有出事。"

宁缺说道："不用担心，能把我这两位师兄同时搞定的人，世间顶多只有两个人，但那两个人怕激怒老师，肯定不敢出手。"他说的两个人自然是知守观观主以及悬空寺讲经首座。

"我反倒比较担心歧山大师。"宁缺想着那位德行仁厚的佛宗高僧，想着大师开启棋盘送自己二人离开时的画面，皱眉说道："大师身体本来就不好，用真言助我与七念一战，接着又强行逆转棋盘，真不知道他能不能撑得住。"

桑桑闻言也很担心，从腰间取出一颗黑色的棋子，出神看着。宁缺知道这是瓦山三局棋最后一局时，桑桑在棋盘上落下的那颗黑色棋子，低声说道："我有不好的感觉，把这颗棋子留着，作纪念吧。"

桑桑点点头，手掌握拳，把那颗黑色棋子紧紧握住，然后看着棋盘说道："这棋盘上已经没有佛祖的气息，算是毁了？"

宁缺说道："毕竟是佛祖的遗物，就算不能再开启棋盘里的世界，留着卖钱也是好的，总不好随便找个地方就埋起来。"

夜色渐深，大黑马已经入睡。

车厢里弥漫着米粥的热雾，加上铜盆里依然在缓慢释放热力的符纸，有些闷热憋气，宁缺伸手把车厢顶板上的天窗推开一道缝隙。银色的星光从缝隙里钻了进来，洒在他和桑桑的身上，落在所有事物的表面，变成了他们两个人最喜欢的银子的世界。

桑桑缩在他的怀里，右手抓着他的衣襟，看着那道缝隙里的夜空，发现荒原的星夜还是像以前那般明亮，只是她总觉得繁星之中有谁在看着自己，不由得微生惘然恐惧，把宁缺的衣裳抓得更紧了些。

宁缺不知道她此时在想些什么，低头在她额上亲了一口，发现她的额头有些微凉，但比犯病的时候要好很多。他抬头望向夜空里的繁星，忽然心头微动，伸手指向缝隙里的星空，缓慢移动指尖，显得极为凝重。

桑桑看着他指尖移动的痕迹，确认不是二字符，紧张问道："新符？"宁缺得意说道："哪里是符，只是写了几个字，很萧索的一道书帖，至少可以排进我作品的前十位，你说能值多少银子？"

车厢里一片银色，然而那些都是虚妄的，用手指在空中写出的书帖，再如何道尽世间萧索，也同样是虚妄的，无法保存便不值钱。

桑桑有些惋惜地摇了摇头，说道："如果真要回书院，路上不知有多少危险，这字不能卖钱，还不如赶紧再悟几道新符出来。"

"我虽然已经进了知命境，但师傅他老人家已经和你那个鬼扯淡师傅同赴神国，没人指点，顶多算半个神符师，能写出一道不定符，已经算是符道天才，哪里那么容易又能悟出第二道新符来。"宁缺想着桑桑先前的话，想起一件极为重要的事情，看着她说道，"这一路上无论遇着什么危险，你都不准再用神术，更不准撑开大黑伞。"

桑桑明白他的意思，轻轻点头。

清晨时分，桑桑还在睡梦中，宁缺已经醒来，他看了看天色风向，确定今天是个赶路的好日子，便把大黑马用拳头揍醒，让它赶紧上路。此后数日，黑色马车在荒原上连续遇到几拨草原骑兵，宁缺极为冷酷地杀死人数较少的两拨，而当他用望远镜观察到敌人的数量超过三百精骑时，则毫不犹豫地选择了悄无声息绕行逃避开。

在荒原上如果说有谁能够组织三百精骑，那么不是王庭的直属骑兵分队，便肯定是某个大部落的主力骑兵。宁缺再如何自信，也不愿意和这样的敌人正面对抗，其中一个原因是大黑马没有披甲，而更重要的原因是，他入知命境后再如何强大，身体再如何强悍，念力再如何雄浑，也无法硬扛如潮水般扑打而来的敌人。念力终究会逐渐消耗，身体终究会逐渐疲惫，如果被连续不断的敌人消耗逼入那种境地，除了等死他什么都无法再做。

千年之前，荒人在与唐人的战争中落败，依照投降协议放弃荒原，迁至极北处的寒域热海，中原人无法适应荒原上的生活，所以并没有大举向北移民，于是荒人离去之后的空白，被由极西处迁来的野蛮人所填补，然后渐渐演变成如今的草原蛮人。草原部落如繁星般散布在大陆北方广漠的土地上，因为岷山的分割和地域的天然界线，分成了三个王庭，其中金帐王廷实力最强，而右帐王廷因为人口偏少，牧民又多信奉佛宗，所以实力相对最弱。

宁缺在荒原上遇到的数拨骑兵，便是出自右帐王廷，或者是属王庭统辖的部落，他已经猜到这些崇佛的蛮人，必然是收到了悬空寺的佛谕。右帐王廷的骑兵，没有对黑色马车造成真正的威胁，但前仆后继而来，数千骑兵在荒原上不惜马力搜寻，终究还是拖慢了黑色马车的速度。

某日，黑色马车经过一处赭红色的荒芜岩山时，清冷的荒原天空忽然落下雪来，片片雪花像被撕扯成絮的棉花般，慢悠悠地向地面飘落，看似温柔，但因为地面的温度太低，积雪极速，没用多长时间，红色岩山便被漆成了白色。桑桑不知从什么地方找出一大片白布，把黑色马车四周的车壁厢板遮上，又用剩下的白布简单剪裁，把大黑马也套了进去。

风雪渐骤迷人眼，荒原道路越发难行，宁缺驾着马车绕过岩山，找了处地势稍高却很隐蔽的地方暂停，取出望远镜向下方的荒原望去。荒原此时已经变成了黑白二色的单调世界，雪花在空中飘飘洒洒地落着，一片静寂，听不到任何声音，也看不到任何移动的身影。宁缺拿着冰冷的望远镜，静静地看着荒原，看了很长时间，一点都没有因为镜中世界那般荒凉枯燥而失去耐心，直到终于看到他想看到或者说不想看到的画面。

十名僧人出现在望远镜的视野中，那些僧人穿着厚实的雪白棉制僧衣，脚上套着密草编织而成的鞋，鞋下踩着前后端微翘的细长木板，手里握着两根细而坚硬的铁杖，在风雪中滑行，速度竟快若奔马。宁缺猜到这些僧人来自悬空寺，不由得眉头微蹙，心想悬空寺远离人间，久经风霜雨雪艰难，寺中僧人看来也很适应荒原的环境，风雪天里竟然也不能阻拦他们的脚步，实在是有些麻烦。更令他吃惊的是，那些僧人没有戴毡帽，穿皮靴，寒暑对他们来说似乎已经失去了威力，那么换成修道概念，这些僧人都已经晋入洞玄境！虽然警惕不安，但他没有马上离开，而是继续坐在车窗前观察，一面观察那些行经此地的悬空寺僧人，一面计算着周遭荒原的面积，还有这些僧兵行进的速度，搜寻的时间频率，然后低声告诉桑桑。

桑桑在纸上记下那些数字，默默想了会儿后抬起头来，说道："至少需要两百人，他们对这片荒原的搜索才有意义。"

两百名洞玄境，这是什么概念？大唐都很难凑齐两百名洞玄境修行者，宁缺沉默，他本以为世间只有西陵神殿能够随时随地出动如此多高手，却没想到悬空寺也能。他没有战胜两百名悬空寺僧人的信心，甚至根本没有战斗的想法，如果给他足够的时间缓慢游杀，杀个三年两载，他或许真的能把这些苦修僧全部杀光，然而昊天和佛祖不会给他留下那么多时间。他很是不解，为什么前些日子的草原骑兵，还有这些悬空寺的僧人，总能在广漠无垠的荒原上，寻找到黑色马车的行踪？

宁缺的不解与警惕，在下一刻再次得到验证。马车的伪装已经做得足够好，雪上的痕迹尽数被他抹灭，又有风雪障目，然而荒原上两队会合的苦修僧，似乎隐隐感应到了一些什么，以杖刺雪，竟是毫不犹豫地向着岩山处行了过来。

宁缺知道不能再继续躲藏，以拳重重一击车壁。听着身后传来的沉重敲击声，大黑马的喘息骤然急促，口鼻处呼出的湿气透过白布，在寒冷的风雪中变成白雾，露在孔洞外的眼睛里流露出暴躁而兴奋的情绪，后蹄猛蹬，便拉着马车狂奔出了岩山。

荒原上那二十名悬空寺苦修僧，在风雪中隐隐看到了那抹白色的身影，神情骤凛，手中的铁杖快得仿佛要变成道道残影，脚下的木板高速摩擦着松软的雪面，向着那道白影追去，试图拦截。宁缺没有坐进车厢，他站在大黑马身后，看着那些在雪地上高速滑行的苦修僧，任风雪打击在脸上，沉默等待。辕旁的箭筒里备着五十支羽箭，还有两张黄杨硬木弓，他肩上还背着一张黄杨硬木弓，如果那些悬空寺僧人靠近，弓弦便会连珠般响起。

在雪地上高速滑行的苦修僧们，神情凛然而坚毅，不时发出几声低沉的喝喊，在他们看来，今日陡然而降的风雪，正是佛祖对冥王之女的怒意，在雪地环境中，那辆马车的速度再快，也无法与己等相提并论。然而这些苦修僧不知道，宁缺的马车本就与世间所有普通马车不同，车轮与地面的接触极其轻微，雪地再如何松软，也无法造成任何影响。

大黑马兴奋轻嘶，快若闪电的四蹄溅起无数蓬雪花，身上罩着的白布被风吹得呼呼作响，带着看似沉重的车厢，在雪地上奋力高速前行。十余息后，马车渐渐把那些持杖滑雪的僧人远远地甩在了身后，车轮在雪面上只留下一道极浅的车辙。甩掉了这些苦修僧，似乎将会迎来暂时的安全，然而事实与想象总有很大的差距，从那次雪地相遇之后，在极短的时间内，黑色马车在荒原上连续遇到数批悬空寺的苦修僧，虽然都极为顺利地避过甩脱，但前进的方向却不得不做出调整，逃亡也变得艰难起来。

连续遇敌，逃亡的节奏骤然加快，车厢里的气氛渐渐紧张，大黑马的眼睛里，焦躁的情绪第一次超过了兴奋，甚至变得有些不安。

此时，宁缺再一次想起那件令自己警惕不解的事情。自己和桑桑的行踪已经暴露，晋入无距境界的大师兄却始终没有出现，是因为大师兄不知道自己在哪里，那悬空寺为什么每次都能准确地找到自己的行踪？

他望向车厢角落，目光落在那张棋盘上。稍一思忖后，他拿起棋盘放在膝头，又拿出大黑伞，从伞面边缘破损的地方扯下一片碎布，包在了棋盘的上面，逃亡间歇，黑色马车停在一株枯树旁。宁缺拿起被黑伞布片包住的棋盘，跳下马车，抽出朴刀在树下挖出一个深洞，然后毫不犹豫地把棋盘扔了进去，再把洞填平。

黑色马车再次启动。雪骤风疾，片刻之后，那株枯树下的地面重新积起厚厚的雪，就算有人站在树前，也根本无法看出这里曾经被人挖开过。

桑桑说道："觉着有些可惜。"宁缺说道："佛祖的棋盘如果拿回长安城拍卖，肯定能拍出一大笔银子，说不得要狠狠宰月轮国一刀，就这般扔了，确实有些可惜。"

桑桑低声说道："我说的不是这个意思。"宁缺说道："我想起来了，你喜欢下棋，以后给你做副好的，白玉石的怎么样？"

桑桑说道："我是可惜大黑伞被撕下来了一块。"宁缺怔了怔，笑了起来。

半日之后，数十名悬空寺苦修僧，持杖滑雪，来到了黑色马车曾经停留的那片雪谷，僧衣飘飘，若雪片在风中舞动。悬空寺尊者堂首座七枚，沉默上前，望向手中类似罗盘的佛器，看着上面镶嵌的那枚佛指舍利，眉头微微蹙起。佛祖指骨舍利，能指引信徒寻找到自己遗留在世间的法器遗物，这也正是黑色马车始终无法摆脱追杀的真正原因。然而此时佛指舍利平静异常，根本没有任何动静，似乎再也无法感应到那张棋盘的下落。七枚神情微凛，知道佛宗错失了杀死冥王之女最好的机会，暗宣一声佛号，默默祈祷这不要是最后的机会。

数里地外，一株枯树在风中轻颤，似在点头。

80

极西荒原深处，一名满身灰尘的书生，出现在天坑边缘，他看着天坑中央那座巨峰间的黄色寺庙，说道："我小师弟在哪里？"书生自然便是书院大师兄。黑色马车曾经在悬空寺出现的消息传到长安城后，他再次踏上寻找宁缺的旅途，纵然容颜已然憔悴，境界渐趋不稳。

他的声音很轻柔，在满是风雪的荒原上，最多能传出去数尺便会消失，然而遥远巨峰间的黄色寺庙里，却有人清楚地听到了。一道宁静而威严的声音，在大师兄身前的空中缓缓响起，就像是一封书信被人拆开封边，平静展露给想要看到这封信的人。

这是悬空寺讲经首座的声音："冥王之女在哪里，宁缺便自然在哪里。"

大师兄看着雪雾里的寺庙，沉默了很长时间，知道讲经首座这句话的意思，他不知道该如何回答，所以只有沉默。

讲经首座的声音，再次在他身前悠悠响起，如发人醒神的钟声。"人间世是人的世界，有很多苦处，却也有很多喜乐，每个身处其间的人，都有责任与义务去维系这个世界的存在，这也正是冥王之女不能存在的原因。

"杀死冥王之女，不是佛道两宗的事情，是整个人间世的意愿，宁缺既然要与她同生共死，书院如果想要回护宁缺，便是要与整个人间世的意愿相悖。

"书院乃唐国之基，然而如今连唐国里的很多人都开始反对书院的立场，你们又如何战胜整个世界？夫子难道连这也想不明白？"

大师兄捂着嘴痛苦咳嗽两声，脸色有些苍白。十余日前，西陵神殿正式诏告天下冥王之女的真实身份，这直接导致大唐朝野陷入数百年来最激烈的纷争之中，原因便在于宁缺与冥王之女的关系，而书院一直没有明确表明态度，几乎所有官员和百姓，都对书院提出了质疑。

悬空寺讲经首座的声音在天坑边缘随风雪而起，充满了怜悯感慨与肯定："你就算知道宁缺在哪里，找到了那辆黑色马车，你又能做些什么？难道你能把全世界的人尽数杀光，把那辆黑色马车带回书院？你没有办法带走他们，也没有办法阻止人们，面对人间世无处不在的目光与繁密如雪的无形恐惧恨意，哪怕你是世间最快的人，哪怕夫子亲自出手，也都没有任何意义。"

撕下黑伞碎片，埋了佛祖棋盘，悬空寺撒在荒原上的苦修僧，再也没办法像前些日子那般轻而易举地确定黑色马车的踪迹，右帐王廷的骑兵失去了指引道路的佛光，也很难组织起有效的拦截防线。

其后的那些天里，黑色马车的逃亡进行得非常顺利，甚至平静快活得不像是在逃亡，更像是在进行一场横穿荒原的长途旅行。对普通人来说，秋冬季节的荒原寒冷凄清荒芜，严重缺少猎物，如果离开大队伍单独行动很容易迷路，或因为给养用尽而陷入绝局。但对宁缺和桑桑来说，这种反而是他们最熟悉的也最喜欢的环境，就像小时在岷山里那样，他们宁肯与凶猛的野兽、残酷的大自然打交道，也不愿意和猎寨里那些看似粗豪实则狡猾的猎人说一句话。

黄杨硬木弓不时嗡鸣轻振，羽箭穿透风雪或寒风，准确地射中猎物，那便是美美的一锅肉汤，或火架上泛着诱人油泽的烤物。无论是最优秀猎人都很难发现的雪兔，还是哪怕一个草原小部落都无力捕杀的强壮雪牦牛，都是宁缺能够轻易获取的食物。

行走在荒原上，宁缺和桑桑就像鱼儿游走在溪水里，狩猎隐踪、采雪煮水，一切都是那般地熟悉，仿佛重新在过很久以前的生活。

一声极力压抑却压抑不住喜悦的马嘶，穿透风雪。马蹄踏雪无声而回，宁缺从马背跃下，手里拎着一只已经剥了皮的雪狼，大黑马拱了拱白布罩，露在外面的眼睛里满是垂涎的神情。

不多时后，一锅雪狼肉汤煮好，香味被车厢紧紧地封闭在里面，车厢外，大黑马正在不停地咀嚼肉块，摇头晃脑，非常高兴。

宁缺盛了碗汤，又往汤里夹了几块狼肉，递给桑桑。桑桑喝了口汤，吃了块狼肉，说道："以前就说过狼肉太粗，不好吃。"

宁缺说道："转了一圈，没看见别的。"桑桑说道："如果让棠棠的小狼知道你吃狼肉，不得恨死你？"

宁缺笑着说道："大黑都不怕小狼，我还在乎什么？再说了，虽然都是雪狼，却不是什么亲戚，棠棠那只小雪狼是雪原巨狼，和咱们吃的是两回事。"

狼肉汤吃了一半，宁缺把剩下的搁到车外冻好，然后回到车厢，准备小歇片刻，看着桑桑正看着那颗黑色棋子发呆，问道："在想什么？"桑桑抬起头来，看着他说道："我在想，在瓦山禅院里对你说的那些话。"宁缺神情微异，说道："那些遗言？"桑桑嗯了一声。

宁缺说道："想那些乱七八糟的事情做什么？现在已经弄明白，你体内的阴寒气息不是病，只是冥王留下的标识，自然不会死。"

桑桑低头看着掌心那颗黑色棋子，说道："如果阴寒气息是冥王在我身体里留下的标识，那么发病是不是代表着冥王之女苏醒？"

宁缺想了想后说道："可能就是这个样子。"桑桑收起手指，把黑色棋子紧紧握在掌心，沉默很长时间后说道："如果我的病再发作，那该怎么办，我会不会死？"

宁缺把她抱进怀里，轻轻拍着她的后背，说道："你是冥王的女儿，怎么会死。"

桑桑靠着他的胸口，声音微颤着说道："可我担心……冥王的女儿醒过来的那一刻，我就不在了，桑桑就不在了。"

宁缺听懂了她的话，把她抱得更紧了一些，说道："我不知道，但我想老师他一定还有别的方法能够治好你的病。"桑桑仰起脸，看着他问道："你真的这么信任书院？"

从在通议大夫府柴房杀人的那一刻开始，十几年的时间里，除了桑桑，宁缺从来没有完全信任过任何人，包括渭城里的人在内，都是如此，他看似随性实则多疑，表面温和其实冷漠薄情至极，桑桑很了解他是一个怎样的人，所以有些无法理解到了现在，他对书院的信任依然没有任何动摇。

"我说过，如果这是最后一次信任，当然要留给老师，从理智上来说，现在我们不应该相信任何人，包括老师在内，但这些年在书院里学习生活，让我发现，做一个太过理智的人很累，很辛苦，而且很没有意思。"宁缺看着窗外的风雪，说道，"尤其是现在，整个世界都已经抛弃了我们，如果连老师和师兄都不再信任，那我们会变得更孤单。"

深秋的荒原风雪渐歇，路上能够看到的休冬牧民越来越多，甚至还看到了一支商队。越往荒原东南边缘去，人烟渐盛，而荒原上的每一个人便是悬空寺的一双眼睛，宁缺想要隐藏自己的行踪，变得越来越困难，白天的时候，经常能够看到狼烟示警，入夜的时候，偶尔能够看到烟花传讯。从西荒往大唐最近的路程，是东北入金帐王廷的疆域，然后折南入境，然而悬空寺的苦修僧和右帐王廷的骑兵，已经密布在东北方向的荒原上。

宁缺甚至相信，在更远处还有月轮国的军队正在等待着自己，而且东北路线太过危险，他比谁都清楚金帐王廷骑兵的强大，最麻烦的是，在金帐王廷与西荒之间，有一片绵延千里的不冻沼泽，如果要强行通过，非常冒险。这些对宁缺来说，谈不上艰难的考验，因为根据对大师兄无距境界的推测，他已经改变了逃亡计划，最近数日向东北而行，只是为了迷惑敌人。

他不知道大师兄为了找到自己不惜再赴悬空寺，他和桑桑并不是孤单的，但他清楚，如果想要摆脱眼下的困局，最好的方法便是让大师兄找到自己。对传说中的无距境界，他没有任何认知，便是放任自己的思想去瞎猜，都无法猜出这等近似神人御风而行的手段究竟如何达成，但既然他坚持信任书院和师兄，便可以在信任的基础上进行推测，然后得出结论。

长安城里的人们肯定已经知道他和桑桑正在极西荒原，大师兄没有出现，应该是无法确认他和桑桑的具体位置，这也就说明，无距境界并不是纯粹的自由行，需要意识里有相对精确的地图，还需要有定点。所以他的目标是月轮国的都城。

某日，晴空万里。宁缺最担心的事情终于还是发生了。桑桑的小脸变得有些苍白，她开始咳嗽，没有咳痰也没有咳血，咳出来的是寒气，就像车厢外正在融化的冰块，身体微寒。不知何处飘来一朵乌云，悬在黑色马车上方的天空里。

81

荒原的天空里时常生出奇形怪状的云，宁缺没有看到马车上方的那朵云，就算看到也不会投予更多的注意力，因为这种画面太过寻常，也因为他现在的心神全部放在桑桑的身上。每听她咳嗽一声，他的心情便紧张一分。想着歧山大师在烂柯寺里的说法，他让桑桑继续默诵佛经，修行佛法，希望能够暂时稳住她体内的阴寒气息，心里却隐隐生出不好的预兆。

接下来数日，一直没有王庭骑兵和悬空寺苦修僧出现，旅途平静，宁缺终于注意到马车上空的那朵云——晴空万里，碧空如水洗的青瓷片，没有一丝云彩，却有一朵孤单的云静静悬在头顶，很难不被注意到。

孤云遮日，在地面上投下数十丈方圆的阴影，恰好把黑色马车罩在其中，宁缺觉得有趣，没有多想什么，放下车帘，示意大黑马继续前进。他没有注意到，当马车在荒原地面行走时，空中那朵孤单的云也随着马车移动，阴影也在荒原上移动，始终笼罩着黑色的马车。

大黑马信奉活在当下的哲学，它的目光永远只会停留在眼前的食物和脚下的道路以及雌马双腿之间，而懒怠吝于往更远处投以一瞥，所以它也没有注意到自己始终行走在阴影里，只是觉得如此清凉很是舒服。深秋的荒原很寒冷，除了黑马这等憨货，没有谁会觉得清凉是种享受，车厢里的宁缺和桑桑，现在更是不想听到任何与冷有关系的字眼。

车厢里弥漫着寒意，窗旁有处绸面没有包住的地方，露出精钢打铸的厢板，上面已经凝了一层冰霜，可以想见现在车里的温度有多低。桑桑加了件绒裤，紧紧裹着黑色裘衣，埋在被褥里，即便这样也没有感觉到一丝温暖，脸色微白，嘴唇有些发青，睫毛上挂着浅浅的霜。

宁缺往黄铜火盆里加了两张符纸，取出一个皮囊凑到她的脸前。皮囊里是十日前抢劫一个小部落收获的烈酒。桑桑摇了摇头，示意自己来，接过酒囊，对着嘴便往腹中灌酒，片刻之后，酒囊渐渐变扁。可能是喝得太急呛着的缘故，又或者是犯病的原因，桑桑放下酒囊，皱着眉头咳嗽起来，黄铜火盆里的符火骤然一黯，然后渐渐挣扎着重燃。

像这些天一样，她没有咳痰也没有咳血，咳出来的都是极寒冷的气息，那些气息遇着车厢里的湿热气体，骤然变成白雾。桑桑身体里的阴寒气息越来越重，每日随着咳嗽被排出身体些许，那种气息仿佛并非人间所有，寒冷刺骨，即便是符火有时候都会顶不住，所以车厢里的温度变得越来越低，这也正是车窗处会结出寒霜的原因。

轻咳声声，车厢里温度渐低，宁缺向黄铜火盆里又扔了一枚符纸，才勉强维持住，这些天火符的用量太大，原先他储备的符纸尤其是火符，早已用光，如今用的是他在途中临时写的，消耗了很多念力，让他的脸色变得有些憔悴。用外界的热量可以稍微中和一些寒冷，却没有办法消除桑桑体内源源而生的阴寒气息，只能是治标，而歧山大师在烂柯寺里替桑桑治病时的说法，即便是修行佛法，用佛性压制平静那道阴寒气息，也只能治标，无法根除。

宁缺知道如果想要彻底除去桑桑体内的阴寒气息，让冥王看不到她，只能是在佛祖棋盘的世界里，把这两年时间藏匿过去。桑桑的咳声越来越频繁，病情变得越来越麻烦，他的情绪越来越焦虑，用了极大的努力才压抑住转头重回荒原深处、挖出被自己埋掉的棋盘的想法——那张棋盘佛祖气息全敛，已经没有任何用处。

艰难地保持住理智，他越发坚定了先去月轮国都城的想法，那个佛国里有世间最多的佛寺，就算一时无法遇到大师兄，但让桑桑读更多的佛经，寻更多的佛性，暂时让体内的阴寒气息平静，不至于像现在这般危险。

深秋的荒原寒风渐疾，那场雪之后再也没有落雪，偶有雪云在天空里汇聚，瞬间便被劲风吹散，只有一朵云始终静静悬在空中，不受任何影响。那朵孤单的云向着东南方向移动，向荒原地面投下一片淡淡的云影，黑色马车沉默地行驶在这片阴影里，向远方而去。

黑色马车终于走出了荒原，来到了月轮国北部边陲的一处边关外，此时马车身后的荒原上，已然是寒风呼啸，飞雪渐起的冬天，马车前的世界却依然还停留在秋天里，边关里的几株秋树红艳艳的仿佛在燃烧。

虽然不知道如今月轮国的具体情况，但大概能猜到一些，宁缺把黑色马车停在边关外的一处山坳里，自己前去打探消息。片刻后他回到山坳里，走进车厢。桑桑看着他脸上的神情，隐约明白了一些什么，微笑着说道："画像上的我是什么样子的？"

　　宁缺从怀里取出一张纸在她面前展开，说道："你自己看看。"先前他进入边关，很快便确认了当前的局势，因为那座边陲小城的街道上贴满了桑桑的通缉画像，而且上面写明了桑桑的身份。

　　纸张还很新，应该贴上去不超过五天。桑桑看着画像中那个瘦弱的小侍女，发现还真是很像，真诚赞道："月轮国的画师真厉害。"画像就连桑桑微枯的发丝都被画得极为传神，宁缺指着画像里小侍女棉裙旁的一行小字说道："西陵神殿的画师，当然厉害。"

　　桑桑无奈说道："原来神殿也要抓我了。"宁缺笑着说道："咱俩在西陵神殿都有熟人，如果真要被抓，不如让叶红鱼抓，想来总会看在情分上给个痛快，不至于还要用火刑。"桑桑轻声说道："不好笑哩。"

　　宁缺没有再说什么，驾着大黑马离开山坳，绕过这座边陲小城，向着月轮国东面的那片丘陵地带行去，桑桑心想月轮国的都城不是在南边吗？为什么这时候要往东走，虽然很困惑，但她相信宁缺，而且有些疲惫，所以没有问。数日后，奔驰如飞的黑色马车，便抵达了月轮国的东面，远远看着崇山峻岭，距离边境还很远的地方，宁缺便让大黑马停了下来。穿过那片崇山峻岭，便能看到大唐的土地。宁缺在地图上看到过，大唐镇西将军府，应该便在四百多里外的折州城里，以大黑马的速度，只需要一天不到的时间，自己便可以看到久违的大唐军旗——如果没有人拦截的话。

　　他很清楚，从月轮国到大唐的路线上，此时肯定隐藏着无数修行强者，所以从一开始的时候，这条路线都不在他的计划中，然而知道归知道，眼看着故国如此之近，不来亲自看一眼确认一下如何能够甘心？

　　"不要勉强，感觉辛苦就松手。"车厢里，他看着桑桑神情凝重说道。桑桑轻轻点头，从他手里接过残破的大黑伞，伸出右手紧紧握住，然后缓缓闭上眼睛，没有把伞撑开。片刻后，她的小脸变得越发苍白，轻颤的睫毛就像雪上被风吹动的叶子，握着伞柄的右手也开始颤抖起来，带着瘦弱的身子也开始颤抖。

桑桑忽然咳嗽起来，宁缺毫不犹豫地伸手，把大黑伞从她的手里夺了回来，然后把她抱进怀里，不停搓揉着她的后背，过了好些时，才让她的咳声平复。

桑桑把头抵在他的胸前，闭着眼睛，不知道是因为寒冷还是恐惧，身体依然在轻轻颤抖，声音疲惫而虚弱，说道："有很多人，很强大的人。"

宁缺沉默不语，继续抱着她。过了会儿，桑桑睁开双眼，低声说道："大黑伞不敢撑开，我现在身体不好，看得不是很清楚，你应该让我再看一会儿。"

宁缺说道："知道有人在前面便够了。"桑桑说道："但不知道是哪里的人。"

宁缺说道："西陵神殿……不，应该说是昊天道门的人。"他坐到车窗边，取出望远镜，向着远方的丛山群岭望去，沉默看了很长时间，直到天色变黑，终于看到了数道若隐若现的剑光。

看着夜色里莽莽山岭间那些若隐若现的剑光，宁缺想起了很多年前的那个故事，魔宗圣女慕容琳霜在土阳城翩然一舞，岷山间剑光纵横，无数道门高手齐至，不顾唐帝震怒，最终硬生生逼得夏侯活活烹了自己的爱人。那还只是道门与魔宗之间的战争，如今桑桑是冥王之女，这便是昊天与冥王之间的战争，宁缺知道自己面临的局面肯定比夏侯当年面临的局面更加危险，叶红鱼肯定已经来了，天谕神座来了没有？掌教大人呢？

82

这是昊天的世界，道门才是最强大的势力，不提云集无数强者的西陵神殿，只说遍布世间的成千上万座道观里，谁知道道门还隐藏着多少力量？荒原上，悬空寺用两百多名苦修僧及数名等同于知命境的大师追击黑色马车，声势已经显得无比浩荡，而西陵神殿才是一片真正恐怖的海洋。

从神殿诏告天下桑桑是冥王之女的那一刻开始，那片海洋便开始酝酿风暴，狂潮渐生于平静的海面，直至将黑色马车彻底拍成碎片，才会停歇。夜色下的莽莽山岭，把月轮国与唐国分隔开来，叶红鱼站在最高的那座山峰上，身上的神袍随风而舞，呼啸作响，脸上没有任何表情。

裁决神袍是墨红色的，比鲜血更艳，比夜色更深。她的目力再如何敏锐，也看不到远处山坳间的那辆黑色马车，但她始终看着那个方向，就像看到了什么很有趣的东西，不肯移开目光。

数十名西殿神殿的神官与骑士，跪在她身前的岩峰间，一名身穿黑衣的裁决司执事低声汇报着月轮国方面的情报，她的神情一片漠然，显得很不在乎，似乎追杀冥王之女这么重要的事情，也不会令她紧张。不知道过了多长时间，叶红鱼收回目光，望向四周那十余座大山，在那些山岭里，隐藏着西陵神殿四百名护教骑士，三名知命境大修行者，还有十余名实力强悍的道门散修也奉诏而至，听从她的指挥隐藏在山岭里。

如此强大的实力组合，一旦西进，甚至可以在佛宗做出任何反应之前，一夜间占领月轮国都城，用来对付宁缺和病中的桑桑更是绰绰有余。那名裁决司黑衣执事汇报完毕后，依旧跪在地上，等待着神座的命令，然而等了很长时间，也没有听到令他无比敬畏的那道声音响起，忍不住抬起头来望向峰顶崖石上那道曼妙的身影，神态恭谨问道："神座大人？"

叶红鱼不知在想什么事情，想得有些出神，听着这话才醒过来，再次望向西方，唇角微翘说道："那个家伙比贼都要精，哪里猜不到道门会在这里有安排，只怕早已离开，既然如此，本座难道还要在这里傻等？"

黑衣执事们有些吃惊，听裁决神座的话，她竟似准备离开，然而道门在这片葱岭间埋伏，是掌教大人亲自下的谕令，谁敢不遵？

叶红鱼向山下走去，一名神卫副统领吃惊地站了起来，看着夜色中随风飘舞的神袍背影，说道："神座大人，这是掌教的谕令，您准备去哪里？"

在这片葱岭间，在这个世界上，有资格要叶红鱼回答问题的人已经很少，所以她没有回答，但在走过那名黑衣执事身边时，说道："我去泥塘。"黑衣执事是她的直接下属，告诉此人行踪，是为了裁决神殿的事务安排，这并不代表她需要向别的人报告自己的行踪，哪怕掌教大人。

峰顶的人们闻言神情骤凛，即便是那位黑衣执事，也露出震惊的神情，焦虑劝阻道："泥塘？月轮与金帐王廷间的千里沼泽？神座大人，那里太过危险，这么多年了，从来没有谁会选择走那条道路……"

"没有人走的道路，就是宁缺会走的道路。"说完这句话，叶红鱼飘然而去，墨红色的神袍在山道间飞舞不静，卷飞时如血旗，沉敛时如夜色，西陵神殿诸人跪倒在峰间敬畏相送。

月轮国都城名为朝阳城，此名沿袭无数年，早已没有人知道到底该读朝朝暮暮的朝，还是该读朝拜的朝，因为两个意思似乎都是通的。朝阳城北有座青山，山势颇缓，却极为宽长，山中植被极密，虽然游客常至，却还有很多幽深无人的偏僻隐地。

月轮国东南方隔着一片原始森林与大河、南晋相接，大泽和大河里的水汽，还有南方海洋的水汽，被风不停地吹至国境之内，又被西方的高原、北方的荒原还有东方的葱岭封住，所以很是潮湿温暖。时值深秋，荒原上早已大雪纷飞，朝阳城附近却寻找不到丝毫寒冷肃杀的气息，山间林叶茂密，绿意幽然，看着与长安城的春日相仿。

正午的时候，太阳高高地悬在中天之上，向着地面散播着热量，朝阳城和城北的青山里越发显得潮湿闷热，所有人都觉得有些恹恹的。游客和山民在青山林间休息，躲避着微燥的秋日，有些孩童则是在林中泉边玩耍，相对树荫较少的山道旁，盘膝坐着很多位肤色黝黑的苦修僧。

青山深处生着数百棵榕树，树下是长草和密密麻麻的灌木，无论人兽都难以在其间行走，显得十分幽静，看地面堆积的腐叶，只怕已经数十年都没有人来过。宁缺捧起最后一捧枯叶，仔细地均匀撒在地面上，确认没有露出任何痕迹，就连阵意都被掩藏得非常完美，放下心来，右脚踩上满是荆棘的灌木，身形一掠便掠到数丈之外的平地上，开始对大黑马进行交代。

"我不知道要在朝阳城里停留多长时间，如果找到大师兄，我就带着桑桑和他先回去，然后再请大师兄回来接你，如果找不到，大概也会在城里面等待，你在山里熬些时日，放心我不会丢下你不管，辛苦你了伙计。"宁缺搂着大黑马的颈子，轻轻拍了拍，感慨地说道，然后拿起一个蓝布包袱，系在大黑马的脖子上，里面是车厢里所剩不多的黄果山参之类的食物。

大黑马蹭了蹭他的脸，又对着树下的桑桑轻嘶一声，转身踏着舒缓的步伐，向着密林后方的深山走去，蓝布包袱轻轻摆荡。看着大黑马的身影消失在青山深处，宁缺走回榕树下背起桑桑，用结实的绳子把彼此系紧，提起沉重的行李，向山下的城市走去。

月轮国从国君到贩夫走卒都信奉佛宗，追求与世无争的境界，以低调平和闻名，虽然与月轮有世仇的大河国肯定不会这样认为，但至少在月轮国内部，确实极少出现权臣谋反或惊天血案之类的事情。正是因为这种特殊的理念或者说追求，除了与唐国及右帐王廷接壤的边境上筑有雄城要塞，月轮国很多城市都没有城墙，就连都城朝阳也没有城墙，只是在面对大青山的方向修了一圈简易的用来防兽的竹篱笆。

到过朝阳城和长安城的旅人，总喜欢把这两座都城放在一起比较，不是说朝阳城也有长安城那般雄伟壮观，而是因为朝阳城走在另一个极端上。朝阳城没有城墙，自然也就没有城门，皇室负责收商税的军士，在官道上随便放了几张桌子和几把遮阳伞，便充作了税关。

因为四季温暖，那些官员看上去总是懒洋洋的，有些军士甚至敞着衣服，躺在道畔树下睡觉，所有一切看上去都是那般地散漫没有规矩，但令月轮国朝廷感到骄傲的是，朝阳城每年收的税甚至比长安城还要多。这自然不是因为朝阳城比长安城的商贸更发达，也不是因为税务官员更勤勉，更不是因为月轮国的国民都有自动缴税替国分忧的自觉，之所以如此，其实没有什么秘诀，只不过因为月轮国征税十倍于唐国而已。

如此散漫而无争的国家，如此低效又贪腐的朝廷，如此开放而混乱的都城，连偶尔出山觅食的野象都防不住，哪里还能抵抗什么外敌？如果不是佛宗从中调解，月轮国千年之前便被右帐王廷的骑兵给灭了，如果不是有西陵神殿偏帮，甚至可能会败给弱小很多的大河国。

朝阳城是个不设防的都城，风能进雨能进，好在地理位置优越，多年来都没有什么狂风暴雨灾害，人也能随意进出，只不过子民修佛大多胆怯，没有几个人敢试图溜进城中，避过朝廷征收的种种重税。

深秋某日，一朵白云飘进了朝阳城，地上的事情暂且都管不过来，自然没有人会注意到天上，只有一名税关军卒，正躺在地上晒太阳，看着空中那朵白云两头尖尖，中间极厚，像极了纺锤，傻呵呵地笑了笑。

在那朵白云的正下方，宁缺背着桑桑，撑着一把不知从哪里找来的纸伞，顺利地走进了朝阳城，身上覆着极淡的清影。

83

满街满巷的画像上只有桑桑，但佛道两宗知道宁缺跟在桑桑身边，也知道那辆显眼的、怎样伪装都无法伪装的黑色马车。黑色马车是颜瑟留给他的遗产，佛道两宗一定认为他不会舍得放弃，他正是利用这点，把大黑马和车厢留在城外，自己却带着桑桑进了城。

就算等不到大师兄，他也必须来到朝阳城，因为他相信灯下黑的道理，相信自己藏匿行踪的能力，而且希望这里的佛寺能够让桑桑的病情好转。

背着桑桑行走在朝阳城里，宁缺没有用多长时间，便找到了自己的目标。那是一座距离月轮国皇宫不远的破旧小院，站在院中可以直接看到著名的白塔寺，却位于嘈杂繁乱的下等街区，便于藏匿。

他挑中这间小院最重要的原因，是因为这间小院破旧不堪，门上满是灰尘，一看便知很久都没有人住，安静得就像阴宅一般。宁缺没有去侧面打听小院的故事，因为与他人之间发生的任何联系，都有可能导致意想不到的结果，他直接潜进朝阳城府衙偷搜检案宗，确认果然不出自己所料，那间小院去年发生了一宗极为血腥的灭门惨案。

宁缺自然不会租下小院，当暮色来临的时候，他背着桑桑从背街的那面破墙，轻松地跃进小院，穿过正堂来到后院的卧房前。一路行来，暮色黯淡，寂静无比，地面的旧砖和墙上还残留着乌黑的陈年血迹，显得格外阴森，别说普通人，就算是见过血的屠夫，只怕都会觉得头皮发麻，难怪所有人都对这间宅院避之不及。

卧房里没有血迹，只有积满灰尘的床与桌，他沉默思考片刻后再次走出小院，回来时，怀里抱着好几床被褥，手里提着木工活需要的抹灰。

简单打扫一番后，宁缺把厚实绵软的被褥铺在地上，崭新的枕头拍打垫好，然后重新扒开院中废井，取水调灰，把柴房窗缝全部糊得平平整整，严密不留一道缝隙，又在窗上和门上挂了一张厚实的黑布。

天已尽黑，他伸手把两块黑布垂下，然后走出房间，说了声好了，只听得房间传出打火的轻微响声，他仔细观察，发现没有一丝光漏出来，点了点头。夜色深沉，小院阴森依旧，没有人敢靠近这里，即便靠近，也只会看到如以往一般破旧的画面，看不到有人来过的痕迹。

佛宗正在到处搜寻那辆黑色马车，试图找到宁缺和桑桑，道门的无数强者，埋伏在归唐必经的葱岭中，谁能想到冥王之女就在离白塔寺极近的小院里。一只黑色的乌鸦，落在院中的树上，抬头望星。

朝阳城里到处都是桑桑的画像，每家佛寺前都聚集着人群，僧人在那里讲述着冥界的传说，佛祖的遗言，冥王之女降世的故事，月轮民众们的神情很复杂，有的惊恐不安，有的恐惧悲愤，佛祖教导的不嗔，尽数被抛到了脑后，渐渐群情激奋起来，人们挥舞着拳头，说要找到冥王之女，然后把她烧死。宁缺在街道上走过，人群的议论与愤怒，还有那些对桑桑最恶毒的诅咒，对他没有任何影响，没有过多长时间，他便来到了礼宾馆。大唐驻月轮国的使节，便在礼宾馆里。他没有进礼宾馆，而是站在稍微安静些的后巷，专注地听着院墙里的动静，然后再决定怎么做。

"这不是明哲保身！更不是什么投降！而是正确与否的事情！我大唐帝国乃世间领袖，当然不用在乎月轮国的压力，就算西陵神殿，难道就能让我退让？但我不能眼睁睁看着人间就这样灭亡，这也是我们大唐应该承担的责任！"宁缺静静站在墙外巷中，听了一段时间，听到的最有用的信息便是这段话，说话的人是大唐驻月轮的正使，他缓缓低头，然后转身离开。

桑桑看着他脸上的神情，便知道局面不是很好，伸手握住他的手。宁缺微涩一笑，说道："没事儿，只是听着一件事情，有些吃惊。"桑桑问道："什么事情？"

宁缺说道："你猜我们离开烂柯寺多长时间了？"桑桑想了想，说道："至少一个多月了。"

"错，是一年。"宁缺摸着她微凉的小脸蛋，说道，"不知不觉就过去了一年时间，那么再熬半年时间的耐心，我还是有的，明天我就带你去白塔寺看佛经。"

宁缺和桑桑，再次在这个世界上消失，他们曾经消失过整整一年，不过那一次佛道两宗猜测他们或者死了，或者便是在佛祖留下的棋盘世界里，找不到他们的踪迹，没有人会觉得震惊，更不会认为那是不可思议的事情。

然而如今他们已经离开佛祖的棋盘世界，再次回到人间，却再次消失，佛道两宗强者和世间无数人用尽了所有的方法，都无法找到他们的踪迹，不由得震撼警惕到了极点，要知道如今甚至有很多人连书院都在监视着。

一名老僧，缓慢走出极西荒原深处的天坑，然后向前走去。这位老僧头戴笠帽，看不清楚容颜，手持锡杖，行走得非常缓慢，不是那种为了展示平静淡然而刻意的缓慢，而是他的双脚似乎与荒凉无垠的大地紧紧相连，每走一步都是那般地困难，自然缓慢。

老僧手里的锡杖，在地面上不停点动，似乎在荒原上寻找着什么东西，或者是什么人，只是他行走得如此困难缓慢，又能找到谁呢？然而就在走出天坑的那一瞬间，他便似乎找到了什么，说道："王庭。"

天坑中央巨峰间的黄色寺庙响起悠远的钟声，数千里外的右帐王庭，一名满身灰尘的书生，看着单于和十余名如临大敌的王庭祭司，微微躬身，说道："请问诸位有没有看到我家小师弟？"十余里外，悬空寺尊者堂副座，带着三十名苦修僧，疾速向王庭赶去。

老僧继续缓慢地行走，走了半日，他又停下脚步，说道："柳关。"天坑中央巨峰间的黄色寺庙钟声再起，那名书生出现在荒原边缘著名的商贸集散地柳关。一千草原骑兵和数支月轮国骑兵，领受军令向柳关疾驰而去。

老僧继续行走，一日后，他停下脚步，再次说出一个地名，悬空寺尊者堂首座，静静看着不远处杨树下的书生。大师兄看着杨树粗粝的树皮，明白发生了什么事情。自己不顾堕境的危险，凭借无距的能力，四处搜寻小师弟的踪迹，而佛道两宗，则是派着人不停地跟随他，那么就算他找到了宁缺，也无法悄无声息把他带走，必将面临佛道两宗源源不断、不顾生死的搏命攻击。

没有任何修行者能够跟上无距，每次都能准确地找到自己，必须要同时满足两个条件，对方必须有足够多的强者数量或军队，在所有自己能抵达的地点附近做好准备，同时对方还必须能够在最短的时间内，知道自己在哪里。

按道理来说，要同时满足这两个条件，根本是不可能的事情，然而当整个人间世都在搜寻桑桑的时候，当佛道两宗和整个俗世联手的时候，他们真的可以派出数量足够的强者或军队，而且有人能够完成第二个条件。大师兄看似温和木讷，实际上极为聪慧，只用了很短的时间，他便想明白了所有事情，确认了自己的猜想：悬空寺讲经首座，终于来到了人间。

他看着七枚微微一笑，靠着杨树坐了下来，从腰间抽出那本旧书开始阅读，身旁没有池塘可以以瓢盛水饮，神情依然从容平静。既然佛道两宗试图通过他来确定宁缺和桑桑的位置，那么从这一刻开始，他决定除了读书吃饭睡觉，什么都不做。

什么都不做，便是最好的藏匿方法，相反如果你做的掩饰越多，反而越容易暴露，大师兄并不懂这个道理，但他随心所欲而行，自然做出了最正确的选择。

宁缺有很多藏匿逃亡的经验，他懂这个道理，也是这样做的，除了带桑桑去各佛寺读经治病，他从来不出小院，甚至没有去找过大师兄。桑桑的病稍有好转，或者说是暂时没有变得更严重，依旧恹恹的没有什么精神，正午刚过，便沉沉地睡去。

宁缺坐在床旁，开始看书。这本书是他在烂柯寺里手抄的佛祖笔记，把天书明字卷的文字和佛祖的解释旁注，依次相对排列，方便看得更清楚，只不过当时依然没有看出更多的东西。这些天带着桑桑去了数座佛寺，宁缺隐隐约约有所感悟，于是再次阅读这本笔记，眉头微蹙自言自语道："夜至，因月……这岂不是颠倒了因果？黑夜的影子落在月的身上，便再也无法洗去，这又是什么意思？"

黑夜的影子落在月的身上，便再也无法洗去……从字面意义和现在的情况来看，这月自然指的是自己，整个世界确实也只有自己看过月亮。宁缺若有所思，若有所悟，却依然惘然困惑。

窗外传来几声难听的嘎嘎叫声，他确认没有人在院外，推门走到院内，看着树上那几只黑色的乌鸦，微微皱眉。来到小院的第一夜，便有只乌鸦飞来，其后这些天，每天都有一只黑色乌鸦飞来，渐渐地竟是越来越多，树枝快要承载不住这些家伙的重量了。

这件事情怎么看都透着一股诡异，他抬头望向天空，朝阳城上空的云朵变得越来越多，那些云一直在缓慢地靠近融合，渐渐要变成遮蔽天空的厚厚云层。

随着云层渐厚，城中的人们终于感到了一丝寒意，秋天终于要结束了。对于宁缺和桑桑来说，前一年的秋天和今年的秋天是连在一起的，在这两个秋天里，有太多的事情发生在他们身上，怎不令人感慨。

84

风雪未怒，道路未阻，伴着缓缓飘落的雪花，一位手持锡杖、头戴笠帽的老僧缓缓走出荒原，进入月轮国境，往一座并不高的山峰上走去。老僧行走的速度非常缓慢，比雪花飘落的速度还慢。他穿着草鞋的脚掌仿佛与地面黏结在一起，抬脚的时候似乎要将整个地面都扯起来，因此每走一步都显得非常困难。他行走在雪上，雪层被扯起；行走在泥地上，黑色的泥土地被扯起；行走在青石铺成的山道上，石面被扯起。被浅雪覆盖的山道看似没有任何变化，实际上积雪的深处结构一直在撕扯不安，发出极轻微的人类根本听不到的簌簌响声，甚至整座山峰都随着老僧的行走在发着极低沉的呻吟。终于老僧走到了山峰顶，他停下来，望向南方。由山峰往南数十里，雪已经停了，月轮国绝大部分天空里都没有雪云。千里之外月轮国的国都朝阳城，却被厚厚的云覆盖着。遥隔千里相望，那片极厚的云团，就像是无垠佛国中孤单而生的一朵花。

老僧沉默地看着千里之外的云团，笠帽阴影没有遮住的苍老容颜上，缓缓显现出非常复杂的神情。只见他握着锡杖的手微微一紧，把锡杖轻轻插进身旁的峰顶岩石间，对着远方说道："人在云下。"锡杖与峰顶岩石接触，就像是热刀刺进了雪堆，寂然无声便深入石中，锡杖的杖头发出轻微的脆响，伴着老僧的这句话向着四面八方飘拂而去。老僧望着遥远的朝阳城说道："对于人间这场浩劫，对于末法时代的来临，佛祖涅槃之前留下棋盘净铃等诸多法器，为佛门弟子指明了道路，然而师兄你却偏偏不肯走佛祖留下的道路，要走自己的路，这究竟是为什么？"在峰顶沉默站立很长时间后，老僧叹息说道："师兄，你当年自号歧山，我一直不明白究竟是何道理，经由七念转述，才知晓原来取的是歧路之意，只是歧路多难行，我佛慈悲，怎忍见人间世冒险走一条歧路？你行歧路，那我也只好走捷径。"说完这段话，老僧把锡杖从雪岩里抽出来，缓缓向峰下行去，看方向应该是准备去朝阳城，只是以他如此缓慢艰难的行路方式，用了百余天时间才从天坑悬空寺走到荒原边缘，那还需要多久才能走到那片云团下？老僧走出峰顶范围便停下脚步，伸手在崎岖泥泞难行的山道旁伸出锡杖，看动作似乎是在招车，只是在这等人迹罕至的偏僻山峰里，哪里能有马车？

今年冬天朝阳城连续处于阴云天气，即便落了两场小雪，城市上空厚厚的云层始终没有散去。人世间，风雪阴晴本是寻常事，即便百日阴晦也不是很难以想象的事情，所以一开始的时候，这片云层并没有引起任何人的注意。直到冬意渐深，第二场雪散尽，朝阳城外的乡野骤然放晴，一片清亮，朝阳城内却依然雪云密布，才让城中的人们生出一些不解。有不解便要求解，一旦开始进行有目的的观察，月轮国朝廷和普通居民们终于注意到了天空中那片厚厚云层的诡异之处。有人想起从深秋某日开始，头顶的这片云层便再也没有散去过，更多的人注意到在城外晴朗的天空里，每天都还有云陆续不断飘来，汇集到城市上空的云层里。云层笼罩着朝阳城不肯散去，而且每天都在变得越来越厚，面积变得越来越大，这种情况太诡异了。从秋天开始，月轮国各佛寺宣讲冥王之女降临，朝廷的海捕文书已经证明冥王之女正在月轮国，种种事情和朝阳城上空的这片厚云联系在一起，顿时加深了民众心中的不安与恐惧。雪云摧城，城中的人们每天都会抬头看很长时间，得颈椎病的越来越少。很多人开始祈祷，街巷间弥漫着焚香的味道，各大寺庙的香火钱收得越来越多。有人已经在准备离开朝阳城，去乡下亲戚处暂时躲避些日子，车马行的生意变得越来越红火。紧张不安的气氛随着焚香渐渐浓厚，人们慌不择路，开始向所有自己认为有效力的事物祈祷求福，无论是石头还是树木。

月轮国有无数佛寺，其中最著名的便是烟雨七十二台寺，朝阳城的白塔寺则在七十二寺里拥有毋庸置疑的地位。在当前人心惶惶的情况下，白塔寺的香火自然最盛，每天前来拜佛祈祷的信徒，快要把这座佛寺给挤爆了。白塔寺里的各大佛殿都被信徒挤满，即便是寺外都跪了无数民众。有数十名信徒恭恭敬敬跪在寺门外某道石阶前，不停叩首，显得格外虔诚。这道石阶之所以引来这么多佛门信徒跪拜，是因为当年白塔寺住持清晨时，在那道石阶上捡了一个佛缘深厚的男婴，那男婴便是后来著名的道石大师，所以信徒们都认为那道石阶上还残留着道石大师的佛性，能够带来福泽。看着这幕画面，宁缺摇了摇头，牵着桑桑微凉的小手，挤过拥挤的人潮人海，向白塔寺里面走去，心想当年曲妮大师和宝树暗通款曲，生下道石这个私生子，自然是要送到白塔寺来，和佛缘这种事情能有什么关系？桑桑穿着件浅色的棉袄，系着厚实的围巾，遮住了小半张脸，不知何时，头发被剪得极短，在额前斜分着，看着很是清爽，就像个俏皮的小男孩儿，别说只看过画像，就算是看过她本人的人，也很难认出她来。"也许那道石阶真能带来福泽。"桑桑的声音穿透围巾，显得有些嗡嗡的，就像是感冒后有些鼻塞。宁缺微微一笑，轻声说道："就算有福泽，也不可能落在我们的身上，可别忘了在长安城包子铺前，是我一刀把道石的脑袋砍了下来。"桑桑说道："也不知道是不是我们做的坏事太多，所以才会遭报应，早知道要学佛法，当初就不该对佛门大师们这般不恭敬。"宁缺笑着说道："遇见道石的前一天，你第一次逃家，我心情非常糟糕，在雁鸣湖边上愤怒了整整一夜，他还来惹我，自然是找死，还是你不好。"桑桑轻声说道："所以是我遭报应啊。"

"如果真有报应，夏侯哪里需要我去杀，早就应该被佛祖收了。无论是道门还是佛宗，说到我书院总是会提到无信者这个称谓，在他们看来，没有信仰没有敬畏，生命便很难充实，内心很难得到真正的平静，然而在我书院看来，信仰和崇拜本来就不是一个东西，'敬畏'里面那个'畏'字需要好好研究。"

宁缺想着先前在寺外看到的那些叩首不止的信徒，想着小院旁边那户人家天天对着家里的一株树焚香祭拜的画面，说道："像月轮国自然是有信仰的国度，但信仰的东西太多，对未知的恐惧太深，这又算是什么信仰呢？"

低声闲话间，二人已经走到白塔寺深处的正殿，佛殿里依然人头攒动，数百名信徒跪在蒲团上，听着前方一位高僧讲经。宁缺带着桑桑走进佛殿，不动声色地找到了一张空着的蒲团。桑桑跪坐到蒲团上，双手在身前合十，闭上眼睛，开始学佛听经，神情恬静而虔诚。她没有听那名白塔寺高僧的讲经，只是在心里默默诵读着一段经文，她学的也不是殿前那座庄严的金佛，而是自己心里的佛。

85

找到冥王之女，这是如今世间所有人的想法。确定冥王之女藏身在月轮国，佛宗自然会除桑桑而后快。便是在这样的情况下，宁缺却带着桑桑藏匿在朝阳城中，巡访城内城外诸多佛寺，平静地学佛诵经，这完全出乎道佛两宗意料，也正印证了一句屡试不爽的老话——最危险的地方便是最安全的地方。与此相比，还有事情更显奇妙。佛祖无数年前阅读天书明字卷，得以看到未来末法时代的永夜来临，为此佛祖留下无数法器遗物，准备了诸多手段预备镇压冥王之子，从而让人间从冥王巡示七万世界的目光里逃脱出来。然而只怕连佛祖都想不到，他留在人间的佛法却可以帮助桑桑暂时镇伏体内那道阴寒气息。

佛殿内经声阵阵，一股祥和慈悲的气息随着信徒们的虔诚念祷渐渐弥漫开来。桑桑闭着眼睛双手合十，神情恬静虔诚，感受着身周那道祥和慈悲的气息，微白的脸色渐渐回复平常。白塔寺高僧讲经完毕，殿内蒲团上的数百人齐宣佛号却没有散去，那位高僧开始引领信徒们进行祝祷。祝祷的内容很复杂，其实只是两件事情：一件事情是祈祷佛祖显灵，把野蛮血腥成性的荒人部落从荒原上赶走。第二件事情则是祈祷佛祖显灵，找到冥王之女把她镇压万世不得翻身。祝祷结束，宁缺从殿外走了进来，走到桑桑身旁把她扶起。在朝阳城的佛寺甚至是街头巷尾，都能听到这种带着恐惧意味的祈祷以及最恶毒的诅咒，他早已习惯。只是桑桑身为被诅咒的对象，情绪难免还是有些低落。宁缺带着桑桑刚刚走出白塔寺，忽然听着身后的重重殿檐间响起悠扬的钟声，显得很是庄重。"又是什么大人物到了？"宁缺转头向白塔寺深处望去。如果让宁缺知道这些钟声的真实含义，他心中的警惕意味就会越来越浓。如果让他有机会听到钟声之后的那道声音，他肯定会带着桑桑马上离开朝阳城。佛寺深处，钟声缓歇。一处偏僻的佛殿里，白塔寺住持和几名辈分极高的长老，恭谨跪在地面上，一个苍老宁和的声音在殿内不断回响："人在云下。"

冬日将去，在世间很多国度，比如大河国或南晋，春意已经绿了大河两岸，正处于重修中的瓦山烂柯寺里，也有丛丛野花盛开。但还有更多的地方在苦苦等候着春天的到来，比如以往年份早就已经春意盎然的月轮国都城，因为云层连蔽百日，气温相对较低，还处于最后的残冬中，遥远东北方向的荒原深处，荒人部落更是被严寒和背叛不断伤害着。过去整整一年都处于极度动荡和血腥中的荒原，在稍微安宁了数十天后，再次迎来了惨烈不堪的战争，又有无数生命被冰冷地收割而走。

深秋时分，荒人部落刚刚与左帐王廷达成结盟协议，双方用各自部落的祖灵发下血誓，荒人部落元老会稍微放心了一些，正在谋划来年春夏时节与左帐王廷联兵攻击中原联军。然而荒人哪里能想到左帐王廷竟然敢背叛自己的祖灵！隆冬时节，左帐王廷悍然撕毁了墨水都没有干透的结盟协议，与西陵神殿联手，接收了一大批来自草原的粮草辎重，然后带领中原联军极为冒险地顶着严寒向北突进八百里地，偷袭了荒人部落一个第二大的部落聚集地。

荒人虽说骁勇善战，极为强悍，每个成年人都是天生的战士，但毕竟人数太少，整整一年的战争，让荒人储存的冬粮急剧减少，几乎等于是半饿着肚子在战斗。面对左帐王廷骑兵与西陵神殿的联军偷袭，尤其是第一次大量投入战场上的修行强者的刺杀手段，荒人们再勇敢无畏也只苦苦支撑了三天，便不得不留下数千具战士的遗体被迫离开。左帐王廷与西陵神殿的联军，并没有就此停下前进的脚步，他们知道荒人的生命力是多么的强悍，战斗意志又是多么的坚定。这一次千里偷袭，虽然成功地让荒人部落的实力遭到了极严重的损伤，但如果不彻底把荒人打垮，谁都不敢保证明年或者说数年后，荒人部落又会强大到什么程度。在那名戴着银色面具的军师强烈的要求又或者说冷酷的要挟下，西陵神殿联军，跟随着左帐王廷的骑兵，继续北上。来自燕国和南晋的几名将领震惊发现，西陵神殿似乎早就知道了那名军师的真实身份，而且竟是对此人言听计从，就像是左帐王廷那个昏庸的单于一样！

这场对于双方来说都过于残酷的严冬追击战，持续了五天的时间，被冰雪覆盖的荒原地面上，四处遗落着中原人、蛮人和荒人战士冻僵的尸体。那些尸体硬到兀鹫都不愿意费力去啃食，在死亡之后终于能够和平地相邻而伴。惨烈冷酷的追击战进行到第五天深夜的时候，魔宗天下行走唐，终于瞒过了西陵神殿布在军营外的十余名阵师的眼睛，成功地突袭进了营帐。然而在风雪营帐中，唐没有看到慌乱失措的各国将领，没有看到惊恐尖叫的文书，看到的是早已准备好的数十名各国修行强者，还有那名坐在案后的军师。那名军师戴着银色的面具，案上斟着两碗清洌的美酒，露在面具外的脸颊神情宁静自然，仿佛就是等待一位宾客等了很长时间却依然不焦虑的好主人。唐知道军师是谁，环视帐内强者，说道："看来如今的左帐王廷果然是你在说话，难怪那些蛮子居然敢背叛祖灵，不过在我看来，无论你身上发生过什么事情，你依然还是个怯懦的废物，所以你永远赶不上宁缺。"隆庆没有接着唐的话继续说，而是指着案上两碗美酒平静说道："那年离开长安之后，我再也不饮酒，不是因为怕误事，而是因为我找不到世间有什么事情值得让我饮酒而贺，直到我发现你可能来杀我。"唐说道："被我杀死，确实是件值得庆贺的事。"

隆庆摇了摇头平静说道："我已经猜到你会像杀夏侯一样来杀我，既然你还是这么愚蠢，我可不会像夏侯那么白痴，惜取手下的性命，那么你自然便会被我杀死，这当然是件值得庆贺的事情。"顿了顿，隆庆接着说道："你死后，我会让将领用枪插着你的脑袋在阵前巡游一番，虽说可能不会让你们荒人的战心有所撼动，但可以让他们的脑袋变得更不好使，不再试图继续往北逃，那么这一次的追击战便能变成最后的决战。你死后，魔宗便没有了，荒人也就没有了，如果我是你，我无论如何都不会让自己陷入险地，不过我还是要感谢你让我成为终结魔宗历史的人，也将成为结束荒人历史的人，那么在日后的史书上，无论是单剑闯魔宗的轲浩然，还是千年之前的唐国铁骑，都必然在我的地位之下。"唐看着案后的隆庆，说道："我承认你在战场上的指挥很强，我也承认你的想法比我复杂，但你的层次依然太低，所以有很多事情永远无法明白，不要说是千年之前的唐国铁骑和轲先生，现在的你就连夏侯都比不上。"

话不投机半句多。其夜风雪大作，营帐被撕扯成了无数条布索，拳风的声音如雷般响起，明亮的剑光如电般穿梭，黑色的桃花盛开，然后敛没。唐一双铁拳上的皮索，尽数崩断，如铁铸般的身躯上，出现了无数道飞剑留下的伤口，浑身染满鲜血，受了正常人难以想象的重伤，但最终他还是成功地闯出了连绵十余里地的营帐，消失在了风雪之中。这一役，左帐王廷精锐骑兵死了两百人，十一名中原诸国洞玄上境的修行者被撕成了血块，两名左帐王廷祭司被震成了血沫，一名隐居宋国道观多年的道门知命境巅峰强者，胸腹处被轰出一个沙钵大的血洞，难以瞑目地死去。隆庆的本命桃花，被一记简单的铁拳击碎成花泥，他被远远击飞，连连吐血，银色面具和身上的黑色神袍被完全染成了红色。在开战之前，隆庆想不明白以当时的战力对比，唐为什么还有信心自己能活下来。在此役结束后，他撑着虚弱的伤余之躯，复盘推演了很长时间却依然想不明白，自己有什么道理杀不死对方。正如唐说过的那般，如今的隆庆虽然境界已然攀至知命上境，虽然他谋算极妙，推算极为准确，但他依然远远不比上千年前的唐国铁骑，比不上夏侯，更没有任何资格能够与轲先生相提并论。

经此一役，联军强者死伤不少，锐气顿挫，不得不停止对荒人部落的追击缓缓南撤。中原诸国和左帐王廷都开始紧张起来，这一次荒人部落损失极为惨重，不知有多少妇孺儿童被杀死，却没有被联军完全消灭，以荒人的性格，一旦恢复元气，必然要向左帐王廷和中原联军发起最血腥的报复。无论从哪个角度看，从这场严冬战争里获得了最大好处的，是隆庆。通过与西陵神殿战前的协议，左帐王廷拿到了很多利益，甚至从燕国得到了几处很重要的资源，势力急剧扩张，而他对左帐王廷的控制，也得到了进一步的加强。最重要的是，通过与西陵神殿的交流，隆庆察觉到神殿对于自己曾经的背叛根本毫不在意，而掌教大人甚至隐隐传达了某些极其重要的信息。

在知守观杀死半截道人，吸取对方功力，背叛昊天道门，出自西陵神殿的他，很清楚道门拥有怎样恐怖的力量。所以来自神殿的追杀，向来是他心底深处最大的恐惧，此时这种恐惧终于消除，他自然精神大振。只不过旧惧渐除，新惧又生，那夜风雪伏杀中，唐的形象给隆庆留下了太深刻的印象和难以抑制的惊恐。他唯一能够稍觉安慰的是，在那一役里活下来的人里，唐受了最重的伤，按道理肯定会死，就算他能活下来，在此后这段时间里，也要专心养伤，不可能对自己构成具体的威胁。

荒人肯定会展开血腥的报复，为了迎接真正的大战，中原诸国都开始准备粮草辎重，集结部队，这些年一直没有参战的南晋皇家骑兵、神殿护教骑兵都开始准备进入荒原，就连大唐两大边军都开始做战斗准备。但即便如此，人间对月轮国的注视依然没有弱上分毫，相反变得越发严密，尤其是那些强者始终停留在这边，根本没有向荒原看上一眼。中原联军与荒人的战争，决定的是文明之间的胜负，而月轮国的事情，将要决定的是整个世界的存亡。孰重孰轻，谁都能够想明白。很多天过去了，始终没有人发现黑色马车的踪迹，悬空寺撒在东北荒原上的苦修僧们渐渐向着月轮国国境里行去，朝阳城北一百多里地外的一间禅寺中，悬空寺尊者堂首座七枚大师，正在佛前静静聆听那道声音。"人在云下。"朝阳城上方云层不散，早就已经引起很多修行者的注意，已经有很多佛道两宗的强者，悄无声息潜入城中，此时听到讲经首座的传音，七枚再无任何犹豫，当天夜里便赶到了朝阳城，进入了白塔寺。第二天清晨，西陵神殿神卫统领罗克敌，带着十八名神卫也赶到了朝阳城，其时城外的湛蓝天空里正飘来一朵云，汇入城上厚厚的云层中。

白塔寺内。七枚看着身前那名魁梧如山的男子，单手合十，缓声行礼说道："见过罗统领。"罗克敌沉默打量着身前这个看似寻常的中年僧人，目光落在这名僧人落在腿侧、只剩下两根手指的左手上，微微颔首便算是回礼。他是西陵神殿掌教最信任的下属，虽然这两年因为当初那件事情，被裁决大神官叶红鱼整治得有些辛苦，但他依然是神殿非常重要的大人物，一身境界早入知命境多年，实力强横性情骄傲。所以即便面对来自不可知之地悬空寺的高僧，他依然不肯表现得太过恭谨，甚至有些故作冷傲。

七枚神情平静自然，根本没有任何变化，他早已修佛大成，哪里会被这些外物而扰心境，说道："听闻裁决神座百日前已下桃山，却不知神座现在人在何方？"罗克敌皱眉说道："神座大人去了东北。"七枚轻声叹道："如此这便不好。"罗克敌说道："如果宁缺和冥王之女真在朝阳城，找出来杀了便是，有何不好？"七枚说道："道门这次来的人太少，不知是因为观主云游海外，还是别的什么原因，此次冥王之女现世，你们应对得有些不妥。"罗克敌想起书院大先生和二先生在烂柯寺里整出的动静，神情微凛，问道："七念大师可能来？"七枚说道："七念师兄在烂柯寺受伤过重，还在养伤。"罗克敌说道："如此这般，那书院来人怎么办？"七枚说道："书院来人，我悬空寺自有办法，依然说的是宁缺之事。"罗克敌声音微寒说道："我道门来的人虽少，但朝阳城的人却不少，若这是一场战争，何须恤命？掌教要我来问，若朝阳城里死上数千人，能让冥王之女死去，你们佛宗究竟做还是不做。"七枚沉默了很长时间，然后说道："人间世是人们的家园，为了阻止这场浩劫，我想没有人会不愿意献出自己的生命，烦请众生出手亦是无奈之事。"

86

　　罗克敌想起这名中年僧人先前说到，如果书院来人，悬空寺自有办法，忽然推测一种可能，难以置信地问道："难道讲经首座会出手？"七枚平静地说道："家师不会出手。"罗克敌震惊的不是因为悬空寺讲经首座出手，虽然这件事情本身就足以震撼整个修行界——他恐惧的是这件事情可能引发的后续反应。

　　知守观观主及悬空寺讲经首座，在道佛二宗里基本上等同于神话里的人物，根本没有任何人胆敢挑战，甚至哪怕是言语上稍有不敬。据说多年以来，只有夫子与他们分别战过一场。这两场战斗的结局很清楚。从那时开始，观主便离了知守观，远游南海，数十年未曾踏上陆地一步，而再也没有任何人听说过讲经首座出手。

　　据告诉罗克敌的那人推测，夫子在战胜这二位大人物后与他们达成了某种约定，无论人世间发生什么事情，三人都必须保持旁观的立场。之所以用据说，而不是传说，是因为这个故事根本没有流传开来，除了三人的亲传弟子，只有西陵神殿掌教和剑圣柳白隐约听说过这件事情。

　　罗克敌虽然是西陵掌教最宠爱的亲信，按道理也没有任何资格知道，只是两年前他在掌教大人殿前跪拜一夜，想要求娶叶红鱼，却又担心会得罪叶苏、激怒知守观时，掌教大人有意无意提起了此事。

西陵神殿掌教乃道门在俗世里的最高领袖，一言一行自有深意，不可能真的说漏嘴，据罗克敌分析，掌教大人应该是想让自己安心，并试图提高西陵神殿在道门里的地位，甚至要与知守观一争高下的某种手段。罗克敌担心的便是悬空寺讲经首座出手，会破坏当年的约定，激怒夫子亲自出手，如果夫子真的出手，佛道两宗做的这么多准备，岂不是会全部变成笑话？

此时听到七枚否认，他心情微松，又担心被对方看出些什么事情，转身离开禅院，带着十八名神卫离开白塔寺，向月轮国皇宫走去。七枚看着罗克敌魁梧的背影消失在重殿之中，双眉微蹙。只是片刻晤面，他已经看出，这名西陵神卫统领的境界大概是在知命中境，而且是那种极为稳固的知命中境，实力非常强横，应该在宁缺之上，西陵神殿派出此人，裁决神座也下了桃山，按道理来说，应该算是足够重视，但他依然觉得有些问题。

前些天，遥远的东部荒原上传来了一个消息，魔宗行走唐直闯军营，身受重伤而遁，但也杀死了很多中原的修行强者，西陵神殿在那一役里，最惨痛的损失，便是有一名隐居宋国多年的知命境巅峰强者死亡。知命境巅峰强者，整个修行界都数不出来多少，然而西陵神殿在宋国的道观里便能藏着一个，那么道门潜在海面下的实力究竟有多强？

而且如此尊贵的一名知命境巅峰强者，居然去配合联军冒险伏杀魔宗行走——西陵神殿在那边的荒原上舍得投入如此大的力量，付出如此大的代价，而面临灭世浩劫，西陵神殿在月轮国这边投入的力量虽然也很大，相形之下还是显得过于吝啬，很难不引起怀疑。

被夫子那一棒子打得太痛，以至于到了这种时候依然不想直面书院？在你眼中，冥王之女如果是一碗粥，我悬空寺便是那把勺子，自己不想出手，想让勺子自己把碗里的粥盛出来……观主，你真是好算计。七枚缓步走出佛殿，抬头看着天空里厚厚的乌云，在心中默默想着。

悬空寺加上西陵神殿来人，再有遍布无数街巷的民众，就算宁缺再如何厉害，也只有死路一条。然而杀死冥王之女，拯救世间苍生，书院再如何强横不讲道理，也不可能以此为借口，对佛道两宗进行报复。可是一年前烂柯寺那场秋雨里的故事，早已经证明，如果要杀死冥王之女，便必须杀死宁缺。杀死夫子的关门弟子，无论有没有道理，无论当时是怎样的局面，书院二层楼里的人们，一定会找到属于他们自己的道理，然后愤怒。

七枚相信此事过后，修行界必然动荡。而亲手杀死宁缺的人，就算像观主一样躲到南海上去，最终还是会被杀死。他沉默很长时间，神情从忧虑不安变成坚毅平静，喃喃说道："我不入幽冥，谁入幽冥？"

冬去春将至，一切如常。厚厚的云层依旧悬浮在朝阳城上空，一动不动。街巷里的焚香味道还是那么浓，车马行的生意一如往常地火红。各官员富商后园里依然能够听到念经的声音。宁缺表面很平静，但内心非常焦虑，一直处于极大压力之中。天空厚厚的云层，仿佛就压在他的身上，压得他有些艰于呼吸。他不知道那些越来越厚、越来越黑的云代表着什么，但隐约猜到与桑桑有关。

暴露行踪后面临的追杀，让他更加不安，如果只是佛道两宗修行强者的追杀倒也罢了。他真正警惕的是，修行界会不会让俗世里的普通人也加入到这场战争中来。

修行界向来有某个不成文的规则——修行者之间的战斗，要尽可能地避免波及俗世生活，更要避免把普通人牵扯进来——然而追杀桑桑的战争干系到灭世的危险，宁缺相信佛道两宗，肯定不会在意这些规则。与全世界为敌不可怕，与全世界里每一个人为敌才可怕。无论你走到何处、在做什么，都将面临无休无止的攻击，那将是最可怕的事情。

难道你能把世间所有人都杀死？

87

"虽千万人，吾往矣。"宁缺自言自语道。这是二师兄曾经转述的小师叔的一句话，当时他听到这句话的时候心潮澎湃难以自已。然而如今似乎真要面临这种情况，他才明白这哪里是这般简单的事情。

桑桑在用热水烫脚，听着这句话，微怔着说道：“真有英雄气概。”

宁缺坐在盆前的小板凳上边低头替她搓脚边笑着说道：“外敌入侵，邪道猖狂，你拿一把剑向千万人冲去，无论你怎么杀都是英雄，是英雄才能称作英雄气概。可我们现在是反角，是传说中的大魔头，拿把剑对着千万人杀过去，那叫滥杀无辜，和英雄可没有什么关系。”

桑桑的小脚还是那般白，在木盆里就像一朵洁白的莲花，她看着宁缺用手不停揉着自己的脚，问道：“是不是英雄很重要吗？”宁缺从肩上摘下擦脚毛巾，把她的脚从水盆里抬出来，仔细擦干，然后搁到自己膝上用手再次搓热，又替她套上厚厚的棉绒袜子，说道：“你知道我，只要能活下来，向来不在意杀人，只不过杀人的时候如果能更酷些，自然更好。”

桑桑把袜子的系带拉紧，从椅上转身爬到床上，掀开厚厚的被褥钻了进去，只把小脸露在外面，睁大眼睛看着宁缺，不解地问道：“酷是什么意思？”宁缺看盆中水温犹热，脱鞋把脚伸了进去，随口应道：“就是面无表情的帅。”桑桑困惑地问道：“面无表情怎么帅？”

“‘酷’这个字你没有听说过，自然不懂此中道理，但是酷的人哪怕是洗澡、上茅房，只要愿意，都能帅到一塌糊涂。”宁缺笑着说道。他起身去屋外倒掉洗脚水。走回屋里，忽然想起一件事，在行李里摸了半天，掏出一个木盒，盒中有两副用墨水晶制成的眼镜。他取出一副，戴到鼻梁上，然后走到床前看着桑桑问道：“酷不酷？”桑桑看着他的模样，忍不住笑了起来，接着她想到某件事情，看着眼前的发丝，眉头微蹙。秋天的时候，她的头发便被宁缺剪短了，看着很是清爽，但黑发变短后很难系住，尝试了几次用发簪，也没办法阻止发丝在眼前飘拂。她噘起小嘴，向上吐气，把眼前的头发吹开，忽然没头没脑地说道：“你脸上这副眼镜是和六先生一起做的？”噘嘴可能是在吹头发，也可能是表示某种不满，委屈撒娇。宁缺怔了怔，把墨水晶眼镜摘了下来，说道：“这我哪里还记得。”桑桑说道：“你一直把眼镜藏在行李里，怎么不记得？”宁缺求生欲爆发，甩锅道：“当时准备离开烂柯寺的时候，可是你把眼镜从行李里翻出来扔给她的。”桑桑把被子拉得更高了些，遮住因为生病而越发瘦削的下巴，免得自己看起来太过尖刻，却又故意扮着委屈模样说道："你把眼镜放在行李里，便是想着在烂柯寺可能会遇见山山姑娘，所以准备见面的时候给她。"

最近这些天，桑桑偶尔会吃醋，发小脾气。以宁缺以前的性情，只怕早就忍不住了。不过现在无论桑桑怎样嗔怒，他都只是笑，因为他觉得这样的桑桑很可爱。桑桑的短发很清爽可爱，两颗白白的门牙很憨拙可爱，装生气时的神情很可爱，睡觉时蹙眉的表情很可爱，吃饭时拿筷子的动作很可爱，无论她在做什么或者什么都不做，都是那么地可爱。

宁缺心情非常好，伸手把她的短发揉得乱糟糟的，喝问道："我家桑桑不可能这么可爱，快说，你是哪个洞里的妖女变的？"

"我是冥王的女儿，本来就是妖女。"桑桑双手抓着被沿，用力睁大眼睛，非常严肃认真地看着他说道。然后终究没能忍住，咯咯地笑了起来，可爱到了极点。

宁缺轻拍她微凉的小脸，和声说道："我出去看看，你先睡吧。"桑桑说道："小心些。"宁缺应了声，推门进入小院，此时暮色已至，落日在西方缓缓沉下，红色的光线照进朝阳城与天空厚厚的云层之间，泛着妖异的红。他抬头看着头顶如同燃烧火海般的厚云，摇了摇头，然后离开。桑桑披好裘衣，爬出被褥，走到窗前，熟练地开始准备遮蔽光线，忽然看到天空里那些燃烧的云，正在拉帘的小手微微一顿。宁缺不知道那些云代表什么，只知道与她有关。她也不知道那些云代表什么，但知道那可能意味着自己的离开，甚至可能代表死亡。正如先前那句玩笑话"桑桑不可能这么可爱"。桑桑只是想在死之前的最后这段日子里，把自己最可爱的一面展现出来，希望能给宁缺留下一些美好而不是悲伤的回忆。

举世皆敌。宁缺清楚，如果他和桑桑藏身在长安城，只怕早就已经被大唐朝廷找到然后杀死。幸运的是，他们藏匿的城市是朝阳城，月轮国官府的执行能力极为低下，谈不上任何效率。那些虔心向佛的百姓，虽说对冥王之女恐惧憎恶，但也没有谁会去除懒散的本性，真正帮助佛宗和官府四处寻找。

正是因为这些，他和桑桑才能在这座城市里藏匿了一整个冬天，然而如今既然心生警兆，那么想来到了要离开的日子。宁缺没有出城，虽然他很想确认大黑马和车厢是否安全。他直接去了皇宫后方的一片园林，顺着白塔寺的壁墙，走到皇宫侧门处，把身体隐藏在夜色里，沉默地观察了很长时间，为自己的计划做最后的补充。然后他在朝阳城的大街小巷里逛了一圈，手里握着用旧布紧紧裹住的残破大黑伞，以确定自己感觉到的那些强者气息的方位。

88

夜色初至，朝阳城的守卫比去年秋天刚到时要显得严密了很多，但宁缺相信要带着桑桑溜出去问题不是很大。只是先前他手握大黑伞散开念力感知，发现朝阳城里的强者数量多了不少。更令他警惕的是，月轮国朝廷明显加强了对朝阳城内部的搜索，街头巷尾到处可以看到军士，难道说佛道两宗已经确认自己和桑桑在朝阳城里？

看来这次是真的要离开了，只是去哪里呢？如果宁缺只是一个人，他早就会离开朝阳城，无论是回书院还是去别处飘零，他都有自信，不会被佛道两宗发现自己，然而如今他带着重病未愈的桑桑，实在是不敢贸然行事。在朝阳城里住了百余日，始终没有看到大师兄的踪迹，大师兄似乎根本没有来过这里，这让他猜测，道佛两宗可能用了某种方法，而他也没有办法去仔细寻找，因为隐匿行踪最重要的一点，便是要断绝与外界的任何联系。

不放心独自留在院中的桑桑，宁缺的察看工作很快便结束，他一面在脑海里不断加深着刚刚绘制出来的地图，一面向小院走去。在离小院数十丈外有条极不起眼的小溪，溪畔生着些青树，他走到一棵树下看着小院方向，确认桑桑没有任何问题，然后在树畔坐了下来，疲惫地低头。一个秋天在烂柯寺，一个秋天在荒原，然后来到朝阳城。整整一百天的时间，他都处于极度的紧张和焦虑之中，虽然身体能够得到休息，精神却没有放松的机会，哪怕只是刹那间的放松都没有。

宁缺以为桑桑察觉到自己精神的异样，才试图用可爱和闲话斗嘴让自己放松下来，他也极为配合。然而却依然无法改善他当前的精神状态，脑海里那根弦绷到今天已经绷到了极限，随时可能断裂。他从溪畔捡起一块石头紧紧握住，然后缓缓用力，不知道过了多长时间才松开手掌，掌心的那块石头已经被压成了几块石砾。然后他站起身来，对着那棵青树重重地捶了一拳。他想学着记忆深处某篇文章里写的那样，用这种方式来排解沉重的压力。如此回到小院后，才能用最平静的神情、最温和的态度，面对病中的桑桑。

　　现实与理想总是有差距的。宁缺看着身前的青树，看着自己悄无声息陷进青树坚硬树干里的拳头，眉梢微微挑起，嘴唇微分，看不出来是哭还是在笑。回到小院时，他已经回复了平静，摸黑钻进被褥，抱着桑桑微凉的身子，把脸靠在她的颈后，深深嗅了一口，说道："赶紧睡吧。"桑桑感觉颈后有些微湿，转过身看着他的眼睛，但在他的眼里除了平静和温暖，没有看到别的任何东西，低声问道："你哭了？"宁缺微笑着说道："这么多年你什么时候见我哭过？"桑桑把头埋在他怀里，说道："是不是先前提到山山姑娘，让你想起那些事情，越发觉得后悔难过，所以伤心？"这是这些日子两个人经常做的事情，但宁缺这时候没有心情，所以他只是沉默地把她搂在怀里，轻轻抚着她的背，传达着掌心的温暖。桑桑沉默了很长时间，忽然说道："我很笨吧？"宁缺问道："哪里笨？"桑桑抬起头来，看着他说道："本来就不可爱，却想装可爱哄你开心，装得很难看，有时候甚至装成了无理取闹。"宁缺看着她说道："你本就是可爱的。"桑桑低声说道："哪里可爱呢？"宁缺说道："你是我唯一可以爱的丫头，所以可爱。"桑桑微笑说道："好肉麻，好酸。"宁缺也笑了起来，说道："这句话是皮皮教我的。"桑桑还在笑，但不知何时泪水已湿了脸颊。

　　宁缺伸手把她脸上的泪水弹掉，说道："从五岁之后，就没怎么见过你哭了。"桑桑说道："前些年哭过一次，离开老笔斋那夜。"宁缺说道："以后不要哭了。"桑桑低头，轻轻"嗯"了一声。宁缺的双唇落在她光洁的额头上，然后下移，落在她的唇上。桑桑微眯着眼睛，微张着嘴唇。宁缺用力地抱着她，安静而专注地亲着，仿佛要把她瘦小的身子，完全压进自己的身体里，只有这样，才能不让她被别人看到，然后夺走。桑桑低声说道："我们生孩子吧。""等你病好。"宁缺看着她仿佛透明的眼眸坚定地说道。

天空中的那片云变得越来越大，越来越厚。云层投下的阴影，已经把大半个朝阳城都笼罩进去。从昨夜开始，便有数千名月轮国军士在佛宗苦修僧的带领下，沿着每条街道搜索云层之下的朝阳城。这次搜索进行得非常仔细，没有任何人敢马虎大意。每家每户都被敲开，水缸粮窖之类的地方都没有放过，只有在里正和三户邻居的确认下，没有外人居住，才会在门上贴上一张红纸表示没有问题。

被云层阴影覆盖的朝阳城面积虽大，但被这么多人挨家挨户搜索，逐步排除嫌疑，总有某个时刻，能够找到藏在云下的那两个人。那个时刻的到来，比所有人预料的都更要早一些，无论是悬空寺七枚大师还是罗克敌和他的十八名西陵神卫都没有想到。一名来自悬空寺的苦修僧，正带领着十几名军士沿着一条小溪搜索，忽然间，在他身前的一株枯树上，出现了一只黑色的乌鸦。苦修僧看着乌鸦微微皱眉，伸手轻挥，意欲把它驱走。然而黑色乌鸦却显得毫不惧人，反而冲着他极为凄厉地嘎嘎叫了数声。数声鸣叫后，那只黑色乌鸦离枝而起，在苦修僧头顶绕飞三次，然后向着小溪上游飞去，飞出十余丈距离，便落在另一株树上，又嘎嘎叫了两声。世间修行者基本上都是昊天信徒，佛宗弟子拜的虽然是佛，对冥冥中的那些事情深信不疑，看着那只黑色乌鸦的异状，苦修行僧神情渐凝，示意那十余名军士在原地搜索，然后自行随那只黑色乌鸦向小溪北面走去。走出约数里地，已经走过了五六道街巷的距离，那名苦修僧眼看着那只黑色乌鸦飞入溪畔数十丈外的一间小院里，神情微变。紧接着，苦修僧的目光落到身前一株青树上，在坚硬的树干上看到了一个清晰的拳洞，眼瞳骤缩，神情大变。

他忽然想到，如果小院里真是传说中的那两个人，自己因惊惧而禅心不宁，只怕瞬间便会被对方感知，一念及此，他竟是收凝禅心，平心静意，把所看到所猜到的一切，都强行从脑海里驱逐出去。苦修僧双手合十，面无表情，不思不想，就像个浑浑噩噩的泥胎塑像般，缓步自溪畔离开，穿过窄巷，循着意识深处的本能，向着某处行去。

　　他保持这样的状态走过数条街巷，无论是同门的师兄弟的呼唤，还是军士异样的眼光，都不能让他停下脚步，直到缓步走进白塔寺。白塔寺的钟声，让这名苦修僧从无识状态里清醒过来，看着围过来的同门，他眼神里一片惘然之色，然后骤然清醒，现出无穷惊恐，"噗"的一声吐出血来，虚弱地说道："找到了。"

　　罗克敌看着远处那座小院，魁梧如山的身躯没有丝毫颤抖，如岩石般的脸颊上没有任何情绪，眼眸里熊熊燃烧的战意却似乎要将看到的一切事物都焚成灰烬。十八名西陵神卫，身披红色大氅，神情肃然地站在他的两侧，背着神赐长刀，看刀鞘的宽度，便能想见这些神赐长刀是多么的沉重。七枚大师站在罗克敌身旁，静静看着远处的小院，沉默很长时间后说道："谁能想到，冥王之女会藏身在朝阳城里？"两名强者站立的位置，和小院隔着两条街。之所以保持这个距离，是因为他们身上的杀意太浓，浓到以他们的境界都无法遮蔽。

<h2 style="text-align:center">89</h2>

　　罗克敌面无表情地说道："我们现在这样站在这里，有什么意义？是等着宁缺出来，还是等着宁缺离开？"七枚大师平静回答道："我佛慈悲，亦有金刚怒容时，既然来看，自然不是看着他们离开，而是要看着冥王之女死去。至于等待，整个人间已经等了一年多时间，再多等片刻，又算得什么？"罗克敌问道："等谁？"七枚说道："等讲经首座入城，按路程算，应该已经快了。"罗克敌神情微凛，心想昨日你才说讲经首座不会出手，为何此时却说首座正在入城？不由得声音微寒地说道："凭我们这些人，宁缺不可能出得了朝阳城。"七枚抬头望向罗克敌的眼睛，微微一笑说道："你有没有发现，从我们在白塔寺知道宁缺藏在这间小院开始，我们之间的对话便多了起来？"罗克敌双眉微挑，沉声说道："那又如何？"七枚叹息一声，说道："这说明我们现在都有些紧张。"罗克敌说道："你是悬空寺尊者堂首座，我是西陵

神殿神卫统领，无论是实力还是境界都在宁缺之上，更何况掌教大人和讲经首座挑中你我来诛杀冥王之女，你我都明白那是何种道理，宁缺即便是夫子的亲传弟子，又如何能逃出生天？""解释得越多便越代表紧张，我愿意承认，因为这并不丢人。按人间世的时间算，宁缺入知命境才小半年，依道理不可能胜过我们。但你也应该清楚，从他胜隆庆皇子入书院二层楼再到后来发生的很多事情。在这个年轻人的身上，你很难找到什么道理。"七枚大师顿了顿继续说道，"最关键的是，冥王之女虽然重病未愈身体孱弱，但真到了最后那时刻，你怎能确定，她不能绽放出长安雪湖畔的那抹光明？"

罗克敌沉默，觉得自己的心绪有些微躁，深吸一口气。就在这时，他神情骤变，远处的小院依然安静，他没有看到任何人，也没有看到任何动静，但他感受到了极为强烈的危险！罗克敌一声厉啸，右脚重重跺向地面，地面的土地瞬间碎裂。他借着巨大的反震力量，毫不犹豫地猛然向后倒下。就在罗克敌啸声响起的同时，远处小院的木门上忽然出现了一道极为浑圆的小洞。那洞不过三指宽，看不到任何木屑溅飞，悄无声息，出现得异常诡异！黝黑而锋利的铁箭穿掠数十丈的距离，来到罗克敌的身前。宁缺正是看准罗克敌深吸一口气的那瞬间发箭，哪里会让他避过去。黝黑的铁箭，射中罗克敌左肩！

明明只是一支箭，产生的效果，却像一只大锤从天空落下，砸在一座巍峨壮观的山峰上，发出一声有如雷霆般的巨响！罗克敌大氅下的盔甲上，骤然出现一道极为强大的符意，盔甲表面闪烁起极细的金线，试图把这支铁箭挡在盔甲之外！他身上这件盔甲，是西陵神殿神符师与南晋工部携手打造的神符盔甲，即便整个西陵神殿，像这种等级的盔甲也只有三副，比当年夏侯身上的那副盔甲也只稍弱数分，如果不是掌教大人宠信于他，他根本没有资格穿在身上。罗克敌之所以对宁缺态度轻蔑，便是因为他相信，宁缺最强大的武器元十三箭，根本无法对自己构成任何威胁。然而就在小院门上还没有诡异出现那个细圆箭洞之前，在他刚刚感知到那股强烈危险意味的时候，他便知道自己错了。只见罗克敌重重摔倒在地面上，溅起无数烟尘。他的盔甲上出现了一道恐怖的大洞，盔甲洞内血肉模糊，无数鲜血从血洞里像瀑布般喷涌而出！身为西陵神殿统领，数十年来，他不知经历过多少次战斗，拥有无比丰富的战斗经验，所以才能在宁缺发箭之前，提前感知到那道危险的预兆，强行啸气而出，如玉山垮塌，才没有让那支恐怖的铁箭射中自己的心窝。

即便如此，这位骄傲不可一世的西陵神殿大人物，依然还是受了重伤。如果他不是最强悍的武道修行者，如果不是穿着掌教大人赐予他的神符盔甲，哪怕只是左肩中箭，想必左臂也会断裂，今日再无再战之力。罗克敌躺在地面上，魁梧的身体四周全部是被砸溅而起的石块泥土。看上去就像座倾倒的山峰，左肩喷涌的鲜血，就像山峰里乱流的瀑布与溪河。他看着天空里那层厚厚的乌云，脸色变得极度苍白，眼眸里流露出极为狂暴的战意与怒意，右手重重一拍地面，狂吼一声弹了起来，向着远处那座小院冲去。

元十三箭的威力超过了他的想象，但毕竟没有射死他，他相信只要自己一旦动起来，小院里那人便无法瞄准自己头脸之类的要害。那么只要自己能够撑过这百余丈的距离，接近小院，便一定能杀死那个可恶的家伙！十八名西陵神卫手握刀柄，跟着罗克敌向那座小院冲了过去，阴云之下只见红氅飘飘，声势极为磅礴惊人，看上去就像是千军万马一般！

罗克敌与西陵神卫们并没有遇到想象中的恐怖的铁箭狙击。因为场间有人的反应要比他们快很多，就在小院木门上诡异出现箭洞的那瞬间，七枚大师便动了。他脚上的草鞋骤然间崩裂成无数碎尘，身体拖出一道残影，身法之快竟是有若荒原上的狂风，令人震惊无比！

先前那一刻，七枚听到罗克敌的厉啸声后，并不能确认第一支铁箭的目标是罗克敌。但他没有躲避，反而是以最快的速度掠向小院。这确实是极为冒险的赌博，但只要拉近彼此的距离，那便可以令对手最强大的元十三箭失去大部分的威力。七枚为了杀死冥王之女，不惜己身堕入幽冥，哪里会畏惧赌上一场？

七枚掠至小院门口，赤裸的双足重重踏在门前石阶下，行云流水般一拂僧袖击向院门。在一般人看来，修行者最强大的便是驭剑之术，能隔极远距离进行攻击，然而真正修行至高处的那些修行者，有不少人不约而同地回归自身。无论是南晋剑阁，还是悬空寺的苦修僧们都是如此。七枚的僧袖看似寻常，实际上夹杂着无数天地元气，一拂之下威力有若巨石砸出。咔嚓声响里，木制的院门骤然碎成无数块，向着院内激射而去。就在这时，院门右侧方的院墙忽然垮了！数十块砖头如雨般坠落溅飞，宁缺的身影从砖雨尘雾里掠出。只见他双手紧握朴刀，闪电般斩向七枚后背！

沉重的朴刀在高速划破空气，因为速度太快，竟让刀身与空气摩擦响起巨大的凄厉声。锋利的朴刀斩落在七枚的后背上，发出一声如中败絮的怪异声响！七枚的后背剧烈颤动起来，背上的肌肉仿佛都拥有了自己的生命，有的地方开始放松，有的地方开始紧绷。宁缺感受到了从刀柄处传来的奇异力道，大喝一声，浩然气喷涌而出。刺啦一声！七枚的僧衣破裂，僧衣之下出现一道极深的伤口，鲜血就像漫过堤岸的洪水般从伤口里溢流而出！

90

刀锋在七枚大师的后背上拖行，在极短的时间内响起很多轻微的刀锋与骨头摩擦的声音，可以想见七枚正在遭受怎样的痛苦。然而他脸上的神情没有任何变化，平静到了极点，仿佛宁缺手中的朴刀，切割的不是自己的身体，而是在切割着溪畔的树皮。便在宁缺刀势将尽的那瞬间，他转过身来伸出双手拍向宁缺的面门。

宁缺不知道这名中年僧人是谁，所以先前他的第一记铁箭选择射向他认识并且警惕的罗克敌。但既然这名中年僧人有资格与罗克敌站在一起，必然是佛宗的大人物，甚至极有可能是悬空寺里像宝树大师这样的强者。所以他出手没有任何保留，即便朴刀砍中对方后背，也没有放松警惕之意。同时他极敏锐地注意到，自己手中的朴刀虽在这名僧人的背上留下一道极惨烈的伤口，但刀势终究被先前这名僧人诡异的颤抖防御化解了不少。既然如此，这名中年僧人的反击自然也在他的意料之中。便在那两双微瘦而像树枝般的手掌袭向自己面门时，他手中的朴刀自低空撩起，从左方横直平削，挟着磅礴的浩然气，再次砍向对方的身体。

刀锋破空呼啸，比起破墙而出的第一刀威力小不了多少。七枚脸上的神情依旧宁静，拍向宁缺面门的两只手掌忽然在空中散开，如牧童吹笛一般向两端伸去，便要去向冲自己双眼而来的刀锋。宁缺不相信这名强大的中年僧人是个白痴，那么对方既然敢用空着的双手来捉自己的朴刀，自然那双手非同一般。在电光石火间，他的目光捕捉到这名中年僧人的双手边缘，泛起金色的光泽。不由得瞬间想起自己在荒原深处遇到的那名老僧，当时宁缺一箭射出，那名老僧左手泛着金光，硬接了一记元十三箭。回忆起当时的情景，宁缺相信这名中年僧人绝对无法用一双手掌接住自己的全力一刀。所以刀势毫无滞碍，反而更加浑然厉狠，平直继续砍了下去！一声轻响，七枚大师的右手尾指触到了朴刀的刀锋上，宁缺只觉得一道强大的力量从刀身传到刀柄再到自己的手掌！又是数声响，七枚大师右手剩下的四根手指，像吹笛按孔般依次落在刀锋之上，看似风雅脱俗，实则快若闪电！当七枚大师右手的五根手指全部落在刀锋之上时，掌缘的金光之色骤然增浓，然后在极短的时间内消失，看不出任何异样。五道雄浑的力量，随着这五次指压，尽数灌注进朴刀沉重坚固的刀身中，然后袭向宁缺的身体，刀身嗡嗡作响，他的身体微微颤抖。

宁缺体内那滴浩然气凝成的晶莹水滴，仿佛感受到了某种威胁，竟是没有等待念力招引，便急剧地旋转起来，把无数浩然气输送到双臂之中，让他的双臂变成铁铸一般，握着刀柄继续横切，刀势强悍到了极点！此时，锋利的刀锋距离七枚大师的脸颊只有数寸的距离，而也正是在此时，他的左手也终于触到了宁缺的刀身上。

七枚大师的左手只有两根手指，拇指和食指。两只手加在一起只有七根手指，一旦摊开，便像是七枚青桃，所以大师法号七枚。虽然只有两根手指，但却比世间绝大多数人的两只手还要好用，还要强大，这与经常使用无关，只与禅心坚定和过往的故事有关。七枚大师左手的大拇指落在刀锋上，没有被割出血口，用的不是右手按孔的姿势，温柔抬着刀身，就像是仔细而慎重地承着一支竹笛。就在那根拇指轻轻抬住刀锋的一瞬间，宁缺感觉到一道强大的力量，像数十丈高的潮水一般，顺着刀身便向自己拍了过来。他的身体剧烈颤抖，就像潮水里礁石上的青苔，不知何时便会被冲走。七枚大师最后一根食指也落在了刀锋上，与拇指呈相反的方向，抬住刀锋的另外一侧依然是承笛的动作，轻柔而平静。此时刀锋距离他的脸，还有一寸的距离，但再难以寸进，这位悬空寺的高僧七根手指承按朴刀，就像举着一支竹笛，准备低首轻吹。

画面很雅致，但实际上对宁缺而言很凶险。一道更加凶猛的潮水，紧随着第一道潮水，向着岸边的黑色礁石拍了过来，击打得礁石上的青苔瑟瑟发抖，已经开始剥离。宁缺只觉胸口一阵撕裂剧痛，气海竟有动荡的征兆，一口鲜血喷了出来。喷出的鲜血化作血雾，随之而起的还有他的一声厉喝！宁缺将体内的浩然气尽数逼将出去，一道极为艳丽的金色光辉，从朴刀刀身之上喷薄而出，瞬间把血雾焚净，击向七枚的脸。七枚闭眼，一道清淡的佛息，在身前垂落。宁缺手中朴刀喷出的昊天神辉，在极短的时间内，把那道佛息净化一空。七枚向后退了一步，但他的双手依然轻抬柔承着朴刀，不肯松开，于是不再是捧笛欲吹的姿势，而像是顽皮的牧童想要从同伴手中把笛子抢过来。宁缺当然不会让这名强大僧人把自己的朴刀抢走，左手尾指悄无声息地弹出，他施放速度最快的一道火符，便在二人身间燃烧而起。

符师施符往往需要一段时间，除非是不定符，七枚没有想到，宁缺施出这道火符的速度竟是如此惊人，不得不松开手指，向后再退一步。从长安城到朝阳城，宁缺这辈子写得最多的符便是火符，用得最多的符也是火符，因为桑桑惧寒。所谓熟能生巧，说到施放火符的速度，不要说是当年的莫山山，即便是颜瑟大师复生，也没有办法与他相比。那张火符变成凶猛的火球，在他与七枚身间猛烈燃烧。就像是一个球状的闪电，显得格外恐怖，但真正恐怖的，其实是宁缺施符同时做出的那个动作。他向下蹲去。当七枚松开手指后退的时候，他手中的朴刀重获自由，便随着他的下蹲之势，沉重一挫，擦着七枚的腰侧，在大腿与腹部之间狠狠地砍了下去！嗤，一声响，七枚僧衣骤裂，腹股沟间出现一道极深的刀伤。虽然在刀锋临体那刻，他还是用那种神奇的方法，卸掉了大部分的刀势。但宁缺选择那处落刀，自有深意，腹股沟里血管极多，稍一破裂，血水便喷涌而出！

七枚大师的下半身瞬间被血水打湿，那些从腹股沟处源源不断喷出来的血水，开始顺着赤裸的大腿下淌，加上被火符烧焦的眉毛，看上去极为凄惨。看着凄惨并不代表失去战斗力，普通的修行者如果中了这两刀，尤其是第二刀，必然会因为失血过多而死。但看先前第一刀，这名中年僧人说不定还有手段。所以宁缺毫不犹豫，双手握着刀柄便向对方的小腹狠狠扎了下去！如此狠厉的刀法，尤其是这一刺，他用上了剑圣柳白的大河剑意，哪怕七枚是悬空寺尊者堂首座，也依然无法避开，只看能不能活下来。对于宁缺来说有些不幸的是，今日佛道两宗伏杀桑桑和他，中年僧人自然不可能是单身前来，场间还有罗克敌和那十八名西陵神卫，更令他感到有些遗憾的是，罗克敌身形魁梧，却拥有超出他计算的速度。

就在他手中的朴刀刚刚刺破中年僧人小腹之时，罗克敌的剑到了。罗克敌的剑很特殊，和普通的剑比起来，要粗很多倍。剑身金光灿烂，剑锋若宝石泛光，又有符线闪烁。宁缺此时的姿势是半蹲，感知着身后袭来的劲风，根本来不及闪避，仓促回刀，然后一屁股坐到地下，护住自己的后背，随后举刀相迎。他的朴刀经由书院四师兄设计，六师兄精心打造，由三刀合一，最是沉重坚固，然而看上去，竟似还没有罗克敌的剑更重，至于暗沉光滑寻常的外表，和罗克敌光华夺目的剑比起来，更像是垃圾。朴实的朴刀与华丽的金剑，终于相遇！只听得轰的一声巨响！烟尘大作！街巷尽头月轮国的军士，只觉脑中嗡的一声，双腿发软倒了下去。宁缺脸色微白，握着刀柄的双手剧烈地颤抖，至于他坐着的地面，早已如蛛网一般裂开，无数砖石与沙泥，喷撒得到处都是。罗克敌暴喝一声，持剑再砍！宁缺举刀再迎，只觉一股沛然莫御的力量，顺着朴刀，压向他的身体，似乎非要把他压进破裂不堪的地面，才肯罢休！

此时宁缺坐在地面上，处于极度被动的劣势，纵使能把手中一把朴刀舞得风雨不透，却也只能任由罗克敌挥动着华丽的金剑不停地砍下来，这样持续片刻，他便要落败，即便能撑更长一段时间，也没有任何意义，因为场间还有那名中年僧人。宁缺脸色闪过一丝狠色，趁着罗克敌金剑荡回再次蓄力的极短暂的时间，强行把自己的右脚塞进左腿下方，然后猛地站起身来！

便在这时，罗克敌的第三剑已经到了，宁缺此时身形不稳，尤其是朴刀下垂，根本无法可挡，却没有想到，他竟是伸出左手，握住朴刀尖端的背面，向前平直推出，等于是用两个手的力量，生生把这第三道金剑挡了回去！咻的一声轻响，宁缺左手拍刀，右手腕一拧，沉重的朴刀仿佛变成一条灵动的毒蛇，瞬间在罗克敌还在流血的左肩肩头再刺一刀，然后瞬间闪回。罗克敌没有想到，在绝对优势的情况下，居然还让宁缺站了起来，甚至让对方刺了自己一刀。虽然伤势并没有加重，但那种羞辱感和愤怒感，让他忘了所有的事情，暴喝着双手持剑向宁缺砍了过去！如果宁缺是个死士，他此时完全可以不理会这一剑，直接伸刀捅穿罗克敌的咽喉，那样就算罗克敌身上的盔甲再如何强大，也只有死路一条。只不过几乎同时，他的头颅肯定也会被这道强大的金剑砍成两半。罗克敌此时已经疯狂到不顾自己的生死，所以才能斩出如此强大的一剑。而宁缺不想死，更要护着自己的后背，所以他只能选择硬接。又是一道雷霆般的巨响，小院本已破损不堪的院墙，受到劲风巨声的震荡终于垮塌。而就在这时，罗克敌再斩一剑！宁缺修行浩然气数年，身体早已不是普通人，拥有极为强大的力量，但他此时不能舍生忘死，又无法凭身法战斗，极为被动，被压制得只能硬接。光华灿烂的金剑与朴实无华的铁剑，在极短的时间内不知道撞击了多少次，撞击声像雷霆般在街巷里炸开！街巷四周的那些月轮国军士，再也没有能够站立的人。

这场战斗看上去根本没有任何修行者战斗的影子，更像是在沙场之上，两名强大至极的将军，拿着沉重的武器，在进行着悍勇无比的相对冲锋！宁缺的双腿开始颤抖，发现这名西陵神殿的神卫统领，力量竟是如此恐怖。一道鲜血从他的唇角淌落，应该是体内脏腑受震严重有了内伤。但他的眼神却依然平静甚至可以说是冷漠，就像是荒原上厮杀的一只年轻公虎，哪怕受了伤看似危险，但不到最后一刻绝对不会放弃杀死敌人的念头。

罗克敌再次举起金剑。这次他的手臂有些微微颤抖，宁缺虽然被他十几道金剑压制得摇摇欲坠，但他自己也并不好受，每次刀剑撞击时，刀身上传来的浩然气也令他极为痛苦。最关键的是，在开战之前，他的左肩便已经被元十三箭射中，再重的伤势，已然疯狂的他都可以无视，但他没有办法让这种影响不存在。宁缺注意到了罗克敌右手的颤抖，双眼一亮，低喝道："开伞。"大黑伞在他身前撑开，如今的大黑伞很干净，却也很残破，伞面上可以看到很多破洞，就像是乞丐参加婚礼时的衣裳，令人心酸。

宁缺闪电般伸出左手，握住大黑伞的伞柄。此时罗克敌的金剑再次砍了下来。如同前面十几次那般，疯狂的神卫统领，就想把宁缺活生生砍死。而且他知道自己能把宁缺砍死，所以哪怕忽然看到身前多了一把大黑伞，他依然砍了下去。大黑伞的伞面骤然下陷，却没有被砍破。前面十几次，面对罗克敌的金剑，宁缺手中的朴刀用的是砍势。唯如此才能在力量上与对方抗衡，而现在那把金剑被大黑伞挡住了。所以这一次宁缺没有砍出去，而是刺了出去。灰暗无华的朴刀，穿过大黑伞上的破洞，刺向对面！一声轻响，刀锋刺破罗克敌的咽喉。这看似随意的一刀，连破数道护体真气，直破要害。罗克敌弃剑，捂住冒血的咽喉，像疯了般失魂落魄地向后狂退！

91

自小院木门碎裂算起，时间似乎过去了很久，实际上却很短暂。罗克敌捂着渗血的咽喉惨然狂退之时，那十八名西陵神卫刚刚奔至断墙之前，一阵愤怒的暴喝后纷纷举刀向宁缺砍去。西陵神卫是掌教的直属护卫，比普通神殿骑兵的实力境界要高出太多，如果放在一般的修行宗派里便是绝对的高手。他们手中的刀长且直，刀身上刻着繁密的符线，每刀挥出便能激发符意震荡使力量增幅，又名神赐长刀。十八柄神赐长刀从四面八方，如狂风骤雨般向宁缺的身上落去，宁缺握着的大黑伞虽然可以挡住一部分刀，却无法遮住所向方位。好在他手里除了大黑伞还有一把朴刀，他一手持伞一手持刀，便向刀风刀雨里挥将过去。

啪啪噗噗，黑伞朴刀与十八把神赐长刀在空中连续撞击，震出或清脆或沉闷的声音。紧接着场间又响起极纷繁的声响，有金属断裂的声音，有锋利物事破空的尖啸声，有刀锋切开血肉的撕拉声，还有忍着痛的闷哼声。短暂又凶险异常的战斗后，四把神赐长刀从中断裂，三名西陵神卫胸腹处出现血口，脚步大乱疾退。宁缺握着黑伞的手虎口微裂，左腿上多出了两条长长的伤口。附着符意的神赐长刀锋利无比，他的身体如此强硬也没有办法完全挡住。断裂的神赐长刀锋利的尖端，哧哧破空向着小院外四周的街巷溅射。有一把断刃射向那名中年僧人，他伸出两根手指就像在空中摘取落花，平静自如地拈住那片断刀，然后向宁缺走去。他身上的僧衣早已残破不堪，浑身上下染着血，看着极为凄惨，但神情非常平静。令人感到震惊的是，这名僧人后背和腹股沟间上的两道深刻刀伤竟然已经不再流血。虽说他的皮肤上还残留着破口，伤口两旁的肌肉挤压在一处缓缓扭动似乎正在愈合，除了脸色有些微白，竟根本看不到受伤的痕迹！

宁缺猜到这名僧人一定有手段，却没有想到手段竟是如此神妙。强行压缩肌肉止伤固然令人震撼，但还可以想象。可是这名僧人腹股沟上那道伤口里至少有数根断裂的血管，他是怎么能够让那些血管也重新生长在一起的？更令他感到警惕不安的是，当中年僧人向他走来的同时，一百多名月轮国军队的箭手也进入了这片街巷，可以清晰地听到弓弦绷紧的声音。宁缺眼瞳微缩，自修行浩然气后对于普通的箭射他根本不怎么害怕，更何况现在手里还握着大黑伞，但他担心自己的身后。宁缺后退三步，站到残存的半堵断墙前。破墙而出后，他一直是在进行高速的战斗。在人们的眼中，穿着黑色书院院服的他只是一道黑色的身影，直到此时他站到断墙前处于绝对的静止，人们才看清楚他现在的情形。他背着一个瘦弱的小姑娘，他和小姑娘的腰间和大腿上密密系着绳子，把两个人的身体紧紧捆在一起。想来无论怎样奔跑，都不会让两个人分离。而这样绝对的紧捆，却又能保证不会影响到他战斗时的反应和速度。七枚大师和西陵神卫，还有远处那些苦修僧及月轮国的射手们看着这幕画面，马上猜到那个瘦弱小姑娘的真实身份，不由得生出极复杂的感受，有的人唱叹感慨，有的人心生极大恐惧。

宁缺左手握着大黑伞，右手拿着朴刀，看着身前的中年僧人和西陵神卫平静不语，桑桑背着黑色的铁弓，腰间系着行囊，靠在他的肩头神情也很平静。虽然被重重围困，但两个人的脸上看不到任何多余的情绪。场间一片安静。宁缺和桑桑的平静，代表着强大，意味着可怕。无论是七枚大师还是那些西陵神卫，看着眼前的画面下意识地停下了脚步，更没有人敢发箭。黑色的书院院服微颤，院服下的胸膛不停起伏，宁缺没有发出喘息的声音，实际上已经疲惫到了极点。只不过是极短暂的战斗，却让他觉得像是厮杀了一整日那般累，尤其是先前与罗克敌对砍十余次，更是让他有乏力的迹象。他松开握着刀柄的右手，然后重新握紧。在极短的时间内他把这个动作重复做了七次，以平静自己此时的心境，舒缓手腕处的疲乏。在做这个动作的同时他不停进行着极为快速的思考，怎样才能摆脱当前的困境以及稍后的追杀，怎样才能摆脱身前这名中年僧人？

罗克敌毫无疑问是个很恐怖的敌人，力量甚至还在他之上。幸运的是此人已经受了极重的伤，就算还能活下去，今天肯定也不可能再有任何战斗力。但宁缺清楚，这并不代表自己的实力已经超越了罗克敌，他只是利用大黑伞的破洞，用任何人都想象不到的方法才能击败对方。而这名中年僧人却比罗克敌更加强大可怕。宁缺修行浩然气后身法奇快，但先前偷袭对方，居然没能一刀奏效。而且身法居然也不能占到上风，接下来如果这名中年僧人始终追击自己，自己应该怎样做？

92

宁缺警惕不安，却不知道七枚看着断墙前的他情绪更为复杂。佛道两宗决意不理书院诛杀冥王之女，自然事先做了充足的准备。其中关注的绝对重点便是宁缺的实力境界，调查分析最终得出了一个令很多人感到震惊无语的结论：相同境界的战斗里，此人无敌。

宁缺很擅长战斗，而且拥有无数强大的战斗方式。同境界战斗如果保持远距离，元十三箭便是世间最恐怖的武器，比所有飞剑的杀伤距离更长。除非面对剑圣柳白这种级别的绝世强者，他都可以立于不败之地。如果修行者选择与宁缺近战，他修行浩然气早已入魔，身体异常强韧，力量极大。如果要用操控天地元气的方式与宁缺进行环境之战，他已经是名神符师，可以封闭周遭一切变化。如果想与宁缺进行念力之战，那更没有意义，死在长安城的道石大师，以及在烂柯寺里无功而返的七念，都可以证明。而如果和宁缺比较战斗意志或者法门手段，除了裁决神座叶红鱼，谁敢说比他更强大难测？就连剑阁知命中境强者程子清和悬空寺宝树大师都惨败在他手中。虽然当时有书痴莫山山帮助他，那么便不能按照境界高深来选择对付宁缺的人选。

佛道两宗最终决定由裁决神座叶红鱼、罗克敌以及七枚大师来主持这次诛杀冥王之女的行动，便是基于前面这些分析。且不提如今已经飘然远赴荒原沼泽的叶红鱼，七枚大师和罗克敌都是对付宁缺的最佳人选。罗克敌是武道修行强者，七枚大师更是悬空寺里近战能力最强的高僧。宁缺虽然近身战斗能力也非常强大，但毕竟修行浩然气的时间较短，无论从哪个角度去看去推算也不可能在这方面超越这两位大人物。

七枚大师从荒原深处一直追杀宁缺和桑桑到了朝阳城，他也是这样想的，只要相遇，那么这个故事便会结束。然而他没有想到，刚刚找到宁缺和冥王之女，只不过片刻交锋罗克敌便身受重伤，自己也遇到了重挫。如果是别的修行强者，在当前这种局面下自然会心生惧意，甚至极有可能会产生退却的念头。但七枚却相信自己一定能够把宁缺留下来，至少可以拖住此子，然后等到那辆马车驶进朝阳城。"十三先生好快的刀。"七枚看了一眼小腹下方那道渐渐愈合的伤口，然后抬起头来，看着断墙前的宁缺继续说道，"但你砍不死我。"宁缺握住刀柄的右手微微一紧，看着这名中年僧人说道："只要是人，就一定能被人砍死。我只是想知道将要被我砍死的你，是什么人？"

"贫僧七枚。"七枚大师看着宁缺身后的桑桑说道,"十三先生,你难道真的毫不怜惜世间苍生,非要护着冥王之女?便是夫子都不见得赞成你的做法。"宁缺说道:"原来是悬空寺七字辈的高僧,看来是七念的师弟。老师没有说我这样做是错的。"七枚大师说道:"但夫子也没有说你这样做是对的。""书院的规矩,没有明文禁止,那便可以做。"稍一停顿后,宁缺继续说道,"而且就算老师说我是错的,也不会影响到我的选择。"七枚叹息一声,说道:"果然是心意坚定非凡之辈,然而遗憾的是,无论是我还是朝阳城里的百姓,都不会允许你带着冥王之女离开。"宁缺看着远处一棵树下浑身是血,右手紧扼着自己的咽喉的罗克敌说道:"本来你们两个人确实有能力把我留下来,然而很遗憾的是,罗克敌已经废了,现在你一个人根本留不下我。"七枚大师平静地说道:"既然如此,十三先生为何还不离开?"宁缺收回望向那棵树的目光,看着身前这名强大的中年僧人,平静而理所当然地说道:"我在思考是就这么离开,还是先杀死你再离开。"七枚大师双手合十,面无表情地说道:"我说过你砍不死我。"宁缺说道:"我也说过,只要是人就能被砍死,只看需要砍多少刀。"

　　七枚大师放下右手,看着只剩下两根手指的左手,淡然说道:"年轻的时候我也曾经问过自己这个相同的问题,究竟需要砍多少刀。我首先砍的是自己的尾指,然后是无名指,接着是中指,但当轮到这根食指时,我发现无论砍多少刀都再也无法砍掉。"他抬头望向宁缺,微笑地问道,"你又需要多少刀呢?"宁缺曾经在烂柯寺里见过七念的不动明王法身,在荒原里见过那名老僧死前泛起金光的左手掌,明白这种佛宗秘传法门的强大,沉默片刻后说道:"离菩提树不远的地方,我曾经杀过一名老僧。"七枚大师说道:"死在你手中的是讲经大士。大士此生多在浩繁佛卷里求智慧,不忍将时间和精力消耗在诸外在法门上,所以他的肉身只是修成了金佛。""听着已经很厉害。"宁缺看着七枚的手掌,想着先前这名僧人手掌上一闪而敛的那道金泽,问道,"难道还有什么比金佛更结实的?"七枚大师回答道:"佛法万千,不离其宗,修的便是禅念入佛,肉身成佛,无论身心皆金刚不坏,而贫僧已修至肉身成佛。"

　　宁缺脸上哪有什么感动的神情,露出一丝微讽的笑容,说道:"果然是佛门高人，面对敌人居然也能坦诚相告，实在令人感佩。而且断指开悟确实是个极好的故事，您本应该说得更长些，细节更丰富些。"七枚大师猜到对方可能看出了自己的用意。宁缺说道："从发现可能留不下我开始，大师您就一直在拖时间，看来有比您这位肉身成佛更可怕的大人物马上就要来到朝阳城。我很清楚自己的实力境界，如果真的空手相争，连大师您都打不过，更何况是那位大人物。所以我不能让您再继续拖下去，我最终决定还是杀了你再离开。"话音刚落，没有任何预兆，锋利而灰暗无光的朴刀，变成一道灰色的雷霆，轰然破空，向着七枚的咽喉处斩去！

　　七枚的七根手指在空中散开去捉那抹似乎比闪电还要快的刀锋。他已经做好准备，哪怕让宁缺的刀砍进自己的胸膛也要捉住这道刀。然而谁都没有想到宁缺的刀势竟在七枚身前像流水般滑过然后收回，又陡然转作一把铁锤重重地砸在地面上！借着刀身传来的反震之力，宁缺双膝微弯，身体破空而起，背着桑桑跳至断墙之上，脚尖轻点半块碎砖，便向着重重民宅里掠去！断墙对峙开始，七枚做的打算便是拖时间，而宁缺做的打算便是逃走，他根本没有想过杀死这名悬空寺高僧。无论是谈话还是气势，他都是在营造一种玉石俱焚的气势和氛围。但那些都是假的，都是在为最后一刻的逃离做准备！看着那道掠至断墙之上的身影，七枚沉喝一声，右臂向前一探，身躯竟似陡然变长了一截，手臂更是如此，重重拍向宁缺后背！

　　桑桑被宁缺背在身上，掌风所向，正是她的身体。七枚落掌之时面上露出一丝惭愧之色，虽然是冥王之女，但看着只是个瘦弱病重的小姑娘。用她来威胁宁缺怎么看都不是光彩的行径，和悬空寺高僧的声誉更不相称。宁缺没有如七枚料想的那般，为了保护背上的桑桑而被迫转身出刀。在先前的对话时，宁缺利用这段时间在断墙下做了准备。他相信那些准备能够帮助自己和桑桑逃走。大黑伞不知何时到了桑桑的手中，展开遮住了她的后背。同时断墙砖缝里夹着的一道符纸悄无声息间化作一道青烟。七枚大师一掌击出，小院周遭的天地元气随之骤然一凝，然而在距离黑伞还有段距离时，那些天地元气却瞬间崩散！无数道极细的无形线条，出现在断墙之前。那些线条锋利到了极点，仿佛可以切割世间一切事物，正是宁缺承自师傅颜瑟的井字符！掠起追杀宁缺的西陵神卫们警觉地注意到身前空中那些凌厉的切割之意，纷纷收住前冲之势，狼狈地四处滚散。

七枚大师也发现了那道凌厉的符意，瞬间想到肯定是井字符，却没有像西陵神卫们那般惊惧退避，而是面带坚毅之色，继续向断墙之上掠去。只听得哧哧声轻响，至少二十余道血线瞬间出现在七枚大帅的身体上和脸颊上。烂柯寺一役后，佛道两宗都知道宁缺已经成为神符师，学会了一道强大的神符。相较之下，他的井字符虽然也很强大，但远没有当年颜瑟大师施展出来时可以切天割地的效果。七枚大师已然肉身成佛，只要不当场死亡事后总能恢复，所以他毫不犹豫地闯了过去。

此时宁缺背着桑桑已经掠至十余丈外的一处民宅瓦顶上，正在向街对面的一处小庙跃去。然而就在他跃至空中时，忽然扭腰转身！不知何时，他的双手已经握住铁弓，铁箭已在弦上！七枚大师神情骤变，从断墙上向下翻去。嗡的一声轻响，弦声在小院四周响起，而那柄诛神灭佛的铁箭，擦着七枚大师的耳畔穿射而过！七枚大师的耳垂碎裂成鲜红的血肉粉末，向空中抛散。铁箭去势不竭，在两名西陵神卫的胸腹间轰出两道恐怖的箭洞，然后深深射进地面。那两名西陵神卫没有发出任何声音，倒地而死。七枚大师看着远处瓦檐间快速穿掠的那道身影，知道再也追不上对方，满是鲜血的脸上流露出极为复杂的神情。

93

两个晋入知命境多年的成名强者居然奈何不了一个刚入知命境的年轻人，这个事实确实很震撼。罗克敌脸色苍白，浑身是血，靠着树干才没有倒下，身旁有一名来自西陵神殿的神官正在紧张地替他治疗。他此时失血过多，视线有些模糊，在看到宁缺纵上断墙逃离那个画面的瞬间，他觉得自己仿佛看到了另外一个人——裁决大神官叶红鱼。在去年春天之前罗克敌的实力境界一直在叶红鱼之上，然而在那些年里，纵使他对叶红鱼有无尽贪欲，但他却从来不敢对叶红鱼做什么。

因为他知道虽然自己的境界高于叶红鱼，但如果真与叶红鱼生死相争，最后死的人肯定还是自己。罗克敌一直以为像叶红鱼这样强大到可以超越境界、可怕到让你想不明白究竟为什么可怕的人只有一个。直到他今天与宁缺交手才发现，原来宁缺和叶红鱼是同一类人，掌教大人认为宁缺同境界无敌果然极有道理。

罗克敌恍惚间恨恨地想着，就算宁缺你同境界无敌，但遇到知命境巅峰依然只有死路一条，而且裁决神座在荒原上，难道你还能带着冥王之女逃走？七枚大师站在街对面的那间小庙屋顶向四周望去，只见云层之下的朝阳城一片清静，哪里还有宁缺和冥王之女的身影。他的脸上没有什么表情，被井字符切割开的脸颊看着异常狰狞，却又极为奇妙地生出某种肃然悲悯的意味。七枚大师举头望天，看着天上那层厚厚的乌云，确认云层和先前相比，没有发生任何移动，知道宁缺和冥王之女还在城中。"我一个人留不住你，如果城中的数十万人一起来留你呢？"

白塔寺里钟声响起，然后向朝阳城里传播，和平时中正平和悠远的钟声相比，今天的钟声显得特别急促，仿佛声声都在催促着什么。朝阳城内，听到钟声的各座佛寺，无论大小都开始鸣钟。紧接着，月轮国各官府衙门里的鼓声也响了起来，然后是各街巷里正敲响了防盗锣，更夫们敲响了手中的竹梆。钟声、鼓声、锣声、梆子声，各式各样的敲击声，在朝阳城里的大街小巷里响起，城内的人纷纷走到街上议论纷纷，然后从里正或是僧侣处知道了原因，然后惘然不知所措。

宁缺背着桑桑在偏僻的巷子里快速奔跑着，根本顾不上擦掉额头上的汗水。那些或清脆或沉瓮的钟鼓声就像是催命的音符般，不断向他的耳朵里钻进去，让他的脚步变得有些沉重，却没有任何停顿。背着桑桑奔跑在光天化日之下极为醒目，已经有很多人看到了他，但他没有找个偏僻的地方再次藏匿。因为街道上的目光太多，他找不到任何机会，而且有大人物马上就要进入朝阳城，再在城中藏匿，并不是很好的选择。最关键的是，现在城中的居民还没有反应过来，暂时还没有人来拦阻他，他必须抓住这段很短的时间逃出城去。

整整一个冬天他都藏身在这座城市里，早就做了充分的查探和缜密的计划，这些偏僻的街巷他非常熟悉，逃离的路线已经挑好。那名叫七枚的悬空寺僧人，虽然强大而且身法迅疾，但如果不想变成被元十三箭射杀的目标便无法追上他。而一旦让他甩脱那名僧人，逃出朝阳城去与大黑马会合，那么人世间便再难找到能够追上自己和桑桑的人。他背着桑桑低着头拼命地奔跑，双脚不停踩踏着街道的青石地面上，发出沉重的撞击声。因为速度太快，身上黑色的院服猎猎作响，就像是一面旗，汗水从脸上不断淌下，斜斜擦着脸颊向后飘去。

大黑马和车厢都藏在朝阳城北的大青山里，而在他出城计划中却选择了西城门。随着狂暴的奔跑，宁缺背着桑桑距离西城门越来越近，甚至已经能够看到那里的建筑。然而就在这时，他神情忽然一凛，隐约感应到西城门外有股极为强大的气息。一个滑步宁缺的右脚重重踩下，青石地面上出现数道裂口，宁缺强行停下前冲的身体。身后的桑桑受到冲击，脸色苍白。眼看便能成功逃离朝阳城，却忽然面临着新的严峻局面，一般人都会觉得不甘，宁缺也不例外。只不过别的人大概会花一段时间才会选择依然冒险出西城门或是另择道路，他却是想都没想就毫不犹豫地转身，背着桑桑头也不回地向城北跑去。

朝阳城是个没有城墙的城市，所以也没有真正意义上的城门，只是一些税关衙门建筑被人称为城门。今日城内钟鼓之声大作，那些税关衙门闻声而闭，城外正在晒太阳的乞丐和百姓，被军卒们拿着兵器像赶羊一般全部赶进了城里。至此时，朝阳城外的原野上除了数十名苦修僧，便再也看不到什么闲人，如果有人要从城里往外走，那会变得非常显眼。那数十名苦修僧来自悬空寺，他们没有等到宁缺和冥王之女的身影，但等到了一辆马车。那辆马车很奇特，并不大，上面写着诸多佛家真言，车厢之前竟有十六匹骏马拖拽。看那些骏马疲惫的模样，以及车轮陷入石砾地面的深度，可以想象这辆马车有多重。远远看着缓缓行来的这辆马车，那些苦修僧分别自东、西、北三处城门处走来相迎，对着马车双膝跪下行礼，显得无比恭敬虔诚。

一名戴着笠帽的老僧从车厢里走了下来，手中握着的锡杖轻轻落在地上，杖头响起一阵清脆的金属撞击声。随着锡杖落地，马车前十六匹疲惫的骏马觉得地面传来一阵无形的剧震，其中一匹马竟是四肢一软便瘫倒下去。而就在老僧的后脚离开车厢时，原本深陷在石砾地面里的车轮，竟然弹了起来，这辆马车的重量竟然绝大部分来自这名老僧自身！朝阳城方向蹄声响起，月轮国某位大将亲自驱赶着数十匹早已备好的战马赶了过来。看见那名站在马车之前的老僧，这名大将军连忙从马背上跳下，跪倒在地。随这位大将而来的月轮国军部官员，用最快的速度解开马车前的绳索换上十六匹骏马，然后对着那名老僧连连叩首退下。老僧没有理会那名月轮国的大将和官员，缓缓抬起头来望向东方朝阳城上空的那片乌云。笠帽微起，光线照耀在老僧的苍老面容上，湮灭于深刻的皱纹间。老僧平静地说道："一路行来，累死三百一十七匹骏马，征发信徒修路可是不计其数，我佛慈悲，弟子却造了如此多的罪孽。"说完这句话，他再次登上马车。当他右脚落到车上，车轮再次深深陷进石砾地面，而那十六匹骏马下意识里低嘶了起来。

无论有多少罪孽，佛门都没有人能够惩治这名老僧，因为他是悬空寺讲经首座，他就是人间的佛。老僧始终认为，身为佛门弟子需要心存敬畏，所以哪怕要付出如此多的生命，造下如此多的罪孽，他也要来到人间，来到朝阳城。因为冥王的女儿正在朝阳城里。

桑桑在朝阳城里，在宁缺背上。宁缺依然跑得极快，她被颠得有些厉害，虽然腰间和大腿上都系着绳子和宁缺的身体紧紧相连，没有留下太多空隙，但还是有些难受。她没有环抱宁缺的脖子来让自己的身体更稳定一些，而是用双手抓住宁缺的肩头，因为只有这样才不会影响到宁缺的奔跑和战斗。很多年前宁缺背着她在岷山里打猎逃亡的时候，便是用绳子把她捆在背上，他们很熟悉这个过程，所以很清楚怎样做才是正确的。钟鼓声和锣梆声还在朝阳城的大街小巷上响着，越来越多的居民走出了家门，开始在官员和士绅的组织下试图找到冥王之女。宁缺和桑桑顿时陷入了最危险的局面。无论他们奔跑到哪里，总能被人看见，跑过小巷时，二楼会有撑开窗户晾衣服的妇人看到他们的背影，在屋檐上轻掠时，总会有无事做的闲汉乞丐发现他们的身影，然后便是他最忌惮的箭羽袭来。当他闯进一家民宅，试图选择这个地方暂时躲避一段时间时，一名正跪在佛龛前、神情惊恐喃喃祝祷的老妇竟是拿着香炉向宁缺身后的桑桑砸了过来，面容扭曲得像疯子一般……

自从西陵神殿颁下诏令之后，佛宗也不再试图遮掩冥王之女现世的消息，反而开始大力宣传。经过近半年时间的宣讲，如今世间的人们早已对那名妖女恨之入骨，最想做的事情便是把桑桑活活烧死。宁缺背着桑桑再次回到街道上，不知何时，那些原本在小院里停留的黑色乌鸦飞了过来，跟在他们的头顶不停嘎嘎地叫着。没有过多长时间，朝阳城里的修行者和百姓们便发现了这个事实，无数人看着空中的黑色乌鸦，喊叫着不停追逐。宁缺再也无法隐藏自己的行踪，他只能奔跑，背着桑桑在大街上、在人群中不停地奔跑。街道上响起无数惊恐的喊叫，渐渐有人鼓起勇气，试图阻止他。于是无数砖头石块，还有人们身边触手可得的青菜鸡蛋甚至是擀面杖，都被拾起向街中砸了过来，转眼之间，街道之上落物成雨。宁缺避开那些砸向桑桑的硬物，却无法避开那些像雨点一般落下的青菜鸡蛋，身上顿时变得一片狼藉，眼角被一方石砚砸中，虽然没有流血，但是很疼。桑桑低着头靠着他的肩，紧紧闭着眼睛，苍白的脸上和瘦弱的身上满是蛋黄和蛋清，虽然没有流血，但还是很难受。

94

云层笼罩着朝阳城清冷而不清静，钟声与锣鼓声夹杂着尖叫和咒骂四处响起。街道上人头攒动，在那些烂菜鸡蛋砖块的雨点中，宁缺背着桑桑仍然在继续奔跑。原来和人间的战斗是这个样子，他沉默地想着，双手紧握着刀柄奔跑，看着街道上越来越密的人群，喘息问道："会不会觉得有些难过？"他奔跑得很辛苦，所以声音有些微颤，在充斥着咒骂声、尖叫声的街道上很难听清楚。桑桑伏在他肩上听得很清楚，睁开眼睛，看着街道两旁面露惊恐痛恨神情的人们，苍白的小脸微显黯然，"嗯"了一声。宁缺满是汗水的脸上露出一丝笑容，说道："因为别人的态度而难过的人是好人，我们是坏人便要有坏人的自觉，可不能难过。"眼看着白菜鸡蛋甚至砖块瓦砚，都无法让街道上的那两个人停下来，朝阳城的百姓越发愤怒，有人竟是鼓起勇气，准备直接拦截。

一名敞着衣服的壮汉在街坊们的尖声欢呼和加油声中，狂吼一声张开双手便要把宁缺抱住。宁缺根本没有停下脚步，就这样撞了过去。只听得一声轻响，那壮汉就像只风筝般被斜斜撞飞落到地上，不知断了多少根骨头。与那名壮汉发生撞击，宁缺速度没有受到任何影响，脸上的情绪都没有什么变化，双脚在街道上踩起一道烟尘，继续向着北城某处奔跑。街坊们围到那名壮汉身旁，发现这名为了大义勇敢站出来的汉子竟已然是出气多进气少，不由得惊呼出声。望着已经跑到远处的宁缺背影，跺着脚悲愤地咒骂。那个冥王之女的侍从，好生残忍冷血！刚刚拐过一道街口，宁缺便看见又有八九名汉子在一名里正的带领下拿着粗粗的草绳，拦在街道中央。他没有任何犹豫，直接冲了过去，脸上没有任何情绪，只听得啪啪的一阵脆响，那些勇武的汉子浑身骨折，喷血倒下。

看到如此残忍的画面，再联想起冥王之女的传说，街口附近那些前一刻还在用最肮脏的语言咒骂桑桑和宁缺的百姓下意识里伸手捂住了嘴，也没有人再敢往街道里扔杂物。然而宁缺奔跑的速度太快，街道发生的事情，根本来不及传到前方，越来越多朝阳城居民站了出来，试图拦住他和桑桑。街道上的人越来越多，很多人手中握着铁叉之类的物事，也变得危险了很多，宁缺不停地闪躲，好不容易冲出这段街区，然后看到了他最忌惮的画面。数排月轮国军方的箭手，正在某处府前的粮袋后方瞄准着自己，而在街道两旁的侧墙上，隐隐也能看到很多箭手的身影。

"射！"一道极为严厉的声音后，无数凄厉破空之声响起，数不清的羽箭就像是暴雨般，密密麻麻向着街道中间的二人射来。宁缺可以跳上屋檐闪避，但是那样一来速度便会受到影响，很可能被佛道两宗的修行强者包围。所以他只是喊了声："开！"桑桑撑开大黑伞，黑伞被风一吹产生了极大的阻力，震得她身体微微一晃，如果不是被绳子捆着，只怕要从宁缺的身上摔下去。绝大多数箭支都是向着宁缺背上的桑桑射去，月轮国军方已经从佛宗处知晓冥王之女的弱点，显得格外强硬。暴雨般的羽箭带着令人心悸的哧哧破空声落了下来。然而令箭手们感到惊慌的是，密密麻麻的羽箭射中那把大黑伞后，根本无法穿透伞面便被弹了出来。

大黑伞能够遮住桑桑瘦弱的身体，却无法完全遮住宁缺。尤其是从正面射来的数十支羽箭，不过以他修行浩然气后的身体强度，只要不是那些能开重弓的军中神射手，根本威胁不到他。所以除了有几支羽箭看去势要擦着脸畔射到身后被伸手打掉之外，他根本没有做任何躲避动作，依然直闯。震惊于大黑伞的月轮国箭手们看到这幕画面不由得越发震惊，心想难道这人的身体是铁做的？尤其是府门前粮袋后的数十名箭手，看着像风一般奔跑过来的宁缺，更是惊恐得连弓都无法握住。

十几只黑色乌鸦在街道上方，不时发出嘎嘎难听的叫声。在黑色乌鸦的下面，宁缺背着桑桑在奔跑。虽然没有人能够拦住他，但他也没有办法摆脱朝阳城里军民的围追堵截，因为他再快也不可能快过数十万双眼睛。尤其是一直在他和桑桑上空飞舞的那些黑乌鸦，就像是指路明灯一般替朝阳城军民指引着方向。无论他往哪边奔跑，总会瞬间陷入民众愤怒的海洋，甚至已经有两次险些被佛宗的苦修僧包围。黑乌鸦在街道上空向着北城的皇宫，嘎嘎的叫声越来越难听，愤怒的民众跟着天上的黑乌鸦向皇宫处跑去。佛道两宗的修行强者，也往那处会合，准备就在那里结束这个嘈闹而紧张的故事。

95

无数朝阳城居民涌到皇宫四周，看着庄严肃穆的皇宫建筑，以及宫前甲胄在身的军人，人群渐渐冷静下来，不再继续向前。然而民众的人数实在太多，从皇宫宫墙向下望去黑压压一片，场间弥漫着紧张而暴戾的气氛。上千名军士和数百名箭手在人群之前形成几道防线，一百多名苦修僧和十余名西陵神卫神情警惕地看着天空。不知什么时候，有三名苍老的西陵红衣神官从皇宫里缓步走出，神情肃穆。在场的数万人追着十几只黑色乌鸦来到此地，却失去了黑色乌鸦的踪迹，不免有些焦虑，集体仰着头望向空中，四处寻找着那些黑色的线条。

有人望向皇宫西南方向、笼罩在清淡天光里的白塔寺，忽然发现，那十几只黑色乌鸦就在白塔后方的空中不停盘旋飞舞，不由得大声叫了起来："在那边！"冥王之女居然敢进白塔寺，难道她不怕死吗？皇宫前的数万人议论着、咒骂着向白塔寺跑去。逾千名军士和修行者们，没有阻拦这些愤怒民众的意图，反而被人潮人海推动着，一道向白塔寺赶去。

之前某刻。宁缺背着桑桑跑到寺墙下，没有减速，脚尖轻点墙上一处微微凸起的砖，身体腾空而起掠上了墙头。他转身望向后方，发现那些愤怒的民众暂时还没有追过来，也没有看到苦修僧的身影，稍微放松了些，抬头向头顶望上一眼，看着那些在空中飞舞的黑色乌鸦，神情微寒。那些黑色乌鸦似乎能够感觉到他的焦虑愤怒和毫不遮掩的杀意，飞向更高的空中，然后盘旋不去。宁缺从寺墙上跳了下去，回头看着桑桑苍白的小脸，担心问道："有没有事？"桑桑被震得很难受，但摇了摇头。在朝阳城里住了一个冬天，宁缺带着桑桑三次来白塔寺读经学佛，他自己来的次数更多，对寺中的地形、建筑非常熟悉，很快便掠过侧殿，向着不远处的白塔奔去。白塔寺里的钟声还在不停地回响，和城中各处佛寺的钟声遥相呼应。寺里的大能僧人都已经出寺去城中寻找冥王之女，哪里想到宁缺居然敢带着桑桑来这里，而且黑色乌鸦此时飞得比较高，所以暂时还没有人发现他们的行踪。

月轮国乃是佛国，有烟雨七十二寺的说法。位于朝阳城的白塔寺，永远是佛国首寺。此寺的历史极为悠久，与烂柯寺一样都是悬空寺在世间的山门，无数年来不知出现过多少高僧大德。白塔在修行界的地位也极高，辈分极高的曲妮大师，便是在此寺剃发，传闻白塔寺住持也是一位大悟的高僧，拥有类似知命境的实力修为。这座佛寺最著名的当然便是那座白塔，就像烂柯寺是先有瓦山棋局的传说，再有烂柯寺一样，此处也是先有白塔，才后有佛寺。

看着湖中那座白色的佛塔，宁缺忽然觉得隐隐有些不安，他带桑桑来过三次白塔寺，自己还偷偷来过几次，但从来没有靠近过那座白塔。但他计划要去的地方便在这座白塔的下方，而且实在是被满城民众追得苦不堪言，再不找个地方歇息片刻，他很担心自己会被活活累死。白塔寺后有片面积不大的湖泊，湖中有小岛，白塔便在岛上。湖心岛上还有一座很不起眼的寺庵，岛与湖畔有道窄桥相连。嘎嘎，黑色乌鸦难听的叫声从空中传来。宁缺背着桑桑从一座古钟后闪身而出，顺着湖岸奔上窄桥，向着桥对面的湖心岛冲了过去。十余名僧侣从禅房殿中走了出来，指着在空中盘旋飞舞的黑色乌鸦议论，然后便看到了桥上宁缺的身影，不由得发出呼喊。白塔寺内顿时响起无数密集的脚步声，不知有多少人一边呼喝一边咒骂向后寺湖畔追了过来。宁缺知道已经惊动了寺中僧人，加速在窄桥上奔跑，右手不知何时已经握住了刀柄。

　　跑过窄桥，甫出桥头，他握着刀柄的手微微一紧，朴刀出鞘，带着一道寒光向前方斩落，只听得砰砰两声，两柄铁杖被震飞到空中。原来有两名白塔寺的苦修僧，听到呼喊后便一直隐藏在桥头，意图偷袭。却没有想到宁缺早就知道他们的位置，竟是抢先出了手。两道极深的刀口出现在这两名苦修僧的身上，他们顿时倒地。宁缺看都没有看这两名苦修僧一眼，身法没有停顿，握着朴刀继续向前奔跑，撞破木门，便闯进湖心岛上幽静而简朴的庵堂。庵堂的窗上蒙着厚纱，一片昏暗。忽然，一道极凛厉的破空之声响起，一根铁杖携着凝结的天地元气当头向着宁缺砸来！以杖引天地元气，此人的境界极为强悍而且出手的时机极为老辣，即便以宁缺的能力，猝不及防之下也不好应对。但宁缺早就知道庵堂里是谁，怎么可能没有防备，手中的朴刀自下向上一撩，重重砍到那根铁杖上。

96

　　先前在桥头，宁缺手中的朴刀与那两名苦修僧手中的铁杖相遇时发出的是沉重的撞击声，然后对方的铁杖被震飞。此时在庵堂，他手中的朴刀与那道呼啸破空而至的铁杖相遇时，发出的却是轻微的一声轻响。之所以如此，是因为那名持杖者的修为远胜于桥头的苦修僧，铁杖挟天地元气而至，而相对应地，宁缺上撩的刀势也更加凌厉。所以二者相遇时，铁杖没有被击飞而是直接从中断裂！咔的一声，铁杖断成两截！铁杖的上半端擦着宁缺的肩头飞过，被朴刀削得有些锋利的下半段则是被那人握在手中继续向宁缺的小腹刺来。伴着一声凄厉怨毒的喝声，那人同时拍向宁缺的面门！

宁缺清晰地感觉到对方左手上深厚的佛门气息，此时他小腹之前是段锋利的铁杖，再加上那只枯老的手掌，一时之间十分危险。但他毫不慌乱，颜瑟大师曾经向他转述过一段剑圣柳白的话：纵剑万里，不及身前一尺之地，而半道开始修行的他，就像叶红鱼一样，非常懂得怎样战胜这些看似强大的修行者，怎样才叫真正的战斗。此时朴刀上撩之势未绝，急迫间无法回至身前，半截铁杖刺来，同时枯手已至，宁缺毫不犹豫松开右手的刀柄，左手闪电般探出，一掌将刺向小腹的半截铁杖拍开，然后猱身而前，一拳准确地砸在那人的脸上。而那人凄呼一声，捂着脸连连退后，拍向宁缺的左手早已收了回去。

无论修行法门如何神妙，终究是需要靠人来控制的，只要把你的人击倒，你又如何能够让那些修行法门继续发挥作用？然而战斗还没有结束，庵堂窗外的厚纱忽然飘了起来，然后裂成无数素色淡花。因为纱帘极厚，所以那些花瓣也显得有些肥厚，却透着道令人窒息的意味。宁缺右手握着的朴刀在身周空中高速颤抖而行，轻而易举地把那些纱花挑落震碎，然后他轻身一掠，掠至庵堂深处。庵堂深处有尊佛像，佛像之前有两个蒲团，其中一个蒲团上坐着一名少女，背着庵堂的门，另外一个蒲团上跌坐着一位正在吐血的老妇，正是手持铁杖偷袭宁缺，反被宁缺一拳打倒的那人。刀锋破空而至，然后轻轻巧巧落在少女的颈间。宁缺看着少女的背影，脸上没有任何情绪，说道："二位，好久不见。"

那名老妇撑着地面，艰难地爬了起来，坐在蒲团上，怨毒地盯着宁缺，说道："若要相见，为何不是在冥间？"那名老妇满脸皱纹，目光虽然怨毒，但眼眸深处却能隐隐看到死寂的绝望，正是曲妮大师姑姑。蒲团上的少女转过身来，微白的脸颊依然娇媚如花，神情却显得十分地漠然麻木，青丝被束在帽里，正是花痴陆晨迦。

天启十六年深秋烂柯寺一场大战，悬空寺戒律院首座宝树大师当场身死。曲妮大师心恸难安，念及道石之死，更是心灰意冷。归国之后，她向月轮国主要了白塔寺里这间庵堂静修。花痴陆晨迦经历诸多变故也自绝望，便随姑姑一道隐居在这庵堂里整日对着佛像吃斋诵经。就此，月轮国最著名、地位也最高的这两个女人，就此斩断红尘，不问世事，只在庵里求清静，与外界再没有任何来往。她们不知道宁缺和桑桑还活着，更不知道这两个人已经来到朝阳城。便是先前响遍全城的钟声，也没有让心如死灰的二人有任何反应，直到宁缺来到白塔寺她们才反应过来。"真没有想到，你居然还活着，居然会来月轮。"曲妮大师擦掉唇上的鲜血，怨毒地盯着宁缺的脸，忽然想明白了其中道理，癫狂地笑道，"看来你和冥王之女被追得很惨，这真是令人高兴的事情。"

这位佛宗辈分极高的姑姑此时看着自己最恨的宁缺出现在身前，她的神情顿时变得鲜活起来，生出无穷无尽的恨意。陆晨迦也没有想到宁缺和桑桑居然还活着，看着宁缺背上的桑桑，眼中的情绪有些复杂。宁缺看着二人没有说话，因为此时没有必要说话。西城门外那道极为强大可怕的气息，让他被迫折回。朝阳城里的居民，还有佛道两宗的修行强者追得他实在无路可逃，所以他才会来庵堂暂时休息，并且等待着他一直等待的那个变化，曲妮大师和陆晨迦只是他的人质而已。

冬天来白塔寺学佛读经，他暗中查探寺中环境时，便注意到后寺湖心岛有些问题，虽然他无法靠近，但看到一名手持铁杖的苦修僧时常进出这座小岛。当年在荒原上他便见过那名苦修僧，知道是曲妮大师和陆晨迦的护卫，其后他又观察了数次，便基本上确定曲妮大师和陆晨迦应该是隐居在这座庵堂里。庵堂外响起乌鸦难听的叫声。宁缺用绳索把曲妮大师和陆晨迦捆死，然后背着走到窗前。他的目光穿过纱洞向外望去，看见了那些在空中盘旋飞舞的黑色乌鸦。去年秋末，宁缺带着桑桑住进那间小院时，便有一只黑色乌鸦飞来，栖在枝头，其后十余日，每天都有一只黑色乌鸦飞来，令他非常不安，只不过其后双方相安无事，他也渐渐不再在意这件事情。谁能想到，今日这些黑色乌鸦竟成了他和桑桑最大的敌人。先前在朝阳城里，如果不是这些黑色乌鸦，他说不定早就带着桑桑成功逃走。宁缺不明白这些黑色乌鸦为何会出现在小院里，今日为何始终跟随着自己？但不管是什么原因，他必须把这些黑色乌鸦弄死，不然就算他等待的变化终于到来，最终他和桑桑还是会走进死路。他的右手落在窗框上，微微用力，捏断一块窗木，然后碾成十几块碎砾，默运浩然气，向着斜上方空中的黑色乌鸦掷了过去。很轻的窗木碎砾蕴藏着浩然气，顿时变成了坚硬的石块，哧哧破空而飞，声势有若恐怖的劲弩，那些黑色乌鸦根本来不及反应，便被重重击中，只听着几声惨叫，黑色的羽毛纷纷掉落，乌鸦向地面坠去。宁缺稍觉心安，然而令他感到不安的是，片刻之后庵堂四周再次响起乌鸦难听的叫声！这些黑色乌鸦难道是杀不死的？白塔寺里的人越来越多，尤其是后寺湖岸上，出现了密密麻麻的人，窄桥周遭更是出现了无数箭手劲弩，逾百名佛宗弟子还有十余名神卫警惕地看着湖心岛上的庵堂。从庵堂窗口向岸上望去，一眼便能看见黑压压的数百人，宁缺知道人群远不止这些数量，那些人都恨不得冲进庵堂，把自己和桑桑身上的血肉一口一口咬下来，不由得眉头微皱。

"我实在想不明白，你为什么会愚蠢到躲进这个死地。"曲妮大师看着他的背影，脸上流露出刻薄嘲讽的神情，声音沙哑难听地说道，"难道你以为，拿我们两个人做人质，便可以让人们放冥王的女儿离开？你实在是太天真了。"宁缺没有回头，说道："你说话的声音很难听，就像天上那些乌鸦，如果你想看我和桑桑一会儿怎么被人撕成碎片，我建议你这时候先闭嘴。"曲妮大师笑了起来，显得十分开心，她确实很想看宁缺和桑桑怎样去死，所以她闭上了嘴。

与白塔寺相距不远的皇宫里。月轮国主看着身前担架上那个浑身是血的人，挥舞着手臂厉声说道："统领大人，你明不明白你的决定意味着什么？如果你要求强攻，她们极有可能死去！"西陵神殿神卫统领罗克敌咽喉处裹着厚厚的纱布，根本说不出话来，但他的眼神依然是那般强横。七枚大师站在担架旁，对着国主双手合十一礼，说道："陛下，请你明白当前的情况。佛道两宗不惜付出如此大的代价，为的究竟是什么。既然此时宁缺带着冥王之女进入死地，我们便应该把握这个机会。"罗克敌依然说不出话来，只能用鼻子冷哼一声。七枚缓声再道："为了拯救世间苍生，我想没有人不愿意牺牲自己的生命，朝阳城里的百姓都如此勇敢，曲姑姑和晨迦公主又怎会怯懦贪生？"月轮国主的脸色变得极为阴沉，目光却开始闪烁不安，显得极为挣扎犹豫——月轮国乃是佛国，深受佛宗影响甚至可以说被直接控制。而西陵神殿毫无疑问是世间最可怕的存在，此时佛道两宗都表明了态度，就算他再如何强硬，也根本没有力量来阻止这件可怕事情的发生。月轮国主深吸一口气，缓声说道："既然如此……"

"为什么不再等一等。"安静的皇宫里，忽然有人说了一句话。忽然开口阻止月轮国主马上做出决断的，是谁也想不到的一个人。不是月轮国的宰相，也不是心疼女儿的皇后，而是位苍老的红衣神官，此人正是先前走出皇宫的三位红衣神官之一，却不知何时又返回了皇宫。红衣神官神情平静地说道："上天有好生之德，宁缺和……冥王之女既然已经进入死地，那何必急于一时？"躺在担架上的罗克敌听着这话，勃然大怒，用手指着那名红衣神官愤怒得浑身颤抖，然而却是说不出话来。另外两名西陵红衣神官走上前来，完全无视罗克敌震惊怀疑的目光，看着众人面无表情说道："我们也是相同的意见，上天有好生之德。"

七枚神情骤变，他不明白为什么这些来自西陵神殿的神官居然会说出这样的话，上天有好生之德？道门何时变得如此温和慈悲？这些西陵神殿的红衣神官手里拿着掌教大人和天谕神座的诰示，所以没有任何人怀疑。罗克敌忽然眼瞳微缩，想到某种可能。几乎同时七枚也想到了。他微微皱眉看着这三名红衣神官问道："你们来自哪座神殿？"为首那位苍老的红衣神官平静说道："光明神殿。"

97

安静的皇宫内，七枚大师看着三名苍老的红衣神官忽然开口说道："冥王的女儿不是光明的女儿。"为首那名苍老红衣神官缓声说道："不知大师此言何意，上天有好生之德，哪怕是冥王的女儿，昊天也会给她时间悔悟。"七枚大师是悬空寺尊者堂首座，一旦踏足人间便是佛宗最尊贵的人物，可以与西陵神殿的三位大神官相提并论。然而终究这是昊天的世界，道门的地位要高于佛宗，而这三名红衣神官修行西陵神术，即便是他也很难强行压制。"你们的话能代表西陵神殿的态度？"七枚大师问道。那名苍老的红衣神官淡然说道："为什么不能？"

叶红鱼不在朝阳城，此时的月轮国皇宫里，道门便是这三位红衣神官地位最高，他们说的话自然可以代表神殿。唯一地位比红衣神官高的罗克敌此时重伤躺在担架上，眼眸里的疑惑之色早已被寒冷所代替。只是他无法说话，也无法阻止那三名红衣神官。除了大唐帝国，世间其余国家都被道佛两宗隐隐控制。先前面对佛道两宗的共同压力，月轮国主完全没有办法，此时看道门的态度似乎有所转变稍觉心安，说道："那便再等一等。"七枚大师深深看了三名红衣神官一眼转身向皇宫外走去，他已经隐隐猜到这涉及西陵神殿内部的争斗倾轧。身为佛宗大师，他不想参与这种争斗，而且首座马上要到了，他相信这三名红衣神官根本无法影响大局。

皇宫某处露台上，一名红衣神官看着远处黑压压的人群伤感地说道："自神座被囚，我光明神殿日渐衰败，便是连一个知命境的大修行者都找不出来，面对当前的局面，我们能够改变什么？"另一名红衣神官黯然说道："先前说出那番话，已经违背了掌教的谕令。想来回桃山后，我们会被关进幽阁，再也见不到昊天。"为首那名红衣神官寒声说道："当年光明神座被偷袭，无罪被囚幽阁十余年，我光明神殿便过了十几年猪狗不如的岁月。好不容易神座在长安城寻到了传人，光明之女重现人世，结果掌教和其余两座神殿居然勾结佛宗陷害大人为冥王之女。面对这种局面，我们难道还能束手旁观？""师兄，可如果大人真是冥王之女那该怎么办？"先前说话的神官问道。"光明永远不会错，因为光明代表着昊天，大人归座之路充满了血腥和阴谋，我想这便是昊天对我们的考验。"为首的那名红衣神官，看着远处白塔寺内的人群，苍老的面容上现出激动狂热的神情，说道，"今日即便是死在这里，我也要把光明之女救出去！"

逃进白塔寺，制住曲妮大师和陆晨迦以为人质，这是宁缺备用计划里最不想动用的那一个。正如曲妮大师所说，这种举动等若是把自己和桑桑陷进了死地。但他需要争取时间休息以及等待，他此时非常疲惫，身体内外都受了些伤。然而此时想着先前在街上的遭遇，宁缺渐生极大恐惧。此时湖对岸的人还没有冲上窄桥，那就说明他手中的这两个人质确实在发挥效用，他必须争取这段时间重新恢复念力以及体力。桑桑把腿往前伸搁在他的膝上，然后从后面环抱着他也开始休息。无论是奔跑还是坐下，宁缺始终没有放下身后的桑桑，哪怕现在他很需要休息。因为谁也不知道下一刻会发生什么，会不会马上再次奔跑。

陆晨迦看着这幕画面轻声说道："痴于情者果然多愚蠢。"宁缺说道："虽然你叫花痴，但不代表你就真的懂什么叫痴于情者。"陆晨迦看着他，认真问道："什么是情？"宁缺说道："能解释清楚的，那就不是情。"陆晨迦微微蹙眉，她不相信像宁缺这样无耻的人，会真的为了桑桑做出这么多事。她问道："你带着冥王之女逃亡怕不是想得些好处？"宁缺看了她一眼说道："你为什么喜欢花？好看还是能给你带来好处？"陆晨迦明白他的意思，摇头说道："我明白你的意思，但她却是朵恶花。"宁缺嘲讽地说道："隆庆算不算恶花？先前我闯入庵堂，你没有第一时间出手。你大概以为是隆庆来救你，很遗憾，让你失望了。"陆晨迦低头看着指间的纸花平静说道："以前的隆庆在我心里是唯一盛开的那朵花，而现在他已经死了，所以这朵花已经枯萎。""听说那家伙在荒原活得很好。虽然我不知道具体的事情，但隆庆应该和西陵神殿达成了某种协议，他现在不再是昊天的叛徒。那么你还认为他是恶花？"宁缺闭着眼说道。陆晨迦有些吃惊地抬起头来，眼睛微亮，然后渐渐敛去。宁缺睁开眼看着她微笑着说道："他还是那朵恶花，只不过可能重新拥有荣耀和名誉，所以你便欣喜，甚至会重新对他动心？"陆晨迦看着他可恶的笑脸，声音微颤地说道："你说这些就是为了嘲讽我？"宁缺不再理她，默默想着别的事情。这间庵堂孤悬湖心岛上，等若是个死地。曲和陆的身份虽然尊贵，但要用她们性命来换桑桑的命，不要说佛道两宗那些强者，只怕月轮国的所有国民甚至月轮国主都不会同意。他选择进入庵堂拖延时间，其实和当初在烂柯寺里的选择非常相似。在这种临近死亡的时刻，他下意识里把希望寄托在书院身上，他在等待大师兄出现。今天朝阳城里闹出这么大动静，想来能让大师兄猜到自己的位置。时间渐渐流逝，气氛变得越来越紧张。

直到此时，大师兄依然没有出现。先前在西城外门，他感知到的那道充斥着悲悯意味的强大气息，却已经出现在不远处。宁缺的神情变得极为凝重，知道不能再继续等下去。他走到曲妮大师和陆晨迦身前，用了两张符纸再配合浩然气暂时把她们的雪山气海封锁住。然后用绳索系住她们的两只手，像牵羊一般牵出庵堂。窄桥那头的湖岸上，佛殿四周全部都是人，黑压压的一大片。"把那个妖女交出来！""烧死她！"无数人对着桥那头的庵堂叫喊着。便在这时，宁缺背着桑桑的身影出现在窄桥的那头。桥那头湖畔的人群里渐渐有窃窃私语声响起，大概是为了消减心中的恐怖，相邻的人们开始议论桥对面的那两个人。

98

湖对岸的议论声越来越大，宁缺和桑桑都能听得非常清楚。沉默片刻后，他踏上窄桥向着对岸走去，曲妮大师和陆晨迦被迫跟在他的身后。随着他走上窄桥，湖畔人群的议论声再次停止，重新变得安静一片。桥头处的那些人更是惊慌失措，连连向后退去。不知是谁在人群里高喊了一声，辱骂诅咒声再次高扬，那些被惊得向后退去的人重新冲回桥边。而且可能是觉得先前的沉默和退却太丢脸的缘故，这次人们骂得越来越肮脏不堪。污言秽语和恫吓不断传进宁缺的耳中。他未予理会，望向白塔寺西南方向远处，感觉到那道强大气息越来越近。那道气息虽然移动得不快，然而终究是会到的。桑桑紧紧握着大黑伞的伞柄，小脸变得越发苍白。宁缺望向湖岸上越来越近的民众，只要突破眼前这些人，自己和桑桑便有机会逃离朝阳城。然而问题在于，看着那片黑压压的人群，想要冲过去谈何容易？

七枚大师不知何时出现在窄桥之前。看着这名悬空寺高僧的眼睛，宁缺平静说道："让人群散开，我和你打一场。如果你觉得我的要求太过分，那你可以让佛道两宗所有的修行者都出手。"七枚大师说道："现在的人群不可能散开，如果你坚持要在这里和佛道两宗战上一场，那么肯定会死很多人。"宁缺说道："如果不想今天朝阳城里血流成河，那么你便让开道路，人群可能不会听你的命令，但修行者和士兵肯定会听。"他只是随意一说，根本没有想过对方会同意。然而出乎他的意料，七枚大师没有任何犹豫伸手轻摆，示意桥头前的箭手向两边撤去，同时西陵神卫和数十名僧侣也让开了道路。

现在拦在宁缺身前的，便只剩下普通人形成的黑压压的人群，那些惊恐不安、愤怒激昂的普通人。"我们就算让开道路，你就能出去吗？"七枚大师平静地问道。宁缺沉默，明白了佛宗的用意。然后他敏锐地注意到，有僧侣悄无声息地走进人群，然后那处便顿时激动起来，响起激动愤怒的口号声。"杀死冥王之女！""不要放他们走！"人群愤怒的喊叫声越来越大，越来越整齐，也显得越来越有力量。七枚大师宣了一声佛号，平静地说道："看，不是我们不让，而是百姓不让。"宁缺看着这名中年僧人说道："二师兄对佛宗的评价果然是对的。"七枚大师很想知道骄傲的君陌如何看待佛宗，问道："二先生如何说？"宁缺说道："二师兄说，秃驴都是假仁义，真伪善。"七枚大师闻言微怒，然而听着四周的呼喊声，看着那些面露狂热之色的民众，他的脸上流露出一丝惭愧，合十不再言语。

宁缺背着桑桑走下窄桥，终于站到了湖对岸的土地上。他的身前是看不到尽头的民众的海洋，所有人都对着他怒目而视，手里拿着铁锹或者是石头。无数张脸进入宁缺的视线，这些人脸或者惊恐，或者愤怒，或者用愤怒掩饰自己的惊恐，或者用愤怒来发泄平日的不满，无论哪种情绪都是普通人的情绪，因为他们都是普通人。宁缺说道："你是月轮国公主，让这些人让开道路。"陆晨迦沉默不语，曲妮大师也沉默。宁缺说道："你们不是这些普通人，你们不会被佛道两宗简单的几句话便挑弄得像疯子一样，所以我不相信你们会为了这个世界舍生忘死。"陆晨迦说道："我心已死，受国民多年供奉，却无所回报，如果只有桑桑死，人间才能继续存在，那么至少我不能害他们。"曲妮大师冷冷说道："我不在乎人间如何，但只要你死，我不在乎死。"

宁缺闻言摇了摇头，然后向前走了几步。人群向后急退。不知何处，忽然响起僧侣诵经的声音，人们四顾，发现是他们自幼便学过的往生经文，下意识里跟着诵唱起来。经声阵阵，回荡在白塔寺里，越来越整齐，越来越宏大，却又满是悲壮的意味。数十名僧侣轻宣佛号，面露慈悲庄穆之色。宁缺知道不能任由这种情况继续下去，朝阳城里的民众本来就是佛宗信徒，一旦被这些僧人和这些经声激起勇气或者说催眠，那么便麻烦了。他抬头望向朝阳城上空的乌云，看到那些烦人的盘旋不停的黑色乌鸦。他低头望向自己双脚踩立的地面，看到几只在泥缝里穿行的辛苦的蚂蚁。然后他抬起头来，望向正在逐渐向自己靠近的人群，右手缓缓握住刀柄。

噔啷一声，朴刀出鞘。

一名闲汉猛地扑了过来，他的手臂飞到空中，鲜血狂喷。一名虔诚的老妇挥舞着手臂抓向宁缺的脸，双手忽然断了。一名激动的学生拿着木棍砸向宁缺背上的桑桑，木棍却奇异地从中折断。宁缺背着桑桑向对面的人群走去，浑身染着殷红的鲜血，但他脸上的神情没有任何变化，就连脚步都还是那样稳定。走过坐在血泊捂着断肩惨号的闲汉，走过跪在血泊里脸色苍白看着自己断腕的虔诚老妇，走过呆滞的学生……他走在湖的彼岸，血的世界里。

99

人群时而发出惊恐的尖叫，向后退去；时而发出愤怒的呐喊，向前冲来。宁缺挥动手中的朴刀，只要有人敢拦在他和桑桑的身前，他便一刀砍落。湖畔地面上的血喷洒得越来越多，惨呼和痛唤声不时响起，画面看着极其血腥残忍。佛宗意图把普通人的性命变成沉重的铁索，直接把宁缺锁死在白塔寺中。然而他们不知道，宁缺不是他们想象中的书院弟子，他不是大师兄，也不是二师兄，在需要的时候他从不惮于杀人，无论是什么人。看着惨不忍睹的场间，有苦修僧再也无法压抑，持杖向宁缺当头打来。宁缺挥刀相迎，左脚悄无声息地自下方踢出，正中那名苦修僧胸腹，然后断喝一声双手执刀当头砍下！

刀锋之下是七枚大师的两只手。只见残缺的七根手指骤然间金光大作，肉身佛的宏伟力量与宁缺体内磅礴的浩然气再次相遇。湖畔一阵劲风鼓荡，周遭的人群像草一般被震倒。靴底在泥土上划出一道痕迹，宁缺被震退数丈，回到先前他拔刀杀人的起始点。七枚大师身体微微摇晃，终是退了半步，面色苍白。佛宗的僧人们果然最终都会堕落到伪善的世界里，宁缺擦去唇角渗出的鲜血在心里想着。既然一开始便把自己往修罗境里逼，那么现在你们就不应该出手。

便在这时，他余光注意到，那些西陵神卫不知何时，已经退到了人群外围，并没有像那些僧侣一般，在人群里怒目注视自己。佛号声起，七枚大师看着浑身是血的宁缺说道："我没有想你会真的动刀。"宁缺用刀指着场间的尸体，说道："你应该很清楚，从你命令这些秃驴散开的那一刻起，今天死的所有人，都是你杀的。"他被震回最开始拔刀的地方，受伤的人在地上翻转着、哀号着。曲妮大师和陆晨迦被绳索系住双手，站在宁缺身后。看着四周的血腥场景，脸色十分难看，尤其是陆晨迦，脸色苍白如雪。

宁缺清楚，想要震慑住已经陷入疯狂状态的人群，唯有极端的痛苦与血腥才能起到足够强烈的效果，今天才能少死一些人。曲妮大师看着他的侧脸，骂道："果然是个畜生！"湖畔渐渐变得安静下来，伤者临死前的呻吟惨号声是那样地清晰，而看着满地的稠血断肢，有人开始呕吐，又有妇人惊恐的哭声响起。宁缺血腥的手段和冷酷的举动，果然达到了他想要的效果。人群渐渐被震慑住，尤其是最前面的那数百人下意识地想要向后退去。"我知道你们为什么不惜去死，也要杀死我们。因为在你们看来，我们便是让世界毁灭的凶手。而你们想要活着，便需要我们去死。"宁缺看着四周的人群，说道，"但你们要清楚，如果今天试图阻止我们离开，那么你们今天就会死。"

然后他望向七枚，说道："先前你我对了一记便震死了四个人，你更应该清楚，你我一场大战，场间要死多少人。所以正如我先前说的那样，如果稍后你试图在这里拦截我，那么死去的千百条人命，都是你的罪孽，而不是我的。"说完这句话，他背着桑桑，持刀继续向前。看着他走过来，人群最前方的民众惊叫着向后退去，脸上满是恐惧的神情，再也寻找不到一丝勇气的痕迹。然而此时白塔寺里至少挤进了数万人，除了近前的那些百姓，绝大多数人并没有看到窄桥之前发生了什么事情，没有看到那些血腥残忍的画面，后方的人群依然愤怒叫喊着继续向前冲。

人，就是这样一种奇怪的生物。因为看见所以恐惧，没有看见自然无惧。而哪怕是再弱小的人，一旦集合足够的数量，他们便会觉得自己非常强大，怯弱也会变得勇敢，最终便汇聚成最可怕的洪流。人群涌到宁缺身前，堵塞前路。宁缺再次挥刀，鲜血继续喷洒。哭声、喊声、骂声，在湖畔不停响起。老师说得对，人群一旦聚集，便能拥有最可怕的力量，因为太多了，你怎样都杀不光。他向前再踏一步，心想，就算自己用符用箭，也没有办法把面前这些人全部杀死。

就算自己能杀死，老师和大师兄也不会同意。这个念头忽然在他的脑海里闪过，然后瞬间被他强行抹灭。如果自己和桑桑真要死，老师和大师兄不同意，也不得不杀。一路行来，不知道出了多少刀，他和桑桑的身体早已被血水所覆盖。然而身前仍然是黑压压的人群，根本看不到出路。他深吸一口气，继续挥舞着手臂，砍杀着任何拦阻在身前的事物。看着眼前那些表情各异的满是血污的脸，他明白了很多人都说过的一句话——人类的悲欢无法相通，人类的恐惧也无法相通。你不可能凭借自己的实力震慑住所有的人，所以如果你要对抗整个世界，那你就需要杀死足够多的人。

宁缺自幼杀人，尤其是去渭城后，在梳碧湖不知杀了多少马贼。单以杀人的经验论，世间没有几个人比他更丰富。所以他很清楚，杀人是一件很累的事情。即便你的心像磐石一般不可动摇，根本不会因为这些血腥和死亡稍有颤动，但你的身体终究也是会累的。念力会消耗渐空，符纸会用完，箭会射完，刀会磨损，即便刀不磨损，你每挥一刀都要消耗气力。此时，朴刀锋利的刃口竟摩擦得有些发热，宁缺收刀入鞘，开始用鞘横打。把刀鞘变成铁棍，把拦在身前的人一一击飞。但却有了意想不到的效果，不时有民众被刀鞘击到半空，然后砸进人群里，人群后方变得越来越混乱，甚至有些地方开始自相踩踏起来。

一名孩童被人群挤了出来，落到宁缺身前的空地里，坐在血泊间哭泣，看坐姿应该是腿被人群踩坏了。宁缺手中握着的刀鞘破空落下，落在那名孩童头顶，然后静止。人群后方依然嘈杂混乱，叫骂不断，但附近的人，都下意识里安静下来。人们紧张地看着这幕画面，惊恐地等待着血腥的事情出现。宁缺面无表情地看着那名男童，轻挥刀鞘把他推到一边。桑桑靠在他的肩头，很是虚弱。看着地上痛声哭泣的男童，她困难地挤出一丝微笑，说道："赶紧回家去。"

男童抽泣着以手撑地爬了起来，一瘸一拐向旁边躲去。便在这时，他看到了桑桑的脸，想起这个女人就是冥王之女。不由得吓得惊声尖叫，下意识地把握着的一块石头向那张脸砸了出去。宁缺此时正用刀鞘把一名苦修僧击飞，没有注意到这一幕。桑桑被捆在他的背上，就算看到了也没有办法躲避。啪的一声，那块石头砸中她的额头，一道鲜血缓缓流下。

100

桑桑额头上出现一处伤口，鲜血缓缓流下。她看着那名小男孩，有些难过，却没有说什么。陆晨迦清楚地看到了这幕画面，不知为何，她的心头竟然闪过一丝怜悯的意味。曲妮大师则是冷笑起来，毫不遮掩笑声里的快意。桑桑痛且难过，但她什么都没有说，只是静静伏在宁缺肩头，因为她不想让他被这件事情影响什么。但她被石头砸中，宁缺怎么可能不知道，他侧身望向那名小男孩，开始把朴刀从鞘中缓缓抽出。

曲妮大师冷笑一声，阴戾说道："宁缺，你果然冷血至极！"陆晨迦神情微变，替那名小男孩求情道："他还只是个孩子……"宁缺像是根本没有听到她们的话，朴刀已经有一半抽出刀鞘。他看着那名小男孩，满是血水的脸上看不到任何表情，于是越发可怕。那名小男孩哇的一声，再次哭了出来。人群里，七枚大师看着宁缺微有悔意，沉声说道："十三先生，今日白塔寺之围，全是我佛宗的过错，还请你手下留情。"宁缺今日被逼入绝境，逃亡奔波至此地，杀人无数心里早已麻木冷酷到了极点。不要说是场间这些人，就算是夫子或大师兄，只怕都无法阻止他拔刀。整个人世间，能在这种情况下，还能阻止他的，只有一个人。桑桑靠在他的肩头，摇了摇头，疲惫地说道："不要。"宁缺握着刀柄的手微微一僵。

很多年前，他们在岷山深处，合力杀死爷爷。离开猎屋之前，他在还是小女童的桑桑要求下，放走了对当时的他们来说是极珍贵食物的两只小岩羊。当年的故事，似乎在今日重现。宁缺把刀收回鞘中，用鞘尖把还在惊恐哭喊的小男孩挑至人群后方。湖畔倒卧着很多具尸体，还有很多受了重伤的人在血泊里呻吟惨号。宁缺看着远处的寺墙忽然觉得有些疲惫，低下头去。桑桑用手指攥住袖口，用衣袖轻轻替他擦掉脸上的血水。宁缺抬起头来，把臂上系着的绳子解开，然后继续向前走去。曲妮大师和陆晨迦，不知道为什么他会放了自己，怔在原地。很奇怪的事情，就在这个时候发生了。宁缺向前走去，拦在他身前的民众渐渐分开，而且变得很安静。人群后方的嘈杂叫骂声，也渐渐停止。便连那些佛宗僧人也陷入了沉默，没有再继续宣佛号、诵佛经。

没有人能理解是什么导致了现在的安静。因为恐惧？他已经杀了足够多的人，人群因而被震慑住？还是说因为他一直在杀人，所以人们要杀他，此时他不再杀人，所以人们也不愿意冒着生命的危险来杀他？宁缺从血泊里走过，用余光看着那些死者和伤者的脸，然后他抬起头来，看着人群里无数民众的脸。这些脸都有自己的喜怒哀乐，都有自己的故事，而很多人的故事在今天结束。

人群在他身前渐渐分开，就像大海分开一条通道。宁缺背着桑桑在人群中疲惫地走过，血水顺着他的发丝不停地向下滴。早前的血水已经凝固，让他的头发粘在一处，看着很是狼狈。看着他和他背上的冥王之女，人们脸上的神情非常复杂。在人们的眼中，浑身是血的宁缺是魔鬼，是冥界的护卫。白塔寺里一片死寂，只能听到宁缺的脚步声。人群如海渐分，夹道不是为了欢迎，而是送你离开，千里之外。这大概便是被全世界遗弃的感觉。宁缺把沾着血的手，在衣服上擦了擦，然后伸到肩上，轻轻拍了拍桑桑的小脸。

那道强大的气息已经近了。宁缺加快步伐，现在还来得及，只要身前的人群不再继续攻击自己。曲妮大师看着前方越来越远的那道身影，脸上怨毒的神情越来越重，甚至显得有些疯狂。她和所有人不同，她从来不在乎桑桑是不是冥王的女儿。她只想让宁缺去死，替自己的男人和儿子报仇。庵堂里宁缺拍在她身上的符意已经渐渐散去，念力和修为重新回到她的体内，她一声厉喝，身形骤然前掠，一掌便向宁缺背后的桑桑拍去！

101

曲妮大师乃是洞玄境巅峰，手段老辣至极。然而与如今的宁缺相比，她实在是算不得什么，而且本命铁杖在庵堂里便被宁缺斩断，此时听凭一双肉掌又能做得什么？感知着身后天地气息的骤然变化，宁缺握着刀柄的右手一提，噔唥一声，朴刀出鞘，然后如一道闪电般，自腋下穿过，深深刺进曲妮大师的小腹。曲妮大师脸色苍白，缓缓向地面坐去，脸上带着极痴狂的笑意。宁缺不明白为什么自己放了她，她却还要偷袭自己，问道："为何？"曲妮大师一边咳血，一面笑着说道："因为我要你死。"宁缺想了想，明白了这名老妇的用意，右手把朴刀向前一送穿透她的身体。曲妮大师痛呼一声，眼睛缓缓闭上，身体依然挂在刀锋之上，就此死去。

多年前在荒原王庭里，宁缺第一次看见这名妇人，从那天开始，便开始了怨恨的故事。然而那时的他哪里会想到，有朝一日随意一刀便能杀死这名老妇？他抽出朴刀，想起她一家人竟都是被自己杀的。七枚从人群里走了出来，看着已经躺在血泊里的曲妮大师，双手合十，颤声说道："我佛慈悲。"陆晨迦缓缓走过来，跪坐在曲妮大师身旁，伸手把她抱进怀里。宁缺转身望向人群后方，感觉到那道气息越来越近。确认自己无法离开，便开始做准备，把右手伸到身后，手指微微颤抖。

有辆马车缓慢地驶入了白塔寺，来到了人海的后方。一名戴着笠帽、手持锡杖的老僧从马车上走了下来，在数十名苦修僧的陪伴下，他缓步向着后寺白塔的方向走去。白塔寺里到处都是人，人们猜测着那名老僧的身份，渐渐有个消息在人群里传播开来。朝阳城民众都是佛宗信徒，忽然知道悬空寺讲经首座这等当世之佛降临人间，不由得纷纷让开道路，跪到两侧，狂喜兴奋地叩首行礼。有风自湖上来，老僧身上的袈裟随风轻舞。在人海的那一头，宁缺持刀杀人，也硬生生在人海里杀出了一道血路，两条意味截然不同的道路，相对而延终于相会，人海被分成了两边，中间贯通，相看无碍。

老僧看到了那个浑身浴血的年轻人，看到他在挽弓。宁缺看到了袈裟轻飘的老僧，看到了他手中的锡杖。老僧看着他微微一笑，缓缓落下锡杖。宁缺手指微松，弓弦自指间弹回。杀死曲妮大师之后，宁缺便知道自己无法避开那道强大的气息，于是他把手伸到身后从桑桑手中接过铁弓。人海渐分的时候，他已经拉满铁弓，一直在用箭镞瞄准着那个方向。宁缺知道自己面临着此生未遇的最强大的敌人，所以他没有任何犹豫，一照面便动用了自己最强大的武器。嗡的一声，铁箭便来到了数十丈外，来到那名老僧的身前！宁缺敏锐地注意到，在自己松开弓弦之时，那名戴着笠帽的老僧，依然没有做出任何反应。他不由得隐隐兴奋。因为他相信，就算是剑圣柳白，也没办法就这样站着不动让自己射一箭，就算是大师兄，也必须提前移动。然而在那极短暂的时间之后所发生的事情，却让宁缺的脑海里只剩下了一种情绪，那就是震撼，极度的震撼。嗖的一声，铁箭射中了老僧的心窝。可这支铁箭仿佛射到了一块钢板上，然后坚硬的箭身骤然弯曲！一声沉闷的撞击声，那根射到他胸口的铁箭，像意图刺破冰块的稻草一样，弯折落下，跌落在老僧脚前。一块布片从老僧胸前落下，似是枯叶，这便是元十三箭能够造成的所有伤害。元十三箭威力极大，足以开山破石，然而此时却无法射穿那名老僧的身体！看着这幕不可思议的画面，宁缺握着铁弓的左手微微颤抖起来。先前背着桑桑逃亡时，他感觉到那道强大无比的气息，其实已经猜到来者是谁。只是他不想让猜测动摇自己的战意，所以当看到老僧第一眼时，他便射出了元十三箭。

然而最终的结果证明，无论他的战意有多么强大，无论他怎样决绝，在实力差距面前，依然没有意义。白塔寺里所有人都已经跪倒在地，对着那名老僧叩首不止，先前老僧以身承箭的画面，更是令他们敬畏兴奋。宁缺看着那名老僧，声音微哑地说道："悬空寺乃不可知之地，讲经首座更是当世之佛，真没有想到，您居然会涉足红尘。"

悬空寺讲经首座，在修行界里的地位，与知守观观主以及书院夫子相若。这样的人亲自出手，又岂是宁缺能够应对的。讲经首座看着宁缺背后的桑桑，缓声说道："冥王之女都出现在人间，我又如何能不来？倒是你，为何还不离去？"宁缺说道："我为何要离去？"讲经首座望向宁缺身后那无尽的鲜血，神情微悯问了两句话："世人无辜，为何受如此痛苦？行本无果，你为何如此冷酷？"

宁缺看着这名可怕的老僧，用极坚强的意志压抑住心头的恐惧，说道："大师，你错了，我还不够冷酷。先前杀孩童时的犹豫，耽搁了时间，不然此时我已离开。"讲经首座叹息说道："传闻你已入魔，如今看来，非但修行，便是一颗心也早已入魔，既然如此，我便送你归去。"

102

简单两句话，宁缺确认了两个很重要的事实：这名境界高深莫测的老僧果然便是悬空寺讲经首座，而且这名老僧马上便要杀死自己和桑桑。面对如此严峻的局面，他顾不得思考自己与讲经首座之间的实力差距。凭着残存不多的勇气和决心，发动！他体内的浩然气喷薄而出，右脚在坚硬的地面上踏出一个石坑，身体瞬间掠至首座身前，双手高举朴刀，挟着无比炽烈的昊天神辉，斩向首座的头顶！坚硬沉重的朴刀，狠狠砍到首座头顶的笠帽上，迸出嗡的一声巨响，就像是砍到了一座古钟之上，回荡起悠扬的钟声！笠帽瞬间粉碎成尘，然而首座的神情没有任何变化，便是银白色的眉毛，都没有颤抖一丝。

宁缺一声厉喝，朴刀挟着昊天神辉再次斩落。如暴风骤雨般，瞬息之间在讲经首座身上连斩十七刀，每刀落下的位置都不同，但都是那般狠厉强硬!先前的第一刀,是宁缺这一生使出来的最强大的那刀。而此时他闪电连斩十七刀,则是他能够施展出来的最精妙的刀法。然而无论是最强大的一刀,还是最精妙的刀法,在这名神情宁静淡然的老僧身上,都失去了任何意义。连根眉毛都无法斩落,又如何伤得了人?

刀势尽时,宁缺如鬼魅一般,连退数十丈,再次退回先前的位置。又有轻风自湖上吹拂而至,讲经首座身上的袈裟缓缓飘起,露出赤裸的身体。宁缺看得清楚,讲经首座苍老的身体上,不要说有什么刀伤,便是连一丝痕迹都找不到,不由得身心俱寒。他想起七枚在小院前说过的一段话:"佛宗佛法万千,不离其宗,修的便是禅念入佛,肉身成佛,无论身心皆金刚不坏,而贫僧已修至肉身成佛。"

经过小院的战斗,宁缺很清楚七枚的身体具有怎样的强度和可怕的修复能力。而他只是讲经首座的弟子,只不过修至肉身成佛。这位悬空寺讲经首座,元十三箭无法射穿,挟着昊天神辉的朴刀,无法留下丝毫痕迹,明显已经修至身心皆金刚不坏的佛门至高境界!何为金刚不坏?那便是怎样打都打不坏。那这场战斗还怎么打?宁缺从来都不知道"绝望"二字怎么写,但今天他似乎终于看懂了这两个字的笔画。

讲经首座换了一件新的袈裟,然后抬起头来望向数十丈外的宁缺,缓缓放下手中的锡杖。杖尖与地面接触,锡杖杖头响起清脆如铃的声音。杖尖轻而易举地刺进地面,悄然无声。没有震耳欲聋的声音,也没有天地震动的气势。数万名俯首于地的月轮国民,什么都没有感觉到。只有宁缺一个人感觉到了震动,大地的震动。宁缺的双脚颤抖起来,残破的靴子尽数成屑。那道颤抖传到他的腿上,裤子瞬间撕破。然后他的身体也颤抖起来,紧接着,他背上的桑桑也颤抖起来。噗的两声。宁缺一口鲜血吐到身前地上。桑桑一口鲜血喷到他的肩上。讲经首座再次提起锡杖,缓步向宁缺走去。宁缺胆寒至极,唯一的念头便是背着桑桑跳进后寺的湖里。然而此时他觉得身上所有的骨头都已经碎了,哪里还有力气逃走。讲经首座走得非常缓慢,每一步,都需要以锡杖撑地,暂作休息。每当锡杖落到地面上,杖首便会发出清脆悦耳的声音,而数十丈外的宁缺便会再次受到剧烈的冲击。讲经首座一步步向着宁缺走去,宁缺和桑桑不停吐着血。逾百名佛宗僧侣,占据了佛寺四周。数百名月轮军方的箭手挽弓搭箭，瞄准了场间的宁缺。只有七枚大师不知为何，依然站在人群外围。宁缺试图拉开铁弓，却发现在讲经首座的佛威之前，自己根本无法做出任何动作。讲经首座缓步而来，看着他淡然问道："佛祖留下的棋盘在哪里？"宁缺痛苦地一笑，牙上尽是被震出来的血水，说道："在我深深的脑海里，你可以杀了我，看看藏在我脑子里的哪个部位。"讲经首座叹息一声，又望向桑桑苍白的小脸，怜惜说道："可怜的孩子，枉在人间走这一遭，多年来你受尽苦楚，今日便解脱吧。"

宁缺咳了两口血，艰难地挤出一丝嘲讽的表情，说道："佛祖说普度众生，原来是这个解脱法，你为何不先解脱了自己。"此时的情况危急而绝望，他还有心情嘲弄对方，是想着死之前，能嘲笑讲经首座这样的大人物，也算值。而且他还没有绝望，因为他还有最后一线希望。那希望不在他自己的身上，在他等的那个人身上。在烂柯寺的时候，他等那个人等了很长时间。离开烂柯寺后，他在朝阳城里等那个人等了整整一个冬天。他一直在等那个人，是因为他始终坚定地相信，那个人会来。烂柯寺那天，那个人来了，那么今天他应该会出现在白塔寺。只是，那个人真的会来吗？

"铮！"回答宁缺心头疑问的，是一道琴声。白塔寺里并没有琴，场间也没有人带着琴。不过场间有弦，虽然那弦是单独的一根，那些弦在弓上，在数百名月轮国箭手所持的弓上。这道琴声，便是出自一张弓。只不过那位抚琴之人明显有些急迫，所以手指落弦之时，用力过度，竟是把紧绷的弓弦给拨断了。紧接着，又有琴声响起。数百名月轮国箭手，便有数百根紧绷的弦，当抚琴之人指落弓弦之时，便会响起一道琴声，然后弦断。清脆的琴声在白塔寺里密集连绵而作，没有任何断绝，又竟似乎是同时响起！"铮！……铮铮！……铮铮铮铮铮！"极短暂的瞬间，密集清脆的琴声起，然后同时消失。只剩下一些袅袅的余音，在白塔寺里回荡。一名穿着旧棉袄的书生，不知何时来到了场间，静静站在宁缺身前看着不远处的讲经首座，腰带里系着的木瓢在轻轻摇晃。琴声止，百弦断。讲经首座手里的锡杖也不再发出清脆的声响。直到此时，那些箭手才发现自己手中的弓成了废物。

他们震惊地望向场间那名书生，疑惑于这个人是谁。宁缺当然知道他是谁，因为他就是自己一直在等的那个人。看着那名书生，他紧绷了无数日夜的神经，骤然间松弛下来，觉得无穷无尽的疲惫涌入体内。从烂柯寺的秋天到荒原的秋天，再到朝阳城的冬天，他一直在孤立无援地逃亡，直到此时，他终于有了可以依靠的人。

这种感觉真好。大师兄转过身来，看着宁缺浑身是血，不禁觉得有些愧疚，又很是欣慰，声音微颤地说道："师弟，我来了。"宁缺看着大师兄憔悴疲惫的模样，明白这是因为什么，感动无比，声音微颤说道："师兄，你来了？"这两句话，几乎完全同时响起。师兄弟二人相看一笑，然后开始一起咳嗽。

103

宁缺咳嗽，是因为受了伤，却不明白大师兄为何也在咳嗽。看着大师兄憔悴的模样，不禁有些担心他是不是也受了伤。只是此时场间局势依旧紧张，即便大师兄来了，也不见得能够胜过那名已入金刚不坏境界的讲经首座。他直接问道："大师兄，你能带我们离开吗？就像你来时那样。"大师兄摇了摇头。"一个也行。"宁缺依然不死心，回头看了桑桑一眼。大师兄有些不好意思说道："我境界不高，能够使用的次数有限，确实没有能力带着你们离开，而且最近境界一直有些不稳。""谦虚就是骄傲，师兄如果境界都不高，还有谁高？"宁缺说道，然后想着大师兄一直在咳嗽，此时又自承境界出现不稳的迹象，不免有些担心，问道："师兄，你境界出了什么问题？"大师兄很诚实地回答道："最近这一年在世间各地穿行，没有时间修行固本心是一个原因，最主要的还是因为有些累。"有些累，很简单的答案，然而怎样的劳累，才会让一个五境之上的绝世强者，都出现境界不稳的征兆？

宁缺怔怔地看着师兄憔悴的容颜，感动至极，以至于不知道该说些什么。在这时，讲经首座终于开口说话："大先生真的想救走冥王之女？这场浩劫已经渐渐拉开帷幕，莫非你真忍心见世间百姓，像今日这些人一般惨死？"大师兄看看那些躺在血泊里的百姓尸首脸色微白，眼眸里流露出黯然的神情。他的眼睛就像他的人一样，无论映入怎样血腥的画面，怎样污浊的世界，都还是那般干净，正因为如此，所以黯然得那样哀伤。

宁缺知道大师兄是多么善良温仁，此时看到他脸上的黯然情思，不知为何竟感到有些心慌，不敢与他的眼睛对视。大师兄没有掩饰自己的情绪，他也不知道如何掩饰自己的情绪，黯然良久之后，才渐渐平静下来。然后他望向首座，缓声说道："老师让我给您带句话。"讲经首座沉默片刻，轻拂僧袖，一道若有若无的佛家气息从他的指间散溢而出，笼罩在人海里的通道上，隔绝开了内外。大师兄看着讲经首座平静说道："天启十六年秋天，我去过悬空寺，您避而不见。这个秋天，我也去过悬空寺，您仍然避而不见，今天既然相见，终于能让您听见这些话。无论是永夜还是佛宗所言末法时代，都不是我们想要看到的将来，书院自不会眼睁睁看着冥界入侵，但老师以为，想要避免冥界入侵，并不见得需要把冥王之女杀死。"

讲经首座面无表情地说道："佛祖曾有遗言，冥王之女体内的阴寒气息，便是冥王在她身上留下的烙印。一旦她苏醒过来，冥王便能降临冥界，如何能不杀？"大师兄说道："老师一直不相信冥界存在，因为他没有找到冥界。而即便真有冥王，老师也不相信他会在七万个世界上不停穿梭寻找。"讲经首座微微皱眉问道："夫子为何如此说？"大师兄说道："因为老师以为，生命的进化总是趋向于智慧和认识的提升。越高级的生命越懒惰，这里的懒惰当然不是指普通的懒惰。而是指像冥王这种级别的智慧存在，不可能使用如此辛苦的方法来寻找人间。"讲经首座的银眉缓缓飘拂，沉声说道："但这是佛祖看到的将来。"大师兄看着他的脸，平静说道："老师说，佛祖说的不见得是对的。"讲经首座面无表情地说道："佛祖曾经说过，夫子却什么都没有说。"

此时白塔寺里有数万人之众，除了站在通道里的数人，没有任何人能够听到这段对话。站在讲经首座身后的七枚大师听到了，站在大师兄身后的宁缺和桑桑也听到了。但以他们现在的境界层次，还没有办法理解这段对话。但大师兄转述夫子的下一句话，非常简单明确，很容易听懂，大师兄看着首座的眼睛说道："老师说，假设桑桑体内的那道阴寒气息便是冥王留下的烙印，一旦释放便能让冥王感知到人间的坐标。那么从逻辑上分析，冥王没有道理让桑桑在人间成长这么多年，才开始苏醒。一种更可能贴近事实的推测是：冥王根本没有指望桑桑能够在昊天的世界里永远隐藏身份，反而从一开始的时候，冥王便知道桑桑会死，甚至在等着她死。因为桑桑只要死去，她身体封印的烙印便会自动释放，从而暴露人间的位置。所以我们要做的不是杀死她，而是保护她。"

身处人群之中，却与人群处于两个世界的五个人同时陷入长时间的沉默。冥王之女的身世被揭开后，桑桑便开始面临佛道两宗甚至是整个世界的追杀。所有人都认为，只要能够把她杀死，冥王留在她身上的烙印便会消失，人间便能永远避开冥王的目光。从来没有人想过，冥王虽然有七万个子女之众，但其中一个女儿死去，他怎么可能毫无察觉？

104

时间缓慢地流逝，场间依然没有人说话。宁缺看着讲经首座，握着刀柄的右手微微颤抖，不是恐惧，而是不安地等待着对方的回答。如果讲经首座同意夫子的看法，佛宗便不会继续追杀桑桑，甚至反过来，他们要负责保护桑桑的安全。无数个日夜的逃亡，此时终于看到了一线光明。因为他相信夫子的推论是正确的，在他心中老师永远正确，不可能犯错。

然而很遗憾的是，宁缺忘记了一件事情，夫子在书院弟子心中，拥有比昊天和佛祖还要崇高的地位。但在佛宗弟子尤其是讲经首座这种大人物的眼中，夫子不可能高过佛祖和昊天。讲经首座沉思了很长时间，然后轻摇手中锡杖，看着大师兄说道："佛祖不见得是对的，夫子也不见得是对的。身为佛门弟子，要学会聆听佛祖的声音，有是非时，不择是非。"大师兄听懂了讲经首座的意思，神情变得有些黯然，叹息说道："老师果然没有说错，要改变他人的观念永远是最困难的事情。"讲经首座银眉微飘，忽然说道："不过……"

　　大师兄神情微怔，然后面露喜色。宁缺正在失望，听到"不过"二字，有些黯淡的眼眸骤然一亮，问道："不过什么？"讲经首座抬起左臂指向湖心那座白塔，缓声说道："这座白塔亦是佛祖遗物，能镇一切邪祟。我佛门弟子始终不明佛祖在人间留下这座塔是何意，此时本座忽然想到，佛祖留下这塔莫不是已经想见今日之事？"大师兄说道："您的意思是要让桑桑在白塔里生活？"讲经首座颔首说道："正是如此。"大师兄微微皱眉，说道："我想佛祖留下的白塔应该没有这么简单。"讲经首座看着他平静说道："白塔镇妖，万年才能开启一次。"大师兄回头望向宁缺背上的桑桑苍白憔悴的脸，沉默很长时间后轻声说道："那和杀死她又有什么区别？"

　　他看着桑桑的眼神有些怜惜，却又显得警惕不安。宁缺看到了大师兄的眼神，微觉苦涩。然而书院待他如此，他已经很满足了。大师兄又望向宁缺，看着他脸上的血水，看着他眼睛里的黯然，沉默片刻后对讲经首座说道："老师的意思，是把她带回书院。"讲经首座平静地摇了摇头。大师兄再次咳嗽，显得很是痛苦，说道："既然如此，那便看看我们能否离开。"七枚大师闻言身体一震，宁缺微怔，桑桑的脸上流露出难过的神情。她真的不愿意因为自己，而让这些事情发生，书院和佛宗的谈判正式破裂。

　　大师兄回头望向宁缺，拍了拍他的肩膀，说道："不要担心什么，我会带着你们离开，我们一起回书院。"宁缺此时的情绪却有些异样，低头沉默了很长时间，说道："我明白，如果我请求师兄的帮助，师兄你一定会帮助我和桑桑杀出去，哪怕最终失败，我们都会死去。我很确信这一点，哪怕有时候我自己无法理解这种确信——师兄，你一直都很警惕桑桑，你甚至可能是最早发现桑桑是冥王之女的人，但现在桑桑的身世已经被揭穿，为什么你还要这样做？"大师兄展颜一笑，理所当然地说道："因为我是你师兄啊。"宁缺看着白塔寺里的人潮人海，说道："但这些人不会让我们离开。"大师兄明白他的意思，沉默片刻后说道："若要被迫行恶，我身为师兄，也应该是我的事情。"宁缺摇了摇头，说道："就算今天我们杀死成千上万人，回到书院，然后怎么办？世间诸国进攻大唐怎么办？长安百姓也像朝阳城百姓一样，涌进书院让老师交出桑桑怎么办？难道我们还能把他们全都杀了？"

大师兄微怔，他没有想过这些问题，或者说他不想去想这些问题。宁缺看着人群里那些神情各异的面孔，然后他看到了那名拿石头砸桑桑的小男孩还在人群里哭泣。"师兄，你打过架吗？"他忽然问道。大师兄摇了摇头。宁缺看着他微笑地问道："那师兄你杀过人吗？"大师兄继续摇头。宁缺继续笑着，因为终于做出了一个艰难的决定，而觉得浑身放松，所以笑容显得越发明朗。"这两个问题我以前问过皮皮，十二师兄他至少是打过架的，这点比师兄你要强。对了师兄，皮皮现在过得怎么样？"大师兄说道："皮皮回观里了。"宁缺感慨说道："终于长大成人了，看来爱真的需要勇气。"

大师兄不明白他为什么要说这些，觉得有些不安。宁缺看着他说道："师兄，我也有勇气。"他继续说道："我自幼便不知'信任'二字如何写，直到进了书院。我相信书院能够护住我和桑桑，所以无论是在烂柯寺、在荒原还是刚才，我一直都在等着师兄你出现，然而那究竟是信任还是利用？我相信师兄你会来救我，所以我一直在等你来助我脱困，这看上去似乎就是信任，实际上不过是利用，因为我没有想过，也并不在乎，在救我的过程里，书院和你会付出什么代价，而且我明确地知道，就算你知道我不在乎，你也不在乎，所以我一直很确信你会来。"宁缺不再看大师兄，伸手从桑桑手中接过草绳，绕过刀柄和握着刀柄的右手，说道："直到刚才看到你的眼神，我才有些后悔。我杀了这么多无辜的人，师兄，你应该很痛苦吧？"最后一道草绳绕过，宁缺举起右手，然后看着大师兄说道："如果是以前的我，大概会继续心安理得地利用你，就像七念当初做的那样，正所谓君子可欺之以方，但我现在不想做了。"大师兄看着他的眼睛，不解地问道："为什么忽然不想这样做了？"宁缺脸上笑意渐敛，说道："人世间难得有师兄你这么一个干净的人，我不忍心你的手上沾上腥臭的人血。我和师兄你不一样，无论杀多少人我都能心安，别人要杀我老婆，我便杀别人，理所当然。"沉重的朴刀悬在他手腕上，不停摆荡，散发着血腥的味道。

他看着大师兄说道："我从小到大都在行恶杀人，手上沾满了无辜者的鲜血，何必还要让师兄脏手？"一直都是他在说话，大师兄始终沉默，满是灰尘的脸上渐渐变成不安，说道："小师弟，你究竟想说什么？""大师兄，我们还是分开走吧。"宁缺说道。大师兄有些难以理解，眉头缓缓蹙起，想了想后说道："既然你一直在等我，我也一直在找你，如今相会，为何又要分开？"宁缺安静片刻后说道："因为我忽然才明白，师兄你一直找我就是为了带我回书院，而我一直等你，其实只是想等到你。师兄，我很感谢你的出现，因为这对于我来说，很重要。"说完这句话，他在大师兄身前跪下，大礼参拜，"因为见到，所以可以分离，原来相见，便是为了分离。"大师兄终于明白了他的意思，也对着他跪下，揖手还礼，感慨说道："感谢师弟从今日起真正把我当作师兄。"宁缺再拜，说道："大师兄，这一年多辛苦你了。"大师兄还拜，说道："师兄无能，不能带你离开，你莫要怨我。"

宁缺无言再拜。大师兄再拜说道："即便要分道而行，师兄总要送你到大道之上。"

105

分道而行，首先得上道，而白塔寺里的人们不会让宁缺带着桑桑离开。先前被他血腥手段震慑的人潮人海，随着讲经首座降临人间再次获得了勇气和力量。大师兄把宁缺扶起，取出数支铁箭，递到他的手中，说道："这些是你遗失在瓦山的铁箭，六师弟进行了修复，你如果能逃出去，把符线再处理一下，这几个铁筒也是六师弟做出来的，他托我带给你。"宁缺接过沉甸甸的铁箭放进箭匣，把其中一个小铁筒旋紧在一支铁箭的箭镞上。看着师兄眉眼间的疲惫，他很是不安。大师兄知道他在担心什么，看着他温和地说道："确实没有几个人能胜过首座，不过至少我可以拦住他。"接着他继续说道："大师脚踩厚土，金刚不坏，法门里唯一的弱点，便是过于缓慢。而且按照当年的承诺，他不能出手，所以我有信心送你离开。"讲经首座盘膝坐在地面上，右手握着锡杖的中段，神情恬静自然，似乎根本没有听到他们在说些什么，又或者听到了也并不在意。宁缺看着这名佛宗至强者的神情，心头的不安越发浓重，总觉得如果大师兄出手之后，会遇到很麻烦的事情，伸手便去抓大师兄的棉袖。

然而当他的指尖应该触到大师兄的棉袖时，却发现只抓住了一阵风。大师兄身上的棉衣轻颤，凭空消失，不知去了何处，只留了一个字在他耳畔回荡。"走。"宁缺知道这时候不是述别情，徒呼喊的时刻，大师兄既然已经出手，他便一定要利用这个机会逃走。就算大师兄能够把讲经首座拖住一段时间，白塔寺里的人群，尤其是七枚大师和那些佛宗强者，还有那些来自西陵神殿的道门强者，都有可能把他和桑桑留下。所以他背着桑桑，毫不犹豫转身向白塔下那片静湖奔去，然而在下一刻，他的脚步骤然一沉，重重落到地面上，再难抬起。

不是因为那些佛道两宗的强者，拦住了他的去路。而是因为他感知到了身周异样的天地波动，看到了一些人脸上震怖的神情，猜到了身后发生了非常令人震惊的事情。宁缺霍然转身，望向盘膝而坐的讲经首座。大师兄进入无距，目标自然便是讲经首座。无距是世间修行法门里最神奇的一种，是五境之上的惊世神通。世间没有任何身法能够比无距更快。按照宁缺的推算，当大师兄消失之后，再次出现时，必然已经到了讲经首座身前。甚至已经去千里之外取了某样强大的武器，然后再越千里回到白塔寺，对着讲经首座重重击落。

此时大师兄已经再次出现在众生眼前。但他却不在讲经首座身前。他距离讲经首座还很远！看着十余丈外盘膝而重的讲经首座，大师兄神情显得异常凝重，似不能再踏出一步。如果仔细望去，甚至能够看到他脚上的草鞋与泥土还有半寸左右的距离，然而他却无法再移动分毫！便在此时，讲经首座盘膝而坐，手扶锡杖，庄容肃色，声若佛音："如是我闻：三界皆无常，诸有无有乐，有道本性相，一切皆空无，无风亦无露，无雾亦无电，以此清静观，自彼身而起。"这段佛经，说的是大师兄。白塔寺里一片寂静，湖塔寺人尽皆安宁。在绝对清静的世界里，没有风如何能御风而行？没有露如何能踩露而飞？没有雾如何能穿雾而过？没有电如何能身法如电？大师兄的身形便被迫悬停在这个清净的世界里，脚未沾地，然后缓缓落下，脸色变得越来越苍白。都说世间万法，唯快不破，而最快的无距境，今天居然被人破了！

宁缺只来得及转身向后踏出一步，便察觉到了异样，于是他停下脚步便听到那段诵经声，看到大师兄陷入危局之中。他极度震惊，闪电般拉开铁弓，一箭射向讲经首座的面门！大师兄出现之前，他已经用元十三箭射过讲经首座，没有起到任何作用。但他还是射出了第二支铁箭，因为这支铁箭的箭镞上有个小铁筒。他不相信人间真有不死不灭的存在，就算讲经首座金刚不坏。但他坚信小铁筒稍后的爆炸，就算烧不死这名佛宗至强者，至少也可以干扰到对方，从而让大师兄从当前的奇异困境里摆脱出来。然而下一刻，他便看到了一幅极为诡异的画面。铁箭离开弓弦，然后缓缓飘落。宁缺很熟悉元十三箭的击发过程，却是第一次看见这种情况！本应无视空间距离，悄然无声而去的铁箭，离开弓弦之后，竟没有消失，而是保持着本体，缓慢飞了数丈，便从空中跌落到地面！宁缺脸色骤然苍白，然后他伸出右手食指，在空中对准远处的讲经首座横直一划，劲如铁钩！这正是他唯一会的不定神符——二字符！然而他再次发现了极为诡异的事情。无论他的念力怎样狂暴地喷涌而出都无法让手指在空中画出的符线产生任何符意！随着讲经首座的经文缓缓道出，声声经文入耳，宁缺的识海都开始渐渐变得寂静起来。身体逐渐放松，只想坐下听经。

宁缺看着那名盘膝而坐的讲经首座震惊无言，心想这是什么手段，竟如此强大！大师兄看着讲经首座，震惊说道："言出法随！""如是我闻：三界皆无常，诸有无有乐，有道本性相，一切皆空无，无风亦无露，无雾亦无电，以此清静观，自彼身而起。"讲经首座的经文，在白塔寺里不停回响，如钟声一般悠远，如木鱼声一般清静。讲经首座是悬空寺至高者，境界在五境之上。他有自己的佛界，所以他是人间之佛，他在人间讲的经文便是佛经，说的话便是佛言。

佛言，便是他这个世界的规则。

106

世间无风，大师兄看着盘膝而坐的讲经首座带着困惑的神情说道：
"老师说过，你不能出手。"讲经首座看着他平静地说道："多年之前，
我确实向夫子做过承诺，非灭世之大事不得出手。然则冥王之女降临
人间，这便是灭世之事。而且我没有出手，我只是出言。"大师兄闻言
一怔，摇头说道："君陌说的果然是对的。"讲经首座不解此言何意，
继续诵经不止。场间唯有宁缺和七枚知道那句话。讲经首座诵经数句，
便能以佛言在人间自行开辟一个世界，所展现出来的境界实在是太可
怕了。宁缺不得不承认，那个盘膝扶杖而坐的老僧，是他这一生所见
过的最强大的修行者。

佛经声声，塔光已凝。白塔寺似乎变成了一片来自世界初始时的
佛国，隐约与道门五境之上的某种境界相通，然而却又带着一股强大
的镇伏意味。数万月轮国民并不知道场间发生了什么事情。他们只是
本能里感受到，有极庄重肃穆高妙的事情正在发生，于是纷纷俯首向
着讲经首座再次拜倒。天地气息渐宁，修行者无法驭使飞剑，佛宗苦
修僧也无法使出各种手段。但他们能够行走，尤其是日夜在荒原雪地
里打磨精神肉体的苦修僧，还有那些身为武道修行者的西陵神卫，依
然保有着部分力量。

七枚大师率领着数十名苦修僧向场间行来，十余名西陵神卫在两
名红衣神官的带领下走进人群，看速度应该很快便能来到宁缺身前。
宁缺手腕紧紧握住朴刀的刀柄，看着这些向场间围来的人，沉默地皱
起了眉头。便在此时，大师兄再次开口说话。他被佛言逼出无距，脸
色苍白如纸，瘦削的身体如湖畔的柳枝般悬在空中，但他的脸和身体
都还是那般干净。他看着讲经首座，干净的眼眸里忽然出现一抹刚毅
的神色，缓声说道："夫子曾经说过，士而怀居，不足以为士，佛而怀
世，不足以称佛。"他说的这句话，是很多年前老师教给他的，他认为
老师的话一定有道理。有理，所以当然有效，这便是书院追求的理所
当然！宁缺不明白大师兄此时为何忽然要说这样一句话。场间只有讲

经首座明白大师兄这句话的意图。他的神情骤然一肃，吃惊地望向他，右手离开锡杖。士而怀居，不足以称士，佛而怀世，不足以称佛！当大师兄说出这句话后，原本清静寂止一片的天地，忽然间发生了一些极微妙的变化，隐隐约约能够听到噼噼啪啪细碎的破裂声。

白塔寺还是白塔寺，视线所及皆寻常，然而却似乎有什么东西破了。渐有微风起于湖面，如冻糯子般的湖水开始荡起小圈的涟漪。原来是佛国的世界破了。讲经首座没有想到大先生随口一言便能破了自己的言出法随，将要毁掉自己的佛国世界。

随着湖风再起，湖水上的涟漪渐渐扩大，讲经首座的神情越发凝重。他伸出右手指向大师兄，疾声道："如是我闻：有山名般若，其重十万八千倍天弃山，能填风暴海，能镇一应妖魔。"白塔寺里先前静寂一片的天地元气，瞬间狂暴地卷动起来，普通人根本看不到，但修行者能够感知到。狂暴的天地元气以难以想象的速度骤然压缩，然后变成一座有若实体的无限量山峰，轰向大师兄渐要摆脱佛言束缚的身体！

佛寺依然安静，大师兄却觉得自己的耳畔响起无数道巨石碾轧身体的声音。他的身体本来就普通，顿时摇摇欲坠，但却是始终不肯倒下。"噗"的一声，大师兄喷出一口殷红的鲜血，盯着讲经首座的眼睛直声斥道："子曰：世人皆同车而行，当不内顾！不疾言！不亲指！""不内顾"三字出，讲经首座忽然觉得眼眸微酸。"不疾言"三字出，他正在快速念诵的经文戛然而止。当"不亲指"三字从大师兄口中道出，讲经首座顿时觉得那座名为须弥的巨山来到了自己的指间，手臂下落，再难指着对方的身体！

讲经首座的神情越发严肃，嘴唇微启再诵一段佛经，这一次他的语速非常缓慢，却字字如雷，严厉至极："如是我闻：以三昧力故，令删提岚界一切山树草木土地变为七宝，令诸大众悉得自见，皆于佛前听受妙法。随所思惟，或自见身青色、黄色、白色、紫色、赤色、黑色，或见似风，或见似火，或见似空，或见似热时之炎，或见似水，或似水沫，或似大山，或似帝释，或见似华，或似迦楼罗，或似星宿，或见似象，或似野狐！"佛言如雷霆般响彻寺庙，不停地空中炸响。湖水骤然惊惧不安，岸畔柳枝断裂而落，白塔塔身泛起七彩的光泽！先前俯首于地跪拜的数万信徒，此时终于听到了雷鸣般的佛声，下意识里抬起头来望向天空，除了滚动的云层没有看到任何闪电的痕迹。然而此时就连这片奇异的云层似乎都感受到了讲经首座这段佛言的恐怖，开始翻动不安。灰暗的云层翻滚绞动得非常厉害，看上去云就像是有数千条黑蛇在里面不停地绞扯，偶有云团被撕裂开来，极短暂地露出缝隙，阳光便从那些缝隙里洒落，又被云丝散射变成无数种颜色，扭曲成无数种形状。那些天光的颜色落在白塔寺里，或青或白或黑，人们看着自己身上的颜色，自惘然无措，而在修行者的眼中，那些被扭曲成无数种形状的云层，则更加令人恐惧。因为在他们的识海里，那些云变成了手持金刚杵的佛门尊者，变成了凶焰赫赫的佛宗异兽，变成了无数的水与火扑面而来！

宁缺知道这不是幻境，鲜血从他的唇角渗出，在满天神佛之前，他根本没有任何反抗的力量。而他背上的桑桑情况更是严重，当天光透过云层里的缝隙洒到她身上时，她的身体顿时被镀上了一层黑色，不断向外呕的血，竟也如烂柯后寺时那样，全部变成了墨汁一般的事物！此时的白塔寺里，唯一能够与讲经首座佛言抗衡的，便是书院大师兄，他自然也成为无上佛威最主要的攻击对象。大师兄的眼中没有诸多色彩，没有野狐，没有巨象，也没有无情的洪水与烈火，他只看到了满天神佛在星辰的陪伴下，向自己冲来。大师兄体内的骨骼开始发出碎裂的声音，他的眼角开始渗出血丝，他的脸色越发苍白，甚至就连境界都已经濒临崩溃，然而他的神情依然是那般地刚毅。

大师兄抬起头来，望向狂暴卷动的乌黑云层。看着那些自天而降的七色光泽，远古神佛，如雨星辰，喝道："子不语怪力乱神。"子不语。讲经首座银眉垂落，苍老的面容上忽然闪现过一道血红之色，佛言骤止！"怪！""力！""乱！""神！"大师兄每道一字，便有一口鲜血吐出，连道四字，便吐了四次血！当他说完这句话后，朝阳城上空的云层骤然静止，那些撕扯不停的狂暴云团，惊恐地互相依偎挤压在一处，散开的那些缝隙顿时合上。再无一丝天光能够穿过云层洒落地面，七彩的色泽瞬间消失，白塔寺回复原先的模样，那些佛威拟成的巨象、野狐，发出几声类似哀嚎的鸣叫，散作无数光点，消失在天空之中，而那些手持金杵的佛宗传说尊者，还有那些远古神话里的圣君之流人物，还有那些如雨般落下的星辰，瞬间破碎无踪！

子不语怪力乱神。诸天神佛退散！为了对抗首座的佛言，大师兄已经受了极重的伤，然而一言出，便能令满天神佛消散。书院大先生，果然就是书院大先生。大师兄抬起右臂，擦去唇角的血水，看着讲经首座，却对身后的宁缺说道："老师说过，君子不立险地，此时不走，还待何时？"宁缺看了眼师兄的背影，猛地转身向人群外掠去。大师兄痛苦地咳了两声，然后再次消失。讲经首座的身旁卷起一阵巨风。

107

其实那不是风，而是肉眼看不到，普通人永远感知不到的天地气息，在围绕讲经首座的身体旋转。五境之上的无距，是很难理解的一种境界。在肉眼无法看到的天地气息的通道之间，大师兄以无法想象的速度挟着天地气息把讲经首座与真实的世界完全隔绝开来。此时的讲经首座看到的世界是无数根单调的线，听不到任何声音，他的声音也无法传到真实的世界里，他和真实的世界暂时分离。宁缺没有错过这个机会，背着桑桑便开始逃亡。

佛道两宗的修行强者，已经从四面八方包围而来。宁缺几个纵身横掠，刚寻找到一个相对薄弱的突破点，便发现七枚出现在身前不远处。讲经首座被大师兄暂时困住，场间境界实力最高的便是这位七枚大师，而这位悬空寺强者果然没有给他任何机会。人群已经围了过来，佛宗的苦修僧开始集结，两名红衣神官带着十余西陵神卫出现在人群最前方。宁缺身体微寒，但就在下一刻，他注意到了一些很奇怪的事情——那两名来自西陵神殿的红衣神官看着高速奔来的宁缺显得非常平静，平静中带着无限的尊敬还有一抹决然。宁缺确认自己没有见过这两名红衣神官，然后他注意到，这两名红衣神官流露出尊敬与决然神情之时，看的是自己背着的桑桑。

两名红衣神官站在七枚身旁，十余名西陵神卫和数十名佛宗苦修僧正向着他们集结，意图就在这里拦住宁缺。洁白的光焰，从这两名红衣神官的手掌里缓缓燃烧而起，正是昊天神辉！十余名西陵神卫的眼眸被昊天神辉照耀得明亮起来，先前对宁缺的警惧，尽数变成了自信与骄傲，还有殉道者的狂热。看着两名红衣神官掌心燃起的昊天神辉，宁缺心中涌出极大警意。看着宁缺的身影越来越近，那两名红衣神官眼眸里的决然神情也越来越浓，手掌里燃起的四道昊天神辉越来越猛烈。场间光明一片，七枚大师看着宁缺，缓步向旁边挪移了两步。

宁缺明白他这两步的意思，如果七枚大师和这两名红衣神官联手，他无论如何都冲不过去。而他先前没有杀那名小男孩，七枚便给他一个机会，与这两名强大的红衣神官先战一场。然而无论是宁缺还是七枚大师都没有想到一件事情，这两名来自西陵神殿的红衣神官此时施出神术的对象，其实并不是宁缺，而是他们自己。昊天神辉光焰，从两名红衣神官的掌心喷涌而出，从他们红色的神袍下方喷涌而出，从他们的口鼻眼耳里喷涌而出，从他们的每根头发每个毛孔里喷涌而出，两名神官的身体仿佛变成了两盏明灯！七枚大师感知到了极大的危险来临，却根本来不及纵身避开。只得闷哼一声，盘膝跌坐于地，双手护住自己的双眼。两名红衣神官看着远处的桑桑平静微笑，他们的身体大放光明，然后，自爆！

"轰轰"两声巨响！白塔寺里的天地气息骤然一乱，无数鲜血与断肢，在空中飞舞，一瞬间便不知有多少人死去。西陵神术是道门救人治病的最高法门，然而谁能想到，一旦决然以光明燃烧自己便能杀人，便能拥有如此恐怖的威力！黑压压的人群，被两名自爆的红衣神官硬生生炸开了一大片空白，再没有能够站着的人。一片红色的神袍碎片飘到宁缺的肩头，桑桑伸出微微颤抖的手指把这片碎衣拾起，脸上的神情显得有些惘然。她不知道那两名红衣神官为什么要如此惨烈地自爆，但她看到了两名神官临死前望向自己的眼神，所以她知道这一切都是为了自己。

烟尘渐渐散去，白塔寺里一片狼藉，到处是伤者的痛呼和呻吟之声。七枚大师的身体上出现了无数道深刻的血痕，虽然他已然肉身成佛，面对两名西陵红衣神官以神术自爆，依然受了极重的伤。他放下遮住眼睛的手掌望向场间,没有找到宁缺和冥王之女的身影,那十几只黑色乌鸦已经飞到了远处。

108

一支箭重重地射中宁缺的肩头,只留下了一道很浅的小伤口。身后撑着黑伞的桑桑身体却微微一震,无数支箭矢如暴雨一般落下,二人身后的大黑伞就像汪洋里的一艘小黑船,不停地颤动。离开白塔寺,并不意味着就能离开朝阳城。月轮国军队在前一刻已经控制住整座都城,街巷之间到处都有箭手。宁缺的身体在连绵不绝的箭袭中受了一些轻伤,大黑伞替桑桑遮住了绝大部分的羽箭,伞面上的那些破洞却是极大的危险。令他感到不安和紧张的是,他终于听到远处传来了如雷般的马蹄声。

月轮国的重骑兵到了。重骑兵是人间国度对付修行者最强大的手段,只要数量足够多,可以把宁缺和桑桑活生生堆死。便在这时,一辆有着神殿徽记的马车出现在二人身前的巷口。宁缺脚步微顿。车帘掀起,露出一张苍老的面容和一件红色的神袍。宁缺加快脚步,冲进了马车。马车向着巷外冲去。苍老的红衣神官问道:"什么方向?"宁缺应道:"北。"他和桑桑都见过这名苍老神官,在齐国的道殿里。同时他们也明白了究竟是什么原因,才能让那两名红衣神官不惜沉沦冥界也要救自己。桑桑隐约有所察觉,宁缺则是没有时间思考,一直很是困惑不解,直到他看到马车里这名苍老神官,才明白了其中原因。

这名苍老神官姓陈名村,是西陵神殿驻齐国红衣神官,他是光明神殿的人。桑桑靠在宁缺肩头,捏着不知道是先前自爆的两名红衣神官中哪一位的身上的红布睫毛微眨,伤感说道:"何必这样?"道门神术是仁慈法门,被视为昊天赐予信徒最大的礼物,在西陵教典中,动用神术自爆,被视为对昊天的极大亵渎,是被严禁的行为,据说这样做的人死亡之后,将永远无法进入昊天神国。陈村神态谦卑地说道:"这是我们自己的选择,哪怕无法进入昊天神国,我们也不会觉得有任何遗憾，神座大人您不用因此悲伤。"宁缺这时候在驾车，但敏感地注意到，这名苍老神官没有像在齐国时那样称呼桑桑为光明之女，而是直接称她为神座大人，更加确定自己的猜测没有错。他问道："那两位神官是？"陈村嗓音哽咽地说道："华音是宋国宫廷神官，宋希希一直在大河国，如果他们留恋人间荣华，便不会随我来月轮。"红衣神官在道门里的地位非常高，只要派驻到人间国度里的红衣神官往往就像陈村在齐国一样，拥有近乎帝王的尊严与权势。宁缺听到那两名红衣神官的来历，变得更加沉默。

西陵神殿的马车在朝阳城里狂奔，黑色乌鸦不知何时再次飞来，在马车上空盘旋飞舞。宁缺对朝阳城的街巷非常熟悉，又可能是因为马车上的神殿徽记，让月轮国的骑兵有所忌惮，竟有惊无险地连闯数道拦截线。朝阳城内密集的马蹄声再次响起，月轮国的骑兵终于醒过神来，开始追击这辆马车，佛宗的苦修僧也开始向黑色乌鸦的方向聚集。宁缺转头望向右手方向远处的那座白塔，想着大师兄还在那里，也不知道与讲经首座这一战的最终结果，很是担心忧虑。

距北城门近了，只是为了躲避箭手和骑兵，马车在城中绕了些路。佛宗的苦修僧已经提前抵达那处，宁缺甚至感知到了七枚大师的气息。陈村看着北城门的方向，脸上的皱纹变得越发深刻，眼眸却是无比平静，那是连死亡都不在意的真正的平静。他望向桑桑，声音微哑地说道："神座大人，请您告诉我，我们没有做错。"桑桑看着这名忠心耿耿的老年下属，心头微酸，准备说实话。宁缺挥动马鞭，在车前狠狠抽了一记，鞭声响亮。这一记马鞭，仿佛是抽在桑桑心上。桑桑紧紧攥着掌心里的碎红布，指甲仿佛要刺进肉里，看着陈村脸上的皱纹，平静说道："光明永远不会犯错。"听到她的回答，陈村整个人似乎瞬间年轻了数十岁，跪倒在她身前，虔诚地亲吻她的脚背。

北城门外，只有数十名佛宗苦修僧。七枚大师站在这些苦修僧身前，身上那些伤口还在流血。按道理说，他和这些佛宗苦修僧，应该在城内拦截宁缺胜算更大。但他选择城外作为战场，因为先前在白塔寺里，面对那个小男孩，宁缺终究没有拔出鞘中的朴刀。那么作为佛宗高僧的他，凭什么做不到不伤无辜？一辆马车自朝阳城如同虚设的城门处冲了出来，挟着一道烟尘。七枚大师默宣一声佛号，缓缓举起右手，以残缺之手施出了完整的佛门真言大手印。那辆马车却没有停下，而是瞬间撞破强大的佛法气息，继续向着七枚大师和数十名苦修僧撞去。之所以如此，是因为这辆马车忽然燃烧起来。不是普通的燃烧，是在用昊天神辉燃烧。那些能净世间一切物的昊天神辉，从车厢里、从车帘处喷涌而出，瞬间破掉真言大手印的笼罩。七枚大师骤然一凛。白塔寺里那两名红衣神官以神术自爆后，七枚知道西陵神殿内部有人不愿意冥王之女死去，他因此极为警惕。

但他还是没有想到，居然又出现了一名自甘堕落冥界的神官。熊熊燃烧的马车，继续向前。七枚大师急声命令诸僧侣退避，心情越发沉重。西陵神殿究竟怎么了？昊天道门究竟怎么了？炽烈明亮的光团出现在朝阳城外的原野间。燃烧的马车瞬间粉碎，然后化为虚无，无数道威力强大的神辉喷涌，层层叠叠向着四面八方散去，狂风劲吹，石砾乱滚！数十名佛宗修行者被震飞，七枚大师首当其冲，再受重伤！当红衣神官陈村开始燃烧自己最后生命的时候，宁缺已经背着桑桑，从那些被震倒的佛宗强者中间狂掠而过。燃烧的马车，是最无畏的冲锋者，也是最强悍的开道者。桑桑把头埋在他的肩后，没有去看原野间四处飘落的神辉余烬，拳头紧握。

宁缺奔跑着，看着北面不远处的大青山，吹了一声口哨。口哨的声音并不响亮，也不尖锐，似乎是随意吹的。远处大青山里，传来一声凄厉的马嘶。

109

这个冬天，大黑马一直生活在大青山里。整日里嚼花寻幽吃肉懒睡晒太阳，过得不知有多开心。便是笼罩朝阳城的那片乌云，也只让它烦恼了半天的时间。然而最近一段时间，尤其是从今晨开始，城内天地气息大乱，它便知道幸福的时光即将结束。只好无奈地找到那片灌木丛，刨开覆着厚厚落叶的地面。它的前蹄很是强劲有力，没有用多长时间，便踢飞所有落叶，把那个坑刨了出来。黑色的车厢，安安静静地躺在坑中，套索和辕木在前方微微竖起，早就已经做好了准备。大黑马叹息一声，认命地低头钻进套索，然后浑身用力把沉重的车厢拖到地面。它拖着车厢行出荆棘地，穿过密林，来到南麓的草坡前，望向朝阳城方向，微微喘息，紧张地等待着。

　　不知道等了多长时间，它终于等到了那声熟悉的哨声。在它的世界观里，这哨声便是催命的绳索。它本来以为自己非常讨厌这声口哨，而在听到口哨之后，它发现自己竟不由自主地兴奋起来，不由得觉得好生羞耻。便是怀着如此复杂的情绪，大黑马暴嘶一声，拖着沉重的黑色车厢，向着朝阳城外的原野上愤怒冲去。它冲到原野上时，看到至少有数百骑兵向着那道身影追击，不由得越发愤怒。宽广的城北原野上，数百骑月轮国骑兵挟风尘而来，他们形成一道极大的扇面，声势十分惊人。看着局势危险，大黑马暴戾地狂嘶一声，竟是拖着沉重的车厢，变成一道黑色的烟尘，赶在月轮国骑兵的扇面吞噬那道身影之前到达。宁缺身形一低，像闪电般跃进黑色马车。

　　此时数百骑月轮国骑兵，也已经追到，如果马车无法停下来，那么马上便要被这些骑兵包围。大黑马再次嘶鸣，厚实的唇皮儿在风中狂暴地颤抖，马身向左猛地跃出。冲锋在最前面的几匹月轮国战马听着这家伙的嘶鸣，不知为何觉得身体一寒，四脚骤软，砰砰声中摔倒在地。大黑马强行转弯，沉重的车厢却依凭着惯性继续向前，索套在它精壮光滑的脖颈间深深勒下，勒出一道血痕，更有几绺鬃毛掉落。又一声暴烈的长嘶，大黑马浑身肌肉用力，竟硬生生止住车厢前冲之势！车厢被它拉得倾斜将倒，深刻进泥土里的精钢车轮，在地面上震起无数泥土！那些泥土就如同石头般，噼噼啪啪砸在冲在最前面、却侥幸没有倒地的月轮国战马的脸上，数百名骑兵的扇面冲锋阵形瞬间混乱。

　　宁缺背着桑桑刚刚掠进车厢，车厢便倾斜过来，他的人也被摔了两个跟头，此时终于勉强稳住身体，一掌便拍向车壁某处。掌心里的晶石嵌进车壁里的符阵，一道纸符在他的指间化为青烟，符意骤然而出，帮助车厢壁上的符阵高速启动。只听得一声极轻微、有若羽毛在空中飘浮的声音响起，沉重的车厢顿时变得轻了不少。精钢铸成的车轮，从地面里飘浮而出，大黑马最先察觉到改变，欢快地嘶鸣一声，四蹄闪电般蹬动，拖着车厢如道轻尘般向北方奔去。大黑马的速度实在是快得没有任何道理，一旦车厢符阵启动，除了无距境的修行者，世间再也没有能够追上它的人。那数百名月轮国的骑兵别说想追上它，看着这道黑色烟尘都已经看傻了。

黑色马车离开了朝阳城，笼罩这座城市整整一个冬天的那片乌云，也缓缓离开了朝阳城，在高远的天穹里向着北方移动。七枚大师收回望天的目光，带着数十名苦修僧向着北方追去。但他清楚云层下那辆黑色马车的速度，知道自己这些人多半是追不上了。

乌云离开，暌违很多天的阳光，终于慷慨地洒落在朝阳城内。湛蓝的天空下，重获清光的白塔显得格外美丽，湖上倒映着天光树影。难得见到湛蓝天空的朝阳城百姓，却没有什么喜悦的表现，地面上还残留着很多血，死难者的尸体已经被搬走。湖畔的空地上，大师兄正在咳嗽，他手中那方捂着嘴唇的雪白手绢，已经变得殷红一片。整整一年时间，他都没有怎么休息，运用无距境界在世间各座佛庙、道观、城市里寻找宁缺和桑桑的踪迹，极为疲惫，境界都出现了不稳的征兆。今日一战，终究还是受了极为严重的伤，甚至极有可能影响日后的修行。即便如此，他的神情依然温和淡然，除了咳嗽时偶尔会蹙蹙眉，没有任何多余的情绪。

今日这场佛宗领袖与书院大先生的战斗，神奇到言语难以形容。讲经首座连番受挫，身心皆已金刚不坏的他却没有受任何伤。但因为宁缺带着冥王之女成功逃走，所以他是失败者。但讲经首座脸上的神情，却像大师兄一样平静温和，没有任何愠怒的意味。他看着大师兄，赞叹道："刚毅木讷，是为仁。"大师兄揖手回礼，道："惭愧不敢当之。"讲经首座想着今日一战里最关键的那几幅画面，微笑着说道："子曰子不语，本座早就应该想到，夫子怎会不知言出法随这等老朽法门。"他看着大师兄问道："却不知夫子何时授你的法子？"大师兄擦掉唇角的鲜血，慢条斯理应道："老师未曾教过。"讲经首座静静地看着他，忽然问道："难道这法子是你自己悟的？"大师兄点了点头。讲经首座银眉微飘，问道："佛言不闻于世久矣，你何时悟得这法子？"大师兄诚实回答道："便在大师口出佛言之时。"听到回答后，讲经首座沉默了很长时间，银眉缓缓飘落垂下，他看着这名书生叹息说道："朝闻道而夕知命，原来那个故事居然是真的。"

讲经首座手扶锡杖，站起身来，缓慢而沉重地向马车走去。走到车前，他转身望向大师兄说道："宁缺与冥女一路北去，有黑鸦指引，有乌云压顶，你再也帮不了他，回书院休养吧。"大师兄沉默片刻后，说道："还有老师。"讲经首座缓声说道："都说你李慢慢至仁至善，便是连撒谎都不会，想不到如今为了自己的小师弟，竟是学会了骗人。"然后他叹息说道："你代夫子传的那些话，其实只是你自己的猜测，根本不是夫子确定的想法，所以我才没有同意。"先前大师兄曾经向讲经首座转述过夫子的看法：桑桑若死，体内的冥王烙印便会释放，从而把人间的位置暴露给冥王，所以她不能死。此时讲经首座却说，那不是夫子的看法，只是他自己的猜测。大师兄身体微僵，不明白讲经首座是怎么看出来的。

110

大师兄说道："我不明白大师为何会这样说。"讲经首座看着他温和说道："你是夫子的学生，应该很清楚他的性情，如果他真的认为杀死桑桑便会引来冥王入侵，那他早就带着宁缺和桑桑回了书院，又哪里会有从秋天到冬天的这些故事？"大师兄沉默不语。"你们书院，一直是在做让自己高兴的事情。"讲经首座看着他说道，"你们没有信仰，没有敬畏，或者可以无限强大，可这样下去，到最后你们可能会发现自己不明白什么事情才会让自己高兴。请你回书院后替我向夫子转达问候，告诉他，人间的未来很大程度上便在他如今的犹豫之中。"说完最后这句话，讲经首座手持锡杖登上马车，十六匹骏马痛苦地低嘶数声，拉动马车缓缓向寺外行去。看着那辆缓缓离开的马车，大师兄心想：难道老师也会犹豫吗？可如果老师不犹豫，确实应该早就出手才对。

冬天已经离开，春天却还没有完全到来。月轮国北部的矮山间，山道两侧的风景略显荒凉，在车窗上快速倒掠。车厢里，桑桑拥着厚厚的被褥，小脸苍白，手里拿着灌满烈酒的皮囊，觉得冷时便喝几大口，稍暖胸腹。宁缺盯着铜盆上面的小药罐，仔细地计算着时间。桑桑受的箭伤，在他的精心护理下已经好了。现在令他感到不安的是，不知道是不是连续奔波逃亡，她体内那道阴寒气息又有了蠢蠢欲动的征兆。有些刺鼻的药味，渐渐在车厢里弥漫开来，他取下药罐，放到地板上凉着，然后接过桑桑手中的酒囊，把一卷佛经塞到她的手中。

"能背了。"桑桑可怜地看着他。宁缺不为所动，说道："歧山大师说的是读经学佛，要的是通过读经，体会佛法里的意思。"桑桑说道："读了这么多佛经，也不知道有没有什么用。"宁缺走到窗边，说道："你想想，讲经首座口吐佛言，那多厉害。如果你能学会那招，说不定一声令下，你体内那道阴寒气息便会吓得马上失踪。"桑桑笑了起来，依言继续去读那卷佛经。宁缺掀起车窗上的帘布，向山道后方望去。不知道大师兄现在怎么样了？这是宁缺离开朝阳城后，除了桑桑的身体之外最担心的一件事情。既然自己带着桑桑离开，讲经首座没有任何道理继续为难大师兄，那么大师兄应该是安全的。此时他们离开朝阳城已经有数百里，七枚大师和月轮国骑兵、追兵早就被甩得没有踪影，宁缺便让大黑马选了一处道旁，暂停休息。

走下马车，宁缺抬头向天上望去。那片乌云依然跟随着桑桑，比在朝阳城的时候，变得更厚了些，也更暗沉了些。宁缺的心情很沉重，这片云层压得他的情绪很是抑郁，当他听到嘎嘎的叫声，看见那十几只在空中盘旋的黑色乌鸦时，心情越发压抑烦躁。无论是天上的那片云，还是这些讨厌的黑色乌鸦，始终随着黑色马车移动，透着股极为诡异的味道，令人厌倦而心生惧意。宁缺猜测过这片云和黑色乌鸦的由来，云极可能是桑桑体内阴寒气息外泄，从而影响天地气息流转所产生的变化。无法杀死又颇具灵性的黑色乌鸦，则更有可能是桑桑体内阴寒气息本身凝化出来的外象。阴寒气息是冥王在桑桑体内留下的烙印，这片云和黑色乌鸦便等于是冥王的手段。一旦涉及人间之上的存在，那么再如何诡异神奇，似乎都可以理解。

黑云和黑色乌鸦不停地跟随着黑色马车，是非常显眼的标志。在连续遇到月轮国骑兵小队之后，黑色马车再也无法藏匿行踪。宁缺和桑桑的逃亡，等于被无数人一直注视着，被迫变得光明正大起来。既然如此，宁缺干脆不再想那么多，命令大黑马把速度提到最快，只希望能够更快抵达荒原。没有用多少天，黑色马车便成功地穿越月轮国的北方疆土，来到了人烟稀少的荒原土地上。说来只不过是简单的一句话。实际上黑色马车在逃亡的旅途上，遇到了很多次拦截，甚至有几次险些陷入绝境。而其中最危险的一次，发生在黑色马车试图从东北突围的时候。西陵神殿埋伏在葱岭里的人手，当时正在向北方移动，刚好在月轮国东北边境与黑色马车猝然相遇。那支西陵神殿的队伍里，有十余名裁决司的执事，有百余名护教骑兵，最可怕的是有一名知命境的道门客卿。看到这群西陵神殿强者时，宁缺产生的第一个念头是，什么时候知命境真成了白菜一样的东西？第二个念头是道门究竟隐藏着多少实力？第三个念头当然是逃跑。

如今的桑桑是整个人间的敌人，就算宁缺再强大，也无法做到想逃便能逃。黑色马车能够遇到那么多佛道两宗的强者，还能逃出生天，直至成功进入荒原，除了大黑马的速度实在太快，他逃亡的经验无比丰富之外，最重要的原因是，一直有人在暗中帮助他们。宁缺不知道是谁在暗中帮助自己，直到他遇到那群西陵神殿的强者，那些人被迫现出身形，他的猜测才得到了证实。一直在暗中帮助他们逃亡的，正是西陵神殿的人。有裁决司的执事、普通的神官，还有两名身份尊贵的红衣神官。在月轮国东北边境那场突然爆发的遭遇战中，为了掩护桑桑逃走，很多人死得极为惨烈。其中一名红衣神官，再次动用神术自爆，重伤那名知命境的道门客卿，宁缺和桑桑才能够突出重围。

荒原上的风依旧微寒。随着一名又一名西陵神殿的神官为了掩护黑色马车的行踪而暴露，或者死去，桑桑变得越来越沉默。宁缺掀起窗帘，看着未曾见过却熟悉亲近的荒原景致，想着逃亡途中那些惨烈的画面，说道："他们都是光明神殿的人。"桑桑轻轻"嗯"了一声。裁决司的黑衣执事、某道观自愿前来的道人、普通的神官、红衣神官，这些人来自不同的地方，并不都是西陵神殿光明司的下属。但这些人有一个共同的特点：他们都曾经见过一个人，或者跟随此人学习，或者服侍过此人，甚至可能只是和此人说过几句话。而在拥有这些经历之后，这些人无论在日后变成什么样——裁决司冷酷的黑衣执事、道门客卿、身份尊贵的红衣神官，还是西陵神殿普通骑兵，他们始终都矢志不渝地追随光明，认为自己是光明神殿的人。因为他们见过的那人叫卫光明。

卫光明是西陵神殿数百年来，最了不起的光明大神官，同时也是西陵神殿数百年来最大的叛徒，是世人眼中曾经离昊天最近的那个人。他在世间唯一的传人，便是桑桑。

111

西陵桃山上，光明神殿显得非常特殊。虽然已经长达十余年时间没有主人，却依然拥有强大的隐藏实力。光明神殿里的人们，还拥有世人及别的神殿神官们难以想象的坚定信仰。光明神殿的信条便是光明不会犯错，所以他们的信仰很坚定，甚至已经渐渐盖过了昊天本身的威严。卫光明被囚禁幽阁，对光明神殿里的人们来说是难以承受的羞辱。加上这些年西陵掌教和其余两座神殿不遗余力地打压弱化光明神殿，更让他们愤怒到了极点，哪里会相信光明神座亲自挑选的传人会是冥王之女？

人们坚信桑桑是光明之女，坚信自烂柯寺之后的满世风雨，只不过是西陵掌教及道门其余势力勾结佛宗打压光明神殿的阴谋。既然如此，他们怎么可能眼睁睁地任由光明之女被囚或者被杀？由于实力相对较弱，他们只得挟着海雨天风自人间各处而来，然后不断地牺牲、不断地死去。他们用自己的生命和灵魂，悲壮地护送着那辆黑色马车穿越佛道两宗的拦截，成功地进入了荒原。

宁缺没有信仰，所以他很难理解信仰。光明神殿对卫光明和桑桑这种专注而显得异常强大的信仰，更是令他生出极大震撼。他看着窗外的黑土融冰，说道："我全家还有小黑子全村，都等于是死在你老师手中。但我不得不承认，你那老师是个很了不起的人物。千年之前那位光明大神官开创明宗，千年之后你这位光明之女变成冥王之女，在这中间的整整一千年里，你那老师大概便是西陵神殿最大的叛徒。和他比起来，隆庆简直不值一提。"宁缺望向桑桑，说道："只是我有些不明白，卫光明这一生都在寻找冥王之子，为此不惜杀人灭门，无所不用其极。而他在无名山上和师傅同归于尽的时候，已经流露出看穿你真实身份的意思，那他为什么没有说出来？"

在烂柯寺里，桑桑的身世被揭露开，其中有很多证据。而事后他与桑桑提及此事时，桑桑向他说了当年在长安郊外那座山上的故事，两相印照，自然可以看出，卫光明死之前其实便已经知道了桑桑是冥王之女。桑桑摇了摇头，惘然说道："不知道。"宁缺不再去想这件事情。

故国归不得，何处安身？桑桑曾经问过宁缺这个问题，当时宁缺说道，现在对他们来说，最安全的地方除了书院后山，便是没有人的地方。世上人烟最稀少的地方是荒原。从烂柯寺经由佛祖留下的空间通道，来到极西荒原，再然后入月轮。宁缺思考过多条转移线路，却从来没有想过往南方走。因为月轮国南方一直显得太安静。佛道两宗的强者，始终停留在月轮东境与北境，与大河国及南晋隔着原始森林相接的南境，却没有布置任何人手。这种安静显得很诡异，在宁缺看来，很可怕。

黑色马车继续向着荒原深处前进。没有过多少日子，一片被雾瘴笼罩的沼泽地，出现在马车之前，这里便是泥塘。一个很普通甚至小家子气的名字，却是世间最大的一片湿地沼泽。如果要去金帐王廷，那么便必须穿过这片沼泽地。黑色乌鸦在马车上空盘旋飞舞，不时发出几声难听的嘎嘎鸣叫，相伴的时日太长，宁缺早已习惯而且麻木。

黑色马车停在沼泽边上，暂时休息整理，宁缺站到车顶上探路。两只黑色乌鸦蹲在他的脚下，抬头望去，看着他双手间那个铁筒般的事物，嘎嘎叫了起来，似乎是想问他那是什么东西。宁缺被鸦声弄得有些心烦，伸脚把这两只黑鸦赶飞，然后跳下车顶，走到窗边，把望远镜递给桑桑收好，神情显得有些不安。"看不到路？"桑桑问道。宁缺点点头说道："沼泽里雾气太重，没有看到牧民们以前说的那些碎石小道，车厢有符阵，我倒不担心，就担心大黑会不会陷进去。"听到在说自己，大黑马轻嘶两声。桑桑拿着大黑伞走了下来，宁缺猜到她要做什么，不赞同地摇摇头，说道："我说过黑伞尽量别用，而且你现在的身体这么弱。""在朝阳城里便用了，也没觉着发生什么事情，如果冥王真是用黑伞找到我，这么多年怎么没见他出现过？"桑桑笑着说道，见他还是不同意，便牵过大黑马，踩镫攀鞍踩上马背，然后再爬到车顶上，双手一错，撑开了大黑伞。沼泽边缘，车顶盛开一朵黑花。

不知道过了多长时间，桑桑示意宁缺把自己抱下去。宁缺注意到她的脸变得更白了些，体温倒还正常，稍微放下心来。"沼泽太深，我看不到多远。但确实有碎石子路，只是那些路都被淤泥和水草盖着，很难发现。另外七枚大师他们离我们只有六十里地了。"说完这句话，桑桑揉了揉自己有些痛的眉心，忽然间觉得胸腹一片烦恶，连连咳嗽起来，令人无措的是，她咳的不是血，而是一些黑色的沫子。宁缺取出手巾，替她把唇角的黑沫擦掉。

按常理而言，沼泽湿地之类，应该只会出现在南方湿热多水的地区。此地深在荒原，终日苦寒缺水，根本不应该有任何沼泽才对。只不过泥塘真的很奇特，这片荒原的地下有无数地热源泉，数万年间，不停地向着荒原地表喷涌温泉热气，终年都不会结冰，才有了这一大片沼泽。

桑桑的身体稍好了些，沼泽里水雾蒸腾，气温不低，所以她一直坐在车辕上吹风散心。此时他们已经抵达这片名为泥塘的大沼泽深处，后方早已没有任何追兵，他们现在要抵抗的不再是人间，而是自然。沼泽地面极软，长着漫无涯际的野苔，行走起来更添湿滑，很容易便陷进暗潭里。对于普通人来说，这片沼泽等于是噬人不吐骨的凶地，宁缺一行虽然不会担心被沼泽吞噬，但行走起来也是极为艰难，速度变得非常缓慢。而有几次遇着大面积的水面，实在是找不到路过去，宁缺不得已耗费极大念力，给大黑马贴了数道风符，才渡过难关。

112

泥塘里的雾气越来越浓。再也看不到那片厚厚的乌云。继续向沼泽深处走了一段距离，估摸着离出沼泽还有两三天的时间，黑色马车来到一处水潭前，宁缺顿时觉得眼前一亮。这里地势较低，潭中的水足有半人深，相对于沼泽别的地方要清澈很多。而且可能是因为源头的关系，这里的水能够直接饮用。潭里水草茂盛，有很多细小的银鱼在水草间游动，还有十余只白色的水鸟在潭边饮水。"如果大师兄看着这地方，一定特别高兴。"宁缺走到潭边，被荒凉和泥沼折磨了很多天的眼睛，顿时被湖光水色洗了一遍。他伸手到潭水里，发现温度正合适，便让桑桑下来泡澡。大黑马被赶到另一处潭边，它欢嘶着冲进潭水里，开始盯着水里游动的银鱼流口水。

桑桑脱下厚重的裘衣，又解下里面的薄衫，走进水潭里，被潭面上吹来的微风一激，有些颤抖，双手抱着身体，有些畏寒。"坐到水里，就暖了。"宁缺拿着毛巾走到她身后，开始认真替她搓背，用最短的时间结束洗澡，然后横抱着她回到马车，擦干身体，穿好衣裳。他也匆匆洗了洗，换了件新衣裳，然后坐在潭畔的草地上，把她搂在怀里看风景。大黑马也结束了洗沐，欢天喜地地跑了回来，凑到二人身边想要撒个娇。只是一张嘴，宁缺便闻到一股浓烈的鱼腥味，不由得恼火说道："你到底是憨货还是吃货？洗个澡还不忘叼鱼吃，赶紧边上去。"大黑马悻悻走开，在潭边屈蹄半卧，晒着并不存在的太阳。吹着暖洋洋的热风，心情渐渐舒畅，宁缺抱着桑桑看着幽美的景致，因放松而疲惫渐至，就这样入了梦乡。

不知道过了多久。无风而雾气渐散，幽静的水潭对岸，隐隐绰绰出现一个影子。宁缺睁眼醒来，望向那处，这才发现原来水潭的面积竟比想象中还要大，对岸离自己这边的岸，至少有百余丈的距离。他看到了那个影子，不过并没有警惕。因为那个影子如果是人或者什么野兽，不可能瞒过他和桑桑的感知，也许是株树。然而沼泽四周的雾气越来越淡，水潭处的雾气更是渐渐消散一空。已经能够看到天空那片厚厚的乌云，自然也能看清楚对面的风景。水潭对岸那个影子不是一株树，而是一个人，一个宁缺和桑桑都没有感知到的人。那是一个美丽的女人。平日里纤尘不染的裁决神袍，如今上面多了很多泥点，但神袍下的女子，依然给人出尘之感。那女子戴着神冕。神冕以黄金为材，以秘银为线，镶缀着十三颗璀璨的宝石，仿佛有光幕从冕的边缘垂下，笼罩在她的脸上，华贵庄美得令人无法逼视。

宁缺知道神冕很贵重，因为在齐国道殿里，他亲手捧过。但他却不知道，自己会在逃亡途中看到这尊神冕，看到这件血色的神袍。但在看到她的瞬间，他便明白这本就是理所当然的事情。为诛杀冥王之女，佛宗连悬空寺讲经首座都请了出来。道门身为昊天的仆人，至少要派出一位大神官才对。西陵神殿请出的大神官是她，宁缺觉得很幸运，又觉得很不幸。所以他看着水潭对岸的那个女子，除了沉默，完全不知道该怎么做。

水潭旁的气氛变得非常沉重、压抑，细小的银鱼成群结队向水草深处游去，那十几只白色的水鸟惊恐飞走。那些雾气也不知道是不是提前预知到这里即将发生的事情，所以才提前溜掉。宁缺忽然笑了起来，看着对面挥手说道："好巧，居然在这里遇上了。"叶红鱼说道："我在泥塘里等了几十天时间才终于等到你和她，你说巧不巧？"宁缺笑了笑，说道："何必一见面便把气氛弄得这么严肃？说起来几个月前在齐国见面那次，我们不是聊得很开心？"叶红鱼说道："首先那时候她还不是冥王的儿女，其次上次相见距离现在已经过去了一年多时间，而不是短短数月。"

稍一停顿后，她继续说道："看来果然是佛祖棋盘救了你。"宁缺说道："等了我们几十天，就是想听我们从烂柯寺脱困的故事？"叶红鱼道："等人，自然是为了杀人。"说完这句话，她向对岸走去，血袍微飘。宁缺喊道："不想听脱困的故事，我还可以讲悬空寺的故事，那可是相当精彩。"叶红鱼就像没有听到他的话，脚步缓慢而稳定。宁缺佯怒说道："我最不喜欢你的就是这一点，动不动就要喊打喊杀。"叶红鱼微微蹙眉，停下说道："我不需要你的喜欢。"宁缺真怒说道："我这么优秀的男人，哪里不好了？"叶红鱼说道："连冥王之女都敢婆回家当老婆，你这种男人的胆子太大，大到我都有些吃惊，所以最好还是用来杀，不要用来喜欢。"宁缺说道："这说明你还是可能喜欢我的。"

叶红鱼知道他是个怎样的人，不再理会，继续向前。宁缺神情平静，身体却是越发寒冷，说道："在这种烂泥塘里，居然等了我们这么多天，真是深情厚谊，无以为报，想请你洗个澡。"叶红鱼脚步未停，说道："杀死你不是容易的事情，所以稍后肯定会沾着泥土，还会染上你的鲜血，要洗稍后再洗。"宁缺摇头说道："我不和浑身是泥的女人打架，不管是哪种打架，一手摸一把泥，闻着没香气，打得也不痛快。"叶红鱼面色微寒，说道："喜欢杀干净女人，那很变态。"

宁缺站起身来，看着她平静地说道："你应该很清楚，我们都是变态。"

113

深情厚谊，无以为报，请你洗澡。这句话不管是从谁的口里说出来、对谁说，都会显得特别怪异，更何况是对个穿着裁决神袍的美人说。然而接下来发生的事情，包括宁缺在内，没有任何人能够想得到。"变态便是非常态，这确实应该是赞美。"叶红鱼脸上的寒霜渐渐消散，换作浅浅微笑。她把手伸到领间，纤指微弄，单薄的血色神袍迎风而去，露出洁白如玉的身体。

水潭对岸，宁缺和桑桑呆住。叶红鱼毫不在意他们的目光，没有任何遮掩，在云层下，浑身赤裸着走入清澈的潭水里，然后从乌黑的长发开始洗起。宁缺和桑桑看着水潭里那具堪称完美的身躯，看着那曼妙迷人的曲线，神情更加呆滞，根本不知道该说些什么，是不是要阻止对方。片刻后，桑桑看着水里的女子，感慨道："真好看啊。"宁缺目不转睛，点头说道："真的很好看。"

宁缺忽然问道："你怎么知道我会从这边走？"叶红鱼不知从何处摸了个梳子，站在水中轻轻梳着头发。潭水漫在她的腰间，黑发湿漉，自胸前垂落，画面很是美丽。"你先前才说，我们都是变态，我很了解你，以你的性格，不管你是要回唐国，还是像隆庆那个白痴一样去荒原，都会选择过泥塘。"宁缺说道："泥塘不是真的塘，这片沼泽很大，你就不怕错过？"叶红鱼继续梳着头发，看着对岸那辆黑色马车顶上的黑色乌鸦，平静说道："昊天的意志不会让我错过你们。"宁缺沉默片刻后，神情凝重地问道："一定要？""一定要。"叶红鱼用梳子把湿发拢到头顶，绾了个很简单的发髻。

发丝滴着水，落在潭中发出单调的声音，就如她此时的声音。"身为裁决，我的使命便是代替昊天裁决人间的罪与恶。"

宁缺说道："但我们无罪。"叶红鱼说道："你能逃出朝阳城已经出乎我的意料。不难想象，在这个过程里，你杀了很多人。"宁缺说道："别人要杀我，我就杀别人。"叶红鱼说道："你要不管她，别人谁敢来杀你？"宁缺说道："白痴，她是我老婆。"叶红鱼眉尖微皱，问道："哪怕你妻子是冥王的女儿？"宁缺说道："就算她是冥王之女，她也没有作过恶。"叶红鱼说道："听闻在烂柯寺里，大先生也是这般说法。看来书院二层楼的人都是这副德行，难道你们不觉得这样很虚伪？"宁缺问道："好吧，我不是大师兄，这种话我说出来确实没有什么说服力，但她还是我的妻子，就算她恶贯满盈，难道我就能不管她？"叶红鱼回答："有道理，但这是你身为男人的道理，不是人间世的道理。"宁缺说道："牺牲一个人，拯救整个世界，这就是人间世的道理？我相信无论是讲经首座，还是七枚大师，都愿意陪桑桑去死，但你不是这种人。"叶红鱼说道："不错，我之存在，本就是最重要的事情。你妻子会不会死，不足以让我付出殉葬的代价。若将来冥界真的入侵，我与冥王打一仗再死，也算不枉此生，但这不影响我尝试杀死她。"宁缺问："为什么？"叶红鱼答："她是冥王之女，这是原罪。"宁缺摇摇头道："哪里有什么原罪，不过是利益，涉及绝大多数人的利益，人间整体的利益，所以在你们看来，这是不可饶恕的罪。"叶红鱼回应："难道你现在才明白什么是善与恶，什么是功与罪？这本来便无关道德，只关乎利益，对世人有好处的便是善，没好处的便是恶，对越多人好的便是大善，对越多人没好处的便是大恶，对所有人都没有好处的，那便是不可饶恕之恶。”

宁缺指出："然而你现在已经贵为西陵大神官，自然不用服从这个规则。"叶红鱼坚定地说道："不错，我们是制定规则的人，我们是牧羊者，只是当有人威胁到羊群，甚至整片草原的时候，我们也会按照这个规则来行事。"宁缺说道："既然如此，道门哪有资格说书院虚伪。"叶红鱼看着他平静说道："道门本就是虚伪的，我从不否认，但你们书院总认为自己不是虚伪的，这便是为什么我说你们虚伪。"宁缺看着她忽然说道："放羊放一万年，换成各种方式吃羊肉，吃到最后总是会腻，你有没有想过换一种生活方式？比如去山里打猎。"叶红鱼静静看着他，没有说话。宁缺又道："冥界入侵，肯定是很壮观的画面，无数年来，只有我们这一代人有机会看到，永夜降临人间，你难道不想看？"叶红鱼说道："我想看，但我不能违背昊天的意志。"宁缺说道："拜托，你又没有听过昊天说话。说不定他老人家在天上寂寞了无数万年，一直盼望着冥王找到这边，好与对方打上一架，如果你把我和桑桑杀死，冥王永远找不到人间，昊天会孤单至死，苦过苦瓜。"他知道潭里那个女人很可怕。最可怕的地方，便在于他和她是同一类人，但叶红鱼的境界修为却始终压制着他。换句话说，宁缺只能和她硬拼，却没有办法拼过对方。于是他一直在试图说服对方放过自己和桑桑。二人之间对话很快，似乎没有经过深层的思考，实际上却很耗心神，是他这辈子所做的最复杂也是最精彩的一次说服，其中有两次，叶红鱼的态度明显有所改变，险些被他说服。

然而最终还是没有成功。叶红鱼向岸边走去，水珠从光洁的身体上滑落。"既然你确定就是不想让冥王找到人间，那你更不能杀桑桑。"宁缺盯着她赤裸的背影，眼睛微亮，没有任何挫败的情绪，继续说道，"老师说了，如果桑桑出事，她体内的烙印便会释放，冥王便能知道人间的位置。"叶红鱼轻轻擦拭身体，没有转身，直接说道："夫子不会这样说。"宁缺说道："这是老师让大师兄转述给讲经首座的话。"叶红鱼开始穿衣，寻常美女容易被弄至狼狈的穿衣过程，在她身上依然显得那般赏心悦目："如果这真是夫子的想法，他早就把你和桑桑接回书院，或者带去天边，哪里还需要大先生如此劳累地四处奔波？"

宁缺并不知道就在他离开朝阳城后，大师兄和悬空寺讲经首座在白塔寺里也有过一番类似的对话，讲经首座的看法和叶红鱼的如出一辙。此时听到叶红鱼的推论，他不由得身体微震，他一直以为这真是老师的看法，他一直把这看成桑桑最后的希望。满是泥点的血色神袍重新回到叶红鱼的身上，沉重的神冕缓缓落下，在野外水潭里嬉水入浴的美丽少女，顿时变回了恐怖的裁决大神官。黑色乌鸦在马车顶上嘎嘎叫着，难听，而且不吉。宁缺脸色难看至极，喝道："闭嘴。"黑色乌鸦安静片刻，然后再次继续开始鸣叫。

　　宁缺自嘲地一笑，摇了摇头，不再理会，把桑桑搂进怀里，抬头望向空中那片厚厚的乌云，脸上流露出一丝感伤。这丝感伤的情绪很淡，所以很真实，绝对不是伪装出来的。叶红鱼静静看着对岸，感受到了他真实的疲惫、感伤、惘然，下意识里生出些同感，抬头望向空中那片乌云。然而就在她抬头的那瞬间，她忽然觉得有些地方不对劲。不是警兆。她的道心没有发出任何警兆，说明一切如常。然而还是有些地方不对劲。她忽然想到，宁缺这种人可能会感伤，但不应该在大战将临之前感伤，因为任何多余的情绪，对战斗都没有好处，他应该很明白这一点。最关键的是他那自嘲一笑。就算他这两年经历了太多事，心有所感，难以压抑，也不应该自嘲一笑，因为自嘲一笑和感伤加在一起，那便有了放弃的意味。叶红鱼坚信自己无论面对任何情况都不会郁郁，无论面对怎样强大的敌人，在战斗结束之前，都不会放弃，那么他也不会放弃。这便是不对劲的地方。

　　叶红鱼收回目光。她的目光落在对岸。宁缺一直空着的双手里，不知何时多出了一把铁弓。弓弦已然松开。那根黝黑的铁箭，刚刚离弦。铁弓之后，宁缺平静的面容显得格外冷漠。叶红鱼知道死亡片刻之后便要到来，甚至已经注定将要到来。此时她终于明白，宁缺一直在做的，并不是他这一生最耗心神、最复杂也是最精彩的一次说服，而是他这一生最耗心神、最复杂也是最精彩的一箭。

114

面对着死亡，叶红鱼向着水潭对岸跪了下去，而双膝微弯时，铁箭已经到了眼前。她是万法皆通的道痴，然而在那万千法门中，却找不出比铁箭速度更快的手段。在这一刻，她的眼眸深处，那两抹宁缺曾经见过的神之星辉燃烧起来，两团燃烧的神之星辉，从她的眼中射中，变成两面明亮至极的光镜。黝黑的铁箭射在光镜上，光镜骤然破裂，变成无数飘浮的亮片。华美的神冕破裂，十三颗璀璨的宝石被震成齑粉，黄金冕身就像是秋天的菊花一般绽开，变成无数重密的丝瓣，然后散开。

叶红鱼跪在岸边的湿地上，鲜血从鬓间淌出，顺着粉腮流下。为了在铁箭之下觅一丝生机，她眼眸里的神之星辉尽数燃烧殆尽。成为大神官后的天赐之辉就这样消耗一空，她付出的代价堪称惨重，道心更是严重受损。看着水潭对岸浑身是血的叶红鱼，宁缺非常失望，因为他知道自己再也没有办法像第一次出手那样出手。

惺惺相惜，不只可以用来形容爱人之间，也可以用来形容两个非常相似的敌人，比如他和叶红鱼。宁缺很清楚，想要战胜叶红鱼，自己很擅长的那些战斗手段不会有什么效果，似示弱或亲近之类的心理攻势更没有任何意义。所以他没有示弱也没有真的求饶，平静寻常地用叶红鱼很习惯的他的无耻姿态认真地说着道理，讲着可能，进行着平等的说服。那些言语不是心理攻势，又是心理攻势，就是要让叶红鱼把他看成同类人，有资格与她进行讨论的人，然后才能让她生出同感。当他真诚、惘然、疲惫、感伤，抱着桑桑抬头望天时，能够让叶红鱼的心神短暂出现一个漏洞。

那个漏洞真的出现了，宁缺的这一箭极为精彩，换作是谁，都会被他瞒过，然后被他射死。

然而叶红鱼只是重伤，却没有死。所以他很遗憾，然后再次挽弓搭箭，准备再射。微黑的鲜血，从叶红鱼的唇角流出。她站起身来，染着血的黑发和血色的神袍，无风舞动。宁缺挽弓对准她的身体，却发现根本无法瞄准，因为那些舞动的黑发，那件单薄飘拂的神袍，在空中振出了无数道残影，不知道哪道残影才是真的。叶红鱼轻踩水面掠了过来，黑发与神袍飘舞得越发狂肆。

此时潭面雾气早散，视野开阔而清晰，但当她出现在水面上后，整个天地的光彩仿佛都被她吸收，顿时变得灰暗模糊起来。或许是因为宁缺手中铁弓的威力太恐怖，她没有选择直接进攻，而是在潭面上飞舞，借着残影与天地气息，藏匿着自己的真实行踪。宁缺看着箭镞前端，双臂稳定如山，不停地转换着方向，盯着那道在潭面上时进时退、时折时回的清魅身影，不敢有丝毫放松。场间的局势似乎陷入僵滞，但他知道自己处于非常不利的位置，因为他始终无法锁定她的方位，瞄准的时间长了，竟是觉得自己的识海被叶红鱼黑发血袍的残影拖着流动起来，胸腹间一片难受，脸色渐渐变得苍白。

晋入知命境，便能真正了解与掌握天地元气流转的规律。他清晰地感知到，叶红鱼的身体似乎已经融进了潭面上的天地气息之中，如鱼儿入水得自由，根本无法锁死，于是便无法发箭。能够一招不发便破了自己的元十三箭，叶红鱼你果然很强大。宁缺瞄准着水面上那道身影，默默想着。局面已经非常清楚，那就不用再做徒劳无功的事情，他毫不犹豫松开手中的铁弓，伸手握住刀柄，把沉重的朴刀拔了出来。叶红鱼一直在等着他弃弓拔刀的那瞬间，清魅的身影显现，水面上出现几朵涟漪，无数道细小的水剑由潭而生，如雨点般刺向宁缺的身体。

桑桑撑开大黑伞。宁缺却没有站在大黑伞里，他也一直在等叶红鱼出剑的这瞬间。只见他拖着朴刀，如闪电一般向水潭里冲去，浪花四溅。细密如针的水剑，落在宁缺的身上，绝大多数化作水珠，偶有十几支极细的水剑，无视他坚硬的肌肤刺进他的身体，带出一道道的血痕。很明显叶红鱼对宁缺修行浩然气之后的强悍身躯早有准备，宁缺清晰地感觉到那些细密的水剑在自己肌肉里所产生的痛苦与刺伤。但他的脸上没有任何表情，依然快速前冲。像是一条杂色的巨蛟，他便是巨蛟前方最危险的那个角，直接撞向叶红鱼。

在他的身前，空中出现两道极为凌厉、锋不可挡的无形符意，把叶红鱼锁死在一个极小的范围内，正是他最强大的二字符。

115

站在地面望去，那两道若隐若无的符线是绝对平直的线条，但如果从天空中的乌云往地面看，便能看到那两道符线已经弯曲，渐要变成两个上下重叠的圆，把满身是血的叶红鱼套在中间。二字符是神符，是宁缺除了元十三箭外最强的手段，在烂柯寺里第一次出现，即便是叶苏和七念都不敢轻视，叶红鱼再如何强悍也必须警惕。此时她头顶是天空，身下是潭水淤泥，天空与地面之间则是那两道凌厉恐怖的符意，似乎已经没有办法脱困，也无法避开宁缺如风雷般的刀势。叶红鱼毫不犹豫地潜入潭水，就像先前毫不犹豫选择对着水潭对岸跪下，她在战斗的时候从来不理会什么风度仪态。她会忘记自己是身份尊贵的西陵神座，忘记自己是个女人，甚至忘记自己是谁，根本不在乎什么狼狈屈辱，只要能够获得最终的胜利。

潜入潭水其实也是冒险，因为潭水已浑，水势凝滞，对战斗会造成很多影响，然而她在潭水里的游动却是那般灵活，血色的神袍沾水后紧紧贴着她曲致迷人的身躯，仿佛变成了一条真正的红鱼，瞬间便要穿过那两道符线。看着潭水里那条红鱼，宁缺的脸上没有任何吃惊的情绪，因为他早已猜到叶红鱼的应对手段，脚步微顿，双手举刀将落。刀势未落，潭水里忽然多了很多血色的絮流，二字符渗透进潭水里的符意，在她的身上割出了至少数十道细小的血口。潭水摇荡，符意凌厉，叶红鱼无法前行，只见水花四溅如白色的牡丹，她的身影从浪花之中探出，并指为剑，遥遥刺向宁缺的眉心。

好凛冽的道剑气息！宁缺双手举刀如燃天之势，正向着浪花劈下，刀势沉重而不可抵挡，忽然感受到道剑的气息，却依然不停！叶红鱼看着那道向着自己砍落的朴刀，脸上没有任何情绪，右手二指并成的道剑，依然稳定地向前刺去，似乎根本不在意自己的生死。此时如果两个人都不肯变招收手，那么宁缺的刀会把叶红鱼砍成两截，叶红鱼的指剑则会刺穿宁缺的气海，他或者死或者变成傻子。刀依然在落，指依然向前，带着玉石俱焚的凛然劲，有着同归于尽的狠意。

宁缺和叶红鱼这时候都在赌。在赌自己的命，赌对方的命，赌对方到底惜不惜命。用叶红鱼当年的话来说，修行界真正明白战斗是怎么回事的，只有两个人。一个人是她自己，还有一个人就是宁缺。他们二人太过擅长战斗，他们的生活就是不间断的生死战斗，所以拥有近乎完全相同的心理素质和同样强大的战斗意志。此时，他们终于战斗到了生死立见的关键时刻，却不知道究竟谁更狠一些。如果宁缺是一个人，他真的不会退却。他非常愿意用自己的命去赌叶红鱼的命，哪怕最后极有可能是两败俱伤一道死去。然而桑桑现在便站在他身后的岸边，她重病虚弱，整个人间都在追杀她。如果他死了，那么她也会死，所以他不能死。那么他只好退让。

宁缺刀势骤敛，反刀挡在小腹之前。叶红鱼自潭水里破浪而出，身形较低，指剑刺向了宁缺的小腹，重重地刺到厚实的刀面上，发出咄的一声闷响。朴刀刀面上绽起一道微弱的光芒，那是天地气息凝结至极点的外象。宁缺的手腕重挫，胸口一阵烦闷。而就在叶红鱼指剑刺到刀面上时，一道由湖水凝成的透明道剑，悄无声息地从她身后悬浮而起，哧的一声刺进宁缺的左胸！宁缺闷哼一声，身形骤然后掠，在空中连吐数口鲜血。他重重摔落在地，左胸出现一道极深的血洞。

叶红鱼站在潭中一株水草上，身上数十道伤口，不停渗着血，瞬间把已经湿透的血色神袍再次浸湿，然后滴落在她脚下的潭水里。清光从她的身后斜斜照来，穿透薄湿的神袍，没有什么魅惑的感觉，格外威严肃杀，她已经是裁决神座，不再是当年住在雁鸣湖畔的道痴。宁缺用手按着胸上的血洞，看着湖面上的女子，身体觉得有些寒冷。他知命不过半年，境界本就不稳，如果正面交手，根本不可能是悬空寺七枚大师的对手，甚至没有可能战胜罗克敌，只不过他拥有元十三箭和神符这两样可以越境杀的强大手段，而且他很擅长战斗，惯于偷袭，所以才能拥有前面那些战绩。今天面对同样擅长战斗、不以偷袭为耻，比他更不择手段、实力境界又在他之上的叶红鱼，那么他赖以制胜的那些手段，便没有任何意义。既然没有意义，那就只能继续战斗。他右手一直捂着不停渗血的左胸，不知何时指间却多了无数张黄色的符纸，那些符纸已经被血水打湿，斑驳有如命案的证物。哗哗声响中，宁缺把所有的符纸都扔向了水潭之上，识海里的雄浑念力释出，极为精确地联系上每一张符纸，然后同时施放！

擅长战斗的人都很擅长从战斗中、从对手身上学习。叶红鱼如此，宁缺也是如此，叶红鱼从宁缺身上学会了无耻，宁缺的修行生涯里也从很多敌人身上学到了很多东西，比如此时在水潭上空飘舞的无数张符纸。这是当年在土阳城里，他刺杀夏侯麾下第一高手军师谷溪时学到的手段，后来在雁鸣湖畔的宅院里，他用这种手段对付过夏侯。在极短的时间内，无数道符被激发施发，看似是同时发生的事情，实际上每一道符的施放顺序都经过精心的计算，从而让那些截然不同甚至完全相反的符意，并没有因为在极小区域里施发而湮灭无踪，反而是如花开数十瓣，浪起数十道，越发艳丽，越发狂暴，直到变成花的海洋，海上的风暴。沼泽四周的天地气息，尽数被这些符纸召引到水潭上空，无数道湍流相依相偎相冲，不停地纠缠挤压着，直接切断了叶红鱼与天地气息的联系。这是非常高妙神奇的符道手段，但对于境界深厚的叶红鱼来说，只能困住她片刻，却并不能置她于死地，所以她警惕却并没有什么惧意。然而就在这时，一直安安静静站在潭边，看着宁缺和叶红鱼说话聊天吵架打架阴险互杀、始终没有说话仿佛是局外人的桑桑忽然动了。

大黑伞已经撑开，她握着伞柄，把伞面转到对着叶红鱼的方向。然后，她大放光明。

116

圣洁的昊天神辉，从桑桑身上喷涌而出，然后经由大黑伞的伞面，向着水潭上空射去，瞬间把昏暗的世界照耀得一片光明。叶红鱼震惊无语，她怎样都想不到，桑桑如今已经成为冥王的女儿，体内居然还有如此纯净的昊天神辉，这究竟是怎么回事？她是裁决大神官，西陵神术的造诣非常深厚，按道理来说，昊天神辉对她的杀伤力应该最弱，然而大黑伞喷出的昊天神辉，并不是直接落在她的身上，而是进入水潭上空的符意风暴海后，便开始不断折射。幽暗的水潭上，仿佛多了无数面镜子，每面镜子都是一道符意，反射着无数的光线，渐浓渐盛，当最终来到叶红鱼眼前时，威力已经变得极为恐怖。如果叶红鱼此时眼眸深处的神之星辉还在，那么她可以很轻易地用同源的神力，承受来自桑桑的昊天神辉，然而她眼中的星之神辉，已经在硬抗元十三箭的时候消耗一空，所以她只有眼睁睁地看着神辉击打在自己的身上。

一声清啸，迸出双唇，无数团火焰，从她身上神袍下方渗透出来，那些火焰没有温度，焰色竟是黑的，正是传说中的裁决之火！昊天神辉与裁决之火正面相撞，一声雷般的巨响，在水潭上空炸开，叶红鱼的身体被震得向水潭对岸坠去，血色的神袍在空中猎猎作响如旗，在穿过符意风暴海的过程中，瞬间被撕出无数道口子，洒出无数鲜血！潭边岸上，桑桑握着大黑伞的伞柄，紧紧闭着眼睛，脸色非常苍白，待确认叶红鱼被击退后，心神一松，"噗"的一声，喷出一道黑稠的血水。宁缺来不及担心她，甚至来不及拾起岸上的铁弓，双脚重重一踏潭底的淤泥，身体破水而起，向着正在坠落的叶红鱼虎扑而去！

叶红鱼摔进水潭后方的沼泽里，溅起一片微腥的水花，身体顺着苔藓滑出数丈才停下来，鲜血顿时染红了地面。不等她站起，宁缺的身影便落了下来，就像老虎扑食般，冷静专注却显得极为残暴地压住她的身体，没有给她任何反应的机会。他决定凭借力量，直接把她全身的骨头尽数碾碎！

宁缺选择的战术没有任何问题，只是他今天的对手是叶红鱼。叶红鱼离开知守观，在天谕院读了很短一段时间，便直接进入了西陵神殿裁决司。她人生大部分的岁月，都是在裁决司里度过，专司裁决人间罪恶，追杀魔宗余孽，对魔宗功法无比熟悉，哪里会没有应对的手段。宁缺忽然觉得怀中的女子变成了一条鱼，一条连鳞片都没有的鱼，非常光滑。叶红鱼在沼泽里一滚，身上神袍顿时松开，脱离宁缺的控制。同时双指疾探，隔空便是两道凌厉的剑意，直刺宁缺最脆弱的眼睛。宁缺低头，用额头硬扛，双脚插进泥泞的沼泽地面，向前一蹬，一直用草绳悬在右手腕间的朴刀，随势而荡，狠狠斩向叶红鱼的咽喉。叶红鱼双手插进泥地，借着左手用力再次翻滚，神袍全部散开，闪电般一提，把刀势卷入其中，右手抠出一团稀泥，蕴着道息便向宁缺脸上砸去。宁缺避开泥团，刀势再进。叶红鱼召来道剑，直刺他的后脑。

电光石火间，二人在沼泽里不知交手多少个回合。沼泽里尽是稀软的淤泥，对两个人都造成了很严重的影响。宁缺依靠身体强度，拼命进攻，而叶红鱼则是完美地发挥着自己的战斗意识，没有错过任何机会，道门万法绵绵而出，每道法门都要置他于死地。刀风剑意凌厉相杂，随时都可能有人死去。沼泽深处，有雾悄然而至，然后惊恐而散，积着浅水的泥泞苔藓间，两个浑身是泥的人不停地战斗，就像是两只细水豚在血腥地搏斗。

一道水镜忽然出现在宁缺的面前。水镜的材质来自地面，污水里混着碎藓，混浊一片，落在他的脸上，顿时断了他的五识。借着这瞬间时机，叶红鱼两根纤细的手指，极为冷酷地深深插进宁缺的左胸，正是插进先前道剑刺出的圆形血洞里，剑意大作！宁缺胸口处一阵剧痛传来，觉得自己的心脏仿佛下一刻便会裂开，一声痛嚎，把覆在脸上的水镜震破，右拳挟着浩然气狠狠向对面砸了过去。

宁缺挟着浩然气的右拳，有去无回地重重击在她的左胸上。叶红鱼发出一声愤怒痛苦的啸声，插在宁缺胸口血洞里的手指剑意更盛，不停向着更深处插去，鲜血从她的手指边缘挤了出来。宁缺心脏如遭雷击，脸色骤然苍白，身体里的力量快要消失殆尽，抬起左手死死握住叶红鱼的右手腕，右拳松开把她往自己的怀里拉，然后一低头咬到她满是泥水的脖颈上！

微显腥臭的沼泽积水味道之后，是微腥却有些甜的血的味道。此时叶红鱼的左手随风而落，快要落到他的头顶。一旦落下，他便会死去。叶红鱼颈间传来清晰的被撕咬的感觉，她甚至能感觉到自己的血水正在被吸走，她想起了数年前在魔宗山门里的遭遇，脸色骤然间变得极度苍白，被压抑了很多年的恐惧，从眼眸最深处生出，然后占据了她的身心。伴随着颈间的痛苦，是识海的涣散以及身体的虚弱，她终于确信宁缺不是用这种方式在吓自己，而是真的会这种邪恶的魔宗功法。然而她眸里的恐惧，忽然变成了绝对的宁静，明亮有如宝石。

此时叶红鱼的右手手指插在宁缺胸间，距离他的心脏只有半寸的距离，右手落在他的头顶，似在抚摸，宁缺的头贴着她的脖颈，似在亲吻。宁缺能够感受到她身上气息的变化。他以为这个可怕的女人，又像当年那样，毫不犹豫决定强行堕境，也要换来自己的生机和对方的死亡。所以他停止吸血，声音微哑含混不清地说道："我不是莲生，以堕境为代价杀死我，没有必要，不要再打了好不好？"叶红鱼的脸上没有任何情绪，漠然说道："你居然学会了饕餮，我更没有让你活下去的道理。"宁缺想起红莲寺前那场秋雨，想起自己学会饕餮的过程，脸上露出一丝苦笑，喃喃说道："但我从来没用过。"然后他的嘴唇缓缓离开她的脖颈，直起身体。叶红鱼的手指缓缓离开他的心脏。

宁缺疲惫地向后倒在沼泽里，向后挪了半丈的距离，看着她说道："我承认自己确实不是你的对手，等我休息会儿再来打过。"他的唇间有泥水，有血水，还有一丝极细的金线。叶红鱼看着他说道："如果你先前继续咬下去，你已经死了。"她手指微动，宁缺唇上那根金线飞落地面，哧的一声深入地面不见。宁缺这时候才注意到，叶红鱼身上的那些伤口里，有很多处都能隐隐看到金线，不由得震惊无比，问道："这是什么？"叶红鱼说道："当年从荒原回来之后，我在身体里埋了七十二根金线，每根金线都是一道剑，如果还有谁想在我的身上啃块肉走，他一定会后悔。"

117

金线很细、很韧，要埋进人的身体里，只有一种方法，那便是用针生生缝进去，那个过程想必非常痛苦，如果不是迫不得已，谁会这般自虐？宁缺看着叶红鱼，说道："看来西陵神殿果然真的重新接纳了隆庆。"叶红鱼说道："这和隆庆又有什么关系？"宁缺说道："只有隆庆知道我会饕餮，你才会在自己身上埋金钱。""隆庆知道你会饕餮？他没有告诉神殿。"叶红鱼微微皱眉说道："我说过，埋金钱是几年前从荒原回来后便做的事情。"

宁缺有些吃惊，说道："那时候莲生已经死了，你为什么还要承受这么多痛苦，把金钱埋在身体里？"叶红鱼说道："因为我时刻准备着有人想要吃掉我。"宁缺沉默了很长时间，然后说道："你真是个疯子。"他向后方又挪了一段距离，确认胸口的血水渐凝，松开手掌，重新握住刀柄。叶红鱼用泥糊住肩颈处的血口，然后平静地抬起头来。二人的目光在昏暗的沼泽里再次相遇，都读懂了对方眼神里的意思。他知道叶红鱼不会让自己和桑桑活着离开，叶红鱼知道他肯定不会束手就擒，所以越发血腥激烈的战斗马上便要打响。

　　叶红鱼忽然望向自己身前。她赤裸的双脚踩在泥泞的水泽里，而此时那些泥水正在轻颤。她脚下踩着一片湿滑的苔藓，苔藓此时也在震动，磨得她的掌心有些发痒。宁缺也感觉到了大地的轻微震动，微感疑惑，望向沼泽西方。那边依然被水雾笼罩，白茫茫一片，看不到任何事物。大地的震动渐渐加剧，沼泽里的浅水开始生出圈圈涟漪，然后开始跳跃起舞，混浊的泥水，不停跃起，然后落下。

　　他们同时望向西方被大雾笼罩的沼泽，神情渐趋凝重。那片深重的大雾里，究竟隐藏着怎样的凶险，难道是传说上的上古荒兽？大地震动，蹄声如雷，沼泽西方的大雾骤然一乱，一道灰影从雾中纵跃而出，然后重重落在地面上，蹄下溅起一蓬烂泥。

　　出乎宁缺和叶红鱼意料，从雾里跃出来的，不是什么上古荒兽，也不是哪位隐居沼泽的前辈修行者，而是一匹灰色的马。那匹灰马身姿矫捷，神骏异常，长长的鬃毛在颈间飞舞，奔跑在酥软泥泞的沼泽地面上，直如一道灰影，潇洒至极，明显是野马。就在这时，一道白影又从雾中纵跃而出，那是一匹同样神骏的白色母马。然后紧接着，数十匹数百只甚至成千上万匹野马从雾中奔涌而出！蹄声如雷，在无数只马蹄的踩踏下，整片沼泽仿佛都在震动摇晃。马影密集如荒原上的风沙，瞬息间把西方的大雾冲成丝缕，甚至把厚雾挟卷着，向这边冲了过来！

　　大唐盛产骑兵，然而宁缺这辈子都没有看见过这么多马，叶红鱼更是没有见过。如此声势的马群冲刺，让他们都感到了惊恐，急忙向后退去，替马群让道。宁缺退而转身，拼命地向着后方奔跑，跃进水潭，快速跑到岸边，扶着桑桑进了马车，然后重重一掌，把正处于极度惘然状态下的大黑马拍醒，催促它拖着车厢，跟着野马群向着东方逃去，此时正是离开的大好机会，他怎能错过？

野马群暴烈过境，雾卷云动大地不安，叶红鱼找到沼泽边一株枯死多年的树，站在梢头，看着身前雾中不停闪掠而过的马影。大雾被野马群带着来到这里，她的视线被阻，只能看到树前一片地带，各色野马就在她眼前高速奔过，竟没有丝毫中断，雾中马嘶连连。叶红鱼的脸色有些苍白，这个野马群何止成千上万，只怕人间所有国度的骑兵加起来，也没有这个野马群的数量多。过了很久，大雾逐渐安宁，马蹄声逐渐远去，雾深处，传来零乱蹄声，可能是落单的马，又响起几声难听的嘎嘎嘎嘎，像是黑色乌鸦。

叶红鱼神情骤凛，从震撼的情绪中清醒过来，跳下死树，向着水潭方向疾掠，然而当她穿过水潭，来到岸边时，黑色马车早已不见。潭畔的地面上，搁着一套衣裙。叶红鱼看着那套衣裙，沉默不语，知道这是宁缺和桑桑留给自己的。

黑色马车混在野马群里，冲进浓重的厚雾，向着东方狂奔。车厢外马嘶声声，蹄声密集，甚至令人的耳朵有些刺痛。虽然借由野马群的掩护，摆脱了叶红鱼，但宁缺的心情依然十分紧张，甚至更为紧张。因为他知道野马的性情都很暴戾，尤其是这样规模的野马群，在荒原上都可以称王称霸。先前赶得那些巨狼水豚狼狈不堪，如果野马群不肯接纳大黑马，尤其是不肯接纳马车，那么情况便会变得非常危险。幸运的是，野马群确认大黑马是同类，并且有资格与它们一道前进后，并没有向他们发起攻击。只是近处的十几匹野马，一面奔跑，一面打量着车厢，甚至有只年轻公马好奇地把头凑到窗口，似乎从来没有见过马车。

当野马群出现的时候，大黑马非常不安。因为就连它也没有看见过这么多强大的同类，尤其是在沼泽这种地理环境里。所以当汇入野马群后，它表现得极为老实低调，然而当它发现自己的速度依然要比野马群更快，自信心与骄傲嗫瑟的情绪，重新回到了它的身体里。当那只年轻公马试图把头探进车窗里，它极为不悦地嘶鸣了一声。那只年轻公马有些不满地回了一声嘶鸣。宁缺心惊胆战，恨不得一脚把大黑马给踹飞。黑色马车混在野马群里，向着沼泽东面奔驰，这一跑便跑了整整一天一夜。中途马群只休息了两次，宁缺本想离开，但车厢四周尽是黑压压的马群，根本不可能挤出去。而且他还发现了一件奇怪的事情，野马群在沼泽里奔行，竟似能够找到传说中的那条实道，所以不会遇到任何危险。

既然野马群没有敌意，还能更快地穿过沼泽，宁缺当然愿意随它们一道走。第二天清晨时分，野马群终于奔出了沼泽，来到了荒原之上。晨光之下，青草渐生。黑色马车出雾，便看见如斯美景。宁缺心情骤然轻松，忽听着身后雾里传来嘎嘎的叫声，心想这些黑色乌鸦真是阴魂不散，恼火斥道："闭嘴！"嘎嘎声依然在雾里响起，而且显得极为不满。宁缺回头望去。雾气渐分，走出来了八匹神骏异常的马。这八匹马拖着一道辇。辇上坐着一只黑驴。先前不是乌鸦在叫，是它在叫。

118

八匹马都很神骏，然而那辇却很破烂，怎么看都像是从垃圾堆里捡出来的。不过这并不是重点，辇上的那只驴才是重点。那驴身量不大，通体黑色，只有嘴周一片雪白，懒洋洋地坐在辇上。辇上一筐澄黄色的果子，黑驴嘴里正嚼着一个。荒无人烟的沼泽里，居然有成千上万甚至更多野马组成的马群，这本来就已经是件非常令人震惊的事情。然而号令这个野马群的竟然是只驴子，而且这驴子像人一样坐在辇上懒散地吃着水果。任谁来看，都会觉得它是只妖怪。

宁缺知道这只黑驴不是妖怪，因为他在书院后山里见惯了这种作派。无论是老黄牛、大白鹅还是自家的大黑马，都是这般。在看到辇上那只黑驴第一眼时，他便猜到了这只黑驴的来历。在书院后山，在红袖招顶楼，在大明湖底，从二师兄处，从简姨处，从很多人处，每当他听到小师叔的故事时，总能听人提起那只小黑驴。听得多了自然便熟了，只见宁缺抑制不住心中的激动，跳下马车冲向那道破辇。

数十年前，小师叔骑着小黑驴离开书院，进入长安。然后骑着黑驴行走世间，小黑驴不知看到了修行界多少传奇故事的发生。然而数十年后，它虽然不可思议地还活着，但终究还是老了。现在它已经不是小黑驴，是头老黑驴。数只强壮的野马拦在宁缺身前，遮住了他的视线。宁缺跳了起来，对着辇上挥手喊道："我是书院的！我是书院的！"老黑驴靠着辇背，神态懒散，根本不予理会。宁缺心想即便它能听得懂人话，也不可能相信随便喊两句，便让它相信自己是书院中人。不由得心意微动，他体内深处那颗悬浮着的晶莹液体缓缓旋转，纯正至极的浩然气，缓缓灌注到他手臂内，然后顺着手指向空中散去。一道极坚定强大的气息，顿时出现在破辇旁。

黑驴依然没有理会宁缺，微讽地想着，如果不是早就发现你是书院弟子，我费这功夫救你做甚？连这都想不明白，居然像个白痴一样拿浩然气来作表演，真是丢人。宁缺不明白黑驴为什么没有反应，但看懂了它脸上的嘲弄神情，感慨想着，果然不愧是小师叔的驴，居然骄傲到了这种境界。大黑马瞪圆眼睛看着破辇的方向。它在书院后山里与老黄牛等厮混了很长一段时间，哪有不知道黑驴的道理。此时看着宁缺的神情，便猜到了此驴便是彼驴，不由得很是震惊。思来想去，它终究还是鼓足勇气，走了过来。那八匹神骏异常的野马，看见它低头走来的模样实在是太过鬼鬼祟祟，庄肃嘶鸣数声，极为严肃地发出警告。

大黑马被这严肃的嘶鸣吓得前腿一软，险些跪了下去。黑驴不愿意搭理宁缺，却明显对大黑马有些兴致，嘎嘎叫了两声示意八匹马这是自己的子侄辈，让它过来。大黑马颤着腿，艰难无比地挪到辇前，谦恭至极又小心翼翼地把马头伸进辇中，在黑驴滚圆的肚皮上轻轻蹭了蹭，又伸出舌头舔了舔。在书院后山，它被那头叫木鱼的大白鹅欺负得不善，心想白鹅只不过是师兄，这驴要算是师叔，指不定要怎么收拾自己，得赶紧讨好。黑驴哼了两声，显得很满意。然后它用前蹄有些笨拙地拍了拍身旁的筐子，示意大黑马自己拿了吃，就像长辈给小孩儿零食。大黑马懂了意思，一阵狂喜，却不敢多拿，极小意地用嘴叼了一个，然后连连低首表示最诚挚的敬意与感谢。又对那八匹马摇臀摆尾讨好了一番，才屁颠屁颠地离开，回到车厢前美美地开始嚼食。黑驴看着它那憨蠢无耻的模样，忍不住摇了摇头，轻唤一声有若叹息。然后它又望向宁缺，想着昨日此人在沼泽里和那个不要脸的道姑打架时的憨蠢无耻模样，又摇了摇头，轻唤一声，显得很是失望。

宁缺有些尴尬，心想自己和大黑马的搭配比起当年小师叔和小黑驴的搭配来，确实无论是从气质还是实力来说，都显得有些丢人。黑驴嘎嘎叫唤了两声，辇前的八匹骏马抬起头来，准备离开。就在宁缺想要说话的时候，那些停在黑色马车上的黑色乌鸦，终于忍不住，也跟着嘎嘎叫了起来，显得很是快活。黑驴大怒，心想管你是冥王还是昊天化出来的破鸦，居然敢学我叫唤，实在太不恭敬，愤怒地嘎嘎再叫了两声。那些黑色乌鸦宁缺无论用箭还是用符都无法把它们杀死。但此时听着黑驴叫，它们顿时觉得昏昏沉沉，惊恐得再也不敢出声。

宁缺越发窘迫，说道："以后怎么找你？"黑驴没有反应。宁缺又道："难道你不想回书院看看？夫子还活着，老黄牛也还活着，大师兄和二师兄现在可不是当年的小孩子了，他们应该都很想你。"黑驴微显犹豫，转头望向宁缺，沉默片刻后咧唇，露出满口白牙，就像是在笑一般。然后它厉声一唤，缩回左前腿，用右前腿指向北方。正在草甸上休息的野马群，听到驴叫毫不犹豫地抬起头来，集结成群，开始奔跑。一时间，蹄声如雷，烟尘大作，无数匹野马开始高速移动，竟是没有任何混乱，显得极有纪律，竟如军队一般。

先前宁缺看黑驴收一蹄伸一蹄的模样，觉得很是滑稽可笑。此时再看着万马奔腾的震撼人心的画面，忽然觉得黑驴就像是一个威严不可侵犯的名将，正伸出右手，替麾下的千军万马指引征伐的目标。宁缺隐约想明白，黑驴便是野马群的首领，这些年来带领着无数万匹骏马穿行沼泽的两端以及北部的寒原。任何牧民不能去，骑兵不能抵的地方，便是它们的自由世界。

至于先前他与叶红鱼一场血战，正在要分出生死，而且极有可能是自己去死的时候。黑驴带着野马群恰好通过那处。世间没有这么巧和幸运的事情，那自然是黑驴想要救自己，并且带着自己离开沼泽。宁缺走上马车，再次回头望向越来越远的野马群，心想小师叔一生都在追寻自由，黑驴现在过的便是这种生活，自己又何必打扰它，替它感伤？

天苍苍，野茫茫，风吹草低见牛羊。黑色马车离开月轮，穿越泥塘沼泽，终于来到了金帐王廷所在的荒原上。金帐王廷是一个被中原诸国都快要遗忘的国度，除了唐人。宁缺在渭城从军，隶属于大唐北方边军，在梳碧湖打柴多年，对金帐王廷，对这片荒原，自然熟悉到了极点。黑色马车沉默地在人烟稀少的草甸间穿行，像朵黑云。

119

金帐王廷所在的荒原，气候相对较好，水草肥沃，牛羊众多。直属王庭的精锐骑兵便有近十万之众，实力十分强大。除了大唐，没有任何国家是金帐王廷的对手，当年大唐公主李渔殿下远嫁荒原，虽然主要目的是为了避开钦天监那道批谕引发的混乱，也从侧面证明在唐人眼中金帐王廷的重要性。宁缺和金帐王廷的骑兵以及那些骑兵假扮的马贼打了很多年交道，他很清楚这片荒原上的蛮人的实力。除了那些凶悍至极、骑术惊人的骑兵，王庭供养的十余位大祭司，都有接近甚至达到知命境的修为。所以虽然知道金帐王廷并不信奉昊天，也没有冥界入侵的传说，但当黑色马车行走在这片荒原上时，他依然保持着极高的警惕。

某日，桑桑感知到后方十余里外，有修行者追来。宁缺把马车驾到近旁南向一片乱石堆里，继续藏匿。最先来到这片原野间的，却不是那些追杀桑桑的修行者，而是一百余名草原骑兵。看那些骑兵身上穿着的软甲、队伍后方的一道轻辇，宁缺判断出这队骑兵应该是直属王庭的精锐，轻辇上极有可能坐的是祭司。片刻后，三名修行者骑马而至，与金帐王廷的直属精锐骑兵遭遇，那三名修行者身负道剑，应该是出自道门。宁缺听不见他们说了些什么，但看三名修行者的姿态神情和那些草原骑兵提缰的姿势，心知马上便是一场战斗。荒原蛮人有三座王庭，其中右帐王廷崇信佛法，侵略性不强。左帐王廷面临着荒人南下的威胁，所以被迫与中原诸国联军多次并肩作战。唯有金帐王廷本身最强，而且从来不吝于展示自己对中原人的敌意。只听得一声呼哨，数十名骑兵猛蹬马腹如闪电般向着那三名修行者冲杀而去，手里的黄杨硬木弓早已绷紧待射。那三名道门修行者常年在中原道观里修行，一捏剑诀，身后鞘中的道剑倏然而起，随着荒原上的风凌厉而去，瞬间便刺落一骑。宁缺看着剑光纵横，这才知道，这三名修行者竟然都是洞玄境的高手，其中一人甚至已经到了洞玄巅峰，难怪身在荒原，态度依然如此强硬。

停留在原地的数十名骑兵首先发箭，羽箭如雨般向那三名修行者袭去。一名修行者召回道剑，在身前布下一道剑幕，挡住绝大多数羽箭。紧接着，那些骑兵从马鞍旁抽出短矛，沉喝发力，再次掷出。短矛的重量远远超过羽箭，数十支短矛破空而至，声势显得颇为惊人。那名修行者连捏剑诀，道剑在空中不停劈砍，却再也无法轻而易举地把这些短矛砍落。只见其中一根短矛突破剑幕插进了一名修行者骑着的马腹间。那马一声惨嘶，痛苦地乱跳，顿时把那名修行者掀了下来。骑兵首领一声厉喝，留在原地的数十名骑兵也加入了冲锋的队伍，百余骑兵像数道浪花一般涌了过来，瞬间把那三名修行者淹没。只听得唰唰数声干净利落的刀声，鲜血横飞。转瞬之间，王庭骑兵提缰散开，场中央那三名道门强者倒在地上，已经变成了尸体。那名洞玄巅峰强者，浑身是血地躺在新草之间，左手握着的是个烟花传信装置。按照约定，如果他看到宁缺和冥王之女，便要把这个装置打开，通知大部队。然而他来不及打开，便被这些像狼群般的王庭骑兵杀死，可以想象这一切发生得多么快。三名洞玄境修行者，面对百余名王庭骑兵，竟显得没有任何抵抗能力，便被干净利落地杀死。黑色马车出了乱石堆，折向南行，宁缺想着先前那场突然开始突然结束的血腥战斗，沉默思考片刻后，再次确认了一个观点。

非武道修行者，如果没有入魔，或是晋入知命，永远不是军队的对手。因为修行者都有一个无法解决的弱点，那便是他们的身体。修行者的身体和普通人的身体一样弱小，无论是羽箭还是弯刀，都能轻易地收割他们的生命，更不要说两军对阵时的万箭齐发。更重要的是，修行者用天地元气操控本命飞剑，飞剑的杀伤范围受到念力程度的限制，绝大多数飞剑，都无法超出羽箭的射程。而且飞剑想要破开各种盔甲，便需要打磨得极为锋利，又偏偏不能太薄以免破甲之后自身损伤，所以铸造起来极为困难。

这正是为什么普通的修行者根本不敢与国家对抗，还要替各国朝廷服务。这也正是为什么传统观念里，剑师的身边总要有一位武者近侍。宁缺在渭城从军的时候，基本上没有见过修行者，更没有与修行者战斗过，只是记得马将军喝多后讲当年沙场之上的故事时的神情。马将军的态度很轻蔑，他认为修行者单独很强，但在战场上没什么大用，所以对于今天这场修行者与军队战斗的结果，他并不觉得意外。金帐王廷的精锐骑兵果然还是那么强大，甚至显得比前些年更加强大。他看着车窗外渐渐变得有些眼熟的风景，神情略显沉重。

英武神勇的前任金帐单于英年早逝并不见得是件好事。他的弟弟接任了单于之位，如今看来拥有不下于其兄长的智慧与才干，而传闻说此人拥有更多的野心。宁缺是唐人，更是一位驻守边疆多年的大唐军人，此时虽然是在带着桑桑逃亡，依然难以自抑地开始担心大唐北疆的局势。桑桑看着窗外的荒原风景，小脸被吹得微红，说道："看着有些眼熟，以前我们是不是来过这里？"宁缺向窗外看了一眼，说道："我以前带你来过一次，再往南走，就是梳碧湖。"

120

梳碧湖近了，渭城还会远吗？马车里很安静，桑桑看了宁缺一眼。宁缺没有做出回应，在白塔寺里做了决定，他如今连书院都不回，去渭城做什么？

梳碧湖在大唐边境七城寨和金帐王廷之间，是荒原上比较少见的淡水湖。商队经常在湖畔停留，于是马贼也经常在此出现，鲜血与金钱的战斗持续了很多年。然而不知道从哪一年开始，商队渐渐被迫选择更偏远难行的路线，而梳碧湖则变成了马贼群的聚集地和藏匿所。

傍晚时分，黑色马车来到梳碧湖外围。远远能够看到湖畔已经燃起火堆，隐隐能够听到歌声，甚至还能闻到烤肉和烈酒的香味。车轮碾轧着湖畔岩山密林里的土质简易道路，非常顺利地避过马贼留下的暗哨来到湖边。对于无数次来到这里，对梳碧湖像家一样熟悉的宁缺来说，"轻车熟路"四个字是非常准确的形容。

湖畔有十余处篝火堆，篝火堆依着远近距离不同分作三处，数百名马贼围着火堆正在吃肉喝酒，应该属于三方的势力。每堆篝火底部都有一根极粗的木柴，发着噼啪的轻响，火苗像巨人的舌头不停地舔舐着翻滚中的烤羊，烤羊滴下的油脂就像是那个无形巨人的口水。歌声、酒令还有女人的娇媚轻呼，回荡在梳碧湖畔。这几年马贼们过得很幸福，金帐王廷和大唐之间对峙日久，双方都很小心谨慎，所以很少派大部队进入荒原清剿，马贼面临的压力顿时小了很多。尤其是那厮走后，马贼们更是觉得生活无比美好，盼望着一直这样美好下去。越是幸福越要珍惜，马贼也懂这个道理，所以马贼群之间的自相残杀少了。

此时一辆孤零零的马车出现在三百名最残忍的马贼面前，就像是一只小白兔走进饿了无数天的狼群。然而马贼们没有怪叫着冲上去，反而显得有些警惕。三名马贼群的首领隔着火堆互视一眼，都看出了彼此眼中的不安。一名马贼首领看着黑色马车，声音微哑地说道："不知是何方贵客，居然会来我们这些穷苦人的破家陋舍，还请出来相见。"回答这名首领的是一支羽箭，只听得嗖的一声，一支羽箭准确地射进他的眉心，钻出一道血洞，首领瞪圆双眼，就这样倒地而死。

篝火旁的马贼们一片哗然，纷纷推开怀里的女人，握着刀站了起来。尤其是那名首领麾下的数十名马贼，更是厉声呼喊着，向马车冲了过去。嗖嗖嗖嗖，箭声不绝。在极短的时间内，七八名冲在最前方的马贼，眉心都多了一根羽箭，重重地砸到地面上。宁缺走下马车，他手里拿着黄杨硬木弓，看着那些被震慑住的马贼，说道："梳碧湖什么时候又变成你们的地方？"夜色暗淡，篝火在风中飘摇。昏黄的光线，落在他的黑色院服上，也落在他没有任何表情的脸上，把他的眉眼照得非常清楚。

一名马贼首领看着他的面容，眉头渐渐皱起，似乎在回忆什么悲惨的过往。忽然间，他的脸色变得苍白，想起了几年前那片黯淡无光、风雨飘摇、惨不忍忆的时光。他转身便向自己的坐骑跑去。一路奔跑，一路拼命踢打那些仍然在发呆的下属。他颤着声音吼道："都他妈瞎了，赶紧起来，都跟着我滚！"篝火堆畔的马贼们，不明白首领为什么忽然变成这样。大哥平日里最是勇敢狠辣，今天怎么却变得比娘们还要胆小？另外一名马贼首领此时也终于想了起来，看着那辆黑色马车旁的年轻男子，他的脸色也苍白起来，厉声喊道："快走，砍柴人回来了！"梳碧湖畔顿时陷入一片死寂，马贼们脸上的神情变得极为怪异，世界仿佛凝结。然后下一刻，随着一声凄厉到极点的尖叫，马贼们醒过神来，四散而逃。"打柴人！是渭城那个打柴人！""砍柴人！"

在梳碧湖没有文字的历史里，最出名的人物不是传说中把万两黄金藏在湖底的前代马贼大首领，而是渭城的一名唐军少年。唐军把清剿马贼或是冒充马贼抢劫马贼的活动，称为打柴。执行此项活动的，必然是最优秀的精锐骑兵，一般都叫作打柴人，或砍柴人。而自从渭城的那名唐军少年加入打柴队伍之后，荒原马贼们口中的打柴人，便成了单指那名少年。那名唐军少年抢的银子不是最多，杀的马贼也不是最多，但绝对是梳碧湖马贼们最恐惧的对象。直到那名唐军少年离开渭城，去往长安城，梳碧湖的马贼们才恢复了勇气，重新收获了迎风挥刀的快感和幸福的生活。当长安城的消息传到荒原，马贼们知道他居然成为书院二层楼的学生，并且成了大唐皇帝陛下最信任的下属。他们对梳碧湖砍柴人的那份恐惧甚至是有些畸形的仰慕情结，顿时攀升到了顶峰。但同时他们以为那人已经是另外一个世界的人，不可能再回到梳碧湖与自己这些低贱的马贼打交道，所以也放心了不少。

然而今夜，砍柴人重新回到了梳碧湖。梳碧湖畔响起无数声尖叫，女人在尖叫，平日里冷血残忍的马贼们也像女人一样在尖叫。篝火堆旁一片混乱，马蹄急促，极短的时间之内，数百名马贼便带着他们的女人像风一般离开，湖畔变得无比安静。笑了笑，宁缺把黄杨硬木弓背到肩上，然后把桑桑从车上扶下来，让她在马贼遗落的毛毡上坐好。篝火上的烤羊还在滴着油脂，散着诱人的香味。宁缺不会与马贼客气，拿出锋利的小刀，挑着最好的部位，割了三大盘肉，又去旁边的篝火堆旁拎了两皮囊未开封的烈酒，递给桑桑。酒足饭饱后宁缺转头望向多年未见的梳碧湖。桑桑看着他的侧脸，说道："不怕马贼把我们的行踪泄露出去？""梳碧湖南便是大唐的势力范围，无论是金帐还是佛道两宗，都不敢随意入境，就算要杀我们，也应该是唐人来杀。"宁缺忽然注意到，湖畔有堆焦木，看上去就像是一个祭台，却不知道是拜祭什么神。在他的记忆里，无论是金帐王廷的蛮人还是马贼，都没有这种祭拜仪式。

远处一堆篝火堆旁，有名马贼醉到不省人事，被同伴无情地抛弃，根本不知道发生了什么事情，宁缺走过去把他扔进冰冷的湖水。被冰冷湖水一激，那名马贼顿时清醒过来。宁缺没有费什么工夫，便打听到自己想要知道的一些事情，比如渭城如今的情形，比如金帐王廷的近况，也知道了湖边那座简易祭台是最近几年在荒原上兴起的一种宗教。那个宗教祭拜的神，叫作长生天。宁缺没有听过"长生天"这个名字，也没有听过这个宗教，沉默思考片刻后，决定不再去想，抽出朴刀砍下这名马贼的脑袋。他挥刀斩首的动作很流畅，就像是重复过无数遍，事实上，这个动作他确实做过太多次，所以更像是一种习惯。

这名马贼既然敢在梳碧湖喝到烂醉，那么便死吧。就当作砍柴人对梳碧湖的祭拜，或纪念。

121

宁缺醒来的时候天还没亮，梳碧湖畔一片漆黑，他抱着桑桑走回车厢，然后让大黑马启动向南行去。黑色马车的速度不再像前些天那般快，凌晨未至时出发，要近正午的时候，才来到梳碧湖南方的那座土城外围。桑桑早已醒来，一直靠着车窗，看着那些越来越熟悉的风景，没有说话，直到看到远方那座黄土围成的边城，神情才微有变化。宁缺看着远处那座小城，说道："多看两眼，以后我们可能再也看不到了。"二人自幼在岷山里的生活充满了冷酷、血腥、背叛，直到来到渭城从军，才终于拥有了相对安宁的生活，第一次品尝到人间原来也有温暖，在这座边城里，他们生活了很多年，渭城才是他们真正的故乡。

马士襄在渭城任裨将已有多年，因为没有家世背景，所以始终没能升官。再过一年，他便要离开边军荣休。自从那个家伙带着他的侍女离开渭城之后，渭城的气运似乎也变差了。荒原上金帐王廷对大唐边境的压力渐渐增大，虽然金帐王廷依然不敢犯境，但那些大部落的骑兵，经常冒充马贼，袭击去往贺兰城的后勤马队，令包括渭城在内的七城寨甚至是整个北方边军都感到不胜其烦。

现在令马士襄更加烦恼的是另一件事情。他看着渐渐向渭城上空飘来的那片乌云，花白的头发微微颤抖，心想怎么才能应付城里那些大人物？如今的渭城里，除了数百名经验丰富的骑兵，前些天还来了很多大人物。帝国军部的两名真正的将军带着数十名弩手、天枢处的十余名官员，还有钦天监的三位大人，都出于某个原因，来到了这座不起眼的边城。据说七城寨里别的几座边塞情况也差不多，只不过渭城明显是长安城里大人物们监视的重点，那十余名天枢处官员里竟有好几位南门观强者。长安城里的强力衙门，似乎把所有的力量都抽调到了过来，极为直接地接管了边境的管辖权，令人吃惊的是，北大营对此竟是没有做出任何激烈的反应。

世间没有能够绝对保守的秘密，这些人来到渭城的原因，前两天便已经流传开来。渭城里的人们很是震惊，然而也不得不接受，因为他们都看到了西陵神殿颁下的诰令，知道那件事情是真的。随着那片乌云越来越近，马士襄的心情越来越沉重。他不知道自己应该做些什么，又能做些什么，当那名军部大员发布军令时，竟惘然地没有听到。"马将军，你有没有听到我的话？马上带领骑兵出城，赶至那片云层，不惜一切代价，也要把那辆黑色马车给我拦在外面！"军部大员沉声喝道。马士襄心情微安，请示道："只需要驱赶？"一名神情阴沉的南门观道人说道："如果有机会能够诛杀冥王之女，当然不能错过这个机会，到时候让你的下属见机行事，配合我们。"

数百边骑出渭城，有数辆马车夹杂其间。最前方马上的马士襄很沉默，渭城的骑兵们也很沉默，队伍便在沉默而压抑的气氛中，来到一片地势稍高的草甸上。那片乌黑的云层已经越过了草甸，极为宽广。

骑兵们抬头望着头顶的云层，依然沉默，脸上的神情却极为复杂。当他们低头时，便看到了云下缓缓行走的那辆黑色马车，发出阵阵惊呼。数名副官和数百名骑兵，同时望向他们的长官。马士襄手拉缰绳，青筋微现而隐，脸上却是面无表情，更没有什么命令。一名天枢处官员走下马车，看着远处荒原上那辆黑色马车，神情骤然一凛，发现身周的骑兵没有什么动作，愤怒喊道："你们还在等什么？"

马士襄说道："我接到的军令是不让那辆黑色马车入境，现在它还没有入境，那我们自然只有等着。"先前那名南门观道人厉声喝道："这正是诛杀冥女的大好机会，你在犹豫什么？难道你想放那辆马车离开？"马士襄依旧面无表情，说道："我是大唐军人，只执行军令。"天枢处官员匆匆走到后面一辆马车前，看着那名军部大员愤怒地挥舞着手臂，大声喊道："军方必须配合我们的行动，你马上下令让骑兵出击！"那名军部大员沉默不语。钦天监官员地位最低，在旁讷讷劝解道："朝廷虽然颁下文书，要求我们监视驱赶，但陛下的旨意里可没有说要主动出击。"

渭城骑兵站在草甸上，看着那辆黑色马车。渭城里的人们则是站在土城上，看着那辆黑色马车。城内城外，情绪都是一样地复杂。渭城里的人们看着宁缺和桑桑长大，他们怎样也想不到，宁缺离开渭城之后，会闹出这么大的动静。而他的小侍女，居然变成了光明之女。宁缺和桑桑如今是声闻于世的名人，更是有渭城以来所出现的最大的名人，是渭城最大的骄傲。赌铺老板扶着土箭垛，看着远处那辆黑色马车，叹息道："他还欠着我十几文赌债哩，看样子这辈子是收不回来了。"一名脸色黑红的大婶看着他嘲讽地说道："宁缺和桑桑每月从长安城寄来的银子，可是全城人分的，难道给你的银子都喂了狗？"赌铺老板尴尬地笑了笑，然后有些紧张地说道："说说笑话而已。说起来，想着那时节小丫头天天拎着酒壶来买酒的辛苦模样，谁能想到她后来会变成光明之女，最后又变成了冥王的女儿。"

渭城土墙上的人们看着远处的黑色马车，很是惊恐畏惧，听到冥王的女儿，更是脸色微白。那名大婶看着众人的神色，向土墙下吐了口唾沫："我呸！宁缺满肚子坏水，全渭城都知道，但桑桑那丫头心善人好，怎么可能是什么冥王的女儿？""西陵神殿的诰令上可是这么说的。""西陵神殿还说我们唐人都有罪，你咋不跳下去自杀赎罪？"渭城里的回忆争吵甚至是辱骂声，没有影响到草甸上的数百骑兵，依旧一片沉默，一名今年才来渭城就职的军官，有些承受不住场间压抑的气氛，在马士襄身边低声说道："将军，诛杀冥王之女乃是奇功一件，就算冒些险也是值得的。"马士襄看了他一眼，没有说话，然后又望向那辆黑色马车，眉头微微皱起，忽然挥鞭提缰准备回城。数百名骑兵随之奔下草甸。一名南门观道人掠至马士襄马前，厉声呵斥道："马士襄，你要做什么！临阵脱逃，本道人直接毙了你！"马士襄喝道："陛下有旨意，我就出兵，陛下没有旨意，你个杂毛老道算个毛？"天枢处官员赶了过来，严厉斥道："你散了骑兵阵形，怎么把马车拦在城外？"马士襄说道："马车不会进渭城。"那名官员厉声呵斥道："宁缺要回书院，怎么可能不进渭城！""你懂个毛。"马士襄看着这名天枢处官员轻蔑地说道。然后他一夹马腹，生生把这名官员撞开，带着数百渭城骑兵，挟烟尘而去，片刻后便进了渭城。

当天夜里，马士襄和数名副官，还有所有曾经参加过梳碧湖砍柴活动的骑兵，把渭城唯一一座酒楼挤了个密不透风。众人说着梳碧湖的故事，破烂的小院，提水的小侍女，以回忆佐酒，很快便把酒楼老板存的所有酒水喝得一干二净。马士襄是渭城军事长官，没有人敢和他争，所以他喝得最多，酒意渐酣时，他望着酒楼里的人们说道："当年宁缺离开渭城时，对我说过三句话，就为了那三句话，我也不会对他动刀子。"一名副官打了个酒嗝，说道："当初我就问过您，宁缺那小子那三句话到底是什么内容，你一直不肯说，现在可以说了吧？"马士襄轻抚胡须，说道："不可说，不可说。"当夜，马士襄一场大醉，渭城一场大醉。

122

看着远处那座土城，想着在这里度过的那段岁月，即便冷漠情淡如宁缺，也不免生出些感慨。他的目光越过渭城，往南继续望去，知道那边便是长安城，那边便是大唐，那边便是书院。那边便是他和桑桑的家国，却归不得，不能进，或者说不想进。因为他和桑桑都不想把头顶的这片厚重乌云带进大唐，把灾难带进大唐。

黑色马车在渭城外停了段时间，然后再次起程，绕向东方而行。随着逃亡的继续，春意渐深，黑色马车里的二人却是感觉越来越冷。主要是因为桑桑的身体越来越寒，呼出的气息完全像冰块一样。而且黑色马车一直在向北。横亘整片北方大陆的岷山，被一道窄峡分成南北两段，那道窄峡的西面入口处，有座高达百余丈的雄奇城寨，名为贺兰，于是那道窄峡被称作贺兰山缺。

贺兰城的位置已经在荒原深处，距离金帐王廷极近，但依然属于大唐所有，乃是大唐帝国最远的一片国土。若要从大唐本土运送粮草辎重过来，路途遥远，耗损极大，而且需要很多骑兵护送，才能避免被马贼或假马贼们抢劫的威胁。即便如此，金帐王廷的数万骑兵依然有能力随时掐断这条粮道。耗费如此多的资源，冒着如此大的风险，大唐帝国依然艰难而执着地维系着贺兰城的存在和正常运行，之所以如此，不是因为帝国从上到下好大喜功的心理弊病在作祟，而是因为贺兰城对大唐来说很重要。

这座远悬荒原的雄奇城寨，是大唐帝国在荒原的力量展示与精神象征，是唐国诸商团行商荒原的底气。最关键的是，这座雄城镇守着通往东荒的唯一通道，就像一把锋利而厚实的刀，把金帐王廷和左帐王廷切割开来，具有极为重要的战略意义。看着远方两面山崖间的高耸城墙，桑桑想起了长安城，只是贺兰城的城墙修筑在绝壁陡峰之间，给人视觉上的冲击更加震撼。

寒风入窗，她轻咳两声，望向宁缺问道："往北还是往东？"由此地往北走，会更加深入荒原，那片寒地人烟稀少，再往北便能抵达魔宗山门。若再继续向北走，便是很少有人去过的雪原。如果说没有人的地方才是安全的地方，宁缺应该选择往北带着桑桑去雪原。那样的话，除了西陵神殿的大神官或悬空寺的高僧，没有任何人能找到他们。不知道为什么，宁缺却选择了继续东进。越往东去，便离贺兰城越近。

乌云笼罩贺兰城，数百名唐军出现在城墙之上，甚至还能听到绞索扳动，弩机扣紧的声音。

宁缺看了一眼头顶的乌云，自然知道贺兰城为什么会被关闭。城墙之上，弩机绞动之声渐息，数座守城弩艰难地调整角度，瞄准城下的宁缺。数百名箭手弩手瞄准稍远些的黑色马车，随时准备抛射。面对如此多训练有素的唐军守城，就算是金帐王廷的骑兵和祭司倾巢而出，也不可能在短时间内攻上城头，宁缺知道事不可强为。"我是宁缺，我想过城。"他抬头望着上方说道。他的声音并不大，却清晰地传到了城头，传到了每个人的耳朵里。然后他继续说道："我曾经是征北军里的一员，我曾经立下过无数军功，这些在军部的档案里都能查到，我不想和你们战斗，我只想用那些军功换一次通过。"

贺兰城对大唐帝国来说极为重要，最高军事长官在军方内部被习惯性称为贺兰将军，地位仅次于四位王将和长安城里寥寥可数的几位老将军。这一任的贺兰将军姓汗名青，驻守苦寒城寨已逾十年，此人有一半的蛮人血统，然而却深得皇帝陛下信任，予以如此重任。在十余名盾牌手的护卫下，汗青将军来到城墙处，望着下方的宁缺说道："大唐军人，耻谈以功求赏！要带冥王之女进城，那是休想！""我不是要进城，我是要过城。""此路不通。""为何不通？""我身为唐将，岂能让你把这妖女带进我大唐城中？""在将军看来，我妻子会给人间带来灾难，所以不让我们过？""不错。""马车过城，便出了唐境，即便是灾难，也只会给别人带去灾难，有何不可？若到了东荒，是死是活，我都认命，但我可不想在自己的国度里被人干掉。"汗青将军似乎被宁缺最后这句话触动了，沉默不语。一名副将在他身旁焦虑地问道："将军，您准备怎么做？"

"当然是请示陛下。"

123

皇帝陛下远在长安城，为方便联系，大唐军方在边境线上设有三座符文传送阵，可以隔空传输极简短的信息片段。其中一座便设在贺兰城中，可以直通长安城里的皇宫。传送阵能够传递的信息极少，启动一次消耗的资源则是多得难以想象。因此依据唐律军事条例，除非是金帐大举入侵，或是左帐王廷试图从东荒突进威胁大唐本土这样的危险时刻，才能启动传送阵。而今天传送阵却因为一辆孤零零的马车，而再次被启用。

城楼里一片安静，除了天地元气凝结在符阵上所响起的滋滋轻响，听不到任何声音。汗青将军和那些高级军官沉默地注视着符阵洁净无尘的表面，不知道稍后会看到怎样的回复，心情都变得非常紧张。不知道过了多长时间。一道淡黄色的光芒闪过，地面上多了一张被裁剪的非常小的字条，想来皇宫回复时，也考虑到了传送阵需要消耗的资源，尽可能地在减轻重量。汗青将军走上前去，拾起字条，面色严肃地行以军礼，然后展示给众人看。那张小字条上没有盖玺，写着三个清晰的字，笔迹并不潦草，很认真，但实在称不上出色，诸将一眼便瞧出，正是陛下的笔迹。"让他去。"

阵法启动，巨大的木盘开始转动，沉重高窄如断崖的两扇城门缓缓开启。黑色马车驶入贺兰城，顺着狭窄山缺底部的骑道，向着东方行走。数千名唐军站在贺兰城墙上，站在山崖工事里，站在坡间的军营箭垛后，沉默而神情复杂地看着下方那辆黑色马车，似在夹道欢送。汗青将军带着军官们目送着马车，心情也变得非常复杂。"从渭城的普通军卒，混到现在这样的地位，我大唐开国以来又有几人？这些年，北军谁不以他为荣？北大营里谁不把他当成奋斗的目标和偶像？"汗青将军看着那辆黑色马车很是感慨。副将叹息说道："只可惜红颜祸水，英雄终究难过美人关。宁缺能有今天，离不开陛下和书院的栽培，结果此子却不顾大唐与天下的安危，非要一意孤行，实在是无情无义，混账到了极点。"便在此时，贺兰山缺里起了一阵风，吹得黑色马车的车窗呼呼作响，帘布飞舞掀起，露出一张少女的脸。汗青将军看着那处，说道："这哪里是红颜，又如何谈得上美人？"副将也看到了那名少女的脸，有些吃惊，沉默片刻后说道："如此看来，宁缺竟是个重情重义之人，虽说重错了对象，但也值得佩服。"汗青将军说道："能令陛下另眼相看，自然不凡。"

刚离开贺兰城的守御范围，宁缺便让大黑马加快了速度，一路破雪碾冰，踏破寒地，顺着狭窄的贺兰山缺，向东面狂奔。天空上的大片乌云和那十几只黑色乌鸦，随时都在向人间报告他们的行踪，当黑色马车来到贺兰城时，说不定有很多人就已经猜到了他们的去向。出贺兰山缺，便会进入东荒，离开大唐势力范围，那片荒原之上有无数势力，左帐王廷、西陵神殿联军、荒人部落，强者云集。宁缺根本不知道穿过这片山脉之后，会是谁在荒原上等着自己。既然如此，黑色马车行驶得再快，似乎也没有任何意义，那么他为什么要这么选择？

乌云落在银色面具上，让银色面具显得更加灰暗。隆庆看着天空中那片厚重的乌云自西方铺天盖地而来，露在面具外的嘴角缓缓扬起，说道："你这个故事的结局，当然应该由我来写。"然后他低头继续写信，信纸上画了一张图，似乎是某座大城的城门攻防示意图。又简单写了几行字后隆庆用漆封好书信，递到一名前西陵神殿骑兵统领的手中。他平静地说道："到成京后，亲手把这封信交到他手里，然后告诉他，如果机会出现，我们一定要抓住。"那名堕落统领凛然受命，翻身上马向南疾驰而去。身为隆庆皇子的亲信，他也是最近这些天，才知道这个秘密，想着当年人世间的那些议论，不由得觉得有些寒冷，对隆庆皇子的敬畏更增。隆庆皇子看着挟尘远去的那骑，沉默了很长时间，发现自己对于故国竟然已经有了陌生的感觉，不由得摇了摇头。自己的征途是光明与黑暗的领域，又岂在红尘里。他缓步走到崖畔，看着那道十余丈宽的山缺出口，神情渐渐平静。在他的身后，是十余名洞玄巅峰境界的强者，还有两名看上去像普通人的老人，而在不远处的荒原上，还有三千名左帐王廷的骑兵。动用这么多人，来替那辆黑色马车书写故事结尾，隆庆皇子觉得自己对马车里的那两个人已经表达出了足够的尊重。

天空上的乌云已经越过高耸的雪峰，深入到荒原中央。蹄声急促，云层下方的那辆黑色马车，也终于驶出了贺兰山缺，来到了荒原之上，来到了隆庆的眼前，然后缓缓停下。隆庆坐在马上，看着山坡下那辆黑色马车，伸手摘下脸上的银色面具，现出被烧伤的脸颊，微微一笑，显得格外狰狞。

124

一辆黑色马车，数千左帐王廷的精锐骑兵，还有隆庆皇子与十几名洞玄巅峰境的堕落统领。双方力量悬殊太大，以至于连对峙都称不上。宁缺的声音从黑色马车里传了出来："没想到最先来的人是你。"隆庆回应道："我现在是这片荒原的主人，你应该能够想到。"宁缺说道："难道到现在，你还不明白，神殿只是把你当一条狗在用？""能够做昊天的狗，总比当冥界的鬼要强。"隆庆稍一停顿后，继续说道，"当然，如果迫不得已，要当冥王的狗，也是我可以接受的事情。"宁缺说道："你的野心果然还是那么大，如此看来，你出现在这里，并不见得是要杀死我们，那么何必摆出这么大的阵势？""当我信仰昊天，愿意把生命和灵魂都奉献给光明的时候，她是光明的女儿。当我遭逢人间最惨痛的经历，决意献祭冥王，把生命和灵魂都奉献给黑夜的时候，她又变成了冥王的女儿。难道你不觉得这件事情很有意思？"隆庆隐藏在山崖间，看着下方说道，"当年在长安城里饮酒，我败给桑桑姑娘，这或者便是冥冥中的印证，所以我当然不会杀她。"然后他极为爽朗地笑了起来，说道："不过我会杀了你。因为我也想尝试成为冥王之女的保护者，这样如果黑夜真的到来，或者我能从中得到某些好处，如果不行，我自然会把她交给昊天。"

就在隆庆说话的时候，贺兰山缺东面出口外的荒原上，忽然响起一阵密集的嗡鸣声。听上去就像是无数蝗虫拍打着翼翅在空中飞舞，显得极为恐怖。数千支羽箭射向灰色的云层，然后划着弧线落下，像暴雨一般撒向峡谷里那辆黑色马车。凄厉的箭啸互相影响，竟层层叠叠响若惊雷。像宁缺和隆庆这种人，战斗之前绝对不会毫无意义地说话，如果说话，那必然是战斗的一部分，或者打压对方的气势做心理战，或者拖延时间做某些准备。隆庆皇子通过这段对话的时间，把黑色马车的具体位置，通知到了峡谷外荒原上的数千名骑兵，从而形成第一道恐怖的箭雨攻击，宁缺则是除了单纯地拖延时间，还解开了大黑马的辔头。箭啸密集破空而至，黑若暴雨遮天掩云而来，宁缺打开车厢前门，大黑马闪电转身，前蹄腾空，后蹄一蹬，便蹿进了车厢里。笃笃笃笃！无数支羽箭落在了黑色马车上，狠狠地扎向车顶与两侧的厢壁，清脆的撞击声在车厢外连绵响起，似乎永远没有歇止的时刻。然而那些羽箭没有对马车造成任何损伤，重重射中车厢，然后便极为惨淡地从中断成两截，甚至连在车身上面留下一些痕迹都做不到。但箭雨一直在下，落箭声一直在持续，车厢壁上响起的撞击声，在车厢内部不停回荡，还能听到很多清晰的断箭声。黑色马车由精钢打铸，无论再多的箭雨侵袭，都不可能摧毁它。但身处如此密集的箭雨之中，总还是有些不安，宁缺把桑桑紧紧搂在怀里。车厢很宽敞，所以大黑马能够进来，但它的身躯也很高大，所以只能屈着四蹄，埋着脑袋，有些屈辱地靠着宁缺的膝盖，聊作宠物。

从在贺兰城外选择东进，桑桑便一直有些困惑不解，此时终于忍不住轻声问了出来："我们为什么要来这里？你想做些什么？"大黑马的头搁在车厢板上，显得有些无聊无趣。宁缺伸手摸了摸它颈上的鬃毛，说道："我在赌。"桑桑眉尖微蹙，问道："赌什么？"宁缺说道："赌有人会来救我们。"桑桑很直接地说道："没有人会来救我们。"宁缺沉默片刻后说道："确实没有人会来救我们，但我想有些人应该不舍得错过这个机会，我们耗了这么多箭，那些人应该更有信心才对。"桑桑隐约猜到了他的想法，说道："不知道那些人会不会来。"宁缺说道："不知道，也许他们已经来了。"

隆庆知道那辆黑色马车很坚固，但他依然想试一试。如今他已经基本上控制了左帐王廷，没有任何人胆敢质疑他的任何决定。而且在西陵神殿的暗中运作之下，左帐王廷接收了中原援助的大量武器，他有实力也有资格这般浪费。确认箭雨无法对那辆黑色马车造成损伤，他并不失望。因为数千骑兵在箭雨的遮掩下，已经来到贺兰山缺之前，开始进入冲锋前的节奏。"去吧。"他把银色面具再次戴到脸上。十余名堕落骑士统领沉声应了声，带着数千名草原骑兵，向着峡谷处的那辆黑色马车发起冲锋。蹄声如雷，烟尘滚滚，数千名骑兵涌进贺兰山缺，像黑色潮水一般灌入，轻而易举地淹没掉那辆黑色马车。隆庆很清楚，只要贺兰城里的唐军不来援救，那么宁缺今天死定了。再强大的修行者，也不可能在这种环境下，逃出生天。而贺兰城距离此地还有两百多里地，关键是那座城里的唐军不可能来援救宁缺。

他不再看峡口处的战场，结局已经注定的战斗，无法引起他任何兴趣。隆庆望向天空里那片乌云，开始思考抓到桑桑之后，怎样才能获得最大的利益？怎样才能避开这片乌云？想来想去，却发现自己的心境有些不宁，他不由得自嘲一笑，发现原来自己依然很在意宁缺的死亡。天上的乌云落在他的脸上，落在雪亮的银色面具上，银色面具变得有些灰暗，就像他如今的眼眸。下一刻，银色面具变得更加灰暗。隆庆的笑容忽然僵住，厉啸一声，弹离马背，闪电般掠向后方崖下。轰隆隆的撞击声响起，其间夹杂着一声凄厉的马嘶，无数颗石头从山崖间滚落，把他的坐骑砸得血肉横飞。如果他不是反应神速，此时只怕也已经成了石堆下的一缕冤魂。

隆庆皇子霍然转身，望向残着积雪的山崖间，却没有找到敌人的踪迹。他脸上的银色面具再次变得幽暗，不是乌云落在上面，也不是石头，而是无数把锋利沉重的斧头在他头顶飞过，向峡谷里的骑兵头顶落下。

125

无数的石头从峰间坠落到峰底。经过如此长一段距离，石头的速度已经变得十分恐怖，比草原骑兵惯用的投掷短矛要可怕得多。草原骑兵们挤在一处，很难闪避，无数石块落在他们身上。峡谷出口处顿时被鲜血和肉浆涂染成五颜六色，到处都是惨嚎和马嘶，队伍大乱，马蹄乱动，烟尘四起。很多骑兵的脸上都是血，血的下面是绝望的神情。然而接下来事态的发展，才真正令他们绝望，因为落石之后，便是如雨一般的斧影。

铮铮铮铮，无数破空之声密集而作，至少一千把沉重的斧头，从山崖间抛下，砸向已经陷入混乱之中的草原骑兵。那些斧子很重，能够被抛掷如此远的距离，需要很大的力量。按道理来说，只有武道修行者才有这种能力。然而世间根本不可能找出这么多武道修行者，还能组织成极有纪律的伏击军队。满天斧影之后是震天的喊杀声。两千多名穿着兽皮的青壮年男子，在山崖乱石间跳跃着、奔跑着、狂吼着向下方冲去，他们不是武道修行者，却有不弱于武道修行者的力量，因为他们是荒人，是天生的战士。这完全是单方面的杀戮。数十块沉重的石头先前落在车厢上，车厢剧烈震动起来，然后便是如雷般的撞击声。大黑马抬头向车厢外望去，看不到外面正在发生什么，但知道情况正在发生变化，不由得有些紧张，又有些好奇。宁缺低声说道："来了。"落石声、落斧声、厮杀声，连绵不绝，直到很久以后才安静，然后是一阵激烈的欢呼喊叫声，最后又归于绝对的安静。宁缺抱着桑桑，走下马车。

去年冬天，左帐王廷背弃与荒人部落达成的和约，暗中与西陵神殿联军携手，偷袭荒人主力部队，追杀数百里，荒人死伤惨重。今年春天，荒人部落在魔宗行走唐的率领下，潜行数夜，至贺兰山缺处抱石登峰，伏袭左帐王廷骑兵。三千名左帐王廷骑兵里只有数百骑成功逃出，十余名堕落统领只活下了三人，隆庆皇子重伤，依靠两名道门隐藏强者的舍身救助，才侥幸从唐的手中逃走。峡谷四周到处都是草原骑兵的尸体，偶有几匹战马正惘然地守在主人的身旁，两千多名强大的荒人战士，高高举着手中的铁斧，兴奋地振臂高呼。这是荒人对背信者的一次完美复仇。然而荒人战士们的欢呼声，比想象中停止得更快，他们看着峡谷中间被死尸包围的那辆黑色马车，渐渐安静，脸上流露出惊恐的情绪。荒人战士们的情绪并不复杂，和人世间别的地方看到这辆黑色马车的人相比起来，他们只是害怕，非常单纯的害怕。尤其是当黑色马车门被打开，宁缺扶着桑桑走出来后，荒人战士们看着那个瘦弱的小姑娘，就像是看到自己最恐惧的黑夜。

"很多人容易陶醉于复仇的快感中，我却觉得那没有任何意思，虽然我的前半生一直都是在做这件事情，因为复仇首先需要有仇，那就意味着先吃亏。"宁缺看着数丈外那名穿着皮衣的强者，说道，"荒人是天生的战士，你统帅这么多荒人，去年冬天还输得那么惨，实在是令人难以想象。"唐想着去年冬天风雪夜里，在联军中军营帐的那场血战，即便是强悍如他，也沉默了片刻，然后说道："你不知道西陵神殿究竟隐藏着多少力量。"宁缺说道："我不需要知道这些事情，我只知道荒人现在很惨。"唐说道："不管我们现在多惨，如果没有我们，你今天会死。"宁缺说道："我知道你们一定会来，这和我无关，与桑桑也无关，所以我不需要对你们表示感谢，我为你们创造如此好的伏袭机会，如果连这都把握不住，荒人就没有资格南下，更不要指望复国。"

桑桑在哪里，满天的乌云和黑鸦便在哪里，黑色马车顺着大唐北方的荒原斜向东行，一路不知吸引了多少人的目光，在贺兰城处，宁缺没有选择北上而是东进，弄出那么大的动静，暴露自己的行踪，便是要吸引东荒人的敌人。东荒一直是左帐王廷的势力范围，隆庆现在已经是这片荒原的主人，宁缺知道，隆庆肯定会最先出现，便是要用他和左帐王廷骑兵来吸引唐和荒人战士。黑色马车的行踪传入东荒，西陵神殿和佛宗都来不及做出反应，隆庆来得及，荒人也来得及，唐并不知道宁缺的用意，即便有所猜测也无法确定，但正如宁缺所说，荒人不可能放过这个复仇的机会。所以唐和荒人战士出现在这里。

唐说道："我们来了，复仇了，那么现在我们便会离开。"宁缺说道："带我们一起走。"唐微微蹙眉，说道："你知道这是不可能的事情。"宁缺说道："为什么？就算你不感谢我，我也想听听有没有什么理由。"唐看着他身旁的桑桑，说道："因为她是冥王的女儿。"宁缺说道："我记得荒人祭拜的便是冥君。"唐说道："祭拜不代表喜欢，更多的是害怕，自荒人信奉明宗以来，一直在祭拜冥君，是祈求他不要伤害我们。"宁缺说道："桑桑是冥王的女儿，荒人现在不保护她，将来冥界入侵的那天，你说冥王会怎么惩罚你和你的族人？"唐说道："如果她死了，冥王可能永远无法找到人间，自然也就没有冥界入侵这件事情，既然如此，我的族人为什么要担心那些不可能发生的事？"宁缺摇了摇头，说道："你们信奉冥君，没有人敢杀她，那么冥界就有可能会入侵，你们为什么不能为可能发生的将来提前做些准备？"唐说道："如果收留你们，不用等到冥君现世，荒人就会被世间围攻而灭族。"宁缺冷笑说道:"整整一千年来,世间有谁对你们荒人释放出任何的善意?不要忘记你们现在还在战争状态中,就算没有我和桑桑,中原诸国一样想灭你的族。"

唐沉默。宁缺又道:"收留我们或相反,荒人是全世界的敌人,而我们也是全世界的敌人,难道你不觉得我们天然就应该生活在一起?"唐说道:"收留你们对荒人有什么好处?"宁缺感慨地说道:"怎么说我和桑桑对你妹都算不错,你能不能不要这么市侩?"唐面无表情地重复道:"有什么好处?"宁缺显得有些无奈,然后神情严肃地说道:"若冥界入侵,荒人能够拥有最肥沃的土地和最多的羊群。对荒人来说,肥沃的土地便是他们的生命,是他们毕生追寻的目标,尤其是被驱赶到极北寒域千年之后,更成为他们难以抵抗的诱惑。"唐的脸上依然没有什么情绪变化,盯着宁缺的眼睛说道:"冥界入侵,永夜来临,整个世界都将变得寒冷无比,土地再如何肥沃,没有阳光又如何生出青草,没有草又哪里来的羊?没有羊,我们荒人靠吃什么活下去?最终都会死,死之后能住多大地方很重要吗?""不重要吗?我看很多达官贵人整个后半生,都在考虑死之后住哪里,阴宅多大的问题,我本来以为这件事情很重要,你们荒人会很在乎……好吧,就算不重要,我依然承诺冥界入侵之后,让荒人成为最有权势的鬼。"宁缺斩钉截铁说道:"我保证到时候会让你们觉得,纵做鬼,也幸福!"唐沉默片刻后说道:"我知道你是书院之耻,却没想到你无耻如斯。"宁缺苦思而不得其解,问道:"何解?"唐说道:"比如你现在这样子就很无耻。"宁缺笑了起来。唐说道:"将来的事情太过虚无缥缈,对现在进行选择没有任何帮助,所以你和冥王之女的承诺,没有任何意义。"宁缺平静说道:"收留我们,荒人会多出我这样一个很不错的战士,最关键的是,有我在,书院便不会加入对荒人的战争中。"听到这句话,唐沉默了很长时间,然后说道:"这倒确实是极不错,我承认自己有些动心,但长老会不见得愿意收留你们。"宁缺说道:"你先带我们回去,我有办法说服他们,如果你最近有和小棠联系,你就应该知道,我最擅长的事情便是哄骗老头子。"唐把酒囊递了过去,说道:"那便这样定了。"

"这算是庆功酒?"宁缺接过酒囊饮了一大口。

图书在版编目（CIP）数据

将夜 6：精修典藏版 / 猫腻著 . -- 北京：作家出版社 2022.2（2022.7 重印）

（网络文学名作典藏丛书）

ISBN 978 - 7 - 5212 - 1745 - 2

Ⅰ.①将… Ⅱ.①猫… Ⅲ.①长篇小说 - 中国 - 当代 Ⅳ.①I247.5

中国版本图书馆 CIP 数据核字（2021）第 274576 号

将夜 6：精修典藏版

总 策 划：何 弘 张亚丽

主 编：肖惊鸿

作 者：猫 腻

责任编辑：王 烨 袁艺方

装帧设计：天行云翼·宋晓亮

出版发行：作家出版社有限公司

社 址：北京农展馆南里 10 号 邮 编：100125

电话传真：86 - 10 - 65067186（发行中心及邮购部）

86 - 10 - 65004079（总编室）

E - mail: zuojia@zuojia. net. cn

http: // www. ZUOJIACHUBANSHE. com

印 刷：唐山嘉德印刷有限公司

成品尺寸：152 × 230

字 数：410 千

印 张：29.5

版 次：2022 年 2 月第 1 版

印 次：2022 年 7 月第 2 次印刷

ISBN 978 - 7 - 5212 - 1745 - 2

定 价：45.00 元